HEYNE <

Zum Buch

Als Raffael eines Morgens erwacht, sind sein Bett und seine Sachen voller Blut. Augenblicklich gerät er in Panik. Er selbst ist unverletzt, wie er schnell feststellt. Aber woher stammt das Blut? Was ist in der letzten Nacht passiert? Raffael fehlt jegliche Erinnerung. Wenn er getrunken hat, weiß er nicht mehr, was er tut. Mordet er vielleicht sogar, ohne es zu wissen?
Sein Leben gerät zunehmend aus den Fugen. Er verliert seinen Job, ist unberechenbar aggressiv und trinkt bis zur Bewusstlosigkeit. Für seine Umwelt wird er immer gefährlicher. Als es in Berlin zur Katastrophe kommt, flüchtet Raffael nach Italien. In der Toskana leben seine Eltern, zu denen er seit Ewigkeiten keinen Kontakt mehr hat. Nach einem schrecklichen Erlebnis in seiner Kindheit hatte er sich ganz von ihnen abgekapselt. Doch während sein eigenes Leben von da an auf den Abgrund zusteuerte, haben die Eltern sich ein neues Glück aufgebaut – das er ihnen zutiefst missgönnt. Mit wachsender Wut beobachtet er sie. Noch fühlen sie sich sicher, denn sie ahnen nicht, dass der vergessene Sohn bereits dabei ist, alles zu zerstören.

Zur Autorin

Sabine Thiesler, geboren und aufgewachsen in Berlin, studierte Germanistik und Theaterwissenschaften. Sie arbeitete einige Jahre als Schauspielerin im Fernsehen und auf der Bühne und schrieb außerdem erfolgreich Theaterstücke und zahlreiche Drehbücher fürs Fernsehen (u. a. *Das Haus am Watt, Der Mörder und sein Kind, Stich ins Herz* und mehrere Folgen für die Reihen *Tatort* und *Polizeiruf 110*). Bereits mit ihrem ersten Roman *Der Kindersammler* stand sie monatelang auf den Bestsellerlisten. Ebenso mit den folgenden Büchern *Hexenkind, Die Totengräberin, Der Menschenräuber, Nachtprinzessin, Bewusstlos, Versunken, Und draußen stirbt ein Vogel, Nachts in meinem Haus, Zeckenbiss* und *Der Keller*.

www.sabinethiesler.de

SABINE THIESLER

BEWUSSTLOS

Thriller

WILHELM HEYNE VERLAG
MÜNCHEN

MIX
Papier aus verantwortungsvollen Quellen
FSC® C014496

Penguin Random House Verlagsgruppe FSC® N001967

5. Auflage

Taschenbuchausgabe 08/2014

Printed in Germany
Umschlaggestaltung: © Eisele Grafik-Design, München
Umschlagabbildung: © Paul Taylor / Corbis
Satz: Schaber Datentechnik, Austria
Druck und Bindung: GGP Media GmbH, Pößneck

ISBN: 978-3-453-41531-7

www.heyne.de

Der Hass ist die Liebe,
an der man gescheitert ist.

Søren Kierkegaard

CHRISTINE

1

Florenz, 15. Dezember 2011

»Er kam im Sommer. Völlig überraschend. Aber er war kein Mensch, er war ein Ungeheuer.«

»Inwiefern?«

Christine atmet tief durch und überlegt. »Das ist eine lange Geschichte.«

»Das macht nichts. Ich habe Zeit. Und nur deswegen bin ich nach Florenz gekommen. Um Ihre Geschichte zu hören.«

»Also gut.«

Dr. Manfred Corsini ist ein vom Gericht bestellter psychiatrischer Gutachter. Er lebt und arbeitet normalerweise in Bozen, hat einen italienischen Vater und eine deutsche Mutter und ist zweisprachig aufgewachsen. Christine kann sich zwar auf Italienisch ganz gut verständigen, aber für die anstehenden schwierigen Gespräche und für die Gerichtsverhandlung reichen ihre Sprachkenntnisse nicht aus.

»Erzählen Sie mir von Ihren Kindern, Ihrem Mann, Ihrem Leben in Deutschland und in Italien.«

Christine braucht lange, bis sie anfängt zu reden. Dann sagt sie leise: »Ich hatte die schönsten Kinder der Welt. Raffael und Svenja. Glauben Sie mir, sie waren einfach perfekt. Wir wohnten damals oben im Norden, in Nordfriesland, gleich hinterm

Deich.« Sie lächelt. »Das war toll für die Kinder. Sie konnten endlos draußen toben und Fahrrad fahren. Wir hatten ein Haus in einem kleinen Ort, in Tetenbüll, das war wie Bullerbü. Bis zu diesem schrecklichen Tag hab ich da verdammt gern gewohnt. Kindergarten und Grundschule waren direkt im Ort, meine Mutter wohnte auch in der Nähe und passte oft auf die Zwillinge auf. Ich arbeitete als Lehrerin ungefähr fünfzehn Kilometer entfernt in Tönning, und Karl war Dozent an der Hamburger Uni. Da musste er zwar ziemlich viel hin- und herfahren, aber das hat ihn nicht gestört. Es war alles prima. Wirklich. Heute ist mir das klar, damals nicht so. Wie glücklich man war, merkt man immer erst hinterher.

Und Zwillinge sind ja ein Geschenk. Die beiden waren den ganzen Tag zusammen, haben miteinander gespielt und sogar eng umschlungen geschlafen. Einer konnte ohne den andern nicht sein. Es war unglaublich. Ich kann mich nicht erinnern, dass sie mal rumquengelten oder sich langweilten … nein, nie. Es war ja nie einer allein. Das war eine so starke Symbiose, das kann man sich gar nicht vorstellen.

Aber ich fand es großartig. Es tat einfach irrsinnig gut zu sehen, dass meine beiden Kleinen rund um die Uhr richtig vergnügt und zufrieden waren.«

Sie schluckt und braucht eine Pause von einigen Sekunden, dann redet sie weiter.

»Passiert ist es am 24. April 1992.«

»Wie alt waren die Zwillinge da?«

»Sieben. Sie gingen in die erste Klasse.«

»Erzählen Sie mir möglichst genau von diesem Tag. Versuchen Sie sich zu erinnern. So detailliert wie möglich.«

»Es ist jetzt fast zwanzig Jahre her, aber der Tag ist mir für immer ins Gedächtnis eingebrannt. Was glauben Sie, wie oft ich ihn Minute für Minute durchgegangen bin, ob ich irgendetwas hätte anders machen können! Aber mir ist nichts eingefallen.«

»So müssen Sie sich wenigstens keine Vorwürfe machen.«

Christine funkelt Dr. Corsini wütend an. »Vielleicht. Aber diese Machtlosigkeit halt ich nicht aus. Manchmal denke ich, es wäre einfacher, wenn irgendjemand Schuld hätte. Dann könnte ich wenigstens hassen und müsste nicht das Schicksal verfluchen, dem es wahrscheinlich scheißegal ist, ob es verflucht wird oder nicht.«

»Wahrscheinlich.« Dr. Corsini bleibt ganz ruhig. »Was passierte denn nun an diesem Tag im April?«

»Es war ein Freitag. Und es war schon ziemlich warm. Das weiß ich noch. Für norddeutsche Verhältnisse eigentlich ungewöhnlich warm. Und wie immer waren die Zwillinge bereits in aller Herrgottsfrühe wach.

Seit sechs Uhr morgens hockten sie vor unserem Bett und hypnotisierten aus zehn Zentimetern Entfernung unsere Gesichter. Dabei atmeten sie wie hechelnde Hunde und warteten auf die kleinste Regung, ein Wimpernzucken, um dann in unser Bett zu springen.

An diesem Morgen hatte ich wohl irgendwie ein Viertelauge geöffnet – jedenfalls stürzten sie sich sofort auf uns. Karl spielte den Ohnmächtigen. Und es ist schwer, sich nicht zu rühren, wenn die Kleinen an deiner Unterlippe herumzuppeln, am Ohr ziehen und die Füße kitzeln. Aber er war da stoisch und hat erst kapituliert, als sie ihm ihre kleinen Finger in die Nase steckten.

Wir haben eine Viertelstunde getobt, dann sprang Karl auf und ging ins Bad. Ich bin noch eine Weile liegen geblieben und hab den beiden die Rücken gekrault. Sie schnurrten wie kleine Katzen. Und ich schnupperte an ihren Nacken. Der Babygeruch war fast weg, aber noch nicht ganz.

Als sie Säuglinge waren, hab ich oft gedacht: Sie riechen wie Gummiente mit Honig.

Für mich war es der schönste Geruch der Welt.

Nach dem Frühstück hab ich sie dann in die Schule gebracht. Wie jeden Morgen. Das lag für mich auf dem Weg. Ich ließ sie aussteigen, sie rannten auf den Schulhof, und ich fuhr weiter.

Auch an diesem Morgen war alles ganz normal. Im Wegfahren hab ich noch Irmgard gesehen, aber hab ihr nur kurz zugenickt. Sie wusste, dass ich es immer eilig hatte, weil ich um Viertel vor acht in Tönning sein musste. Irmgard wohnte auch in unserer Siedlung und hatte einen Sohn, Fiete, der war acht. Mit ihm haben die Zwillinge oft gespielt.

Ich kann mich nicht daran erinnern, dass an diesem Tag irgendetwas anders war als sonst. Es war alles okay. Total in Ordnung. Warum konnte es nicht einfach so bleiben, verdammte Scheiße?«

Christines Stimme ist hoch und schrill, und ihr Gesicht ist unnatürlich rot.

»Möchten Sie etwas trinken?«, fragt der Psychiater beruhigend.

»Ja. Ein Wasser.«

Dr. Corsini steht auf, holt eine Flasche Wasser aus dem Kühlschrank des Besuchsraumes und schenkt ihr ein.

»Danke.« Sie trinkt hastig, dann redet sie weiter.

»Ich hatte an diesem Freitag sechs Stunden Unterricht und bin mittags gleich nach der Schule nach Hamburg gefahren. Karl und ich waren zum Abendessen eingeladen, ich wollte bei der Gelegenheit in der Stadt noch ein paar Einkäufe erledigen und zum Frisör gehen.

Meine Mutter hatte versprochen, die Zwillinge von der Schule abzuholen und ihnen Mittagessen zu kochen. Es war alles geregelt, auf meine Mutter konnte ich mich hundertprozentig verlassen.

Aber trotzdem. Es hört sich merkwürdig an, und vielleicht glauben Sie mir das jetzt nicht, aber als ich so gegen fünf Uhr beim Frisör saß, hatte ich plötzlich ein ganz blödes Gefühl. So eine diffuse Ahnung, dass irgendetwas nicht stimmte.

Kennen Sie das? Da kommt einem ein Gedanke in den Kopf, und dann durchzuckt es den ganzen Körper. Es ist kein schlimmer, aber ein unangenehmer Schmerz. Ein Angststich.

Und diese Stiche hatte ich. Mehrmals hintereinander, aber ich wusste nicht, warum.

Ich ließ meine Haare färben und hatte das Mittel noch auf dem Kopf, darum konnte ich nicht sofort telefonieren. Erst als ich fertig war, hab ich zu Hause angerufen. Meine Mutter ging auch sofort ran und sagte, dass alles okay sei. Die Zwillinge seien drüben bei Irmgard und spielten mit Fiete.

Gott sei Dank sind sie zu zweit, dachte ich, einer passt auf den anderen auf. Niemals passiert zwei Kindern gleichzeitig etwas.

Ich hab mich daraufhin ein bisschen entspannt. Schließlich war nichts ungewöhnlich oder beunruhigend. Die Zwillinge waren gesund und spielten mit Fiete. Was sollte schon sein?

Nach dem Frisör zog ich los, um für die beiden noch eine Winzigkeit zu kaufen. ›Hast du uns was mitgebracht?‹ war nämlich immer die erste Frage, wenn Karl und ich mal einen Tag nicht zu Hause gewesen waren.

Und wenn es irgendwie möglich war, hatte ich auch wirklich immer eine Kleinigkeit dabei.

Ich hab ihnen zwei Überraschungseier gekauft. Die liebten sie über alles. Sie hatten schon eine ganze Sammlung von kleinen Schlumpffiguren und tauschten untereinander. Das war das Einzige, bei dem jeder seinen eigenen Besitz heftig verteidigte. Alles andere teilten sie ja miteinander, es gehörte immer beiden zugleich.

Aber diese beiden Überraschungseier haben sie nie bekommen.«

Christine weint. Dr. Corsini wartet geduldig. Erst nach ein paar Minuten kann sie weitersprechen.

»Der Dekan von Karls Fachbereich hatte uns an dem Abend eingeladen. Aber ich habe vergessen, wie er hieß. Der Name fing

irgendwie mit ›K‹ an und hörte mit ›i‹ auf. Ich komm einfach nicht mehr drauf. Ist ja auch unwichtig, glaub ich.

Jedenfalls waren wir um sieben Uhr da, die Frau des Dekans begrüßte uns richtig herzlich, dann gab es einen Aperitif, und wir redeten über dies und das. Worüber, weiß ich nicht mehr.

Der Dekan war ein freundlicher Mann kurz vor der Pensionierung, der einfach nur beklatscht werden wollte. Darum lud er sich Gäste ein, und seine arme Frau musste stundenlang kochen. Jedenfalls belohnte er die, die bei dieser simplen Inszenierung mitspielten, manchmal mit Pöstchen und Einfluss. Er war der Garant für eine Karriere an der Uni, und Karl spielte mit, weil er der Meinung war, dass es ein Leichtes war, solch einen Abend durchzustehen, und der Aufwand in keinem Verhältnis zum Nutzen stand, und da hatte er recht. Ich sah es völlig ein, auch wenn der Gedanke an eine Gegeneinladung von der ersten Minute an wie ein Schreckgespenst über mir schwebte.

Aber es kam ganz anders.

Die Frau des Dekans hatte gerade die Vorspeise serviert, als das Telefon klingelte. Sie entschuldigte sich und nahm das Gespräch im Flur an.

Sekunden später kam sie zurück und sagte zu mir:

›Für Sie.‹

Ich brach innerlich zusammen. Das konnte nichts Gutes bedeuten.

Meine Mutter war am Apparat. Sie konnte kaum sprechen, so hat sie geweint.

›Reiß dich zusammen und sag mir endlich, was passiert ist!‹, hab ich sie angeschrien, und es war mir egal, ob es alle hören konnten.

Meine Mutter schniefte, putzte sich die Nase, und dann hat sie stockend gesagt, dass die Kinder zu Fiete gegangen waren, zum Spielen. Um sieben sollten sie zu Hause sein. Wie immer. Wie abgemacht. Aber sie sind nicht gekommen. Um halb acht hatte sie dann bei Irmgard angerufen und gefragt, wo die Kinder bleiben, und Irmgard sagte, sie wären nur ganz kurz da gewesen. Fiete durfte nämlich nicht spielen, der hatte Stubenarrest, weil er Spülmittel in den Graben gespritzt hatte, und dabei waren drei Enten ertrunken.

Meine Mutter war dann durchs ganze Dorf gerannt, hatte die Kinder gesucht und jeden gefragt. Aber niemand hatte sie gesehen.

Jedenfalls stand Raffael dann endlich, um zehn vor acht, vor der Tür. Aber allein. Ohne Svenja. Und er sagte nicht, wo sie ist. Er sagte überhaupt nichts. Keinen Ton.

›Bleib, wo du bist, Mama!‹, hab ich ins Telefon gebrüllt. ›Pass auf Raffael auf, wir kommen. In anderthalb Stunden sind wir zu Hause.‹

Die Vorspeise hatte noch niemand angerührt, weil alle höflichkeitshalber auf mich gewartet hatten. Wir haben uns sofort hastig verabschiedet, sind in mein Auto gesprungen und rasten über die Autobahn.

Während der Fahrt haben wir kaum etwas gesagt. Weil wir dasselbe gedacht haben: Es musste etwas passiert sein, denn ein Zwilling allein – das gab es einfach nicht. Raffael und Svenja existierten nur im Doppelpack. Sie waren eins.

Es war bereits dunkel und die Autobahn Richtung Norden fast leer.

Beim Fahren hat Karl unentwegt seine Nasenwurzel gerieben, und ich wusste, dass er sich dadurch zu beruhigen versuchte und sich zwang, konzentriert nachzudenken. Er suchte nach Erklärungen, nach Ideen, wo sie sein könnte.

Er hatte offenbar vor, pragmatisch und auf keinen Fall emotional an das Problem heranzugehen.

Das hab ich ihm angesehen und sagte nichts, um ihn nicht aus dem Konzept zu bringen. Und ich liebte ihn in diesem Moment. Er gab mir Halt. Wenn ich diese Angst durchstehen konnte, dann nur mit ihm.

Als wir endlich zu Hause ankamen, stand meine Mutter verheult im Wohnzimmer am Fenster und starrte in die Nacht, als würde Svenja jeden Moment wie ein Gespenst aus der Dunkelheit auftauchen.

Sie hatte nichts Neues zu berichten. Hatte nichts gehört und nichts gesehen und vergeblich im Dorf herumtelefoniert. Noch nie hatte ich meine Mutter so hilflos und verzweifelt erlebt.

Karl goss ihr einen Cognac ein, und dann gingen wir beide hoch ins Kinderzimmer.

Raffael saß auf dem Bett. Ganz bleich und stumm. Er hat gar nicht reagiert, als wir reinkamen, hat uns nicht angesehen, war wie versteinert.

›Wo ist Svenja, Raffael?‹, hab ich ihn leise gefragt.

Raffael hat noch nicht einmal mit den Achseln gezuckt, sondern nur gegen die Wand gestarrt, und sein Blick war so tot, als hätte er die Frage nicht gehört oder nicht verstanden.

Ich hab mich neben ihn gesetzt, ihn fest an mich gedrückt und gestreichelt und ihn noch mal nach seiner Schwester gefragt.

Karl hat sich vor ihn hingekniet und seine Hände gehalten.

Aber Raffael hat sich nicht gerührt.

Dieser kleine Junge, der da mit hängenden Armen verzweifelt vor uns saß, brauchte Hilfe. So viel war uns klar. Er stand unter Schock.

Aber wir mussten wissen, wo Svenja war, um sie zu retten, falls ihr etwas zugestoßen war.

Nach ein paar Minuten haben wir Raffael in Ruhe gelassen und sind nach unten gegangen.

Karl griff nach seiner Jacke und zog seine Schuhe an. Wollte los, sie suchen. Zu mir sagte er, ich solle alles versuchen, dass Raffael redet, und die Polizei rufen. Im Hinausgehen steckte er noch die kleine Taschenlampe ein, die immer an der Garderobe baumelte.

Ich hab angefangen wie verrückt zu zittern.

Und da kam Raffael die Treppe herunter. Vielleicht, weil er seine Oma laut schluchzen hörte. Denn meine Mutter war gar nicht mehr zu beruhigen.

Ich hab mich hingesetzt und ihn auf meinen Schoß gezogen. Er war so steif wie ein Stück Holz.

›Du weißt doch ganz bestimmt, wo deine Schwester ist‹, hab ich geflüstert. ›Sie ist doch immer bei dir. Raffael, bitte! Es muss doch einen Grund dafür geben, dass du allein gekommen bist. Erzähl es mir!‹

Seine Augen blickten in die Ferne, waren ganz starr und so erschreckend trocken.

›Kann es sein, dass Svenja in Not ist? Wenn du mir nicht sagst, wo sie ist, können wir ihr doch nicht helfen!‹

Ich hab gebettelt und gefleht, aber er hat nichts gesagt. Gar nichts.

Schließlich hab ich es aufgegeben und bin mit ihm zur Couch gegangen. Er hat alles mit sich geschehen lassen, sich brav hingelegt und die Augen zugemacht.«

»Hat Ihr Mann sie gefunden?«

»Nein. Aber er ist dann zu Hauke gegangen. Der war der Hauptmann der Freiwilligen Feuerwehr. Die beiden waren seit Jahren dicke Freunde.

›Ich brauch deine Hilfe, Hauke, sofort, noch heute Nacht‹, hat Karl gesagt, und mehr musste man bei Hauke auch nicht sagen. Wenn ein Freund um Hilfe bat, dann startete Hauke durch.

Karl hat ihm das Problem geschildert, und Hauke gab Feueralarm.

Es hat keine Viertelstunde gedauert, da waren zehn Mann da. Ein Teil machte sich auf den Weg, die Gräben abzulaufen und abzuleuchten. Ein anderer untersuchte den Tetenbüll-Spieker, das ist ein seeähnliches Staubecken vor dem Hafen. Soweit das alles in der Dunkelheit überhaupt möglich war.

Aber sie suchten wenigstens. Sie taten etwas! Sie kämpften um mein kleines, zartes Kind, das immer noch irgendwo war. Irgendwo da draußen.«

Christine schweigt und schließt die Augen.

»Und dann? Was passierte dann?«

Christine blickt auf und sieht Dr. Corsini an.

»Um kurz vor oder nach elf – so genau weiß ich das nicht mehr – sind dann zwei Polizisten gekommen. Ein Mann und eine Frau. Kommissar Jens Kogler und seine Assistentin Britta Wencke. Wir haben uns zusammen mit meiner Mutter in die Küche gesetzt. Raffael war auf der Couch im Wohnzimmer eingeschlafen.

Die Polizisten holten ihre Klemmmappen heraus und begannen eine endlose Befragung. Erst nach persönlichen Daten, dann nach all den Dingen, die fast nur meine Mutter beantworten konnte. Wann hatte sie die Kinder abgeholt, was hatte sie dann gemacht, was hatten die Kinder gegessen, war ihr irgendein merkwürdiges Verhalten an ihnen aufgefallen, wann gingen sie zum Spielen und wohin, wann wollten sie zurück sein, was hatten sie an und und und …

Es war mir klar, dass das wichtig war, aber ich konnte es kaum aushalten. Diese beiden Hanseln malten da unendlich langsam in ihrer Klemmmappe Buchstaben, während meine Svenja vielleicht irgendwo weinte und auf ihre Eltern wartete. Ich hätte sie schütteln können.

Aber meine Mutter beantwortete alle Fragen, soweit sie konnte, und ich hab mich gewundert, dass sie nicht mehr hysterisch war.

Ich selbst war völlig am Ende, hab die beiden Bürokraten einfach nicht mehr ertragen.

Dann kam Karl zurück. Unverrichteter Dinge, aber mit einem enorm energischen und entschlossenen Zug um den Mund.

Die beiden packten gerade ihre Papiere zusammen und baten uns, unbedingt anzurufen, wenn irgendwas passiert. Wenn Raf-

fael was sagt, falls sich ein möglicher Entführer meldet oder wenn Svenja wieder auftaucht. Sie wollten dann bei Tagesanbruch mit der Suche beginnen.

Eine halbe Stunde lang ist Karl im Wohnzimmer auf und ab gegangen. Immer hin und her, ohne etwas zu sagen. Ich wusste, dass er nachdachte. Sein Kopf hatte ihn noch nie im Stich gelassen.

Und je mehr er marschierte, desto wütender wurde er. Das sah ich ihm an. Seine Hilflosigkeit machte ihn rasend.

Dann ging er nach oben ins Schlafzimmer, und ich hörte, wie er immer wieder mit der Faust oder der flachen Hand gegen die Wand schlug.

Meine Mutter war vollkommen erschöpft in einem Sessel eingeschlafen, und ich hab mich wieder zu Raffael gesetzt, der wie tot auf der Couch lag, und sagte zu ihm: ›Bitte, Schatz, rede mit mir. Du bist doch mein großer, kluger Sohn und der Einzige, der mir helfen kann. Allein komm ich nicht mehr weiter.‹

Raffael war offensichtlich wach und öffnete ein klein wenig die Augen.

Ich hab einfach nur bei ihm gesessen und geweint.

Und dann hat er mir ganz zart seine kleine Hand aufs Knie gelegt.

›Weißt du, Raffael, es gibt Geheimnisse auf der Welt, die sollte man keinem Menschen verraten. Wirklich keinem‹, hab ich geflüstert. ›Aber dann gibt es Dinge, die sollte man jemandem anvertrauen, damit einem selbst oder einem anderen geholfen werden kann. Solche Dinge darf man nicht verschweigen. Verstehst du das?‹

Raffael nickte.

›Du warst doch heute mit Svenja draußen, um zu spielen. Wie schon oft, stimmt's?‹, fragte ich vorsichtig.

Raffael nickte erneut, aber ziemlich ängstlich.

›Aber heute war irgendetwas anders. Irgendetwas ist geschehen. Und das ist auch der Grund, warum sie nicht zusammen mit dir nach Hause gekommen ist. Stimmt's?‹

Raffael nickte wieder.

›Okay‹, sagte ich ruhig und nahm seine kleine Hand in meine. ›Ich werde dich jetzt nicht fragen, was geschehen ist. Ich lasse dich damit vollkommen in Ruhe – aber im Gegenzug sagst du mir, wo Svenja ist. Ich muss es unbedingt wissen, verstehst du? Ich muss sehen, ob ich Svenja helfen kann. Und das ist ein Geheimnis, das du lüften musst. Bitte, sag mir, wo sie ist.‹

Aber Raffael schwieg nach wie vor, und ich war kurz davor zu verzweifeln.

Ich hab ihn dann gefragt, ob sie in der Kirche gespielt haben. Oben, auf der Empore. Das war zwar verboten, aber sie machten es trotzdem ab und zu, weil sie es toll fanden und weil es dort so schön hallte.

Aber Raffael schüttelte den Kopf.

Er hatte wenigstens reagiert! Das war ja schon mal ein Anfang, dachte ich.

Und dann fragte ich ihn ab. Alles, was mir einfiel.

›Wart ihr im kleinen Wäldchen hinterm Pastorat? Oder auf dem Deich? Oder sogar am Wasser? Seid ihr über die große Straße gelaufen?‹

Raffael schüttelte jedes Mal den Kopf.

Ich weiß heute nicht mehr genau, was ich noch alles fragte, mir fiel eine ganze Menge ein, und irgendwann fragte ich ihn auch nach Bauer Harmsens Scheune, weil sie da schon öfter gespielt hatten.

Und in dem Moment wurde Raffael kalkweiß, er riss den Mund weit auf, und das blanke Entsetzen stand in seinem Gesicht.

Ich hab ihm dann beruhigend übers Haar gestrichen und gesagt, dass alles gut sei und dass ich gleich wiederkommen würde, bin aus dem Zimmer gestürzt und wie verrückt die Treppe hochgerannt ins Schlafzimmer.

›Karl, sie ist in Harmsens Scheune!‹, hab ich geschrien. Vielleicht hab ich auch nicht geschrien, sondern geheult, ich weiß es nicht mehr, jedenfalls war Karl sofort alarmiert. Er sprang auf und sagte: ›Ich fahr hin, bleib hier bei Raffael!‹, und dann hat er nur noch seine Jacke und die Taschenlampe gepackt und ist aus dem Haus gerannt.

Ich hab überlegt, ob Raffael Svenja allein zurückgelassen hätte, wenn sie noch lebte. Wahrscheinlich nicht. Aber selbst wenn er es getan hätte, wäre er so schnell wie möglich nach Hause gerannt, um Hilfe zu holen. Und hätte sicher nicht geschwiegen.

Wenn ich ehrlich bin, hatte ich nicht mehr viel Hoffnung. Eigentlich gar keine.

Es war Viertel nach zwölf, als Karl endlich anrief. Handys gab es damals noch nicht. Er hatte Bauer Harmsen aus dem Bett geklingelt und telefonierte von dort.

Er sagte mir, dass er sie gefunden hätte.

An seinem Tonfall hab ich sofort gehört, dass alles verloren war, aber ich hab dennoch ›Ich komme!‹ ins Telefon gebrüllt.

Und dann sagte er leise: ›Du kannst ihr nicht mehr helfen, Christine. Niemand kann ihr mehr helfen. Ich rufe jetzt die Polizei.‹

In diesem Moment hörte die Welt auf, sich zu drehen. Alles, was ich einmal geliebt hatte, war belanglos geworden, war wie verschüttet unter einem grau-schwarzen Brei. Ich hatte nur noch einen Wunsch: sie zu sehen.

›Ich komme!‹, hab ich noch einmal geschrien.

›Bitte, lass es‹, flehte er mich geradezu an. ›Es ist nicht gut, wenn du sie so siehst.‹

Ich hab ja gewusst, dass alles vorbei und alles zu spät war. Sie war nicht mehr zu retten. Er brauchte das nicht noch mal zu wiederholen. Und es lag an meiner Verzweiflung, dass ich anfing, Karl anzubrüllen:

›Was weißt du, was gut für mich ist! Ich muss sie sehen, unbedingt! Sie ist mein kleines Mädchen …‹

Die aufsteigenden Tränen schnürten mir die Kehle zu. Ich legte auf und sagte zu meiner Mutter, die im Sessel aufgewacht war: ›Sie ist tot, Mama!‹

Bevor meine Mutter reagieren konnte, bin ich aus dem Haus gerannt, in meinen Wagen gesprungen und Richtung Scheune gerast. Um diese Zeit war im Ort niemand mehr unterwegs.

Ich bin mit achtzig über das Kopfsteinpflaster der alten Dorfstraße gedonnert und dann um die Kurve in einen Wirtschaftsweg geschliddert, der am Ende des Dorfes begann.

Auf dem schmalen Weg fuhr ich hundertzwanzig und nur Minuten später erreichte ich die Scheune.

Karl stand vor der Tür.

Natürlich kannte ich die Scheune, hatte sie aber immer nur am Rande wahrgenommen, weil sie nicht wichtig war. Bauer Harmsen stellte darin manchmal seine Schafe unter. Er hatte nur eine kleine Herde und war im Gegensatz zu vielen anderen Schäfern der Ansicht, dass es nicht gut für die Tiere sei, wenn sie nass wurden. Bauer Harmsen war auch einer, der nachts bei seinen Schafen blieb, wenn die Geburt der Lämmer unmittelbar bevorstand. Viele im Dorf belächelten ihn wegen seiner übertriebenen Tierliebe, aber ich mochte ihn gerade deswegen.

Karl sagte kein Wort und drückte die hölzerne Tür auf, die nur angelehnt war. Der Kegel seiner Taschenlampe tanzte durch den riesigen Scheunenraum, so zitterte seine Hand.

Ich war nicht annähernd darauf vorbereitet, was ich dann sah.

Es war das Schlimmste, was ein Mensch überhaupt ertragen kann.

Sie hing am offenen Heuboden. Mit einem langen Seil um den Hals.

Meine Schöne hatte gespenstisch weit aufgerissene Augen, die das Entsetzen über den eigenen Tod nicht fassen konnten, und eine heraushängende, aufgequollene Zunge.

Ich wollte sie unbedingt in den Arm nehmen. Sie würde aufwachen, wieder anfangen zu atmen, sich erholen, wieder normal aussehen, wieder zu uns zurückkehren. Wir würden sie nach Hause tragen, ins Bett legen, den Arzt rufen, und in ein paar Tagen wäre alles wieder gut.

Aber ich konnte mich nicht rühren und starrte auf meine Tochter, deren Körper der leise Zugwind in der Scheune leicht hin und her baumeln ließ.

Und in dem Moment hab ich mich gefragt, warum ich nicht einfach sterben konnte. Hier, jetzt, in dieser Sekunde. Nur ein wenig später als sie.

Schließlich sagte Karl, dass wir nichts anfassen dürften und sie da nicht runterholen könnten, weil wir mögliche Spuren verwischen würden. Die Polizei würde gleich kommen.

›Svenja ist jetzt im Himmel‹, flüsterte ich, ›aber sie kommt zu mir zurück, und dann bleibt sie für immer.‹

Wie lange wir gewartet haben, weiß ich nicht mehr. Vielleicht eine halbe Stunde oder auch nur ein paar Minuten. In der Zeit sagte ich ihr ganz still und ganz für mich Adieu. Bis heute habe ich nicht damit aufgehört.

An keinem einzigen Tag.

Und niemals werde ich im Kopf das Bild meiner kleinen tapferen Svenja löschen können, die der Welt die Zunge herausstreckte, die sie im Stich gelassen und am Leben gehindert hatte.«

Dr. Corsini schenkt Christine Wasser nach, aber sie registriert es gar nicht und redet weiter.

»Als die Polizei eintraf, bin ich nach Hause gefahren, hab eine halbe Flasche Wein in einem Zug ausgetrunken und mich dann zusammen mit Raffael ins Bett gelegt.

Dass ich den Arm um ihn legte und ihn streichelte, hat er wahrscheinlich gar nicht gemerkt.

Ich hab mir Svenjas Schlafanzug vors Gesicht gedrückt, ihren sanften, süßlichen Geruch eingeatmet und mir das Hirn zermartert, was in der Scheune wohl geschehen war. Wie es bloß dazu kommen konnte.

Und irgendwie hab ich gespürt, dass sie noch da, noch in meiner Nähe war.

Um drei Uhr früh ist dann Karl mit den Polizisten nach Hause gekommen. Er sah aus, als wäre er in dieser Nacht zwanzig Jahre gealtert.

Ich bin aufgestanden und hab Kaffee gekocht.

›Wie ist es passiert?‹, fragte ich schwach.

Kommissar Kogler zuckte die Achseln und meinte, es wäre wohl ein Unfall gewesen. Jedenfalls glaubte dies der Gerichtsmediziner nach der ersten Untersuchung. Die Zwillinge haben auf dem Heuboden gespielt, und Svenja ist durch die morsche Bodenklappe gestürzt.

Aber ich konnte nicht begreifen, warum sie ein Seil um den Hals hatte.

›Was spielt man mit einem Seil um den Hals?‹, überlegte Kogler. ›Ich bin da nicht mehr so auf dem Laufenden, meine Kinder sind schon lange groß. Spielt man da Hund? Oder Tarzan? Oder sogar Hinrichtung? Ohne daran zu denken, dass auch in einem Spiel wirklich etwas passieren kann? Ich weiß es nicht.‹

Hund, dachte ich. Ja, wahrscheinlich haben sie Hund gespielt. Sie hatten sich sehnlichst einen gewünscht, aber wir wollten keinen, weil wir uns nicht die Möglichkeit verbauen wollten, mit den Kindern auch mal lange Fernreisen zu unternehmen.

So blieb ihnen nichts anderes übrig. Sie mussten Hund spielen.

Unser eigenes Vergnügen war uns wichtiger gewesen als die Sehnsucht unserer Kinder nach einem Hund.

Ich wusste, dass ich nie mehr Ruhe finden würde.«

»Und ist das so?«

»Ja, das ist so.«

»Sie haben nie mehr Ruhe gefunden?«

»Nein. Ich bin ruhiger geworden. Das vielleicht. Aber mein innerer Friede ist für immer fort.«

Dr. Corsini nickt. »Bitte, erzählen Sie weiter.«

Christine rauft sich die Haare. »Als die Leiche freigegeben war, haben wir hin und her überlegt, ob wir Raffael mit zur Beerdigung nehmen oder ihn lieber zu Hause lassen sollten. Und schließlich hab ich ihn ganz direkt gefragt, ob er weiß, dass seine Schwester morgen begraben wird.

Raffael hat nicht geantwortet, sondern mich nur mit großen, entsetzten Augen angesehen.

Ich hab ihn dann gefragt, ob er weiß, was da auf dem Friedhof passiert, und Raffael hat den Kopf geschüttelt.

Also hab ich ihn auf den Schoß genommen und versucht, ihm die Sache zu erklären, obwohl ich ja selbst noch nichts, wirklich gar nichts begriffen hatte.

Ich hab ihm gesagt, dass Svenja jetzt in einem Sarg liegt. In einer großen, schönen Kiste aus Holz. Aber das ist nicht die Svenja, die er kennt, die darin liegt, das ist nur ihr Körper, ihre Hülle. Ihre Seele ist längst davongeflogen, und wahrscheinlich wird sie ewig weiterleben. So genau wissen wir das ja alle nicht. Aber ich bin sicher, dass sie immer bei ihm ist. Vielleicht sogar gerade jetzt, hier in diesem Zimmer.

Raffael sah sich augenblicklich um.

›Du kannst sie nicht sehen, Raffael, nur spüren‹, sagte ich. ›Du kannst vielleicht fühlen, dass sie bei dir ist und dich beschützt. Und wenn du mit ihr sprichst, wird sie dir eine Antwort geben. Aber die hörst du nicht, du bekommst sie nur durch deine Gedanken. Verstehst du das?‹

Raffael nickte.

Es war furchtbar schwer, weil ich auf keinen Fall etwas Falsches sagen wollte.

Und dann erklärte ich ihm, dass alle Menschen sterben müssen, aber niemand weiß, wann. Die meisten sterben erst, wenn sie sehr alt sind. Und dann geht es allen Menschen so wie jetzt Svenja. Sie sind unsterblich.

Raffael war ganz ernst. Ich war mir sicher, dass er alles verstanden hatte, und hoffte, dass er dadurch ein klein wenig getröstet war.

›Möchtest du morgen mitkommen auf den Friedhof, wenn Svenjas Hülle in einem Sarg in der Erde vergraben wird?‹, hab ich ihn schließlich gefragt, und Raffael nickte.

Er wollte auf keinen Fall bei Oma oder bei Fiete bleiben.

Als ich aufstand, wollte ich wissen, ob er noch irgendeinen Wunsch hatte.

›Ich möchte tot sein‹, antwortete Raffael.

Das war der einzige Satz, den er nach Svenjas Tod sagte.

Als es so weit war, stand er zwischen uns am Grab. Unbeweglich und stumm.

Und vergoss keine Träne.

Aber als der Sarg in die Erde gelassen wurde, stieß er einen fürchterlichen Schrei aus. Es war ein Ton, der Gläser und Scheiben platzen lässt. Wie der Schrei eines Tieres, dem das Fell bei lebendigem Leib über den Kopf gezogen wird.

Noch heute wache ich nachts auf.

Von diesem einen grauenhaften, gellenden Schrei.«

»Und was war später? Ich meine, wie hat Raffael das alles verarbeitet?«

»Gar nicht. Er zog sich in sich zurück, kam nicht mehr zum Vorschein, und wir kamen nie mehr an ihn heran.

Wir hatten beide Kinder verloren.«

LILO

2

Berlin, Mai 2011

Ganz allmählich kam er zu sich, und erst nach einer Weile wurde ihm klar, dass er zu Hause in seinem Bett lag, dass der Erker dort war, wo er immer war, dass der Spiegel dort hing, wo er immer hing, und das fahle Licht des Vormittags ins Zimmer schien.

Er schloss die Augen, um sich noch einmal kurz seinen Träumen hinzugeben. Doch er schaffte es nicht, sich zu entspannen.

Irgendetwas war anders als sonst.

Irritiert fuhr er mit der Hand über seinen Körper. Und fasste in etwas Feuchtes, Klebriges.

Du lieber Himmel! Er hatte seine Sachen noch an. Das war völlig ungewohnt, denn normalerweise schlief er nackt.

Jetzt öffnete er erneut die Augen und hob den Oberkörper ein wenig an. Was er sah, brachte ihn fast um den Verstand: Vollständig angekleidet lag er in seinem Bett, und T-Shirt, Jacke und Jeans waren voller Blut. Tief durchtränkt und an manchen Stellen bereits getrocknet, hart und steif.

Fassungslos fuhr er sich mit den Händen durch die Haare und merkte zu spät, dass auch seine Hände blutverkrustet waren.

Der Ekel machte ihn fast bewegungsunfähig.

Er rührte sich nicht. Das Entsetzen saß ihm direkt in der Kehle und schnürte ihm den Atem ab. Er konnte es nicht glauben.

Schließlich riss er das T-Shirt hoch. Sein Bauch war unversehrt.

Er tastete sich hektisch ab. Hals, Brust, Bauch, Arme, fuhr mit der Hand in die Hose, bis zum Schritt – nirgends eine Wunde oder ein Schmerz.

Verdammt noch mal, woher kam das Blut?

Er blinzelte zur Uhr. Die digitalen Ziffern des Radioweckers zeigten zehn Uhr dreiundzwanzig.

Mühsam stand er auf. In seinem Kopf explodierten Stiche wie ein Feuerwerk, aber er ignorierte sie und taperte langsam und vorsichtig zum Spiegel.

Jetzt erst wurde ihm das Ausmaß des Desasters richtig klar: Er sah aus, als ob er ein Schwein geschlachtet hätte.

Ihm brach der kalte Schweiß aus.

Bleib ruhig, dachte er, ganz ruhig. Es gibt für alles eine Erklärung, du kommst bloß nicht drauf. Und mit diesem schmerzenden Kopf und der Übelkeit, die sich in ihm auszubreiten begann, schon gar nicht.

Er starrte auf sein Spiegelbild, verstand überhaupt nichts mehr und bekam das nackte Grausen. Auf dem Tisch lagen Zigaretten. Mit zitternden Fingern nestelte er eine aus der Packung, zündete sie an und rauchte mit schnell aufeinanderfolgenden, tiefen Zügen.

Mein Blut ist es nicht, mein Blut ist es nicht, hämmerte sein Gehirn in einer Endlosschleife. Ich blute nicht, ich bin nicht verletzt, ich bin okay. Ich bin okay. Ich bin okay.

Aber von wem ist das Blut dann? Was war passiert?

Stumm stellte er sich wieder vor den Spiegel und stierte auf seine besudelten Sachen, als könnte er ihnen die Wahrheit entlocken oder die Spur einer Ahnung auslösen.

Doch er hatte keinerlei Erinnerung an den gestrigen Abend.

Nicht die geringste.

Er ließ die Zigarette in eine halb volle Bierflasche fallen. Es zischte leise.

War heute Donnerstag oder Freitag? Verflucht, noch nicht einmal das wusste er. Er torkelte, zog den Reißverschluss seiner Jeans auf und stieg so vorsichtig aus der Hose, als täte jede Berührung mit dem Stoff fürchterlich weh.

Das Blut war durch die Jeans bis auf seine Haut durchgedrungen, und seine Oberschenkel hatten rötlich braune Flecken. Er glaubte, sich übergeben zu müssen, so widerlich fand er das.

Er warf die Jacke auf den Boden und versuchte das T-Shirt auszuziehen. Dabei weitete er den Halsausschnitt, bis das Hemd zerriss und er es über den Kopf ziehen konnte, ohne mit dem Blut in Berührung zu kommen.

Er sah sich um. Über sein Bettlaken zogen sich einige bräunliche Streifen von getrocknetem Blut. Er riss das Laken von der Matratze und warf es auf den blutigen Haufen.

Er konnte es einfach nicht begreifen.

Woher kam das Blut?

Und was war denn heute für ein Tag?

Auf dem Schreibtisch lag sein Kalender. Hektisch blätterte er darin herum, aber das half ihm nicht weiter, weil er nichts eingetragen hatte.

Sein Handy. Es müsste in der Jacke sein, und da stand auf dem Display das Datum.

Also musste er wieder die Jacke berühren. Er würgte, als er vorsichtig die innere Brusttasche befühlte. Das Handy war nicht da. Dann vielleicht vorn rechts außen. Oh Gott, das Blut war sogar in die Jackentasche gesickert. Er schluckte mehrmals, fuhr vorsichtig mit der Hand hinein.

Die Tasche war leer.

Er überlegte. Merkwürdig, rechts in der Jackentasche hatte er doch immer das Messer. Sein Messer! Verdammte Scheiße, wo war sein Messer?

Es war nicht irgendein Messer. Nicht *er* hatte sich das Messer ausgesucht, sondern das Messer *ihn*. Darum war es ihm so wichtig, und darum hatte er sich auch immer sicher gefühlt, wenn es in der Jackentasche schwer in seiner Hand lag.

Die Szene stand ihm vor Augen, als wäre es gestern gewesen. Berlin, U-Bahnhof Kaiserdamm, nachts um kurz nach eins. Vor fast zwei Jahren.

Er hatte auf einer Bank gesessen, auf die U-Bahn gewartet, und war dabei eingeschlafen. Eine Viertelstunde oder eine halbe war vergangen, als er durch laute Stimmen geweckt wurde. Zwei Typen attackierten einen Mann, der wesentlich älter war als sie. Ungefähr Mitte dreißig, schmächtig und unauffällig gekleidet. Völlig unvorstellbar, dass diese graue Maus die beiden, die sicher nicht älter als achtzehn oder zwanzig waren, provoziert hatte.

Sie schubsten ihn immer näher an die Gleise heran. Der Mann schrie und flehte, ihn in Ruhe zu lassen.

Wie gelähmt saß er da, und ihm wurde heiß, denn er wagte nicht einzugreifen. Aber genauso wenig konnte er in dieser Situation davonrennen. Ein Handy, um die Polizei zu rufen, hatte er – wie so oft – nicht dabei und schämte sich unsagbar, weil er nichts tun konnte.

Dann hörte er Schritte auf der Treppe. Das Geräusch klackernder, hastiger Absätze auf den Stufen. Irgendjemand rannte, aber er wusste nicht, ob dieser jemand floh oder auf den Bahnsteig kam.

Vielleicht hatten ja auch schon andere die Szene beobachtet.

Er fühlte sich wie auf dem Präsentierteller, aber die Typen beachteten ihn gar nicht. Wenn er sich jetzt entfernte, würden sie ihn bemerken, da war er sich sicher, also versuchte er weiterhin, still und unsichtbar zu bleiben.

Die Typen boxten dem Mann ins Gesicht, in den Magen und in die Nieren und hielten ihn gleichzeitig am Mantel fest, sodass er nicht zusammenbrechen konnte. Das Blut lief ihm aus der Nase, und man sah, dass er sich aus eigener Kraft nicht mehr auf den Beinen halten konnte.

Der Mann war fertig, aber das interessierte die beiden Typen nicht.

Einer zog ein Messer aus der Tasche und ließ es aus der Scheide schnellen. Für den Bruchteil einer Sekunde blitzte die Klinge im kalten Licht der Neonbeleuchtung auf, dann stach der Typ dem Mann das Messer in den Bauch.

Dies alles war blitzschnell und völlig geräuschlos passiert.

Der Mann fiel einem der beiden Typen in die Arme und hing dort wie ein schlaffer Sack, als ein Martinshorn zu hören war und immer näher kam. Offensichtlich hatte doch jemand die Polizei alarmiert.

Der Angreifer zog das Messer aus dem Bauch des Mannes, ließ ihn fallen und kickte das Messer über den Bahnsteig. Es schlidderte weit.

Dann flüchteten die beiden Typen.

Das Messer lag nur einen halben Meter von ihm entfernt.

Ohne zu überlegen, was er tat, stellte er seine Tasche darauf und sah sich um. Niemand war in der Nähe, und der Mann regte sich nicht.

Er ging zu dem Verletzten, fühlte ihm den Puls, redete ihm Mut zu und kam sich dabei ungeheuer schäbig vor, weil er glaubte zu lügen. Immerhin war es möglich, dass der Mann jetzt, in diesem Moment, oder in wenigen Minuten starb.

Sekunden später stürmten Polizisten den Bahnsteig, und augenblicklich brach Chaos aus. Schaulustige standen herum, der Notarzt kam und transportierte den lebensgefährlich Verletzten ab.

Er wurde als Zeuge befragt, und als er seine Aussage gemacht hatte, ließ er unbemerkt das Messer in seiner Tasche verschwinden und ging nach Hause.

Vom Kaiserdamm musste er eine Dreiviertelstunde bis zu seiner Wohnung laufen, aber das war egal. Er besaß ein Messer. Ein Springmesser, das vor einer Stunde noch in einem menschlichen Körper gesteckt hatte.

Und dieses Messer war nun weg.

Ihm wurde immer übler, und das Zittern wurde stärker.

In der linken Jackentasche fand er das Handy. Er klappte es auf. Der Akku war fast leer, aber er konnte sehen, dass heute Samstag war, kurz nach halb elf.

Ach ja. Gestern war Premiere gewesen. *Romeo und Julia*, richtig, und danach Premierenfeier in der Kantine. Zumindest das fiel ihm wieder ein.

Erinnern konnte er sich noch an die ersten beiden großen Bier, die er hastig hinuntergeschüttet hatte. Während der Vorstellung hatte er auch schon Bier getrunken, aber dennoch ständig das Gefühl gehabt zu verdursten.

Und dann? Wie lange hatten sie in der Kantine gesessen? Und war er mit den Kollegen noch weiter um die Häuser gezogen?

Nichts. Da kam kein Bild mehr, keine Idee, keine Ahnung, was passiert sein könnte. Er hatte einen totalen Filmriss.

Und wieder sah er vor sich seine Sachen und dieses verdammte Blut.

Duschen, dachte er, ich muss duschen. Sonst fange ich noch an zu kotzen.

Vorsichtig machte er einen Spaltbreit die Tür auf. Der Flur war leer. Es war auch vollkommen still in der Wohnung. Vielleicht war Lilo gar nicht zu Hause?

Sie darf mich nicht sehen, dachte er, auf gar keinen Fall darf ich ihr begegnen.

Noch einmal sah er sich um, dann schloss er seine Zimmertür ab, nahm den Schlüssel in die Hand und huschte ins Bad.

Die heiße Dusche war wie eine Erlösung.

Das warme Wasser lief an seinem Körper hinab und verschwand als blutig-blassrosa Rinnsal im Abfluss.

3

Raffael hatte schon immer unter der Dusche besonders gut nachdenken können. Manchmal dachte er an überhaupt nichts, während er den warmen Duschstrahl genoss, aber heute überschlugen sich seine Gedanken.

Er musste seine Klamotten loswerden. Sofort. Noch heute Vormittag. Innerhalb der nächsten Stunde. Bevor er in die Küche oder ins Theater ging. Die Gefahr, dass Lilo in sein Zimmer kam, weil sie irgendetwas von ihm wollte, war einfach zu groß.

Das Beste war, die Sachen schleunigst wegzuwerfen. Sie in irgendeinem Neuköllner Hinterhof in eine Mülltonne zu stopfen. Dort, wo Messerstechereien an der Tagesordnung waren und sich niemand über eine blutige Jeans wunderte.

Aber davor fürchtete er sich. So ein Hinterhof hatte tausend Augen, und es gab immer ein paar alte Frauen, die den ganzen Tag auf den Betonhof starrten und darauf warteten, dass irgendjemand kam oder ging, weil dies ein klein wenig Abwechslung in ihre alltägliche Tristesse brachte. Die mit Argusaugen beobachteten, wer was in die Tonne warf, und darüber wachten, dass um Gottes willen kein Joghurtbecher in den Normalmüll wanderte. Und die vor allem ihre Mitbewohner kannten. Sofort würde auffallen, dass er gar nicht im Haus wohnte.

Und wenn er nachts hinging, machte er sich erst recht verdächtig. Er sah es förmlich vor sich, wie in fünf Fenstern das Licht anging, weil nachts der Mülltonnendeckel klappte. Am nächsten Morgen um sechs würde die erste alte Tante die Mülltonne inspizieren, um zu sehen, was der Fremde da mitten in der Nacht entsorgt hatte. Und es wäre ein besonderes Highlight in ihrem Leben, die Polizei rufen zu können.

So ging das alles gar nicht.

Vielleicht war es besser, die Sachen vorher in die Waschmaschine zu stecken. Dann waren die Blutspuren nicht mehr auf den ersten Blick erkennbar und das ganze Paket weniger verdächtig.

Allerdings – wie sollte er denn seine Lederjacke, die vollkommen eingesaut war, in der Waschmaschine waschen? Das funktionierte überhaupt nicht. Aber auch wenn es ihm völlig egal war, ob die Lederjacke nach dem Waschgang einem Fünfjährigen passte – über die Waschmaschine hier in der Wohnung führte Lilo das Regiment.

Im Badezimmer stand ein großer Korb für die Schmutzwäsche. Lilo sortierte die Wäsche – ihre und Raffaels – und ließ fast jeden Tag ein Programm durchlaufen. Die saubere Wäsche bügelte sie, und Raffael bekam seine Sachen ordentlich zusammengelegt nur wenig später zurück. Lilo behauptete immer, leidenschaftlich gern und am liebsten beim Fernsehen zu bügeln, und dann sagte sie lächelnd: »Es macht mir wirklich nichts aus, Raffael. Ich hab doch sonst nichts zu tun.«

Raffael hatte dies immer als äußerst angenehm empfunden. Lilos Wäscheengagement machte sein Junggesellendasein wesentlich einfacher und erträglicher, zumal er auch nicht genau wusste, wie die Waschmaschine funktionierte, und die Systematik der Wäschesortiererei nie begriffen hatte. Helle Sachen sechzig Grad. T-Shirts und bunte Sachen vierzig. Okay. Aber was machte man mit hellen T-Shirts? Er besaß vielleicht fünf oder sechs davon. Sollte er sich vielleicht noch zwanzig kaufen und dann Wochen warten, um irgendwann eine Waschmaschine füllen zu können?

Die Entscheidung, was wie gewaschen wurde, fand er zum Verzweifeln, und er war glücklich, dass sich Lilo darum kümmerte.

Dafür schleppte er ihr die schweren Einkaufstaschen nach Hause.

Also konnte er die Kleidungsstücke auf keinen Fall hier in seiner Wohnung waschen, und in den Waschsalon traute er sich auch nicht. Da war immer jemand, der einen beim Füllen der Maschine beobachtete.

Er musste eine andere Lösung finden.

Die Müllkippe war vielleicht eine Möglichkeit. Aber er hatte kein eigenes Auto, und wen sollte er bitten, ihn dahin zu fahren? Und welches Märchen sollte er erzählen, warum er gerade dort etwas entsorgen wollte?

Das war alles Blödsinn. Er drehte die Dusche aus und trocknete sich ab. Danach putzte er sich die Zähne und säuberte akribisch seine Fingernägel. Sein Kopf schmerzte immer noch.

Er öffnete das Schränkchen neben der Tür, ließ zwei Aspirin in ein Glas fallen, löste sie in Wasser auf und trank hastig. Er brauchte dringend einen klaren Kopf.

Was habe ich getan?, hämmerten seine Gedanken. Welchen Weg bin ich nach Hause gegangen? Hab ich ein Taxi genommen? Hab ich vielleicht sogar den Taxifahrer umgebracht?

Oh, mein Gott!

Er war sich selbst unheimlich.

Genauso vorsichtig, wie er ins Bad geschlichen war, schlich er auch wieder hinaus. Lilo war nirgends zu sehen.

Gott sei Dank.

In seinem Zimmer ließ er sich in seinen Sessel fallen und starrte an die gegenüberliegende Wand.

Das Tapetenmuster – rosafarbene, ineinander verschlungene Buschwindröschen vor hellbeigem Hintergrund – verschwamm vor seinen Augen. Seine mühsam erkämpfte Sicherheit war ins Wanken geraten, er war dabei, den Halt unter den Füßen zu verlieren, und ahnte dunkel, dass er selbst daran schuld war.

Er schaltete das Radio an. Die leise Plätschermusik im Hintergrund beruhigte ihn.

Sein Handy klingelte. Auf dem Display sah er, dass es Frank war.

»Leck mich am Arsch«, murmelte er und drückte das Gespräch weg. Insgesamt dreimal.

Dann ging er ran.

»Ja?«, knurrte er.

»Na, schon wach? Geht's dir einigermaßen?« Frank war der Bühnenmeister und hatte um diese Uhrzeit eine erschreckend laute und wache Stimme, was Raffael sofort auf die Nerven ging.

»Bestens«, knurrte er. »Wieso?«

»Weil ich nicht dachte, dass du heute Vormittag aus dem Bett kommst, und weil du offensichtlich auch zwei Stunden brauchst, um ans Telefon zu gehen.«

»Ach ja?«

»Ja. Gestern bist du im Bier regelrecht ertrunken. Joachim und Bruno übrigens auch.«

»Und deswegen rufst du an?«

»Nee, ich wollte dich daran erinnern, dass du heute um fünfzehn Uhr im Theater sein musst. Umbau auf *Scherz, Satire, Ironie und tiefere Bedeutung*. Nur, dass du das nicht verpennst mit deiner Matschbirne.«

»Ja, ja.«

»Meinst du, du bist fit heute Nachmittag?«

»Mann, lass mich in Ruhe.« Raffael knipste das Gespräch weg.

Was für ein Schwachsinn! Fast jeden Tag Umbau zu einem anderen Stück, nur damit die Abonnements grün, gelb, lila und kariert bedient werden konnten. Ein einziger Stress und eine Idiotenarbeit.

Er versuchte sich zu entspannen und schloss die Augen.

Es war nichts passiert. Alles war in Ordnung. Um zwei würde er ins Theater gehen, um acht ging der Lappen hoch, und gegen Mitternacht stand er wieder auf der Straße. Wie jeden Abend. Heute und in alle Ewigkeit, amen. Die Welt drehte sich weiter, alles war gut.

Aber woher, zum Teufel, kam das Blut?

Die Klamotten. Diese verdammten Klamotten.

Er ließ seinen Blick auf der Suche nach einem geeigneten Versteck im Zimmer umherwandern. Direkt vor dem Erkerfenster stand das dunkelgrüne, plüschige, mit gedrehten Kordeln besetzte Sofa mit den beiden passenden Sesseln, gleich neben der Tür der Biedermeiertisch mit vier Stühlen, vor dem Fenster zum Hof ein Schreibtisch, obwohl er eigentlich nur sehr selten oder gar keinen Schreibtisch brauchte; in der Ecke links neben der Tür war der wuchtige Schrank aus dunklem, fast schwarzem Holz, dessen Türen zum Gotterbarmen knarrten und die er schon deswegen nicht gern öffnete, und als Höhepunkt prangte an der Wand dem Schreibtisch gegenüber das gewaltige hohe Bett mit einem geschnitzten Rückenteil aus Eichenholz. Raffael hatte keine Ahnung, ob das Bett hundert oder zweihundert Jahre alt war, Heerscharen von Kindern waren sicher darin gezeugt worden – aber er fand es großartig. Ein Bett aus einer anderen Welt und einer anderen Zeit, das es so heute sicher nicht mehr gab.

Vor den Fenstern hingen im Laufe der Jahre gelb gewordene Fenstergardinen und davor schwere, goldgrüne Übergardinen. Inderteppiche in dunkelroten Tönen bedeckten das abgewetzte Parkett.

Dieses Zimmer konnte einen umarmen oder erdrücken – je nachdem, wie man es sah.

Er lauschte angestrengt. In der Wohnung war es still. Keine Schritte im Flur, kein Klappen einer Tür waren zu hören. Merkwürdig. War Lilo gar nicht zu Hause?

4

Raffaels Vermieterin Lilo Berthold war neunundsiebzig, und sie wohnte seit über fünfzig Jahren in dieser weitläufigen Altbauwohnung mit zehn Zimmern. Das ehemals prachtvolle Mietshaus war mittlerweile heruntergekommen, verwohnt und mehr als baufällig. Seit Jahrzehnten waren Fenster, Dach und Heizungsanlage nicht mehr saniert worden, durch die zerbrochenen Fenster im Treppenhaus pfiff der Wind, das Treppengeländer war im dritten Stock über mehrere Meter völlig weggebrochen.

Im Lauf der letzten Jahre hatte sich das Haus in ein Geisterhaus verwandelt. Die Mieter waren nach und nach ausgezogen, es gab nur noch zwei Parteien, die den Anwaltsattacken, bösen Briefen und Mobbingversuchen des Hausbesitzers, der das Haus sanieren und die lästigen Mieter endlich loswerden wollte, trotzten. Lilo im vierten Stock und eine indische Familie im Parterre.

Lilo lebte einfach schon zu lange in diesem Haus, als dass man sie so einfach auf die Straße setzen konnte, sie hatte »Bestandsschutz«, und alle Entschädigungs- und Umzugsangebote lehnte sie stur ab.

Im Hinterhof hatte sie einen kleinen Garten, den sie über alles liebte und mit dem sie sich verglich. Kam der Herbst und verloren Bäume und Blumen ihre Blätter und Blüten, dann war auch sie davon überzeugt, den Winter nicht zu überleben. Aber im Frühling, wenn alles wuchs und sie an jedem schon längst totgesagten Zweig frische Knospen entdeckte, erwachte ein unbändiger Lebenswille in ihr, der ihr monatelang Kraft gab.

Dieses Haus war ihr Leben, ihre Heimat. Die einzige, die sie hatte. Hier waren die vielen Zimmer vollgestellt mit Möbeln, die ihr etwas bedeuteten, die Bilder an den Wänden erzählten Geschichten von früher, und die Schränke waren vollgestopft mit Fotos und Erinnerungsstücken. Da gab es noch die sorgsam gehütete Aussteuer ihrer Mutter, das Geschirr und das Silberbesteck, das sie zu ihrer Hochzeit mit Wilhelm geschenkt bekommen hatte.

In dieser Wohnung existierte Wilhelm noch in ihren Gedanken und Erinnerungen. Wilhelm, mit dem sie zweiundfünfzig Jahre verheiratet gewesen und der vor sechs Jahren gestorben war. In einer anderen Wohnung würde er für immer verschwinden, das war ihr klar.

Ganz abgesehen davon, dass sie sich nicht vorstellen konnte, einen Umzug dieses Ausmaßes bewältigen zu können, wollte sie hier auch nicht weg. Niemals. Nur mit den Füßen voran würde man sie hier heraustragen, eine Zwangsräumung käme für sie einem Todesurteil gleich.

Natürlich war sie einsam, und sie war immer einsamer geworden, seit sie nach und nach keine Nachbarn mehr hatte, aber sie liebte diese Wohnung, hatte nichts anderes.

Als sich die Situation zuzuspitzen begann, weil der Vermieter die Miete erhöhte, soweit es im gesetzlichen Rahmen überhaupt möglich war, als die kleinen Reparaturen überhandnahmen und sie den ewigen Streit mit dem Hausbesitzer kaum noch verkraftete, entschloss sie sich, ein Zimmer unterzuvermieten. Möbliert. Vielleicht traf sie auf einen Menschen, der ihr eine Hilfe war.

Sie annoncierte in der *Morgenpost*, aber als sich auf die Annonce drei Wochen lang niemand meldete, vergaß sie es wieder.

Es geschah an einem trüben Novembertag.

Auch wenn Lilo nichts Besonderes vorhatte, stand sie normalerweise jeden Morgen um sieben Uhr auf. Weil sie davon überzeugt war, dass ein geregelter Tagesablauf lebensverlängernd wirkte.

Wer morgens pünktlich aufstand, sich wusch und Kaffee kochte, war noch am Leben. Wer im Bett blieb, war krank und wenig später tot.

Aber an diesem Morgen fragte sie sich, warum sie eigentlich aufstehen sollte. Draußen war es stockdunkel, der feuchte Nebel hing in den Straßen, im Zimmer war es kalt, nur unter der Bettdecke konnte sie eine gewisse Wärme halten.

Eine halbe Stunde döste sie noch vor sich hin, konnte es aber nicht genießen, erhob sich schließlich und ging ins Bad. Und schwor sich, morgen wieder den gewohnten Rhythmus aufzunehmen, denn die fehlende halbe Stunde brachte ihren gesamten Tagesplan durcheinander.

Daher war sie den ganzen Tag ein wenig verunsichert, und dann klingelte es um halb zwölf auch noch an der Tür.

Lilo erschrak. Sie bekam nie Besuch. Sie hatte keine Familie und keine Freunde mehr in der Stadt, alle waren weggezogen oder tot. Der Briefträger meldete sich schon lange nicht mehr. Wenn er ein Paket abzugeben hatte, steckte er – wie überall – einfach nur noch die Benachrichtigung in den Briefkasten, dass etwas auf der Post abzuholen wäre.

Es konnten also nur der Hausmeister oder der Vermieter sein, und sie kamen sicher nicht, um ein paar Kekse abzugeben.

Ängstlich schlich Lilo zur Tür und sah durch den Spion. Im Hausflur stand ein junger Mann im schwarzen Anzug, den sie noch nie gesehen hatte.

Sie legte die Sicherheitskette vor, öffnete die Tür nur einen Spaltbreit und sagte mit zittriger, hoher Stimme:

»Ja?«

»Entschuldigen Sie bitte, dass ich störe«, sagte der junge Mann sehr höflich, sehr nett und sogar mit einem Lächeln, »ich komme wegen des Zimmers, das Sie vermieten wollen. Wenn es noch frei ist, würde ich es mir gern einmal ansehen.«

»Ja«, sagte sie schon wieder und bebte am ganzen Körper. »Ja, ja, natürlich.«

»Ist das Zimmer noch frei?«

»Ja, ja.«

Sie hatte Angst, den Mann einzulassen. Sie fürchtete sich vor ihm. Er sah aus, als käme er von einer Beerdigung. Oder als arbeite er auf dem Friedhof.

Er brachte den Tod. Er war gekommen, sie zu holen. Aber es war doch noch viel zu früh! Sie war noch nicht bereit.

Diese Gedanken schossen ihr durch den Kopf, und im selben Augenblick wusste sie, dass sie spinös war, dass sie überfantasierte und einfach zu lange allein gewesen war. Mit der Realität hatte dies alles nichts zu tun.

Und obwohl sie die Angst noch nicht besiegt hatte, nahm sie die Sicherheitskette ab, öffnete die Tür und flüsterte:

»Bitte, kommen Sie herein.«

Der Mann betrat den Flur langsam und sah sich aufmerksam um.

»Ach, ich habe mich ja noch gar nicht vorgestellt. Mein Name ist Herbrecht. Raffael Herbrecht.«

Sie nickte. *Raffael.* Ein Engel, einer der drei Erzengel. Dunkel erinnerte sie sich, dass der Name »Gott heilt« oder »der Heiler« bedeutete. Der Name gefiel ihr.

»Hier, mein Ausweis.« Er zog die Plastikkarte aus seiner Hosentasche und gab sie ihr.

Lilo sah hin, konnte aber ohne Brille nichts entziffern, und gab sie ihm wieder zurück.

»Danke. Kommen Sie bitte, ich zeige Ihnen das Zimmer.«

Es war die letzte Tür am Ende des langen Flurs.

Lilo öffnete und ließ ihn eintreten.

Raffael ging nur drei Schritte in den Raum hinein und sah sich um. Nach wenigen Sekunden sagte er:

»Es gefällt mir. Ich würde es gern mieten. Wie viel kostet es?«

»Aber Sie haben es sich ja noch gar nicht richtig angesehen! Heute scheint zwar nicht die Sonne, aber Sie merken ja, dass es dennoch sehr hell ist. Und es ist eigentlich auch ganz ruhig. Finden Sie nicht? Ich meine ja nur … Die Schränke habe ich ausgeräumt, da haben Sie genug Platz für Ihre Sachen.«

»Ich hab kaum was, das passt schon«, murmelte Raffael.

Lilo hatte seinen Einwurf gar nicht registriert.

»Es sind sehr alte Möbel. Teilweise noch von meinen Eltern. Das ist sicher nicht Ihr Geschmack. Also, wenn Sie wollen, können wir auch ein paar rausräumen, und Sie stellen sich etwas Moderneres rein.«

Raffael ging zu Lilo und baute sich vor ihr auf, was sie noch mehr verunsicherte.

»Hören Sie, Frau …? Wie heißen Sie noch mal?«

»Berthold. Lilo Berthold.«

»Okay, Frau Berthold. Also: Das Zimmer gefällt mir. So wie es ist. Ich finde es klasse, und ich habe nicht die geringste Lust, irgendein lustiges Möbelrücken zu veranstalten. Außerdem besitze ich gar keine Möbel. Nein, ich finde die Sachen toll! Sie haben was. Das Zimmer ist ein Traum! Sie brauchen es mir nicht noch anzupreisen. Ich glaube, ich werde hier meine Ruhe haben. Und mehr will ich gar nicht. Also noch mal: Was kostet es?«

»Dreihundertfünfzig.«

»Gut. Wann kann ich einziehen?«

»Sofort, wenn Sie möchten.«

Ein Lächeln zog über Raffaels Gesicht. »Das ist fantastisch. Zeigen Sie mir noch das Bad?«

Lilo zeigte ihm Bad und Küche.

»Wir sind ja nur zwei Personen. Ich denke, wir werden uns einigen.«

»Das denke ich auch.«

Während er ein paar Schränke in der Küche öffnete und Schubladen aufzog, beobachtete Lilo ihn. Was ist das für ein Mensch?, überlegte sie. Einer, der einen schlecht sitzenden, schwarzen Anzug anzieht, nur um bei mir Eindruck zu schinden? Wahrscheinlich braucht er das Zimmer dringend.

»Frau Berthold, bekomme ich das Zimmer?«, fragte er schließlich. »Ich würde mich riesig freuen.«

»Ja, natürlich.«

Raffael schüttelte ihr die Hand.

»Wenn Sie wüssten, wie glücklich ich bin. Und wenn es Ihnen nichts ausmacht, dann ziehe ich am Samstag ein.«

Er atmete tief durch, strahlte sie noch einmal an und verließ dann mit zügigen Schritten die Wohnung.

In zwei Tagen hatte sie einen Untermieter, aus dem sie noch nicht ganz schlau wurde. Aber sie war neugierig auf ihn und freute sich darauf, in ihrer riesigen Wohnung nicht mehr allein zu sein.

Sie hatte den halben Samstag am Fenster gesessen und darauf gewartet, dass ein Möbelwagen, wenn auch ein kleiner, vor ihrer Haustür hielt.

Als den ganzen Vormittag nichts passierte, ging sie allmählich davon aus, dass er es sich anders überlegt hatte. Alles war nur so dahingesagt worden, es ging ja auch so schnell, wahrscheinlich hatte er sie und ihre Wohnung schon längst wieder vergessen. Man durfte eben nicht alles glauben.

Aber am Nachmittag um halb vier fuhr ein Taxi vor, und Raffael stieg aus. Mit zwei Koffern und einer Umhängetasche aus Stoff. Eine, die man in manchen Geschäften als Werbegeschenk bekommt.

Das war alles.

Lilo wäre in der Lage gewesen, mit diesem Gepäck drei Wochen Urlaub zu machen, aber nicht in eine neue Wohnung zu ziehen.

Sie öffnete ihm die Tür und wartete ab.

Er stellte die beiden Koffer in sein Zimmer, kam wieder heraus und rieb sich die Hände.

»'tschuldigung, Frau Berthold«, sagte er, »aber ich hab das jetzt alles nicht mehr so genau im Kopf. Wie war das? Wir benutzen die Küche gemeinsam?«

»Aber sicher. Die oberen drei Fächer des Kühlschranks sind für Sie, die unteren drei für mich. Wer gekocht hat, wäscht das Geschirr, das er benutzt hat, ab und stellt es weg. So einfach ist das. Im Grunde dürfte es keine Probleme geben. Wenn ich Sie zum Essen einlade, mache *ich* die Küche sauber. Ist doch klar.«

»Und umgekehrt genauso«, meinte Raffael und lächelte. »Haben Sie denn für heute Abend schon was geplant? Sonst schlage ich vor, ich laufe schnell los, kaufe was ein und koche uns eine Kleinigkeit. Was halten Sie davon?«

Damit hatte Lilo nicht gerechnet. Später vielleicht. Wenn überhaupt. Aber nicht am ersten Abend des Einzugs.

Aber natürlich, der junge Mann hatte nach dem Umzug Hunger, wollte essen und sie mit einbeziehen. Das war ja nicht zu glauben.

»Nein, das kann ich nicht annehmen«, stotterte sie, und ihre blassen Wangen bekamen einen rosa Schimmer.

»Das brauchen Sie auch nicht. Sie brauchen nur zu essen.«

Er lief im Laufschritt los, zum kleinen Edeka-Markt an der Ecke.

Eine halbe Stunde später deckte er den Tisch mit Nudelsalat, Fleischsalat und Krabbensalat, heißen Würstchen und knusprigem Baguette.

Gerade als sie anfangen wollten zu essen, stand Lilo auf. »Moment!«, sagte sie. »Da hab ich ja noch was!«

Sie verschwand in ihrem Schlafzimmer und kam eine Minute später mit einer Flasche Weißwein aus dem Jahr 1999 zurück.

»Die ist noch aus Wilhelms Zeiten. Wilhelm war mein Mann. Er ist seit sechs Jahren tot. Wir sind nicht mehr dazu gekommen, sie zu trinken, und allein macht es keinen Spaß. Aber jetzt wäre der richtige Anlass!«

Raffael nahm ihr die Flasche aus der Hand, öffnete sie und schenkte in zwei Weingläser ein, die ganz hinten im Schrank standen und schon ewig nicht mehr benutzt worden waren.

»Cin Cin!« Er prostete ihr zu.

Auch sie hob ihr Glas. »Auf dass Sie hier glücklich werden und wir uns vertragen!«

»Ich hoffe es.«

Er zündete sich eine Zigarette an, und Lilo hob zaghaft die Hand.

»Entschuldigen Sie«, sagte sie vorsichtig, und es war ihr unangenehm, »aber wäre es möglich, dass Sie hier in der Küche nicht rauchen? Ich bekomme bei Rauch immer so schlecht Luft.«

Raffael wirkte verärgert. »Und in meinem Zimmer?«

»Nun, da kann ich nichts dagegen haben. Schließlich bezahlen Sie dafür. Nur nicht hier in der Küche, bitte, und nicht im Bad.«

»Obwohl ich dafür ja auch bezahle.«

»Ja, schon, aber ...« Sie wusste nicht, was sie sagen sollte. Es hatte alles so gut angefangen mit dem neuen Untermieter, jetzt wollte sie ihn nicht gleich wieder verlieren.

»Schon gut!«, zischte Raffael. »Ist ja schon gut. Schon um die Ecke. Hab ich kapiert.«

Er ging zur Spüle, ließ Wasser über die Zigarette laufen und warf sie in den Mülleimer.

»Schon gut.« Er setzte sich wieder. Aber lächelte nicht.

Lilo überlegte, wie sie es wiedergutmachen konnte.

Sie schenkte Raffael immer wieder nach und holte wenig später noch eine zweite Flasche.

Der Wein war bereits gekippt und schmeckte blechern, aber Raffael schien es nicht zu stören. Lilo trank insgesamt vielleicht ein Glas, den Rest der beiden Flaschen trank er.

»Wieso haben Sie so wenig Gepäck?«, fragte sie irgendwann.

Raffael hatte bereits Schwierigkeiten zu formulieren.

»Es ist meine Philosophie«, meinte er. »Besitz belastet. Ich möchte frei sein.«

»Das verstehe ich.«

Lilo glaubte ihm und bewunderte ihn dafür. Ihr ganzes Leben lang hatte sie nach Besitz gestrebt, weil er ihr Sicherheit gab. Nur mit zwei Koffern wurde jeder Tag zu einer neuen Herausforderung, und das wäre ihr auf die Dauer zu anstrengend gewesen.

Irgendwann stand Raffael auf. Er schwankte leicht.

»Tschüss, Lilo«, lallte er, »vielen Dank für alles. Schlaf gut! Ich bin ja mal gespannt, was ich in deinem Monsterbett aus Großmutters Zeiten träume. Bis morgen!«

Damit ging er und stützte sich beim Gehen an der Wand ab, bis er sein Zimmer erreichte.

Ich glaube, er ist mir nicht mehr böse, denn am Schluss hat er mich sogar geduzt, dachte Lilo, aber er hat es bestimmt gar nicht gemerkt.

Also bleiben wir einfach dabei.

Und sie lächelte, während sie die Teller abspülte und die Reste wegräumte.

Diese verfluchten Klamotten!

Sein Blick fiel auf den eisernen Kanonenofen links neben Sofa und Erker.

Der Ofen war im Gegensatz zu anderen Öfen, die eine gläserne Ofenklappe hatten, durch eine kunstvoll verzierte Eisentür verschlossen. Daher konnte man von außen weder das Feuer noch sonst irgendetwas sehen, was sich in dem Ofen verbarg. Es war jetzt Mitte Mai. Vor Oktober oder November wurde der Ofen bestimmt nicht benutzt, niemand hätte also eine Veranlassung, die Klappe zu öffnen.

Darin wären die Sachen sicher. Jedenfalls für eine gewisse Zeit. Außerdem gab es die Möglichkeit, sie an einem kühlen Tag einfach zu verbrennen. Falls Lilo irgendwann einmal zur Kur oder im Krankenhaus war, würde er auch keine Skrupel haben, an einem heißen Tag im Hochsommer im Ofen ein Feuer zu machen.

Vom getrockneten Blut waren T-Shirt und Hose steif. Einen Augenblick lang hatte er überlegt, ob diese rotbraunen, mysteriösen Flecken nicht vielleicht doch Rotwein sein könnten – aber Rotweinflecke versteiften nicht den Stoff.

Nein, es war eindeutig Blut.

Jetzt musste er die Sachen anfassen. Und zwar nicht nur mit spitzen Fingern, sondern mit der ganzen Hand, um sie zusammenzuknüllen und in den Ofen zu stopfen. Zum Glück war die Lederjacke sommerlich leicht aus dünnem Nappaleder, sodass sie sich gut zusammendrücken ließ und nicht so viel Platz beanspruchte.

Als er alle drei Kleidungsstücke in den Ofen gepresst und die Klappe auch noch problemlos wieder verschlossen hatte, war er unsagbar erleichtert.

Das, was ihm Angst machte, war unsichtbar geworden. Einfach verschwunden. Es stand ihm nicht mehr permanent vor Augen, jetzt konnte er versuchen, nicht mehr daran zu denken.

Aber er zweifelte daran, jemals wieder gut schlafen zu können, solange er nicht wusste, was geschehen war oder was er getan hatte.

5

Lilo stand am Herd und kochte Gemüsesuppe mit Rindfleisch.

Raffael zuckte regelrecht zusammen, als er im Gegenlicht ihren schmalen Rücken sah, und steckte die Zigarette weg, die er sich gerade anzünden wollte.

Sie drehte sich um und lächelte, als sie ihn hereinkommen hörte.

»Hallo, Raffael«, sagte sie. »Schon ausgeschlafen?«

»Nicht wirklich«, antwortete er, »aber ich muss gleich wieder ins Theater. Scheißumbau zu *Scherz, Satire, Ironie und tiefere Bedeutung*.«

Lilo nickte. »Wie war *Romeo und Julia*?«

»Ach, na ja ... Ich weiß nicht. Schade, dass du nicht da warst.«

Lilo seufzte. »Ich war auch ganz unglücklich, denn ich liebe dieses Stück. Ich hab es in meinem Leben schon x-mal gesehen, und ich seh es immer wieder gern. Aber dreieinhalb Stunden sitzen – das schaff ich nicht mehr.«

»Ich weiß. Aber schade war's trotzdem.« Raffael goss Wasser in die Kaffeemaschine, füllte Kaffee in den Filter und schaltete sie an. Er hatte eigentlich keine Lust, noch länger übers Theater zu reden, er hatte jetzt überhaupt keine Lust, mit Lilo zu reden, ihm gingen ganz andere Dinge durch den Kopf, aber sie ließ nicht locker.

»Erzähl doch mal ein bisschen! Ich bin wach geworden, als du nach Hause gekommen bist. So gegen halb fünf. Das muss ja eine ziemlich lange Premierenfeier gewesen sein.«

Halb fünf. Du meine Güte! Hatten sie so lange bei Erika in der Kantine gesessen und gesoffen, oder wo war er gewesen?

»Mein Gott«, kicherte Lilo, »ich war ja auch mal jung und hab die Nächte durchgefeiert.«

Raffaels Gedanken rasten, während er mit zitternden Händen im Küchenschrank nach einer Tasse suchte und die Maschine noch weiterarbeitete.

War er nach dem Besäufnis mit Bruno und Joachim etwa noch einmal um die Häuser gezogen? Aber wohin ging man nachts um zwei oder drei oder vier, wenn man total betrunken war?

Er musste unbedingt ins Theater! So schnell wie möglich.

»Du kannst morgens auch noch nicht reden, was?«, fragte Lilo plötzlich. »Dabei bin ich so schrecklich neugierig. Denn bei 'ner Premiere passiert doch immer was!«

»Später, Lilo. Wenn wir ein bisschen mehr Zeit haben. Ich muss jetzt gleich los.«

Lilo schüttelte den Kopf. »Junge, du musst doch aber erst mal was essen! Du hast ja noch gar nichts gefrühstückt! Soll ich dir ein paar Brötchen oder ein Stück Kuchen in der Mikrowelle auftauen?«

»Nein!« Raffael wirkte jetzt richtig gehetzt. »Lass mich in Frieden! Ich hab keinen Hunger.«

»Aber das ist nicht gut! Du kannst nicht immer nur trinken! Kaffee, Schnaps oder Bier. Damit machst du dich kaputt!«

»Ich will, dass du mich überlebst, Lilo«, meinte Raffael, und es gelang ihm sogar ein Grinsen. Er schenkte sich Kaffee ein, trank ihn in einem Zug aus und stellte den Becher in die Spüle. »Mach's gut. Bis später!«

Damit war er wieder in seinem Zimmer verschwunden.

Ratlos sah ihm Lilo hinterher.

Raffael war nie da, er war so wenig greifbar. Vollkommen unberechenbar. Es war fast unmöglich, sich mit ihm zu verabreden. Mal war er vierundzwanzig Stunden verschwunden, dann tauchte er plötzlich auf und schloss sich zwei Tage in seinem Zimmer ein. Mal war er mürrisch und schlecht gelaunt und redete kein Wort, aber dann gab es Tage, an denen er sich zu ihr setzte und scheinbar alle Zeit der Welt hatte, um sich mit ihr zu unterhalten.

Man wusste nie, woran man bei ihm war.

Kurz nach seinem Einzug hatte sie ihm alle Zimmer gezeigt.

»Ich denke, dein Erkerzimmer am Ende des Flurs ist wirklich das schönste«, meinte sie und fragte sich immer noch, was ein junger Mann eigentlich an dieser Wohnung fand, die seit dreißig Jahren nicht mehr renoviert worden war und in der die Tapeten verblichen oder grau geworden waren. Die Zimmerdecken konnte man – vor allem in den Ecken, wo sich der Ofenruß sammelte – schon fast als schwarz bezeichnen. Auch die schweren Übergardinen hatten den Schmutz der Jahrzehnte aufgenommen, und wenn Lilo sie vorsichtig zuzog, um nicht zu viel Staub aufzuwirbeln, hatte sie den Eindruck, sie wären im Lauf der Jahre schwerer geworden. Es war zu spät. Sie konnte nichts mehr daran ändern.

»Aber du kannst dir auch jedes andere Zimmer aussuchen, wenn dir eins besser gefällt, ich lebe seit Jahren nur noch in den zwei Zimmern neben der Küche. In dem einen schlafe ich, und in dem andern sehe ich fern. Die übrigen

Räume sind mir egal. Ich habe zwar kein Geld, aber jede Menge Platz.«

»Nein, nein. Ich finde auch, dass das Erkerzimmer für mich genau richtig ist.«

Zwei Wochen später klopfte er eines Nachmittags an ihre Tür.

»Hallo, Lilo«, sagte er, »stör ich dich grade?« Sie schüttelte den Kopf.

»Ich wollte mir mal das Rollo im Musikzimmer angucken. Das ist ja ständig unten. Ist es kaputt?«

»Sicher ist es kaputt«, seufzte Lilo, »und was glaubst du, was in dieser Wohnung noch alles kaputt ist. Ich fürchte, die Frage, was hier eigentlich funktioniert, ist schneller und leichter zu beantworten.«

Das »Musikzimmer« war ihm wahrscheinlich aufgefallen, weil an der Wand ein altes, völlig verstimmtes Klavier stand und darauf ein Kerzenleuchter aus schwerem Messing. Wenn sie sich recht erinnerte, hatten sie die Kerzen im Musikzimmer das letzte Mal 1990 angezündet, als Wilhelm pensioniert worden war. Sie hatten ein paar Freunde und Kollegen eingeladen und ausgelassen gefeiert. Als schon fast alle Gäste nach Hause gegangen waren, hatte eine Freundin auf dem verstimmten Klavier den »Flohwalzer« gespielt, was sich fürchterlich anhörte. Und Lilo und Wilhelm hatten versucht, danach zu tanzen, was katastrophal war. Schließlich waren sie sich selig in die Arme gesunken, und Lilo wusste noch, dass Wilhelm geflüstert hatte: »Jetzt bin ich frei, Lilo, jetzt beginnt ein neues Leben. Wir werden verreisen, die Welt sehen, so viel herumkommen, dass wir jede Kokosnuss in Polynesien, jeden Kieselstein im Flusslauf des Arno und jede Muschel am Nordseestrand persönlich kennen.«

Nicht ein einziges Mal waren sie danach bis zu Wilhelms Tod zusammen verreist. Nicht mal nach Bad Bevensen, wo Wilhelm so gut seine Arthrose hätte behandeln lassen können. Sie blieben Tag für Tag in der Wohnung, gingen von Zimmer zu Zimmer und saßen am Fenster. Wilhelm in seiner groben, grauen Strickjacke und Lilo mit ihrer selbst gehäkelten blasslila Stola um die Schultern.

Und Wilhelm erzählte von Borneo, wo es noch Menschenfresser gab und der Skalp eines Menschen so viel wert war wie ein toter Gorilla. Darum wollte er auf seiner Weltreise dort keinesfalls Station machen.

In den letzten Jahren ging er auch nicht mehr auf die Straße oder in den Hof, erlebte die Welt nur noch vom Fenster aus.

Lilo beklagte sich nicht, sie machte ihm auch nie einen Vorwurf. Aber sie hatte die Nacht im Musikzimmer und seine Worte nie vergessen.

Und nun fragte Raffael nach dem Musikzimmer.

Sie stand auf. »Gehen wir doch einfach hinein«, sagte sie.

Im Zimmer war es stockdunkel, und Lilo schaltete die Deckenlampe ein. Durch die dunkelgelbe Schale mit bräunlichem Muster drang kaum Licht.

Sie wusste, wie scheußlich die Deckenbeleuchtung war und dass man sie eigentlich nicht als »Beleuchtung« bezeichnen konnte, und sie sah auch den entsetzten Blick, den Raffael an die Decke warf.

So ziemlich jede Unzulänglichkeit dieser Wohnung war ihr bekannt, aber sie konnte und wollte nichts mehr daran ändern. Für Modernisierungsarbeiten war sie zu alt, und mit ihrer Witwenrente konnte sie keine großen Sprünge machen.

Schnurstracks ging sie zum Fenster und öffnete die Vorhänge.

Aber viel Licht kam wegen des Rollos auch jetzt nicht herein.

Raffael ging zum Fenster und besah es sich genauer. Es ließ sich weder verstellen noch rauf- oder runterziehen.

»Wozu brauchst du das Rollo?«, fragte er.

Sie zuckte mit den Schultern. »Ich brauche es gar nicht. Was brauche ich denn überhaupt noch in dieser Wohnung?«

Auf philosophische Diskussionen wollte sich Raffael jetzt nicht einlassen. Ohne eine weitere Erklärung ging er in die Küche, holte den Werkzeugkasten aus der Speisekammer und begann, das Rollo abzumontieren.

Nach zehn Minuten fiel Tageslicht ins Zimmer.

Raffael strahlte. »Du hattest völlig vergessen, dass dein Teppich hier vor dem Fenster rot ist, stimmt's? In der dunklen Beleuchtung sah er braun aus.«

Lilo verschlug es die Sprache. So hatte sie dieses Zimmer wirklich schon ewig nicht mehr gesehen. Ein wunderschöner, Jahrzehnte nicht mehr genutzter Raum.

Eigentlich ein Jammer.

Am nächsten Tag putzte Raffael das hohe Fenster, saugte und entstaubte das Zimmer und brachte die Vorhänge in die Reinigung. Als er sie, auf einer wackligen Leiter stehend, vier Tage später wieder anbrachte, war der Raum nicht wiederzuerkennen.

Lilo war so glücklich, dass sie nicht wusste, wie sie sich verhalten sollte. Ein einfacher Dank erschien ihr zu wenig und zu banal.

6

Raffael schob sein Handy in die Hosentasche, zog einen Pulli über und wollte gerade seinen Wohnungsschlüssel nehmen und losrennen, als ihn ein Gedanke vollkommen lähmte und er wie erstarrt innehielt: seine Brieftasche. Daran hatte er bis jetzt in der Aufregung noch gar nicht gedacht. Wo war seine verdammte Brieftasche?

Er sah sich um. Auf dem Schreibtisch lag sie nicht und auch nicht in dem kleinen Regal, in dem er normalerweise seine Schlüssel ablegte. Sehr dick war die Brieftasche nicht, weil sie ihn sonst in der hinteren Hosentasche störte. Was brauchte er schon? Eine Kreditkarte, die Karte der Krankenversicherung, Personalausweis – Ende. Viel Geld hatte er nie dabei, und Münzen gab er nach Möglichkeit immer sofort aus, weil sie die Brieftasche dick und schwer machten. Quittungen sammelte er nicht, und Fotos schleppte er nicht mit sich herum, einfach weil er keine besaß. Schon vor Jahren hatte er alle vernichtet.

Hatte er die Brieftasche gestern Abend mit ins Theater genommen?

Auch daran konnte er sich beim besten Willen nicht erinnern.

Allmählich geriet er in Panik. Was immer er in der letzten Nacht getan hatte und wo immer er gewesen war, es war sicher nicht gut, wenn er seinen Ausweis und seine Kreditkarte dort zurückgelassen hatte.

Er riss die Ofentür auf, zog alles heraus, was er mühsam hineingestopft hatte, und durchwühlte Jacken- und Hosentaschen. Schon wieder musste er diese widerlich dreckigen Sachen anfassen, und er glaubte sich einzubilden, dass sie sogar noch mehr stanken als vorher.

Nichts. Keine Brieftasche.

Allerdings fand er in seiner Hosentasche einen Fünfzigeuroschein. Den hätte er beinahe irgendwann zusammen mit der Hose verbrannt.

Er stopfte alles zurück in den Ofen, verschloss die Tür und stand auf. Sein T-Shirt war bereits durchgeschwitzt.

Hektisch wie ein fantasieloser und ziemlich unorganisierter Einbrecher begann er nun, sämtliche Schubladen und Schrankfächer zu durchsuchen, obwohl er seine Brieftasche niemals in eine der Schubladen legte. Aber wer weiß, auf welche idiotischen Ideen er nachts im Suff gekommen war. Und beim Öffnen jeder Schublade betete er, dass er sie sehen möge: seine geliebte schwarze Brieftasche.

Aber sie war nicht da.

Sein Magen rebellierte. Er bekam Bauchschmerzen, denn er reagierte auf jede Aufregung oder Angst mit Durchfall.

Er stürzte ins Bad. Und während er auf der Toilette saß, fiel es ihm wieder ein: Gestern Nachmittag hatte er sich, bevor er ins Theater ging, fünfzig Euro lose in die Hosentasche gesteckt. In der Kantine ließ er sowieso anschreiben, und hinterher reichten fünfzig Euro, um sich zu betrinken.

Aber offensichtlich hatte er sich gar nicht weiter betrunken, oder er hatte sich in der Kantine schon so abgefüllt, dass er einfach nicht mehr weitersaufen konnte. Aber wo war er gewesen?

Das konnte er jetzt nicht klären, wichtiger war die Brieftasche. Doch er hatte nicht die geringste Idee, wo er noch suchen sollte. Außerdem musste er ins Theater.

Neben dem Sessel lag ein Haufen Klamotten. Ein Pullover, mehrere dreckige T-Shirts, zwei Jeans und seine Jeansjacke. Wann hatte er die zum letzten Mal angehabt? Gestern? Nein, gestern hatte er ja die Lederjacke getragen. Oder vorgestern? Vorgestern vielleicht.

Er wühlte sie hervor und schlüpfte hinein. Befühlte ungläubig die dicke linke Brusttasche. Seine Hände zitterten, und er brauchte lange, den Knopf zu öffnen und die Brieftasche herauszuziehen.

Ja, richtig. Jetzt fiel es ihm wieder ein. Er hatte die fünfzig Euro herausgenommen, die Brieftasche zurück in die Brusttasche gesteckt und die Jacke zu Hause gelassen.

Die Erleichterung war so groß, dass er sich einen Moment setzen und seinen Atem beruhigen musste. Wo auch immer er in der vergangenen Nacht gewesen war, seine Papiere hatte er jedenfalls nicht irgendwo liegen lassen.

Hastig durchsuchte er die Fächer. Papiere, Geld – alles da.

Ohne Lilo noch einmal zu begegnen, verließ er die Wohnung.

Einen Computer besaß Raffael nicht, aber er kannte ein Internetcafé in der Kantstraße, in das er ging, wenn er im Internet einiges nachsehen oder E-Mails abschicken wollte. Er hasste den Laden, weil er dreckig war und den Charme einer Bahnhofstoilette hatte. Kein Ort, an dem man gern und länger seine Zeit verbrachte.

Raffael bestellte notgedrungen ein Bier und begann im Internet ein ähnliches Messer zu suchen wie das, was er verloren hatte. Seine Kollegen kannten ihn nur mit seinem

Messer, es gehörte einfach zu ihm, war immer zur Hand, und er gebrauchte es auch bei der Arbeit im Theater häufig. Sie würden sich wundern, wenn er plötzlich keins mehr hatte. Außerdem fühlte er sich ohne Messer einfach nackt und schutzlos.

Nach einer Dreiviertelstunde hatte er eins gefunden, das fast genauso aussah wie sein altes. Es hatte eine Klingenlänge von elf Komma drei Zentimetern, und der Griff hatte eine Elfenbeineinlage mit Perlmuttsplittern. Es kostete hundertneunundachtzig Euro. Ein Vermögen, wenn man bedachte, dass man Springmesser schon ab sieben Euro haben konnte.

Aber dennoch war es gut zu wissen, dass er das Messer per Post in spätestens zwei Tagen bekommen würde. Und wenn er dann das glatte, kühle, schwere Metall in seiner Jackentasche fühlte, schaffte er es vielleicht auch wieder daran zu glauben, dass alles gut war. Nichts war geschehen, es war alles in Ordnung.

In der Kantine war jetzt am frühen Nachmittag noch wenig Betrieb.

In einer Ecke saßen Babette und Ingrid, zwei Maskenbildnerinnen, die, bis die Schauspieler zum Schminken kamen, damit beschäftigt waren, Echthaarperücken zu knüpfen. In den Pausen unterhielten sie sich häufig über ihre Verdauungsprobleme, was Raffael bisher davon abgehalten hatte, Babette, die Jüngere der beiden, anzubaggern.

Ein Regisseur, der demnächst ein Boulevardstück inszenieren sollte, redete auf Gregor, den Dramaturgen, ein, der grundsätzlich nie ohne Computer in der Kantine erschien und jetzt schweigend, aber mit ungemein ernstem, wichtigem Gesichtsausdruck vor dem aufgeklappten Laptop zuhörte.

Doch jetzt interessierte ihn niemand, er musste erst mal mit Erika reden und dann auf die Hinterbühne gehen, um zu sehen, ob Bruno und Joachim schon da waren, beziehungsweise wann sie auf dem Dienstplan standen.

Erika wusch haufenweise Gläser, die noch von der Premierenfeier den gesamten Tresen zupflasterten.

»Morgen, Erika«, sagte er und versuchte zu grinsen, »was haste denn zu essen?«

»Belegte Brötchen. Warm gibt's erst um zwei, wenn die Probe zu Ende ist. Seit wann kommst du denn so früh aus dem Bett? Nach so 'nem Abend?«

»Wieso? War da was Besonderes?«

»Nö. War eigentlich wie immer. Nur dass ihr alle so blau wart, dass es eigentlich für den ganzen Monat reichen müsste. Erstaunlich, dass du schon wieder unter den Lebenden weilst. Willste 'n Brötchen? Salami, Schinken oder Käse?«

»Zweimal Schinken. Und 'n Bier.«

»Na, sag mal!« Erika stemmte empört die Hände in die Hüften.

»Lass mal, Erika, alles in Ordnung. Hab erst am Nachmittag Umbauprobe und abends Vorstellung. Alles kein Problem.«

Erika schnaufte nur, aber sagte nichts. Dann legte sie die Brötchen auf einen Teller und knallte das Bier, das eigentlich nicht gezapft, sondern nur ins Glas gelaufen war, vor Raffael auf den Tresen.

»Danke.« Er nahm einen tiefen Zug und fühlte sich augenblicklich besser.

»Na? Schmeckt's schon wieder?«

»Aber sicher doch. Es geht mir übrigens blendend, Erika. Aber sag mal, wann war hier Schicht, wann sind wir gestern eigentlich gegangen, ich meine, wann hast du uns rausgeschmissen?«

»Kurz vor zwei. Irgendwann is' ja auch mal gut. Ich steh hier jeden Tag ab neun auf der Matte, ausgeschlafen hab ich schon seit Jahren nicht mehr.«

»Schon gut, Erika, ich weiß, und du tust mir auch echt leid!« Er grinste und brachte Erika damit ein kleines bisschen auf die Palme.

In Gedanken ging er die Strecke vom Theater nach Hause noch einmal ab. Als Erstes kam der *Zwiebeltopf*, aber dort war er schon Wochen nicht mehr gewesen, weil das Bier zu teuer war. Das *Würfling* war zurzeit wegen Renovierungsarbeiten geschlossen, und dahinter kam Susis Etablissement, der Puff. Da kostete die einfachste Nummer schon fünfzig Euro, also konnte er auch dort nicht gewesen sein. Obwohl sowohl Mimi als auch Olga manchmal anschreiben ließen. Er bezahlte oft erst am Monatsanfang.

Und die Spielothek gleich neben dem Puff schloss um vierundzwanzig Uhr. Also wo, zum Teufel, war er von zwei bis halb fünf Uhr früh gewesen?

»Sorry, Erika«, fuhr er fort, »so ganz klar ist mir das alles nicht mehr. Mit wem bin ich gegangen? Mit Bruno und Joachim?«

»Richtig. Wenigstens gehen konntet ihr noch.«

»War sonst noch jemand hier?«

»Nee. Ihr wart die Letzten. Wie immer.«

»Ah ja. Alles klar.« Er setzte sich an einen der Tische, hatte keine Lust, vor der Umbauprobe noch mal nach Hause zu gehen, und blieb noch eine Weile in der Kantine. Er trank zwei weitere Biere, obwohl Erika empört grunzte, und ging dann in die Werkstatt, um den Werkzeugschrank aufzuräumen.

Bruno und Joachim hatten genau wie er Dienst um drei, Bruno kam als Erster um halb drei.

Er war ein bisschen wacklig auf den Beinen und hatte eine ungesunde Blässe. Kleine Schweißperlen standen ihm auf der Stirn.

Offensichtlich kann ich solche Nächte viel besser wegstecken, dachte Raffael, aber vielleicht lag es auch an den drei Bieren, die er bereits intus hatte, sodass er sich jetzt fast fit fühlte.

»Moin«, knurrte Bruno.

»Geht's dir nicht gut?«

»Nee.«

»Trink ein Bier, dann geht's dir besser.«

»Oh Mann, wenn ich nur an Bier denke, könnte ich kotzen.«

Raffael schwieg. Bruno war da ganz anders gestrickt als er.

»Wie bist'n du gestern nach Hause gekommen?«

»Gut. Bin gelaufen. Zwar über 'ne halbe Stunde, aber das war nicht schlecht. Danach fühlste dich fast schon wieder nüchtern.« Er grinste.

Bruno hatte also keinen Filmriss, und Raffael überlegte, ob er nicht schon längst etwas gesagt hätte, wenn es nach dem Besäufnis irgendeine blutige Auseinandersetzung gegeben hätte.

»Und Joachim? Geht's ihm auch gut?«

»Klar. Wie immer. Der kommt gleich, redet nur noch mit Frank.«

Nichts. Es war also absolut gar nichts passiert. Für Bruno und Joachim war es ein ganz normaler Abend gewesen, vielleicht mit ein bisschen zu viel Alkohol, aber das war nach einer Premiere ja nichts Besonderes. Kein Streit, keine Prügelei, nichts.

So wie damals, im Februar. Da waren sie nach der Premiere von *Des Teufels General* noch in der *Calypso*-Bar gewesen und hatten anständig einen über den Durst getrunken. Sie saßen alle drei an der Theke, und Raffael konnte sich kaum noch auf dem Barhocker halten. Die ganze Welt drehte sich beängstigend, die Flaschen vor der verspiegelten Wand hüpften und tanzten, kamen auf ihn zu und flogen wieder davon.

Ein paar Plätze weiter hockte ein Typ am Tresen, circa Mitte vierzig, Typ Möchtegern-Geschäftsmann, der wahrscheinlich gerade mit seiner dritten Scheidung beschäftigt war, kein sauberes Hemd mehr im Schrank und morgens weder Lust noch Kraft hatte, sich zu rasieren. Er hing so schlaff am Tresen, dass sein Gesicht beinah in den Martini fiel. Ab und zu schreckte er hoch, als wolle er sich zusammenreißen. Offensichtlich hatte er nicht viel weniger getankt als Bruno, Joachim und Raffael.

Er konnte nicht sagen warum, aber der Loser da am Tresen ging Raffael unglaublich auf den Zeiger. Er hatte Lust, ihm die wehleidige Fresse zu polieren.

»Was glotzt du mich so dämlich an?«, brüllte er auf einmal völlig unvermittelt. Dabei hatte der Unrasierte noch nicht ein einziges Mal zu Raffael herübergeschaut. Erst jetzt sah er überrascht auf, kräuselte die Stirn und versuchte zu kapieren, was los war, was der, der ihn da anbrüllte, überhaupt wollte.

»Ja, dich mein ich!«, setzte Raffael nach. »Passt dir irgendwas nicht? Ist meine Nase schief?«

»Raffael, hör auf!«, raunte Bruno. »Was ist denn los mit dir? Der Typ hat dir nichts getan!«

»Der Typ regt mich auf, das ist los.«

Raffael bebte vor Zorn, und Bruno schüttelte nur voller Unverständnis den Kopf.

»Komm, wir zahlen und gehen«, meinte jetzt auch Joachim.

»Gleich, aber vorher schlag ich dem Backpfeifengesicht noch die Zähne aus.«

Er rutschte vom Barhocker und ging zu dem Mann, der alles gehört hatte und immer verstörter wirkte.

Raffael stemmte die Hände in die Hüften. »Na, was ist? Gehen wir vor die Tür? Wollen wir das mal klären, wer hier wen blöde angemacht hat?«

Der Mann schüttelte irritiert und auch verängstigt den Kopf.

»Ach so. Du bist also zu feige.«

»Lass ihn, Raffael!« Bruno klang jetzt wesentlich schärfer. »Lass ihn in Ruhe! Es ist alles okay. Wir gehen jetzt.«

Joachim bezahlte, und der Barkeeper beobachtete Raffael argwöhnisch.

Raffael konnte kaum noch stehen. Er stand vor seinem Opfer, stierte ihn mit glasigen Augen an, die sich nicht mehr auf einen Punkt fixieren ließen, und torkelte vor ihm hin und her. Dabei bedrohte er ihn, indem er mit dem Finger auf ihn zeigte.

»Wir sprechen uns noch, Freundchen. Und wenn ich dich hier noch einmal treffe, schlage ich dich windelweich.«

Bruno packte Raffael derb an der Jacke und schob ihn unsanft aus dem Lokal.

»Du hast sie ja wirklich nicht alle«, sagte er, als sie alle drei vor der Bar auf der Straße standen. »Willst du unbedingt wegen nichts 'ne Prügelei provozieren? Du spinnst doch total!«

Raffael sagte nichts, sondern starrte Bruno nur schweigend an. Sein Gesichtsausdruck zeigte, dass er nicht mehr einordnen konnte, ob da ein Freund oder Feind zu ihm sprach, er begriff und verstand gar nichts mehr.

Schließlich drehte er sich um und versuchte wegzugehen, aber die beiden liefen hinter ihm her, damit er nicht in die vorbeifahrenden Autos torkelte, hakten ihn rechts und links unter und schleppten ihn zum nächsten Taxistand.

Es ist alles gut, alles wie immer, versuchte er sich jetzt einzureden, hör auf, daran zu denken, du machst dich bloß verrückt. Deine Freunde sind gegangen, und du bist einfach eingeschlafen. Das ist alles. Es gibt eben Dinge zwischen Himmel und Erde, die man sich nicht erklären kann. Wahrscheinlich stammten die Flecken doch von Rotwein. Natürlich! Es konnte gar nicht anders sein. Er war eben heute Morgen noch nicht ganz wach gewesen, als er sie interpretiert hatte.

Raffael atmete erleichtert tief durch, aber dann fiel ihm siedend heiß ein, dass er den ganzen Abend keinen Rotwein getrunken hatte. Und die andern auch nicht. Nur Bier und Schnaps. Wie sollten da Rotweinflecken auf seine Kleidung kommen?

Und wie ein kaltes Fieber kam die Angst zurück. Er fühlte sich wie ein Schwimmer, der im glasklaren Wasser unter sich die Haie tanzen sieht und ganz genau weiß: Der Angriff kommt. Die Frage ist nur, wann.

Die anschließende Umbauprobe und die abendliche Vorstellung absolvierte er wie in Trance. Er funktionierte, ohne nachzudenken, machte sich gar nicht bewusst, was er tat. Irgendwann nach Mitternacht wunderte er sich, dass er wieder auf der Straße stand und alles vorbei war.

Er hatte Lust, in eine Kneipe zu gehen und sich erneut die Kante zu geben, aber dann ging er doch einfach nur zur Tankstelle, wie fast jeden Abend.

»Gib mir mal 'n Sixpack, Ernst«, sagte er, als er den Verkaufsraum betrat.

»Mach ick. Wenn de mir ooch dit von jestern bezahlst.«

»Wie?«

»Red ick chinesisch? Jestern Nacht haste eens jeholt, aber hattest keen Jeld. Is ja keen Problem, ick will nur nich warten bis Pflaumenpfingsten, da haste dit dann nämlich wieder verjessen, und ick kann meen Jeld in' Wind schreiben.«

Raffael glaubte Ernst. Also hatte er sich noch ein Sixpack geholt und es irgendwo getrunken.

»Alles klar, Ernst. Kein Problem. Wie spät war's denn ungefähr, als ich hier war?«

»Warte mal.« Ernst dachte scharf nach. »So jegen drei musset jewesen sein. Ja, ick gloobe. Kann ooch halb vier jewesen sein, aber später nich.«

»Und? Is dir an mir irgendwas aufgefallen?«

»Nee, wieso? Wat soll mir denn ufffallen?«

»War alles ganz normal?«

»Ja. Du hattest eenen im Tee, dit hab ick jemerkt, aber dit is ja nischt Besondret.«

»Und ich war allein, ja?«

»Ja, klar warste alleene. Mannomann, musst du eenen inner Hacke jehabt haben, dass du janischt mehr weeßt. Sei froh, dass de noch nach Hause jefunden hast.«

Raffael lachte hilflos. »Ja, war ziemlich heftig gestern. Danke, Ernst.«

Jetzt fehlten ihm nur noch anderthalb Stunden, in denen die Biere ihm dann wirklich den Rest gegeben hatten. Die Frage war nur, wo er sie getrunken hatte. Zu Hause nicht, die leeren Flaschen wären ihm aufgefallen. Vielleicht irgendwo im Park.

Der Gedanke erschreckte ihn. Jetzt benahm er sich schon wie ein Penner, der sich irgendwo im nächtlichen Berlin auf einer einsamen Parkbank oder unter der Brücke so volllaufen ließ, bis er nicht mehr wusste, wo und wer er war.

Er bezahlte beide Sixpacks, ging nach Hause und trank, bis er auf sein Bett sackte und einschlief, in der Hoffnung, dass alles nur ein böser Traum gewesen war, aus dem er morgen früh endlich erwachen würde.

7

Lilo Berthold hörte, wie der Junge – in ihren Gedanken war er immer nur »der Junge« – die Wohnungstür aufschloss. Sie schaltete ihre Nachttischlampe an und sah auf die Uhr. Viertel vor eins. Also war er direkt nach der Vorstellung nach Hause gekommen und nicht – wie so oft – wieder in einer Kneipe versackt.

Es war gut, dass er da war. Jetzt musste sie sich keine Sorgen mehr machen, denn immer, wenn er die halbe oder die ganze Nacht wegblieb, betete sie, dass ihm nichts passieren möge. Und sie schlief dann unruhig oder gar nicht.

Das Alleinsein lastete ihr seit Jahren auf der Seele. Ihre Eltern und ihr Bruder waren seit Langem tot, Kinder hatte sie nicht, ihre einzige Freundin lebte in Amsterdam, und sie sah sie höchstens alle fünf Jahre. Nach Wilhelms Tod vor sechs Jahren hatte ihr Absturz in die Einsamkeit begonnen.

Ihr Leben lang hatte sie sich davor gefürchtet, im Alter allein zu sein und einsam sterben zu müssen. Doch seit Raffael bei ihr wohnte, war sie gelassener geworden, auch wenn die Angst, dass er von einem Tag auf den andern seine Sachen packen und gehen könnte, sie ganz krank machte. Eine Sicherheit, nicht allein sterben zu müssen, gab es nicht.

Manchmal war er so nett, dass sie es kaum fassen konnte und es ihr leichtfiel, seine unfreundlichen Momente zu übersehen und schnell wieder zu vergessen. Hin und wieder bildete sie sich sogar ein, dass er gern bei ihr wohnte und sogar an ihrer Gesellschaft interessiert war.

Sie erinnerte sich noch genau: Es war vier Wochen nach Raffaels Einzug, und Weihnachten stand vor der Tür, die Zeit, die sie am meisten fürchtete. Ein ganzes Land schien nur noch mit Weihnachtsvorbereitungen beschäftigt zu sein, alle fieberten dem »Familienfest der Liebe« entgegen. Die Menschen, die weder Liebe noch Familie hatten, übersah man. Die geschmückten Straßen und Kaufhäuser waren für Lilo kaum zu ertragen, die Weihnachtsmusik im Radio trieb ihr die Tränen in die Augen.

Seit Wilhelm tot war, verzichtete sie auf Weihnachtsschmuck in der Wohnung, besorgte sich auch keinen Adventskranz mehr, sondern entzündete am Heiligabend nur eine einzige Kerze für sich selbst. Ein Licht für Lilo.

Das war der schlimmste Moment, weil die Sehnsucht nach irgendeinem anderen Menschen, für den sie eine Kerze hätte entzünden können, übermächtig wurde.

Am Heiligabend war Raffael nicht zu Hause, und sie wusste, dass er am Nachmittag ziemlich schlecht gelaunt gegangen war. Seine Augen waren dunkel gewesen und kippten ab und zu nach hinten weg. Entweder hatte er bereits zu viel getrunken, oder er war depressiv. So genau kannte sie ihn noch nicht.

Er hatte gesagt, er wisse nicht wohin, schlendere nur so durch die Gegend, ohne Ziel. Schließlich gab es viele Leute, die Heiligabend allein waren.

Sie war auch allein. Aber das war ihm wohl nicht so bewusst.

Eine Gans hatte sie nicht, aber im Kühlschrank waren noch ein paar Hähnchenschenkel. Sie würde sie braten. Irgendwann musste er ja nach Hause kommen, und dann freute er sich vielleicht über ein kleines Weihnachtsessen.

Lilo gab sich große Mühe. Sie wusch und schnitt den Salat, den sie im Kühlschrank hatte, und öffnete ein Glas mit Grünkohl. Obwohl Grünkohl eigentlich, wie sie fand, vor allem zu Enten- oder Gänsebraten passte, erinnerte sie der Geschmack an Weihnachten und an ihre Kindheit, und sie war sicher, dass er auch zu Hühnerkeulen köstlich sein würde.

Dann schob sie die Keulen in den Backofen und schmorte sie auf kleiner Flamme. Die Fertigklöße warteten darauf, nur noch ins kochende Wasser geworfen zu werden.

Und dann tat sie etwas, was sie das letzte Mal vor zehn Jahren getan hatte. Sie ging ins Esszimmer und schaltete den Kronleuchter an. Nur zwei Lichter waren kaputt, aber das fiel inmitten der Kristallpracht kaum auf.

Lilo atmete tief durch und dachte an wundervolle Weihnachtsessen, die sie hier erlebt hatte. Zu zehnt hatten sie hier am ausgezogenen Tisch gesessen.

Sie überlegte. Nein, sie waren nur zu zweit, da konnte der Tisch rund bleiben und musste nicht oval und noch größer werden. Sie wusste ohnehin nicht mehr, wie der Ausziehmechanismus funktionierte.

Als Erstes machte sie sich auf die Suche nach einer Tischdecke. Im Esszimmer waren keine, im Musikzimmer auch nicht, und dass in ihrem Schlafzimmer keine Tischwäsche war, wusste sie mit Bestimmtheit.

Es kostete sie viel Überwindung, das kleine Zimmer neben der Mädchenkammer zu betreten, in dem Wilhelm in den letzten zwei Jahren vor sich hin gedämmert hatte, in immer tiefere Dunkelheit gefallen und schließlich gestorben war.

Als Wilhelm noch im gemeinsamen Schlafzimmer gelegen hatte und rund um die Uhr Musik hören musste, hatte sie drei Nächte lang versucht, die Dauerbeschallung zu ertragen, aber sie schaffte es nicht und richtete ihm schließlich das kleine Zimmer her. Hier störte es sie nicht, dass er die ganze Nacht das Radio laufen ließ. Denn nur so konnte er die Angst einigermaßen ertragen, die ihn sofort überfiel, wenn es dunkel wurde.

An der dem Bett gegenüberliegenden Wand stand der große Wäscheschrank.

Seit Jahren hatte Lilo nicht mehr hineingesehen. Er war von oben bis unten vollgestopft mit Wäsche, die sie nicht mehr brauchte. Sie hatte zwei Bettbezüge, die sie abwechselnd aufzog, und das genügte.

Aber schließlich fand sie eine weiße, leicht glänzende Tischdecke aus Damast. Durch die Art, wie sie zusammengelegt war, hatte sie nach all der Zeit scharfe Falten bekommen, aber zum Glück keine Stockflecken, was Lilo befürchtet hatte.

Lilo deckte den Tisch. Sorgfältig und mit Hingabe. Putzte das silberne Besteck, holte das Meißener Porzellan aus der Anrichte und Servietten und Serviettenringe aus der Kommode. Sie hatte ja völlig vergessen, dass es all diese wunderbaren Dinge in ihrer dem Verfall preisgegebenen Wohnung überhaupt noch gab.

Zuletzt stellte sie zwei Kerzen auf den Tisch.

Es war weit nach Mitternacht. Die Hähnchenkeulen sahen knusprig aus, waren aber mittlerweile auf die halbe Größe zusammengeschrumpelt, als Raffael endlich kam.

Sein Blick war glasig, und er schwankte, als er die Küche betrat.

»Frohe Weihnachten, Raffael«, begrüßte sie ihn. »Setz dich. Ich bin sicher, du hast Hunger, und ich habe für uns beide gekocht.«

Raffael starrte sie einen Moment lang an, als habe er kein Wort verstanden. Dann streifte er sich wortlos die Jacke von den Schultern, ließ sie über die Rückenlehne des Stuhles fallen und blickte bleich auf das reichhaltige Essen.

»Es ist alles fertig, ich mach es nur noch mal warm.« Sie sang die Worte fast, so froh war sie, dass er da war, stellte den Backofen auf die höchste Stufe und den Topf für die Knödel auf die größte Flamme.

»Willst du vorweg schon mal ein Glas Wein?« Sie sah ihm an, dass er schon einiges getrunken haben musste, aber dennoch fragte sie ihn. Es gehörte zu Weihnachten einfach dazu. Sie konnten in so einer Nacht nicht Apfelsaft trinken.

Raffael nickte schwach.

Lilo öffnete einen süßen Eiswein, den sie jahrelang aufbewahrt hatte und für etwas ganz Besonderes hielt, und goss ihm nur so viel ein, als wäre es ein Likör.

»Frohes Fest!«, sagte sie fröhlich, und Raffael grunzte. Zu mehr war er nicht in der Lage. Aber er nippte lustlos am Eiswein und fand ihn fürchterlich.

Eine Viertelstunde später brannten auf dem Esstisch zwei Kerzen.

»Für Lilo und Raffael«, sagte sie leise. »Dass hier jahrelang nur eine Kerze brannte, ist vorbei.«

Lilo tat das Essen auf, und sie aßen schweigend.

»Schmeckt es dir?«

»Ja, ja. Bestens.«

»Und wie findest du es hier? Ich meine, hier in diesem Zimmer?«

»Prima. Echt. Wirklich, alles astrein.«

»Und das Geschirr? Und das Besteck? Gefällt es dir?«

Raffael nickte. »Ja, doch. Es ist schön. Sehr schön.«

»Wenn ich tot bin, erbst du alles.«

»Lilo, hör auf, so zu reden, ich mag so was nicht.«

»Ich wollte ja nur, dass du das weißt.«

Sie schwiegen eine Weile. Dann sah sie ihn unsicher an. »Was meinst du? Wollen wir auch Silvester zusammen essen? Ich würde sogar eine Gans besorgen.«

»Sicher, das können wir machen.«

Er lächelte. Warum eigentlich nicht? Im letzten Jahr hatte er in einer Kneipe am Bahnhof Zoo eine Silvesterparty im Fernsehen gesehen. Auf dem Bildschirm eine große runde Uhr mit Sekundenzeiger, um Mitternacht fielen ihm wildfremde Penner um den Hals und pusteten ihm ihre Alkoholfahnen ins Gesicht, und dann ging es weiter mit Schlagern wie »Schöne Maid, hast du heut für mich Zeit«, »Paloma Blanca« oder »Heut ist so ein schöner Tag«.

Es war unerträglich, aber er war geblieben, weil er Angst vor dem Alleinsein hatte.

Da waren eine Silvesternacht mit Lilo, ein paar Wunderkerzen auf dem Tisch und ein schönes Abendessen allemal besser.

Lilo stand auf und ging zum Plattenspieler, der unter dem Fenster stand. Raffael aß langsam weiter und wartete ab.

Sie legte das Weihnachtsoratorium von Bach auf. An jedem Heiligabend hatte sie es mit Wilhelm gehört, und es trieb ihr die Tränen in die Augen, die sie schnell wegwischte. In seinen letzten beiden Jahren war er schon zu krank gewesen, um noch irgendetwas mitzubekommen, er wusste nicht mehr, dass Weihnachten ist, und erkannte sie nicht mehr, er verlangte nur nach seinem Leberwurstbrot und brabbelte unverständliches Zeug vor sich hin. Da schenkte sie sich weihnachtliche Sentimentalitäten und versuchte, den Abend irgendwie hinter sich zu bringen, indem sie ihn fütterte und wickelte, ins Bett brachte und die Zimmertür verschloss. Damit er nicht nachts aufstehen und die Küche in Brand setzen konnte.

Das Weihnachtsoratorium hatte sie das letzte Mal vor neun Jahren gehört, als Wilhelm sie noch in den Arm nehmen und »Frohe Weihnachten« flüstern konnte.

Wieder am Tisch, tat sie sich noch ein bisschen Grünkohl auf.

»Lilo, wirklich, das Essen war ganz vorzüglich, ich habe schon ewig nicht mehr so etwas Gutes gegessen.« Es war die Wahrheit, aber dennoch war Raffael speiübel.

»Was machen deine Eltern?«, fragte Lilo.

»Sie sind beide tot«, antwortete er knapp.

»Oh!« Lilo war regelrecht erschrocken. »Das tut mir leid.«

»Ja, ja. Schon gut. Kein Problem.«

Lilo erschrak über die Gleichgültigkeit in Raffaels Stimme, und sie wechselte schnell das Thema, da sie Angst hatte, jede aufkeimende Weihnachtsstimmung zu zerstören, wenn sie weiter nachhakte.

Zum Nachtisch gab es Spekulatius.

»Möchtest du zu den Keksen einen Kaffee?«

Raffael antwortete nicht und winkte ab.

Und dann kam es ganz plötzlich. Raffael erbrach sich auf den Teppich neben dem Tisch. Die noch unverdauten Essensbrocken flogen auch gegen die Tischdecke, die Kommode und den benachbarten Stuhl.

Es war eine einzige Sauerei.

Lilo sagte gar nichts. Ich bin schuld, dachte sie nur, ich hätte ihm nichts mehr zu trinken geben dürfen. Aber das perfekte Festessen war mir wichtiger.

»Entschuldige«, stammelte er, und seine Augen waren blutunterlaufen und verquollen. Dann stand er auf und ging ins Bad.

Lilo holte den Mülleimer, einen Wischeimer mit warmem Seifenwasser und einen Scheuerlappen und beseitigte das Desaster, wobei auch ihr übel wurde, so fürchterlich ekelte sie sich.

Als er wieder aus dem Bad kam, war von dem Malheur nichts mehr zu sehen.

»Tut mir leid«, sagte er leise.

»Schon gut. Kann ja mal passieren. Aber ich denke, du trinkst generell ein bisschen zu viel.«

»Wieso? Heute ist Weihnachten! Wo ist das Problem? Alle schütten sich zu Weihnachten die Birne voll, na und?«

Lilo verstummte. Raffaels Augen blitzten zornig, und sie wusste, dass es besser war, dieses Thema jetzt nicht zu vertiefen.

Sie stand auf und gab sich betont fröhlich, als wäre nichts geschehen. »Du hast völlig recht, heute ist Weihnachten, und ich habe noch eine Überraschung für dich. Kleinen Moment, ich bin gleich wieder da.«

Raffael hatte keine Lust mehr, wollte nur noch in seinem Zimmer verschwinden und seine Ruhe haben, aber jetzt konnte er nicht weg und wartete genervt ab.

Als Lilo zurückkam, drückte sie ihm ein kleines, sehr sorgfältig eingepacktes und mit Aufklebern und Schleifchen verziertes Päckchen in die Hand.

»Für dich«, hauchte sie glücklich, »fröhliche Weihnachten, Raffael!«

Das Päckchen wog in seiner Hand so schwer wie der Mühlstein um den Hals eines zum Tode Verurteilten. So schämte er sich. Warum um alles in der Welt hatte er nicht daran gedacht, wenigstens eine Kleinigkeit für Lilo zu besorgen? Dann müsste er jetzt nicht so peinlich ganz ohne Geschenk dastehen. Alte Frauen schenkten immer irgendetwas. Zu jeder Gelegenheit. Vollkommen nutzlose Dinge wie Duschgel, Körperlotion, Wandteller oder kitschige Kalender – egal –, aber sie hatten immer etwas in petto.

Das hätte er bedenken sollen.

Jetzt war es zu spät.

»Na los!« Sie strahlte wie ein junges Mädchen. »Mach auf! Hoffentlich gefällt es dir.«

»Aber ich hab doch gar nichts für dich!«

»Raffael, bitte, das ist doch nicht wichtig. Junge Leute brauchen alles, alte nichts mehr. Ich will gar nichts geschenkt bekommen. Also los, mach auf!«

Ungeduldig riss Raffael mit wenigen hastigen Bewegungen das Einwickelpapier kaputt, ohne auf die liebevollen Verzierungen der Verpackung zu achten.

Lilo sah es, zuckte aber mit keiner Wimper.

Zum Vorschein kam kein Duschgel, sondern eine schwarze, lederne Brieftasche. Er schnappte nach Luft, so schön war sie. Normalerweise kaufte er seine Brieftaschen immer nur auf dem Grabbeltisch, wenn sie im Sonderangebot waren, und es war ihm egal, wie sie aussahen – diese hier war richtig edel und hatte sicherlich nicht wenig gekostet.

Sprachlos untersuchte er die einzelnen Fächer, war beeindruckt von den vielfältigen Klappmöglichkeiten und gleichzeitig davon überzeugt, sich niemals in dieser Brieftasche zurechtzufinden – als er den gelben Schein entdeckte.

Zweihundert Euro.

»Du hast hier was in der Brieftasche vergessen«, stammelte er erschrocken.

»Sicher nicht«, lächelte sie. »So verwirrt bin ich noch nicht. Ich mache Geschenke immer sehr sorgfältig zurecht und überlege mir sehr genau, was ich wem schenke.«

»Du bist verrückt«, flüsterte er.

»Nein, das bin ich nicht. Aber du hast so viel für mich getan. Du hilfst mir beim Einkaufen, du hast das Rollo im Musikzimmer abgeschraubt, den Abfluss in der Dusche wieder gängig gemacht … ach, was weiß ich noch alles. Wenn du mein Geschenk nicht annehmen willst, dann sieh es als Honorar.«

»Danke, Lilo, danke!« Er hauchte ihr einen Kuss auf die Wange. »Dabei hast du doch selbst nichts.«

»Doch, ein bisschen schon. Jedenfalls bin ich seit Wilhelms Tod in der Lage, jeden Monat ein paar Cent zurückzulegen.«

Raffael spürte, wie ihm die Tränen in die Augen schossen.

Und dann begann er zu weinen. Konnte nichts dagegen tun. Lag mit dem Kopf auf dem Tisch und weinte wegen eines verlorenen Lebens und eines wunderbaren Augenblicks. Wegen des schönsten Weihnachtsabends, an den er sich in seinem alkoholbeduselten Kopf erinnern konnte.

Das alles war jetzt schon fast ein halbes Jahr her.

Um halb drei schreckte Lilo auf, weil der Regen gegen die Scheiben prasselte.

Ihr war ganz leicht ums Herz. Raffael war zu Hause und schlief nur drei Türen weiter, alles war gut, ihr konnte nichts geschehen. Und vielleicht würde sie sich ja doch die *Romeo und Julia*-Inszenierung einmal ansehen …

Dass der Regen noch stärker wurde und es anfing zu donnern, hörte sie bereits nicht mehr.

8

Der Computer sprang in den Schlafmodus, und auf dem Bildschirm erschienen bunte Fische, die unermüdlich hin und her schwammen.

Hauptkommissar Richard Maurer konnte Fische nicht ausstehen und fragte sich, warum er den Bildschirmschoner nicht längst geändert hatte. Wahrscheinlich lag es daran, dass er normalerweise am Computer intensiv arbeitete und der Bildschirmschoner nur wenige Chancen hatte, anzuspringen.

Aber nun saß er schon minutenlang bewegungslos am Schreibtisch, sah aus dem Fenster und dachte an seine Tochter.

Vanessa hatte vor wenigen Tagen ihre Abiklausuren geschrieben und ihm heute Morgen eröffnet, dass sie nie wieder in ihrem Leben in ein Buch gucken werde. Auch nicht vor den mündlichen Prüfungen. Sie habe vor, mit einer Freundin nach Paris zu fahren und es mal anständig krachen zu lassen. Und im selben Atemzug hatte sie ihren Vater um fünfhundert Euro gebeten. Das sei ja wohl das wenigste und eigentlich ein Klacks, wenn man gerade Abi geschrieben hatte.

Richard hatte sich damit herausgeredet, keine fünfhundert Euro im Haus zu haben, was durchaus der Wahrheit entsprach, und das Gespräch auf den Abend vertagt. Und jetzt wusste er nicht, was er machen sollte, wie er elegant aus der Nummer wieder herauskam. Es ging ihm nicht um das Geld, das gab er Vanessa gern, es ging ihm darum, dass ihm schwarz vor Augen wurde, wenn er sich vorstellte, dass Vanessa es in Paris *krachen ließ*. Seine berufsbedingte kriminelle Fantasie schlug Kapriolen und würde ihm schlaflose Nächte bereiten, bis Vanessa wieder zu Hause war.

Daher konnte er sich kaum auf den neuen Fall konzentrieren, der seit gestern auf seinem Schreibtisch lag:

Die achtunddreißigjährige Hausfrau und dreifache Mutter Gerlinde Gruber trug jeden Tag in den frühen Morgenstunden zwischen drei und sechs Uhr früh Zeitungen aus und steckte gleichzeitig Reklamesendungen in die Briefkästen. Ihr Lebensgefährte war Elektriker, und sein Gehalt reichte für die Wohnung und den Unterhalt von fünf Personen vorn und hinten nicht. Nur mit Gerlindes Zusatzverdienst kamen sie einigermaßen über die Runden.

Und nun war Gerlinde in der Nacht von Freitag auf Samstag gegen vier Uhr Leibniz- Ecke Sybelstraße auf dem Bürgersteig erstochen worden.

Anwohner hatten um Viertel nach vier Schreie gehört. Aber nur ganz kurz, dann war alles wieder still. Daher hatte sich auch niemand die Mühe gemacht, aufzustehen und aus dem Fenster zu sehen.

Na toll, dachte Richard, das ist ja wieder mal großartig. Danke, Nachbarn.

Gerlindes Lebensgefährte Viktor Weber, der Vater ihrer Kinder, mit dem sie zusammenlebte, aber nicht verheiratet war, war nach der Todesnachricht mit schwerem Schock ins Krankenhaus eingeliefert worden und angeblich nicht vernehmungsfähig. Für Richard war er zum jetzigen Zeitpunkt der einzige in Betracht kommende Verdächtige, da Gerlinde weder ausgeraubt noch vergewaltigt worden war und er eine Beziehungstat vermutete. Aber nun lagen die Ermittlungen seit vierundzwanzig Stunden ziemlich auf Eis.

Am Tatort war ein Springmesser gefunden worden, das die Spurensicherung noch untersuchte, Gerlindes Leiche lag in der Pathologie und war noch nicht freigegeben. Richard wollte gerade zum Telefonhörer greifen, um den Pathologen nach eventuellen vorläufigen Ergebnissen zu fragen, als sein Assistent Lars ins Büro kam.

»Ich hab gerade mit dem Krankenhaus telefoniert«, sagte er, »Weber ist vor einer halben Stunde entlassen worden. Er ist allerdings noch krankgeschrieben. Die Kinder sind alle bei der Großmutter, er müsste jetzt allein zu Hause sein.«

Richard stand auf. »Okay. Fahren wir hin und reden wir mit ihm. Wird ja langsam auch Zeit.«

Viktor Weber war ein hagerer Mann mit mindestens zwanzig Kilo Untergewicht. Er wirkte, als könne ihn der leiseste Windhauch umpusten und als sei er weder in der Lage, ein Regal aufzubauen, noch eine Einkaufstasche nach Hause zu tragen. Als er Richard und Lars die Tür öffnete, sah er aus, als habe er drei Tage nicht geschlafen. Seine Haare waren fettig, seine Augen trüb und seine Wangen tief eingefallen. Aber sein Händedruck war überraschenderweise fest und bestimmt.

»Herr Weber«, begann Richard, »unser herzlichstes Beileid. Es tut uns furchtbar leid, was passiert ist, und wir finden es sehr freundlich von Ihnen, dass Sie sich in dieser Situation bereit erklärt haben, uns ein paar Fragen zu beantworten. Wir werden versuchen, uns möglichst kurz zu fassen.«

Viktor Weber nickte und schüttelte Richard und Lars stumm die Hand, die ihm ins perfekt aufgeräumte Wohnzimmer folgten.

Du lieber Himmel, dachte Richard, hier sah es nicht aus, als ob in dieser Wohnung drei Kinder lebten. Kein Spielzeug, keine Zeitung, keine Coladosen, kein leerer Kaffeebecher, kein Kleidungsstück, keine Tasche, kein Schulheft – nichts lag herum. Dabei war die Mutter schon zwei Tage tot und der Vater vierundzwanzig Stunden im Krankenhaus gewesen.

»Schön haben Sie's hier«, sagte daher Richard auch prompt, »und so wahnsinnig ordentlich! Ich habe nur eine Tochter, aber bei mir sieht's immer aus, als ob 'ne Bombe eingeschlagen hat.«

»Wenn meine Schwiegermutter auf die Kinder aufpasst, räumt sie immer alles auf. Wirklich alles. In allen Zimmern, meine ich.« Viktor Weber presste die Lippen aufeinander und sah nicht aus, als ob er darüber glücklich wäre. »Sie hat den Aufräumzwang. Und ich denke mal, sie hat hier rumgeräumt, bevor sie die Kinder mit nach Hause genommen hat.«

Lars wanderte währenddessen schweigend durch den Raum und sah aus wie jemand, der überlegt, die Wohnung zu mieten oder zu kaufen, aber Richard wusste, dass er im Geiste alles abfotografierte und sich noch Tage später an jedes Detail erinnern konnte.

Weber setzte sich und bot Richard und Lars mit einer knappen Geste Platz an. Richard wählte einen Sessel, Viktor Weber genau gegenüber.

»Herr Weber, wann haben Sie denn Ihre Lebensgefährtin zum letzten Mal gesehen?«

»Am Freitagabend. Wir haben mit den Kindern zusammen Abendbrot gegessen, dann hat Gerlinde die beiden

Kleinen ins Bett gebracht. Kevin, der Älteste, durfte noch aufbleiben und sich mit uns den Freitagabendkrimi ansehen. Der ging bis Viertel nach neun, dann ist Kevin ins Bett gegangen und wenige Minuten später auch Gerlinde. Weil sie ja um halb drei aufstehen musste.«

»Wie lange dauerte das Zeitungsaustragen normalerweise?«

»Von drei bis sechs. Um Viertel nach sechs war sie sonst wieder zu Hause, weckte mich und die Kinder, und um sieben frühstückten wir immer zusammen. Ich brachte dann die beiden Großen zur Schule, Leo in den Kindergarten und fuhr zur Arbeit. Gerlinde legte sich meist noch mal ein oder zwei Stunden hin und kümmerte sich dann um den Haushalt und das Mittagessen.«

Kein einfaches Leben, dachte Richard, aber gut aufeinander abgestimmt und perfekt organisiert. Alle Achtung.

Lars setzte sich dazu. »Und wie war es am Samstag früh?«

Weber schluckte und spielte nervös mit seinen Fingern. »Am Samstag bin ich von selbst um zehn nach sieben aufgewacht und hab mich gewundert, dass Gerlinde mich nicht geweckt hatte. Ich arbeite nämlich auch samstags. Es war überhaupt so ungewöhnlich still in der Wohnung. Sogar Leo hat noch geschlafen. Ich bin dann aufgestanden und wollte gucken, was los ist, und hab Gerlinde gesucht. Sie war nicht da.«

»Und da haben Sie sich sofort Sorgen gemacht?«

»Natürlich! Man macht sich immer Sorgen, wenn irgendwas völlig anders ist als sonst.«

»Was dachten Sie denn, wo sie sein könnte?«

»Ich dachte gar nichts. Mir fiel einfach nichts ein, ich hatte nicht die geringste Erklärung, und das war das Schlimme. Wo soll man denn sein um diese Zeit, wenn noch alles geschlossen ist?«

»Herr Weber«, fragte Lars jetzt ganz direkt, »mal ganz ehrlich: Haben Sie sich vielleicht am Freitagabend mit Ihrer Frau gestritten?«

Webers blasse Gesichtshaut färbte sich rot. »Nein, hab ich nicht. Wir streiten uns nie. Ich streite mich auch nicht mit den Kindern. Ich streite mich überhaupt nicht mit Menschen, die ich mag. Wenn Gerlinde anderer Meinung war als ich, dann war das eben so. Da hab ich nicht weiter diskutiert. Ich hab ihr ihren Willen gelassen, und sie war glücklich. Das find ich viel besser, als so einen fürchterlichen Streit, der nur schlechte Laune bringt, und vielleicht guckt man sich ein paar Tage lang nicht an. Das kann ich nicht aushalten.«

Richard glaubte ihm sogar. Der Mann klang überzeugend.

»Und was passierte dann?«

»Die Polizei war hier. Ich glaube, das war schon um halb acht.«

»Herr Weber, wie viel Geld hatte Ihre Frau normalerweise bei sich?«

»Nicht viel. Immer nur so viel, wie sie brauchte.«

»Und beim Zeitungsaustragen?«

»Kaum was. Im Grunde nur einen Notgroschen. Man weiß ja nie.«

»Wie viel ist das so ungefähr?«

»Zehn oder zwanzig Euro. Mehr auf keinen Fall.«

Richards Vermutung hatte sich durch Viktor Webers Aussage nur bestätigt. Gerlinde war keinem Raubmord zum Opfer gefallen.

Lars fragte weiter: »Hatte Frau Gruber Feinde?«

Weber schüttelte den Kopf. »Nein. Alle mochten sie. Alle.« Er rang nach Fassung und fuhr sich mit dem Ärmel über die Augen.

»Aber wir stehen vor einem Rätsel, Herr Weber. Ihre Frau ist weder vergewaltigt noch beraubt worden. Wer könnte sie denn umgebracht haben? Und warum?«

»Ich weiß es nicht. Ich weiß es wirklich nicht.«

»So wie ich Ihre Lebensgefährtin einschätze, war sie auch nicht jemand, der andere aus einer Laune heraus provozierte?«

»Nein. Ganz bestimmt nicht. Nein.«

»Also ja. Sie war niemand, der andere provozierte.«

Richard warf Lars wegen dieser Spitzfindigkeit einen wütenden Blick zu.

Weber war einen Moment irritiert, dann nickte er.

»Bitte entschuldigen Sie«, flüsterte er, »aber ich kann nicht mehr. Ich würde jetzt gern ein bisschen schlafen.«

Richard stand auf. Dieser Viktor Weber war ein richtiges Weichei, der sicher auch im Alltag bei jeder Kleinigkeit in Tränen ausbrach. Sympathisch war dieser Mann ihm nicht, aber er war ziemlich überzeugt, dass er nicht dem Mörder gegenübergesessen hatte. Oder aber Weber war ein sensationeller Schauspieler und reif für den Oscar.

»Dürfte ich Sie dennoch bitten, morgen früh um neun ins Präsidium zu kommen? Wir brauchen Ihre Fingerabdrücke und Ihre DNA.«

Weber nickte schwach, brachte Richard und Lars zur Tür und hielt dort einen Moment inne.

»Sie können sich das vielleicht nicht vorstellen, aber ich war mal ganz unten«, sagte er leise. »Ein Wrack. Gerlinde hat wieder einen Menschen aus mir gemacht. So eine Frau wie sie gibt es nie wieder. Das weiß ich, da brauch ich gar nicht erst zu suchen. Und wissen Sie, warum ich so verzweifelt bin?«, fragte er und sah die beiden Kommissare an. »Weil ich ihr nicht folgen kann. Die Kinder brauchen mich.«

Nach diesem Satz brachen alle Schleusen, er hatte keine Kraft mehr, noch länger um Fassung zu ringen, und weinte hemmungslos.

Richard wollte etwas sagen, aber Viktor Weber drückte die Wohnungstür zu und ließ die beiden Polizisten einfach im Treppenhaus stehen.

Schweigend gingen sie die Treppe hinunter und zu ihrem Wagen.

»Das war heftig«, murmelte Richard.

Lars erwiderte nichts, sondern startete den Wagen.

Es hatte zu regnen begonnen, und wie immer bei Regen, standen sie nach wenigen Minuten im Stau.

»Es war kein Raubmord, es war kein Sexualmord, es war wohl auch keine Beziehungstat. Richtig?«, fragte Richard.

»Richtig.«

»Weißt du, Lars, ich stehe so im Wald wie noch nie. Bei allen Taten, die ich in den letzten zwanzig Jahren bearbeitet habe, hatte ich immer zumindest eine Idee, wer es getan haben könnte, beziehungsweise warum. Ich kannte zwar den Mörder nicht, aber ich konnte mir das Motiv vorstellen. Diesmal habe ich nicht die leiseste Vorstellung, was sich in den frühen Morgenstunden auf der Straße abgespielt hat. Es geht doch niemand hin und ersticht eine Frau, die einfach nur Zeitungen austrägt und keiner Fliege was zuleide getan hat?«

»Offensichtlich doch«, murmelte Lars. »Sonst wäre sie ja nicht tot.«

Richard stöhnte. »Komm, lass es. Ich kann jetzt solche Sprüche nicht gut vertragen.«

»Dieser Mörder ist total irre«, meinte Lars nach einer Weile. »Wer weiß, wen er morgen umbringt. Einfach so. Ohne Grund.«

»Jeder Mörder ist irgendwo wahnsinnig.«

»Sicher. Aber der hier ist es auf eine Art, die wir noch nicht kennen. Und das ist das Schlimme.«

Richard schwieg. Wahrscheinlich hatte Lars recht.

Er brauchte jetzt dringend einen starken Kaffee.

Die Scheibenwischer leisteten Schwerstarbeit, Lars kam nur meterweise voran.

Sie mussten also einen Geisteskranken finden, der wahrscheinlich selbst nicht wusste, warum er Leute umbrachte.

Und seine Kleine wollte es in Paris krachen lassen.

Es war alles zum Verrücktwerden.

9

Nachdem es zwei Tage lang gewittert hatte, war der Himmel endlich wieder klar, und die Luft hatte eine kühle, herbe Frische, die Raffael unwillkürlich das Fenster öffnen ließ, um tief durchzuatmen. Er hatte in der vergangenen Nacht neun Stunden fest durchgeschlafen und fühlte sich stark und fit wie selten. Keine Kopfschmerzen, keine Übelkeit und kein Schwindelgefühl, wenn er sich erhob.

Er stand am Fenster und streckte sich. Nichts tat weh, er war ein gesunder Kerl, das Einzige, was ihm fehlte, war mal wieder eine Frau. Aber auch da würde ihm sicher etwas einfallen.

Er gähnte und lächelte dabei.

Dann ging er ins Bad, duschte ausgiebig, putzte sich die Zähne, rasierte sich und benutzte ein Eau de Toilette, das so unverschämt teuer war, dass er sich nur hin und wieder zwei Sprühstöße gönnte: einen links hinterm Ohr und einen rechts. Heute war so ein Tag.

In der Nacht hatte er einen fürchterlichen Albtraum gehabt, und er wunderte sich, dass die Bilder der Nacht immer noch nicht verschwunden waren. Normalerweise konnte er Albträume schon wenige Minuten nach dem Aufwachen nicht mehr wiedergeben, geschweige denn nach einer knappen Stunde.

Und eine leichte Unsicherheit befiel ihn.

Er sah irritiert zum Ofen, zog den Reißverschluss seiner Jeans hoch und verschloss die Gürtelschnalle.

Er musste wahrhaftig all seinen Mut zusammennehmen, um zum Ofen zu gehen und die Klappe zu öffnen.

Der Ofen war vollgestopft mit seinen blutigen Sachen.

Es war also kein Albtraum gewesen.

Das war die Realität, und die Angst saß ihm wieder im Nacken.

Raffael verriegelte den Ofen, stand auf, ging zum Fenster und knallte es zu. Der schöne Tag konnte ihm gestohlen bleiben.

Die Küche war Gott sei Dank leer. Vielleicht war Lilo einkaufen gefahren. Oder zum Schwimmen ins Stadtbad. Wie jeden Mittwoch. Aber was war denn heute für ein Tag? Er wusste es nicht, musste nachher mal in die Fernsehzeitung schauen. Er hatte um sechzehn Uhr Dienst. So viel war klar. Alles andere war eigentlich auch völlig unwichtig.

Er kochte sich eine große Kanne Kaffee und trank sie komplett aus. Ohne irgendetwas dazu zu essen. Dafür rauchte er zwei Zigaretten am offenen Fenster.

Plötzlich ging die Tür auf, und Lilo kam herein.

Sie stutzte, aber dann sagte sie eher höflich: »Guten Morgen, mein Junge. Hast du gut geschlafen?«

»Ja, ja.« Er wandte sich ab, zeigte ihr die kalte Schulter und sah in den Kühlschrank.

Lilo begriff, dass er schlechte Laune hatte, und setzte sich still an den Tisch.

»Bitte lass die Raucherei hier in der Küche. Ich kann es einfach nicht ertragen.«

»Ja, ja, ja, bla, bla, bla.«

An einem Tag wie heute ging sie ihm tierisch auf die Nerven.

Unerträglich lange schwiegen beide und sahen sich auch nicht an.

»Was hast du heute vor?«, fragte sie schließlich.

»Das Übliche. Weißt du doch.«

»Hast du noch ein bisschen Zeit, mir beim Einkaufen zu helfen?«

Raffael seufzte. So etwas hatte er befürchtet. Aber wenn er es nicht tat, würde sie ihn jeden Tag immer wieder fragen, und er würde den drohenden Einkauf ständig vor sich herschieben.

Daher nickte er resigniert. »Meinetwegen. Aber später. Jetzt bin ich noch nicht ganz wach.«

»Kein Problem, ich richte mich ganz nach dir. Wann musst du ins Theater?«

»Um vier.«

»Wie wär's, wenn wir um eins eine Kleinigkeit zusammen essen und dann losfahren?«

Raffael nickte und hatte Lust, die gesamte Küche kurz und klein zu schlagen. Immer diese verfluchte Einkauferei. Und Mittagessen konnte er um eins auch noch nicht. Das war ihm viel zu früh. Normalerweise eher Zeit für den ersten Morgenkaffee.

»Gut. Das ist lieb von dir. Du bist ein Schatz.«

Sie ging leise hinaus.

Raffael nahm sich zwei Bier aus dem Kühlschrank, trat die Kühlschranktür mit dem Fuß zu und verschwand in seinem Zimmer.

Dort rauchte er erst mal mehrere Zigaretten hintereinander, bis er ein bisschen ruhiger wurde.

Pünktlich um eins würgte Raffael einen Teller Kohlrabi-Eintopf hinunter. Da hatte er schon vier Bier auf nüchternen Magen getrunken und war wütend auf Lilo, dass sie ihn mit zum Einkaufen schleppte.

Während sich Lilo fertig machte, den Mantel anzog, sich noch einmal mit der Bürste durch die weißen, welligen Haare fuhr, einen rosa Lippenstift auftrug, der ihrem blassen Gesicht eine zarte, empfindliche Note gab, und ihr Geld zusammensuchte, ertränkte Raffael seinen Frust schnell noch in einem weiteren Bier. Dann zog er seine Jeansjacke an und folgte Lilo aus der Wohnung.

Im Wagen schwiegen sie, weil Raffael Hemmungen hatte, den Mund aufzumachen. Er befürchtete, Lilo könnte riechen, dass er bereits jede Menge Bier intus hatte, und auf eine Diskussion darüber hatte er absolut keine Lust.

Auch sie sagte nichts, fuhr wie immer unerträglich langsam durch die Stadt und sieben Minuten später ins Parkhaus des Supermarktes.

Lilo nutzte es jedes Mal aus, wenn sie Raffael dabeihatte, der ihr die Sachen ins Auto und in die Wohnung schleppte, und kaufte ein wie eine Verrückte. Mehrere Sechser-Pakete mit Mineralwasser, Milch, Säfte, Konserven, Essig, Öl, Senf, Gemüse, Geschirrspülmittel und Waschpulver. Alles Dinge, die schwer waren und die sie niemals allein nach Hause tragen konnte.

Raffael dagegen nahm nur ein paar Zucchini, die im Sonderangebot waren, für achtundneunzig Cent das Kilo, außerdem Tomaten, einige Büchsen Bier und zwei Tiefkühlpizzen. Vielleicht würde er ja in den nächsten Tagen mal wieder selbst ein bisschen was kochen. Lust hatte er dazu. Seine Fächer im Kühlschrank waren erschreckend leer, und er wollte sich nicht andauernd von Lilo einladen lassen.

Er wartete, bis Lilo mit ihren Einkäufen fertig war, dann gingen sie gemeinsam zur Kasse.

Dort saß wie gewöhnlich die dicke Rothaarige, deren Haaransatz fünf Zentimeter dunkel nachgewachsen war. Raffael fand, dass es dreckig aussah. Sie hatte fleischige, pralle Finger, billige Modeschmuck-Ringe, die für die Fingerwürste schon zu eng waren und tief ins Fleisch schnitten. Ihr rosafarbener Nagellack war zur Hälfte abgeplatzt, die Nägel darunter waren ungepflegt und verhornt. Ihre Miene war ausdruckslos und gelangweilt, und jedes Mal, wenn sie einen Artikel einscannte, ließ sie ihre Zähne hörbar aufeinanderkrachen.

Raffael konnte kaum hinsehen, so widerlich fand er die Frau.

Jetzt war er an der Reihe, Lilo wartete hinter ihm.

Die Dicke schob die Pizzen über das Laufband, es piepte, als der Scanner sie registrierte. Dann nahm sie die Tüte mit den Zucchini, legte sie auf die Waage und tippte den Kilopreis ein: Eins achtundzwanzig.

»Hallo!«, sagte Raffael ziemlich laut und ballte seine Hand zur Faust. »Das stimmt ja wohl nicht! Sind Sie blind oder bescheuert? Die Zucchini kosten achtundneunzig Cent!«

Die Kassiererin starrte ihn wegen des barschen Tons fassungslos an und reagierte drei Sekunden lang gar nicht, was Raffael erst recht wütend machte.

Dann nahm sie unendlich langsam eine Liste in die Hand, sah sie durch, was eine Ewigkeit dauerte, und sagte: »Eins achtundzwanzig. Das stimmt schon.«

Raffael explodierte. »Wie bitte? Kannst du nicht lesen? Was bildest du dir denn ein, du Schlampe? Tippst hier irgendwelchen Müll ein? Nach dem Motto: Merkt ja keiner, ich kann die Leute ja bescheißen, wie es mir passt! Oder hast du einfach keine Ahnung? Die Zucchini waren im Sonderangebot, verdammt! Da würd ich mich an deiner Stelle mal für interessieren, mich mal 'n bisschen informieren! Was machst du eigentlich, außer hier fett und bräsig rumzusitzen? Hast du mal in den Spiegel geguckt? Geh lieber mal zum Friseur!«

Raffael war immer lauter geworden. Auch an anderen Kassen wurde man aufmerksam und hörte fassungslos zu.

»Bitte, Raffael, hör auf!«, flehte Lilo leise. »Was ist denn in dich gefahren?«

»Was in mich gefahren ist?«, brüllte Raffael. »Nichts! Frag lieber mal die Schlampe hier, warum sie verdammt noch mal ihre Arbeit nicht richtig macht.«

»Bitte, Raffael, beruhige dich!« Lilo zitterte am ganzen Körper. Sie kannte die Kassiererin vom Sehen und wäre in diesem Moment am liebsten im Boden versunken. Aber je mehr sie Raffael zu beschwichtigen versuchte, umso schlimmer regte er sich auf.

»Nein, ich beruhige mich nicht! Weil das hier nämlich ein Scheißladen ist! Weil man hier beschissen wird! Ich bin Kunde, ja? König Kunde! Und so will ich auch behandelt werden! Und wenn das nicht geht, sollte man hier nicht wieder einkaufen!«

Jetzt schrie er richtig und blickte sich um, um alle anderen Kunden mit einzubeziehen. »Habt ihr das gehört? Niemand sollte hier einkaufen in diesem Ramschladen! Geht woanders hin, hier werdet ihr über den Tisch gezogen!«

In diesem Moment erwachte die Rothaarige aus ihrer Schockstarre und rief gellend: »Herr Münster! Kommen Sie mal bitte! Schnell!«

Raffael kümmerte sich überhaupt nicht darum, nahm die Gemüsetüten und schmiss Zucchini und Tomaten einzeln durch die Gegend. Manche Tomaten warf er so weit, dass sie in der hintersten Ladenecke vor der Fleischtheke zerplatzten.

Plötzlich stand Herr Münster vor ihm, ein Angestellter einer Sicherheitsfirma, der normalerweise den Eingangsbereich überwachte, und packte ihn mit eisernem Griff am Arm.

»Verlassen Sie das Geschäft! Und zwar sofort!«

Raffael riss sich los und entfernte sich drei Schritte. Dann blieb er stehen, drehte sich um und sah Kassiererin und Sicherheitsmann hasserfüllt an. Sein Gesicht war knallrot angelaufen, seine Augen flackerten.

»Ich bleibe dabei!«, brüllte er weiter. »Das hier ist ein Scheißladen! So kann man Leute nicht behandeln! Ihr seid alle Idioten, und wenn ich eine Knarre hätte, würde ich kommen und euch alle abknallen, das sag ich euch!« Er lief wieder ein paar Schritte, dann drehte er sich noch einmal um, imitierte mit den Fingern einen Revolver und zeigte auf den Wachmann. »Und dich auch! Du bist der Erste, der dran glauben wird!«

Dann stürmte er aus dem Supermarkt.

Es war still im Geschäft. Niemand sagte ein Wort.

Nach einer Pause, in der die Kassiererin ihre Kasse anstarrte, als sähe sie sie zum ersten Mal und als wüsste sie gar nicht, was man damit anfangen soll, fragte sie der Sicherheitsmann: »Kennen Sie den Kunden?«

Die Kassiererin schüttelte den Kopf.

Und auch Lilo sagte keinen Ton, obwohl die Kassiererin bestimmt mitbekommen hatte, dass sie ihn Raffael genannt und geduzt hatte. Aber selbst das hatte die Kassiererin in ihrer Angst vergessen.

»Solche Leute gibt's leider. Versuchen Sie weiterzumachen, Frau Schuricke, ich spreche mit der Geschäftsleitung, und wenn dieser Mann hier noch einmal auftaucht, hat er Hausverbot.«

Damit entfernte er sich und ging zurück zu seinem Posten an der Tür.

Frau Schuricke begann in Zeitlupe, Lilos Waren über das Band zu ziehen. Sie war unkonzentriert und hatte sich kaum noch unter Kontrolle.

Lilo packte ihre Waren in den Einkaufswagen, bezahlte und ging langsam zur Rolltreppe, mit der man ins Parkhaus fahren konnte.

Sie war so erschüttert, dass sie kaum denken konnte.

An ihrem Auto angelangt, sah sie sich um. Raffael war nirgends zu sehen, aber das hatte sie eigentlich auch nicht erwartet. Wahrscheinlich war er in seiner Wut direkt nach Hause gelaufen.

Sie packte den Kofferraum voll und fuhr nach Hause. Noch langsamer als sonst, weil sie vollkommen durcheinander war.

Ihre Einkäufe ließ sie im Auto und ging erst einmal in die Wohnung.

Raffael war nicht da.

In der Küche trank sie ein großes Glas Wasser direkt aus der Leitung und sank dann auf einen Stuhl. Sie fühlte sich kraftlos, jede Bewegung fiel ihr schwer.

Diesen Raffael kannte sie nicht.

10

Seit dem Einkauf musste ungefähr eine Stunde vergangen sein, und Lilo saß immer noch in der Küche, als Raffael hereinkam.

Sie zuckte zusammen und blickte ihn an, als sähe sie ein Gespenst.

Dabei hatte er einen lockeren Gang, ein fröhliches Grinsen im Gesicht und einen kalten Zigarettenstummel im Mund.

»Warst du noch mal weg?«

»Ja, ich hab an der Ecke noch ein schnelles Bierchen getrunken. Wieso? Ist irgendwas?«

»Nein, nein.«

Er ging zum Kühlschrank und öffnete ihn, und in diesem Moment fiel es ihm ein.

»Ach, du Schande«, meinte er und lächelte, »ich hab ja die ganzen Sachen noch nicht aus dem Wagen geholt! Gibst du mir mal den Schlüssel?«

»Liegt auf der Kommode im Flur. Wie immer.«

Raffael nickte. »Hoffentlich ist nichts dabei, was schnell in den Kühlschrank musste.«

»Nein, ich glaube nicht, dass in der einen Stunde etwas schlecht geworden ist, außerdem steht der Wagen im Schatten.«

»Okay. Ich geh jetzt und hol das Zeug.«

Damit verließ er die Küche.

Mein Junge!

Sie fuhr sich über die Augen. Alles ist gut, Lilo, alles ist wie immer.

Lilo hatte die Einkäufe in Kühlschrank und Speisekammer verstaut, und Raffael stand abwartend und unentschlossen in der Tür.

»Alles klar?«, fragte sie.

»Wieso?«

»Nur so. Ich dachte, du hast was.«

Er sah sie nicht an, ging zum Kühlschrank, holte sich ein Bier, öffnete es wie gewohnt mit seinem Feuerzeug, schnippte den Kronkorken ins Spülbecken – was sie nicht ausstehen konnte – und setzte sich ihr gegenüber. Trank das Bier in einem Zug aus und beugte sich vor. Sie bemerkte, dass seine Augen bereits nach hinten wegkippten.

Er kam ihrem Gesicht bedenklich nahe, sie konnte nicht weiter zurückweichen.

»Es ist alles in Ordnung, Lilo, okay? Lass mich mit deiner Scheiße in Ruhe, okay? Du musst mich nur einfach nicht nerven, okay? Und dann haben wir kein Problem miteinander, okay?«

Hör auf mit diesen fürchterlichen Okays!, schrie sie innerlich. Was ist bloß in dich gefahren? So redest du doch sonst nicht!

Mehr kam von ihm nicht, aber er stierte sie immer noch an. Nah und unbeweglich. Und das fand sie schlimmer, als wenn er weitergeredet hätte.

Sie hielt seinen Blick aus und sagte keinen Ton.

Schließlich stand er auf, verließ ohne ein weiteres Wort die Wohnung und fuhr mit seinem Fahrrad ins Theater.

Sie fragte sich, was sie falsch gemacht hatte. Und fing an zu frösteln.

Lilo legte sich eine halbe Stunde hin und kochte sich gegen fünf einen Tee. Drei Tassen und zu jeder jeweils einen schwedischen Butterkeks, ein Ritual, an dem sie seit Jahren festhielt und das sie »liebe Sünde« nannte, wenn sie mit ihrer Freundin in Amsterdam telefonierte oder wenn sie mit sich selbst sprach.

Anschließend fühlte sie sich fit und gestärkt und verließ die Wohnung, um nach zwei Tagen mal wieder zu sehen, ob Post im Briefkasten war.

Wie immer war es totenstill in dem großen, verwaisten Mietshaus. Nur ihre Schritte klapperten im Treppenhaus, auch die Inder im Parterre waren um diese Zeit zur Arbeit. Acht riesige Wohnungen im Vorderhaus, und kein Mensch war da, sie war ganz allein. Kein schöner Gedanke.

Auch den Briefträger hatte sie schon wochenlang nicht mehr gesehen. Früher war der Briefträger noch bis an die Wohnungstür gekommen, man hatte ab und zu ein paar Worte gewechselt, und er hätte sich gewundert, wenn eine alte Dame tagelang nicht auf Klingeln oder Klopfen reagierte.

Damals starb man genauso einsam, aber nicht so anonym.

Doch sie brauchte keine Angst zu haben. Raffael würde für sie da sein, wenn es ans Sterben ging.

Und sie waren seelenverwandt. Obwohl er so jung war, war er genauso allein wie sie. Er hatte keine Geschwister, keine Eltern und keine Freunde. Noch nicht einmal eine Freundin.

Im Briefkasten steckten zwei Briefe. Einer für sie und einer für Raffael.

Sie brauchte lange, um die fünf Treppen wieder nach oben zu steigen, und machte drei lange Pausen. Zurück in ihrem Wohnungsflur stand sie eine Weile still, um wieder zu Atem zu kommen, und hatte Raffaels Zimmertür im Blick.

Der Junge war ihr ein Rätsel, sie hätte gern mehr über ihn gewusst.

Seit seinem Einzug war sie nie mehr in seinem Zimmer gewesen. Ein Zimmer sagte viel über einen Menschen aus. »Zeige mir, wie du wohnst – und ich sage dir, wer du bist.« Diesen Spruch hatte sie immer für richtig gehalten.

Aber Raffael machte aus seinem Zimmer ein Geheimnis, schloss ständig ab, und wenn sie an seine Tür klopfte, öffnete er nur einen winzigen Spaltbreit, damit sie auf keinen Fall in den Raum sehen konnte.

Und heute hatte er sich mehr als merkwürdig verhalten.

Aus diesem Gedanken und einem Impuls heraus ging sie zu seiner Tür, drückte die Klinke herunter und erwartete, dass sie wie immer abgeschlossen war. Den Schlüssel trug er stets in der Hosentasche mit sich herum.

Und dann fiel sie fast vornüber ins Zimmer, denn die Tür ging auf.

»Hallo? Raffael?«, fragte sie ängstlich, denn das offene Zimmer konnte eigentlich nur bedeuten, dass er doch da war, dass er zurückgekommen war und sie es nicht gehört hatte, und es war ihr furchtbar peinlich, einfach so hineinzuplatzen.

Aber niemand antwortete.

Sie sah sich um. Er war wirklich nicht da.

Wahrscheinlich hatte er wegen der Aufregung im Supermarkt später vergessen abzuschließen.

Ihr Herzschlag beruhigte sich.

Alle Möbel standen an ihrem gewohnten Platz, er hatte nichts umgestellt, nichts verändert. Im Zimmer tobte zwar nicht das Chaos, aber man konnte es auch nicht als besonders ordentlich bezeichnen. Das Bett war ungemacht, Raffael hatte die Bettdecke einfach nur über Laken und Kopfkissen geworfen, und daher wirkte das Bett wenigstens nicht zerwühlt. Neben dem Bett standen leere Bierdosen und von Kippen überquellende Aschenbecher, ebenso neben dem Sessel vor dem Fernseher. Es stank nach kaltem Rauch.

Warum bringt er die Dosen nicht einfach mit in die Küche, dachte sie, ich kann sie in der Speisekammer in der riesigen Plastiktasche sammeln, und immer, wenn wir einkaufen fahren, nehmen wir sie mit. Wo ist denn da das Problem?

Über dem Stuhl am Fenster hingen mehrere getragene T-Shirts und eine Jeans. Gelesene Zeitungen auf dem Fußboden neben dem Erkertisch, und die Schranktür war nur angelehnt. Sie widerstand dem Drang, hinzugehen und die Schranktür zu schließen, und wandte sich dem Schreibtisch zu, einem kleinen Tisch unter dem Fenster zum Hof. Der Tisch war ziemlich staubig, dort hatte schon lange niemand mehr gesessen und etwas geschrieben.

Ohne lange zu überlegen, ließ sie die Post für Raffael, die sie sonst auf die Kommode im Flur legte, mitten auf dem Schreibtisch. Dort würde er den Brief sicher sofort sehen, wenn er nach Hause kam.

Es war alles in Ordnung. So wie es im Zimmer aussah, hatte sie es bei einem jungen Mann eigentlich auch erwartet. Sie ging hinaus und schloss die Tür wieder sorgfältig hinter sich.

In ihrem Wohnzimmer schaltete sie den Fernseher an. Auf fast allen Kanälen liefen Doku-Soaps, Seifenopern oder seichte Nachmittags- oder Vorabendserien. Eigentlich interessierte sie sich für keine, aber sie wollte einfach ein paar Stimmen hören, die Stille ihres Zimmers erdrückte sie.

Sie ließ den Fernseher laufen und setzte sich in ihren geliebten Sessel am Fenster, von dem aus sie direkt in den Hof, aber auch schräg gegenüber zum Fernseher sehen konnte. Ihr Herz schlug schon wieder schneller, sie bemerkte ihre Nervosität und fragte sich, was eigentlich los war.

Und in diesem Moment begriff sie es: Sie hatte einen Fehler gemacht.

Wenn er seine Post auf dem Schreibtisch fand, wusste er, dass sie in seinem Zimmer gewesen war. Da vergaß er ein einziges Mal nach Monaten, seine Zimmertür abzuschließen, und schon spazierte sie hinein, um zu spionieren.

Er würde wahnsinnig wütend werden.

Aber das alles war ja nicht weiter schlimm. Sie hatte noch genügend Zeit, ihren Fehler zu korrigieren.

Lilo hievte sich aus dem tiefen Sessel hoch und ging hinaus bis zum Ende des Flurs, zu Raffaels Zimmer.

11

Frank Streger war fast einen Kopf kleiner als Raffael, aber wesentlich korpulenter, und er hatte die Kraft eines Bären. Er trug meterlange Balken allein auf seinen Schultern, hob Steinplatten, die niemand sonst auch nur millimeterweise bewegen konnte, und öffnete verrostete Scharniere, die die Bühnentechniker am liebsten gesprengt hätten. Er verlangte von seinen Untergebenen nur das, was er selbst leisten konnte – aber das war viel. Vor allem zu viel für junge Leute, die morgens um zehn gerade aus dem Bett und nicht aus dem Kraftraum kamen.

An diesem Nachmittag sah Raffael auf den ersten Blick, dass Frank schlechte Laune hatte. Er schaute niemanden an, machte keine Witzchen, sondern fluchte leise vor sich hin und blökte jeden an, der ihm im Weg stand.

Raffael kannte diese Stimmungen von Frank und wusste, dass man sich am besten unsichtbar machte und keinen Fehler beging, um den aufgestauten Frust und das heilige Donnerwetter nicht stellvertretend für alle abzubekommen.

Die Saulaune von Frank Streger hatte durchaus einen Grund: Die Theaterwerkstatt besaß sechs Bohrmaschinen. Zwei waren kaputt und mussten repariert werden, die vier anderen waren wie vom Erdboden verschluckt. Frank hatte alle Schränke aufgerissen und durchwühlt und war dabei fuchsteufelswild geworden, aber gefunden hatte er nichts.

In der Pause trommelte er die Kollegen zusammen.

»Liebe Leute«, begann er mit grimmigem Gesicht, und auch sein Ton verhieß nichts Gutes, »ich will nicht lange drumherum reden. Wo sind die vier fehlenden Bohrmaschinen? Sie können sich ja nicht in Luft aufgelöst haben. Ohne Bohrmaschinen können wir nicht arbeiten, da können wir gleich allesamt nach Hause gehen. Also? Ich möchte keine Ausflüchte und keine Geschichten hören, ich will wissen, wer sie sich *ausgeborgt* hat, und ich will sie wieder hier haben. Und zwar ein bisschen plötzlich!«

Eine Weile schwiegen die Kollegen und sahen sich untereinander an, als wüssten sie genau, wer welche Maschine zu Hause hatte. Dann sagte Raffael schließlich als Erster in die Stille: »Nun mach mal hier nicht so die Pferde scheu, Frank. Da muss man doch nicht gleich 'ne Konferenz einberufen, nur weil mal einer zu Hause 'ne Schraube in die Wand gedreht hat …«

»Das überlass mal schön mir, ob ich eine Konferenz einberufe oder nicht. Und ob ich jeden einzelnen Kollegen freundlich lächelnd beim Zigarettchen auf dem Hof interviewe oder ob ich den großen Aufwasch vorziehe. Noch bin ich hier der Bühnenmeister.«

Raffael spürte, wie er innerlich anfing zu kochen. Daher sagte er so schnell wie möglich: »Also gut, um hier mal die schlechte Luft aus'm Ballon zu lassen: Ich hab mir die Maschine gestern für einen Abend ausgeliehen, um meiner Vermieterin ein Gewürzregal über dem Herd anzubringen. Ich bin untröstlich und bitte tausendmal um Verzeihung, dass ich vergessen hab, sie heute Morgen sofort wieder zurückzubringen.«

Frank konnte Raffaels süffisanten Ton überhaupt nicht vertragen. »Was du natürlich vorgehabt hattest.«

»Was ich natürlich vorgehabt hatte. Aber selbstverständlich.« Raffael grinste.

Noch drei weitere Techniker gestanden, Bohrmaschinen zu Hause zu haben.

»Okay.« Frank atmete tief durch und schlug sich pausenlos mit dem Griff eines Schraubenziehers in die Handfläche. »Peter und Olaf wohnen zu weit weg. Aber Bruno und Raffael, ihr macht euch sofort auf die Socken und holt die Maschinen. Ich will, dass ihr in 'ner halben Stunde wieder hier seid!«

»Sehr gern!«, flötete Raffael spöttisch, verließ das Theater und schwang sich aufs Fahrrad.

Vielleicht lag es an ihrem schlechten Gewissen, weil sie nun schon zum zweiten Mal heimlich sein Zimmer betrat, denn obwohl sie sicher sein konnte, dass er nicht da war, öffnete Lilo doch außerordentlich leise und vorsichtig Raffaels Tür, ging zum Schreibtisch und nahm den Brief wieder an sich. Dabei fiel ihr Blick aufs Fenster, und sie sah, dass hinter der Gardine auf dem Fensterbrett noch weitere Bierdosen standen. Sie bemerkte auch, dass die schwere Übergardine nicht richtig hing, und trat neben den Schreibtisch, um nachzusehen, was den Faltenwurf hemmte.

Zwischen Schreibtisch und Fenster stand ein offener Karton.

Sie traute ihren Augen nicht: Er war voller ungeöffneter Briefe. Lauter Behördenbriefe, die meisten von der Bank. Sie sah den Karton flüchtig durch. Privates war nicht dabei.

Du lieber Himmel, dachte sie. Was ist denn bloß in den Jungen gefahren, seine Briefe nicht zu öffnen?

Sie ließ die Gardine so, wie sie war, verrückte den Karton nicht und sah sich aufmerksam um. Eigentlich war sie kein Mensch, der gern schnüffelte und spionierte, da sie sich dabei unsagbar schämte, aber heute warf sie ihre Bedenken über Bord, sie musste einfach wissen, was mit Raffael los war.

Systematisch öffnete sie jetzt jede Schublade und jede Schranktür. Vorsichtig und ohne irgendetwas durcheinanderzubringen, durchsuchte sie seine Sachen nach Auffälligkeiten. Viel besaß er ja wirklich nicht, so viel war klar: ein paar T-Shirts, ein paar Pullover und Jeans, eine Schublade voller Socken, eine andere voller Unterhosen. Keine Oberhemden, keine Anzüge, keine Krawatten. Drei Paar Turnschuhe und eine dunkle Steppjacke für den Winter. Das war an Bekleidung auch schon alles.

Im Regal ein Fremdwörterlexikon und einige Filme auf DVD. Jetzt wurde ihr klar, was auch noch ungewöhnlich war: Der Junge hatte zwar einen kleinen Fernseher, den sie gestellt hatte, aber keinen DVD-Player, noch nicht einmal einen Computer.

In der Schreibtischschublade Reste von Süßigkeiten, ein Notizblock, zwei vertrocknete Filzstifte, ein Kugelschreiber und drei Bleistifte, alle mit abgebrochenen Spitzen. Keine Briefumschläge, keine Karten, kein Stapel Schreibpapier. In einer weiteren Schublade eine Sammlung von Schlüsseln, ein Schweizer Messer und ein kleines Adressbuch.

In der dritten Schublade weitere ungeöffnete Briefe. Ohne Absender. Wieder lauter Bankbriefe. Sie versuchte den Poststempel zu entziffern. Der oberste Brief war vom März 2008, also über drei Jahre alt. Sie schüttelte nur fassungslos den Kopf und wandte sich der Kommode in der Ecke neben dem Erker zu.

Darin nur ein Schuhkarton mit Muscheln, ein paar Bernsteinsplittern, Tesafilm, einem Skatspiel, einem Stadtplan,

Kerzenstummeln, Schere, Lupe, Streichhölzern, Taschenspiegel, Schnur und einer Zeitschaltuhr.

Außerdem ein kleines hölzernes Kästchen mit dem Foto eines kleinen Mädchens mit kurzen Haaren.

Ansonsten war die Kommode leer. Mehr besaß Raffael nicht.

Lilo hatte sich hingehockt und erhob sich nun mit steifen und schmerzenden Knien, stakste zum Bett und hob mit ihrer ganzen Kraft die Matratze hoch. Auch dort war nichts. Keine Geldvorräte, keine Pornos, keine Liebesbriefe. Nur jede Menge Wollmäuse unter dem Lattenrost.

Die schwere Matratze rutschte ihr aus den Händen und fiel zurück in ihre ursprüngliche Lage. Lilo schnaufte vor Anstrengung.

Ihr Blick fiel auf den Ofen. Sie ging hin und öffnete die Ofenklappe.

Raffael trat in die Pedale wie ein Verrückter, so wütend war er über diesen übertriebenen Aufstand wegen der Bohrmaschinen. Ein ruhiges, unaufgeregtes Wort zu den Kollegen hätte gereicht: »Jungs, wer noch eine Bohrmaschine zu Hause hat – bringt sie bitte unbedingt mit, wir brauchen sie morgen.« Das hätte gereicht. Heute gab es noch genug andere Sachen zu tun. Aber nein, Frank musste sich aufspulen und ihn sogar nach Hause hetzen.

Raffael war so sauer, dass er wild klingelnd durch die Gegend brauste, als ginge es um Leben und Tod, und zwei rote Ampeln überfuhr. Einer Frau mit Kinderwagen, die über die Straße ging, konnte er gerade noch mit einem wüsten Schlenker ausweichen.

Nun gut, die Bohrmaschine lag seit über einer Woche in der Speisekammer am Boden, weil er sich bisher einfach nicht aufraffen konnte, Lilos verfluchtes Regal anzubringen, aber bisher war im Theater auch noch niemandem aufgefallen, dass die Maschine fehlte. Da musste Frank weiß Gott nicht derartig überreagieren und die Atmosphäre vergiften.

Das Schlimmste daran war, dass er das Regal jetzt total hektisch aufhängen musste, wenn er die Bohrmaschine nicht in den nächsten Tagen gleich wieder entführen wollte. Denn was er Lilo versprochen hatte, wollte er halten. Das war ihm wichtig.

Er donnerte durch die Toreinfahrt, bremste wie ein Irrer und schmiss das Rad hinter die Mülltonnen. In den paar Minuten würde es ja wohl keiner klauen.

Fassungslos zog Lilo eine blutverschmierte Jeans, ein blutdurchtränktes T-Shirt, das vollkommen verkrustet war, und eine ebenso blutbesudelte Lederjacke aus dem Ofen. Die Jacke kannte sie gut, denn Raffael trug sie fast jeden Tag. Wo er auch hinging – die Lederjacke schien mit ihm verwachsen zu sein wie eine zweite Haut. Sie erinnerte sich daran, dass sie oft zu ihm gesagt hatte: »Junge, zieh dir noch einen Pullover drunter, in der Jacke allein ist dir doch viel zu kalt!« Aber er hatte ihren Rat immer nur in den Wind geschlagen, gegrinst und gesagt: »Mach dir keine Sorgen, Lilo, passt schon.« Dann war er abgezogen.

Und jetzt hatte er seine Sachen hier in den Ofen gestopft. Alle voller Blut.

In diesem Augenblick hörte sie, wie ein Fahrrad auf dem Hof hinter die Mülltonnen geschmissen wurde, es krachte und schepperte blechern, der Ton, den die Klingel abgab, klang kläglich.

Der Schreck fuhr ihr in die Glieder, sie war wie gelähmt. Augenblicklich wollte sie fliehen, konnte sich aber nicht rühren. Wie eine Maus, die erstarrt der Schlange in die Augen blickt. Du musst hier raus!, schrie sie in Gedanken, aber es kam ihr vor wie eine Ewigkeit, bis sie sich wieder bewegen konnte. Mühsam zog sie sich vom Boden, wo sie gehockt hatte, hoch und stolperte so schnell wie möglich zum Fenster.

Wahrhaftig – es war Raffaels Rad, das da lag.

Zurück zum Ofen. In Panik stopfte sie die Sachen wieder hinein und versuchte sich dabei daran zu erinnern, ob die Jacke vorn oder hinten gelegen hatte – oder doch das T-Shirt? Was war als Erstes aus dem Ofen herausgefallen?

Sie wusste es beim besten Willen nicht mehr.

Es war zum Verzweifeln, und es war verdammt schwer, die hart verkrusteten Kleidungsstücke in dem kleinen Ofen unterzubringen. Wenn man es eilig hatte, klappte nichts.

Lilo hatte das Gefühl, es ginge um Leben und Tod.

Als endlich alles hineingestopft war, rappelte sie sich hoch, riss die Tür auf und stürzte auf den Flur. Schwer atmend und schweißnass.

In dieser Sekunde schloss Raffael die Wohnungstür auf.

»Was ist denn mit dir los?«, fragte er sofort, als er Lilo auf wackligen Beinen und so blass im Flur stehen sah, als habe sie vor wenigen Minuten einen Herzinfarkt erlitten. »Geht es dir nicht gut?«

»Doch, doch«, krächzte sie, und es klang wenig überzeugend. »Ich habe nur gerade die Post geholt und bin wohl ein bisschen zu schnell gelaufen. Hier.« Sie hielt ihm den Brief hin. »Für dich.«

»Danke.« Ohne ihm in irgendeiner Form Beachtung zu schenken, nahm er den Brief an sich, fasste Lilo an der Schulter und drehte sie zu sich herum, sodass er ihr direkt ins Gesicht sehen konnte. In ihren Augen stand nackte

Angst. »Ist wirklich nichts mit dir? Du siehst aus, als ob du drei Stunden gekotzt hättest.«

Lilo lächelte gequält. »Mir ist heute schon den ganzen Tag ein bisschen schwindlig, aber das ist nichts Besonderes. Mach dir keine Sorgen.«

»Du, ich hab's verdammt eilig«, sagte Raffael und wechselte abrupt das Thema, »die im Theater brauchen diese Scheißbohrmaschine, die ich mir ausgeborgt hatte. Sie wollen sie sofort wiederhaben, warten da jetzt auf mich und machen einen ungeheuren Terz. Einfach grauenvoll. Aber bevor ich wieder losdonnere, will ich dir noch schnell das Regal in der Küche anbringen.«

»Aber das ist doch nicht so wichtig! Ich will nicht, dass du Ärger kriegst. Nimm die Maschine und hau ab!«

Raffael hatte sich schon gedacht, dass sie so etwas sagen würde. Ohne weiteren Kommentar stürzte er in die Küche, nahm die Bohrmaschine aus der Speisekammer, schmiss sie auf den Küchentisch, holte aus der Kammer im Flur Werkzeugkiste und Gewürzregal und machte sich an die Arbeit.

Lilo reichte ihm, was er brauchte.

Er arbeitete wie ein Irrer und hatte das Regal nach acht Minuten an der Wand. Im Rausrennen nahm er noch den schweren Werkzeugkasten mit, stieß ihn in die Kammer und lief mit der Bohrmaschine in der Hand aus der Wohnung. Hinter ihm fiel die Wohnungstür krachend ins Schloss.

In seinem Zimmer war er gar nicht gewesen.

12

Am nächsten Tag hatte Raffael frei.

Gegen vierzehn Uhr wurde er langsam wach, döste immer wieder für ein paar Minuten ein, dämmerte so vor sich hin und war erst um halb drei in der Lage zu denken.

Sein erster Gedanke war neuerdings: Was war gestern? Wie bist du ins Bett gekommen?

Bilder schossen durch seinen Kopf und wirbelten durcheinander wie ein zerrissenes Foto im Sturm. Dann drehte sich alles.

Denk nach, zwang er sich. Denk nach!

Und ganz allmählich kam die Erinnerung zurück. Als ob sich Nebelschleier auflösen und aus dem Nichts wieder ein Landschaftsbild entsteht.

Nichts hatte er gestern getan. Er hatte sich nach dem Theater an der Tankstelle noch ein Sixpack geholt und war gleich nach Hause gegangen.

In der Wohnung war alles still gewesen, Lilo hatte schon geschlafen.

In der Küche lag ein Brett mit zwei geschmierten Broten, eins mit Wurst, eins mit Käse, daneben eine Gewürzgurke, zwei Tomaten und eine kleine Flasche Bier.

Auf einen gelben Klebezettel hatte sie mit ihrer zittrigen Handschrift *Lass es Dir schmecken. Lilo* geschrieben.

Er nahm das Brett mit den Broten mit in sein Zimmer.

Dann hatte er sich noch einen Film angesehen. Aber er konnte sich jetzt nicht mehr daran erinnern, wovon der Film gehandelt hatte.

Als das Sixpack alle war, zog er sich aus und ging ins Bett.

So war das.

Und wenn ihn nicht alles täuschte, hatte er noch nicht einmal etwas geträumt.

An diesem Morgen, oder besser, an diesem Nachmittag hatte Raffael Appetit auf Toast. Mit Marmelade und Honig. Es war nicht sein Toastbrot, das im Küchenschrank lag, aber das tat wahrscheinlich nichts zur Sache, und er toastete sich einige Scheiben. Lilo stellte ihm so viele ihrer Lebensmittel zur Verfügung, da kam es auf ein paar Weißbrotscheiben sicher nicht an. Sie hatte sich auch noch nie beschwert, wenn er sich aus ihren Kühlschrankfächern bedient hatte.

Die Kaffeemaschine blubberte.

Er stand am Fenster und sah hinaus. Das Wetter war herrlich, vielleicht sollte er heute Abend mal in einen Biergarten gehen. Das hatte er schon jahrelang nicht mehr getan.

Lilo kam herein und lächelte, als sie ihn sah.

»Na, schon wach?«

Es war nett gemeint, ging ihm aber als Begrüßung schon wieder auf die Nerven, und seine Miene verfinsterte sich, obwohl er es gar nicht wollte.

»Na klar. Und du?«

»Weißt du doch. Ich steh doch immer morgens um sieben auf. Wie geht's dir?«

»Gut. Übrigens danke für die Brote. Die kamen ganz gut gestern.«

»Das freut mich.«

»Hmm. Und sonst?«

»Ich hab Probleme.«

»Wieso?«

Lilo reichte ihm einen Brief. »Hier, lies mal, ist gestern gekommen.«

Raffael überflog den Brief. Nur einen entscheidenden Abschnitt las er laut: »… setzen wir Sie davon in Kenntnis, dass wegen des dringend erforderlichen Einbaus einer neuen Wasseruhr das Wasser vom 12. 6. 2011 bis voraussichtlich 19. 6. 2011 abgestellt wird.«

Raffael ließ das Blatt sinken. »Ja, spinnen die denn total?«

»Die versuchen, uns und die Inder im Parterre rauszuekeln. Mit allen Mitteln.«

Raffael schlug mit der Faust gegen den Küchenschrank.

»Was soll denn die Scheiße? Eine Woche ohne Wasser! Wie soll das denn gehen? Wir können doch nicht jeden Tropfen zum Waschen und Kochen und für die Klospülung hier raufschleppen?«

Lilo wirkte ziemlich resigniert. »Wenn sie das Wasser erst einmal abstellen, dann stellen sie es nie wieder an. Weil sie uns damit kleinkriegen.«

»Ruf die Hausverwaltung an.«

»Hab ich schon. X-mal. Die sagen, das wäre die Entscheidung des Hausbesitzers. Und der lässt sich verleugnen.«

Raffael sagte nichts, aber er kochte vor Wut.

»Und es ist ja nicht nur das, Raffael. Hier wird gar nichts mehr repariert. Die Haustür unten schließt seit Monaten nicht mehr richtig, da steckt ein abgebrochener Schlüssel im Schloss, jeder kann hier rein. Wundert mich, dass die anderen leer stehenden Wohnungen noch nicht von irgendwelchem Pack besetzt sind. In meinem Keller war ich schon ewig nicht mehr, weil da kein Licht ist und ich ihn gar nicht mehr finden würde. Außerdem hab ich im Dunkeln Angst.«

»Na klar.«

»Im Treppenhaus ist das Geländer an einigen Stellen kaputt, das ist gefährlich, weil ich mich festhalten muss, wenn ich runtergehe, und ist dir schon mal aufgefallen, dass die Kabel aus den Verteilerdosen einfach raushängen? Ein Wunder, dass das Haus noch nicht abgebrannt ist.«

»Nee, da hab ich nicht drauf geachtet.«

»Und das Neueste weißt du wahrscheinlich auch noch nicht: Seit heute Morgen haben wir gar kein Licht mehr im Treppenhaus. Irgendjemand hat alle Glühbirnen rausgedreht.«

Raffael war gefährlich ruhig, aber Lilo sah den unterdrückten Zorn in seinem Gesicht.

Plötzlich stand er auf, schlug mit der flachen Hand auf den Tisch und ging zur Tür.

»Ich seh mir das mal an.«

Lilo wollte noch etwas sagen, aber Raffael hatte schon seine Schlüssel geschnappt, war zur Tür hinaus und lief die Treppe hinunter.

Im Treppenhaus baumelten die leeren Fassungen von der Decke, und durch die seit Jahren nicht mehr geputzten verdreckten Fensterscheiben drang kaum Licht.

Raffael spürte, wie ihm die Galle hochkam.

Als er ins Erdgeschoss kam, sah er einen dicken Mann im grauen Arbeitsanzug, der dabei war, die Hausbriefkästen abzuschrauben. Er war ungefähr Mitte sechzig, hatte kaum noch Haare auf dem Kopf, trug keine Brille, aber kniff seine Schweinsäuglein so zusammen, als ob er dringend eine bräuchte.

Das war er. Das musste der Hausmeister sein.

Raffael hatte Lust, ihn mit einem einzigen Faustschlag auf seinen Hinterkopf niederzuschlagen, dass er die Englein singen hörte, aber das taugte nichts, denn dann hätte der Kerl nicht gewusst, warum. Also sprach er ihn an.

»Hallo, Sportsfreund. Was soll denn die Scheiße hier? Was machst du da?«

»Für Sie immer noch Herr Vössing. Ich bin hier der Hausmeister und schraube die Briefkästen ab. Sehen Sie doch.«

»Und was soll das, du Idiot?«

»Auftrag vom Eigentümer. Das Haus soll von Grund auf saniert werden.«

Raffael wurde immer wütender. Er platzte fast. Da wagte es dieser feiste Drecksack, ihn mit solchen Sprüchen abzuspeisen!

»Pass mal gut auf, du fettes Schwein. Ich wohne hier. Und ich kriege hier in diesem Haus meine Post. In diesem verfickten Briefkasten. Und du lässt den da jetzt gefälligst hängen, kapiert?«

»Ach so, dann sind Sie also der Untermieter von Frau Berthold? Sie wissen, dass das verboten ist? Wenn das der Eigentümer erfährt, ist das ein Kündigungsgrund.«

»Ich bin der Enkel von Frau Berthold. Klar? Und ich kann so lange bei meiner Oma wohnen, wie ich lustig bin, kapiert?«

Der Hausmeister schraubte unermüdlich weiter und stellte den Briefkasten mit Lilos Namen gerade auf die Erde, als Raffael ihn an seiner Arbeitsjacke packte, hochzog und ihm gleichzeitig seine Faust ins Gesicht krachen ließ.

Das hatte Vössing überhaupt nicht erwartet. Er stand schockiert da und war für einen Moment bewegungslos. Starrte den jungen Mann vor ihm fassungslos an, als bereits die nächste Faust sein Ohr traf.

Vössing schrie auf vor Schmerz. Aus seiner Nase lief das Blut, und er wollte sich gerade wehren, wollte den Kampf aufnehmen, als Raffael ihn mit so viel Wucht in den Magen traf, dass der Hausmeister zusammensackte.

»Was soll das?«, röchelte er und spuckte.

»Lass die Sauerei und hör auf, hier rumzurotzen!«, schrie Raffael und riss ihn wieder hoch. Er drückte ihn gegen die Wand und sah ihm aus nur zwanzig Zentimetern Entfernung ins Gesicht.

»Es ist alles ganz einfach, Schweinchen. Du schraubst jetzt die Briefkästen brav wieder an, dann drehst du die Birnen im Treppenhaus und im Keller wieder rein, die du wahrscheinlich gebraucht hast, um bei dir zu Hause das Scheißhaus zu beleuchten, und dann erneuerst du endlich und verflucht noch mal die kaputten Fenster im Flur. Ist das klar? Es zieht nämlich wie Hechtsuppe, und wenn man von hier bis in den vierten Stock läuft, hat man 'ne Lungenentzündung. Und da haben wir keinen Bock drauf. Hast du das kapiert?«

Vössing antwortete nicht. Aber das Blut aus seiner Nase tropfte auf Raffaels Hand, was ihn noch wütender machte.

»Ob du das kapiert hast?«

Vössing nickte.

»Und dann reparierst du das Schloss der Haustür. Und zwar heute noch. Und eins sag ich dir, wenn hier irgendjemand auf den schwachsinnigen Gedanken kommt, das Wasser abzustellen, dann schlag ich dich windelweich. Bis du nicht mehr weißt, wie du heißt. Das kannst du auch diesem hirnverbrannten Eigentümer erzählen.«

Daraufhin stieß er Vössing mit voller Wucht das Knie in den Unterleib. Vössing schrie erneut, fiel vornüber und wimmerte nur noch.

Raffael drückte ihn noch fester gegen die Wand.

»Hör auf zu jaulen und hör zu, wenn ich mit dir rede, du elender Wichser. Ich hatte dich was gefragt!«

»Was denn?«, jammerte Vössing.

»Ob du kapiert hast, was ich von dir will, Vollidiot. Briefkästen, Glühbirnen, Fenster, Tür – und das Wasser bleibt. Klar? Passt das in deinen Quadratschädel mit Spatzenhirn?«

Vössing nickte erneut. Er stand immer noch gekrümmt und mit Tränen in den Augen da.

»Tun die Eier noch weh, Liebchen?«

Vössing nickte.

»Das ist gut. Solange sie wehtun, vergisst du wenigstens nicht, was ich von dir will. Und wenn du hier in diesem Haus noch mal irgendeinen Scheiß veranstaltest, dann schneid ich dir die Eier ab und stopf sie dir in dein blödes Maul. Ist das klar?«

Vössing nickte schon wieder. Ihm blieb nichts anderes übrig.

»Also dann, fang endlich an, du Schwachkopf. Meine Oma und ich, wir wollen es ein bisschen gemütlich haben.«

Vössing hob den Briefkasten hoch und begann, ihn wieder anzuschrauben.

Raffael lief ein paar Stufen hoch, dann fiel ihm etwas ein, und er drehte sich noch einmal zu Vössing um.

»Ach, da hab ich ja noch was vergessen, Schatzi. Im zweiten Stock fehlt das Treppengeländer. Sieh zu, dass du es ersetzt. Aber ein bisschen plötzlich. Denn so was ist gefährlich. Wenn hier kleine Kinder spielen und abstürzen, oder wenn hier irgendwem was passiert, dann kannst du dir sicher vorstellen, was ich mit dir mache. Dann wirst du dir wünschen, nie geboren worden zu sein.«

Damit ließ Raffael Vössing bei den Briefkästen stehen.

13

Im *Stall* war auch jetzt, weit nach Mitternacht, noch reger Betrieb. In der rustikalen Eckkneipe drängte man sich um den Tresen, und die wenigen Barhocker waren heiß umkämpft. Ab Mitternacht gab es keine warme Küche mehr, aber dafür ein Buffet: fünfzehn Euro für alles, was auf einem Teller Platz hatte.

Raffael fand das Buffet teuer, denn wenn man nicht alles gierig übereinanderstapeln wollte, sondern die Salatvariationen, Hühnerbrüste, Schinkenstreifen oder Käsehappen appetitlich anrichtete, passte nicht viel auf den winzigen Teller.

Er vermied es daher meist, hier zu essen, aber er mochte es, in dieser Atmosphäre noch tief in der Nacht ein paar Biere zu trinken.

Als er durch den Hinterraum auf die Toilette ging, sah er sie. Es gab ihm einen Stich, so geil fand er sie. Sie hatte lange dunkle Haare, war nicht dick, aber auch nicht dünn, und ihre Augen hatten eine Intensität, dass man ohnmächtig werden konnte, wenn sie einen ansah. Er fragte sich, was sie hier in dieser Kaschemme, in der die meisten nicht bis drei zählen konnten, überhaupt zu suchen hatte.

Sie spielte mit zwei widerlichen Typen Billard. Der eine hatte einen schwarzen Vollbart und trug eine Ché-Guevara-Kappe, der andere hatte einen Bürstenschnitt und war so mager, dass ihm seine Jeans um Knie und Schenkel schlotterten.

Raffael holte sich ein Bier, schob einen Stuhl in die Nähe des Billardtisches und sah den dreien zu.

Sie registrierte sofort, dass er sie beobachtete.

Immer öfter begegneten sich ihre Blicke, und als sie einen guten Lauf hatte und eine Kugel nach der anderen versenkte, lächelte sie ihm sogar zu.

Mit Leichtigkeit besiegte sie die beiden.

»Dann kriege ich jetzt von jedem von euch 'nen Fünfer.« Sie grinste.

Der Che-Guevara-Typ guckte noch grimmiger, als er ohnehin mit seinem dunklen Bart schon aussah, warf fünf Euro auf den Tisch, knallte den Queue auf einen der Kneipentische und verschwand.

»Tja, dann hör'n wir jetzt auf«, sagte der Hagere bedauernd und drückte ihr das Geld in die Hand. »Tschüss, Natascha. Bis zum nächsten Mal.«

Natascha und Raffael blieben allein zurück.

»Natascha heißt du also.«

»Ja. Und du?«

»Ich bin Sven. Willst du was trinken? Ich geb einen aus.«

»Okay, wenn du möchtest …«

Sie verließen das Billardzimmer und fanden im normalen Kneipenraum noch einen freien Zweiertisch in der Nähe des Fensters.

Raffael bestellte sich ein Bier und Natascha ein Glas Weißwein.

»Absolut faszinierend, wie du die beiden weggefegt hast. Spielst du schon lange Billard?«

»Eigentlich seit ich über den Tisch gucken kann. Mein Vater hat es mir beigebracht.« Sie lächelte, und er fand sie umwerfend.

»Was machst du so?«, fragte er.

»Ich bin Erzieherin. Und du?«

»Wissenschaftliche Hilfskraft an der Uni.«

»Oh! Und welcher Fachbereich?«

»Philosophie.«

»Wow!«

Er hatte ins Schwarze getroffen. Es beeindruckte sie.

»Ich würde dich gern ein bisschen näher kennenlernen«, sagte Raffael, was eigentlich eine Lüge war. Im Grunde war es ihm völlig egal, wer sie war und was sie machte, er wollte das alles nicht wissen. Er wollte sie flachlegen und Ende. Dieses ganze Gelaber ging ihm fürchterlich auf die Nerven.

»Du bist doch schon dabei«, meinte sie und starrte in ihren Wein, als gäbe es nichts Interessanteres auf der Welt.

»Ich finde Erzieherinnen richtig klasse«, begann er lahm, weil er partout nicht wusste, was er sagen sollte, »die Erziehung von Kindern ist echt das Wichtigste –«

»Komm!«, unterbrach sie ihn und sah ihn belustigt an. »Gib dir keine Mühe. Du brauchst dir echt nicht mit so blöden Phrasen einen abzubrechen.«

»Aber ich würde schon gern noch ein bisschen mehr von dir wissen«, verteidigte sich Raffael und spürte selbst, wie hohl das klang.

»Ja klar, vielleicht im nächsten Leben. Heute Abend auf keinen Fall. Es ist zu spät, und ich bin zu müde.« Sie trank ihr Glas in einem Zug leer, was ihm signalisieren sollte, dass sie gehen wollte.

»Wo wohnst du?«, fragte Raffael schnell.

»Am Helgoländer Ufer.«

»Das ist ja prima. Da kommst du direkt bei mir vorbei. Ich hab nämlich kein Auto dabei. Kannst du mich mitnehmen?«

»Kein Problem. Gehen wir?«

»Gehen wir.«

Raffael winkte dem Kellner, bezahlte und verließ mit Natascha das Lokal.

Wann hatte er das letzte Mal eine Frau gehabt? Es musste Lichtjahre her sein.

»Schickes Auto«, bemerkte er, als sie vor einem Golf stehen blieb.

»Haben mir meine Eltern geschenkt. Aber so neu, wie er aussieht, ist er nicht.« Sie lachte und stieg ein.

Raffael setzte sich auf den Beifahrersitz.

»Fahr den Weg zu dir. Ich wohne in der Paulstraße.«

»Ah. Is ja 'n Ding.«

»Welches Thema interessiert dich ganz besonders?«, fragte sie, als sie an einer roten Ampel stoppte und ihn ansah.

»Wie? Welches Thema?« Er war irritiert.

»Na, in der Philosophie. Was beschäftigt dich? Worüber denkst du nach?«

Himmel, was stellte die für komplizierte Fragen! Aber noch war er Gott sei Dank nicht zu betrunken, um sich etwas Imponierendes ausdenken zu können.

»Mich interessiert, ob es für moralisches Empfinden einen festen Platz im Gehirn gibt, so wie zum Beispiel für das räumliche Denken. Und wenn es diesen Platz gäbe: Wäre dann ein Mensch mit einem Hirnschaden an ebendiesem Punkt völlig hemmungslos und moralisch außer Kontrolle?«

»Geiles Thema.«

»Genau. Ich muss wissen, ob es an meiner Erziehung oder an meiner Anatomie liegt, ob ich gut sein kann und will. Ein Schlag auf den Kopf – und ich werde aggressiv. Ein Schuss in den Kopf – ich überlebe, aber werde zum Mörder.

Schuld und Unschuld? Das große Thema der Menschheit. Und eine entscheidende Frage, auch in der Philosophie. Dich als Erzieherin müsste sie doch auch interessieren. Was kannst du überhaupt noch bewirken?«

Der Mann war faszinierend. Solche Gedankengänge hatte sie nie gehabt. Er gefiel ihr immer mehr, und sie sah ihn bewundernd an.

»Da vorne rechts«, sagte er.

Sie bog ab.

Raffael wollte sie vögeln. Jetzt und sofort. Er hatte keine Lust, noch länger durch die Gegend zu gurken, dummes Zeug zu erzählen und herumzuphilosophieren, er sah nur ihre Knie, die sich durch die Hose abzeichneten, wurde fast wahnsinnig dabei und wünschte, dass sie endlich ihre Schnauze hielte.

»Hinter den Bäumen da hinten kannst du halten. Da sind Parkbuchten.«

»Aber wo wohnst du denn? Da ist ein Parkhaus!« Sie war verunsichert.

»Ich wohne fünfzig Meter weiter. Aber da gibt es keine Parkplätze, und ich dachte, wir wollten uns noch fünf Minuten unterhalten.«

Sie fuhr in eine der Parkbuchten und schaltete den Motor ab.

Braves Kind, dachte Raffael. Na also, es geht doch.

Um diese Zeit war in der Paulstraße kein Mensch mehr unterwegs.

»Hast du morgen frei?«, fragte er sie, und sie nickte.

»Glaubst du, ich würde sonst noch so spät in die Kneipe gehen? Mein Arbeitstag beginnt um halb sieben.«

»Na, dann haben wir ja Zeit.«

Raffael legte seine Hand auf ihre. Sie riss sie zurück.

»Lass das!«

Er fasste sie derb in den Schritt.

»Hör auf mit dem Scheiß! Spinnst du?« Ihr Ton war scharf, aber es schwang auch eine Spur Panik in ihrer Stimme.

»Halt die Fresse!«, zischte er.

Er fasste über sie, und mit einem einzigen Griff brachte er ihren Fahrersitz krachend in die Waagerechte. Dann ergriff er sein Messer, die Klinge sprang heraus, und er drückte sie ihr an die Kehle.

»Wenn du anfängst Faxen zu machen, is' Feierabend. Schneller, als du denken kannst, zieh ich dir das Ding durch die Gurgel.«

Nataschas Widerstand erlahmte augenblicklich. Sie spürte die Klinge auf ihrer Haut und wagte es kaum noch zu atmen, um sich nicht zu verletzen.

Raffael versuchte, ihr die leichte Leinenhose auszuziehen, und sie half ihm fast dabei, weil sie Angst hatte, geschnitten zu werden, wenn er sich zu sehr abmühen und an der Hose zerren musste.

Dann rollte er sich über sie, was wegen des Lenkrads schwierig war, und drückte sein Knie gewaltsam zwischen ihre Schenkel.

»Lass mich«, schluchzte sie. »Nicht hier, Sven, bitte nicht, wir gehen zu mir nach oben, okay?«

»Du lügst!«, schrie er. »Niemals nimmst du mich mit hoch. Du haust ab, oder oben wartet dein Freund oder deine Mami oder sonst wer. Versuch nicht, mich zu verarschen!«

»Nein!«, schrie sie, als er in sie eindrang.

»Hysterische Ziege!«, schnauzte er und wurde in allem, was er tat, noch brutaler.

Ihr Körper war völlig verkrampft. Alles, was er machte, tat ihr weh und trieb ihr die Tränen in die Augen.

Sie weinte stumm und hielt durch.

Nach wenigen Minuten war alles vorbei.

»Ich hätte nie gedacht, dass du so eine feige, brutale Sau bist«, flüsterte sie. »Das absolut Letzte. Das Allernachletzte.«

»Nun krieg dich mal wieder ein.« Raffael steckte sich das Hemd in die Hose. »Wir waren uns doch einig, oder? Und im Auto ist es doch mal was anderes. Also stell dich nicht so an.«

»Steig aus, du Schwein!«

Raffael stieg aus, und sie schloss sich im Wagen ein.

Sie beobachtete, wo er hinging.

Vor einem Mietshaus ein Stück weiter blieb er stehen und kramte in seinen Hosentaschen nach dem Hausschlüssel.

Sie merkte sich die Hausnummer zweiundsiebzig und brauste mit ihrem Wagen an ihm vorbei. Wollte nicht, dass er noch einmal auf sie aufmerksam wurde.

Raffael sah ihr hinterher und grinste. Gott sei Dank war sie weg, er hätte sonst nicht gewusst, wie er ins Haus kommen sollte, denn klingeln war zwecklos. Mitten in der Nacht ließ ihn niemand ein.

Aber das Problem hatte sich ja wundervoll von selbst erledigt. Er überlegte jetzt, ob er sich noch ein Sixpack besorgen oder lieber gleich in seine Wohnung gehen sollte.

Er entschied sich dafür, direkt nach Hause zu gehen.

Wollte schlafen. Einfach nur schlafen. Um dumme Gänse wie Natascha so schnell wie möglich zu vergessen.

14

»Guten Morgen, Lilo! Hast du gut geschlafen?«

Lilo trank gerade ihren Kaffee und war in die Zeitung vertieft. Jetzt schreckte sie hoch.

Vor ihr stand Raffael und grinste.

Lilo war so baff, dass sie einen Augenblick nicht wusste, was sie sagen sollte.

Raffael schenkte sich Kaffee ein. »Was ist los?«

Lilo sah auf die Uhr. »Weißt du, wie spät es ist?«

»Ja. Viertel vor acht.«

»So früh! Musst du jetzt schon ins Theater?«

»Ja. Wir haben schon erste Bühnenprobe zur *Zeugin der Anklage.* Ist im Moment der reinste Irrsinn. Eine Premiere jagt die andere. Zurzeit haben wir neun Stücke auf dem Spielplan, und Freitag kommt das zehnte dazu.«

»*Zeugin der Anklage* gucke ich mir bestimmt an. Ich kenne den Film.«

»Dann mach dir die Erinnerung nicht kaputt. Ich weiß nicht, ob die Premiere was wird. Glaub's kaum, ist ein ziemlicher Quark.«

»Magst du Toast?«

»Nee, danke.«

»Aber du musst doch was essen, bevor du zur Arbeit gehst.«

»Nee, muss ich nicht. Aber heute Abend bin ich zu Hause, Lilo. Wir haben schon ewig nicht mehr zusammen gegessen. Wollen wir was kochen?«

»Oh, ja, wie schön! Worauf hast du denn Appetit?«

»Du machst so tolles Rindergeschnetzeltes. Da könnte ich mich reinlegen. Mit Pilzen und Sahnesoße und Nudeln. Und Salat. Wie findest du das?«

»Großartig!« Lilo strahlte. Mit allem hatte sie gerechnet, aber nicht damit. »Dann gehe ich einkaufen. Wann kommst du nach Hause?«

Raffael überlegte. »Die Probe geht wahrscheinlich so bis vier, danach müssen wir wieder auf Anfang zurückbauen, aber dann bin ich um sechs hier. Spätestens um sieben.«

»Prima.«

Er trank im Stehen schnell zwei Becher mit schwarzem Kaffee und drückte Lilo einen flüchtigen Kuss auf die Wange.

»Tschüss, bis nachher.«

»Ach übrigens: Hast du schon gemerkt? Das Treppengeländer ist repariert, und im Keller und im Treppenhaus brennt wieder Licht. Wie kommt das denn?«

»Ich habe mit dem Hausmeister gesprochen«, meinte Raffael und grinste wieder. »Er ist ein sehr intelligenter und einsichtiger Mann. Es hat mich keine große Mühe gekostet, ihn zu überzeugen, dass die Reparaturen nötig sind. Ein wirklich netter Mensch.«

Er verließ die Küche, und nur Sekunden später hörte Lilo, dass die Wohnungstür ins Schloss fiel.

Sie stand am Fenster und sah ihm nach, wie er sich aufs Rad schwang und davonfuhr.

Um zehn vor halb neun betrat Raffael durch den Bühneneingang das Theater.

Auf der Bühne tobte das Chaos. Überall lagen Bretter herum, Leitern, Handwerkszeug, noch nicht verlegte Kabel. Schrauben kullerten über den Fußboden, und Kulissenteile aus *Sommergäste* lehnten an der Wand, die hier jetzt für die *Zeugin der Anklage* absolut nichts zu suchen hatten. Die Bühnengassen waren vollgestellt mit undefinierbarem Gerümpel und Requisiten. Der Bühnenbildner strich hektisch eine Abdeckung, die nicht eingeschwärzt worden und vom Rang aus zu sehen war, die Beleuchter montierten Scheinwerfer, brüllten sich gegenseitig an und versuchten, die Bühne schon mal grob mit einer Grundstimmung einzuleuchten, die Regieassistentin rannte von links nach rechts, weil sie sich überflüssig vorkam und jetzt so tun musste, als kontrolliere sie das Bühnenbild. Bruno versuchte gemeinsam mit Frank eine Tür zu schließen, die immer wieder von allein aufschwang, und zwei Bühnenarbeiter schleppten einen schweren Schreibtisch über die Bühne, ohne einen blassen Schimmer davon zu haben, wo sie ihn hinstellen sollten.

Und in all dem Irrsinn stolperte »der Richter« durch die Gegend. Er war bereits im Kostüm und schrie hochgradig empört nach der Kostümbildnerin, weil sein Talar viel zu lang war und mindestens zehn Zentimeter gekürzt werden musste.

Das Chaos um ihn herum schien er gar nicht zu bemerken. Völlig unsensibel für die schuftenden Bühnenarbeiter brüllte er: »Ja, hört mich denn keiner? Ja, interessiert sich denn keiner für mich? Ich spiele hier eine *Hauptrolle*, aber offensichtlich ist das ja egal. Ist denn keiner da?«

Er schielte gegen das Licht und sah den Regisseur im Zuschauerraum nicht, der sich nicht rührte, sondern nur hin und wieder auf die Uhr sah und absolut keine Lust hatte, sich mit einem eitlen Schauspieler zu unterhalten.

Theater könnte so schön sein, wenn die dämlichen Schauspieler nicht wären, dachte Regisseur Helmut Weser und amüsierte sich über seinen eigenen Gedanken.

Raffael reichte es jetzt schon. Er konnte dieses Durcheinander der ersten Bühnenproben nicht ausstehen. Am liebsten wäre er auf der Stelle nach Hause gegangen, um diesem Wahnsinn zu entkommen. Denn dass in anderthalb Stunden die Probe beginnen sollte, schien unvorstellbar.

Er begann zu zittern, versuchte es zu ignorieren und fing an, einige Stühle, die in dem Stück nichts zu suchen hatten, Leitern, Eimer, ein schmiedeeisernes Gartentor, eine Kabeltrommel und etliche andere Kleinigkeiten ins Magazin zu tragen.

Dann öffnete er sein erstes Bier an diesem Morgen und trank es in einem Zug – auf der Toilette. Von dort hörte er über die Mithöranlage Frank herumkommandieren, aber er konnte nicht verstehen, was er sagte.

Dann rief Frank über Lautsprecher seinen Namen.

»Raffael! Kommst du bitte *sofort* auf die Bühne! Raffael!«

Raffaels Herz begann zu rasen, doch er gab sich einen Ruck, hetzte durch die Gänge und erschien zwei Minuten später Kaugummi kauend auf der Bühne.

»Zieh die krummen Bühnennägel aus dem Fußboden und sammle sie ein. Auch die, die jetzt schon rumliegen. Die Schauspieler könnten sich verletzen!«, blökte Frank. »Aber zack zack und ein bisschen plötzlich. In 'ner halben Stunde geht's los!«

Raffael begann zu arbeiten, aber er stand kurz vor der Explosion. Er hasste Frank, diesen Kasernenbefehlston, das ganze Chaos, dieses Theater, die schwachsinnigen Arbeiten, die Eile, den Stress – er brauchte dringend noch ein oder zwei Bier, um das alles durchzuhalten.

Als die erste Probe im Bühnenbild und in Kostüm und Maske anderthalb Stunden später als geplant begann, war das für Theaterverhältnisse noch überpünktlich. Raffael hatte bereits drei Bier intus, das Bühnenbild stand notdürftig, und die Kostümbildnerin hatte den Talar des Richters drastisch gekürzt.

Helmut Weser hatte sich sein Regiepult in die Mitte der sechsten Reihe bauen lassen, fläzte sich dort in seinen Polsterklappstuhl, rauchte und schnipste die Asche auf die Sitzpolster. Das Mikrofon benutzte er nur, um die Techniker während der Umbauten zur Eile anzutreiben und den Tontechniker zur Sau zu machen.

Seit einer Stunde wurde die Eingangsmusik probiert, die mit Licht auf dem Vorhang begann und dann präzise in der Sekunde aufhören sollte, wenn sich der Vorhang vollständig geöffnet hatte und an die Portale schlug.

Es hatte bisher nicht ein einziges Mal geklappt.

»Ihr habt ja alle keine Ahnung, wie wichtig diese Scheißmusik am Anfang ist!«, schrie Weser ins Mikrofon. »Wenn der Anfang von der Technik her gut funktioniert, dann sind die Zuschauer gut gelaunt und die Schauspieler schon auf ihre Rolle eingestimmt. Denn ich hab mir ja was gedacht bei der Musik! Das ist ja nicht irgendwas, was wir hier einspielen. Und wenn das schon am Anfang in die Hose geht, dann könnt ihr das ganze Stück vergessen! Geht das endlich in eure Köpfe? Also, das Ganze noch mal auf Anfang!«

Er tönte in der Gegend herum, fühlte sich großartig dabei und war so stolz auf seine Inszenierung, dass er gar nicht bemerkt hatte, wie der Intendant Heinz Fischer während der Eröffnungsmusik leise in einer der letzten Reihen Platz genommen hatte und dem Spektakel still zuschaute.

Die Umbauten zu den einzelnen Bildern dauerten viel zu lange und klappten überhaupt nicht. Der Gerichtssaal, der sich in jedem Bild verkleinern sollte, um die Perspektive zu verengen und deutlich zu machen, dass sich die Schlinge um den Angeklagten auch immer enger zusammenzog, verschob sich und verkantete, es sah verheerend aus. Regisseur Weser hatte keine Ahnung, woran es lag, dass das, was er vorhatte, nicht funktionierte, also konnte er nichts weiter tun, als mit der Stoppuhr in der Hand zur Eile anzutreiben und ins Mikro zu brüllen: »Los, los, los, beeilt euch, das dauert ja ewig! Zwei Minuten sind um, jetzt müsstet ihr längst fertig sein! Ja, wo bin ich denn? Bin ich hier etwa in der Provinz, verdammte Scheiße? So kann ich nicht arbeiten!«

Raffael schuftete in einem Wahnsinnstempo, doch es reichte nicht. Sie waren alle nicht schnell genug.

Hinter der Bühne und in den Bühnengassen rumpelten Schraubenzieher durch die Gegend, klappten Türen, man hörte Stimmen und irgendwoher ein schabendes Geräusch.

»Geht's denn auch ein bisschen leiser?«, schrie Weser ins Mikrofon. »Hier läuft eine Probe, falls die Technik das noch nicht bemerkt haben sollte!«

Raffael lief der Schweiß in Strömen den Rücken hinunter, und für solche Sprüche hätte er den Idioten Weser, der sicher noch nicht einmal in der Lage war, im Badezimmer einen Handtuchhalter anzubringen, auf der Stelle erwürgen können.

Mittlerweile waren die Kulissenteile so ineinander verkeilt, dass sie sich überhaupt nicht mehr bewegen ließen.

»Was ist denn das für ein Dilettantismus!«, schrie Weser, und Raffael hatte jetzt Lust, in den Zuschauerraum zu springen und ihn zu verprügeln. Was nicht ging, ging eben nicht. Das musste selbst dieser Schwachkopf von Regisseur irgendwann begreifen.

Nach dem vierten Bild trank er auf der Toilette sein fünftes Bier. Gegessen hatte er noch nichts.

Als der Vorhang fiel und die Probe zu Ende war, hatte sich Weser ziemlich verausgabt, rumgeschimpft wie ein Rohrspatz, hatte versucht, Kinski-Ausbrüche zu kopieren, die er beeindruckend fand, und fühlte sich großartig dabei. Auch Inszenieren war Entertainment. Natürlich war die Probe noch nicht so gelaufen, wie sie sollte und wie Weser es sich vorgestellt hatte, aber das sah er nicht als Problem. Bis zur Premiere konnte noch jede Menge passieren. Er hatte keinen Zweifel daran, dass auch die technischen Schwierigkeiten zu lösen waren und die Umbauten wesentlich schneller funktionierten, wenn sich das Ganze eingespielt hatte. Nächste Woche war Premiere, und es würde ein Riesenerfolg werden.

Seine Inszenierung war einfach genial.

Helmut Weser klopfte auf Holz.

Er drehte sich erst um, als nach dem Schluss des Stückes die Tür zum Rang klappte. Seine Regieassistentin, die im Parkett und auf dem Rang die Sichtachsen überprüft hatte, bahnte sich einen Weg durch die Sitzreihen zum Regiepult.

»Der Alte war drin«, sagte sie und vermied es, Weser anzusehen, indem sie sich etwas in ihrem Regiebuch notierte. »Er will dich sprechen. Du sollst ins Büro kommen.«

Weser war wie elektrisiert. »Hat er die ganze Probe gesehen?«

»Ja, hat er.«

»Und? Hat er was gesagt? Hat's ihm gefallen?«

Michaela zuckte die Achseln. »Keine Ahnung. Er hat keinen Ton gesagt, nur, dass du raufkommen sollst.«

Weser war keineswegs irritiert, sondern stolz und glücklich, dass der Intendant die Probe gesehen hatte. Selbstverständlich hatte es ihm gefallen, da gab es gar keinen Zweifel. Fischer war ein alter Hase. Er konnte bestimmt abstrahieren, was eine gute Inszenierung war und was nicht. Auch wenn die Technik noch versagt hatte und fast alle Schauspieler unter ihren Möglichkeiten geblieben waren.

Mit warmer Stimme, denn er hörte sich unglaublich gern reden, sprach er ins Mikrofon: »Die Technik bitte auf die Bühne und alles auf Anfang. Dann kleine Pause, die Kritik mit den Schauspielern mache ich im Foyer, danach möchte ich mit dem Bühnenmeister sprechen. Frank wird ja wohl eine Erklärung dafür haben, wo und warum es bei den Verengungen gehakt hat.«

Es war so wunderbar. Alle tanzten nach seiner Pfeife. Während der Proben war er hier der Chef, der liebe Gott, und er genoss dieses Gefühl in jeder Sekunde. Daher machte es ihm auch nichts aus, wenn die Proben zwölf Stunden und länger dauerten – es war einfach eine Lust.

Hocherhobenen Hauptes stieg er die Treppe hinauf zum ersten Rang und betrat von dort den Bürotrakt.

Fischer saß in seinem Büro hinter dem Schreibtisch in einem hohen Sessel und drehte einen Kugelschreiber wie einen Zauberstab zwischen den Fingern.

Als Weser hereinkam, sah er nicht auf.

Weser war augenblicklich unbehaglich zumute. Das konnte selbst er nicht anders deuten: Fischer platzte vor Wut und versuchte mit allen Mitteln, sich zu beherrschen.

»Setzen Sie sich«, sagte er, und erst als Weser Platz genommen hatte, sah er ihn an.

Weser erschrak über die Kälte und Verachtung in Fischers Blick.

»Eine Frage vorweg: Die wievielte Inszenierung machen Sie jetzt bei mir?«

»Die dritte.«

»Ah, ja. Dann würde ich gern mal wissen: Sind Sie irgendwie krank?«

»Nein, wieso? Ich fühle mich glänzend.«

»Weil ich mir sonst nicht erklären kann, warum Sie urplötzlich den Verstand verloren haben.«

Weser schwieg entsetzt.

»Ich habe mir heute die Bühnenprobe angeguckt«, begann Fischer und wurde sofort von Weser unterbrochen:

»Da stimmte natürlich noch vieles nicht. Die Technik war eine Katastrophe, und dementsprechend schlecht waren auch die Schauspieler, aber das kriegen wir alles hin.«

»Unterbrechen Sie mich bitte nicht!«, fauchte Fischer. »Ich weiß sehr wohl einzuschätzen, dass eine erste Bühnenprobe niemals perfekt sein kann, aber dennoch bin ich ganz anderer Meinung als Sie!«

Weser zuckte zusammen und sagte nichts mehr.

»Was Sie hier verzapft haben, was Sie als Inszenierung angeboten haben, ist eine Frechheit! Eine Publikumsverarschung und ein abgrundtiefes Desaster! Lieber Herr Weser, das geht gar nicht! Ich saß da und dachte, das kann nicht wahr sein, du bist in irgendeiner Schmierenkomödie gelandet, aber du sitzt nicht in deinem eigenen Theater! Was läuft denn da für ein bodenloser Scheiß? Und was haben Sie sich denn nur für ein Bühnenbild zusammenbauen lassen? Sind Sie komplett verrückt geworden? Spielt das in der Reichskanzlei oder in einem Gerichtssaal?«

Weser wollte nur noch nach Hause.

»Es handelt sich bei diesem Stück um einen Kriminalfall, ein Gerichtsdrama«, fuhr Fischer ungerührt fort und redete wie zu einem Schwachsinnigen. »Eine steinreiche Witwe ist ermordet worden, der Mann, der sie beerben soll, gerät unter Mordverdacht, und seine eigene Frau belastet ihn schwer. Bla, bla, bla. Was soll ich Ihnen die gesamte Geschichte erzählen, Sie werden das Stück ja wohl gelesen haben. Dieses Stück ist hochdramatisch, voller Gefühle und Verwicklungen, und darum habe ich es auf den Spielplan gesetzt. Wir erzählen einen der raffiniertesten Kriminalfälle, die je erzählt wurden. Schluss, aus, Ende. Ich bin auch nicht in einem Schwarz-Weiß-Film, darum kapier ich nicht, warum Bühnenbild und sämtliche Kostüme schwarzweiß sind.«

»Ich wollte ...«, begann Weser zaghaft, aber Fischer ließ ihn nicht zu Wort kommen.

»Es ist mir egal, was Sie wollten. Ich bin noch lange nicht fertig!«

Dann fuhr er fort: »Die Zuschauer wollen die Schauspieler sehen, aber das ist in diesem Bühnenbild und in dem Schwarz-Weiß-Irrsinn gar nicht möglich. Ihr Bühnenbild ist kein Bühnenbild, sondern ein Suchbild! Nur die Hauptdarstellerin trägt knallrote Schuhe und knallrote lederne Handschuhe. Tolle Idee! Aber die Idee ist leider bei *Schindlers Liste* geklaut, lieber Herr Weser, und die Idee ist Scheiße!!!

Und was haben Sie sich dabei gedacht, den Richter in sechs Meter Höhe thronen zu lassen? Ganz abgesehen davon, dass mir bei dem Gedanken, wie viel Holz bei diesem Thron verbaut worden ist, schlecht wird! Kein Wunder, dass die Techniker das nicht umbauen können. Verschieben Sie mal so ein Monumentaldenkmal. Das ächzt und rumpelt und dröhnt, so laute Umbaumusik können Sie gar nicht einspielen!

Und was soll das Affentheater mit dem Richter in luftiger Höhe? Soll das die Zuschauer oder den Angeklagten beeindrucken? Soll es seinen Worten mehr Gewicht geben? Wenn Sie das nötig haben, ist es ein Armutszeugnis für Ihre Inszenierung. Ganz abgesehen davon, dass eine normale Szene mit dem Hansel da oben in den Wolken gar nicht mehr möglich ist.

Und ich dachte, Sie kennen Ihre Pappenheimer mittlerweile ein bisschen. Der von allen völlig überschätzte, aber leider unkündbare Kollege König, der den Richter spielt, ist, wie Sie vielleicht wissen, jeden Abend sternhagelvoll. Der stürzt uns von da oben ja noch zu Tode! Wollten Sie das leidige Problem mit dem Kollegen König auf diese Weise aus der Welt schaffen?

Ich denke jedenfalls nicht daran, dies alles unseren Abonnenten, Gästen und Freunden des Theaters zuzumuten.«

Fischer holte Luft.

»Ganz abgesehen davon, dass dieser gequirlte Schwachsinn eines der teuersten Bühnenbilder aller Zeiten hervorgebracht hat. Und diese dusslige Verengung und Verkleinerung, die einfach nur ein Hirnfurz Ihrerseits und ein uncharmanter interpretatorischer Wink mit dem Zaunpfahl ist, wird niemals klappen. Das gebe ich Ihnen schriftlich. Dazu brauchen Sie hydraulische Schiebe- und Hebevorrichtungen. Die haben sie vielleicht im Pergamonmuseum, um das Markttor von Milet von links nach rechts zu schieben, wenn irgendein Spinner auf die Idee kommen sollte, aber *wir* hier haben solche Mätzchen nicht.«

Mit jedem einzelnen Wort fühlte sich Weser beleidigt, und er war nicht in der Lage, irgendetwas darauf zu antworten.

»Und mitten in diesem ganzen Humbug waren die Schauspieler natürlich unter aller Kanone. Jeder Einzelne hat sich unter Preis verkauft, weil gegen das Bühnenbild niemand anspielen kann. Sie haben allesamt herumgehampelt wie die Laienspielgruppe aus Kleinkleckersheim am Bach hinter der Kastanie. Das sind nicht mehr meine Schauspieler, die ich für teures Geld eingekauft habe, weil sie etwas können, das ist eine verstörte Truppe, die Sie, und ich betone: nur *Sie* kaputt gekriegt haben.«

Es entstand eine längere Pause, bis Fischer schließlich sagte: »Darum schicke ich Sie hiermit nach Hause, Herr Weser. Sie sind die Regie los. Das Stück wird in dieser Inszenierung an meinem Haus auf keinen Fall rauskommen. Was ich mit der nahenden, oder sagen wir mal besser ›drohenden‹ Premiere machen werde, weiß ich noch nicht, aber das soll nicht mehr Ihr Problem sein.«

Weser hatte das letzte Mal auf dem Bauernhof seiner Eltern geweint, als er in den Misthaufen gefallen war und sich seine Freunde ausschütteten vor Lachen – jetzt sehnte er sich danach, sich mal wieder so richtig auszuheulen, um dieses ganze Elend und die Ungerechtigkeit dieser Welt von sich abzuschütteln.

Aber er tat es nicht, sondern stand auf, um noch den letzten Rest von Würde zu bewahren.

»Das war's dann also.«

»Ja, das war's. Leben Sie wohl.«

Wie ein betrunkener Autofahrer, der aufgefordert wurde, auf dem Strich zu laufen, versuchte er langsam, aufrecht und ohne zu schwanken durch den Raum zu gehen und die Tür zu erreichen.

Er öffnete sie, drehte sich nicht mehr um – die Kraft dazu hätte er auch gar nicht mehr gehabt –, verließ das Intendantenbüro und wenig später das Theater.

Fischer rief über die hausinterne Sprechanlage Schauspieler und Techniker, und fünf Minuten später versammelten sich alle auf der Bühne.

Es war mucksmäuschenstill.

»Ich habe euch auf die Bühne gebeten, um euch zu sagen, dass Helmut Weser die Regie niedergelegt hat. Wir haben uns in gegenseitigem Einvernehmen getrennt.«

Niemand reagierte. Nur um Franks Mund zog der Hauch eines Lächelns.

»Da die Premiere in dieser Form auf gar keinen Fall rauskommen kann, werde ich sie um eine Woche verschieben und die Regie selbst übernehmen. Wenn ein Schauspieler damit ein Problem hat, soll er es mir nachher im Büro sagen. Wir werden dann gemeinsam versuchen, eine Lösung zu finden.

Bühnenbild und Kostüme sind komplett unbrauchbar. Wir werden versuchen, uns mit dem zu behelfen, was wir im Fundus haben. Die Technik zersägt bitte das Bühnenbild, morgen möchte ich hier eine leere Bühne sehen. Die Schauspieler erscheinen zur morgigen Probe in ihren Privatklamotten, wir werden eben ein bisschen improvisieren.

Ab morgen wird täglich von zehn bis neunzehn Uhr geprobt, wenn nötig auch länger.« Er sah auf die Uhr. »Ich bitte die Technik heute eine Nachtschicht einzulegen, um das Bühnenbild sofort zu demontieren und abzutransportieren, damit wir morgen vernünftig mit der Arbeit beginnen können. Bitte ruft eure Familien an, weil es später oder auch sehr spät werden wird. Noch Fragen?«

Niemand meldete sich, niemand sagte etwas, und niemand empörte sich. Alle schluckten widerspruchslos die Änderungen und den damit verbundenen ganz normalen Wahnsinn.

Nachts um zwei Uhr fünfundvierzig war Schluss, um halb vier war Raffael zu Hause. Er fühlte sich unerträglich nüchtern und hellwach und ging als Erstes in die Küche, um zu sehen, wie viel Bier noch da war.

Die Küche war blitzblank aufgeräumt und geputzt. Da waren keine Fettflecke auf dem Herd, keine Krümel auf dem Tisch, keine gebrauchten Tassen in der Spüle.

Er öffnete den Kühlschrank. In der Tür standen noch zwei Bier. Das war ja besser als nichts. Und dann sah er in Lilos Fach den Teller mit dem Fleisch, die Tüte mit den Pilzen und zwei Becher frische Sahne. Erst jetzt fiel es ihm ein. Sie hatten ja heute Abend vorgehabt, gemeinsam zu kochen. Du lieber Himmel, er hatte im Theater keine Sekunde mehr daran gedacht und ganz vergessen, Lilo Bescheid zu geben.

Ihm wurde übel, wenn er sich vorstellte, wie sauer sie jetzt sicher war. Das konnte er wahrscheinlich nie wiedergutmachen, denn er hatte genau gesehen, wie sehr sie sich am Morgen über seinen Vorschlag gefreut hatte.

Raffael setzte sich und trank die beiden Biere hintereinander weg.

Das war alles kein Zustand. Lilo war sicher die nächsten hundert Jahre eingeschnappt, er musste in drei Stunden schon wieder aufstehen, um in dieses Irrenhaus zu gehen, und musste jetzt versuchen, fast nüchtern einzuschlafen. Das war ihm schon ewig nicht mehr passiert, und es machte ihn wütend.

Er hatte Lust, irgendetwas in dieser klinisch reinen Küche zu zertrümmern, aber dann schaffte er es doch gerade noch, sich zu beherrschen.

Aber er knallte seine Zimmertür, als er zu Bett ging.

Sollte sie doch wach werden, es war ihm egal, dann wusste sie wenigstens, dass das liebe Jungchen wieder zu Hause und in Sicherheit war.

Um sieben Uhr dreißig klingelte der Wecker.

Er warf ihn gegen die Wand. Ein paar Minuten dämmerte er noch vor sich hin, dann gab er sich einen Ruck, sprang aus dem Bett und rannte ins Bad.

Wie gewohnt saß Lilo in der Küche und frühstückte, als er hereinkam.

Es war reinste Notwehr, dass er die Flucht nach vorn wagte, und er wunderte sich, dass er um diese Zeit überhaupt schon zusammenhängende Sätze sprechen konnte. Vielleicht lag es daran, dass er zum ersten Mal seit Jahren nicht betrunken ins Bett gegangen war.

Lilo sah ihn nicht an, sie blickte auch nicht von ihrer Zeitung auf.

»Hör zu, Lilo«, begann er, »die ganze Scheiße tut mir verdammt leid. Erspar mir bitte die Vorwürfe, reiß mir jetzt auch nicht den Kopf ab, und vor allem, sei bitte nicht bis anno Schnee eingeschnappt und beleidigt. So ein ungesundes Schweigen im Haus ist nämlich richtig zum Kotzen.«

Lilo reagierte nicht, aber Raffael bildete sich ein, dass sie schon nicht mehr ganz so sauer aussah.

»Du glaubst nicht, was gestern im Theater los war. Die Hölle, sag ich dir. Fischer hat den Regisseur gefeuert, und wir mussten das Bühnenbild zerhacken. Wir haben geackert wie die Blöden, und ich war erst heute Morgen um halb vier zu Hause. Ich war in keiner Kneipe, Lilo, und ich hab außer 'ner Viertelpizza den ganzen Tag nichts gegessen. Ich bin so stocknüchtern ins Bett gegangen, dass ich dachte, ich bin sterbenskrank. Und hab nur drei Stunden geschlafen. Und bei dem ganzen Wahnsinn im Theater, den ich dir irgendwann mal erzähle, wenn du nicht mehr wütend bist, hab ich völlig vergessen, dich anzurufen. Sorry. War nicht in Ordnung, weiß ich. Und ich kann mir auch vorstellen, dass du dachtest, ich versumpfe irgendwo. Aber das bin ich nicht.«

Sie schwieg.

»Ich würde unser großes Fressen verdammt gern nachholen, Lilo. Das Fleisch ist doch sicher auch heute noch gut. Und wir können ja nicht jeden Tag achtzehn Stunden arbeiten. Da gehen wir sonst irgendwann von der Fahne. Was hältst du von heute Abend? Zur Versöhnung?«

Er setzte sich und trank einen Schluck Kaffee. Das war die längste Rede seines Lebens gewesen. Erwartungsvoll sah er Lilo an.

»Es ist in Ordnung, Raffael«, sagte sie leise, »ich bin dir nicht mehr böse. Und ich freue mich auf heute Abend. Aber sei so lieb und ruf mich an, wenn dir etwas dazwischenkommt.«

»Abgemacht.« Er stand auf. »Du gefällst mir, Lilo«, meinte er erleichtert, »eigentlich von Tag zu Tag besser. Also dann, bis heute Abend.«

Er trank seinen Kaffee aus und ging.

15

»Hast du mal einen Moment Zeit?«, fragte Frank, als Raffael ins Theater kam.

»Aber sicher. Wozu bin ich denn hier? Um Bühnenbilder zu zerhacken und um mit dir zu reden.«

Es waren unter anderem auch diese Antworten, die Frank überhaupt nicht ausstehen konnte.

»Dann komm mal bitte kurz mit.«

Oh, Mann. Also wurde es mal wieder schwierig. Was war denn bloß los? Raffael ließ in seinen Gedanken in Windeseile den gestrigen Katastrophentag Revue passieren, aber da war nichts, was Frank auf die Palme gebracht haben könnte, er war sich absolut keiner Schuld bewusst.

Aus reiner Notwehr gab sich Raffael betont lässig und unbekümmert und schlenderte hinter Frank her ins winzige Büro, das eine von der Werkstatt abgetrennte Nische war.

»Setz dich. Du willst doch sicher ein Bier.«

Frank wartete die Antwort nicht ab, ging zum Kühlschrank und nahm eine Flasche heraus.

Raffael fand es ungewöhnlich und auch ein wenig unpassend, dass er so früh am Morgen vom Bühnenmeister ein Bier angeboten bekam. Ihm wurde immer mulmiger zumute. Aber er trank das Bier und wartete ab.

»Es ist Folgendes«, begann Frank umständlich, und man sah ihm an der Nasenspitze an, dass ihm nicht wohl in seiner Haut war. »Seit gestern ist hier im Haus einiges anders. Fischer räumt auf. Fischer baut um, Fischer schmeißt raus, und Fischer engagiert neu. Er lässt keinen Stein mehr auf dem anderen. Wundert mich, dass wir nicht auch noch den Zuschauerraum grasgrün streichen müssen.«

»Schön. Aber was hat das mit mir zu tun?«

»Wart's ab.«

Raffael trank und hielt den Mund.

Frank versuchte, den Faden wiederzufinden.

»Fischer will sparen. Dieses Idiotenbühnenbild hat ein ziemliches Loch in seinen Etat gerissen. Daher möchte er auch die Bühnentechnik gesundschrumpfen. Vor allem die technischen Hilfskräfte müssen dran glauben. Du weißt ja, dass *Zeugin der Anklage* eigentlich ein sehr preiswertes Stück ist. In technischer Hinsicht, meine ich, und was den Abenddienst betrifft. Bei der Inszenierung von Fischer brauchen wir keine Umbauten, keine besonderen Licht- oder Tonmätzchen, die Vorstellung können Norbert und ich allein fahren.«

Raffael begriff sofort, worum es ging. »Das heißt, ihr braucht keine Aushilfstechniker mehr.«

»Das heißt, wir brauchen keine Aushilfstechniker mehr. So ist es.« Frank sah aus, als ob er jetzt auch ein Bier nötig hätte, aber er trank keins.

Raffael überlegte. Ihm wurde heiß, und in ihm brodelte es.

»Wir sind 'ne ganze Menge Aushilfstechniker. Warum gerade ich?«

»Du bist es nicht allein. Es trifft auch noch zwei andere. Aber ich hatte gehofft, die Frage würde nicht kommen.«

»Spuck's aus.«

»Alle Welt weiß, dass du ständig auf dem Klo heimlich säufst. Das geht nicht, Raffael. In meinen Augen bist du ein Alkoholiker.«

»Ich hau dir gleich eins in die Fresse.«

»Siehst du, das meine ich. Du bist aggressiv, unberechenbar – so jemanden kann man am Theater nicht gebrauchen.«

Jetzt war alles gesagt. Mehr, als Frank gewollt hatte.

»Ich hol nur kurz meine Sachen«, sagte Raffael und ging zu dem großen Stahlschrank, in dem Werkzeug, Maschinen, aber auch Atemmasken, Arbeitsschuhe und Blaumänner untergebracht waren.

Frank trat an seinen kleinen Schreibtisch, bei dem man sich gar nicht vorstellen konnte, wie er darauf Bühnenbildskizzen und technische Zeichnungen ausbreiten konnte, setzte sich und schaltete den Computer an.

Er saß mit dem Rücken zu Raffael.

In diesem Moment sah Raffael den Kompressor und daran angeschlossen den Druckluftnagler. Das Gerät steckte in der Steckdose, der Druck war aufgebaut, es war betriebsbereit.

Ohne zu überlegen, nahm er es in die Hand und schoss mit einem Druck von vier Bar die dicken Stahlnägel durch die Werkstatt. Wie ein Amokläufer, der das Magazin seiner Maschinenpistole leer schießt.

Frank ließ sich instinktiv auf den Boden fallen.

Die Nägel bohrten sich in Holzbalken, durchschlugen Schranktüren und zersplitterten Glas.

Sie waren tödliche Geschosse.

Frank lag am Boden und betete um sein Leben.

Dann zielte Raffael. Auf den Schrank, den Spiegel, den Computer und schließlich direkt auf Frank.

Jetzt sterbe ich, dachte Frank, verdammt, dieser Idiot bringt mich um. Jetzt in diesem Moment. Nein, bitte nicht, bitte …

Raffael drückte ab.

In der Maschine war kein Nagel mehr.

Frank brauchte einige Sekunden, um zu begreifen, dass Raffael ihn nicht erschossen hatte. Er spürte, dass seine Hose nass war.

Raffael legte den Apparat weg und verließ die Werkstatt.

»Schönen Tag noch, Frank«, sagte er im Hinausgehen.

Damit war er verschwunden.

Als Raffael zu schießen begann, hatte sich Frank nicht die geringste Überlebenschance gegeben. Und er fragte sich jetzt, ob Raffael, kurz bevor er auf ihn gezielt hatte, das verräterische Klicken gehört hatte – der Hinweis, dass kein Nagel mehr im Lauf war. Oder Raffael hatte ihn wirklich erschießen wollen, und er hatte einfach nur Glück gehabt.

Es war jetzt halb zehn. Raffael stand auf der Straße und wusste nicht, wohin. Auf keinen Fall wollte er nach Hause gehen, denn dann hätte er Lilo erzählen müssen, dass er gefeuert war. Es ging sie einen feuchten Schmutz an, und vielleicht würde sie sogar hysterisch werden, weil sie Angst um ihre Miete hatte. Und dann würde sie ihm jeden Tag in den Ohren liegen und ihn damit nerven, sich doch endlich einen neuen Job zu suchen. »Komm, lass uns mal gemeinsam die Stellenangebote studieren … da finden wir ganz bestimmt was. Du bist doch gesund und kräftig, und junge Leute werden überall gesucht …«

So in der Art. Nee, darauf hatte er keinen Bock.

Dass er keinen Job mehr hatte, war allein seine Sache. Lilo würde es nie erfahren.

16

Lilo stand in ihrer Küche, schnitt das Fleisch in feine, dünne Streifen, briet es scharf an, würzte es, löschte es mit Weißwein ab und ließ es dann langsam vor sich hin köcheln. Je länger, desto besser, umso zarter und weicher wurde das Fleisch.

Sie sah auf die Uhr, die über dem Kühlschrank hing. Es war jetzt zehn nach sechs. Vielleicht kam Raffael um sieben oder aber auch erst um acht. Den Gedanken, was sie tun würde, wenn er wieder nicht käme, versuchte sie zu verdrängen.

Um sieben Uhr schnitt sie die Pilze, wusch den Salat, holte die Tagliatelle aus der Speisekammer und deckte den Tisch in der Küche.

Und wartete.

Um halb acht hörte sie, dass er versuchte, das Schlüsselloch zu treffen, um die Wohnungstür aufzuschließen. Dann kam er in die Küche.

»Hallo, Lilo«, begrüßte er sie grinsend, »bin ich nicht superpünktlich? Ich bin die Pünktlichkeit in Person. Alles halb so wild. Wie geht es dir?«

Er hielt sich am Türrahmen fest, grinste immer noch dümmlich, fixierte sie mit starrem Blick, damit seine Augen nicht anfingen zu kreisen und hin und her zu tanzen. Aber er sah sie nicht an, sondern durch sie hindurch.

Sie antwortete nicht, sondern dachte nur: Er kann sich ja kaum noch auf den Beinen halten.

Raffael setzte sich.

»Ich freue mich, dass du da bist«, sagte sie, »hoffentlich hast du auch ein bisschen Hunger. Das Essen ist in einer Viertelstunde fertig.«

»Mach dir keinen Stress, ich hab Zeit.«

»Wie war's im Theater? Wieder so ein Chaos?«

Sie setzte das Nudelwasser auf, gab die Pilze zum Fleisch und begann mit der Vinaigrette für den Salat.

»Na klar. Nicht so schlimm wie gestern, aber immer noch grauenhaft. Alle spielen verrückt, alle sind gestresst, und wie Fischer aus dem Desaster in der kurzen Zeit 'ne vernünftige Inszenierung basteln will, is' mir schleierhaft.«

»Was ist denn überhaupt passiert?«

Raffael erzählte stockend und schleppend langsam, was geschehen war. Hin und wieder verdrehte er die Worte und verlor den Faden. Seinen heutigen Rauswurf erwähnte er mit keiner Silbe.

»Willst du mal kosten, ob das Fleisch weich genug ist?«

»Nee, will ich nicht.«

Raffael legte den Kopf auf den Arm und schlief einige Minuten.

Währenddessen kochte Lilo die Nudeln und machte die Soße.

Er wurde wach, als sie ihm auftat.

Sie lächelte. »Alles okay? Die beiden letzten Tage waren wahrscheinlich furchtbar anstrengend. Jetzt lass es dir erst mal schmecken.«

Raffaels Gesicht war gerötet, seine Haut war glatt, und er wirkte, als habe er gerade zehn Stunden geschlafen. In diesem Moment kam er ihr jung und verletzlich vor.

Sie aßen schweigend.

»Schmeckt's dir?«

»Ja, ja. Is' ganz großartig, Lilo, wirklich, einsame Spitze.« Sein Lächeln wirkte im Gegensatz zu ihrem kläglich.

Aber sie genoss das Kompliment. Es kroch ihr durch die Glieder und wärmte ihren ganzen Körper.

Plötzlich schreckte sie auf und schlug sich mit der Hand vor die Stirn.

»Ich hab dich ja gar nicht gefragt, was du trinken willst! Wir sitzen hier auf dem Trocknen, und du sagst keinen Ton.«

»Macht doch nichts, Lilo.«

»Was möchtest du denn?«

»Ein Bier, wenn du hast.«

»Natürlich hab ich.«

Sie öffnete eine Flasche und goss ihm das Bier in ein Glas. Für sich selbst füllte sie eins mit Mineralwasser.

»Prost!« Sie hielt ihr Glas in die Luft.

»Auf dich, Lilo.« Sie stießen an und tranken.

Alles war gut.

Nach der Nachspeise und dem dritten Bier fing Raffael an zu weinen.

Ohne Vorwarnung und aus heiterem Himmel, und Lilo wusste nicht, was sie davon halten sollte.

Sie stand auf und streichelte ihm über den Kopf. »Raffael, was ist denn los? Was ist passiert?«

Raffael schluchzte und hob sein tränenverschmiertes Gesicht.

»Was war das? Was haben wir eben gegessen?«

»Rindergeschnetzeltes. Wieso?«

Er stand auf und würgte. Seine Augen waren glasig. Dann jammerte er: »Ich werde nie wieder Fleisch essen! Nie wieder! Es ekelt mich an!«

Lilo war völlig konsterniert. »Aber du hast dir dieses Essen doch gewünscht!«

Raffael überhörte, was sie gesagt hatte.

»Wusstest du, dass in China Hunde geschlachtet werden? Und in Thailand und in Polen und in Tschechien und weiß der Geier wo noch überall?« Er konnte kaum sprechen, so heftig weinte er.

Lilo saß stumm da und wartete ab.

»Und nicht nur das. Sie werden ja nicht einfach nur geschlachtet, so human wie möglich, so wie bei uns ein Schwein – nein, die Hunde werden an den Hinterläufen aufgehängt und langsam totgeschlagen, damit durch das Adrenalin das Fleisch schön zart wird.«

»Raffael, ich will das nicht hören!«

»Doch! Du musst es hören! Die ganze Welt muss es hören, was die Chinesen mit den armen Tieren machen! Dann fährst du da nämlich nie wieder hin! Dann siehst du die tolle Chinesische Mauer und dieses grässliche Land nämlich in einem ganz anderen Licht!«

»Ich fahr nicht nach China, Raffael. Niemals! Dafür bin ich viel zu alt.«

»Und dieses Totschlagen dauert manchmal vierundzwanzig Stunden, Lilo, kannst du dir das vorstellen?«

Lilo verbarg ihr Gesicht in den Händen, und Raffael weinte unaufhörlich.

»Oder sie werfen die Hunde in kochendes Wasser und lassen sie strampeln, klemmen einen Deckel auf den Topf, damit die Hunde nicht rausspringen können!«

»Hör auf!«, schrie Lilo. »Ich halte das nicht aus!«

»Oder sie ziehen ihnen das Fell bei lebendigem Leibe ab und warten, bis sie elendig krepiert sind. Auch das macht das Fleisch schön zart.«

Lilo starrte Raffael entsetzt an.

Dann stand sie auf und ging hinaus.

Raffael legte seinen Kopf auf den Tisch und hörte gar nicht mehr auf zu weinen.

17

Besprechungen gleich zu Arbeitsbeginn waren nicht sehr beliebt. Die meisten waren noch zu müde, um konzentriert aufpassen zu können, und hatten die mühsam gesammelten Fakten der Fälle nicht parat. Ihr Gedächtnis kam normalerweise erst so richtig in Schwung, wenn die Kaffeemaschine bereits dreimal durchgelaufen war.

»Guten Morgen, liebe Kollegen«, begann Richard freundlich und erntete nur ein unverständliches Gemurmel als Antwort. Seine Zuhörer waren neben seinem Assistenten Lars Noethe noch vier weitere Männer des Teams »Gerlinde Gruber« und eine Frau, Britta Adler, die die Vergewaltigung von Natascha Baumann bearbeitete und gerade zur Mordkommission dazugestoßen war.

»Ich denke, es ist auch in eurem Interesse, wenn ich gleich zur Sache komme. Seit heute Morgen liegen mir interessante DNA-Ergebnisse vor.«

Richard warf ein Foto von Gerlinde Gruber und eines von Natascha Baumann mithilfe eines Projektors an die Wand. »Bitte, Britta, erzähle uns die Einzelheiten.«

Britta nickte, stand auf und ging nach vorn.

»In der Nacht von Mittwoch auf Donnerstag gegen ein Uhr dreißig wurde in der Moabiter Paulstraße eine Frau in einem Pkw vergewaltigt. Natascha Baumann, einunddreißig Jahre alt, Erzieherin, alleinstehend. Der Wagen, ein VW Golf, gehört ihr selbst, sie hatte nach einem Kneipenbesuch zugestimmt, einen Mann, der ihr fremd, aber sympathisch war und kein Auto hatte, mitzunehmen. In der Paulstraße bat er sie anzuhalten, weil er dort zu Hause sei, wie er sagte, und da kam es zu der Tat. Sie wurde mit einem Messer bedroht, das ihr der Mann gegen den Kehlkopf drückte. Daher leistete Frau Baumann auch keine Gegenwehr, sie hatte Todesangst. Anschließend war sie geistesgegenwärtig genug, sofort zur Polizei zu fahren und Anzeige zu erstatten. Es wurden ein Abstrich gemacht und die DNA des Vergewaltigers festgestellt.«

Britta Adler zeigte auf das Foto von Natascha und machte eine kurze, bedeutungsschwere Pause. Im Raum war es still.

Jetzt schaltete sich Richard wieder ein.

»Wir haben das Ergebnis sofort durch den Computer gejagt und durchgecheckt, der Täter ist noch nie mit einem Sexualdelikt auffällig geworden. Aber wir haben es mit großer Wahrscheinlichkeit mit demselben Mann zu tun, der auch Gerlinde Gruber erstochen hat. Seine DNA ist identisch mit der der Hautpartikel, die wir unter Gerlinde Grubers Fingernägeln gefunden haben, als es offenbar zwischen Mörder und Opfer zu einem kurzen Kampf gekommen ist.«

»Das ist ja der Hammer«, bemerkte einer der Beamten, aber niemand reagierte darauf.

»Leider konnte Natascha Baumann nur eine grobe Personenbeschreibung des Vergewaltigers geben, sie erinnerte sich nicht detailliert genug, als dass wir ein Phantombild hätten anfertigen lassen können«, warf Britta Adler ein. »Es handelt sich demnach um einen Deutschen Ende zwanzig, Anfang dreißig. Er ist zwischen eins fünfundsiebzig und eins fünfundachtzig groß, sehr schlank, hat kurze dunkelblonde Haare, ist glatt rasiert und hat ein gepflegtes Äußeres.«

Jetzt übernahm Richard wieder das Auflisten der Informationen. »Gerlinde Gruber wurde nicht entkleidet und nicht vergewaltigt, sondern auf offener Straße erstochen, insofern scheidet für uns ein Sexualdelikt aus. Natascha Baumann hingegen ist ganz klar einem Sexualdelikt zum Opfer gefallen. Sie behauptet, den Täter nicht gekannt zu haben, insofern wird es sich nicht um eine Beziehungstat handeln, bei Gerlinde Gruber wäre dies aber durchaus möglich. Wie man es auch dreht und wendet – die beiden Taten passen einfach nicht zusammen und lassen keinen roten Faden erkennen. Wenn man viel Fantasie hat, konnte man sich vielleicht vorstellen, dass auch der Mord an der Zeitungsfrau sexuell motiviert war. Der Täter versuchte eventuell, sie zu verschleppen oder hinter ein Gebüsch zu zerren, aber sie wehrte sich derart heftig, dass er sie erstach.«

»Das hört sich nach einem heftigen Kampf an, und den hätte einer der Anwohner mitbekommen müssen«, bemerkte einer der anwesenden Polizisten.

»Richtig«, erwiderte Richard bitter, »aber man fragt sich so manches Mal, ob die Einwohner alle taub und blind sind oder zwanzig Schlaftabletten genommen haben, denn sonst müssten sie viele fürchterliche Dinge mitkriegen, die genau vor ihren Fenstern passieren. Da erzähle ich euch allen sicher nichts Neues.«

Niemand widersprach.

»Wir müssen also wesentlich intensiver in die Tiefe gehen, als wir es bisher schon getan haben. Die ein oder andere Befragung werden wir wiederholen müssen, da wir jetzt Überschneidungen suchen. Schnittpunkte bei den Bekannten von Gerlinde Gruber und Natascha Baumann. Irgendeinen Zusammenhang muss es geben. Ich glaube in diesem Fall nicht an einen Triebtäter, der mal eben eine Frau ersticht und dann mal eben eine andere vergewaltigt. Einfach so, ohne Sinn und Verstand. Ein Triebtäter hat ein gewisses Beuteschema, eine sexuelle Fantasie, ein Ziel. Und nichts davon lässt sich in diesen beiden Fällen erkennen.«

»Was ist mit dem Lebensgefährten von Frau Gruber?«, fragte Uwe Hartung, der eigentlich immer absolutes Desinteresse ausstrahlte, ständig aus dem Fenster sah oder imaginäre Fussel von seiner Hose zupfte. Aber offensichtlich war er diesmal bei der Sache.

»Lars und ich haben mit ihm gesprochen«, antwortete Richard. »Für die Tatzeit des Mordes hat er kein Alibi. Im Hause Gruber haben während Gerlindes Abwesenheit alle geschlafen. Kein Kind hatte Husten, Fieber oder Albträume und ist an Viktor Webers Bett aufgetaucht, insofern wissen wir nicht, ob er wirklich zu Hause war. Aber er erscheint mir als ein Mensch, der ehrlich trauert, der die Frau seines Lebens verloren hat, und wenn er mit ihrem Tod zu tun haben sollte, verstehe ich die Welt nicht mehr. Außerdem sind seine Fingerabdrücke nicht auf der Tatwaffe gefunden worden. Nichtsdestotrotz solltest du, Uwe, ihn Natascha Baumann gegenüberstellen. Sie hat den Vergewaltiger zwar als wesentlich jünger beschrieben, aber man weiß ja nie. Ihre Aussage bringt uns dann hundertprozentige Gewissheit.«

Uwe nickte. »Obwohl die nicht vorhandenen Fingerabdrücke ja auch schon einiges aussagen.«

»Uwe, bitte.« Richard seufzte, denn ein bisschen mehr Fantasie setzte er bei seinen Mitarbeitern eigentlich voraus. »Der Mörder kann das Messer abgewischt haben, dann kommt ein Spinner vorbei, nimmt es gedankenlos in die

Hand, und schon sind Fingerabdrücke eines Unbeteiligten, aber nicht die des Mörders auf der Tatwaffe.«

»Wenn es so ist«, konterte Uwe, »warum nimmt der Mörder das Messer dann nicht mit, sondern poliert es und lässt es liegen? Das erscheint mir schwachsinnig.«

»Sicher ist es schwachsinnig, aber dennoch möglich. Du weißt, wie es ist, selbst die allerunwahrscheinlichste Konstruktion reicht vor Gericht manchmal aus, um einen Angeklagten freizusprechen. Nicht alle Menschen handeln, wie man es vermuten würde. Aber es ist schon richtig. Es spricht viel für die Unschuld von Viktor Weber. Aber wir sollten dennoch auf Nummer sicher gehen.«

Sein tiefes Durchatmen war Stöhnen und Seufzen zugleich.

»Kollegen, wir starten jetzt das ganz große Programm«, fuhr er fort. »Ich weiß, wir sind nicht viele, aber wir müssen uns da durchwursteln. Ich möchte, dass Gerlinde Grubers Zeitungsroute abgegangen wird. Was lag alles auf ihrem Weg? Wer kannte sie? Wer hat schon mal mit ihr gesprochen? War in der Nacht ihres Todes irgendetwas anders als sonst? Ich möchte alles wissen. Ob ein Papierkorb schief hing, ein Baum seine Blätter verloren hat oder ein Eisbär über den Zebrastreifen ging. Ihr wisst, was ich meine.«

Die meisten nickten und grinsten zugleich.

»Ich möchte, dass außerdem jeder überprüft wird, der in den letzten fünf Jahren Kontakt mit Gerlinde Gruber hatte: Verwandte, Nachbarn, Freunde, Kollegen. Vielleicht gibt es irgendeinen Hanswurst aus dem siebzehnten Glied, der uns den Weg zu Natascha Baumann weist. Geht in den *Stall* und befragt Gäste und Angestellte. Was war das für ein Typ? Kam er öfter, hat er schon mal andere Kontakte geknüpft? Wenn ja, welche? Wer könnte ihn beschreiben?

Wie benahm er sich? Auffälligkeiten et cetera pp. Und die zweite, noch wichtigere Frage: Was könnte das Motiv sein? Vielleicht irgendeine Geschichte aus vergangenen Zeiten, die es plötzlich plausibel machen könnte, warum Gerlinde erstochen worden ist.«

Einige stöhnten.

»Bitte teilt euch untereinander auf, dass ihr keine Doppelbefragungen macht. Alle Ergebnisse sammeln sich dann bitte auf meinem Schreibtisch.«

Er grinste. »Noch Fragen?«

»Ja«, meldete sich Lars. »Was machst du?«

»Ich guck mir eure Ergebnisse an, pople in der Nase und präsentiere euch den Täter. So einfach ist das.«

Die Kollegen nahmen es als Scherz, aber Richard war nicht nach Scherzen zumute.

Der Mörder war ganz anders, als sie alle vermuteten. Das ahnte er, aber er wusste nicht, inwiefern.

18

»Raffael!«

Er hörte das dünne Stimmchen wie durch Watte und brauchte minutenlang, um zu begreifen, dass sie ihn wirklich rief und er nicht träumte.

Gerufen hatte sie ihn noch nie.

Er blinzelte und sah auf die Uhr. Vierzehn Uhr zehn. Richtig, sie rechnete damit, dass er spätestens um halb drei aufbrach, um ins Theater zu gehen. Aber das war ja nun nicht mehr der Fall.

Irgendwann würde er ihr sagen müssen, dass er keinen Job mehr hatte. Irgendwann würde er auch keine Miete mehr zahlen können. Und was dann? Würde sie ihn rausschmeißen?

Er musste irgendwie zu Geld kommen.

Sie hatte ihn dreimal gerufen, dann hatte sie damit aufgehört.

Raffael stand mühsam auf und schlüpfte in Jeans und T-Shirt.

Lilo lag im Bett, als er in ihr Schlafzimmer kam. Ein Fensterflügel war nur angelehnt und schlug im Wind nervtötend immer wieder gegen den Rahmen.

»Was hast du denn?«, fragte er erschrocken. »Bist du krank?«

»Ein bisschen.« Sie lächelte gequält. »Die Hexe hat mich geschossen. Ich kann mich nicht mehr bewegen. Kann auch nicht aufstehen.«

»O Mann! Wie kommt das denn?«

»Keine Ahnung. Vielleicht hab ich Zug bekommen oder 'ne blöde Bewegung gemacht. Kann alles sein.«

»Brauchst du 'nen Arzt?«

»Nein, nein.« Sie winkte ab. »Mit ein bisschen Wärme und Ruhe wird das schon wieder. In zwei Tagen bin ich wieder fit.«

»Wie kann ich dir helfen?«

»Wann musst du denn ins Theater?«

»Gar nicht. Hab frei.«

Ein Strahlen ging über ihr Gesicht. »Oh, wie schön. Ja, wenn du mir was zu essen bringen könntest? Eine heiße Brühe oder einen Toast mit Käse. Und Mineralwasser.«

»Ich bring dir alles.«

Raffael öffnete das klappernde Fenster weit und klemmte zwei Bücher dazwischen, damit es nicht mehr zuschlagen konnte.

Dann ging er in die Küche, kochte eine Brühe, briet zwei Spiegeleier, toastete Brot, legte Wurst und Käse und eine Serviette dazu und stellte alles zusammen mit Mineralwasser und Orangensaft auf ein Tablett, das er anschließend in Lilos Schlafzimmer balancierte.

Lilo war entzückt. Raffael war wirklich ein Engel.

Er zog sich einen Stuhl näher ans Bett und setzte sich zu ihr.

»Wirst du im Sommer während der Theaterferien verreisen?«, fragte sie, während sie die heiße Suppe schlürfte. Raffael versuchte krampfhaft, es zu überhören.

»Vielleicht. Weiß noch nicht. Eventuell fahre ich zu einem Freund nach Südfrankreich. Der hat am Hafen von Gruissan ein Appartement.«

»Oh, wie schön.«

»Vielleicht bleib ich aber auch hier. Ich mag Berlin im Sommer.«

»Wenn das Wetter schön ist, ja. Aber wenn es so ist wie heute, ist es scheußlich.«

Jetzt erst bemerkte Raffael, dass es ein ziemlich trüber, regnerischer Tag war.

»Ach bitte«, sagte Lilo und versuchte sich unter Schmerzen ein wenig mehr aufzurichten, »kannst du die Fenster schließen? Mir ist kühl geworden. Und wenn du die mittlere Schranktür aufmachst, da müsste meine Bettjacke hängen. Die kann ich jetzt gut gebrauchen.«

Raffael ging zum Schrank und öffnete die genannte Tür. Dort hingen Lilos Blusen und Kleider, bunte und einfarbige, viele schwarze, elegante Kleider, aber auch hoffnungslos aus der Mode gekommene und schäbige. Ein wildes Sammelsurium aus Sachen, die er noch nie an ihr gesehen hatte.

Eine Bettjacke war nicht darunter.

»Hier hängt keine Bettjacke.«

»Dann ist sie vom Bügel gerutscht. Das passiert oft. Guck mal auf dem Boden.«

Der Boden des Schrankes war vollgestopft mit Schuhkartons, haufenweise Strumpfhosen, Schlafanzügen, Jogginghosen, einer Stola und undefinierbaren Tüchern in allen Größen.

Raffael wühlte sich durch das Chaos. Lilo belegte ihre Toastbrote und achtete nicht auf ihn.

Aus Versehen stieß er an einen Schuhkarton, der so alt war, dass er nicht mehr richtig schloss, und der Deckel rutschte ab.

Für einen Moment setzte sein Herzschlag aus.

Er traute seinen Augen nicht.

Der Karton war vollgestopft mit Geld. Packen von Fünfhundertern, Hundertern und Fünfzigern. Zusammengehalten mit Gummis. In der Eile konnte er nicht überblicken, wie viele Packen es waren, und er hatte auch keine Ahnung, wie viele Scheine jeweils in einem Päckchen zusammengefasst waren, aber es waren Unmengen. Ein kleines Vermögen.

Schnell schloss er den Deckel wieder und suchte weiter nach der Jacke.

Lilo hatte von alldem nichts mitbekommen, weil sie einen Teil ihres Orangensaftes über ihre Bettdecke verschüttet hatte und hektisch mit der Serviette daran herumrieb.

Schließlich fand er die Jacke unter einem Berg von Strumpfhosen. Lilo musste sie schon ewig nicht mehr getragen haben.

Als er sie ihr brachte und ihr dabei half, sie ihr über die Arme zu ziehen, war ihm schwindlig.

Was er gesehen hatte, tanzte vor seinen Augen.

Er hatte Lilo für eine arme alte Dame gehalten, die in einer heruntergekommenen, verrotteten Wohnung lebte, mit ihrer winzigen Rente kaum über die Runden kam und dringend die Miete eines Untermieters brauchte – aber so war es nicht. Sie war eine wohlhabende Frau, die ihr Geld im Kleiderschrank hortete. Und auf einen Untermieter war sie ganz sicher nicht angewiesen.

»Brauchst du noch irgendwas?«, fragte er Lilo.

»Nein, im Moment nicht. Danke. Wenn noch was ist, rufe ich.«

Raffael nickte. »Ich geh jetzt duschen. Und dann hau ich 'ne Weile ab. Sag mir Bescheid, wenn ich dir was mitbringen soll.«

»Lieb von dir. Danke.«

Raffael ging aus dem Zimmer. Noch aß Lilo, und wenn sie fertig war, konnte sie das Tablett einfach ans Fußende des Bettes schieben. Bevor er ging, würde er noch einmal nach ihr sehen und ihr aus dem Wohnzimmer ein paar Zeitschriften bringen.

Als Raffael anderthalb Stunden später das Haus verließ, war für Lilo gesorgt.

Er musste seinen zufälligen Fund erst einmal verdauen und ging in *Käthes kleine Kneipe*. Mit einigen Bieren im Schädel war es sicher leichter, über die ganze Sache nachzudenken.

19

Lilo konnte sich nicht erinnern, wann sie das letzte Mal krank gewesen war. Als Kind, als sie Masern, Mumps und Scharlach gehabt hatte, und als man ihr die Mandeln herausgenommen hatte. Aber ansonsten war immer sie diejenige gewesen, die andere und später dann Wilhelm gepflegt hatte. Wenn er eine Grippe oder eine Erkältung gehabt hatte, als sein Leistenbruch operiert worden war, und dann zuletzt, als er gar nicht mehr wusste, ob er krank oder gesund war und nur noch vor sich hin vegetierte.

Zum ersten Mal war es anders. Jetzt kümmerte sich jemand um *sie*. Ein herrliches Gefühl. Raffael umsorgte und pflegte sie – weil sie ihm nicht gleichgültig war.

Sie konnte sich schon wieder auf die Seite drehen und bekam ihre Armbanduhr zu fassen, die auf dem Nachttisch lag. Es war jetzt halb elf. Der halbe Vormittag war um. So lange hatte sie ja schon seit fünfzig Jahren nicht mehr geschlafen.

Es war eine große Anstrengung, aber sie schaffte es, sich mit dem Arm abzustützen und aufzurichten.

Einen Moment blieb sie sitzen und gab ihrem Kreislauf eine Chance, sich wieder einzupendeln und zur Ruhe zu kommen, denn vor ihren Augen drehte sich alles. Es war nicht gut für alte Leute, zu lange im Bett zu liegen.

»Wenn du morgens nicht mehr aufstehst, bist du tot«, hatte ihre Großmutter immer gesagt. »Dann hast du dich aufgegeben, dann ist es vorbei.« Und das hatte sie so drastisch auch gemeint. Selbst bei einer Grippe mit hohem Fieber, rasenden Kopf- und Gliederschmerzen war sie aufgestanden und zum Melken in den Stall gegangen. Nach der Geburt von jedem ihrer zwölf Kinder gönnte sie sich drei Stunden Erholung. Dann stand sie auf und ging wieder an die Arbeit.

Lilo wollte raus. Wollte ins Bad, auf die Toilette gehen, Zähne putzen und sich dann, wenn möglich, in der Küche einen Kaffee oder Tee kochen. Sie hatte den starken Drang, wieder zur Normalität zurückzukehren.

Wie lange hatte sie im Bett gelegen? Einen Tag oder zwei Tage? Sie konnte sich nicht mehr erinnern. Aber sie musste doch auf der Toilette gewesen sein? Natürlich, jetzt wusste sie es wieder. Sie war gestern Nachmittag langsam und vorsichtig an Raffaels Arm über den Flur geschlurft, und er hatte sie bis zur Toilette geführt, draußen gewartet und sie dann wieder zurückgebracht.

Raffael, ihr Schutzengel, ihre helfende Hand.

Ihr wurde warm ums Herz. Es war gut, dass er da war.

Sie schlüpfte in ihre Hausschuhe und schob sich dann langsam vorwärts bis zur Tür. Es ging nicht schnell, aber es ging. Momentan war ihr Rücken schmerzfrei, aber sie hatte Angst, dass der Schmerz jederzeit wiederkommen könnte, und allein diese Vorstellung lähmte sie.

Dann legte sie die Hand auf die Klinke, um ihre Zimmertür zu öffnen und hinauszugehen – aber die Tür war abgeschlossen.

Einen Augenblick stand sie fassungslos da und zwang sich, ruhig nachzudenken. Raffael hatte sie augenscheinlich eingeschlossen. Aber warum denn? Was sollte das?

Sie verstand nichts mehr. Gar nichts mehr. Hatte sie irgendetwas verschlafen? Nicht mitbekommen? War etwas passiert, das sie nicht wusste?

Warum sperrte er sie ein?

»Raffael!«, schrie sie, so laut sie konnte, aber es klang dünn und erbärmlich. Sie hatte einfach keine Übung mehr darin, laut zu rufen.

»Raffael!«, brüllte sie erneut und diesmal schon wesentlich lauter, aber da kam keine Reaktion.

Sie versuchte es noch mehrere Male. Nichts. Er war nicht da.

Verdammt noch mal, sie musste dringend auf die Toilette! Und je mehr sie daran dachte, umso nötiger wurde es.

Lilo bewegte sich zurück zum Bett. Im Liegen waren die volle Blase und die Wartezeit, bis er zurückkam, sicher leichter zu ertragen.

Raffael kam nicht zurück, denn er war gar nicht weg gewesen. Er schlief und hörte zwar, dass jemand seinen Namen rief, aber das baute er in seine Träume ein.

Er döste noch eine Weile vor sich hin, dann hörten die Träume endgültig auf, er wurde immer wacher und stand schließlich auf. Schleppte sich in die Dusche und kam mithilfe des heißen Wassers langsam zu sich.

Und wieder hörte er Lilo rufen. Was wollte sie denn schon wieder?

Verflucht, dachte er, sie nervt, aber ich muss nach ihr sehen, sonst wird die Alte hysterisch.

Er zog sich an, trank einen Schluck Leitungswasser, ging zu ihrem Zimmer und hörte sie rufen: »Raffael! Was soll das? Lass mich raus!«

Jetzt erst sah er, dass der Schlüssel von außen steckte. Er erinnerte sich nicht daran, sie eingesperrt zu haben. Aber es konnte natürlich sein, dass er im Suff einfach den

Schlüssel im Schloss herumgedreht hatte. Und jetzt spielte sie verrückt.

»Mach endlich die Tür auf!«, schrie sie.

Er öffnete die Tür.

Lilo saß im Bett. Aufrecht. Ihre Augen sprühten vor Zorn, es schien ihr besser zu gehen.

»Hi!«, sagte Raffael und grinste. »Wie geht's dir?«

»Ich werd dir was, von wegen *Hi*«, fauchte Lilo. »Was denkst du dir eigentlich dabei, mich hier einzusperren? Bist du nicht ganz bei Trost? Willst du mich umbringen? Ich habe Hunger, ich habe Durst, ich muss aufs Klo, aber du lässt mich hier stunden- oder tagelang liegen!«

»Siehst du, du weißt noch nicht mal mehr, ob du hier stunden- oder tagelang gelegen hast, Lilo. Meine Liebe, du hast sie nicht mehr alle, du bist verwirrt, man muss dich vor dir selbst schützen, damit du nicht noch aus dem Fenster springst oder die Bude in Brand steckst!«

Lilo schwieg erschrocken.

»Du bist quasi über Nacht pflegebedürftig geworden, Lilo. Du bist am Ende. Du machst es nicht mehr lange. Aber keine Sorge – ich bin ja da, ich geb dich nicht ins Heim, ich werde mich um dich kümmern.«

»Es geht mir gut! Sehr gut sogar! Ich werde aufstehen und all das tun, was ich auch vorher getan habe, und du wirst mich nicht daran hindern.«

Raffael lächelte milde. »Bitte schön. Aber schrei nicht nach mir, wenn du hinschlägst, dir das kochende Wasser über die Beine gießt, in der Badewanne ausrutschst oder die Treppe runterfällst. Ich habe dich gewarnt!«

Damit verließ er das Zimmer.

Er wusste, dass er Lilo völlig aus der Fassung gebracht und verunsichert hatte. Sie brauchte ihn mehr denn je. Er musste nur Geduld haben.

Und richtig. Mit kläglicher Stimme rief sie hinter ihm her.

»Bitte, Raffael, geh nicht! Was auch geschehen ist – es tut mir leid. Ich weiß, du meinst es gut. Bitte, sei mir nicht böse!«

Aber Raffael tat so, als habe er sie nicht gehört, und verschwand in seinem Zimmer.

Lilo schleppte sich ins Bad und erleichterte sich endlich auf der Toilette. Dann putzte sie sich die Zähne und duschte, indem sie sich vorsichtig auf den Plastikhocker setzte, der in der Duschwanne stand. Sie hatte ihn schon lange nicht mehr gebraucht, aber heute fühlte sie sich schwach und hatte Angst, im Stehen auszurutschen.

Anschließend zog sie sich nur ihren Morgenmantel an. Heute würde sie sicher nicht das Haus verlassen.

Dann ging sie in die Küche, kochte Kaffee und toastete sich Brot. Und dabei wurde ihr bewusst, dass sie fast vierundzwanzig Stunden nicht das Geringste gegessen hatte. Es wurde wirklich Zeit, und sie spürte, wie ihr Appetit wiederkam.

Raffael ließ sich in der Küche nicht blicken.

Er wird sauer auf mich sein, überlegte sie. Wenn ich ihn das nächste Mal sehe, werde ich mich noch mal entschuldigen. Auch wenn ich nicht weiß, worum es geht. Aber das ist ja letztendlich auch egal. Hauptsache, sie konnten wieder ganz normal und freundlich miteinander leben.

Als sie auf den Flur hinaustrat, fiel ihr Blick zufällig auf die Eingangstür, und sie erstarrte.

Ihr Wohnungsschlüssel, der immer an einem Haken direkt neben der Tür gehangen hatte, war nicht mehr da.

Sie ging näher heran, weil sie es nicht glauben konnte, aber es war wirklich so: Der Haken war leer.

»Raffael!«, schrie sie mit schriller Stimme.

Keine Reaktion. In der Wohnung war es still.

Sie schlurfte zu seiner Zimmertür und hämmerte dagegen. Im Zimmer rührte sich nichts.

Jetzt versuchte sie, die Tür zu öffnen, aber sie war verschlossen.

Als Letztes ging sie noch einmal zur Haustür. Immerhin konnte es sein, dass Raffael seinen Schlüssel verloren und ihren mitgenommen hatte. Aber warum hatte er ihr dann nichts gesagt?

Und es war, wie sie beinah schon vermutet hatte: Die Tür war abgeschlossen. Er hatte das Haus verlassen und sie in der Wohnung eingesperrt.

Ihr ganzes Leben lang hatte sie keine Ahnung davon gehabt, wie es war, depressiv zu sein. Noch nicht einmal nach Wilhelms Tod war sie in ein schwarzes Loch gefallen, aus dem sie glaubte, nicht wieder herauszukommen. Irgendwo in ihrem Herzen oder in ihren Gedanken war immer eine Hoffnung, ein winziges Licht am Ende des Tunnels.

Aber als sie sich jetzt zurück in ihr Zimmer schleppte, machte sich Hoffnungslosigkeit in ihr breit. Es hatte keinen Sinn mehr, es war alles zu Ende. Eine diffuse Traurigkeit erfüllte sie und nahm ihr die Kraft.

Als sie wieder in ihrem Zimmer war, schloss sie die Tür hinter sich ab und legte sich ins Bett. So konnte sie wenigstens sicher sein, dass Raffael sie nicht auch noch in ihrem Zimmer einsperrte oder plötzlich vor ihr stand, wenn sie schlief. Und sie zu Tode erschreckte.

20

»Lilo!«

Sie schreckte auf und wusste einen Moment überhaupt nicht, wo sie war. Nur langsam kam ihr Bewusstsein wieder, und dann dauerte es noch einmal eine gefühlte Ewigkeit, bis sie den Schalter der Nachttischlampe fand und Licht machen konnte.

»Lilo!« Die Stimme rief jetzt lauter. Wütender.

»Lilo, mach auf!«

Sie sah auf den Radiowecker. Viertel nach drei, mitten in der Nacht. Und vor ihrer Tür schrie Raffael und wollte, dass sie ihre Tür öffnete.

Lilo wagte es nicht, sich zu rühren. Weil sie so irritiert war, dass sie nicht wusste, was sie machen sollte.

»Mach diese verdammte Scheißdreckstür auf!«, brüllte Raffael und donnerte mit den Fäusten gegen das Holz. »Warum hast du denn abgeschlossen? Bist du vollkommen durchgedreht? Was soll denn das? Spinnst du denn jetzt total?«

Was wollte er nachts in ihrem Zimmer? Hatte er sich hineinschleichen wollen, dabei gemerkt, dass die Tür abgeschlossen war, und war dann wütend geworden?

»Mach endlich auf, verflucht noch mal!«

Wären außer den Indern im Parterre noch andere Mieter

im Haus gewesen, hätten sie bei dem Gebrüll sicher die Polizei gerufen. Davon war Lilo überzeugt.

Da sie überhaupt keinen Laut von sich gab, wurde Raffael immer lauter und wilder. Er trat gegen die Tür und schlug abwechselnd mit der Faust und mit der flachen Hand gegen das Holz, was ein unnatürlich klatschendes Geräusch machte.

Sie war wie gelähmt vor Angst.

Wahrscheinlich war er betrunken und würde in den nächsten Minuten die Tür zertrümmern.

»Was ist mit dir?«, schrie er. »Verdammte Scheiße, was hast du? Lebst du überhaupt noch? Warum antwortest du nicht? Ist dir was passiert?«

Lilo hielt den Atem an und regte sich nicht. Dabei war sie sich ziemlich sicher, dass er den Lichtschein im Zimmer sehen musste, wenn er für einen Moment das Flurlicht ausschaltete. Aber auf die Idee kam er vielleicht gar nicht. Jedenfalls glaubte sie, dass er sogar das Knipsen des Lichtschalters hören würde, und darum ließ sie das Licht an. Außerdem fühlte sie sich so sicherer. Würde er die Tür einschlagen und sie läge im Dunkeln, wäre sie ihm noch hilfloser ausgeliefert, als sie es ohnehin schon war.

Er tobte, wie sie ihn noch nie hatte toben hören. Sie hörte, wie er in die Küche rannte und etwas holte, was er gegen die Tür krachen ließ. Vielleicht einen Hammer aus dem Werkzeugkasten in der Speisekammer.

»Du alte Schlampe!«, schrie er. »Warum antwortest du nicht?«

Lilo hielt den Atem an, weil es plötzlich ganz still war. Raffael gab keinen Ton mehr von sich.

Und dann hörte sie ihn schluchzen und ein leises, schabendes Geräusch, als würde er an der Tür herunterrutschen.

»Ich habe Angst um dich, Lilo«, jammerte er leise. »Ich kann es nicht ertragen, wenn ich nicht weiß, was mit dir ist. Ich muss sicher sein, dass es dir gut geht, sonst kann ich nicht leben. Warum sperrst du mich aus? Womit hab ich das verdient? Ich will dir doch bloß helfen, will für dich da sein, Lilo, du schaffst das doch alles nicht mehr allein.«

Er wimmerte wie ein kleines Tier im Käfig.

Das waren Worte, die sie noch nie von ihm gehört hatte, und sie trafen sie bis ins Mark. Und obwohl sie wusste, dass er betrunken war, ging sie zur Tür und schloss auf.

Raffael lag zusammengekrümmt wie ein Embryo im Flur.

»Steh auf und komm rein«, sagte sie leise.

Raffael brauchte ein paar Sekunden, bis er begriffen hatte, dass die Tür offen war und Lilo vor ihm stand, und rappelte sich langsam hoch.

Sein Gesicht war tränenverschmiert.

Ich möchte ihn nicht mehr weinen sehen, dachte sie, es passiert einfach zu häufig, es nutzt sich ab, es geht mir auf die Nerven.

»Warum lässt du mich nicht einfach in Ruhe?«, fragte sie leise, während sie zurück ins Bett ging und er sich in einen Sessel neben dem Fenster setzte. »Es kann dir egal sein, ob ich meine Tür abgeschlossen habe oder nicht. Lass mich einfach nur schlafen, okay?«

»Ich hab mir Sorgen gemacht.«

»Wenn man betrunken ist, macht man sich leicht Sorgen. Über tausend Dinge, über die man sich eigentlich gar keine Sorgen zu machen bräuchte. So ist das nun mal.«

»Das weißt du?«, fragte er spöttisch.

»Das weiß ich. Ich war auch mal jung. Und ich war auch mal betrunken. Allerdings nicht so häufig wie du.«

Seine Augen verengten sich. Sie sah, dass er sich über ihre Bemerkung geärgert hatte.

Ich sollte ihn nicht reizen, dachte sie, ich sollte ihn wirklich nicht reizen.

»Ist irgendetwas passiert, Raffael?«, fragte sie leise. »Oder warum möchtest du mich mitten in der Nacht sprechen? Das gab es ja noch nie. Ich finde es völlig in Ordnung, du kannst mich wecken, wenn etwas passiert ist, wenn du mich brauchst. Also: Was ist los? Jetzt bin ich wach. Du kannst mir alles erzählen.«

Er starrte sie an. War nicht in der Lage zu antworten. Sie sah ihm förmlich an, dass seine Gedanken Achterbahn fuhren und er nicht wusste, was er jetzt sagen sollte.

»Mach das nie wieder«, sagte er schließlich und stand auf. »Sperr dich nie wieder ein! Ich habe die Verantwortung für dich, ich bin für dich da, ich passe auf dich auf. Und ich will nicht, dass du dich einschließt und ich nicht weiß, was mit dir los ist, hörst du? Das ist alles. So einfach ist das. Ich will das nicht, verstehst du? Ich kann dir nicht helfen, wenn irgendwas ist. Geht das in deinen Kopf? Ist das so schwer zu kapieren? Ich will einfach wissen, wann ich die Feuerwehr rufen muss. Mehr nicht.«

»Aber Raffael! Ich bin doch nicht krank! Ich hatte einen Hexenschuss, das kann ja mal vorkommen, aber mehr ist nicht.«

»Unterbrich mich nicht!«, schrie er und funkelte sie wütend an. »Ich will einfach wissen, was mit dir los ist, ja? Rede ich chinesisch, oder warum geht das nicht in deinen Kopf?«

»Es geht ja in meinen Kopf. Alles klar, Raffael. Es ist lieb von dir, dass du dich so um mich kümmerst. Das macht mich richtig froh.«

»Siehst du. Und darum nehme ich jetzt den Schlüssel. Damit du nicht wieder auf dumme Gedanken kommst. Und damit ich immer überprüfen kann, ob es dir auch wirklich gut geht. Verstehst du?«

Das war nicht Raffael, der mit ihr sprach. Das war ein Mensch, der nicht wusste, was er sagte, der nicht mehr bei sich und zu allem fähig war.

Seine Augen waren kalt und ohne jedes Gefühl, als er zur Tür ging und den Schlüssel an sich nahm.

Sie wusste, dass sie ihn in diesem Zustand mit Worten nicht mehr erreichen konnte.

Aber morgen früh würde ganz bestimmt alles wieder gut und dieses eigentümliche nächtliche Gespräch vergessen sein, da war sie ganz sicher.

»Gute Nacht, Lilo«, sagte Raffael, steckte den Schlüssel von außen ins Schloss und drehte ihn zweimal herum.

21

Um sieben Uhr wurde sie wach, weil sie auf die Toilette musste. Ihre Blase drückte, aber es war sinnlos, um diese Zeit Raffael zu rufen, vor vierzehn oder fünfzehn Uhr wurde er sicher nicht wach.

Sie sah sich im Zimmer um, ob da irgendetwas war, in das sie hineinpinkeln konnte.

Im Schrank war nur Kleidung, in der Kommode Unterwäsche, Medikamente und Krimskrams. Darauf eine Madonnenfigur und drei gerahmte Bilder von Wilhelm. Ihr Hochzeitsfoto, Wilhelm in Badehose am Starnberger See bei einem Urlaub fünf Jahre vor seiner Pensionierung und Wilhelm und sie im *Café Kranzler*, bei einer Weiße mit Schuss. Ansonsten gab es in dem Zimmer das Bett, zwei Nachttische, den Kleiderschrank, ein kleines Tischchen, einen Sessel – und eine Bodenvase ohne Blumen.

Die Bodenvase war so groß, dass sie nie Blumen dafür kaufte, sie bräuchte so viele, dass es Unsummen kosten würde. In diese Vase könnte sie wochenlang hineinpinkeln, bis sie voll war. Wenigstens etwas. Das eine und dringendste Problem war Gott sei Dank zu lösen.

Lilo ging zur Vase, hockte sich darüber, was sogar relativ bequem war und von ihr keine größere Turnübung erforderte, da die Öffnung der Vase höher war als eine Toilette, und pinkelte hinein. Erleichtert atmete sie auf.

Dann nahm sie *Die Flotten des Zweiten Weltkriegs*, eins von Wilhelms Büchern, von denen ein paar auf dem Schrank vor sich hin staubten, und legte den schweren Bildband auf die Öffnung der Vase. Damit es nicht zu stinken begann. Es konnte ja auch sein, dass sie irgendwann nicht nur pinkeln musste.

Gegen neun Uhr wurde ihr schlecht vor Hunger, aber noch schlimmer war der Durst. Dringender noch als einen Kaffee und zwei Toasts brauchte sie jetzt eine Flasche Wasser. Sie war es gewohnt, den ganzen Tag über etwas zu trinken.

Um halb zehn wagte sie es und rief nach Raffael. Laut und anhaltend – aber ohne Erfolg.

Sie legte sich wieder hin, fühlte sich aber in ihrem Nachthemd so unwohl, dass sie den Morgenmantel weghängte und sich komplett anzog. Sie wollte wieder aussehen wie ein gesunder Mensch. Auch ihr Kopf arbeitete völlig normal. Es war alles wie immer, sie musste nur irgendwie ihre Freiheit wiedererlangen.

Bis zwölf Uhr rief sie alle halbe Stunde – ohne Erfolg. Raffael war nicht zu Hause, er hörte sie nicht, oder er wollte sie nicht hören.

Lilo glaubte Letzteres. Und wenn sie hier jemals wieder rauskommen sollte, würde sie ihn rausschmeißen.

Auf jeden Fall.

Aber er würde nicht gehen.

Sie war ihm ausgeliefert.

Um dreizehn Uhr dreißig kam er.

»Was ist denn?«, fragte er unwillig. Seine Haare waren zerzaust, seine Augen verschwollen, und er roch schlecht aus dem Mund. Offenbar war er eben erst aufgewacht. »Was willst du denn?«

»Ich brauche etwas zu trinken und zu essen, Raffael«, flüsterte sie leise. »Du kannst mich doch hier nicht verhungern und verdursten lassen!«

»Scheiße!«

Im Hinausgehen warf er ihr einen wütenden Blick zu und schloss hinter sich die Tür wieder ab.

Zehn Minuten später kam er wieder. Mit einer Flasche Wasser, Brot und etwas Aufschnitt.

Lilo bedankte sich artig und überlegte, wie lange die Vorräte im Kühlschrank wohl noch reichen würden, denn dass Raffael einkaufen ging, konnte sie sich beim besten Willen nicht vorstellen.

Lilo aß und trank die halbe Flasche in einem Zug, obwohl sie wusste, dass die Gefahr bestand, alles sofort wieder zu erbrechen.

Ich werde ihn nerven, überlegte sie sich. Ich werde pausenlos irgendwelche Wünsche äußern und ihn durch die Gegend schicken. Es wird ihn unglaublich stören, und dann wird er sich vielleicht überlegen, dass es einfacher ist, meine Zimmertür wieder offen zu lassen.

Um vier schrie sie nach ihm und verlangte nach ihren Tabletten.

Er kam nach dem dritten Rufen, sah aber nicht viel anders aus als am Mittag.

»Bitte bring mir das kleine, längliche Plastikdöschen mit den einzelnen Wochentagen, in dem meine Tabletten sind.«

»Ich kenne das Scheißteil.«

»Gut. Dann bring es mir bitte. Ich brauche die Tabletten unbedingt, sonst geht es mir dreckig. Oder lass mich hier raus. Dann brauchst du dich um nichts mehr zu kümmern.«

Raffael erwiderte darauf nichts, schmiss die Tür zu und holte die Tabletten. Als er sie ihr gab, versperrte er breitbeinig die Tür. Er wäre immer stärker als sie. Egal, welche Tricks ihr auch einfallen sollten.

»So«, sagte er, »und jetzt halt die Fresse. Genug für heute. Ich hau jetzt ab. Morgen guck ich wieder nach dir. Aber jetzt ist Feierabend.«

»Warum tust du das, Raffael?«

»Warum tu ich was?«

»Warum sperrst du mich ein? Ich habe immer nur das Beste für dich gewollt.«

»Mir gehen alle Leute auf den Zeiger, die das Beste für mich wollen. Und außerdem bist du nicht mehr ganz bei Trost. Ich passe nur auf, dass dir nichts passiert. Mehr nicht.«

Mit ihm war einfach nicht zu reden.

Wie versteinert saß sie im Sessel und versuchte mitzubekommen, was draußen vor sich ging, aber sie hörte absolut nichts. Keinen Laut. Zumal die Küchentür quietschte, wenn man sie öffnete. Wahrscheinlich war er bereits aus dem Haus gegangen, ohne etwas zu essen oder zu trinken. Denn wenn er allein in der Küche war, schaltete er sich grundsätzlich das Radio an. Auch das hätte sie eigentlich hören müssen.

Alle paar Minuten stand sie auf und sah hinunter auf die Straße, aber er kam nicht aus dem Hoftor. Es konnte natürlich auch sein, dass er in einem Moment das Haus verlassen hatte, als sie gerade nicht aus dem Fenster gesehen hatte.

Sie war irritiert. Im Grunde hatte sie die ganze Zeit darauf gewartet, die Wohnungstür klappen zu hören, denn normalerweise zog er sie nicht leise ins Schloss, sondern schmiss sie mit Wucht zu, sodass sie ins Schloss krachte. Und dieses Krachen hörte man in der ganzen Wohnung.

Aber es war still geblieben. Es war so gespenstisch ruhig, dass sie sich beim besten Willen nicht vorstellen konnte, dass er noch da war, obwohl er weggehen wollte.

Lilo wartete noch eine weitere halbe Stunde, und dann wagte sie es.

Sie riss das Fenster auf und rief um Hilfe. Aber ihre Stimme war schwach, und aus dem fünften Stock musste man sehr laut rufen, um jemanden auf der Straße auf sich aufmerksam zu machen.

Noch bevor sie irgendein Passant hören konnte, wurde ihre Zimmertür aufgerissen, und Raffael stand zornesbebend vor ihr.

»Bist du wahnsinnig?«, schrie er. »Was soll die Scheiße? Willst du uns die Bullen auf den Hals hetzen?«

»Lass mich raus!«, flehte sie. »Bitte, Raffael, ich bin alt, ich halte das nicht aus, eingesperrt zu sein. Ich muss mich waschen, duschen, regelmäßig und mehrmals am Tag essen und trinken, sonst werde ich krank. Alte Körper sind viel empfindlicher als junge. Bitte, Raffael! Lass mich raus, und dann ist alles wieder gut, das verspreche ich dir. Und ich bin dir auch nicht böse.«

»Kommt nicht in die Tüte. Hast du dir mal zugehört, was du hier für einen Müll erzählst? Das wird ja immer schlimmer, und da soll ich dich rauslassen? Wahrscheinlich fällst du als Nächstes die Treppe runter, ertrinkst in der Badewanne oder rufst die Polizei, weil es regnet, so tüddelig bist du geworden. Du hast schwer einen an der Waffel, meine Liebe. Medizinisch würde man sagen, du bist dement. Du kannst ja nichts dafür, so eine Krankheit ist schlimm, unheilbar, und wie wir gesehen haben, überfällt sie einen über Nacht. Du bist nicht mehr zu retten, Lilo. Und jetzt ist hier Feierabend!«

Er würde sie also nicht rauslassen. Nie wieder. Sie würde in diesem Zimmer elendig krepieren.

Resigniert setzte sie sich.

»Kann ich noch mal aufs Klo? Und was essen?«

»Nein. Morgen wieder. Vielleicht.«

Sie verstummte. So entsetzt war sie.

»Ich erkenne dich nicht wieder, Raffael.«

Er grinste. »Siehst du? Das liegt auch an deiner Krankheit. Mit Demenz erkennt man seine besten Freunde und Verwandten nicht mehr. All diejenigen, die es gut mit einem meinen. Aber ich nehme es dir nicht übel, Lilo. Du kannst ja wirklich nichts dafür.«

Er wandte sich zum Gehen, doch in der Tür drehte er sich noch einmal um.

»Ach, noch was. Keine Brüllereien mehr aus dem Fenster, ist das klar? Versuch das nie wieder. Sonst schlag ich dich tot.«

Erst jetzt ging er endgültig und schloss die Tür hinter sich ab.

22

Den gesamten Nachmittag und den ganzen Abend hatte sie am Fenster gesessen und die Straße beobachtet, ob Raffael vielleicht noch mal wegging. Vielleicht lockte ihn ja doch irgendwann die Kneipe. Das war ihre einzige Chance, denn Ausbruchsversuche konnte sie nur unternehmen, wenn er weg war. Und dann würde sie die ganze Straße zusammenbrüllen, bis irgendjemand die Polizei rief. Da war sie sich ganz sicher.

Aber er ging nicht. Er blieb in der Wohnung. Übersehen hatte sie ihn diesmal auf gar keinen Fall. Sie rückte sogar die Vase vors Fenster, damit sie ihn nicht in der kurzen Zeit, wenn sie die Vase als Klo benutzte, verpasste.

Sie schaffte es bis kurz vor Mitternacht. Dann konnte sie einfach nicht mehr, trank noch den Rest ihres Wassers und wankte ins Bett.

Um zehn nach drei wurde sie wach, weil sie vor Hunger heftige Magenkrämpfe hatte. Und das machte sie wütend, weil sie nach jedem Wachwerden wieder unweigerlich an ihre schreckliche Situation denken musste.

Sie knipste das Licht an und wollte gerade aufstehen, als ihr eine Idee kam.

Es war ganz einfach und still, und Raffael würde nichts davon merken.

Sie nahm den Lampenschirm von ihrer Nachttischlampe ab. Die Birne leuchtete jetzt grell. Dieses Licht war sicher intensiver als die trübe Deckenbeleuchtung, und sie begann zu morsen. An – aus – an – aus – an – aus. Unentwegt. Die Vorhänge vor dem Fenster waren nicht zugezogen, irgendjemandem musste es doch auffallen, in einem fast vollkommen unbewohnten dunklen Haus waren diese Lichtsignale sicherlich mehr als ungewöhnlich.

Es war nur eine winzige Chance, dass irgendjemand darauf aufmerksam wurde und die Polizei rief, aber egal. Es war immerhin eine Chance.

An Schlaf war nicht mehr zu denken, sie war auch nicht müde, sondern morste in einem fort.

Im Geiste versuchte er zusammenzurechnen, wie viele Biere er seit Mitternacht bei Käthe getrunken hatte, nachdem er sich noch einmal auf den Weg gemacht hatte. Er hatte keine Lust, Tag und Nacht zu Hause rumzusitzen und auf die alte Schachtel aufzupassen, nur damit sie ihm keine Probleme machte.

Darum war er noch einmal losgezogen, mit den paar Bieren, die er noch zu Hause hatte, kam er nicht weit.

Sechs Biere hatte er bei Käthe bestimmt getrunken, es konnten aber auch acht gewesen sein. Ja, acht war wesentlich wahrscheinlicher. Und dann hatte ihm Achim, der jede Nacht bei Käthe rumhing, noch einen ausgegeben. Vielleicht hatte Achim auch keine Wohnung mehr und schlief in der Kneipe unterm Tisch. Konnte alles sein. Jedenfalls gab er immer dann einen aus, wenn er so besoffen war, dass er nicht mehr wusste, was er sich leisten konnte und was nicht. Andere Leute einzuladen konnte er sich auf alle Fälle *nicht* leisten, aber das war Raffael egal.

Dann waren es also neun Biere gewesen. Aber interessierte das überhaupt irgendjemanden? Ihn selbst interessierte es jedenfalls nicht.

Jetzt, um Viertel vor vier, war es absolut ruhig in der Stadt. Es waren nur noch ganz vereinzelt Autos unterwegs, Fußgänger so gut wie gar nicht mehr. Irgendwo hatte er mal gehört, dass die Nacht zwischen drei und vier am stillsten war, da kam alles zur Ruhe, und um diese Zeit starben die meisten Menschen.

Als er in seine Straße einbog und auf sein Haus zulief, blieb er wie vom Donner gerührt stehen. Im vierten Stock gab es die reinste Lichtershow. Er musste erst einen Moment lang überlegen, welches Zimmer es war, in dem das Licht ständig an- und ausging, aber dann war es ihm klar. Lilo gab Leuchtzeichen.

Das würde sie büßen.

Vielleicht hatte sie trotz des mechanischen An- und Ausknipsens ein bisschen vor sich hin gedämmert, jedenfalls hörte sie viel zu spät, wie an ihrer Zimmertür der Schlüssel herumgedreht wurde.

Raffael stürmte ins Zimmer.

»Machst du schon wieder Terror?«, schrie er und knetete schnell und übernervös seine Finger. »Ich hab dir gesagt, ich schlag dich tot, wenn du hier noch mal irgendwelchen Scheiß veranstaltest, und meine Geduld ist am Ende, Lilo. Ich lass mich von dir nicht verarschen!«

Seine Augen flackerten hin und her. »Ich geb dir noch eine Chance, kapiert? Die alleralleralllerletzte Chance. Aber nur, wenn du das machst, was ich sage, und nicht den Schwachsinn, den du dir ausdenkst. Klar?«

»Ja«, piepste sie, gelähmt vor Angst.

»Weißt du, was du bist?«, fragte er, stützte sich auf ihr Bett und beugte sich tief zu ihr hinunter bis über ihr Gesicht, sodass ihr von seiner Alkoholfahne übel wurde, »du bist eine widerliche alte Tante. Zickig, nervig und eingebildet. Du hältst dich für was Besseres, dabei warst du wahrscheinlich dein Leben lang nichts weiter als eine blöde Schlampe. Du bist wie eine Krake, die ihre Opfer umschlingt und erdrückt. Du willst alles haben, haben, haben, andere müssen für dich da sein wie für Königinmutter, und sie müssen dir immer zur Verfügung stehen. Du fütterst sie, und du kontrollierst sie, du musst alles über sie wissen, du willst sie besitzen und über sie bestimmen. Das ist einfach nur zum Kotzen. Nicht zu ertragen. Ich wollte hier nur ein Zimmer und meine Ruhe haben, aber du machst einem mit deiner Art das Leben zur Hölle, du lässt einem keine Luft mehr zum Atmen! Ich kann nichts dafür, dass du keine Kinder hattest, aber ich bin nicht dein Sohn, verdammte Scheiße! Hast du das begriffen? Kriegst du das noch auf die Reihe?«

»Natürlich«, hauchte sie jämmerlich. »Natürlich, Raffael, es tut mir so leid, es war ein Fehler, ich seh es ein, ich werde mich ändern, ganz bestimmt.«

»Wer's glaubt, wird selig. Alte Leute ändern sich nicht mehr. Is' einfach so. Mach dir nichts vor.«

Damit ging er aus dem Zimmer.

Das Licht brannte. Sie setzte der Nachttischlampe den Schirm wieder auf und merkte kaum, dass sie weinte, da ihr die Tränen lautlos über die Wangen liefen.

Und dann ging das Licht aus.

Mittags um zwölf kam er wieder herein.

»Moin moin«, grunzte er relativ ruhig, und das ließ sie zwei Sekunden hoffnungsvoll sein, aber dann ging er zu ihr, riss sie vom Sessel hoch, führte sie zum Bett und fesselte ihre Hände am Kopfende an zwei Streben mit Plastik-Kabelbindern.

Mit den Händen über dem Kopf lag sie da wie wehrloses Schlachtvieh und empfand die Situation als erniedrigend und obszön.

»Damit du nicht wieder auf dumme Gedanken kommst«, grinste er. »Ich hab hier jetzt nämlich ein bisschen Arbeit und kann nicht ununterbrochen auf dich aufpassen.«

Sie schwieg. Sie fragte ihn nicht, was er vorhatte, sie wehrte sich nicht, und sie bettelte nicht.

Es hatte keinen Zweck, zu kämpfen, zu schimpfen oder mit ihm zu diskutieren. Dabei regte sie sich nur auf, und das trieb ihren Blutdruck in die Höhe, der durch den Wasserentzug sowieso schon viel zu hoch war. Das spürte sie durch ihr Herzklopfen in der Nacht und das Dröhnen in den Ohren, wenn sie erwachte.

Ganz gleich, was jetzt kam, sie wollte es still ertragen. Er konnte machen, was er wollte, er würde sie einfach nicht mehr erreichen.

Er ging hinaus und kam mit dem Werkzeugkasten aus der Speisekammer wieder. In der anderen Hand hielt er eine Bohrmaschine, als wäre es eine Pistole.

Bleib mir vom Leib, dachte Lilo und konnte die aufsteigende Panik nicht unterdrücken. Meinetwegen bohre tausend Löcher in die Wand, aber bleib mir vom Leib!

»Die Inder da unten im Parterre sind ja ganz reizende Leute«, meinte Raffael. »Sie waren so nett, mir mal kurz ihre Bohrmaschine zu leihen. Ich habe erzählt, ich müsste meiner Oma einen neuen Badezimmerschrank aufhängen. Und da sagten sie, ich könnte die Maschine ein paar Tage behalten, sie bräuchten sie im Moment nicht. Und vielleicht gäbe es ja noch mehr in der Wohnung zu tun. Na klar, in dem Loch hier könnte man monatelang ackern. Die Bruchbude ist doch nicht mehr zu retten.«

Ich bin es auch nicht, dachte Lilo, und es gab ihr einen Stich. Oh Gott, hilf mir, nur dieses eine Mal. Ich werde klaglos sterben, wenn es an der Zeit ist, aber bitte nicht durch die Hand eines Wahnsinnigen. Zumal du mir noch so eine gute Gesundheit geschenkt hast. Wofür? Um mich hier in diesem Zimmer langsam zugrunde gehen zu lassen?

»Richtig nette Leute, diese Inder. Wirklich. Die würden dir ihr letztes Hemd geben, wenn du sie drum bittest. Dass es so was überhaupt noch gibt auf der Welt!« Raffael konnte sich gar nicht mehr beruhigen und redete weiter. »Ich würde die sogar gern mal zum Essen einladen, aber das geht ja leider nicht, weil du nicht mehr alle Tassen im Schrank hast. Schade eigentlich. Echt schade.«

Natürlich. Es war alles ihre Schuld. Und die Inder gingen also davon aus, ihr Enkel wäre bei ihr eingezogen. Na klar. Das war das Naheliegendste. Sie hatte ihnen nie erzählt, dass sie gar keine Kinder hatte. Im Sommer war man sich ab und zu im Hof begegnet, aber sie hatten selten mehr als drei freundliche Sätze gewechselt. Und wenn sie ein paar Minuten miteinander geredet hatten, waren immer der Vermieter und der Hausmeister das Thema gewesen.

Raffael ging wieder hinaus.

Es dauerte ziemlich lange, bis er wiederkam. Bestimmt eine Viertelstunde oder zwanzig Minuten. Und er machte sich nicht mal die Mühe, die Tür zuzumachen oder abzuschließen. Gegen einen Kabelbinder war jeder machtlos. Den konnte man nicht durchbeißen, nicht durchscheuern, nicht aufknoten. Und rausrutschen schon gar nicht. Man konnte das Plastik nur mit einer sehr scharfen Schere durchschneiden.

Hoffentlich kam er nicht auf die Idee, sie hier tagelang einfach auf dem Bett liegen zu lassen.

Als er wieder hereinkam, trug er den Küchentisch, das heißt, die Platte des Küchentischs. Die Beine hatte er abmontiert.

»So, meine kleine Schwachsinnige«, sagte er und stellte die Platte neben das Fenster. »Ich glaube, du brauchst hier in deinem Zimmer noch weitere Vorsichtsmaßnahmen. Du bist nicht sicher genug. Ich weiß, dass du den lieben langen Tag am Fenster sitzt. Das ist nicht gut. Irgendwann kommst du nicht nur auf die Idee, die halbe Welt zusammenzubrüllen und mit Lichtzeichen zu funken, sondern vielleicht sogar hinauszuspringen. Und das wäre doch richtig schade. Und so unappetitlich für die Leute, die dich auf dem Bürgersteig finden. Nein, das wollen wir nicht. Außerdem werde ich auch nicht gern beobachtet, wenn ich komme oder gehe. Verstehst du? Also werden wir jetzt dein Fenster vernageln. Und da du kein Holz im Haus hast, muss leider dein Küchentisch dran glauben. Von den Maßen her passt er ja idealinski. Wie für dein Fenster gemacht.«

Aus der Traum. Die letzte Chance vertan. Er würde zwar hin und wieder die Wohnung verlassen, aber sie wüsste nicht mehr wann und könnte nichts riskieren. Außerdem saß sie hier ab jetzt ohne Tageslicht. Und diese Vorstellung war unerträglich.

Sorgfältig schloss Raffael die Übergardinen und ließ sie so hängen, dass man von außen lediglich dachte, sie seien zugezogen. Dann begann er zu bohren, zu dübeln und zu schrauben und arbeitete zügig und hochkonzentriert.

Von der Straße aus war durch die Übergardinen nicht zu sehen, dass das Fenster mit einer großen Tischplatte zugenagelt war. Ein bisschen Verstand musste ihm der Suff noch gelassen haben.

Als er fertig war, war er mit dem Ergebnis durchaus zufrieden. Er wirkte richtig stolz.

»Das hat ja alles wunderbar hingehauen. Klasse. Genauso hab ich mir das vorgestellt.« Er rieb sich die Hände, ging zur Tür und schaltete die Deckenbeleuchtung aus. Es war schlagartig stockdunkel im Zimmer.

»Guck mal, Lilo, ist das nicht gemütlich? Auch mitten im Hochsommer hast du jetzt immer das Gefühl, es ist Weihnachten. Ist das nicht toll? Fehlt nur noch 'ne Kerze, und die Romantik ist perfekt. Und was hatten wir für einen Spaß zu Weihnachten, erinnerst du dich? Aber lass mal, nächstes Weihnachten wird genauso schön. Und du brauchst keine Angst zu haben. Wir beide bleiben zusammen, wir sind wie füreinander geschaffen, und ich werde dich immer pflegen. Du musst mir einfach nur vertrauen, dann ist alles gut.«

Auch dies kommentierte Lilo nicht, aber sie dachte: Geh mir aus den Augen, du verlogenes, kriminelles Miststück!

Raffael brachte Bohrmaschine und Werkzeugkasten zurück in die Küche und kam mit einer Flasche Wasser, zwei geschmierten Broten und einer halben, ungeschälten Salatgurke wieder.

»Damit du nicht vom Fleisch fällst, Liloschatz.«

Er stellte alles auf den Tisch vor dem Sessel und wollte das Zimmer verlassen. Aber da schrie sie ihm hinterher: »Willst du mich nicht endlich losmachen, du Teufel? Wie soll ich denn essen, wenn ich hier angebunden bin?«

»Na, na, na, was ist denn das für ein unfreundlicher Ton, meine Liebe? Aber natürlich hast du recht. Ich bin aber auch ein Schussel!« Er schlug sich wie im Kindertheater mit großer Geste vor die Stirn, ging in die Küche und kam mit einer Schere wieder, mit der er die Kabelbinder durchschnitt.

Lilo richtete sich auf und rieb sich die schmerzenden Handgelenke, denn das harte Plastik hatte sich ihr tief ins Fleisch geschnitten.

Und wieder drehte er sich in der Tür um, als er das Zimmer verlassen wollte. Es schien eine neue Masche von ihm zu sein.

»Ach, bitte vergiss nicht: Wenn du irgendwelchen Blödsinn machst, dann wiederholen wir die Nummer mit den Kabelbindern. Und nicht nur ein Stündchen, sondern meinetwegen tagelang, wenn du Wert darauf legst. Auf diese Weise kann man sich nämlich wunderbar beruhigen. Lass es dir schmecken und angenehmen Tag noch, Lilokind.« Damit ging er und verschloss die Tür.

23

»So«, knurrte Lars, als er in Richards Büro kam, »Ende im Gelände. Nichts geht mehr, wir stecken fest. Es gibt nirgends eine Parallele, eine Schnittstelle, eine Verbindung oder was weiß ich, zwischen Gerlinde Gruber und Natascha Baumann. Es macht keinen Spaß.«

Er knallte einen Schwung Akten auf den Schreibtisch.

»Aber das weißt du ja. Ich erzähl dir ja nichts Neues.«

»Wenn du extra reinkommst, wird doch irgendwas neu gewesen sein.«

»Wir haben die Gegenüberstellung von Victor Weber und Natascha Baumann gemacht. Sie ist dem Mann in ihrem Leben noch niemals begegnet.«

»Was mich auch gewundert hätte.«

»Du sagst es.«

»Also fällt Gerlindes Mann als Täter flach. Er kann es nicht gewesen sein. Wir haben die Bekanntenkreise von Gerlinde und Natascha nicht nur bis ins siebzehnte, sondern ich vermute mal bis ins zweiundzwanzigste Glied durchforstet und verglichen – aber da gibt es keinerlei Berührungspunkte. Der Mann ist ein Triebtäter und aus. Und hat sich seine Opfer zufällig gesucht. Wenn auch nicht sehr geschickt, wie ich finde. Denn der sexuelle Kontakt mit Gerlinde ist ja noch nicht mal zustande gekommen.

Ich frage mich nur, warum er Natascha nicht auch umgebracht hat.«

»Weil er auch Gerlinde eigentlich nicht umbringen wollte. Es ist einfach passiert. Er will vergewaltigen, nicht morden.«

Lars runzelte die Stirn. »Kann sein. Aber ungewöhnlich ist es schon. Warum setzt er sich nicht in einem Park hintern Busch und wartet, bis eine Krankenschwester zur Frühschicht geht? Da ist er wesentlich ungestörter und muss nicht mitten in der Stadt ein Gemetzel veranstalten.«

»Er denkt nicht. Er handelt vollkommen spontan. Es überkommt ihn einfach, ganz egal, wo er gerade ist.«

»Okay, Boss. Wie machen wir weiter? Ich bin mit meinem Latein am Ende.«

»Wie war das noch mal in der Kneipe, in der Natascha ihn kennengelernt hat? Gibt es dort irgendjemanden, der in der Lage wäre, ein Phantombild zu erstellen?«

»Nein. Ich habe mit der Bedienung geredet. Rita. Sie arbeitet dort bereits seit acht Jahren. Sie sagt, sie kennt den Typen, er schaut hin und wieder vorbei. Kommt immer sehr spät und trinkt sehr viel. Hat so gut wie nie Kontakt mit anderen Gästen. Sie glaubt, aufgeschnappt zu haben, dass er sich mal ›Sven‹ genannt hat, aber sie ist sich nicht sicher.«

»Könnte sie ihn zeichnen lassen?«

Lars schüttelte den Kopf. »Sie hat gesagt, sie erkennt die Leute wieder, die ein paarmal da waren, aber sie kann sich nicht wirklich daran erinnern, wie sie aussahen. Es ist ihr auch schon passiert, dass ein Gast Vollbart und lange Haare hatte, und drei Tage später kam er glatt rasiert und mit Glatze. Es geht einfach nicht. Es sind zu viele. Sie würde ihn höchstens wiedererkennen, wenn sie ihn sähe.«

»Und das Haus, in das unser Täter nach der Vergewaltigung gehen wollte?«

»Steht leer. Es ist in Schuss, wird aber verkauft. Außer ein paar Silberfischen in den Bädern wohnt da niemand.«

»Gut. Lass mich einen Moment nachdenken. Wir treffen uns alle um dreizehn Uhr und überlegen unsere nächsten Schritte.«

24

»Tschüss, Lilo.«

Lilo, die fest geschlafen hatte, wurde wach.

Vor ihr stand Raffael mit einer Kanne Wasser in der Hand und lächelte.

»Ich sehe, es geht dir gut, und dir fehlt nichts.«

Es hatte keinen Sinn zu antworten, und darum ließ sie es bleiben.

»Pass auf, Süße. Ich gehe jetzt noch mal weg. Auch ein Pfleger muss hin und wieder auf andere Gedanken kommen.«

Raffael sah in ihre entsetzten Augen und stellte die Kanne auf den Nachttisch.

»Keine Angst, ich komme wieder. Ganz bestimmt. Ich lass dich hier nicht allein! Du bist doch vollkommen hilflos, oder?«

Lilo schüttelte den Kopf.

Raffael nahm ihre Hand. »Tapferes Mädchen. Das schätze ich so an dir. Dass du dich nicht unterkriegen lässt. Sag mal, kannst du mir mal 'n Fuffi leihen? Kriegste bestimmt wieder. Gibt ja bald die Knete für Juni.«

Lilo schüttelte den Kopf. »Ich hab kein Geld.«

Raffael hörte gar nicht mehr auf zu lächeln. »Ich sag doch, du bist dement. Du erinnerst dich an gar nichts mehr. Aber keine Sorge, dafür hast du ja mich. Ich pass auf dich auf, und ich sorge für dich. Dumme Frage von mir, ich hätte mir das Geld ja auch einfach nehmen können, ich weiß nämlich, wo es ist.«

Das durfte doch alles nicht wahr sein. Hatte er irgendwann mal ihre Schränke durchwühlt? Lilo war fassungslos.

Raffael ging zum Kleiderschrank und holte den Schuhkarton mit dem Geld heraus.

Ganz selbstverständlich nahm er mehrere Scheine an sich.

»Ich nehm mir gleich fünfhundert. Ich muss schließlich für uns beide auch mal einkaufen gehen. Läppische fünfzig sind Blödsinn. Dafür kriegt man ja heutzutage im Supermarkt fast nichts mehr.«

Er stellte den Schuhkarton zurück in den Schrank.

Lilo schaffte es noch nicht einmal zu protestieren.

»Tschüss, mein Mädchen. Jetzt muss ich aber wirklich los. Ich hab schon ewig kein Bierchen mehr getrunken. Im Geiste werd ich dir zuprosten und mir wünschen, dass es dir bald besser geht, aber das ist bei deiner Krankheit ja leider unmöglich. Gegen Alzheimer und Demenz haben sie noch nichts gefunden, da gibt es keine Chance auf Heilung. Schade eigentlich, denn du warst mal 'ne prima taffe Person.«

Er ging zur Tür. »Also dann, schlaf schön.«

Sie hörte noch, wie er von außen abschloss, und fragte sich, ob diese ungewöhnlich lange Verabschiedung vielleicht ein Zeichen war, dass er nicht vorhatte, so schnell wieder zurückzukehren.

Gegen acht Uhr abends verließ er die Wohnung.

In Lilos Zimmer war es still. Wahrscheinlich schlief sie jetzt. Oder sie starrte an die Decke. Was sollte sie auch machen?

Raffael fühlte sich ausgesprochen gut. Er war frei, sie konnte ihn nicht mehr kontrollieren und irgendwelche Ausbruchsversuche starten.

Als er auf dem Weg zu *Käthes kleine Kneipe* war, rief Bruno an.

»Hi, hier is' Bruno, wie geht's denn so?«

»So lala.«

»Is 'ne Sauerei, dass der Alte dich rausgeschmissen hat.«

»Du sagst es.«

»Ich hab heute frei. Wie sieht's aus, hast du Lust auf ein Spielchen?«

Raffael überlegte kurz, dann sagte er: »Ja klar, warum nicht?«

»In 'ner Stunde in der Knesebeck?«

»Okay.«

Raffael trank noch ein schnelles Bier bei Käthe, dann ging er zurück nach Hause, um das Geld zu holen, das er Lilo weggenommen hatte.

In der Wohnung war es immer noch unverändert still. Er steckte seine Sonnenbrille und die fünfhundert Euro ein und machte sich auf den Weg in die Knesebeckstraße.

Er fühlte sich großartig, das war die Voraussetzung für eine gelungene Pokerpartie, und schließlich war es nicht verkehrt, aus fünfhundert vielleicht tausend Euro oder mehr zu machen.

Als er kam, wartete Bruno bereits vor dem Haus, in dem der illegale Spielclub im vierten Stock lag und nach außen hin als Werbeagentur getarnt war.

Raffael klingelte.

»Ja?«, fragte eine Stimme hinter der Tür.

»Raffael und Bruno«, sagte Raffael, und die Tür wurde aufgemacht.

»Kommt rein.« Sergiu war Rumäne und der Chef des Clubs. Er kannte Raffael und Bruno, weil sie schon einige

Male da gewesen waren. Sie spielten zwar nur um kleinere Beträge, hatten aber noch nie Ärger gemacht. Und das war Sergiu wichtig.

»Wollt ihr was trinken?«

»Ja. Zwei Bier«, antwortete Bruno ziemlich schnell. »Ich lad dich ein, Raffael. Bist 'ne arme Socke, so ohne Job.«

»Okay. Wenn ich gewinne, revanchier' ich mich.«

Sie stellten sich an die Hausbar und sahen sich um. An fünf Tischen wurde gespielt.

Sergiu schob ihnen die Biere rüber. »Ihr könnt da hinten an den Vierertisch mit ran. Wir spielen wie immer: Mindesteinsatz fünf Euro, davon ein Euro *Rake*, die Firma dankt. *Raked hand* versteht sich von selbst.«

Das war etwas, was Raffael aufregte. Dass man auch zahlen musste, wenn man nur Karten erhalten hatte und gar nicht vorhatte, zu setzen und das Spiel mitzuspielen. Weil man einfach ein Scheißblatt auf der Hand hatte. Seiner Meinung nach war *Raked hand* Halsabschneiderei, aber so war es eben. Die illegalen Spielclubbetreiber waren alle Verbrecher.

»Ansonsten *Five Card Draw, Pot Limit.* Aber das ist ja nichts Neues für euch.«

Das bedeutete, dass alle Karten verdeckt gegeben wurden und man als Höchstgrenze nur so viel setzen durfte, wie bereits im Pot war. Damit wurde verhindert, dass jemand mit hunderttausend Euro aufkreuzte, immer oder oftmals alles setzte, und niemand war in der Lage mitzugehen. Damit machte er das Spiel kaputt, konnte jedoch die Einsätze einstreichen.

Diese *Pot-Limit*-Regel fand Raffael durchaus sinnvoll.

Aber bei einem Einsatz von fünf Euro pro Spiel konnte er mit fünfhundert Euro keine großen Einsätze machen. Es war wichtig, schnell zu gewinnen, sonst war der Spaß nach einer halben Stunde vorbei.

Er setzte seine Sonnenbrille auf, damit niemand seine Mimik studieren, das Entsetzen in seinen Augen oder das hoffnungsvolle Flackern sehen konnte. Aber er achtete darauf, dass er seine Karten so hielt, dass sie sich nicht in seiner Brille spiegeln konnten.

Doch es nutzte nicht viel. Bei den ersten fünf Spielen hatte er bis auf ein einziges Pärchen nichts vorzuweisen, und er spürte, wie er bereits sauer wurde. Und es gab eine Binsenweisheit beim Glücksspiel: Wer sich aufregte, ärgerte oder wütend wurde, bekam nur noch schlechte Karten und verlor.

Es war zum Verrücktwerden, aber so war es. Mit positivem Denken versuchte er sein Schicksal auszutricksen, versuchte sich selbst vorzuspielen, dass er gar keine schlechte Laune hatte, sondern nur Lust am Spiel und absolute Gelassenheit gegenüber seinen Konkurrenten.

Neben Bruno, der sich wacker mit mittelmäßigen Blättern über Wasser hielt, saßen am Tisch noch zwei Türken, ein Deutscher und ein Chinese, der aber so hervorragend Deutsch sprach – beinah wie Sergiu –, als wäre es seine Muttersprache.

Und der Chinese räumte sanft lächelnd ab. Gewann fast jedes Spiel.

Mit den Hundefressern sollte man sich nicht einlassen, dachte Raffael und überlegte gerade, vielleicht sogar den Tisch zu wechseln, als er ein sensationelles Blatt bekam. Einen *Nut Flush Draw*, das hieß: nur noch eine Karte fehlte ihm zum *Straight Flush* oder zum *Royal Flush*. Er hatte Herz-König, Herz-Dame, Herz-Bube, Herz-Zehn in der Hand, und dazu ein Pik-Ass. Mit einem Herz-Ass wäre es ein *Royal Flush*.

Raffael konnte es nicht verhindern, dass er anfing zu zittern und ungewöhnlich ernst und konzentriert aussah, obwohl er gleichgültig rüberkommen wollte.

Er gab nur eine Karte, das Pik-Ass, weg, was von den Mitspielern sehr wohl registriert wurde. Es war selten, dass jemand, der bisher nur mit Verliererblättern und dem ständigen Kaufen von *zwei* Karten auf sich aufmerksam gemacht hatte, plötzlich nur eine Karte kaufte, die Albernheiten sein ließ und sein Blatt anstierte, als wäre es der Goldschatz der Bundesbank.

Raffael bekam eine neue Karte und konnte sich kaum noch unter Kontrolle behalten. Es war die Herz-Neun. Am liebsten hätte er laut geschrien, gejubelt und getanzt. Es war zwar kein *Royal Flush* geworden, aber er hatte einen *Straight Flush!* So eine Situation erlebten eingefleischte Poker-Spieler eventuell ihr ganzes Leben nicht.

Aber er, Raffael Herbrecht, Glückskind, hatte ein Traumblatt, so etwas hatte er noch nie in seiner Hand gesehen, am liebsten hätte er es fotografiert.

Der Schweiß brach ihm aus. Jetzt kam es darauf an, seinen Mitspielern zu signalisieren, dass er zwar mitging, aber nichts Besonderes auf der Hand hatte.

Aber das stellte sich als Problem dar, da er bisher nur zögerlich mitgegangen und nur zaghaft Einsätze gezahlt hatte. Plötzlich wollte er bereitwillig einsetzen und konnte sich kaum noch zurückhalten. Und Raffael verfluchte sein Scheißleben, in dem er nicht mehr als fünfhundert Euro zur Verfügung hatte. Am liebsten hätte er eine Million auf sein sensationelles Blatt gesetzt.

Drei Runden liefen ganz normal, die Einsätze waren relativ moderat, und Raffael schaffte es mit Müh und Not, so unauffällig wie möglich mitzuhalten. Obwohl der Chinese Raffael argwöhnisch beobachtete und sich seine ohnehin schon schmalen Augen in feine Striche verwandelten. Unvorstellbar, dass er so überhaupt noch irgendetwas sehen konnte, dachte Raffael.

Dann war Raffaels Geld verbraucht, und unter normalen Umständen hätte er passen und aussteigen müssen.

»Kannst du mir was pumpen?«, zischte er Bruno zu, aber dieser schüttelte den Kopf.

»Ich bin auch fast blank.«

»Sergiu!«, rief Raffael ungeachtet jeder Pokertaktik. »Ich möchte weiterspielen, aber bin ein bisschen klamm. Was kannst du mir geben?«

Sergiu grinste. »Fünftausend. Weniger geht nicht.«

Raffael schluckte. So viel Geld hatte er noch nie auf einem Haufen gesehen. Aber dieses Spiel war die Chance seines Lebens. Er durfte jetzt nicht ängstlich werden und zurückzucken.

»Okay. Gib's mir.«

Das Spiel wurde unterbrochen. Der Chinese bestellte sich ein Glas Wasser, die Übrigen saßen stumm da, legten ihre Hände auf den Tisch und dachten sich ihren Teil. Während eines Spiels durfte keiner der Beteiligten auf die Toilette gehen.

Sergiu verschwand im Hinterzimmer und kam nur zwei Minuten später mit einem Stapel Banknoten wieder. Hundert Scheine à zehn Euro, hundert à zwanzig und vierzig à fünfzig. Der Stapel vor ihm erschien Raffael weniger hoch, als er gedacht hatte, aber er wollte sich keine Blöße geben, dankte Sergiu und zählte noch nicht einmal nach. Er vertraute Sergiu nicht, aber bei der Zählerei wäre er sich albern vorgekommen und befürchtete, seine Mitspieler zu lange auf die Folter zu spannen. Es war sowieso schon allzu offensichtlich, dass er ein Spitzenblatt in der Hand hatte.

»Spinnst du?«, raunte Bruno, aber Raffael reagierte nicht.

Die Runden gingen weiter. Einer nach dem andern stieg aus. Bald waren nur noch Raffael und der Chinese im Spiel. Im Pot lagen achttausenddreihundert Euro.

Raffael hatte noch eintausendachthundert Euro vor sich und wagte einen *All In*, das heißt, er setzte alles. Sein gesamtes geliehenes Geld. Auf der einen Seite war er das Katz-und-Maus-Spielchen leid, konnte die innere Spannung nicht länger ertragen, auf der anderen Seite hoffte er, den Chinesen durch den Vorstoß schocken und zum Aussteigen bewegen zu können.

Aber der Chinese lächelte, zückte seine Brieftasche und glich den Pot aus. Darin lagen jetzt elftausendneunhundert Euro.

»Ich möchte bitte Karten sehen«, sagte der Chinese leise und freundlich und lächelte beinah entschuldigend.

Raffael wurde flammend rot und wünschte sich eine Flasche Whisky, um sich Mut anzutrinken, bevor er sich entblätterte. Plötzlich kamen ihm Zweifel, ob er wirklich alles richtig gemacht hatte. Denn was für ein Blatt hatte der Chinese, wenn er wünschte zu sehen?

Eine Sekunde wurde Raffael schwarz vor Augen, dann legte er seine Karten offen auf den Tisch.

Der *Straight Flush* war beeindruckend. Auch Bruno hatte so ein Blatt noch nie auf der Hand gehabt.

Raffael spürte die bewundernden Blicke, und seine Selbstsicherheit kehrte zurück. Er sah den Chinesen mit einer Spur von Arroganz abwartend an.

Der Chinese lächelte immer noch. Quälend langsam legte er jede einzelne Karte auf den Tisch.

Es war ein *Royal Flush*.

Zum ersten Mal in seinem Leben spürte Raffael, was eine »Leere« im Kopf ausmachte. Da waren für wenige Sekunden kein Entsetzen, keine Wut, keine Verzweiflung, keine Angst und keine Hilflosigkeit. Da war rein gar nichts. Und das tat in dem kurzen Moment richtig gut.

Aber dann begann er zu begreifen, und eine Welt stürzte über ihm zusammen.

Er lief rot an, stieß einen Schrei aus und ballte die Fäuste. All seine Aggressionen richteten sich gegen den Chinesen, und er sah aus, als wolle er sich im nächsten Moment auf ihn stürzen, ihm die Augen auskratzen und dann seinen Kopf zerschmettern, wie eine reife Melone an einem spitzen Stein.

Bruno sprang auf und hielt Raffael fest, fixierte seine Hände im Rücken, damit er sich beruhigte.

Unterdessen packte der Chinese sein Geld ein und gab Sergiu einen Tausender.

»Für dich. Angenehmen Abend noch.«

Dann ging er.

In dieser Situation war niemand von diesem Tisch in der Lage, weiterzuspielen. Alle standen auf, vertraten sich die Füße und orderten etwas zu trinken.

Sergiu zog Raffael ins Hinterzimmer.

»Tut mir leid für dich«, sagte er. »Das ist aber auch der blödeste Zufall, den es überhaupt gibt, dass ihr beide solche Monsterblätter hattet.«

Raffael nickte nur. Er wusste ganz genau, was Sergiu wollte.

»Du bist mein Freund, ganz klar«, begann Sergiu, »und wir wollen doch Freunde bleiben, oder?«

Raffael nickte, aber Sergius Sprüche gingen ihm fürchterlich auf die Nerven.

»Und die besten Freundschaften scheitern am Geld, hab ich recht?«

»Ja, Mann. Was ist? Willst du mich jetzt den ganzen Abend volllabern?«

Sergius aufgesetzte Freundlichkeit verschwand augenblicklich.

»Okay, mein Freund. Du schuldest mir fünftausend Euro, klar? Plus fünfundzwanzig Prozent macht sechstausendzweihundertfünfzig. Die will ich haben, und zwar übermorgen. Freitagabend zwanzig Uhr. Wir kommen zu dir und holen uns die Kohle.«

»Reg dich ab. Ich geh morgen zur Bank, und dann kriegst du dein Geld.«

»Wunderschön. Denn Spielschulden sind Ehrenschulden, verstehst du? Wer spielt, muss Geld haben. Sonst kriegt er Ärger. Und ich will mein Geld. Komm mir übermorgen nicht mit irgendwelchen Ausreden oder Entschuldigungen, sonst ...«

»Sonst was?«, fragte Raffael und wusste selbst, dass die Frage ziemlich naiv war.

»Pro Tausender einen Finger.«

Er sah Raffael offen an, als hätte er gerade den Weg erklärt: zweite Querstraße links.

Raffael blieb die Luft weg, aber er nickte.

»Gut«, sagte Sergiu, und man sah ihm an, dass er Raffael nicht zutraute, das Geld bis Freitag zusammenzukriegen. »Dann sehen wir uns übermorgen. Und in alter Frische. Du, Vladim und ich. Vladim ist ein starker, cleverer Bursche und absolut loyal. Mein bester Mitarbeiter. Wenn ich ihm sage: ›Vladim, erwürge die Anakonda‹, dann erwürgt er sie, ohne groß zu fragen, warum. Verstehst du? Ich will ja nur, dass wir uns nicht streiten und dass du nicht auf dumme Gedanken kommst, mein Freund.«

25

Raffael hätte die ganze Welt verfluchen können, so sehr kotzte ihn das alles an. Jetzt musste er den beiden Verbrechern sechstausendzweihundertfünfzig Euro von einer armen alten Frau in den Rachen schmeißen, nur weil dieses widerliche Schlitzauge ihn betrogen hatte. Denn dass der *Royal Flush* des Chinesen nicht mit rechten Dingen zustande gekommen war, stand für Raffael außer Frage. Die Asiaten mit ihren winzigen dreckigen Fingern konnten mit Karten tricksen, so schnell konnte man gar nicht gucken. Niemals hätte er dieses zwielichtige Etablissement betreten dürfen.

Es war Brunos Schuld. Hätte der ihn nicht angerufen und dazu gedrängt, wäre alles anders gekommen.

Am Donnerstag schlief er bis zum Nachmittag, dann stand er auf, holte sich zwei Tiefkühlpizzen, sechs Bier, drei Flaschen Sekt und eine Flasche Wodka und fing gegen Abend an zu saufen.

Dieser elende Betrüger, dieser widerliche Chinese ging ihm nicht mehr aus dem Kopf, und je mehr er in sich hineinschüttete, umso saurer wurde er. Er ärgerte sich, dass er sich so einfach hatte austricksen lassen. Er hätte den kleinen Chinesen nehmen und zusammenschlagen sollen. Das wäre das einzig Richtige gewesen, aber so hatte er sich benommen wie ein Weichei, wie ein braves Kind, das nichts hinterfragt, sondern alles tut, was die Mami sagt. Er hätte diesen ganzen Scheißladen kaputt schlagen sollen. Oder die Polizei rufen, um das ganze Gesocks auffliegen zu lassen. Ganz egal. Alles wäre besser gewesen, als zu kuschen und sich von Verbrechern ausnehmen zu lassen.

Er dachte an nichts anderes und soff zwölf Stunden, bis er nicht mehr denken konnte und, nachdem er sich ein paarmal übergeben hatte, halb ohnmächtig einschlief.

Als er erwachte, war es Freitagabend, zehn nach sieben.

O Mann, dachte er und versuchte zu sortieren, was in den letzten vierundzwanzig Stunden geschehen war, aber in seiner Erinnerung war nur noch grauer, dicker Nebel.

Wie Messerstiche schoss ihm der Schmerz durch die Schläfen, als er sich schwerfällig aufsetzte, und er überlegte, ob er nicht einfach im Bett bleiben und noch weitere zwölf Stunden schlafen sollte, bis diese elenden Kopfschmerzen aufhörten.

Er schloss die Augen.

Und da fiel ihm Lilo ein. Verflucht. Wie lange war er nicht bei ihr gewesen? Einen Tag, zwei oder drei Tage?

Er wusste es beim besten Willen nicht mehr.

Hoffentlich lebte die Alte überhaupt noch.

Keine Chance, er musste aufstehen.

Mühsam kämpfte er sich hoch. Die Stiche im Kopf wurden stärker. Alles tat ihm weh. Die Knochen, die Muskeln …, und er schleppte sich ins Bad wie ein alter Mann.

Unter der Dusche kam er allmählich wieder zu sich, und die Stiche im Kopf wurden zu einem Dauerschmerz. Außerdem war ihm übel, und er hatte ständig das Gefühl, kotzen zu müssen.

Raffael beugte sich über die Kloschüssel, öffnete den Mund weit und streckte die Zunge heraus. Aber da kam nichts.

Okay, dachte er, dann nicht. Dann ist mir eben einfach nur übel. Vielleicht brauche ich einen Kaffee.

In seinem Zimmer zog er sich an und schmierte sich jede Menge Nivea-Creme ins Gesicht. Seine Haut fühlte sich an wie trockenes, rissiges Packpapier. Dann ging er in die Küche.

Im ersten Moment wunderte er sich, dass die Küche leer und Lilo nicht da war, aber dann fiel es ihm wieder ein. Richtig, sie lag ja in ihrer Scheiße und wartete auf ihn.

Er warf die Kaffeemaschine an und sah in den Kühlschrank, ob es da irgendetwas gab, auf das er Appetit hatte und was ihm über seine Übelkeit hinweghelfen könnte. Aber da war nichts. Gar nichts. Der Kühlschrank war leer. Im Grunde konnte er ihn auch ausschalten.

Zum Kaffee aß er Knäckebrot mit Marmelade. Die Erdbeermarmelade war zwar verschimmelt, aber das störte ihn nicht. Immerhin war der Schimmel nicht zu schmecken.

Gedankenverloren stand er anschließend am Fenster und sah hinaus.

Es war verdammt warm, und Raffael öffnete das Fenster weit.

Die Sonne war noch nicht untergegangen, in die Straße fiel ein warmes, orangefarbenes Licht, und ein lauer Wind wehte ins Zimmer. Er konnte den Sommergeruch nicht deuten und überlegte, ob es der Duft von Kastanien oder dem Staub der Straße war, und erinnerte sich daran, wie oft er schon eine Welle des Glücks gespürt hatte, wenn sich der Sommer so offensichtlich ankündigte …

… als er den schwarzen Audi sah, der vor dem Haus in die Einfahrt fuhr.

Und erst in diesem Moment dachte er wieder daran. Erst jetzt fiel es ihm wieder ein.

Verdammte Scheiße. Es war Freitag. Er sah auf die Uhr. Zwanzig Uhr und drei Minuten. Die Arschlöcher waren gekommen, die sechstausendzweihundertfünfzig Euro zu holen, die er Sergiu schuldete. Mammamia. Der Karton mit dem Geld war noch in Lilos Zimmer, er hatte überhaupt nicht daran gedacht, ihn schon mal herauszuholen, er hatte es im Suff vergeigt, jetzt musste er sich beeilen.

Ihm brach der Schweiß aus.

Er raste den Flur entlang und schloss Lilos Zimmertür auf.

Sie hatte wieder fest geschlafen und schreckte hoch, als er plötzlich vor ihr stand.

»Keine Panik«, raunte er, »ich bin's. Dein Schutzengel. Ich muss nur mal was holen. Reg dich nicht auf und fang nicht an, mit mir zu diskutieren, es muss sein.«

Lilo war ungewöhnlich bleich, ihre Haare standen wüst vom Kopf ab, kein Wunder, sie hatte sich seit Tagen nicht mehr gewaschen und gekämmt. Ihre blassen Lippen waren spröde und gerissen und sahen aus wie eine zerfurchte, vertrocknete Gebirgslandschaft.

Raffael riss den Kleiderschrank auf, fand den Karton sofort und nahm ihn an sich.

»Wasser«, krächzte Lilo, »bitte, Raffael, gib mir ein bisschen Wasser!«

»Später«, antwortete er eilig, »ich hab jetzt keine Zeit.«

Mit dem Karton rannte er aus dem Zimmer, nahm das Geld heraus, stürzte aus der Wohnung, hastete die Treppe hinunter und erreichte den schwarzen Audi. Es war acht Minuten nach acht.

»Wird auch Zeit«, zischte Sergiu, als Raffael zum Auto kam, das immer noch mit laufendem Motor vor dem Haus wartete.

»Halt die Fresse«, schnauzte Raffael zurück, »das waren keine zehn Minuten, sondern höchstens zwei. Deine innere Uhr geht nach Donnerstag, Kollege.«

Und damit warf er ihm wütend das Geld in den Schoß. »Hier, zähl meinetwegen nach, und dann mach 'ne Fliege.«

Genüsslich und keineswegs eilig zählte Sergiu nach. Dann grinste er. »Stimmt ja auf Heller und Pfennig, mein Freund. Brav, sehr brav. Und wenn du mal wieder Lust auf 'ne kleine gepflegte Spielrunde hast – du bist ein immer gern gesehener Gast!«

»Verpiss dich!« Raffael wusste, dass er sich nicht mehr lange beherrschen konnte, aber er wollte sich nicht mit Vladim anlegen, der aussah wie ein übergewichtiger Catcher.

»Schönen Abend noch!«, flötete Sergiu mit seinem eingefrorenen Dauergrinsen. »Gib Gas, Vladim!«

Die beiden brausten los, und die Reifen quietschten, als sie um die nächste Kurve schleuderten.

Raffael spuckte in den Rinnstein und ging nach oben. Er wollte jetzt unbedingt wissen, wie viel Kohle er von Lilo abgestaubt oder vielleicht besser gesagt »geerbt« hatte.

So schwach Lilo auch war, sie hatte ganz genau mitbekommen, dass Raffael ihre Zimmertür nicht abgeschlossen hatte.

Mit Mühe stemmte sie sich hoch, schlüpfte in ihre Hausschuhe und schlurfte so schnell sie konnte zur Tür. Drückte auf die Klinke, und …

… die Tür ging auf.

Lilos Herz klopfte bis zum Hals. Dem Himmel sei Dank! Er hatte vergessen abzuschließen, er hatte es wahrhaftig vergessen.

Noch nie war ihr der Flur der Altbauwohnung so lang vorgekommen, und noch nie hatte sie das Gefühl gehabt, so langsam zu laufen. Als bewegte sie sich in Zeitlupe auf die Wohnungstür zu, wie ein Schwimmer, der – von einem Hai verfolgt – krault und krault, aber das rettende Ufer einfach nicht erreicht.

Und dann konnte sie es nicht fassen: Auch die Wohnungstür war offen!

Ohne zu überlegen lief Lilo so schnell sie konnte die Treppe hinunter, ein einziges Ziel im Auge: die Inder. Wenn ihr irgendjemand helfen konnte, bevor Raffael wiederkam, dann nur die indische Familie.

Das Treppenhaus schien endlos. Sie hatte das Gefühl, in einem Turm zu wohnen, es nahm überhaupt kein Ende, ihr Herz schlug bis zum Hals, und ihre Beine waren schwach und wacklig. Doch am Geländer konnte sie sich einigermaßen sicher hinunterhangeln.

Sie hatte das Gefühl, dass Ewigkeiten vergangen waren, als sie die Wohnung der Rhagavs erreichte.

Bitte, seid zu Hause, betete sie, bitte.

Nach dreimaligem Klingeln öffnete Aruna.

»Guten Tag, Frau Berthold«, sagte sie mit ihrem Akzent, der sehr abgehackt klang, »wie geht es Ihnen?«

»Helfen Sie mir!«, hauchte Lilo, und ihr Blick war irr. »Rufen Sie die Polizei, befreien Sie mich, ich werde gefangen gehalten, man will mich umbringen.«

Aruna verstand überhaupt nicht, was los war. Sie starrte nur fassungslos auf die alte Frau, die zitternd vor ihr stand. »Wer will Sie umbringen?«

»Helfen Sie mir! Holen Sie die Polizei!«, schluchzte Lilo.

Aruna wollte gerade ihre Tür weit öffnen, um Lilo hereinzulassen, als Raffael hinter Lilo auftauchte.

»Ach, da ist sie ja, ich hab sie schon überall gesucht. Oma, komm jetzt nach Hause, wie siehst du denn aus! Du kannst doch so nicht in der Gegend herumrennen!« Er sah Aruna kopfschüttelnd an, was so viel hieß wie: ›Sie sehen ja, wie schlimm es um meine Oma steht.‹

Beinah zärtlich und fürsorglich legte er den Arm um Lilo und sagte zu Aruna: »Meine Oma ist völlig verwirrt, sie läuft im Nachthemd davon und weiß nicht, was sie sagt. Aber ich bin Ihnen sehr dankbar, dass Sie sie aufgegriffen haben. Herzlichen Dank, wirklich. Komm, Oma, wir gehen nach Hause, ins Bett. Du musst schlafen.«

Er führte Lilo die Treppe hinauf und drehte sich noch einmal um.

»Danke nochmals, schönen Abend noch.«

Aruna nickte und schloss die Tür.

Die alte Frau konnte froh sein, dass sie einen Enkel hatte, der sich so liebevoll um sie kümmerte, dachte sie. Nicht auszudenken, wenn sie in diesem Zustand ganz allein wäre.

Behutsam führte Raffael Lilo die vier Treppen hinauf. Dreimal mussten sie pausieren, und die Anstrengung fiel Lilo, die durch Wasser- und Essensentzug und durch mangelnde Bewegung sichtlich geschwächt war, sehr schwer.

»Du schaffst das, Lilo«, flüsterte Raffael ihr immer wieder ins Ohr. »Du bist doch ein starkes Mädchen. Ich bin stolz auf dich.«

Lilo wusste nicht mehr, was sie denken sollte. Sie war zu schwach, um verzweifelt zu sein.

»Was denkst du dir eigentlich dabei, gleich abzuhauen, nur wenn ich mal kurz runtermuss?«, wütete Raffael, sobald er die Wohnungstür hinter ihnen geschlossen hatte.

Er wartete ihre Antwort nicht ab, sondern schlug ihr mit der flachen Hand mit aller Kraft ins Gesicht, sodass sie taumelte.

»Wie bescheuert bist du eigentlich? Hast du dein kleines bisschen Restverstand jetzt auch noch verloren?«, schrie er.

Lilo sank auf die Knie und kippte zur Seite. Wartete geduldig darauf, dass er sie einfach totschlagen würde.

26

Er empfand es als hartes Stück Arbeit, Lilos schlaffen Körper, der sich bei der Treppensteigerei überanstrengt und bis zur völligen Erschöpfung verausgabt hatte, zurück ins Bett zu tragen. Außerdem stank sie zum Gotterbarmen.

Angewidert ließ er sie auf die Matratze sinken.

»Trinken«, jammerte sie.

»Gleich. Nun mal nicht drängeln, Fräulein. Kommt alles. Ich muss jetzt erst mal was anderes erledigen, dann komm ich wieder.«

Ihr Seufzen war ein Zeichen tiefster Resignation. Es würde wieder Stunden dauern.

Raffael ging hinaus und schloss die Tür sorgfältig hinter sich ab.

Auf der Arbeitsplatte in der Küche kippte er den Schuhkarton aus, sortierte die Scheine, zählte langsam und genüsslich und machte Haufen zu je fünftausend Euro, damit er nicht durcheinanderkam. Am Ende hatte er siebenunddreißigtausendvierhundert Euro in gemischten Scheinen und ärgerte sich maßlos, dass er diesem Idioten von Sergiu über sechstausend hatte abgeben müssen. Sonst wären es dreiundvierzigtausendsechshundertfünfzig gewesen, und das hörte sich schon wesentlich besser an.

Aber auch die gut siebenunddreißigtausend waren eine hübsche Summe, und davon konnte er eine ganze Weile leben, wenn er standhaft blieb und sein Geld nicht wieder beim Glücksspiel verzockte.

Die vielen kleinen, unterschiedlichen Scheine zeugten davon, dass Lilo jedes Mal ein paar Euro, die sie nicht unbedingt brauchte, in den Karton gelegt hatte. Der Inhalt dieser Kiste war ihr allerletztes Hemd.

Gut, sie konnte mit ihrem Notgroschen jetzt nichts mehr anfangen, er konnte ihn dafür umso besser gebrauchen.

Er hatte wirklich das große Los gezogen, als er vor einem guten halben Jahr bei Lilo eingezogen war, und auch sie konnte froh sein, dass sie nicht so allein war. Jetzt, wo sie so schwach war, dass sie nur noch im Bett liegen konnte.

Er öffnete den Kühlschrank. Du lieber Himmel, er musste dringend mal wieder einkaufen gehen. Aber was konnte er der armen Frau denn noch zum Essen anbieten? Er durchforstete die Speisekammer und fand eine Fischkonserve. Heringe in Tomatensoße. Das war prima. Und dazu ein paar Scheiben Knäckebrot aus einer Packung, die zwar schon vor vier Monaten abgelaufen war, aber das war ja wohl nicht so wichtig.

Er packte Fischkonserve, Knäckebrot, eine kleine Gabel und eine Kanne mit Wasser auf ein Tablett und trug es zu Lilos Zimmer.

Als er hereinkam, war es dunkel. Er schaltete die trübe Deckenbeleuchtung an.

»Abendessen, Lilo! Futter und Wasser! Du siehst, ich vergess' dich nicht. Ich vergesse dich nie! Setz dich mal ein bisschen aufrechter hin, damit ich dir das Tablett auf den Schoß stellen kann.«

Lilo rührte sich nicht.

Er stellte das Tablett neben dem Bett auf die Erde, fasste ihr unter die Achseln und zog sie hoch. Sie war immer noch schlapp wie eine nasse Libelle.

Langsam schlug sie die Augen auf.

Er schenkte ihr Wasser in ein Glas ein, das noch auf ihrem Nachttisch stand, und hielt es ihr an die Lippen.

Erst jetzt schien sie zu begreifen, reagierte wie ein Tier, das erst allmählich den Geruch der Beute wittert, und begann gierig zu trinken.

»Nicht so schnell, sonst wird dir schlecht. Schluss jetzt erst mal!« Er nahm ihr das Glas wieder weg und stellte es auf dem Nachttisch ab.

Dann öffnete er ihr die Fischbüchse.

»Magst du Hering in Tomatensoße?«

Sie reagierte nicht.

Er drückte ihr die Gabel in die Hand. »So. Guten Appetit. Iss langsam. Ich werd mich jetzt hier mal ein bisschen umsehen.«

Er riss die Schranktür auf und fing an, wie ein Wilder in ihren Sachen herumzuwühlen. Was ihn störte, ließ er einfach auf den Boden fallen.

»Alte Tanten wie du haben doch ihre Knete nicht nur an einer Stelle versteckt. Ihr seid doch wie die Eichhörnchen, die alles horten, verstecken und dann wieder vergessen.«

»Mehr hab ich nicht«, röchelte sie und konnte es kaum ertragen, dass er ihre privatesten Dinge durchkramte, angewidert und mit spitzen Fingern ihre Schlüpfer in die Höhe hielt, widerlich lachte und sie schließlich wieder irgendwohin stopfte.

Er richtete ein heilloses Chaos im Schrank und auf dem Fußboden an und wurde immer wütender, weil er nichts fand.

Lilo hielt den Atem an, als er begann, ihre Frisierkommode zu durchwühlen. Bitte nicht, flehte sie innerlich, bitte nicht!

Aber da hatte er ihren Schmuck, den sie von ihrer Mutter geerbt oder von Wilhelm geschenkt bekommen hatte, bereits gefunden.

Ihr schossen die Tränen in die Augen, als sie sah, wie er sich Ringe, Ketten, Armbänder und ihre Lieblingsbrosche in die Hosentasche stopfte.

»So«, sagte er schließlich. »Das reicht jetzt erst mal. Bei Gelegenheit werde ich gucken, ob du vielleicht in den andern Zimmern auch noch was versteckt hast.«

Sie rührte sich nicht und sagte nichts.

Er ließ sie mit dem Tablett auf ihrem Bauch allein und verschloss wieder die Tür.

Der Gestank in Lilos Zimmer war einfach unerträglich. Es war widerwärtig, wie Menschen zu stinken begannen, wenn sie alt wurden.

Er schüttelte sich. Morgen würde er in dem Zimmer mal lüften.

Aber dann erinnerte er sich daran, dass das ja gar nicht möglich war, weil er das Fenster zugenagelt hatte.

Na dann eben nicht. Wahrscheinlich roch Lilo ihren eigenen Gestank überhaupt nicht, und dann war es eigentlich auch egal.

Er verstaute Lilos Geld und ihren Schmuck in seiner Kassette im Zimmer, stopfte sich hundert Euro davon in die Hosentasche und verließ die Wohnung.

Er brauchte jetzt dringend einen Absacker. Ein paar gepflegte Bierchen.

Lilo schaffte es, die Fischkonserve langsam zu essen. Aus einem für sie normalen Bissen machte sie fünf. Weil sie wusste, dass ihr leerer Magen dann weniger rebellierte, und auch, um den Genuss zu verlängern. Aber als sie fertig war, war ihr gesamter Organismus gierig nach Nahrung, sodass ihr Hungergefühl nach dem Essen noch stärker und unangenehmer war als vorher.

Raffael hatte gesagt, er würde morgen wiederkommen. Sie konnte nur warten und hoffen, dass er sie nicht erneut vergaß.

Sie erwachte, weil sie die Wohnungstür schlagen hörte, und sah auf die Uhr. Halb sechs. Anscheinend war Raffael nach Hause gekommen. Er würde jetzt mindestens bis zwei oder drei Uhr am Nachmittag schlafen und ihr vorher nichts bringen.

Als ihr das klar wurde, spürte sie, wie alle Kraft aus ihr wich, langsam wie die Luft aus einem Gummiboot, bei dem man das Ventil öffnet. Ihr Überlebenswille war sinnlos und würde sie nicht retten. Sie würde sterben und hier in diesem Zimmer verhungern und verdursten. Weil ein Wahnsinniger, ein unzurechnungsfähiger Alkoholiker ihre Wohnung mit Beschlag belegt hatte. Weil er sie gefangen hielt und dabei war, sie zu ermorden.

Lilo Berthold verzweifelte. Und zum ersten Mal begann sie zu weinen.

Ihr ganzes Leben lang hatte sie Angst davor gehabt, einen Herzinfarkt, einen Schlaganfall oder Krebs zu bekommen – sie war davon verschont worden. Und außerdem hatte sie sich davor gefürchtet, am Schluss in einem Krankenhaus dahinzuvegetieren und niemanden, keinen Freund, Verwandten oder Bekannten zu haben, der ihre Hand hielt, wenn es ernst wurde. Niemanden, der ihr ein frisches Nachthemd vorbeibrachte.

Und nun war alles ganz anders gekommen. Viel schlimmer.

Sie spürte, dass sie dringend auf die Toilette musste. Die Vase stand am Fenster. Bis dorthin musste sie es schaffen. Auch auf wackligen Beinen. Auf keinen Fall durfte sie umfallen. Dann würde sie stundenlang auf dem Boden liegen.

Unvorstellbar, dass sie es vor einem Tag – oder war es zwei Tage her oder nur zwölf Stunden? – geschafft hatte, aus der Wohnung bis runter zu den Indern zu laufen. Jetzt hatte sie das Gefühl, das alles war schon ewig her, und sie hatte keine Kraft mehr, auch nur einen einzigen Schritt zu machen.

Die Angst saß ihr im Nacken, aber wenn sie ihr Bett nicht einnässen wollte, musste sie es versuchen.

Vorsichtig drehte sie sich auf die Seite und zog sich am Kopfende des Bettes hoch, sodass sie wieder zum Sitzen kam. Dann wartete sie ab, bis ihr Kreislauf sich stabilisiert hatte.

Langsam stand sie auf und hielt sich am Bett fest, darauf gefasst, sofort wieder zurückzufallen. Aber sie blieb stehen. Zentimeter für Zentimeter schob sie sich vorwärts, breitbeinig, um nicht den Halt zu verlieren. Sie stützte sich an der Wand ab, rutschte und hangelte sich so bis zur Zimmerecke und dann an der anderen Wand weiter bis zum Fenster. Als sie eine Wandlampe greifen wollte, um sich festzuhalten, griff sie daneben und hätte beinah den Halt verloren, aber dann fing sie sich, hielt inne, bis sich ihr rasendes Herz beruhigt hatte, und schaffte es bis zur Vase, auf die sie sich laut seufzend setzte.

Anschließend sank sie in den Sessel am Fenster. Es war entspannend, mal nicht im Bett sitzen oder liegen zu müssen.

Sie dachte an ihren Garten im Hof, und die Sehnsucht danach wurde übermächtig. Die Tomaten waren inzwischen sicher gewuchert und mussten beschnitten und hochgebunden werden, und der Salat musste geerntet werden, sonst schoss er hoch und war ungenießbar. Und wer goss die Pflanzen, solange sie hier eingesperrt war? Niemand.

Die Pflanzen würden eingehen. Vertrocknen. So wie sie.

Sie hatte nur einen einzigen Wunsch: Die Rosen noch einmal blühen zu sehen.

Lilo schloss die Augen, um sich ihren Rosenbusch an der Hauswand besser vorstellen zu können. Um wenigstens in ihrer Fantasie etwas Schönes zu sehen und ein paar Sekunden glücklich zu sein.

Als sie ihre Augen wieder öffnete, war es im Zimmer stockdunkel.

Das war das Ende.

27

Einundzwanzig Stunden später ging das Licht wieder an.

Lilo konnte kaum begreifen, dass sie immer noch lebte. Sie lag im Sessel, und alle Glieder taten ihr weh. Ihr Kopf war nach hinten weggekippt, und ihr Nacken schmerzte derart, dass sie quälende Minuten brauchte, bis sie den Kopf überhaupt wieder bewegen und anheben konnte.

Lass mich sterben, dachte sie, ich will nicht mehr.

Zwei Stunden danach hörte sie den Schlüssel im Schloss, und Raffael kam herein.

»Hallo, Lilo«, sagte er. »Tut mir leid, hat ein bisschen gedauert, aber ich musste erst einkaufen.«

Lilo sah undeutlich und verschwommen, dass er ein Tablett in der Hand hielt, aber sie konnte nicht erkennen, was darauf war.

»Was machst du denn da im Sessel?«

Sie antwortete nicht, aber Raffael hatte auch keine Antwort erwartet.

»Pass auf. Du musst mir hier mal was unterschreiben.«

So weit konnte Lilo noch denken, um zu begreifen, dass er jetzt versuchte, sie auch finanziell völlig zu vernichten.

Er hielt ihr ein bedrucktes Papier vor die Nase. »Du brauchst nur kurz zu unterschreiben, und dann gibt's Futter. Und was zu trinken. Und wenn du willst, hol ich dir sogar ein Bier.«

»Gib mir meine Brille.«

Raffael reichte sie ihr, und sie setzte sie auf.

Vollmacht stand auf dem Zettel, den sie überflog. Manchmal tat sie sich mit offiziellen Briefen oder Dokumenten schwer, bis sie begriff, worum es ging, aber dies hier war deutlich. Raffael wollte eine Vollmacht über ihr Bankkonto.

Nein!, schrie sie in Gedanken, nein, nein, nein! Und wenn sie deswegen verreckte, sie wollte ihren Mörder nicht auch noch mit ihrer Rente bezahlen. Schlimm genug, dass er ihre Ersparnisse gestohlen hatte

Sie zerriss den Zettel.

»Niemals«, sagte sie leise.

»Okay«, meinte er und hatte Lust, sie auf der Stelle zu erwürgen, »es ist deine Entscheidung.«

Er wollte gerade das Tablett, auf dem sich zwei Brote mit Wurst und Käse, zwei Spiegeleier und eine Anderthalbliterflasche Wasser befanden, wieder mit hinausnehmen, als es an der Tür klingelte.

»Wer ist das?« Raffaels Augenlid begann nervös zu zucken.

Lilo zuckte die Achseln. »Keine Ahnung. Vielleicht Besuch für dich. Oder die Post?«

Raffael stürzte aus dem Zimmer, war aber noch geistesgegenwärtig genug, hinter sich abzuschließen.

Das Tablett hatte er vergessen, und Lilo begann hastig zu essen.

Raffael blickte aus dem Fenster. Der Briefträger verließ gerade das Haus.

Ach so. Nichts Wichtiges. Der Briefträger hatte einfach nur ins Haus kommen wollen. Jetzt, wo das Schloss der Haustür wieder repariert war, musste er halt klingeln.

Raffael ging in die Küche und sah in den Kühlschrank. Bier war alle.

Er nahm seine Schlüssel und rannte die Treppe hinunter. Zur Tankstelle, um sich ein Sixpack zu holen.

Als er mit dem Bier zurückkam, öffnete er schon ganz automatisch den Hausbriefkasten. Darin lag eine rote Karte mit dem Hinweis, dass ein Paket nicht zugestellt werden konnte, weil niemand zu Hause angetroffen worden war. Man solle das Paket im Postamt ab morgen zwischen neun und achtzehn Uhr abholen.

Raffael schäumte.

»Jetzt passen Sie mal gut auf, und hören Sie mir gut zu.« Raffael knallte dem Beamten den roten Schein mit der flachen Hand auf den Tresen. »Diese Schlamperei hier wird eine andere, das schwöre ich Ihnen. Der Kollege Paketzusteller ist eine verdammt faule Sau, denn ständig habe ich diese verfluchten roten Karten in meinem Briefkasten.«

»Mäßigen Sie sich«, bemerkte der Beamte am Schalter müde.

»Ich erzähl dir gleich was von wegen *mäßigen*. Ich wohne zusammen mit meiner Oma in der Dahlmannstraße 24. Meine Oma ist bettlägerig, pflegebedürftig und dem Tod so nahe, dass sie schon die Englein singen hört. Ich pflege sie Tag und Nacht. Lass mir das Futter liefern, weil ich sie noch nicht mal 'ne Stunde allein lassen kann, um einkaufen zu gehen. Klar? So ein Leben is' die Hölle, sag ich dir, aber egal. Ich mach das, weil meine Oma das Einzige und das Wichtigste ist, was ich auf der Welt habe. Und weil sie's verdient hat. Kapierst du das?«

»Kommen Sie zur Sache.«

»Hör mir zu, oder ich verwandle deine Nase in Geschnetzeltes. Was ich sagen wollte ist: Ich bin immer zu

Hause. Klar? *Immer!* Rund um die Uhr. Seit Wochen. Und dann krieg ich hier so eine verfickte Karte, auf der steht, dass niemand zu Hause angetroffen worden ist! Ja, geht's noch? Und das ist nicht das erste Mal passiert! Was ist dieser Paketbote eigentlich für 'ne faule Sau?« Jetzt begann Raffael lauter zu werden. »Wenn ich als Paketbote zu schwach bin, um ein Paket ein paar Treppen raufzutragen, dann hab ich ja wohl den falschen Job, oder? Und wenn der Mann krank ist, dann soll er sich krankschreiben oder pensionieren lassen. Aber verarschen lass ich mich nicht. Wofür kriegt der faule Sack sein Geld? Können Sie mir das mal verraten?«

»Ich versteh das wirklich nicht«, stotterte der Beamte, »derartige Klagen hatten wir noch nie. Eigentlich ist der für Sie zuständige Kollege unser zuverlässigster Zusteller.«

»Natürlich!« Raffael lachte schrill. »Aber selbstverständlich. Ihr habt hier in diesem Scheißladen nur *zuverlässige* Zusteller! Anstatt solche Typen achtkantig rauszuschmeißen, nehmt ihr diese Arbeitsverweigerer auch noch in Schutz. Und genau das ist es, was mich so ankotzt.«

»Reichen Sie eine schriftliche Beschwerde ein.«

»Den Teufel werd ich tun, Bürschchen.« Raffael beugte sich gefährlich weit vor. »Ich sitze nicht zwei Stunden am Computer und schreibe einen Brief, damit ihr euch hinterher den Arsch damit abputzt. Nee, mein Freund, dazu ist mir meine Zeit zu schade. Im Gegenteil, wir machen es ganz anders. Morgen früh kommt dieser zuverlässige Zusteller und bringt meiner Oma das Paket. Ist das klar? Ich warte auf ihn!«

Ohne ein weiteres Wort marschierte Raffael hinaus.

Am nächsten Vormittag um halb elf klingelte es.

Raffael riss das Fenster auf. Ein DHL-Laster stand vor der Tür.

Er drückte auf den Türöffner und rannte noch auf Socken ins Treppenhaus.

»DHL-Zustelldienst!«, rief eine dünne Stimme. »Paket steht hier unten.«

Das durfte ja wirklich nicht wahr sein!

Raffael raste die Treppen hinunter.

Im Hausflur, direkt unter den Briefkästen, stand das Paket. Adressiert an Lilo Berthold, Absender irgendein Versandhaus. Er hob es kurz an. Es war schwer.

Alles klar. Selbst nach der Beschwerde hatte der Postbote keine Lust gehabt, das Ding vier Treppen hochzutragen.

Raffael rannte nach draußen. Vielleicht konnte er den Mistkerl noch erwischen.

Direkt vor dem Haus stand der DHL-Laster, davor ein relativ schmächtiger, kleiner Mann mit Halbglatze und Schnauzbart, dem man sowieso nicht zutraute, auch nur sechs Briefe in den vierten Stock tragen zu können, und ordnete die Pakete.

Raffael ging auf ihn zu und packte ihn am Kragen.

»Pass mal gut auf, du dämlicher Postzwerg«, blökte er ihn an, »du hast da bei uns im Hausflur was vergessen.« Er deutete mit dem Finger auf das Haus. »Da steht so ein albernes Paket, das dir wohl aus deinen gichtigen Fingern gerutscht ist. Kann ja sein, interessiert mich nicht, jedenfalls ist das ein Paket für Lilo Berthold. Meine Oma. Pech für dich, dass sie im vierten Stock wohnt, aber da wirst du wohl ein bisschen klettern müssen, Spargeltarzan.«

»Halten Sie den Mund«, sagte der Postbeamte und zerrte irgendwelche Leinen fest, »ich habe zu tun.«

»Jetzt hör mir mal gut zu, du fauler Mistkäfer. Meine Oma liegt da oben im Bett. Sie ist krank, sie kann das Paket nicht hochschleppen, und es ist verdammt noch mal dein

Job, es ihr zu bringen. Brav bis in die Wohnung. Ich bin hier zufällig zu Besuch und bekomme mit, dass du deine Arbeit nicht machst, du fauler Sack. Also los, setz deinen Arsch in Bewegung und bring meiner Oma das Paket, oder ich schlag dich windelweich.«

»Ich lass mir nicht drohen«, sagte der Postzwerg ohne große Überzeugungskraft und wollte ins Führerhäuschen steigen um loszufahren, aber Raffael gab ihm einen gehörigen Stoß, sodass er in den Laderaum fiel und zwischen seinen sauber gestapelten Paketen landete.

Raffael knallte die Tür des Lasters zu und lief zurück ins Haus.

Im Flur schob er das Paket in eine Ecke und ging in Lilos Zimmer.

»Du hast gestern Schwein gehabt, dass der blöde Postbote geklingelt hat und du die beiden Brote essen konntest. Ab sofort werde ich jetzt jeden Tag einmal kommen und fragen, ob du bereit bist, die Vollmacht zu unterschreiben. Wenn nicht, gibt's auch nichts mehr zu futtern. So einfach ist das.«

»Du hast doch schon mein ganzes Erspartes gestohlen. Was willst du denn noch?«

»Was hab ich?«

»Du hast den Schuhkarton mit meinem ganzen Geld. Mehr hab ich nicht.«

»Was hab ich?« Er beugte sich vor und sah ihr aus einem halben Meter Entfernung in die Augen.

»Den Schuhkarton.«

»Ich weiß nichts von einem Schuhkarton. Und von Geld schon gar nicht. Lilo, du vergisst nicht nur alles, jetzt fängst du auch noch an zu spinnen. Du hast Halluzinationen, du fantasierst.«

»Nein!«, schluchzte Lilo. »Du hast mir alles gestohlen, und jetzt willst du mich auch noch umbringen.«

»Mit Kranken kann man nicht diskutieren«, sagte Raffael leise und ruhig. »Überleg dir, wann du die Vollmacht unterschreibst und wann du wieder was zu essen haben willst. Ruf mich, wenn du zur Besinnung gekommen bist.«

Raffael verließ ohne ein weiteres Wort das Zimmer, knallte die Tür zu und schloss ab.

Minuten später knipste er die Sicherung aus und verließ das Haus.

Zwei Tage später unterschrieb Lilo die Vollmacht. Im Liegen und mit krakliger Handschrift.

»Na siehst du, geht doch«, meinte Raffael zufrieden und schob sich das Papier in die Hosentasche. »Jetzt brauche ich noch deinen Personalausweis. Wo ist der?«

»In meiner Handtasche. In der Kommode im Flur.«

»Sehr brav. Ich hol dir jetzt was zu essen. Das hättest du auch früher haben können, meine Gutste.«

Im Zimmer stank es bestialisch. Lilo war so schwach, dass sie es in den letzten Tagen nicht mehr geschafft hatte, die Vase zu erreichen. Ihr Bett und ihre Kleidung waren vollkommen verschmutzt, sie lag in ihrem eigenen Dreck und vegetierte nur noch vor sich hin.

Raffael brachte die obligatorischen belegten Brote und eine Kanne Wasser, schob das Tablett aufs Bett und sagte: »Amüsier dich. Ich hau noch mal ab.«

28

»Ich bin so allein«, flüsterte eine Stimme. »Ich halte das nicht mehr aus.«

Lilo baute die Worte in ihre Träume ein. Sie sah sich an Wilhelms Bett, der wimmerte und schluchzte und hin und wieder schmatzende Geräusche machte.

»Bitte, Lilo, hilf mir. Bleib bei mir! Geh nicht weg!«

»Ja, ja«, murmelte Lilo im Traum, »keine Angst, ich bin bereits auf dem Weg zu dir.«

»Ich hab doch nur noch dich, Lilo.«

Allmählich dämmerte ihr, dass sie gar nicht träumte, sondern dass da wirklich jemand zu ihr sprach. Und nicht Wilhelm schmatzte, sondern sie selbst.

Raffael saß an ihrem stinkenden Bett, was ihn aber nicht zu stören schien.

Sie wunderte sich wie schon so oft, dass sie noch lebte, und Stück für Stück kehrte ihr Bewusstsein zumindest so weit zurück, dass sie ihn verstand, wenn auch wie durch Watte.

»Wasser«, stöhnte sie.

Er stand ohne Widerspruch auf und holte ihr welches.

Während er ihren Kopf hielt, trank sie langsam, in kleinen Schlucken.

Ihr wurde plötzlich übel, und sie hatte das Gefühl, sich übergeben zu müssen. Aber sie spuckte nur und würgte.

Ihr Magen war leer und vertrocknet. Sie hatte keine Ahnung, wie lange Raffael nicht mehr zu ihr gekommen war. Stunden, vielleicht sogar Tage.

Aber es interessierte sie auch nicht mehr. Sie musste sterben, das war ihr völlig klar, und dann war es gut, wenn es bald geschah.

Raffael stellte das Wasserglas zur Seite.

»Lilo, hörst du mir zu?«, flüsterte er.

Sie antwortete nicht. Lag bewegungslos.

»Sprich mit mir, bitte!«, bettelte er, und wenn sie noch die Kraft gehabt hätte, hätte sie gelacht. Was gab es zwischen ihnen noch zu bereden? Er war ihr gleichgültig geworden. Nein, das stimmte nicht, sie hasste ihn. Jede einzelne Zelle ihres Körpers wünschte ihm den Tod. Einen genauso erniedrigenden und erbärmlichen wie den ihren.

»Bis zu meinem siebten Lebensjahr war ich keine Sekunde allein, Lilo. Und keine Sekunde unglücklich. Kannst du dir das vorstellen? Es war der Himmel auf Erden, und ich ging immer davon aus, dass es so bleibt. Bis in alle Ewigkeit. Bis zum Jüngsten Tag. Bis wir beide sterben. Mit neunzig. Hand in Hand und in derselben Stunde. Meine Zwillingsschwester und ich.«

Er stockte und trank einen Schluck. Wahrscheinlich hatte er – wie üblich – eine Bierflasche in der Hand. Sie sah nicht zu ihm hin, hielt die Augen geschlossen. Es war ihr alles egal. Sie wollte auch seine Geschichte, seine alkoholgeschwängerten Gefühlsduseleien, nicht hören. Es ging sie alles nichts mehr an. Sie hatte mit dieser Welt abgeschlossen.

»Aber sie ist tot, und ich bin schuld. Sie ist verdammt noch mal gestorben, weil ich keine Kraft hatte, weil ich ein Schlappschwanz war, weil ich nicht durchgehalten habe! Ich habe es noch nie jemandem erzählt. Niemandem! Du bist die Erste, die es erfährt, und daran siehst du, wie sehr ich dich schätze. Ja, ich mag dich wirklich, Lilo.«

Sie reagierte nicht.

Nach einer kurzen Pause sagte er: »Ich muss es loswerden, ich kann es nicht mehr aushalten, das mit mir rumzuschleppen. Hätte ich ein bisschen mehr Power gehabt, wäre sie vielleicht noch am Leben.«

Er schluchzte auf. Lilo rührte sich nicht.

»Wir wohnten an der Nordsee. In einem kleinen Ort. Es war toll da. Ich liebte das weite Land und das Meer. Svenja und ich haben stundenlang Muscheln gesammelt und Bernstein gesucht. Aber den hat immer nur Svenja gefunden. Sie hatte da irgendwie 'nen Blick für, ich nicht. Ich fand es öde, ewig nur auf den Sand zu starren, ich sah immer übers Meer und konnte es nicht fassen, wie sehr es in der Sonne glitzerte. Heute kann ich das Meer nicht mehr ertragen. Wenn ich Strand und Wellen sehe, könnte ich kotzen. Weil mich einfach alles an sie erinnert.

Jeden Tag haben wir draußen herumgetobt. Bei jedem Wetter. Liefen Rollschuh auf den asphaltierten Wirtschaftswegen, da bekam man richtig Speed drauf. Und meist waren wir mit Fiete zusammen, mit dem spielten wir oft. Aber an dem Tag nicht, Lilo. Ausgerechnet an diesem Tag waren wir allein. Sonst wäre vielleicht alles anders gekommen. Fiete hätte Hilfe holen können. Ich denke an nichts anderes, nur daran, dass wir auf tausend verschiedene Arten den Tag hätten verbringen können, und nichts wäre passiert. Aber es musste ja unbedingt die tausendeinste Möglichkeit sein. Warum? Ich begreife es nicht. Ich glaube, das Leben ist richtig gemein. Und das merkst du ja auch, Lilo. Du hattest riesiges Glück, dass ich bei dir eingezogen bin – und jetzt kannst du es gar nicht mehr genießen, weil du so schwach geworden bist.«

Sie röchelte, und Raffael stieß sie an, damit sie damit aufhörte.

»An diesem Scheißtag spielten wir bei Bauer Harmsen in der Scheune. Es war eine tolle Scheune, unten trieb er manchmal die Schafe mit den kleinen Lämmern rein, oben, wo das Heu lag, spielten wir. Dort war so 'ne Art offener erster Stock, von dort konnte man die ganze Scheune überblicken. Das war unsere Welt und echt gemütlich. Zum Spielen fiel uns eigentlich immer was ein. Himmel, wir waren sieben und hatten nur Märchen und Gespenster im Kopf. Und Tiere, Lilo, Tiere waren für uns das Allerwichtigste überhaupt.

An diesem Tag spielten wir Hund. Wir wünschten uns sehnlichst einen, besser noch zwei, für jeden von uns einen. Aber unsere Eltern waren dagegen. Obwohl wir doch auf dem Land lebten. Das kapierten wir einfach nicht. Und darum haben wir eben Hund gespielt. Wir haben uns abwechselnd ein Seil um den Hals gebunden, krochen als Hund herum, machten Männchen, bettelten, bellten, schnarchten, schmusten und amüsierten uns köstlich. Svenja wollte immer der Hund sein, und sie machte das auch viel besser als ich. Wenn sie mir eine Hand aufs Knie legte und mich so flehend ansah, konnte ich mir wirklich einbilden, sie wäre einer.«

Von Lilo kam kein Laut.

»Und dann ging alles ganz schnell. Svenja hatte als Hundeleine ein Seil, das Teil eines Flaschenzuges war, um den Hals und hopste herum wie ein wild gewordener Welpe, ich lachte mich kaputt, und in diesem Moment brach sie durch eine morsche Bodenklappe, die von Heu bedeckt war und die wir gar nicht gesehen hatten. Sie rauschte nach unten. Der Scheißholzboden war so morsch, dass das bisschen Hopsen ihm den Rest gegeben hatte. Und das verdammte Seil um ihren Hals war nicht lang genug! Versteht du, Lilo? Wäre es länger gewesen, wär sie nur auf den Boden gedonnert und hätte sich vielleicht die Beine gebrochen, aber mehr wäre nicht passiert.

Ich glaube, ich hab geheult, ich weiß es nicht mehr. Ich weiß nur noch, dass ich wie ein Irrer nach unten kletterte. Und da baumelte Svenja. Ungefähr anderthalb Meter über der Erde. Sie war bewusstlos, aber sie lebte noch. Es war ein Wunder, dass ihr der Sturz mit dem Seil um den Hals nicht das Genick gebrochen hatte. Ich hab mich unter sie gestellt und hab sie mit meinen gestreckten Armen nach oben gedrückt, damit sie nicht erstickt. Sie war genauso schwer wie ich, ich hab mein eigenes Körpergewicht mit den Armen hochgestemmt. Aber Svenja wachte nicht auf, sonst hätte sie sich vielleicht aus der Schlinge befreien können.

Und ich schrie, Lilo, wie ich noch nie in meinem Leben geschrien hatte. Ich schrie nach meinem Vater! ›Papa, komm! Bitte, Papa, komm!‹ Wenn mir einer helfen konnte, dann er. Nein, wenn mir einer helfen *musste*, dann er. Aber das Schwein kam einfach nicht. Weißt du, wie das ist, Lilo, wie verzweifelt man ist, wenn man weiß, man hält nicht mehr lange durch, man hat keine Kraft mehr, und dann stirbt sie, dann erstickt sie. Weißt du, wie man sich da fühlt? Was für eine Scheißangst man da hat? Und wie wütend man auf seinen Vater wird, wenn er einfach nicht kommt und hilft?«

Raffael machte eine Pause und trank wieder einen Schluck.

»Ich wusste nicht, was ich machen sollte. Ich zitterte am ganzen Körper, und mir war klar, dass ich sie auf keinen Fall loslassen durfte. Dass ich sie halten musste, bis Hilfe kam. Bis heute weiß ich nicht, wie lange ich sie gehalten habe. Wahrscheinlich lange. Sehr lange. Ich zwang mich, nicht schlappzumachen, obwohl ich überhaupt nicht mehr konnte.

Dann auf einmal wurde mir schwarz vor Augen, und ich bin umgefallen.

Und Svenja hing im Seil.

Als ich wieder zu mir kam, war sie tot.«

Raffael heulte jetzt wie ein Schlosshund. »Ich hätte sie länger halten müssen, verstehst du? Ich hätte es schaffen müssen. Bitte, sag was. Irgendwas. Vielleicht hilft es mir, ich drehe mich da im Kreis.«

Lilo blieb still.

»Ich hab einen solchen Hass auf meinen Vater, einen so fürchterlichen Hass«, flüsterte er, und dann fing er wieder an zu weinen und wurde plötzlich lauter. »Und auf meine Mutter auch! Weil sie eine verlogene Zicke ist, weil sie alles macht, was mein Vater sagt, weil sie ihm nach dem Mund redet, nur damit es keinen Streit gibt, nur damit alles schön friedlich aussieht. Ich hasse sie alle beide. Ich könnte sie umbringen, ihnen bei lebendigem Leibe die Haut abziehen, damit sie kapieren, was sie mit mir gemacht haben. Es tut mir nicht leid um sie. Kein bisschen. Sollen sie verrecken, es interessiert mich nicht. Und weißt du, was sie mit mir gemacht haben? Weißt du das?«

Er schüttelte Lilo. »Weggeworfen haben sie mich. Wie Dreck. Weggegeben, abgeschoben. Sie wollten mich nicht mehr, ich war ihnen lästig, ich war zu viel, ich störte. Ich durfte noch nicht mal mehr zu Hause wohnen. *Ein* Kind wollten sie nicht, dann lieber gar keins, damit sie ihre Ruhe hatten. Ich war im Weg. Bloß loswerden, dieses Scheißkind.«

Er schlug die Hände vors Gesicht. Alle Dämme brachen.

»Ich habe sie gehasst. Gehasst, gehasst, gehasst! Ja, Lilo, das hab ich. Sie haben ja nur an sich gedacht. Jedes Jahr ein neues Auto, und ich konnte mir nicht mal 'ne Gitarre kaufen.«

»Sind sie nicht tot?«, röchelte Lilo mit schwacher Stimme.

»Doch!«, schrie Raffael. »Sie sind tot. In mir sind sie zwanzigmal gestorben, zwanzigmal hab ich sie schon umgebracht.«

Lilo hörte nicht mehr hin, sie war so unendlich müde, so entsetzlich müde, sie konnte und wollte nicht mehr wach bleiben. Ich komme, Wilhelm, dachte sie noch einmal, und dann schlief sie ein.

»Ich habe nie wieder mit ihnen geredet. Weil sie mir nicht geholfen hatten. Und weil sie mich nicht geliebt haben. Kein bisschen. Und weil sie sich nicht um mich gekümmert haben. Jetzt hab ich sie seit zehn Jahren nicht mehr gesehen. Vielleicht leben sie wirklich nicht mehr, keine Ahnung, aber es ist mir auch egal.« Er weinte ein paar Minuten. Sein ganzer Körper schüttelte sich.

»An diesem Tag hab ich alles verloren, Lilo. Meine Schwester und meine Eltern. Meine ganze Familie. Das hält man nicht aus. Und ich war erst sieben! Von da an hat ja dann auch nichts mehr funktioniert. In der Schule, mein' ich, und danach. Hatte nie 'nen Beruf oder 'nen vernünftigen Job. Kein Geld, keine Freunde und kein Dach überm Kopf. Das erste Mal in meinem Leben hatte ich hier bei dir ein Zuhause, Lilo. Und darüber bin ich richtig glücklich.«

Mit dem Unterarm wischte er sich Tränen und Schnodder aus dem Gesicht und hielt inne. Von Lilo kam kein Laut, kein Atmen, kein Wort.

Bisher hatte nur die Nachttischlampe gebrannt, jetzt stand er irritiert auf, ging zur Tür und schaltete die Deckenbeleuchtung ein.

Er sah sie einen Moment lang an, dann brüllte er los: »Na toll, ich erzähle dir mein Problem, das Geheimnis, das

Schreckliche, das mein ganzes Leben bestimmt hat, und du pennst!«

Lilo regte sich nicht.

Erst jetzt kam sie ihm irgendwie seltsam vor. Ihr Gesicht wirkte so anders, so leer.

Er trat näher zu ihr und beugte sich über sie.

»Hallo! Lilo!«, rief er ihr direkt ins Gesicht.

Sie zuckte nicht, blinzelte noch nicht einmal. Sie lag einfach nur da.

Er hielt ihr die Nase zu, aber auch da kam kein Reflex der Abwehr.

Allmählich dämmerte es ihm, und er suchte ihren Puls an der Halsschlagader. Nichts.

»Verfluchte Scheiße, Lilo!«, schrie er und schlug mit der Faust auf den Nachttisch, sodass das Wasserglas, das noch halb voll war, zu Boden fiel. »Ich rede mit dir, und du stirbst! Bist du wahnsinnig? Einfach so, ohne noch einen Ton zu sagen. Du hättest dich ruhig verabschieden können!« Er rang die Hände. »Lilo, das geht nicht. Das geht gar nicht. Was mach ich denn jetzt mit dir, um Himmels willen?«

Er sah auf die Uhr. Halb fünf Uhr früh.

Was war das doch für eine beschissene Welt.

Er ging aus dem Zimmer und schlug die Tür hinter sich zu.

Zwei Minuten später kam er noch einmal zurück und schloss Lilos Zimmertür von außen ab.

Fünf Stunden später war er bereits wieder wach.

Nur ein einziger Gedanke hämmerte in seinem Schädel: Er musste weg. Weg aus dieser Wohnung, weg von der toten Lilo, weg von allem. Weg, weg, weg. Er hatte das Gefühl, bis zum Hals in Schwierigkeiten zu stecken, und das konnte von Tag zu Tag nicht besser, sondern nur noch schlimmer werden.

Er putzte sich die Zähne, trank ein paar Schlucke eiskaltes Leitungswasser, zog sich an und packte in seine Reisetasche nur das Allernötigste: seine Brieftasche mit Ausweis und Papieren, einen dicken Umschlag mit Lilos Ersparnissen, das Kästchen mit Svenjas Bild, in das er jetzt auch Lilos Schmuck legte, Zahnbürste, Unterwäsche, drei T-Shirts, zwei Pullover, eine Jeans. Das war alles.

Dann sah er sich im Zimmer um, ob er irgendetwas vergessen hatte.

Und dabei fiel sein Blick auf die Kiste mit der ungeöffneten Post. Damit hätte er allein eine Tasche füllen können, aber was interessierten ihn diese dämlichen Briefe. Nichts war mehr wichtig. Wenn er es clever anstellte, würde es ihn nicht mehr geben.

Niemand sollte wissen, dass er hier gewohnt hatte. Polizeilich gemeldet war er nicht, Postbote, Hausmeister und die Inder im Parterre hielten ihn für Lilos Enkel. Das war gut so. Und dass er im Theater gearbeitet hatte, hatte auch nur Lilo gewusst.

Die Vollmacht! Wenn er zur Bank ging, um Lilos Rente zu holen und das Konto zu leeren, musste er seinen Ausweis vorlegen. Dann wüssten sie seinen Namen. Er würde selbst eine Spur zu sich legen.

Nur ohne Vollmacht blieb er der unbekannte Untermieter.

Er suchte die Vollmacht hervor, warf sie in die Kiste mit der ungeöffneten Post, steckte die Kiste kurz entschlossen in Brand und verließ das Zimmer.

29

Normalerweise sprach Rhagav fließend Deutsch, zwar nicht akzentfrei, aber er konnte sich mühelos verständigen. Doch in diesem Moment war er so sehr in Panik, dass ihm kein einziges Wort mehr einfiel, dass er rumstotterte, als wäre er erst ein paar Tage in Deutschland.

»Bitte, schnell, kommen Sie schnell!«, wollte er ins Telefon schreien, aber er brachte nur ein klägliches Jammern heraus, solch eine Angst hatte er. »Wohnung brennt, Haus brennt, alles geht kaputt! Schnell, schnell, bitte, bitte, bitte!«

»Sagen Sie mir die Adresse«, bat eine ruhige Stimme am anderen Ende der Leitung.

»Oh, oh, oh, oh …« Rhagavs Kopf war wie leergefegt, er wusste nichts mehr, noch nicht einmal mehr die Adresse des Hauses, in dem er seit fünfzehn Jahren wohnte.

Seine Frau nahm ihm wortlos den Hörer aus der Hand. Sie war wesentlich gefasster als ihr Mann. »Dahlmannstraße 24«, sagte Aruna. »Wir wohnen im Vorderhaus. Parterre. Bitte, helfen Sie.«

»Wie viele Parteien wohnen im Haus?«

»Nur wir und im vierten Stock eine alte Frau mit ihrem Enkel. Sonst niemand. Da oben schlagen Flammen aus dem Fenster.«

»Gut. Wagen ist unterwegs«, sagte der Mitarbeiter in der Telefonzentrale der Berliner Feuerwehr, und Aruna legte auf.

Sieben Minuten später war die Feuerwehr mit einem großen Löschzug da. Feuerwehrleute stürmten das Gebäude, das Treppenhaus war noch nicht verqualmt, sie rannten die Treppe hoch, hämmerten gegen die Tür, brüllten: »Feuerwehr! Gefahr im Verzug, machen Sie auf!«

Da niemand öffnete, zögerten sie nicht lange und brachen die Tür auf.

Qualm schlug ihnen entgegen.

Eine Leiter war bereits hochgefahren worden, und auch von außen durch die Fenster wurde gelöscht.

Nach einer halben Stunde hatten sie den Brand unter Kontrolle.

Mittlerweile war auch die Polizei eingetroffen.

Als das Feuer endgültig gelöscht war, durchsuchten Feuerwehr und Polizei die Wohnung. Nur ein Zimmer war ausgebrannt, ein weiteres abgeschlossen. Niemand öffnete. Auch diese Tür brachen sie auf und fanden eine alte Frau tot im Bett.

»Ich werd nicht mehr«, sagte ein Polizist. »Das Fenster ist zugenagelt. Und ich kann mir nicht vorstellen, dass die alte Frau das allein gemacht hat, weil ihr die Sonne zu grell war.«

Sein Kollege sah sich das Fenster genauer an. »Zumal es Gardinen gibt. Aber die hängen hinter der Platte, damit von draußen jeder denkt, es sei lediglich zugezogen. Das ist ja wirklich übel.«

»Außerdem ist alles durchwühlt. Wir rufen die Kripo.«

Eine halbe Stunde später trafen die Kommissare Richard Maurer und Lars Noethe zusammen mit dem Pathologen Dr. Paulmann und der Spurensicherung ein.

Maurer und Noethe sahen sich aufmerksam im Zimmer um.

»Das schafft eine alte Frau nicht allein, diese schwere Platte vors Fenster zu nageln. Das kostet richtig Kraft.«

»Du sagst es.« Richard grinste spöttisch. »Und vor allem schafft es eine alte Frau nicht, sich allein von außen einzuschließen und danach fünf Zimmer weiter ein Feuer zu legen.«

»War es Brandstiftung?«

»Die Feuerwehr vermutet es. Aber bewiesen ist es noch nicht.«

»Aber warum hat dann der Brandstifter nicht das Zimmer mit der Toten in Brand gesteckt, sondern eins am andern Ende des Flurs?«

Dr. Paulmann schlug Lilos Bettdecke zurück, entkleidete die Leiche und zuckte zusammen. Er hatte nicht erwartet, dass sie so dünn und ausgemergelt war.

Die Leichenstarre hatte sich bereits im gesamten Körper ausgebreitet. Er drehte die Tote auf die Seite, die Totenflecken auf dem Rücken waren deutlich ausgeprägt. Dr. Paulmann öffnete seinen Tatortkoffer und holte ein Reizstromgerät heraus, dessen Nadelelektroden er an den Lidern der Toten befestigte. Dann setzte er den Strom in Gang. Die Gesichtsmuskeln reagierten.

Anschließend maß er rektal mit einem elektronischen Thermometer die Körpertemperatur der Leiche und die Raumtemperatur an verschiedenen Stellen und unterschiedlichen Höhen des Zimmers. Danach gab er sämtliche Werte in seinen Laptop ein.

»Und?«, fragte Richard.

»Sie ist seit circa sechs Stunden tot. Plus minus eine Stunde. Ansonsten kann ich auf den ersten Blick keine Spuren von Gewalt entdecken. Atemwege und Körperöffnungen sind frei, es gibt keine offenen Wunden, keine Würgemerkmale, keine punktuellen Einblutungen, die auf Ersticken hindeuten würden, keine sofort ersichtlichen Kampfspuren. Aber sie ist extrem dünn und schwer dehydriert. Das könnte zum Tod geführt haben. Genaueres weiß ich aber erst nach der Obduktion im Institut.«

»Sie war eingesperrt. Wer weiß, wie lange.«

»Eine ganz fiese Art von Mord, wenn man sie hier in diesem Bett verhungern lässt«, bemerkte Dr. Paulmann müde und packte seine Sachen zusammen. »Ich bin hier jetzt fertig. Kommen Sie um fünfzehn Uhr, dann beginnt die Obduktion.«

Richard nickte. Die Anwesenheit bei Obduktionen war das, was er an seinem Beruf am wenigsten schätzte, aber er sah ein, dass es wichtig war. Wenn er beim Sezieren der Leiche dabei war, sah er mehr, als wenn er nur den Bericht des Pathologen las. Schon manches Mal war er erst zusammen mit dem Gerichtsmediziner beim Betrachten eines Einschusses oder eines Schnittes dahintergekommen, wie der Täter gehandelt haben musste. Und erst nach der Obduktion wusste er, was das Opfer wirklich durchgemacht hatte. Manchmal erzählte die Leiche im Gerichtsmedizinischen Institut mehr als der Tatort.

Lars Noethe nahm Richard beiseite. »Ich habe mich kurz mit Hari Rhagav, dem Inder im Parterre, unterhalten. Die alte Frau hieß Lilo Berthold und lebte in dieser Wohnung mit ihrem Enkel zusammen.«

»Wie heißt der?«

»Das wussten sie nicht.«

»Wir werden mal ins Melderegister schauen. Und wenn er hier wohnt und ein reines Gewissen hat, wird er ja irgendwann wiederkommen.«

»'tschuldigung«, meldete sich ein Beamter der Spurensicherung, »aber schauen Sie mal hier. Die alte Dame hat diese riesige Vase als Klo benutzt. Und zwar schon seit langer Zeit. Sie ist ziemlich voll. Darum stinkt es hier auch so erbärmlich.«

»Und erst, als sie es nicht mehr geschafft hat aufzustehen, hat sie das Bett beschmutzt«, murmelte Lars. »Ich glaub, mir wird schlecht.«

Spezialisten durchsuchten das ausgebrannte Zimmer nach Brandbeschleunigern oder anderen Spuren, die auf Brandstiftung hindeuten konnten.

Richard und Lars kamen gerade aus Lilos Zimmer, als ihnen einer der Beamten winkte.

»Kommen Sie doch bitte mal!«

Als sie den verkohlten Raum betraten, kniete der Beamte vor einem kleinen Kanonenofen.

»Sehen Sie sich das an. Der Ofen ist vollgestopft mit blutigen Sachen. Hose, Jacke, T-Shirt. Nach der Menge des Blutes zu urteilen, hat sich hier nicht jemand in den Finger geschnitten, sondern ein Schlachtfest veranstaltet.«

»Die alte Frau ist unverletzt«, warf Richard ein.

»Ja, aber wer weiß, wie lange die Sachen schon im Ofen sind.«

»Das werden wir herausfinden. Und auch, ob das Blut von der Toten ist, was ich eigentlich nicht glaube. Aber langsam wird mir die Sache unheimlich. Die Spurensicherung soll die gesamte Wohnung auf den Kopf stellen. Zum Glück hat uns das Feuer noch ein bisschen übrig gelassen.«

30

Raffael hatte gerade einen Döner gegessen und schlenderte durch die Kantstraße zu seinem Internetcafé. Er hatte es nicht eilig. Es konnte nichts passieren, er hatte einen Vorsprung von mindestens drei Tagen.

Natürlich würden sie die Leiche ziemlich bald entdecken. Weil die Wohnung wahrscheinlich lichterloh brannte. Und dann fanden sie eine alte Frau tot oder sogar schon verkohlt in ihrem Bett. Daran war nichts ungewöhnlich. Alte Leute lebten nun mal nicht ewig.

Aber heutzutage waren sie ja so wahnsinnig und fanden heraus, dass die Fliege an der Wand vor vier Wochen Marmelade gefressen und seitdem unter Verstopfung gelitten hatte, und vielleicht fanden sie ja seine DNA. Ja, es war sogar ziemlich wahrscheinlich, dass sie seine DNA fanden, denn die war in der Wohnung schließlich überall. Aber warum auch nicht? Das kratzte ihn überhaupt nicht. Sie wussten ja nicht, wer er war. Sie konnten ihn nicht suchen, nicht nach ihm fahnden.

Und somit hatte er alle Zeit der Welt, in Ruhe zu planen, was er tun wollte.

Aber dann fiel ihm der Ofen mit den blutigen Kleidungsstücken ein, und einen Moment durchzuckte ihn der Schreck. Doch nach wenigen Sekunden hatte er sich wieder beruhigt.

Ja und? Auch damit konnten sie nichts anfangen. Wer wusste schon, wessen Blut dort auf den Sachen war. Und selbst wenn sie es rausbekamen und irgendeine Tat mit ihm in Verbindung brachten – noch war er der große Unbekannte, und der würde er auch bleiben. Da mussten sie schon die DNA der gesamten Weltbevölkerung einholen, um ihn zu finden.

Denn er würde Berlin verlassen. Heute noch. Er wusste nur noch nicht, wohin.

Er war richtig gut gelaunt. Das Leben konnte so einfach sein, wenn man nicht von irgendjemandem gegängelt, getriezt oder bevormundet wurde! Schade um Lilo, aber sie war manchmal auch ziemlich anstrengend gewesen.

Zehn Minuten später erreichte Raffael das Internetcafé, in dem er schon etliche Male gewesen war.

»Hey!«, begrüßte er den Libanesen an der Kasse.

»Hallo. Auch mal wieder im Lande? Wie geht's?«

»Geht so.«

»Nummer vier ist frei«, meinte der Libanese und verschränkte die Arme. »Willst du was trinken?«

»Ein Bier.«

Raffael ging zu Computer Nummer vier und setzte sich. Es war ein uraltes Gerät, das ihn eigentlich nur ankotzte. Eine speckige Tastatur mit Dreckrändern auf jedem Buchstaben, ein dickbauchiger Bildschirm wie vor hundert Jahren. Raffael wunderte sich, dass der schmierige, versiffte Kasten überhaupt noch lief.

Als das Bier vor ihm stand und er die Hälfte davon getrunken hatte, begann er mit seiner Suche und gab bei Google *Karl Herbrecht Technische Universität Hamburg-Harburg* ein.

Eine halbe Stunde klickte er sich durch das weitverzweigte Unisystem, die verschiedenen Fakultäten, die Professoren bis hin zu den studentischen Mitarbeitern, er scrollte sämtliche Namenslisten durch, die sich öffneten – aber vergebens. Sein Vater war nicht dabei.

Vielleicht hat er die Uni gewechselt, überlegte er, es war natürlich möglich, dass er jetzt in Berlin oder München oder Gott weiß wo saß. Er stöhnte auf. Niemals konnte er sämtliche deutschen Universitäten durchsuchen, das würde ja Stunden oder Tage dauern.

Also startete er eine neue Suchanfrage und gab lediglich den Namen *Karl Herbrecht* ein. Ungefähr zwölf Einträge für einen Rechtsanwalt aus Aschaffenburg, drei für einen Heilpraktiker aus Nürnberg, zwei für ein kleines Hotel im Schwarzwald, in dem der Koch Karl Herbrecht hieß, und dann ein Castelletto in der Toskana, das Appartements und Weine anbot. In der Google Ankündigung las er noch den unvollständigen Satz: *Gemeinsam mit seiner Frau Christine …*

Das waren sie. Das mussten sie sein.

Er rief die Homepage auf und las sämtliche Seiten hinter den Links: Bildergalerie, Umgebung, Appartements, Events, Weinbau, Preise, Kontakt.

Lange hatte er auf ein Foto gestarrt. Seine Eltern lachten Arm in Arm mit zwei anderen Personen, wahrscheinlich Gästen, in die Kamera. Sie sahen beide etwas älter aus, sicher, aber seine Mutter hatte abgenommen und wirkte schlank und sportlich, und sein Vater hatte nichts von seinem jungenhaften Charme verloren.

Er war also kein Uniprof und seine Mutter keine Lehrerin mehr. Die beiden lebten doch wahrhaftig in der Toskana und hatten sich da ein Castelletto, eigentlich ein Schloss, gekauft. Hatten sie im Lotto gewonnen, oder in welchen Geldtopf waren sie gefallen?

Raffael kam die Galle hoch. Die beiden lebten in absolutem Luxus, ließen sich die warme italienische Sonne auf den Pelz brennen, wohnten in einer Protzburg und ertranken im Rotwein. Und er hangelte sich von Hilfsarbeiterjob zu Hilfsarbeiterjob, musste sich, seit er sechzehn war, allein durchs Leben schlagen und hatte von ihnen noch nie auch nur einen Pfennig bekommen.

Das würde anders werden, das schwor er sich.

Und in diesem Moment war klar, wohin er fahren würde.

»Ich fasse es nicht!«, sagte Richard Maurer drei Tage später im Büro und raufte sich die Haare. »Das kann doch alles nicht wahr sein! Haben wir in ein Wespennest gestochen? Oder im Lotto gewonnen?«

»Noch nicht ganz«, dämpfte Lars.

Am frühen Vormittag waren die Ergebnisse der DNA-Untersuchungen gekommen. In Küche und Bad der Toten waren nur zwei unterschiedliche DNAs gefunden worden. Die von Lilo Berthold und die eines Fremden, der allerdings so fremd gar nicht war. Seine DNA war identisch mit der, die man unter den Fingernägeln der ermordeten Gerlinde Gruber und beim Vergewaltigungsopfer Natascha Baumann sichergestellt hatte. Der Mörder von Gerlinde Gruber hatte also bei der toten Lilo Berthold gewohnt. Die Kleidungsstücke, die man im Ofen gefunden hatte, stammten eindeutig von dem Fremden, das Blut daran zweifelsfrei von der erstochenen Zeitungsfrau.

Nun lag die Vermutung nahe, dass er auch seine Großmutter, Lilo Berthold, ermordet hatte.

»Weißt du«, sagte Richard zu Lars, »das Ganze macht mich so sauer, das kann ich dir gar nicht beschreiben. In zwei Mordfällen und einer Vergewaltigung haben wir die DNA des Täters. Aber wir können nichts damit anfangen, weil wir nicht wissen, wem sie gehört. Das ist zum Verrücktwerden. Warum nimmt man nicht einfach bei jedem neugeborenen Baby die DNA, die kommt in eine zentrale Datei, und in Zukunft sind alle Täter sofort zu identifizieren? Es gibt keine ungeklärten Fälle mehr. Warum ist denn das – verflucht noch mal – nicht möglich?«

»Datenschutz. Aber das weißt du doch.«

»Natürlich weiß ich's, aber ich kann mich doch trotzdem aufregen.«

»Gut. Dann reg dich meinetwegen auf.«

»Da lässt man also lieber Mörder frei rumlaufen, nur um irgendwelche Daten zu schützen? Unbescholtenen Bürgern kann es doch völlig wurscht sein, ob ihre DNA gespeichert ist oder nicht.«

»Lass gut sein, Richard«, sagte Lars und seufzte. »Darüber haben wir doch schon tausendmal diskutiert.«

In diesem Moment kam Richards Sekretärin Iris ins Büro.

»So«, sagte sie und klappte eine Akte auf. »Jetzt haben wir die Info zur Person Lieselotte Berthold zusammen. Sie war neunundsiebzig Jahre alt, eine geborene Moltke, seit 1953 verheiratet mit Wilhelm Berthold, inzwischen verwitwet. Keine Kinder. Auch Wilhelm Berthold hatte keine Kinder aus einer anderen Ehe. Er litt unter Demenz und ist 2005 verstorben. Die beiden haben ihr ganzes Leben in dieser Wohnung verbracht. Das Haus soll vollständig saniert werden, seit Jahrzehnten ist dort – und demnach auch in Frau Bertholds Wohnung – nichts mehr repariert worden, aber sie hat sich bisher dem Rauswurf des Vermieters erfolgreich widersetzt. Sie wollte in dieser Wohnung bleiben und in dieser Wohnung sterben. Und das ist ihr ja auch gelungen«, setzte sie noch hinzu und fand selbst, dass es ein bisschen eigentümlich und despektierlich klang.

Lars und Richard sahen sich an.

»Das heißt, Lilo Berthold hatte gar keinen Enkel.«

»So ist es. Und ein Untermieter ist im Melderegister nicht eingetragen. Auch dem Vermieter war davon nichts bekannt. Ohne Genehmigung einen Untermieter zu haben hätte einen Rauswurf möglich gemacht«, fügte Iris hinzu.

»Das ist der Albtraum schlechthin«, resümierte Richard. »Du nimmst einen freundlichen jungen Mann bei dir auf, um deine Rente ein bisschen aufzubessern, und er wird zu deinem Mörder.«

31

Der Zug rumpelte durch die Nacht.

Raffael war todmüde und hellwach zugleich.

Noch knapp dreißig Minuten bis Chemnitz. Ständig fielen ihm die Augen zu, und er wusste nicht, was er noch anstellen sollte, um wach zu bleiben. Wenn er einschlief, würde er den Halt verpassen. Aber in Chemnitz musste er umsteigen.

Seit vier Stunden war er jetzt unterwegs. Er war um neunzehn Uhr achtundzwanzig in Berlin losgefahren, um einundzwanzig Uhr in Elsterwerda umgestiegen, und bis Montevarchi hatte er noch dreiundzwanzig Stunden mit zehnmal Umsteigen vor sich. Wenn er in Chemnitz war, hatte er vier Stunden und zweiundzwanzig Minuten Aufenthalt. Ihm grauste davor, stundenlang mitten in der Nacht auf einem kalten, zugigen Bahnsteig zu sitzen. Denn es ging erst um vier Uhr vierzehn weiter nach Zwickau, um fünf Uhr zwanzig von Zwickau nach Hof, um sechs Uhr zweiundvierzig von Hof nach Regensburg, um acht Uhr vierundvierzig von Regensburg nach München, um zehn Uhr achtundvierzig von München nach Rosenheim, um elf Uhr fünfunddreißig von Rosenheim nach Innsbruck, um dreizehn Uhr zweiundfünfzig von Innsbruck zum Brenner, um fünfzehn Uhr acht vom Brenner nach Bologna, um zwanzig Uhr neununddreißig von Bologna nach Florenz und um dreiundzwanzig Uhr acht nach Montevarchi, wo er – so Gott wollte – um null Uhr sieben ankommen würde.

Wenn alles glattlief – und davon war nicht auszugehen –, bräuchte er siebenundzwanzig Stunden von Berlin nach Montevarchi. Aber hundertprozentig gab es hin und wieder Verspätungen, er würde den einen oder anderen Zug verpassen, seine ganze schöne Konstruktion bräche zusammen, und er würde für die Reise noch etliche Stunden mehr benötigen. Höchstwahrscheinlich war er erst am frühen Morgen in Montevarchi. Und dann, nach schlappen fünfunddreißig Stunden Zugfahrt, hatte er ganz bestimmt keine gute Laune mehr.

Das Schlimme war, dass er es sich nicht leisten konnte zu schlafen, damit er das nächste Umsteigen nicht verpasste. Das machte die Sache so anstrengend.

Die Zugfahrerei ging ihm jetzt schon auf die Nerven, und er begann sich zu fragen, warum er diesen Irrsinn überhaupt machte. Aber die Rechnung war einfach: Wenn sie ihn suchten – und das konnte ja sein, aus Gründen, die er selbst nicht wusste, zum Beispiel, weil sie doch irgendwie seinen Namen herausgefunden hatten –, dann sperrten sie die Ausfallstraßen, durchforsteten die Flughäfen, die Bahnhöfe und die ICEs, mit denen man schnell außer Landes kommen konnte. Aber nicht die regionalen Bummelzüge von Posemuckel nach Kleckerswerder. Bei seiner Odyssee fuhr er zwar acht Stunden länger, aber er sparte auch hundertfünfzig Euro, das waren knapp zwanzig Euro die Stunde, und einen derartigen Stundenlohn hatte er bisher noch nirgends bekommen.

Hin und wieder vergaß er eben noch, dass er siebenunddreißigtausend Euro in der Tasche hatte. Im Grunde hätte er mit einem Hubschrauber nach Italien fliegen können.

Dreiundzwanzig Uhr vierundfünfzig. Sein nächster Regionalzug nach Zwickau ging um vier Uhr vierzehn. Gute vier Stunden musste er jetzt auf diesem lausigen Bahnhof die Zeit totschlagen.

Vier verfluchte Stunden, und er hatte nichts dabei: keine Zeitung, keine Zeitschrift, kein Buch, nichts. Wer sich langweilte, tippte ja heutzutage wie ein Geisteskranker auf seinem Handy, iPhone oder iPad herum und spielte irgendwelche schwachsinnigen Spiele. Er hatte so etwas alles nicht. Sein Handy konnte nicht spielen und nicht fotografieren, es konnte nur manchmal telefonieren, wenn die Prepaid-Karte aufgefüllt und der Akku aufgeladen waren. Sein Prepaid-Konto betrug noch drei Euro siebzig, der Akku war fast leer. Und das Ladegerät hatte er in Berlin vergessen. Es steckte in der Küche in der Steckdose neben dem Kühlschrank. Vage erinnerte er sich noch, dass er es aus der Wand ziehen wollte, aber dann kam der hastige Aufbruch, und er hatte es vergessen.

Es war alles so zum Kotzen! Eigentlich konnte er sein Handy auch wegschmeißen. Er wusste sowieso nicht, wozu er es hatte. Der Einzige, der ab und zu angerufen hatte, war Frank gewesen, wenn sich die Dienste geändert hatten, aber das war ja nun auch erledigt.

Er durchquerte den Bahnhof. Imbissbuden und Geschäfte waren geschlossen, die Reisenden, die wie er mit dem letzten Zug angekommen waren, rannten geradezu aus dem Bahnhof. Als ginge es ihnen hier ans Leben.

Okay, dachte er sich, mach das Beste draus.

Aus einem Getränkeautomaten zog er drei Bier, aus einem anderen eine Schachtel Zigaretten.

Er setzte sich auf eine Bank auf dem Bahnsteig, öffnete die erste Dose Bier und zündete sich eine Zigarette an.

Der Rauch biss in den Lungen, und er musste husten.

Noch vier Stunden, sieben Minuten.

Auf dem gegenüberliegenden Bahnsteig fuhr ein Zug ein. Nach Leipzig, drei Minuten Aufenthalt, entnahm er der Anzeigetafel. Nur wenige Leute stiegen aus und liefen eilig zum Ausgang.

Raffael stand auf, stieg in den Zug ein und steckte sein Handy in einen Papierkorb zwischen den Plätzen zweiunddreißig und vierunddreißig.

Dann verließ er den Zug schleunigst wieder.

Gute Reise, Handy, dachte er amüsiert. Wenn sie wirklich wissen sollten, wer er war, und versuchten, ihn zu orten, dann waren sie jetzt auf dem Holzweg. Oder die nächste Putzfrau, die den Papierkorb leerte, nahm das Handy an sich und telefonierte damit irgendwann aus Krakau. Na dann, viel Vergnügen und fröhliche Ermittlungen.

Befreit von seinem Handy fühlte er sich jetzt wesentlich besser.

Es fing an zu nieseln, was er spürte, obwohl er im überdachten Teil des Bahnsteigs saß. Es war zugig, und er fror wie im Herbst oder Frühling. Er war nicht darauf eingestellt, hatte kaum warme Sachen dabei, denn in Italien war es sicher heiß.

Sechsundzwanzig Stunden später, um zwei Uhr zwanzig in der Nacht, fuhr sein Zug in Florenz in den Sackbahnhof ein.

Raffael schleppte sich nach draußen. Seine Tasche konnte er kaum noch heben, er hatte seit vierundzwanzig Stunden nichts gegessen und kaum etwas getrunken. In München hatte er genug Zeit gehabt, sich noch mal drei Dosen Bier zu kaufen, auf ein Brötchen hatte er keinen Appetit. Auch eine Flasche Wasser kaufte er sich nicht, er hatte einfach keinen Platz. Zwei Dosen Bier stopfte er in seine Jackentaschen, die dritte öffnete er sofort und trank sie gleich. Sein Frühstück um kurz vor halb elf.

Das war doch alles kein Zustand, das Leben war eine einzige Quälerei.

Außer den wenigen, die im Zug gesessen hatten und wie überall eilig den Ausgängen zustrebten, war niemand mehr auf dem Bahnsteig und auch niemand mehr im Bahnhofsgebäude. Geschäfte und Kioske waren geschlossen. Der Bahnhof wirkte so düster und kalt wie ein verfallener Schlachthof in Chicago.

Was mache ich jetzt?, dachte Raffael verzweifelt. Der erste Zug nach Montevarchi geht um fünf Uhr fünf. Schon wieder zweieinhalb Stunden auf einem kalten nächtlichen Bahnhof nach neununddreißig Stunden ohne ordentlichen Schlaf. Ich kann einfach nicht mehr.

Er stolperte durch die Halle auf der Suche nach einem geschützten Plätzchen, wo es auszuhalten war und nicht wie Hechtsuppe zog. Schließlich kauerte er sich in den Eingang einer Farmacia und betete, die ganze Welt möge ihn bitte für zwei Stunden in Ruhe lassen.

Aber das war ein frommer Wunsch.

Nur wenige Minuten später bauten sich zwei Carabinieri breitbeinig vor ihm auf.

»Was machen Sie hier?«, fragte einer der beiden auf Italienisch.

Raffael sah ihn verständnislos an.

Daraufhin wiederholte der Polizist die Frage auf Englisch.

»Ich warte auf meinen Zug«, antwortete Raffael knapp und drehte seine Bierdose in den Händen. Es war ihm klar, dass er aussah wie ein Penner, der in einem Hauseingang übernachtete.

»Ihre Papiere und Ihr Ticket, bitte!«

Raffael kramte seinen Ausweis hervor und sagte: »Ein Ticket nach Montevarchi hab ich noch nicht. Ist ja auch kein Wunder, hier ist ja alles zu!«

Auch wenn es nur verteidigend gemeint war, kam es bei den Carabinieri an wie eine Kritik.

»Hier können Sie jedenfalls nicht bleiben.«

»Wo soll ich denn hin?«

»Nehmen Sie sich ein Hotel!«

»Für zwei Stunden?« Raffael tippte sich an die Stirn. Die Diskussion war für ihn absurd. Warum konnte er nicht hier sitzen bleiben? Er tat doch keiner Fliege etwas!

Die Italiener hatten sie wirklich nicht alle.

»Es ist verboten, auf dem Bahnhofsgelände zu übernachten«, erklärte der etwas milder gestimmte Kollege. »Also gehen Sie in die Stadt oder kommen Sie mit auf die Wache. Die letzten Fahrgäste sind weg, wir schließen den Bahnhof jetzt ab.«

Raffael stand notgedrungen und mühsam auf. Er wusste, dass er keine Kraft mehr hatte, zwei Stunden durch Florenz zu irren. So wie er sich kannte, wurde er bestimmt von jemandem angepöbelt, und er war nicht mehr in der Lage, darauf zu reagieren und Paroli zu bieten. Er konnte gar nichts mehr. Noch nicht mal mehr stehen.

»Ich komme mit«, sagte er nur knapp und folgte den Carabinieri.

Die Wache befand sich auf der Vorderseite des Bahnhofsgebäudes. Der Warteraum sah vollkommen verwahrlost aus. Die Farbe der Wände war verblichen und abgeblättert, billige Plastikstühle standen herum, neben dem Fenster hing ein Plakat, das vor den häufigeren Einbrüchen in der dunklen Jahreszeit warnte. Dazu Tipps, wie man sein Haus besser sichern und schützen konnte.

»Hier können Sie sich aufhalten«, sagte ein Carabiniere und deutete auf die Stühle. »Aber wir brauchen noch einmal Ihren Ausweis. Solange Sie hier sind, behalten wir den Pass.«

Raffael gab ihm widerstandslos alles, was er haben wollte. Er fragte nicht nach, warum er den Ausweis abgeben sollte, und hoffte, nicht auch noch durchsucht zu werden. Mit siebenunddreißigtausend Euro in der Tasche wäre er dran. Sie würden ihn gleich dabehalten und die ganze Welt verrückt machen. Denn eine einleuchtende Erklärung hatte er nicht.

Aber sie ließen ihn in Ruhe. Er versuchte, sich zu entspannen. Immerhin hatte er ein Dach über dem Kopf, einen warmen Raum, durch den nicht der Wind pfiff, und einen Stuhl. Paradiesische Zustände. Und er brauchte an diesem gastlichen Ort auch nicht zu befürchten, ausgeraubt zu werden.

Er rutschte auf dem Stuhl tiefer, legte die Füße auf seine Tasche und war innerhalb weniger Sekunden eingeschlafen.

Der Carabiniere weckte ihn um Viertel vor fünf.

Raffael fuhr aus dem Tiefschlaf hoch und brauchte einige Sekunden, bis er begriff, wo er war. Dann schüttelte er sich wie ein Hund, um irgendwie zu sich zu kommen. Der Carabiniere reichte ihm ein Glas Wasser.

»Buongiorno«, sagte er freundlich, »Sie wollten doch mit dem Zug um fünf Uhr fünf nach Montevarchi, ist das richtig?«

Raffael nickte. Er war positiv überrascht, dass sich der Polizist das gemerkt hatte.

»Dann sollten Sie jetzt gehen. Der Kiosk ist offen, Sie können sich eine Fahrkarte kaufen.«

Raffael trank das Wasser und reichte dem Carabiniere die Hand.

»Grazie«, sagte er und ging zur Tür. »Grazie.«

Um fünf Uhr zwei saß er im Regionalzug nach Montevarchi und war so glücklich wie nach einer gelungenen Arktis-Expedition oder einem Segeltörn über den Atlantik. Er hatte es fast geschafft. Alles war gut.

CHRISTINE

32

Florenz, 19. Dezember 2011

»Wie haben Sie sich kennengelernt, Frau Herbrecht, Sie und Ihr Mann?«

Christine lächelt. »Das ist eine schöne Geschichte. Aber wahrscheinlich sind alle Liebesgeschichten am Anfang schön.«

»Lieben Sie Ihren Mann immer noch?«

»Manchmal ja. Manchmal auch nicht. Ich bin mir nicht sicher. Man fühlt die Liebe nicht jeden Tag. Und plötzlich, wenn man gar nicht daran denkt und gar nicht darauf vorbereitet ist, flammt sie wieder auf. Bei uns beiden ist sie in unterschiedlichen Abständen immer wieder erwacht, und dann wusste ich, dass ich ohne ihn nicht leben kann. Aber jetzt wird er mich verlassen. Das, was geschehen ist, wird er mir nie verzeihen.«

»Erzählen Sie. Von Anfang an.«

»Ich erinnere mich an unsere erste Begegnung, als wäre es gestern gewesen. Er saß in der Mensa an Tisch 47, sogar die Nummer weiß ich noch, gleich neben der Treppe. Das ist einer der schlimmsten Tische, die man in der Mensa überhaupt haben kann, weil unentwegt Studenten daran vorbeilaufen. Die wollen zur Treppe, kommen die Treppe runter oder bringen ihr schmutziges Geschirr zurück zur Ablage.

Ich konnte mein Tablett kaum gerade halten, so voll war es, dann bin ich plötzlich angerempelt worden, dachte in dem Moment, oh Mann, jetzt liegt der ganze Salat gleich auf der Erde, aber dann hab ich es doch noch geschafft, das Tablett auf einen Tisch krachen zu lassen. Und dem Typen, der da saß, fiel ich dabei fast auf den Schoß. Er hat nichts gesagt, nur gegrinst.

Ich hab mich ihm gegenübergesetzt, und ich glaube, ich hab ihn angestrahlt. Er gefiel mir auf den ersten Blick. Ich fand ihn super. Unglaublich. In diesem ganzen Irrsinn um uns herum saß er da wie der Fels in der Brandung, und irgendwie fand ich das erotisch.

Ich hab ihn gefragt, ob die Plätze am Tisch besetzt sind oder so.

Später hat er mir erzählt, dass er währenddessen krampfhaft überlegt hat, wo er mich schon mal gesehen hatte, denn irgendwie bin ich ihm bekannt vorgekommen. Und dann fiel es ihm ein: Erst vor wenigen Tagen hatte ich nämlich als ASTA-Vertreterin im Audimax eine Rede gehalten, und die hatte ihn schwer beeindruckt.

Ich fing also an zu essen, hatte den Mund voller Nudeln und beobachtete ihn. Der Typ sagte keinen Ton.

Ich hab ihm dann gesagt, dass ich Christine heiße, und ihn gefragt, ob er heute seine dreitausend Worte schon alle verbraucht hat oder warum er nichts sagt.

Er hat wieder nur gegrinst und gesagt, dass er Karl heißt.

Karl. Himmel! Ich fand diesen Namen schrecklich altmodisch, aber was soll's? Er konnte ja nichts dafür.

Dann hab ich ihm seine Oliven weggegessen und ihn gefragt, ob er heute noch eine Vorlesung oder ein Seminar hat.

Nee, hat er gesagt.

Klasse. Ich war auf Männerjagd, und das passte mir gut.

Und dann war ich ganz mutig, denn ich hatte keine Lust, da in der Mensa noch fünf Stunden blöd rumzusitzen.

›Meine Oma hat mir zum Geburtstag eine wahnsinnig tolle Kaffeemaschine geschenkt‹, hab ich zu ihm gesagt. ›Die kocht den besten Kaffee der Welt. Was hältst du davon, wenn wir auf die Plörre hier verzichten und zu mir gehen?‹

Ich konnte ihm an der Nasenspitze ansehen, dass er den Schreck seines Lebens bekommen hatte, aber er hat nur gelächelt und ziemlich tapfer gemeint: ›Klar, das machen wir.‹

Ich wohnte gleich um die Ecke und hatte auf diese Weise schon mehrere Männer abgeschleppt. Aber dass die Frau die Anmache und die Initiative übernimmt, können Männer in der Regel gar nicht ab. Da sind sie plötzlich ganz klein mit Mütze. Ich hab auch welche erlebt, die sich ganz schnell aus dem Staub gemacht haben.«

Dr. Corsini lacht.

»Ja, ich geb's ja zu, es war ein Sport von mir. Und Karl gefiel mir wirklich. Ich hatte schon Männer durcheinandergebracht, die wesentlich weniger attraktiv waren.

Bei mir zu Hause haben wir dann eine ganze Kanne Kaffee getrunken und dazu Sandkuchen gegessen. ›Selbst gemacht‹, hab ich zu ihm gesagt, ›nur meine Freundin, die Backmischung, hat mir ein bisschen dabei geholfen.‹

Dann hab ich mich auf meinem knallroten Sofa aus imitiertem Leder lang ausgestreckt und gesagt: ›Ich glaub, ich muss mal zehn Minuten pennen. Mir ist ganz schlecht von dem vielen Kaffee.‹

Das war natürlich alles Berechnung.

Karl saß im Sessel und hat mir minutenlang dabei zugesehen, wie ich da auf dem Sofa lag. Ich bin irre dabei geworden.

Endlich hat er sich ein Herz gefasst, sich vor mir hingekniet und mich geküsst. Und ich hab ihn umarmt und gedacht: Na endlich. Junge, Junge, das hat aber gedauert.

Dann haben wir uns richtig geküsst und zum ersten Mal zusammen geschlafen.«

Christine lächelt. »Tja, und von da an waren wir Tag und Nacht zusammen. Natürlich haben wir unterschiedliche Vorlesungen besucht, aber wenn es irgendwie ging, waren wir nicht getrennt. Nachts sowieso nicht.«

»Wie ging es weiter? Sie machten Ihre Examen an der Uni, und dann?«

»Wir zogen zusammen, gleich nachdem wir uns kennengelernt hatten. Karl beendete sein Ingenieursstudium und machte Karriere an der Uni, und ich begann mein Referendariat in den Fächern Deutsch und Französisch. Dann sind wir nach Friesland gezogen, weil Karl in Hamburg einen Lehrstuhl in Maschinenbau bekam, aber unter keinen Umständen in der Stadt wohnen wollte. Die Fahrerei hat ihm nichts ausgemacht. Beim Autofahren könne er am allerbesten nachdenken, hat er immer behauptet. Wir waren richtig glücklich. Und kurz darauf wurden dann die Zwillinge geboren. Aber das habe ich Ihnen ja schon erzählt.«

»Gut.« Dr. Corsini nickt und rückt seine Brille zurecht. »Dann lassen Sie uns doch jetzt über die Zeit reden, als Sie beide mit Raffael allein waren. Als er keine Schwester mehr hatte. Das dürfte für Sie alle eine schwierige Phase gewesen sein.«

»Das ist sehr gelinde ausgedrückt. Die Zeit nach Svenjas Tod war eine einzige Katastrophe.«

»Inwiefern?«

»Wir hatten eigentlich gedacht, Raffaels Schweigen und seine Starre würden sich nach einigen Tagen auflösen, und er würde wieder anfangen zu sprechen, aber das passierte nicht. Er war auch nach zwei Wochen noch genauso geschockt wie am ersten Tag.

Es hätte mir echt geholfen, wenn er langsam, ganz langsam wieder in einen normalen Alltag zurückgefunden hätte, aber wir haben alle drei in einer Ausnahmesituation gelebt, aus der wir nicht mehr rausfanden. Raffael spielte nicht, er saß immer nur stumm da, stierte in die Ferne oder an die Decke und bekam nichts von dem mit, was um ihn herum passierte. Wenn er mich angesehen hat, sah er mich gar nicht wirklich, sondern sah durch mich hindurch. Manchmal hatte ich den Eindruck, er wusste gar nicht mehr, wer ich war. Und ich hab Ihnen ja schon gesagt, dass er nicht mehr redete. Ich meine jetzt nicht, dass er schweigsam war und nichts erzählte, nein, er sagte kein einziges Wort. Nichts! Er rief nicht nach Mama oder Papa, sagte nicht ›Bitte‹ oder ›Danke‹ oder ›Ich hab Hunger‹. Auch nicht ›Ja‹ oder ›Nein‹. Glauben Sie mir, das ist nicht zu ertragen. Von Tag zu Tag sind wir weniger damit klargekommen.

Es war direkt ein Wunder, dass er überhaupt hin und wieder einen Bissen gegessen hat. Obwohl ich mich bemüht hab, nur noch das zu kochen, was er gerne aß: Spaghetti mit Tomatensoße, Kartoffelpuffer, Buletten, Eier in Senfsoße oder knuspriges Hühnchen mit Pommes frites. Aber er freute sich nie, hatte nicht den geringsten Appetit, ich glaube, er schmeckte gar nichts mehr.

Ich hab eines Morgens zu Karl gesagt, dass wir mit ihm zum Arzt müssen. Weil es so nicht mehr weiterging. Er musste zumindest so weit wiederhergestellt werden, dass er in die Schule gehen konnte. Ich hoffte, dass ihn das ablenken würde. Denn wenn er nur zu Hause rumsaß und den ganzen Tag an die Decke starrte, wurde alles nur noch schlimmer.

Aber Karl fand meinen Vorschlag albern. Wollte davon nichts hören. Jedenfalls noch nicht zu diesem Zeitpunkt.

›Glaubst du im Ernst, dass es mit Raffael besser wird, wenn irgendeine Psychojule ihn hundertmal löchert und fragt: Erzähl doch mal, wie war denn deine Schwester so? Was habt ihr denn zusammen am liebsten gespielt? Mal doch mal ein Bild von deiner Schwester … und so weiter?‹ Er machte mich richtig an. Jedenfalls hab ich mich angemacht gefühlt.

Karl war der Meinung, dass Raffael das zu diesem Zeitpunkt noch nicht verkraften konnte, denn dann würde die Erinnerung an dieses fürchterliche Erlebnis nie aufhören, sondern jeden Tag wieder neu hochgeholt und aufgekocht. Er hielt das für eine Quälerei und wollte, dass Raffael in Ruhe gelassen wird. Auch wenn es noch ein halbes Jahr dauerte. Er glaubte, dass Raffael nur bei uns im Haus sicher war, weil ihm da niemand Salz in die Wunde schüttet. Für ihn war ein Arzt nur der Auslöser für Psychostress.

Tja, ich wusste einfach nicht, ob Karl Recht oder Unrecht hatte. Und in solchen Fällen hab ich lieber meinen Mund gehalten und ihm seinen Willen gelassen. Ich wollte nicht verantwortlich sein, wollte nicht Schuld haben.

Raffaels Klassenlehrerin hat uns ein paar Mal besucht. Aber auch mit ihr hat er nicht geredet. War ja eigentlich klar. Alles andere hätte uns gewundert.

Frau Janson, seine Lehrerin, meinte, Raffael sollte wieder in die Schule kommen. ›Er braucht jetzt den Kontakt mit anderen Kindern‹, sagte sie. ›Auch wenn er nicht redet.‹ Sie fand das Reden nicht so furchtbar wichtig, sie fand es wichtiger, dass er vielleicht mitturnt oder im Musikunterricht mitmacht.

Als Frau Janson mich fragte, ob Raffael in psychologischer Behandlung ist, hab ich gesagt, nein, weil es noch zu früh ist. Weil er erst mal zur Ruhe und auf andere Gedanken kommen soll.

Sie fand das falsch, weil ein Trauma so schnell wie möglich behandelt werden muss. Sonst entwickelt sich eine Posttraumatische Belastungsstörung, und das ist dann ein richtig großes Problem. Vor allem bei Kindern.

Ich hab ihr versprochen, noch mal mit Karl über das Thema zu reden, und hab mit ihr vereinbart, dass Raffael nach den Sommerferien auf alle Fälle wieder zur Schule geht. Ob er eventuell ein Jahr zurückgestellt wird, sollte dann erst entschieden werden.

Und dann kam der Sommer. Und der war richtig schlimm. Wir sind mit Raffael drei Wochen nach Dänemark in ein klei-

nes Ferienhaus gefahren und wollten uns nur um ihn kümmern. Wir wollten mit ihm am Strand spazieren gehen, baden, viel mit ihm reden, spielen und herumalbern.

Aber es hat nicht funktioniert. Er hockte nur da wie ein Häufchen Unglück.

Ab August ist er dann wieder in die Schule gegangen, aber auch da war es das gleiche Spiel. Er hat brav in seine Hefte geschrieben, sagte aber keinen Ton. Die Kinder fanden ihn natürlich doof und langweilig. Niemand hatte Lust, mit ihm zu spielen oder ihn vielleicht mal zum Geburtstag einzuladen. Und auch Fiete, zu Hause bei uns in Tetenbüll, konnte nichts mehr mit ihm anfangen. Raffael war vollkommen isoliert.

Und dann ist mir eines Morgens der Kragen geplatzt. ›Feierabend‹, hab ich zu Karl gesagt, ›wir haben ihm lange genug Zeit gegeben, aber wir kommen so nicht weiter. Ich finde, wir sollten ihm jetzt einen Therapeuten suchen. Es wird höchste Zeit.‹

Karl hat nur mit den Achseln gezuckt. ›Wenn du meinst‹, sagte er, ›dann mach es. Ich werd dich nicht daran hindern, aber ich halte es nach wie vor für falsch.‹

Mittlerweile war ich aber nicht mehr zu verunsichern. Ich hab gewusst, dass Raffael dringend Hilfe brauchte, und wir konnten sie ihm nicht geben.

Ich hab für ihn einen Therapieplatz bei Dr. Marietta Buschhauer in Itzehoe gefunden. Das war zwar jedes Mal eine weite Fahrt, aber immerhin. Kennen Sie sie?«

»Nein. Ich wohne und arbeite in Bozen.«

»Ich dachte ja nur. Durch Zufall vielleicht. Hätte ja sein können.«

»Und? Was erreichte Frau Dr. Buschhauer?«

»Nichts. Aber eines änderte sich. Er saß nicht mehr still und stumm herum, sondern rannte wie ein Wilder durch die Gegend. Seine Hände waren ständig feucht, als hätte er gerade in einen Wassereimer gefasst, und sein Herz raste. Meist war er knallrot

und irrte ziellos umher. Und wenn ich versucht hab, ihn festzuhalten und in den Arm zu nehmen, schlug er um sich und wollte mich kratzen und beißen. Schlimmer als eine bissige Raubkatze.

Auch die Lehrer von Raffael waren mittlerweile verzweifelt, und Frau Dr. Buschhauer legte uns nahe, ihn in eine Klinik einweisen zu lassen, aber wir haben abgelehnt. Das heißt: Karl lehnte ab. Kategorisch.«

»Und wie ging es Ihnen dabei?«

Statt einer Antwort beginnt Christine zu weinen.

Dr. Corsini holt Kaffee und macht eine Viertelstunde Pause.

»Können Sie jetzt weiterreden?«

Christine nickt.

»Raffael war elf. Da passierte etwas Schreckliches.

Karl und ich sind in den Jahren nach Svenjas Tod nicht besonders gut miteinander ausgekommen. Am Anfang lag es daran, dass wir uns nicht trauten, miteinander auch mal glücklich zu sein. Auch miteinander zu schlafen empfanden wir als Verrat an Svenja. Und allmählich hatten wir uns daran gewöhnt. Wir lebten nebeneinanderher, meine ganze Sorge galt nur noch Raffael, und Karl verbitterte.

Ich kann mich noch daran erinnern, dass es ein nebliger, nasskalter und ziemlich stürmischer Novemberabend war. Karl hatte seine letzte Vorlesung um neunzehn Uhr, und ich wusste, er würde so gegen halb zehn zu Hause sein. Ich hatte ein gefülltes Käsebaguette vorbereitet, das ich um neun in den Ofen schieben wollte, und zwei Flaschen Weißwein kalt gestellt.

Um acht rief er an und sagte, er hätte noch eine Besprechung in der Uni, das könnte dauern, und er wollte lieber im Hotel schlafen.

Ich hab das Baguette in den Kühlschrank gelegt und bin fast geplatzt vor Wut. Also musste ich wieder den ganzen Abend allein rumhocken.

Und diese ganze Geschichte mit der Besprechung war von A bis Z erlogen. Davon war ich fest überzeugt. Wir hatten seit Wochen nicht miteinander geschlafen, und er war den ganzen Tag mit jungen, knackigen Studentinnen und hochattraktiven Professorinnen zusammen. Ich war ja nicht blöd.

In meinem Inneren tobte das Chaos. Ich bin so verzweifelt gewesen, die Eifersucht brachte mich fast um. Mein Herz hat geklopft wie verrückt, und ich dachte, mein Kopf müsste platzen. Aber gleichzeitig war ich auch so verunsichert, dass ich nicht wusste, wie ich ihm gegenübertreten, wie ich mit ihm reden sollte, wenn er dann irgendwann kam.

Er ist am Mittag gekommen. Fast gleichzeitig mit Raffael, den der Schulbus immer nach Tetenbüll zurückbrachte.

Es hat mich irritiert, dass Karl gut ausgeschlafen aussah. Und ich dachte einen Moment, dass ich vielleicht gesponnen hatte. Vielleicht war ja gar nichts gewesen, vielleicht war ja alles gut.

Karl war echt gut drauf, er strahlte, gab mir einen Kuss und lief ganz locker ins Haus. Und ich dachte, so ausgeglichen habe ich ihn ja seit Ewigkeiten nicht mehr gesehen.

Das war nicht der grimmige und grüblerische Karl, der er seit Svenjas Tod gewesen war. So wirkte er zehn Jahre jünger. Als wäre nie etwas passiert.

Je länger ich ihn beobachtete, desto mehr krampfte sich mein Herz zusammen. Er war einfach zu fröhlich.

Aber ich hab nichts gesagt. Wollte abwarten. Wahrscheinlich hatte ich auch Angst, ihn anzusprechen. Er wurde immer so schnell wütend, und da kam ich nie gegen an. Wenn wir stritten, war sowieso immer ich diejenige, die die schwächeren Nerven hatte und verlor.

Das Baguette, das noch im Kühlschrank wartete, hatte ich für den Abend vorgesehen, zum Mittagessen hatte ich ein Huhn mit Gemüse und einem Schuss Weißwein im Ofen geschmort.

Wir saßen alle drei in der Küche und haben schweigend gegessen. Dann sagte Karl auf einmal: ›Die Soße ist dir schon mal besser gelungen. Sie schmeckt irgendwie süßlich.‹

Ich ärgerte mich fürchterlich über die Bemerkung und erklärte ihm, dass das an den Zwiebeln und den Tomaten läge und dass man das gar nicht verhindern könne.

Und was wir uns dann an den Kopf warfen, hat sich bis heute fest in mein Gedächtnis eingebrannt, obwohl es so banal war.

›Dann lass die Zwiebeln und Tomaten doch das nächste Mal weg‹, grunzte er abfällig, so als gäbe es für alles auf der Welt eine Lösung, man müsste halt nur draufkommen.

›Ich kann doch das Huhn nicht nur mit Karotten und Zucchini braten! Das schmeckt ja wie toter Hund! Und du wolltest doch unbedingt mal wieder Gemüsehuhn haben!‹

›Ja, schon, aber ich kann es nicht ändern, es schmeckt einfach nicht. Ich weiß auch nicht, warum, früher hast du das anders gemacht.‹

›Früher hattest du auch grundsätzlich nicht so eine Saulaune. Mit guter Laune schmeckt das Essen einfach besser.‹

›Dann müsste es mir ja heute sensationell schmecken! Bis vor fünf Minuten hatte ich nämlich noch ausgezeichnete Laune!‹ Ich fand seine Süffisanz einfach nur unerträglich und ging zum Angriff über.

›Weil du die Nacht nicht zu Hause geschlafen hast, oder wie?‹

Ich weiß noch, dass Karl aufsprang und seine Serviette auf den Tisch pfefferte. ›Sag mal, was soll das jetzt?‹, schrie er. ›Willst du mir vorwerfen, dass ich heute eigentlich gute Laune hatte? Gibt es überhaupt noch irgendeinen Satz, den ich sagen kann und den du mir nicht im Mund herumdrehst und mir zum Vorwurf machst?‹

Ich war fassungslos. Es waren nur einige Sätze hin und her gegangen, er hatte mit seiner blöden Kritik angefangen, und mir war nicht klar, wie er es geschafft hatte, dass nun schon wieder ich diejenige war, die am Pranger stand und offensichtlich die Atmosphäre vergiftet hatte.

›Ach so.‹ Ich versuchte, mich irgendwie zu rechtfertigen. ›Ich bin es also, die wieder mal alles kaputt macht oder die Schuld hat. Ich habe in deinen Augen ja immer Schuld! Bist du noch nicht mal in der Lage, dich daran zu erinnern, dass du derjenige warst, der hier angefangen hat rumzumäkeln? Hättest du deinen Mund gehalten, würden wir jetzt nicht streiten. Aber du kannst eben nicht mehr freundlich sein. Du schaffst es einfach nicht. Du suchst den ganzen Tag irgendetwas, an dem du rummeckern kannst. Wenn es nicht das Essen ist, dann ist es etwas anderes.‹

Ich hatte Karls Augen schon ewig nicht mehr so zornig gesehen. ›Meine Liebe‹, funkelte er mich wütend an, ›hast du überhaupt eine Ahnung, wie du bist? Wie du dich den ganzen Tag verhältst? Du müsstest mal dein missmutiges Gesicht sehen. Ein anderes hast du ja gar nicht mehr drauf. Guck doch mal in den Spiegel! Es ist zum Fürchten! Und ich bitte dich, wie soll man denn zu einem derartigen Sauertopf noch freundlich sein oder gute Laune versprühen?‹

›Egal, was du sagst, immer drehst du es so, dass du es mir vorwerfen kannst!‹, hab ich dann auch geschrien. ›Du bist hier der Heilige, oder was? Der Herr sollte sich mal an die eigene Nase fassen. Du bist derjenige, der nur noch brummig und mürrisch ist, du redest nur noch das Nötigste, du bist so harsch und widerlich in dem, was du sagst, und derart kurz angebunden, dass es schon verletzend ist. Könnte es nicht sein, dass mein missmutiges Gesicht eine Reaktion auf deine Saulaune und deine total ablehnende Haltung ist? Kann das nicht sein? Aber es ist ja typisch für dich, dass du mir immer vorwirfst, schlechte Laune zu haben, wenn du selbst welche hast. Das merkst du gar nicht mehr.‹

›Du kotzt mich an, weißt du das?‹, sagte er mir kalt ins Gesicht.

›Und du mich schon lange‹, erwiderte ich.

Ich hab dann darauf gewartet, dass Karl aufstehen und aus dem Zimmer gehen würde, aber Raffael kam ihm zuvor. Er sprang auf und rannte nach oben. Gegessen hatte er kaum etwas.

›Das hast du nun davon!‹, brüllte Karl und schmiss seine Gabel auf den Teller, sodass die Soße über den Tisch spritzte und ekelhaft fettige Flecke auf der Decke hinterließ.

›Danke, gleichfalls‹, konterte ich. ›Ich hätte auch sagen können: ‚Das hast du nun davon.' Aber ich hab's nicht getan, weil ich mir verletzende Sätze verkneife. Weil ich dem Streit aus dem Weg gehen will, weil ich sowieso alles runterschlucke und in mich reinfresse. Du machst mich ständig an, aber ich wehre mich nur ganz selten. Sonst würden hier nämlich jeden Tag die Fetzen fliegen.‹

›Ich wusste ja gar nicht, dass ich so eine duldsame Mutter Teresa geheiratet habe‹, spottete Karl.

Dann haben wir geschwiegen. Karl aß unbeeindruckt weiter, mir war der Appetit vergangen. Ich hatte gerade mal zwei Bissen hinuntergewürgt.

Karl nahm sich sogar noch einen Nachschlag, und ich hab mich gefragt, warum er das machte, wenn es ihm doch angeblich gar nicht schmeckte.

Aber in diesem Moment war mir alles egal. Ich fühlte mich ganz merkwürdig. Aufgewühlt und todunglücklich und eiskalt und ruhig zugleich.

Darum hab ich es auch gewagt und ihn ganz einfach gefragt: ›Sag mir die Wahrheit. Gibt es eine andere Frau?‹

Karl riss die Augen weit auf, so überrascht war er. Mit dieser Frage hatte er überhaupt nicht gerechnet. Aber es dauerte nur ein oder zwei Sekunden, dann hatte er sich wieder im Griff.

›Ja‹, sagte er.

Und in dem Moment stürzte wieder eine Welt über mir zusammen. Wie viele Welten gab es eigentlich noch, die zusammenstürzen konnten?

›Ich hab es geahnt‹, hab ich nach einer Weile geflüstert, zu mehr war ich nicht in der Lage, und ich wartete jetzt darauf, dass er einen Weg finden würde, mir auch dafür noch die Schuld zu geben.

Jetzt war auch Karl nicht mehr nach essen zumute. Er ist aufgestanden und hat gesagt:

›Ich hab es dir ja eben schon erklärt. Deine Launen, dein verbittertes Gesicht, die Schweigsamkeit in diesem Haus – das ist mir alles zu viel geworden. Das hat mir echt gestunken. Und in so einer Stimmung sagt man einfach nicht Nein, wenn einem eine Frau Avancen macht. Wenn sie einen anlächelt, freundliche Worte sagt, überhaupt mit einem redet. Ich spürte, dass sie mich mag, dass sie etwas von mir wollte, und da hab ich nicht allzu lange gezögert. Es ist wirklich etwas dran an der Behauptung, dass Seitensprünge immer dann passieren, wenn es in der eigenen Ehe nicht mehr stimmt. Wann haben wir beide das letzte Mal zusammen geschlafen? Ich kann mich nicht mehr erinnern. Ich habe es ein paar Mal versucht, aber du wolltest nicht. Du wolltest ja nie.‹

›Ich konnte nicht‹, hauchte ich. ›Ich konnte nicht wegen Svenja.‹

Verstehen Sie, Doktor? Wieder hatte er es geschafft, alles mir in die Schuhe zu schieben. Er war nur das arme Opfer, das wie ferngesteuert auf mich reagierte. Wäre ich nach Svenjas Tod einfach zur Tagesordnung übergegangen, hätte meine liebreizendste Seite gezeigt, wäre lachend und singend durch den Garten gesprungen und hätte jederzeit bereitwillig die Beine breit gemacht, wäre das alles natürlich nicht passiert. Dann wäre er auch heute noch der treue Ehemann, treu bis in den Tod.

Und dann ist er richtig böse geworden, und ich glaube, das verzeihe ich ihm bis heute nicht. ›Svenja!‹, hat er plötzlich geschrien und die Arme zum Himmel gereckt. ›Svenja, Svenja, Svenja! Deine Ausrede für alles!‹

Ich glaube, ich stotterte: ›Das wagst du nicht‹, denn ich war völlig fertig.

›Doch, ich wage es‹, antwortete er ganz cool. ›Weil es mir auf den Nerv geht. Weil es so verlogen ist. Mein Gott, Christine, Svenja ist seit vier Jahren tot! Aber wir leben! Raffael und ich. Doch das scheinst du komplett zu vergessen. Und ich bin es so leid, dass Svenja für alles herhalten muss. Für deine miesen Stimmungen, deine Müdigkeit, deine Antriebslosigkeit, deine Vergesslichkeit. Es hätte noch gefehlt, dass du mir heute erzählt hättest, es lag an Svenja, dass du die Soße verwürzt hast. Himmel, Christine, komm doch endlich mal zu dir, verdammt!‹

›Du denkst immer, es regelt sich schon alles irgendwie von allein, nicht?‹, brüllte ich ihn an. ›Alle müssen nur einfach zu sich kommen. Ich muss zu mir kommen, Raffael muss zu sich kommen, du bist ja offensichtlich schon lange zu dir gekommen. Wahrscheinlich war nach Svenjas Beerdigung die Sache für dich abgehakt. Ja, wie naiv ist das denn? Und wie herzlos!‹

Karl stauchte mich zusammen, als wäre ich eine seiner Studentinnen. Zur Unterstützung machte er seine widerliche Dozentengeste: bei gehobener Hand berühren sich Daumen und Zeigefinger. ›Weil ich im Gegensatz zu dir begriffen habe, dass das Leben weitergeht. Dass ich weiterleben will. Und dass lebendige Menschen um mich herum sind, die meine Aufmerksamkeit verdienen. Ich finde es nebenbei bemerkt nicht sehr intelligent, sich nur noch um sich selbst zu drehen und im Selbstmitleid zu versinken. Das bringt nämlich nichts. Gar nichts!‹

›Dann ist zwischen uns ja wohl alles gesagt‹, bemerkte ich kraftlos.

›Ja, das ist es wohl‹, bestätigte er kühl.

Karl ging dann Türen schlagend aus dem Zimmer. Wie immer. Etwas Besseres fiel ihm nie ein.

Ich sank in einen Sessel und fing an zu weinen. Was bedeutete das jetzt? War unsere Ehe beendet?

Karl, flehte ich, bitte, bleib bei mir. Bitte, bitte, bleib bei mir.

Ich hab dann versucht, mir das ganze Gespräch noch einmal in Erinnerung zu rufen, weil mir nicht klar war, wie es zu dieser Eskalation kommen konnte, und erst da wurde mir bewusst, wie laut unser Streit gewesen war. Wir hatten uns fast nur angeschrien.

Plötzlich bekam ich Angst, dass Raffael alles gehört haben könnte.

Ich bin nach oben in sein Zimmer gerannt.

Aber er war nicht mehr da.«

»Hatten Sie nicht schon in dem Moment, als Raffael nach oben lief, Angst, er könnte zu viel von dem Streit mitbekommen haben? Und sich das vielleicht zu Herzen nehmen?«

Christine überlegt. Dann sagt sie ehrlich: »Nein, ich glaube nicht. Ich habe während der ganzen Auseinandersetzung nicht an Raffael gedacht. Ich hab ihn gar nicht wahrgenommen. Er saß da und war mir ganz egal. In diesem Streit ging es mir nur um meine Ehe, und ich spürte, dass es existenziell wurde. Da konnte ich nicht noch auf Raffael Rücksicht nehmen. Aber vielleicht wäre das Gespräch anders verlaufen, wenn er noch länger am Tisch gesessen hätte. Das kann sein, aber ich weiß es nicht. Vielleicht hätten wir uns den einen oder anderen Satz verkniffen. Oder wir hätten vorher abgebrochen. Kann alles sein.«

»Es war ein Streit. Aber Sie waren wahrscheinlich zum ersten Mal seit Svenjas Tod wieder hundertprozentig auf Ihren Mann konzentriert. Sie waren wieder Ehefrau und nicht Mutter eines toten und eines verstörten Kindes.«

»Ja, vielleicht.«

»Ich weiß nicht, wie dieser Tag weiterging, aber der Ehebruch Ihres Mannes und der Streit haben Sie beide anscheinend nicht dauerhaft auseinandergebracht. Obwohl Sie das Ende Ihrer Beziehung schon indirekt ausgesprochen hatten.«

»Ja, das stimmt.«

»Aber Raffael hatte ganz genau gespürt, dass es nicht mehr um ihn ging. Vor ihm saß ein Paar. Ein zerstrittenes zwar, aber da gab es eine Verbindung, und er war außen vor. Kann das sein?«

»Weiß ich nicht.«

»Seit Svenjas Tod hatte er so etwas noch nicht erlebt. Er war immer der Mittelpunkt gewesen, das Zentrum der Sorge seiner Eltern. Und plötzlich hatte sich die Problematik verlagert.«

»Das stimmt, ja.«

»Es muss fürchterlich für Raffael gewesen sein. Erstens hatte er die Aufmerksamkeit seiner Eltern verloren, und dann waren diese beiden Menschen, die einzigen, die er noch hatte, die für ihn sorgten und ihn liebten und die sein Zuhause darstellten, plötzlich zerstritten und drohten, sich zu trennen. Das hat ihm sicher endgültig den Boden unter den Füßen weggezogen.«

»So hab ich das noch nie gesehen.«

»Bitte, Frau Herbrecht, erzählen Sie weiter.«

»Es war nichts Außergewöhnliches, dass Raffael für ein paar Stunden verschwand, ohne dass wir wussten, wohin. Er ist ziemlich häufig einfach so verschwunden. Denn er hat ja nicht mit uns geredet, er hat auch nicht auf die Tafel geschrieben, die für kurze Infos in der Küche hing, und er legte uns auch keine Zettel hin. Irgendwann tauchte er dann aber immer wieder auf. Wie ein kleines Gespenst plötzlich aus dem Nichts. Oder er saß einfach wieder in der Küche, als wäre er nie weg gewesen.

Wir haben dieses Verhalten immer toleriert, es blieb uns ja auch nichts anders übrig, wenn wir ihn nicht einsperren oder festbinden wollten. Das, was wir sagten, und die Ratschläge und Verbote, die wir aussprachen, erreichten ihn schon lange nicht mehr.

Aber diesmal war ich irgendwie unruhig. Weil er nicht aus eigenem Antrieb, sondern sicher wegen unseres Streits gegangen war.

›Raffael ist abgehauen‹, sagte ich zu Karl, nachdem ich in Raffaels Zimmer gewesen war.

Karl hat lapidar gemeint, dass das ja wohl auch nicht anders zu erwarten gewesen war. Sein Gesicht hatte er weggedreht, sodass ich ihm noch nicht einmal ansehen konnte, ob es ihn überhaupt interessierte.

Nach zwei Stunden hab ich es dann nicht mehr ausgehalten.

Karl war hinterm Haus und hat Holz gehackt.

›Musst du eigentlich jedes dämliche Klischee erfüllen?‹, hab ich ihn angefaucht. ›Alle Männer gehen nach einem Ehekrach raus und hacken Holz. Fällt dir nichts Besseres ein?‹

Es war unter seiner Würde, darauf zu antworten.

›Raffael ist jetzt zwei Stunden weg‹, sagte ich dann wesentlich ruhiger. ›Ich mach mir Sorgen.‹

Karl antwortete, dass er noch eine Stunde warten und ihn dann suchen würde, und hackte weiter.

Aber er war nicht so cool und ruhig, wie er tat. Im Grunde seiner Seele machte er sich genauso große Sorgen wie ich. Denn bereits zehn Minuten später hat er mich geholt und wollte losfahren.

Es hat in Strömen gegossen, und die Regentropfen tanzten auf der Straße. Karl ist ganz langsam gefahren, um wenigstens flüchtig nach links und rechts über die Fenne und in die Gräben sehen zu können. Ich sagte nichts, aber wir beide wussten, dass Raffael kein Kind war, das einfach so die Wirtschaftswege entlanglief. Und bei diesem Wetter schon gar nicht. Er hatte immer ein Ziel: einen Baum, eine Höhle, eine ganz bestimmte Stelle an einem Bach, die Kuhle unter einem Busch – was weiß ich.

Und daher war mir klar, wohin Karl fuhr. Zu Harmsens Scheune.«

Christines Stimme versagt. Sie ringt um Beherrschung und bittet um ein Glas Wasser. Dann zwingt sie sich, weiterzuerzählen.

»Können Sie sich vorstellen, Doktor, wie es sich anhört, wenn sich das Schreien des eigenen Kindes mit dem Blöken und Quieken von Schafen in Todesangst vermischt? Ich hätte es mir jedenfalls niemals vorstellen können, wenn ich es nicht selbst gehört hätte. Dieses Kreischen und Jammern sterbender Kreaturen höre ich heute noch. Das wird man nie mehr los.

Karl sprang aus dem Auto und rannte zum Scheunentor. So schnell hatte ich ihn überhaupt noch nie rennen sehen.

Ich war einen Moment wie blockiert vor Angst, aber dann bin ich ihm hinterhergerannt.

Harmsen hatte seine Schafe offensichtlich für einige Stunden in die Scheune getrieben, damit der Regen sie nicht völlig durchweichte.

Aber wie soll ich das, was ich dann sah, beschreiben, Doktor?«

Sie weint.

»Versuchen Sie's.«

»Als wir vier Jahre zuvor Svenja fanden, war alles bereits geschehen, wir konnten nicht mehr helfen. Aber diesmal waren wir mittendrin. Das Grauenhafte passierte in diesem Moment.

Mein Junge, mein Raffael, hat mit einem Messer, das viel zu groß war für seine kleine Hand, inmitten der Lämmer gestanden und wie besessen auf sie eingestochen. In die Augen und in die offen stehenden und blökenden Mäuler – überallhin –, während sie hilflos schrien. Es war so furchtbar, so entsetzlich … Er war von oben bis unten mit Blut besudelt und stach wie ein Wilder, wie ein Wahnsinniger um sich, versuchte, den Lämmern die Kehlen durchzuschneiden. Überall lagen tote Tiere herum, andere wanden sich unter Schmerzen und quiekten in Todesangst. Dann versuchten sich die Mutterschafe todesmutig auf Raffael zu stürzen. Aber er stach einfach weiter auf jedes

Tier ein, das ihm nahe kam. In die Bäuche, in die Rücken, in die die Augen …

Mein Junge war verrückt geworden!

Karl hat sofort reagiert. Er ist auf ihn zugesprungen, hat ihm das Messer aus der Hand geschlagen und ihn festgehalten. Er hat ihn mit seinen starken Armen umschlungen und ganz fest an sich gedrückt.

Raffael zappelte wie ein Wilder, schlug um sich und brüllte wie die Schafe, die er gequält und getötet hatte, aber gegen seinen Vater hatte er keine Chance.

›Ruhig, Raffael, ganz ruhig.‹ Karls Stimme war sanft, aber fest und bestimmt. ›Ganz ruhig. Ich bin da. Es ist alles gut. Hör auf. Es ist genug. Du brauchst nicht mehr zu kämpfen.‹

Karl warf mir nur einen schnellen Blick zu. ›Ruf einen Krankenwagen, Bauer Harmsen und die Polizei. Beeil dich.‹

Er hielt Raffael nach wie vor fest umklammert, und ich sah deutlich, wie angespannt der kleine Körper immer noch war. Wie ein Raubtier vor dem Sprung. Mit all seiner Kraft wehrte sich Raffael gegen den unerbittlichen Griff seines Vaters, aber er schaffte es nicht. Karl war stärker. Zum Glück.

Ich hab telefoniert und dann dagestanden wie gelähmt. Wusste nicht, wie ich das Wispern der sterbenden Tiere ertragen sollte. Es schnarrte mir in den Ohren und brannte sich mir ins Hirn. Ich hab gebetet, dass die Polizei schnell kommen und die Tiere erschießen würde. Ich war nicht in der Lage, ihnen fachgerecht die Kehle durchzuschneiden, um sie zu erlösen.

Und Karl konnte Raffael natürlich nicht loslassen.

Es hat zwanzig unendliche Minuten gedauert.

Und dann waren plötzlich alle da. Krankenwagen, Polizei und Bauer Harmsen.

Ich hab gesehen, dass Kurt Harmsen die Tränen in den Bart rollten, als er seinen sterbenden Schafen schnell und gekonnt die Kehle durchschnitt.

Raffael hatte vier Tiere getötet und sieben verletzt. Fünf davon wurden von Bauer Harmsen erlöst, zwei brachte er zu Paul, dem Tierarzt in Uelvesbüll, der ihnen vielleicht noch helfen konnte.

Raffael bekam eine Beruhigungsspritze. Man konnte regelrecht sehen, wie er augenblicklich in Karls Armen erschlaffte.

Karl trug ihn in den Notarztwagen. Ich stieg mit ein, blieb bei Raffael und hielt seine Hand, aber er schlief und merkte es nicht.

Karl ist dann dem Notarztwagen mit unserem Auto gefolgt. Nach Heide. In die Kinderpsychiatrie.

Raffael wurde stationär aufgenommen, und nach den Gesprächen mit dem behandelnden Arzt hatte ich die Hoffnung, dass jetzt endlich etwas passiert.

Karl nicht. Als wir nach Tetenbüll zurückfuhren, sagte er nur: ›Wie kannst du bloß glauben, dass es irgendjemand geben wird, der ihn retten kann?‹

Beim Abendessen haben wir geschwiegen. Es war ein unerträgliches, angespanntes Schweigen. Und dann hab ich zu ihm gesagt: ›Wir dürfen uns nicht verlieren, Karl, wir haben doch nur noch uns.‹

Und er hat wortlos genickt.

In der Psychiatrie in Heide hat Raffael schwere Psychopharmaka bekommen. Er wurde regelrecht apathisch, seine Bewegungen wurden langsamer, und er schlief viel.

Er ist zwei Jahre lang behandelt worden.

Aber als er wieder nach Hause kam, hatte sich nichts geändert. Nichts hatte sich verbessert. Es war furchtbar. Und dann suchte Karl für ihn ein geeignetes Internat, weil er es nicht mehr aushielt, weil wir überfordert waren, weil er endlich wieder leben wollte, wie er es ausdrückte.

Mir wurde klar, wie sehr Raffaels Schweigen in der langen Zeit Karl verletzt hatte. Und es war ja nicht nur das. Er wehrte sich gegen die geringste Berührung. Ihn zu umarmen war völlig unmöglich.

Es brach mir das Herz, als wir ihn wegbrachten.

Niemals werde ich vergessen, wie er mich ansah, Doktor. So unendlich traurig und enttäuscht. Als wäre die ganze Welt gegen ihn und hätte ihn verraten. Dieser Blick war so hoffnungslos, aber gleichzeitig auch flehend und ein einziger Schrei nach Liebe.

›Bitte, hilf mir, Mama‹, sagte er.«

PAOLA

33

Toskana, Juli 2011

Er hatte Mühe, die wenigen Stufen, die aus dem Bahnhofsgebäude führten, hinunterzugehen, und taumelte über die Piazza. Nicht weil er betrunken, sondern weil er so müde war. Er bemerkte den Springbrunnen nicht, nicht die Bänke in der Morgensonne, auf denen auch schon zu dieser frühen Stunde alte Männer saßen, rauchten, ein paar Worte wechselten oder einfach nur in die Ferne starrten. Er hatte nicht die geringste Ahnung, wo er war und wo er hinwollte, hatte keine Kraft mehr, nachzudenken oder Pläne zu machen, wollte nur noch in ein Bett.

Er überquerte die Piazza und bog links in die vorbeiführende Straße ein. Vor einem kleinen Supermarkt blieb er kurz stehen und überlegte, ob er hineingehen und eine Flasche Wasser kaufen sollte, aber auch das war ihm zu anstrengend, und er ging weiter.

Nach wenigen Minuten lag direkt vor seinen Augen ein Hotel. Schäbig, mit rosafarbener Fassade, aber das interessierte ihn nicht. Es war immerhin ein Hotel. Da gab es Zimmer, und die hatten Betten.

Raffael überquerte die Straße und checkte ein.

Er funktionierte wie eine Maschine, füllte den Anmeldezettel aus, ohne zu wissen, was er schrieb, nahm den Zimmerschlüssel in Empfang, schleppte sich mit seiner Reisetasche in den ersten Stock, schloss das Zimmer ab, ließ sich aufs Bett fallen und schlief augenblicklich ein.

Fast zwölf Stunden später wurde er wach, weil er kaum noch atmen konnte. Die Luft in seinem Zimmer war stickig und schwül.

Mühsam stand er auf, öffnete das Fenster und sah hinaus. Die Stadt war jetzt wesentlich lebendiger als am Morgen, und er musste dringend eine Bar oder ein Geschäft finden, wo er etwas zu trinken bekam.

Er zog seine Sachen aus und ging ins Bad. Dort putzte er sich die Zähne, trank lange und ausgiebig Wasser aus der Leitung und stellte sich unter die Dusche. Sie war in der Wand festgeschraubt, ließ sich nicht in die Hand nehmen und nicht bewegen. Es gab keine Duschwand, nur eine Vertiefung im Boden, wo das spärliche und lauwarme Wasser abfloss.

Raffael war es egal. Auch die schmutzig gelben Fliesen und die keineswegs saubere Toilette interessierten ihn nicht.

Er duschte lange, so lange, bis er das Gefühl hatte, trotz des dünnen Wasserstrahls einigermaßen sauber und erfrischt zu sein, und dachte an gar nichts.

Dann trocknete er sich ab, zog seine Jeans und ein sauberes T-Shirt an, nahm seine Reisetasche, hängte sie sich um und verließ das Zimmer. Er wollte nicht, dass irgendeine Schlampe von Zimmermädchen sein Geld fand und auf Nimmerwiedersehen damit verschwand. Wenn er das Geld bei sich hatte, ging er auf Nummer sicher. Er würde jeden zusammenschlagen, der seine Tasche auch nur berührte.

Raffael schlenderte die Hauptstraße von Montevarchi entlang, die laut und hässlich war. Aber zumindest Bars gab es genug. In der ersten trank er zwei Kaffee und aß ein Brötchen mit Schinken, in der zweiten trank er zwei Gläser Rotwein. Danach fühlte er sich schon wieder fast wie ein Mensch.

Während er auf dem unbequemen Barhocker saß, von dem er immer wieder herunterrutschte, weil das Sitzkissen so prall war, durchsuchte er seine Brieftasche. Es waren nur einhundertzweiundfünfzig Euro und siebenunddreißig Cent darin, sein Personalausweis mit einer Adresse in Berlin-Moabit, wo er eine Weile bei einem Kumpel gewohnt und sich wahrhaftig beim Einwohneramt gemeldet hatte. Mit diesem Unfug hatte er dann aufgehört. Außerdem waren in der Brieftasche das abgestempelte Bahnticket nach Montevarchi, das er jetzt eigentlich auch wegwerfen konnte, ein paar Bons, von denen er nicht wusste, warum er sie überhaupt in die Brieftasche gesteckt hatte, und mehr nicht. Diese Brieftasche würde er sofort jedem Typen in die Hand drücken, der auf die Idee käme, ihn zu überfallen. Niemand konnte ahnen, dass in seiner Tasche, in der saubere und schmutzige Wäsche hin und her flog, seine wahren Schätze verborgen waren.

Aber das, was er suchte, fand er in seiner Brieftasche nicht.

Verdammt, irgendwo hatte er doch den kleinen Zettel, auf dem er sich die italienische Adresse seiner Eltern notiert hatte, hingesteckt? Er stand auf und fuhr mit der Hand in die Taschen seiner Jeans und seiner Jacke. Auch da war der Zettel nicht.

Dann öffnete er die Reisetasche und begann, sie systematisch zu durchsuchen. Schließlich, als er schon drauf und dran war, vor Wut auf der Tasche herumzutrampeln, fand er den Zettel in einer kleinen Innentasche mit Reißverschluss, in die nicht mehr als ein Schlüsselbund und ein Kugelschreiber passten.

Dann ging er mit seiner wertvollen Tasche in der Hand zum Tresen.

»May I have a phone-call?«, fragte er den Barmann.

Dieser verstand nur Bahnhof. Erst als Raffael das übliche Zeichen für Telefonieren mit abgespreiztem kleinen Finger und Daumen machte, kapierte der Mann.

»Italia?«, fragte er.

Raffael nickte, und der Barmann schob bereitwillig das Telefon über den Tresen.

Schon nach dem dritten Klingelzeichen meldete sich der Anrufbeantworter: *»Castelletto Sovrano. Guten Tag. Sie sind mit Christine und Karl Herbrecht verbunden. Leider rufen Sie außerhalb unserer Bürozeiten an. Bitte melden Sie sich zwischen zehn und dreizehn Uhr, wir sind dann gern für Sie da und nehmen Ihre Buchungen oder Vormerkungen entgegen. Auch Fragen zum Aufenthalt im Castelletto Sovrano beantworten wir Ihnen gern und ausführlich. Vielen Dank.«*

Als dieselbe Ansage in Italienisch begann, legte Raffael auf.

Sie waren also wirklich noch da. Die Info im Internet war nicht überholt oder veraltet gewesen. Und den Anrufbeantworter hatte sein Vater besprochen.

Plötzlich wurde ihm kalt. Er bestellte noch ein Glas Rotwein.

Nach einer Viertelstunde bezahlte er und verließ die Bar.

Nur wenige Schritte weiter erreichte er die zentrale Piazza des Ortes und die dort beginnende Fußgängerzone. In einem kleinen Alimentari-Laden kaufte er zwei Flaschen Rotwein und einen Korkenzieher. Er würde in sein trostloses Hotelzimmer zurückkehren, sich langsam betrinken und dann am nächsten Morgen nach Montesassi weiterfahren, dem Ort, der in der Nähe des Castellettos seiner Eltern lag.

Um Viertel nach zehn am nächsten Morgen stieg er direkt auf der Piazza von Montesassi aus dem Bus und sah sich um. Zwei Bars lagen nur wenige Meter entfernt in seinem Blickfeld. Er ging in diejenige, die nicht so extrem nach Süßwarenladen aussah, weil weniger Konfektschachteln im Fenster lagen, aß zwei Panini, trank zwei Espressi und zwei Weißwein.

An solch ein Frühstück könnte ich mich gewöhnen, dachte er, innerlich grinsend.

Er wusste nicht mehr genau, wann er am Abend zuvor eingeschlafen war, jedenfalls waren die beiden Rotweinflaschen am Morgen leer gewesen. Da es nicht seine Art war, Rotwein wegzugießen, hatte er sie wohl getrunken.

Er hatte bei weit geöffnetem Fenster geschlafen und war heute früh mit dem Kopf auf der Reisetasche aufgewacht. Sein Sicherheitsbedürfnis funktionierte also auch im Suff noch ganz ausgezeichnet.

Mit dem zweiten Glas Wein schlenderte er zu einem Ständer, in dem verschiedene Werbeflyer steckten: über Konzerte in Siena, Opernaufführungen auf der Piazza von Montalcino, Theater in Bucine und unzählige Möglichkeiten des Agriturismo. Da gab es Appartements zu mieten, Hotelzimmer oder ganze Villen. Im Zentrum von Florenz oder in der Einsamkeit der Berge.

Er sah es sofort in der zweiten Reihe von unten: *Fünf-Sterne-Urlaub in der diskreten Abgeschiedenheit der Toskana. Das Castelletto Sovrano bietet seinen Gästen exklusiven Luxus in stilvoll ausgestatteten Appartements mit einzigartigem Panoramablick und in absoluter Ruhe …*

Er las nicht weiter, weil ihm übel wurde. Wenn er so etwas schon hörte, kam ihm die Kotze hoch. Aber das war typisch für seine Eltern. Wenn, dann musste es immer das Beste sein: das größte und neuste Auto, das urigste Haus, die originellste Küche, die weiteste Reise – und dann natürlich auch das schwerste Schicksal. Und nun die größte Burg am höchsten Punkt, und alles vom Allerfeinsten. Er konnte sich schon vorstellen, welche reichen Pinkel dort Urlaub machten. Und wenn schon eine Adresse im Ausland, dann musste es natürlich die Toskana sein. Und nicht irgendein Käsenest in Umbrien oder Sizilien.

Die Bilder waren beeindruckend: der große, sonnendurchflutete Innenhof mit einem Brunnen und riesigen Terrakottatöpfen mit Hortensien und Oleander, Bilder unterschiedlicher Zimmer in diversen Appartements, der Frühstücksraum, der Saal für Veranstaltungen, der Pool, eine Skulptur im Eingang, eine schlafende Katze zwischen den gewaltigen Pranken eines steinernen Löwen, der weite Blick aus dem Turmfenster auf die Hügel der Toskana und das kleine mittelalterliche Bergdorf San Rocco.

Auf jeden Fall vermittelten ihm die Fotos einen ziemlich guten Eindruck von dem Anwesen.

Er steckte den Flyer ein.

Für den Wein nahm er sich Zeit und bestellte sich noch ein drittes Glas. Als er schließlich zahlte, legte er den Flyer auf den Tisch, sah den Wirt fragend an, hob die Hände und zog den Kopf ein, was so viel signalisierte wie: Ich weiß nicht, wo das ist.

Der Wirt nahm ihn mit vor die Tür und erklärte mit großen Gesten, in welche der Gassen Raffael einbiegen und dass er dann immer geradeaus gehen sollte, bis sich die Straße gabelte. Anschließend sollte er den rechten Weg wählen und weiter geradeaus gehen, dann würde er das Castelletto irgendwann vor sich auf einem Berg liegen sehen.

Raffael glaubte, den Wirt einigermaßen verstanden zu haben, bedankte sich und verließ die Bar.

Als er wieder auf die Straße trat und sich gerade eine Zigarette anzünden wollte, traf es ihn wie ein Schlag.

Vor einem kleinen Eiscafé saß eine schlanke, sportliche Frau in Sandalen, weißer Jeans und leichter, seidiger Bluse und nahm gerade ihre Sonnenbrille ab, um etwas in ihrer Handtasche zu suchen. Sie hatte leicht gewelltes dunkelblondes Haar mit dem hohen Haaransatz, den er so gut kannte. Früher waren ihre Haare etwas dunkler gewesen.

Sie sah gar nicht viel älter aus.

Er konnte nicht aufhören, sie anzustarren.

Sie war es. Ganz eindeutig. Saß da und trank einen Cappuccino, vielleicht dreißig Meter entfernt.

Er überlegte, ob er hingehen, sich einfach zu ihr setzen und »Hi Mama« sagen sollte, als sie aufsah.

Ihre Blicke begegneten sich, einen Augenblick nur, aber da war kein Innehalten, kein Erschrecken, keine Überraschung oder ungläubiges Erstaunen.

Da war gar nichts. Sie hatte ihn nicht erkannt.

Zehn Jahre hatten sie sich jetzt nicht gesehen. Zehn verdammt lange Jahre. Und auch vorher schon hatten seine Eltern ihn nur selten im Internat besucht, es frustrierte sie, weil er nicht mit ihnen redete.

Als sie das letzte Mal bei ihm gewesen waren, war er sechzehn gewesen. Hatte er sich so verändert, dass ihn die eigene Mutter nicht mehr erkannte?

Vielleicht lag es daran, dass sie ihn natürlich nicht hier auf der Piazza von Montesassi erwartete.

Sie stand auf, legte das Geld für den Cappuccino auf den Tisch, warf sich die Umhängetasche über die Schulter und ging davon.

An ihrem Gang und der Art, wie sie sich die Haare aus der Stirn strich, hätte er sie unter Tausenden erkannt.

Er folgte ihr langsam, wollte unter allen Umständen vermeiden, dass sie spürte, dass jemand hinter ihr herging.

Die ganze Zeit überlegte er, welche Möglichkeiten es gab: Er konnte zu ihr rennen, sie von hinten packen, festhalten und dann in ihr Gesicht gucken, das von panischer Angst gezeichnet war. Und würde es genießen, wenn sie langsam, ganz langsam begriff, wer er war, und dass ihre Angst unbegründet gewesen war. Ihre Erleichterung zu beobachten und dann ihre Überraschung, war sicher ein wundervoller Moment.

Oder er könnte ihr sanft von hinten auf die Schulter tippen und »Hallo, Mama« flüstern. Und wenn sie dann sprachlos wäre, würde er beiläufig sagen: »Ich sehe, du machst einen Spaziergang. Ich auch. Das trifft sich gut. Lass uns doch zusammen gehen.«

Ihre Fassungslosigkeit wäre sicher ein Genuss.

Oder aber er würde schweigend einfach nur neben ihr hergehen, bis sie immer nervöser wurde. Ihn immer wieder abschätzend von der Seite ansah und mit der merkwürdigen Situation überhaupt nicht umgehen konnte.

Bis sie ihn dann irgendwann erkannte. An einer Geste, an seinen Augen, an irgendetwas.

Sie würde denken, sie sei in einem anderen Film, und würde die Welt nicht mehr verstehen. Der seit zehn Jahren verlorene Sohn, von dem sie nicht gewusst hatte, ob er tot oder lebendig war, ging plötzlich neben ihr her. An einem herrlichen Sommertag in der Toskana.

Er hatte diese drei Optionen.

Aber er tat nichts von alldem. Folgte ihr unauffällig und konnte nicht glauben, dass die flott gehende Frau vor ihm seine Mutter war.

Eine knappe halbe Stunde später sah er das Castelletto vor sich liegen. Die Chance, seine Mutter allein zu erwischen und das Wiedersehen mit ihr allein auszukosten, war fast vertan.

Das konnte nicht wahr sein. Diese Burg gehörte seinen Eltern?

Seine Mutter ging zügig eine gewundene Auffahrt hinauf, die rechts und links von Zypressen eingefasst war.

Noch ein paar Minuten stand er da und sah hoch zu dem erhabenen Castelletto, der Burg mit dem hohen Turm, dann drehte er sich langsam um und ging zurück nach Montesassi.

34

Er hatte Glück. Der nächste Bus nach Siena fuhr bereits in einer Dreiviertelstunde.

In der ihm bereits bekannten Bar trank er zwei Gläser Weißwein und grinste, als der Wirt ihn fragte, ob er das Castelletto gefunden hätte.

Dann stieg er in den Bus und ließ die Landschaft an sich vorüberziehen, ohne irgendetwas zu sehen.

Der Busbahnhof lag mitten in der Stadt, und die Fahrt endete hier.

Die meisten Fahrgäste liefen in dieselbe Richtung, und Raffael folgte ihnen.

Er kannte Siena nicht, war noch nie hier gewesen, aber an diesem Tag hatte er keinen Sinn für die mittelalterlichen Gassen, die verwinkelten Hauseingänge, die herrschaftlichen Gebäude und die gewaltige Piazza.

Es interessierte ihn alles nicht, auch dem Dom schenkte er keinen Blick, vor seinem inneren Auge stand nur das Bild des Castellettos und das seiner Mutter, die ihm unnahbar vorkam, aber immer noch so aussah wie in seinen Erinnerungen.

In einer kleinen Trattoria aß er Penne dello chef, die schwer und sahnig waren, aber zu drei Gläsern Rotwein wunderbar passten. Anschließend ging er zwar nicht mehr so schnell wie zuvor, aber er fühlte sich stark. Und mit jedem Glas Rotwein ein wenig stärker.

Er lief sich die Füße wund, umkreiste die Piazza zuerst in einem kleinen, dann in einem weiten Bogen und fing innerlich schon an, auf diese Stadt zu fluchen, die jede Menge Modeboutiquen zu bieten hatte, aber kein Kaufhaus, keinen Elektronikladen oder irgendetwas Ähnliches.

Ihm war völlig klar, dass er kurz davor war, noch drei oder vier Gläser Wein zu trinken und dann auszuflippen, als er plötzlich vor einem Fotoladen stand, bei dem er sich fragte, wovon er überhaupt noch existierte, wo doch heutzutage jeder Hansel mit einer digitalen Kamera fotografierte, sich seine Bilder am Computer anschaute und ausdruckte oder löschte. Wer ließ denn heute noch Fotos *entwickeln?*

Aber letztendlich war es ihm egal, ob dieser Laden innerhalb der nächsten sechs Monate Pleite machte – weil er durch die Schaufensterscheibe in einer Vitrine genau das stehen sah, was er suchte und wofür er letztendlich nach Siena gefahren war.

Im Geschäft kam eine Verkäuferin sofort zu ihm und fragte ihn nach seinen Wünschen. Er deutete auf die Ferngläser. Sie holte übereifrig sofort mehrere heraus und überschüttete ihn mit Erklärungen, von denen er nicht eine einzige Silbe verstand.

Die Preisskala ging von hundertvierundzwanzig Euro bis zu eintausendzweihundertfünfundsiebzig.

Er sah sie sich alle lange und ausgiebig an. Dann sagte er auf Englisch: »Ich will das teuerste. Weil ich glaube, dass es auch das beste ist.«

Auch wenn ihm dabei das Herz blutete, so viel Geld für ein Fernglas auszugeben.

Aber man wusste nicht, ob es sich nicht vielleicht doch noch bezahlt machen würde.

Komischerweise verstand die Verkäuferin ihn sofort und war selig. Nach so einem Verkauf war der Tag für sie gerettet, der drohende Untergang vielleicht wieder ein klein wenig aufgeschoben.

Sie packte ihm das Fernglas aufwendig ein, was er überflüssig fand, aber er widersprach nicht. So wie sie ihn ansah, war ihm klar, dass er sich auf der Stelle mit ihr verabreden könnte, doch er wollte nicht. Erstens, weil er im Moment anderes zu tun hatte, zweitens, weil Siena einfach zu weit vom Castelletto entfernt war und er sich hier auf keinen Fall ein Zimmer nehmen wollte, und drittens, weil sie für seinen Geschmack einen zu dicken Hintern hatte.

Also bezahlte er, nahm den unpraktischen Karton mit dem Fernglas unter den Arm und verließ den Laden. Er spürte regelrecht, wie sich die enttäuschten Blicke der Verkäuferin in seinen Rücken bohrten.

Auf dem Weg zum Busbahnhof trank er noch zwei Grappa und war entsetzt, wie knapp sie eingeschenkt waren. Wenn er ein vernünftiges Hotelzimmer gefunden hatte, musste er sich unbedingt eine Flasche kaufen, um nicht von diesen Halunken abhängig zu sein.

Um siebzehn Uhr war er zurück in Montesassi.

Jetzt im Sommer war es bis einundzwanzig Uhr dreißig hell, er hatte also noch eine reelle Chance, ein Hotelzimmer zu finden, von dem aus er auf das Castelletto gucken konnte.

Er machte sich auf den Weg. Und lief schnell.

Das Castelletto hatte er schon im Blick, als auf einem Wegweiser stand: San Pietro, 1,5 km.

Eine Weile lief er bergab, dann stieg der Weg wieder an. Auch der winzige Ort San Pietro lag auf einem Hügel, dem Castelletto gegenüber. In dieser Art würde es rings um die Burg noch mehrere Dörfer geben, vermutete Raffael, aber jetzt galt es, das am besten gelegene Zimmer zu finden.

Er probierte es mit dem Fernglas vom Ortseingang, von der zentralen Piazza, die nicht größer war als der Hinterhof eines Berliner Mietshauses, und am Ortsausgang. San Pietro lag denkbar ungünstig, direkt der Auffahrt zum Castelletto gegenüber. Von dort konnte er vielleicht die Vögel in den Zypressen beobachten und kontrollieren, wer kam und wer ging, aber mehr auch nicht. Die Vorderseite des Gebäudes war nicht zu sehen.

Was er brauchte, war ein Blick auf die burgeigene »Piazza«, die auf dem Flyer deutlich abgebildet war. Dort, wo die Feriengäste frühstückten, wo man sich abends beim Wein zusammensetzte – das Herz der Anlage. Er musste weiterlaufen. In San Pietro hatte er keine Chance.

Mit seinem Fernglas testete er die Standorte von einsamen Agriturismo-Anwesen und durchstreifte einen weiteren kleinen Ort. Aber für das, was er suchte, war nichts Passendes dabei.

Er spürte, wie er sauer wurde. Die Rumrennerei mit seiner Tasche stank ihm allmählich gewaltig, und er verfluchte, dass er keinen Führerschein hatte. Aber mit den Fahrstunden und der Theorie hatte es irgendwie nie geklappt. Mal hatte er keine Zeit und mal kein Geld. Und abends, wenn er zur Fahrschule musste, war er meist schon betrunken. Dann hatte er sich überlegt, dass er in der Stadt eigentlich gar kein Auto brauchte und dass er den Führerschein wahrscheinlich in Nullkommanichts wieder verlieren würde, weil er immer ein paar Promille intus hatte. Rund um die Uhr. Also hatte die ganze Angelegenheit keinen Zweck, und er hatte es gelassen.

Aber hier in den toskanischen Bergen war man ohne Auto aufgeschmissen. Das wurde ihm klar, und da musste er sich dringend etwas überlegen.

Ziemlich desillusioniert und kaputt lief er weiter, als plötzlich auf einem weiteren Hügel ein malerisches kleines Bergdorf auftauchte.

Dort hole ich mir erst mal was zu trinken, und dann sehen wir weiter, sagte er sich, und die Aussicht auf eine Flasche Rotwein ließ ihn schneller gehen.

Nur zwanzig Minuten später erreichte er San Rocco. Der Mittelpunkt des Ortes war eine kleine Kirche, die zwischen den Häusern jedoch kaum auffiel. Lediglich eine steinerne Treppe und ein Kreuz über der Tür wiesen darauf hin, dass es sich um ein Gotteshaus handelte. Der starke Duft von blühendem Jasmin stieg Raffael in die Nase, der sich in der warmen Abendsonne noch verstärkte. Er blieb stehen und atmete tief. Es war der Geruch des Südens, und für Augenblicke machte er ihn glücklich.

Sehr viel mehr als die Handvoll Häuser, die den Kirchplatz begrenzten, gab es nicht, und Raffael war ungeheuer erleichtert, dass ein winziger Alimentari-Laden darunter war, denn hier gab es noch nicht einmal eine Bar.

Aber als Raffael das Geschäft betrat, merkte er, dass das Lädchen die Barfunktion gleich mit übernommen hatte, denn er bekam auch hier einen Kaffee, einen Wein und ein vertrocknetes Brötchen mit Schinken und Käse, das wahrscheinlich schon gestern in dieser Vitrine darauf gewartet hatte, gegessen zu werden.

Während er an einem der beiden Stehtische stand und aß und trank, entdeckte er an der Wand ein DIN-A4-großes Blatt, auf dem dick mit Filzstift »Camere« geschrieben stand.

Er ließ seinen Wein stehen und ging vor die Tür. Da er nur noch an den Alkohol gedacht hatte, hatte er es versäumt, von hier aus mit dem Fernglas in Richtung des Castellettos zu sehen. Das holte er jetzt möglichst unauffällig nach.

Raffael wurde weich in den Knien. Es war ganz nahe! Nur ein kleines Tal lag zwischen San Rocco und der Burg. Und mit diesem fantastischen Fernglas sah er direkt auf den Hof, in dem die Sonnenschirme aufgespannt waren. Ein älteres Ehepaar saß unter einem der Schirme und trank einen Cocktail.

Er dankte dem Himmel, dass er aus lauter Geiz kein Glas gekauft hatte, das fünfhundert Euro billiger gewesen wäre. Er hatte alles richtig gemacht.

Und hier war sein Platz.

Er ging wieder hinein, trank seinen Wein aus und wandte sich an die Frau hinter dem Verkaufstresen.

»Signora«, sprach er sie freundlich an und deutete auf das Schild. »Wo? Where?« Dazu malte er erklärend ein Fragezeichen in die Luft.

Die Verkäuferin hatte seine Frage verstanden und lächelte.

»Qui«, sagte sie und deutete mit dem Finger an die Decke. »Sopra. Venga.«

Sie kam hinter dem Tresen hervor, ging zur Treppe, und Raffael folgte ihr.

Im ersten Stock gab es einen schmalen dunklen Flur mit drei Türen. Die Signora öffnete die hintere mit einem großen, eisernen Schlüssel. Sie ging voran und klappte mit Schwung die geschlossenen Fensterläden auf.

Augenblicklich war der Raum lichtdurchflutet.

Raffael trat ein und sah sich um, was keine drei Sekunden dauerte. Super, dachte er. Spitzenmäßig. Das ist das Allerbeste, was mir passieren konnte.

Ein auf den ersten Blick sauberes, breites Bett, ein kleiner Schrank, ein Tisch mit zwei Stühlen, in der Ecke ein kleiner Sessel mit einer verchromten Stehlampe, die so gar nicht zu dem Sessel passte. Aber das Wichtigste waren das doppelflügelige Fenster und der kleine Balkon.

Mit direktem Blick auf das Castelletto.

Bei diesem Ausblick hämmerte sein Puls an den Schläfen, und er fragte sich, ob ihm die Signora ansah, wie aufgeregt er war.

»Okay«, sagte er. »Okay.«

»Venti euro«, meinte sie und lächelte fast entschuldigend, während sie zweimal ihre zehn Finger in die Luft drückte.

»Okay, okay!« Raffael gab ihr die Hand, um den Vertrag zu besiegeln. »Okay.«

Die Signora strahlte, und sie verließen das Zimmer.

Im Flur öffnete sie eine der beiden anderen Türen.

»Il bagno«, sagte sie.

Raffael warf einen kurzen Blick hinein. Aha. Das war also das Bad. Es interessierte ihn nicht sonderlich, denn er würde schon damit klarkommen. Auch die Frage, ob er es sich mit anderen Leuten teilen musste, war ihm völlig egal.

Er folgte der Signora wieder nach unten, kaufte sich noch drei Flaschen Rotwein, stieg hinauf in sein Zimmer und sah zum Castelletto.

Die letzten Strahlen der Abendsonne flirrten über die Hügel, in nur wenigen Minuten würde sie verschwunden sein. Noch war die Silhouette des Castellettos in orangefarbenes Licht getaucht, das aber schon langsam ins Grau überging.

Er starrte hinüber. Und war froh über seinen Standort.

Nach und nach gingen im Castelletto, im Turm und im Hof die Lichter an.

Bei Dunkelheit würde er auch mit dem Fernglas nichts mehr sehen können.

Aber morgen war ein neuer Tag. Er öffnete die Flasche.

35

Donato Neri hätte nie gedacht, dass er einmal sein quittegelbes, extrem langweiliges Büro seinem Zuhause mit einer gemütlichen Küche, einem Wohnzimmer mit einem kleinen Kamin und einer Terrasse, an der zwar die Dorfstraße vorbeiführte, die aber dennoch einen Blick über die Hügel und Felder des Valdambra erlaubte, vorziehen würde.

Es lag daran, dass Oma, seine Schwiegermutter Gloria, jetzt anscheinend vollständig den Verstand verloren hatte.

Er konnte die elenden Diskussionen, die sich fast tagtäglich wiederholten, nicht mehr ertragen. Nur die Orte, wo er vor Oma sicher war, waren gute Orte.

Sein Zuhause war es nicht.

Fast jeden Abend beim Essen plärrte sie los. »Ist das denn so schwer zu begreifen, dass ich meine goldene Hochzeit feiern will? Zuerst gibt es eine Messe und anschließend ein riesiges Fest mit allen meinen Freunden. Mit Tanz und Gesang und einem köstlichen Essen. Ihr könnt ja auch kommen. Kein Problem. Fühlt euch eingeladen.«

»Mama, Papa ist seit neun Jahren tot«, erwiderte Gabriella gebetsmühlenartig jeden Abend mit Engelsgeduld, »du bist nicht mehr verheiratet, also kannst du auch keine goldene Hochzeit feiern.«

»Teufel noch mal«, fluchte Oma und setzte energisch ihre Brille auf die Nase. »Ich bin jetzt seit fünfzig Jahren mit Emilio verheiratet und ihm nicht einen Tag untreu gewesen. Da könnt ihr euch alle eine Scheibe von abschneiden, und ich finde, das ist ein Grund, die größte Feier zu veranstalten, die die Welt je gesehen hat.«

Das war Omas Standardrede, zu der Neri nie etwas sagte und nach der er regelmäßig kapitulierte. Gegen Oma kam man eben nicht an. Sie brachte mit ihrem Willen Steine zum Weinen und Eisberge zum Schmelzen, da konnte man nur versuchen, den Schaden so gering wie möglich zu halten.

»Wir haben Emilio vor neun Jahren in Rom begraben, Mama«, flüsterte Gabriella tapfer, »du lebst seit Jahren allein, beziehungsweise hier bei uns, und du solltest dem Himmel danken, dass es dir so gut geht.«

Neri verdrehte die Augen, was Gabriella natürlich mitbekommen hatte, aber sie fuhr weiter fort, auf ihre Mutter einzureden. »Was hältst du davon, wenn wir im nächsten Jahr deinen Achtzigsten ganz groß feiern?«

»Nichts«, erwiderte Oma prompt. »Was gibt es da zu feiern? Dass ich noch lebe, dafür kann ich nichts, aber dass ich meinen Emilio heute noch liebe, das ist großartig. Und das war bei diesem Sturkopf ein Haufen Arbeit und nicht immer leicht. Das sag ich euch.«

An diesem Punkt kapitulierte regelmäßig auch Gabriella.

An diesem Tag war Neri wie immer überaus schweigsam aus dem Büro nach Hause gekommen, hatte seine Uniform ausgezogen, gegen eine kurze Hose und ein T-Shirt eingetauscht und hatte dann wie immer schweigend Omas Goldene-Hochzeit-Fantasien angehört und ihr zugesehen, wie sie Unmengen von Panzanella in sich hineinstopfte und dazu fast eine ganze Flasche ihres geliebten Weißweins trank. Daher war abzusehen, dass sie nicht mehr sehr lange wach sein würde.

Und wahrhaftig: Um halb zehn wankte Oma ins Bett, und dabei schimpfte sie wie ein Rohrspatz, dass es in diesem hochgelobten Land Italien abends noch nicht einmal etwas Gescheites im Fernsehen gab, das einen über das Unverständnis und die Ignoranz seiner Familie hinwegtrösten konnte.

Neri überhörte dies alles. Er hatte beschlossen, sich nicht mehr aufzuregen. Über nichts mehr. Auch nicht über Oma.

Gabriella grinste vor sich hin, stellte das Geschirr in die Geschirrspülmaschine, setzte sich zu Neri und nahm seine Hand.

»So«, sagte sie. »Jetzt haben wir unsere Ruhe. Oma ist im Bett, und wir können reden. Vielleicht sollten wir uns wirklich langsam mal darüber unterhalten, wie wir diese Schnapsidee mit der goldenen Hochzeit aus der Welt schaffen.«

»Tja«, meinte Neri und seufzte. »Vielleicht sollten wir das. Ich kann ja meine Dienstwaffe holen. Dann ist das Problem ganz schnell gelöst.«

»Eins ist ganz klar«, begann Gabriella sofort mit dem Kern des Problems, ohne auf Neris sarkastischen Einwurf zu reagieren, »Oma wird sich von ihrer fixen Idee nicht abbringen lassen. Wir haben nur noch die Möglichkeit, uns zu überlegen, wie wir das Ganze unauffällig, elegant und so wenig peinlich wie möglich hinter uns bringen. Aber frag mich nicht, wie das gehen soll.«

Neri knurrte. »In Ambra findet nichts statt. Das schwöre ich dir. Ich mach mich doch nicht vor dem ganzen Ort zum Affen! Unser Carabiniere feiert mit großem Brimborium die goldene Hochzeit seiner Schwiegermutter, dabei ist der liebende Gatte seit hundert Jahren tot. Die Leute zerreißen sich sowieso schon wegen jeder Kleinigkeit das Maul, aber wenn wir mit dieser Geschichte kommen, dann haben sie einen Brocken, über den sie monate- oder jahrelang lästern können. Es war der schwärzeste Tag in meinem Leben, als du deine Mutter aus Rom hierhergeholt hast, Gabriella, und ich könnte mich heute noch in die Nase beißen, dass ich sie nicht gleich ins Auto gesetzt, wieder zurückgefahren und in irgendeinem Heim abgegeben habe. Bisher hat sie uns hier nur Ärger gemacht, und der Alltag mit ihr ist die Hölle.«

Das waren deutliche Worte, und Gabriella schwieg erschrocken. Dass Neri so sehr unter Glorias Anwesenheit litt, hatte sie nicht geahnt. Aber sie wusste, wie sehr Gloria Neri damit quälte, dass er seinen Posten als Carabiniere in Rom verloren hatte und in die Provinz versetzt worden war. Immer und immer wieder fing sie mit dem Thema an und streute genüsslich Salz in die Wunde. Sie wusste auch, dass er sich heute noch dafür schämte, Freiwillige der ganzen Gegend zusammengetrommelt und eine riesige Suchaktion gestartet zu haben, als Oma verschwunden war und alle glaubten, sie sei orientierungslos und habe sich im Wald verirrt. Dabei saß sie gemütlich bei ihrer Freundin Silena bei etlichen Gläschen Weißwein.

Das gesamte Valdambra hatte sich über Neri und seine Oma-Suchaktion köstlich amüsiert, er war zum Gespött der Leute geworden, und das hatte er Oma im Grunde seiner Seele nie verziehen.

Und jetzt wollte sie ihn mit dieser Messe und diesem Fest schon wieder in Ambra lächerlich machen.

»Ich weiß, Neri«, sagte Gabriella leise, »ich finde es auch nicht einfach mit meiner Mutter unter einem Dach.

Aber vielleicht sollten wir jetzt nicht grundsätzlich über die Situation mit Oma diskutieren, sondern uns darüber Gedanken machen, wie wir das aktuelle peinliche Problem lösen.«

Neri schwieg und drehte das Radio an. Als ein italienischer Sänger, den er nicht kannte, sich in seinem Song auf unerträgliche Weise über die verpassten Gelegenheiten seines Lebens ausweinte und dabei immer wieder die Töne knapp verfehlte, schaltete er das Radio wieder aus.

»Versuchen wir doch eine Schadensbegrenzung«, schlug Gabriella vor. »Wir sagen Oma, die Kirche in Ambra ist monatelang ausgebucht, und suchen irgendwo in einem kleinen Ort eine winzige Kapelle. Eine, in die nicht viele Leute passen. Wir laden nur ein paar Freunde ein, die die Probleme mit Oma kennen, und fertig. Vor denen brauchen wir uns nicht zu genieren. Es gibt eine kurze Messe, hinterher ein schönes Essen, und Oma ist glücklich.«

»Hm«, meinte Neri, und Gabriella wusste, dass er immer eine Weile brauchte, um einen Vorschlag zu durchdenken.

»Hm«, wiederholte er nach einer Weile, »du hast recht. Das ist wahrscheinlich die einzige Möglichkeit. Und wo meinst du? An welches Käsenest hast du gedacht?«

»Montebenichi? Rapale? Cennina? Mir ist das alles eben erst eingefallen. An einen konkreten Ort hab ich noch gar nicht gedacht.«

»Die gehen alle nicht.« Neri machte eine Handbewegung, als wischte er einen ganzen Stapel Zeitungen vom Tisch. »Dort sind keine Kapellen, das sind kleine Kirchen, und die sind viel zu groß. Wenn sich die Leute quetschen, passen da fünfzig, sechzig Personen rein! Um Gottes willen! Und wenn noch ein paar stehen, haben wir plötzlich hundert Mitwisser und potenzielle Nachrichtenverbreiter. Scusami, Gabriella, aber da müssen wir etwas anderes finden.«

»Kannst du nicht mal mit Don Lorenzo reden? Vielleicht hat er eine Idee und kennt die kleinste Kapelle der Welt.«

Neri nickte. »Ja, das kann ich machen. Außerdem hab ich bei ihm noch was gut.«

Er erinnerte sich an eine Winternacht zwischen Weihnachten und Neujahr vor anderthalb Jahren. Es hatte am Nachmittag angefangen zu schneien, es schneite immer noch unaufhörlich, und der Schnee war überfroren. Die holprige, teils steile Straße durch den Wald war glatt und rutschig, und wer jetzt nicht unbedingt musste, war bei diesem Wetter nachts nicht unterwegs.

Neri war auf dem Weg nach Sogna, denn das Ehepaar Kleist aus München, das jedes Jahr die Weihnachtsfeiertage in ihrem Ferienhaus in Sogna verbrachte, hatte ihn angerufen, weil ein verdächtiger Mann schon seit geraumer Zeit zwischen den verlassenen Häusern herumschlich. Vielleicht suchte er eine Gelegenheit zum Einbrechen.

Solche Einsätze liebte Neri gar nicht, weil man nie wusste, was einen erwartete. Er ging zwar davon aus, dass der mysteriöse Fremde längst verschwunden war, wenn er Sogna erreichte, aber er kämpfte sich dennoch mit seinem Jeep, der fürchterlich rutschte, tapfer weiter durch den Wald.

Und plötzlich sah er direkt vor sich in der Kurve eine Gestalt, die Holz auf den Anhänger eines Treckers warf und sich dabei extrem beeilte.

Bei Neri gingen alle Warnlampen an. Es war außergewöhnlich schlechtes Wetter und kurz nach elf in der Nacht.

Keine Zeit, um Holz aufzuladen und nach Hause zu bringen. Wer jetzt Holz aus dem Wald holte, war ein Dieb.

Neri hielt, schaltete seine Taschenlampe an und ging auf den Mann zu.

Erst als sie unmittelbar voreinander standen, erkannten sie sich, und vor Schreck brachte keiner von beiden ein Wort heraus.

»Was machst du denn hier bei diesem Sauwetter?«, fragte Neri schließlich und war sich klar, dass es eine dumme Frage war.

»Ich hole Holz.« Don Lorenzo blickte zu Boden.

»Ich wusste gar nicht, dass das hier Kirchenland ist.«

»Ist es auch nicht.«

»Ach so. Verstehe.« Neri war vollkommen irritiert und wusste nicht, was er machen sollte. Don Lorenzo war der Pfarrer der umliegenden Orte und ein Freund.

Warum konnte er nicht einfach einmal einen normalen, ihm unbekannten Holzdieb auf frischer Tat ertappen und festnehmen? Warum musste es ausgerechnet Don Lorenzo sein? Und schon war er wieder in äußersten Schwierigkeiten und Gewissenskonflikten.

Er überlegte, was sein Kollege Alfonso in dieser Situation wohl getan hätte. »Was für ein herrlicher Winterabend«, hätte Alfonso sicher gesagt, »wirklich romantisch. Und kein Mensch unterwegs. Niemand. Es ist so herrlich still im Wald. Ich bin auf dem Weg nach Sogna, aber außer einem Rehbock habe ich kein Lebewesen gesehen.« Dann hätte er Don Lorenzo auffordernd angesehen und auf ein Angebot gewartet.

Und Don Lorenzo hätte ihm bei Gelegenheit zwei Kisten Wein vorbeigebracht.

Neri sagte: »Leg das Holz zurück, Don Lorenzo! Meines Wissens gehört das Land hier Daniele. Und sieh zu, dass du ins Warme kommst. Gute Nacht!«

Damit ließ er Don Lorenzo im Schnee stehen, setzte sich in seinen Jeep und fuhr weiter.

Über die ganze Angelegenheit hatten sie nie wieder ein Wort verloren, obwohl sie zusammen zur Jagd gegangen waren und manches Glas Wein geleert hatten. Aber Don Lorenzo wusste, dass er Neri noch einen Gefallen schuldig war.

Nun hörte er sich Neris Schilderung des Problems aufmerksam an. Neri sah, dass er sich große Mühe geben musste, ein Grinsen zu unterdrücken, und wenn man die Angelegenheit mal ganz objektiv betrachtete, war sie auch wirklich komisch.

»Ich weiß was«, sagte Don Lorenzo, als Neri geendet hatte, und jetzt grinste er wirklich, »ein Castelletto in der Nähe von Montesassi. Weit genug weg vom Schuss, aber für die Gäste immer noch bequem zu erreichen. Traumhaftes Anwesen mit hervorragenden Räumlichkeiten zum Feiern oder auch zum Übernachten, aber das Wichtigste ist die kleine, wirklich winzige Kapelle, die noch in Betrieb ist. Wenn da zehn Leute drin sind, ist sie überfüllt. Ich sag dir, das Castelletto ist für eure Wünsche wie geschaffen.«

Neri war sprachlos, dass sich das Problem scheinbar so schnell lösen ließ. »Und du würdest in dieser Chiesina auch wirklich eine Messe lesen?«

»Natürlich! Dem lieben Gott ist es völlig gleich, ob die Kirche groß oder klein ist, und mir auch. Lass uns hinfahren, guck dir alles an und frag die Inhaber nach dem Preis. Da hab ich nämlich keine Ahnung.«

»Wer sind die Besitzer?«

»Ein deutsches Ehepaar. Karl und Christine. Sie haben die Ruine des Castellettos liebevoll restauriert, haben einen Sack voll Geld hineingesteckt, und jetzt leben sie von den

Touristen, die auf der Burg Urlaub machen. Karl ist außerdem noch Winzer. Der Wein ist übrigens hervorragend. Mir sind die beiden aufgefallen, weil ihre jährliche weihnachtliche Spende für die Kirche jedes Mal mehr als üppig ausfällt. So sind wir miteinander ins Gespräch gekommen, und ich habe mir das Anwesen mal angesehen.«

»Gut«, sagte Neri, »dann werden wir hinfahren. Damit diese Quälerei irgendwann einmal ein Ende hat.«

36

Er schlief lange und wachte erst am Mittag um zwölf auf. War ja auch kein Problem, niemand wartete auf ihn und niemand erwartete etwas von ihm, er war sein eigener Herr und konnte machen, was er wollte. Seine Eltern liefen ihm nicht weg. Er hatte alle Zeit der Welt.

Noch war es nicht so weit.

Raffael ging auf die Toilette im Flur, spülte sich den Mund aus und lief dann hinunter, um sich einen Milchkaffee, eine Cola und zwei Käsebrötchen zu holen. Lauter gesunde Sachen, die Unterkunft war einfach grandios.

Dann setzte er sich auf den Balkon, frühstückte und nahm ab und zu das Fernglas zur Hand. Er zitterte und erkannte kaum etwas, weil er das Glas nicht ruhig halten konnte. Vielleicht lag es am Alkohol vom Abend zuvor, vielleicht aber auch daran, dass seine Nerven extrem angespannt waren.

Es war nicht so diesig wie häufig sonst am Vormittag. Raffael hatte einen klaren Blick auf das Castelletto seiner Eltern, beinah wie nach einem Gewittersturm, wenn die Landschaft unwirklich deutlich und plastisch erschien.

Es war ihm schon lange nicht mehr so gut gegangen. Er fühlte sich wie ein König, der auf sein Volk hinabblickt.

Unter seinem Balkon lief ein schmaler Feldweg entlang, der in die Olivenhaine führte. Eine alte, gebückte Frau kam vorbei, sah ihn und grüßte. Raffael grüßte zurück.

Die Personen, die die kleine Piazza des Castellettos betraten, konnte er gut erkennen. Er konnte sogar sehen, ob sie eine Brille trugen oder nicht, so gestochen scharfe Bilder machte dieses Fernglas aus dem kleinen Laden in Siena.

Gäste mit Badetaschen und Handtüchern überquerten den Hof, gingen zum Pool oder kamen vom Baden zurück.

Er versuchte, sich die Örtlichkeit einzuprägen. Das Castelletto war offensichtlich in drei große Bereiche unterteilt. In der Mitte gab es den Haupttrakt mit einer großen breiten Treppe, die in den ersten Stock führte, dann noch zwei weiteren Etagen, die schließlich in einen breiten Turm mündeten, der auch noch einmal drei Stockwerke hatte. Raffael vermutete, dass seine Eltern in diesem Bereich selbst wohnten.

Im linken Trakt sah er viele Türen nebeneinander, die sicher zu den einzelnen Appartements führten, die schmal waren und sich über ein oder zwei Stockwerke erstreckten. Im rechten Trakt konnte er eine große Glasfront erkennen. Sicher befanden sich dort die Speisesäle und Veranstaltungsräume, von denen der Flyer berichtete. Mithilfe des Flyers und dem, was er sah, konnte er sich den Aufbau des Castellettos ganz gut vorstellen. Den Pool, der im Werbeblättchen auch noch erwähnt wurde und dessen Foto er gesehen hatte, entdeckte er nicht. Wahrscheinlich lag er auf einer anderen Seite der Burg oder war hinter Zypressen, dichten Bäumen und hohem Buschwerk verborgen.

Wo er auch hinsah, das Anwesen war gut gepflegt. Geranien, Hortensien, Rosen und Oleander blühten überall.

Grandios. Er betrachtete das Ganze wie das Bühnenbild zu einem Stück, in dem er bald auftreten würde, und zitterte vor Aufregung.

Gerade begann der erste Akt, denn die Tür an der Haupttreppe öffnete sich, und seine Mutter trat heraus. Mit einem kleinen blonden Mädchen an der Hand.

Seine Brust durchzuckte ein schmerzhafter Stich.

Wer war die Kleine?

Sie setzte sich mit dem Kind unter einen der Sonnenschirme, ging kurz darauf in einen Raum des rechten Traktes. Offensichtlich war dort die Küche, denn sie kam nur Sekunden später mit zwei Gläsern Saft wieder heraus.

Dann ließ sie sich erneut neben der Kleinen nieder und redete mit ihr.

Raffael stand der Schweiß auf der Stirn. Er hatte beide Ellenbogen auf die Balkonbrüstung gestützt und drückte das Fernglas so fest gegen die Augen, dass es schmerzte. Und bebte vor Anspannung.

Eine Viertelstunde später kam ein großer stattlicher Mann durch ein seitliches Tor und ging auf die beiden zu.

Ja. Ihn erkannte er auch sofort. An seiner Größe und an seinem dichten welligen Haar, das in all den Jahren nur seine Farbe geändert und grau geworden war.

Vater.

Er hatte sich kaum verändert. Jedenfalls nicht so, dass es aus der Entfernung zu erkennen gewesen wäre.

Die Kleine sprang auf und rannte zu ihm. Er war mittlerweile auf die Knie gegangen, und das Mädchen warf sich ihm in die Arme. Er hob sie hoch, küsste sie und drückte sie fest an sich. Vielleicht flüsterte er ihr etwas ins Ohr, jedenfalls lachte die Kleine.

Raffael ließ das Fernglas sinken.

Sie hatten eine Tochter.

Eine neue Tochter.

Sie hatten es gewagt und einfach ein neues Kind gemacht.

Sie waren Verräter.

37

Die heilige Familie. Christine, Karl und ihre kleine Tochter.

Perfekter ging es nicht, und es war absolut werbetauglich: Vater, Mutter, Kind, alle gesund, alle schön und alle glücklich, auf einer herrlichen toskanischen Terrasse, umsäumt von blühendem Oleander und duftendem Rosmarin.

Karl stand auf, ging kurz hinein, um seiner Tochter auch noch ein kleines Eis zu holen, und erntete dafür einen Kuss.

Die Kleine wirkte äußerst vergnügt. Sie saß auf einem Stuhl, hampelte mit den Beinen, die nicht die Erde berührten, in der Luft hin und her und bewegte sich, als hörte sie im Innern Musik.

Karl und Christine sprachen miteinander, und Karl legte seine Hand auf ihre.

Gott, wie süß, dachte Raffael und musste sauer aufstoßen.

Gerade als er hineingehen wollte, sah er, dass ein Carabiniere in Begleitung eines Mannes in Zivil auf den Hof kam.

Das gibt es nicht! Was will denn die Polizei bei meinen Eltern?, dachte Raffael und blieb mit dem Fernglas vor den Augen sitzen.

Karl drehte sich um und rief irgendetwas. Dann gingen er und seine Frau auf die beiden Besucher zu und begrüßten sie per Handschlag.

Sie unterhielten sich vielleicht zwei Minuten. Die Kleine hopste währenddessen auf dem Hof herum.

In diesem Augenblick kam eine wunderschöne junge Italienerin aus der großen Gästeküche, nahm das Mädchen an der Hand und ging mit ihr weg. Wahrscheinlich zum Pool, denn sie gingen in dieselbe Richtung wie die Gäste mit den Handtüchern.

Natürlich. Raffael setzte das Fernglas einen Moment ab. Familie Großkotz hat selbstverständlich ein Kindermädchen für das kleine Püppchen, damit ihm auch nichts Böses geschieht, damit es rund um die Uhr umsorgt und gehegt und gepflegt und bespielt und verwöhnt werden kann.

Die Wut saß ihm wie ein Kloß im Hals.

Er nahm das Fernglas wieder zur Hand.

»Signor Neri plant, eine kleine Familienfeier auszurichten«, begann Don Lorenzo, »und daher möchte er sich das Castelletto einmal ansehen, ob es für ihn infrage käme.«

Neri blickte sich um. Der Hof war geräumig, mit alten Steinen gepflastert und hatte eine sehr einladende und trotz seiner Größe heimelige Atmosphäre.

Wenn man vom Hof ins Land blickte, sah man einen schmalen Weg, gesäumt von Oleander, Rosmarin und Zypressen, der direkt zur etwas tiefer gelegenen Kapelle führte. Im Hintergrund das fantastische Panorama von Wäldern, Olivenhainen und Weinbergen und den Blick auf das kleine mittelalterliche Bergdorf San Rocco.

So schöne Anwesen gibt es auch in der Toskana nicht an jeder Ecke, dachte Neri, Oma wird begeistert sein. Hoffentlich. Wenn nicht, reiße ich ihr den Kopf ab.

»Ich würde vorschlagen, wir machen einen Rundgang und sehen uns alles an«, meinte Christine. »Dann können

Sie sich ein Bild machen, ob das Castelletto der richtige Rahmen für Ihre Feier ist.«

Eine halbe Stunde später war Neri davon überzeugt, dass sie es nicht besser hätten treffen können. Der kleinere der beiden Veranstaltungsräume lag im ersten Stock des Seitenflügels, war sehr geschmackvoll im toskanischen Stil eingerichtet und wie geschaffen für ungefähr zwanzig Personen. Durch zwei große Fenster an der Stirnseite sah man direkt hinunter zur Kapelle. Die Kapelle war, wie Don Lorenzo sie beschrieben hatte: sehr schlicht mit nur einem Bild eines modernen Malers über dem Altar, ansonsten einfach winzig. Ideal.

Christine und Neri wurden sich schnell über den Preis für die Feier und über den Termin in wenigen Tagen einig. Neri blutete zwar das Herz, dass er für »Omas Schwachsinn«, wie er es nannte, jetzt auch noch verhältnismäßig tief in die Tasche greifen musste, aber das war eben Schicksal. Andere Leute machten Verluste an der Börse, kauften sich die falschen Autos oder ließen ihre Brieftasche irgendwo in der Gegend herumliegen. Sein Ruin war auf die Dauer eben Oma, und mittlerweile hatte er den Eindruck, dass sie verdammt zäh war und wahrscheinlich hundertzwanzig werden würde.

»Oma überlebt uns alle«, hatte er schon oft zu Gabriella gesagt. Aber Gabriella hatte nur gegrinst und geantwortet: »Red keinen Unsinn, Neri, du bist ja nur sauer, dass sie beim Essen schneller nach dem letzten Stück Fleisch greifen kann als du.«

Da war etwas dran.

»Was sind das für Leute?«, fragte Neri Don Lorenzo, als sie zurück nach Ambra fuhren. »Wie gut kennst du sie?«

»Ziemlich gut. Vor neun Jahren kauften sie die Ruine, restaurierten sie und zogen ganz nach Italien. Sie sprechen mittlerweile sehr gut Italienisch, und wir haben schon so manche Flasche Rotwein zusammen geleert.«

»Und?«

»Nichts und. Es sind zwei erfolgreiche Menschen, die nett sind. Richtig nett. Immer freundlich, stets vorsichtig und zurückhaltend, gehen jedem Streit aus dem Weg. Sie bezahlen immer überpünktlich, das hab ich von allen Handwerkern der Umgebung gehört, bei denen arbeitet jeder gern. Und vor sechs Jahren haben sie noch eine kleine Tochter bekommen. Stella. In dem Alter wirklich ein Geschenk Gottes. Die beiden sind einfach Glückskinder. Ich hab die Kleine getauft.«

»Das hört sich gut an«, meinte Neri und dachte: Gott, was für Langweiler. Harmoniesüchtige Optimisten. Wahrscheinlich Leute, mit denen man nach einer halben Stunde keinen Gesprächsstoff mehr hatte.

Dennoch versetzte es ihm insgeheim einen Stich. So ungerecht war die Welt. Den einen gelang einfach alles, anderen nichts, sosehr sie sich auch bemühten. Er gehörte zu Letzteren, und immer wenn er daran dachte, war er kurz davor zu verzweifeln.

38

Es war ein schöner, sonniger Morgen. Noch war es angenehm kühl, in ein, zwei Stunden würde die Hitze erbarmungslos zuschlagen, denn es kündigte sich eine Hitzewelle an, die es in der Toskana ungefähr zweimal pro Saison gab.

Raffael war sehr früh wach geworden, was ungewöhnlich für ihn war. Aber er war zu aufgeregt, es hielt ihn nicht mehr im Bett, er musste raus auf den Balkon.

Seine Hauptdarsteller agierten bereits. Er würde jetzt mindestens zwölf Stunden die Gelegenheit haben, seiner Echtzeit-Doku-Soap, die nur für ihn ablief, zuzuschauen. Und seine Schauspieler ahnten nicht einmal, dass sie die Protagonisten eines grandiosen Dramas waren, das irgendwann Realität werden würde.

Und da war sie wieder, diese unglaubliche Schönheit mit dem langen dunklen Haar, das sie im Nacken locker zusammengefasst hatte und das ihr dennoch auf dem Rücken bis über die schmale Taille fiel. Eine Frau wie diese hatte er noch nie gesehen. Sie war eine Erscheinung. Eine Göttin.

Die Göttin stand vor dem Frühstücksraum an die Glasfront gelehnt und rauchte.

Neben ihr am Tisch saß das kleine Mädchen und malte.

Christine nahm einen letzten Schluck Kaffee, der nur noch lauwarm war, stellte das schmutzige Geschirr in die Maschine und trat aus dem Turm.

Ihre Miene verfinsterte sich sofort, als sie Paola sah. Sie lief die Treppe hinunter und ging direkt auf sie zu.

»Was soll das?«, fragte Christine.

»Was soll was?« Paola wusste ganz genau, was Christine meinte, aber diese ständigen Zurechtweisungen waren einfach nur nervig: ›Kannst du nicht dafür sorgen, dass Stella nicht mit ihren Sandalen durchs hohe Gras läuft? Du weißt, hier gibt es überall Vipern. Ein Biss, und Stella ist tot.‹ – ›Hast du dafür gesorgt, dass Stella genug trinkt? Bei dieser Hitze ist man sehr schnell dehydriert. Bitte achte darauf, dass Stella niemals allein zum Pool läuft. Wenn sie hineinfällt, ertrinkt sie. Sie kann schließlich noch nicht schwimmen. Ich will nicht, dass Stella da auf der Mauer sitzt! Wenn sie sich nach hinten beugt, fällt sie runter.‹ Und, und, und. So ging das in einem fort. Paola mochte Christine wirklich, aber diese ständigen Wiederholungen konnte sie sich sparen. Und nun kam wieder die Arie mit dem Rauchen.

»Du weißt, ich möchte nicht, dass du hier im Hof rauchst. Die anderen Angestellten dürfen es auch nicht, Paola, und es ist nicht in Ordnung, dass du dir hier eine Extrawurst brätst. Außerdem: Was macht das für einen Eindruck auf die Gäste?«

»Im Moment ist keiner hier«, parierte Paola mit gesenktem Blick, sodass die Bemerkung nicht allzu frech wirkte.

»Und ich möchte auch nicht, dass Stella den Rauch ins Gesicht bekommt. Passivrauchen schadet auch unter freiem Himmel.«

Paola schwieg.

»Also lass es bitte.«

Paola sagte nichts mehr, drückte die Zigarette aus, steckte die Kippe in ihre Hosentasche und setzte sich zu Stella.

Christine war zufrieden und wusste, dass sie jetzt mindestens zwei Wochen auf dem Hof nicht mehr rauchen würde.

Paola war manchmal ein bisschen bockig und patzig, aber das nahm Christine ihr nicht übel. Sie wusste, dass sie kein angenehmeres Kindermädchen für Stella finden würde. Paola arbeitete seit zwei Jahren im Castelletto, liebte Stella, und Stella liebte sie. Es wäre ein Schock für das Kind, wenn sich plötzlich jemand anderes um sie kümmern würde. Stella sollte zweisprachig aufwachsen, und Paola übernahm den italienischen Part. Sie sprach ein klares, ausgezeichnetes Italienisch, was man auf dem Land nicht immer voraussetzen konnte, und so war Christine ganz zuversichtlich, dass Stella, wenn sie im September in Montesassi in die Schule kam, keine sprachlichen Schwierigkeiten oder Nachteile haben würde.

Paola war auch ein angenehmer Mensch und gut zu ertragen, selbst wenn sie den ganzen Tag im Castelletto war. Abends hatte sie frei, und im Winter, wenn keine Gäste da waren, auch am Wochenende.

Eigentlich freute sich Christine, wenn Paola morgens lächelnd und nett anzusehen erschien, die neusten Anekdoten aus dem Dorf erzählte und manchmal auch ganz still wurde und fragte: »Christine, ich brauche deinen Rat. Von Schwester zu Schwester. Du kennst doch die Menschen. Weißt du, es ist so, dass Vasco dreimal in der Woche in die Disco geht, aber nicht will, dass ich mitkomme. Vor fünf Uhr früh kommt er nie nach Hause. Was soll ich denn davon halten?«

»Nichts. Er ist ein Schwein. Er betrügt dich.«

»Meinst du wirklich?«

»Aber hundertprozentig.«

»Und was soll ich tun?«

»Jag ihn zum Teufel, Paola. Etwas Besseres als ihn findest du an jeder Ecke. Guck doch mal in den Spiegel: Du bist das hübscheste Mädchen im ganzen Chianti, da hast du doch so einen Macho gar nicht nötig!«

Paola schwieg lange. Dann meinte sie leise: »Aber ich mag ihn trotzdem. Ich glaube, ich schaff das nicht.«

»Wenn der Schmerz zu groß wird, schaffst du es.«

Bis heute hatte sie Vasco nicht zum Teufel gejagt.

Christine überließ die beiden sich selbst und ging in Appartement drei zu Cecilia, eine von drei Putzfrauen, die Christine beschäftigte. Sie saß im Sessel und hatte die Augen geschlossen, als Christine hereinkam.

»Ausgeschlafen?«, fragte Christine knapp.

»Ich hab nicht geschlafen!« Cecilia stand auf. »Ich hab mich nur eine einzige Minute mal ein bisschen ausgeruht und überlegt, was ich als Nächstes tue.«

Christine ging nicht darauf ein. Dass sie Cecilia erwischt hatte, reichte völlig. Es hatte ihr einen kleinen Schock versetzt, und das war gut so.

»Wie sieht's hier und in Appartement zwei aus, Cecilia?«

»Tutto a posto, alles fertig, alles bestens.«

»Va bene.«

Christine kannte ihre Pappenheimer und wusste, dass Spüle und Dusche immer blitzblank waren und die Armaturen funkelten. Die Aushängeschilder einer jeden Putzfrau. Aber es gab Stellen, die sie einfach nicht sahen oder nicht sehen wollten. Routiniert kontrollierte Christine nur diese, was weniger als drei Minuten dauerte.

»Kommst du mal bitte?«, rief sie, und Cecilia setzte sich keineswegs begeistert langsam in Bewegung und ging zu Christine in die Küche.

Mit verschränkten Armen stand sie in der Tür und wartete auf das heilige Donnerwetter.

»Guck mal«, sagte Christine sanft, »die Kaffeemaschine hast du vergessen. Sie ist voller Fingerabdrücke, und im Ablaufgitter kleben Kaffeereste. Mach sie bitte sauber und fülle frisches Wasser nach.«

Cecilia knurrte leise.

»Der Fußboden ist perfekt. Auch die Armatur. Wirklich sehr schön. Aber hier: Du musst auch die ineinandergestapelten Töpfe kontrollieren. Da klebt noch etwas Angebranntes. Siehst du?« Christine kratzte es mit dem Fingernagel weg und stellte den Topf in die Spüle. Aus dem offenen Wandregal nahm sie ein Weinglas und drehte es gegen das Licht.

»Das ist nicht sauber, Cecilia, du musst alle Gläser nachpolieren.«

Es war nicht zu übersehen, dass Cecilia kurz vor der Explosion stand, aber Christine ließ sich davon nicht beeindrucken. »Stell dir vor, wir nehmen mit den neuen Gästen einen Begrüßungsschluck, und dann aus diesen dreckigen Gläsern. Das geht ja gar nicht.« Sie stellte die schmutzigen Gläser neben die Spüle.

Dann entdeckte sie Spinnweben hinter den Fensterläden und ein weißes, rundes Spinnennest unter dem Sessel.

»Erledige das«, sagte sie zu Cecilia, »dann fege bitte noch die Terrasse, und anschließend kannst du die Weinflaschen spülen.«

Cecilia knurrte noch einmal, und Christine wertete es als Zustimmung.

Sie stieg hinauf in den Turm, wollte noch einen Moment Ruhe haben, bevor die ersten Mittagsgäste kamen.

Die oberen Turmzimmer liebte sie am meisten. Das waren Schlafzimmer, Wohnzimmer und Bad. In beiden Räumen gab es fast nur Fenster, daher bewahrten Christine und Karl ihre Sachen in einem Schrankzimmer ein Stockwerk tiefer auf.

Es war ein Traum, aus dieser Höhe über das weite Land zu gucken, hier konnte sie durchatmen, hier kam sie zur Ruhe, es war Balsam für die Seele.

Christine öffnete das Fenster weit und sah hinunter in den Hof. Stella und Paola saßen immer noch am Tisch, aber jetzt spielten sie Mensch-ärgere-dich-nicht auf Italienisch.

Ein warmer Sommerwind wehte durchs Zimmer. Die leichten, seidigen Vorhänge blähten sich auf. Christine spürte, wie glücklich sie war. Sie hatte ihren Frieden gefunden, und dieses Castelletto bewirtschaften und bewohnen zu dürfen, empfand sie als ein Geschenk.

Es gab viele Tage, von denen Christine glaubte, sie nie in ihrem Leben vergessen zu können, und dieser war einer davon.

Neun Jahre nach Svenjas Tod, an einem Tag Anfang Mai, war Christine erstmals wieder in der Lage, den Frühling wirklich zu genießen. Sie nahm alles um sich herum bewusst zur Kenntnis: Die Schafe lammten unentwegt, überall sah man kleine Lämmer über die Weiden springen, der Raps begann zu blühen, und die Kastanien explodierten geradezu. Über Nacht stülpten sich riesige grüne Blätter aus ihren Knospen, die sich in wenigen Tagen komplett entfalteten. Im ganzen Land roch es nach Gülle, die auf den Feldern ausgebracht worden war, aber Christine störte es nicht. Im Gegenteil. Ihre Großmutter hatte immer gesagt: »Das riecht nach gesunder Landluft.« Und seitdem hatte Christine kein Problem mehr damit.

Karl kam gegen fünf.

Die Sonne hatte immer noch Kraft und tauchte die Ostfront des alten friesischen Hauses in warmes, gelbes Licht, als Christine seinen Wagen die Auffahrt herauffahren hörte.

Er war ungewöhnlich früh. Sie hatte ihn erst in vier Stunden erwartet.

Sie stand in der offenen Tür, als er aus dem Auto stieg.

»Was ist los?«, fragte sie. »Wieso bist du schon da?«

»Feierabend«, antwortete er knapp. »Ich bin entlassen. Wegen meiner Beziehung zu Diana. Ein Prof und eine Studentin – das geht eben nicht. Du weißt, dass das Damoklesschwert über mir schwebte, jetzt ist es passiert.«

Er war so erschreckend drastisch und direkt. Keine Schnörkel, keine Ausflüchte, keine Beschönigungen.

Er konnte einem leidtun.

»Komm rein«, sagte sie nur.

Zwei Stunden später saßen sie sich schweigend gegenüber. Das Abendbrot hatte Christine aufgetischt, aber nach einer halben Stunde wieder weggeräumt, weil niemand etwas essen wollte.

»Du weißt, dass meine Affäre mit der Studentin vorbei ist.«

»Mit Diana. Ja.«

»Ja, mit Diana.« Karl war hochgradig genervt.

»Dann sag doch Diana. Das hört sich irgendwie normaler an.«

»Mein Gott, gut, ja. Also: mit Diana. Es ist aus. Vorbei. Es war einmal. Das wissen alle. Auch mein Chef. Aber trotzdem dreht mir der Idiot einen Strick daraus und lässt mich noch Monate später auflaufen. Was soll das? Verstehst du das?«

»Er will ein Exempel statuieren.«

»Ach, hör doch auf.«

»Wenn ich Direktor der Uni wäre, würde ich es genauso machen.«

Karl sprang auf. »Ich muss mir diese Scheiße nicht anhören. Ich hab keinen Job mehr, verdammt. Und das wird für uns 'ne harte Zeit.«

»Wenn du weiter keine Sorgen hast …«

»Ich finde, das reicht.«

Karl beruhigte sich etwas und setzte sich wieder.

»Verzeihst *du* mir wenigstens?«, fragte er und versuchte sie an sich zu ziehen und in den Arm zu nehmen. Aber sie entzog sich seiner Berührung.

»Ich weiß es nicht«, sagte sie und lächelte schwach.

Drei Monate später starb Christines Vater an Darmkrebs.

Die schrecklichen Wochen davor, als Christine täglich bei ihm im Krankenhaus war und sich um alles kümmerte, war Karl zur Stelle. Unauffällig erledigte er den Haushalt, unterstützte sie, wo er nur konnte, hörte zu, wenn sie reden, und hielt den Mund, wenn sie schweigen wollte.

Karl war wie ein guter Geist. Christine bemerkte ihn und lernte wieder, ihn zu schätzen.

Christines Vater hatte ein Hotel in St. Peter-Ording, eine Ferienhaussiedlung in Cuxhaven und eine Vierhundert-Quadratmeter-Wohnung in Hamburg besessen und alles seiner Tochter vermacht.

Als alle bürokratischen Angelegenheiten erledigt waren, schwamm Christine im Geld.

»Was machen wir damit?«, fragte Karl irgendwann vorsichtig. »Du willst dir doch wohl nicht jeden Morgen entzückt deine Kontoauszüge ansehen, und das war's dann? Und du kannst die Immobilien nicht verrotten lassen! Damit muss irgendwas passieren, Christine!«

»Sicher. Und ich weiß auch schon, was.«

»Verrat's mir.«

»Ich möchte, dass wir einen Ehevertrag machen, mein Schatz. Wir haben Knete ohne Ende. Wir können in Saus und Braus leben. Aber es gehört mir! Und sobald du mich wieder mit irgendeiner kleinen Schlampe betrügst, ist für dich Ende. Dann fliegst du raus ohne einen Cent. Das ist meine Bedingung. Und das will ich festschreiben. Wenn du zustimmst, können wir mit dem Geld die Welt aus den Angeln heben. Aber was wir auch tun – es gehört mir.«

So, wie sie das sagte, hörte es sich fürchterlich an, aber er sagte: »Okay.«

Christine kündigte ihre Lehrerstelle in Tönning, und sie fuhren ein halbes Jahr durch Italien. Sahen sich Immobilen am Lago Maggiore, in Cinque Terre, in Umbrien, in Kalabrien, in Venedig – überall an.

Und schließlich kaufte Christine das Castelletto in der Toskana, das eine Teilruine war, umgeben von Weinbergen, die zum Grundstück gehörten. Zu diesem Zeitpunkt war Raffael siebzehn, hatte das Internat nach der mittleren Reife verlassen und war seit einem Jahr verschwunden. Es gab keinen Kontakt mehr, kein Lebenszeichen. Christine und Karl wussten nicht mehr, wo er war.

Sie mussten weg. Hielten es in Friesland nicht mehr aus, wollten ganz neu anfangen und vergessen, hatten beide jede Menge Idealismus, aber keine Ahnung von der italienischen Bauweise des fünfzehnten Jahrhunderts, vom Winzertum ganz zu schweigen.

Eine gute Voraussetzung, auszuwandern und die Welt aus den Angeln zu heben.

39

Drei Tage beobachtete er nun schon das Castelletto und hatte immer noch nicht das Gefühl, genug zu wissen. Wenn er kurz nach unten ging, um sich ein Brötchen, einen Teller Pasta oder eine neue Flasche Wein zu holen, wurde er hektisch, weil er fürchtete, in dieser kurzen Zeit etwas Wichtiges zu verpassen.

Er fragte sich, ob seine Eltern nicht wussten oder nie einen Gedanken daran verschwendeten, dass man das Castelletto vom gegenüberliegenden Örtchen wunderbar ausspionieren konnte. Vielleicht konnten sie es sich durchaus vorstellen, aber es störte sie nicht.

Die Abendsonne stand über dem Land, es war sieben Uhr, und die schöne Italienerin hatte Feierabend.

Sie verabschiedete sich von der Kleinen, küsste sie auf beide Wangen und übergab sie ihrer Mutter. Auch von Christine verabschiedete sie sich mit der üblichen kurzen Umarmung und dem angedeuteten Kuss auf beide Wangen, nahm ihre Tasche und verließ das Castelletto.

Wo ging sie denn jetzt hin? Raffael wollte alles über sie wissen, alles. Ob seine Mutter jetzt den Abendbrottisch deckte oder nicht, war momentan nicht so wichtig.

Er folgte seiner Göttin mit dem Fernglas.

Sie lief leichtfüßig und schnell, sprang über Steine und Baumwurzeln, rannte fast.

Raffael fragte sich, wo sie hinwollte. Dort im Weinberg hatte sie sicher nicht ihren Wagen geparkt.

Sie war jetzt schon eine Weile unterwegs. Ab und zu verlor er sie hinter Bäumen und Büschen aus dem Blick, aber bald tauchte sie auf dem Weg wieder auf.

Und dann entdeckte er das kleine Haus, dem er bisher keine Beachtung geschenkt hatte. Eine winzige Hütte, wahrscheinlich ein Unterschlupf für Arbeiter im Weinberg, die bei der Arbeit von schlechtem Wetter überrascht wurden. Von seinem Standort aus lag die Hütte weiter östlich, aber die Entfernung war fast gleich groß, sodass er sie genauso gut im Blick hatte wie das Castelletto.

Dahinter, ungefähr dreißig Meter entfernt, lag eine Scheune. Und weite Wiesen drumherum. Wahrscheinlich weideten hier ab und zu Schafe, Kühe hatte er in dieser Gegend noch nie gesehen.

Er hielt den Atem an.

Vor der Hütte stand ein Mann, und Raffael brauchte ein paar Sekunden, bis er ihn erkannte. Wahrscheinlich, weil er seinen Vater dort nicht erwartet hatte.

Nun behielt er ihn im Blick und wartete, aber es dauerte noch nicht einmal eine Minute, bis sie auftauchte.

Sie umarmten sich noch vor dem Haus. Lange. Dann küssten sie sich.

Sein Vater sah ihr ins Gesicht, sagte etwas, lächelte, strich ihr übers Haar und führte sie ins Haus.

Raffael ließ das Fernglas sinken. Das war ja nicht zu fassen.

Die Wut kam augenblicklich in ihm hoch, und er trank eine halbe Flasche Wein in einem Zug.

Das war keine Göttin. Die Frau, die auf seine kleine Schwester aufpassen durfte, war nichts weiter als eine Schlampe, eine billige Nutte.

Siros Hütte lag inmitten der Oliven auf einem kleinen Plateau, auf dem sieben uralte Feigenbäume standen. Zwischen den Feigen hatte Siro im Kreis Holzstümpfe und in der Mitte ein ausgedientes Mühlrad platziert, die gesamte Kombination diente als Sitzecke, wenn sich die Pflücker während der Weinlese eine Weile ausruhten, Mittagspause machten, Brot und Käse aßen und Wein dazu tranken.

»Alle Pflücker lieben die Weinlese«, hatte Karl einmal gesagt. »Aber nicht, weil es so toll ist, im Oktober bei Wind und Wetter den ganzen Tag Trauben zu pflücken, sondern weil sie so gern zusammensitzen. Das sind wahrscheinlich die schönsten Stunden im ganzen Jahr. Sie erfahren alles, was in der Gegend passiert ist, und treffen Freunde, denen sie sonst monatelang nicht über den Weg laufen.«

Von Siros kleiner Terrasse, die Paola immer an eine indianische Feuerstelle erinnerte, hatte man einen direkten Blick auf die Tabakfabrik tief unten im Tal. Ein hässlicher, grauer, langgestreckter Kasten mit einem riesigen Parkplatz, auf dem nie ein Auto stand, weil die Fabrik seit Jahren stillgelegt war.

»Schade«, hatte Paola zu Siro gesagt, als sie Vasco abholte, der bei Siro gearbeitet hatte, »du hast so ein süßes Haus. Es ist ein herrlicher Platz mit einer einzigartigen Terrasse, weil sie so viel Atmosphäre hat. Aber der Blick auf die Tabakfabrik ist schrecklich. Stört dich das nicht?«

Siro hatte breit gegrinst und gesagt: »*Du* siehst die Fabrik, ich nicht. *Dich* stört sie, mich nicht. Das ist das Magische an diesem Ort. Wenn du dich lange genug darauf einlässt, wird er immer schöner, und alles Störende verschwindet. Für mich gibt es die Tabakfabrik nicht mehr.«

Ein halbes Jahr später starb Siro. Aber seine Hütte blieb der Treffpunkt bei der Weinlese, man aß und trank zusammen und sprach über Siro, den niemand vergessen konnte und der jedem fehlte.

Die übrige Zeit stand die Hütte leer.

Keiner wusste, was damit geschehen sollte, die Erben waren schwer zerstritten, und so wurde das romantische kleine Haus auf diesem paradiesischen Fleckchen Erde noch nicht einmal verkauft.

Aber Karl hatte einen Schlüssel. Denn er war mit Siro eng befreundet gewesen, hatte die schweren und nötigsten Einkäufe für ihn erledigt, als der Weg für Siro immer beschwerlicher wurde, und hatte so manche Sommernacht mit ihm vor dem Haus gesessen und geredet.

Und er hatte Siro getröstet, als Jahre zuvor dessen Frau ganz plötzlich gestorben war.

Das war die Zeit, als Siro die ganze Welt verfluchte und die Tabakfabrik wieder sah.

»Du kommst spät«, sagte er, als sie das Haus betraten.

»Ich musste auf deine Frau warten«, erklärte sie entschuldigend, »sie war im Dorf und hatte sich ein bisschen verspätet.«

»Ach so.«

»Weißt du, dass ich jedes Mal vor Angst sterbe, dass sie mir folgt oder dass sie vielleicht mit Stella mal einen Spaziergang durch die Weinberge macht und uns hier sieht? Durchs Fenster guckt oder reinplatzt ... Carlo, das ist der Horror! Davon träume ich jetzt nachts schon.«

»Keine Angst«, flüsterte er und verschloss ihren Mund mit einem Kuss. »Soll sie doch kommen. Dann hat das Versteckspiel endlich ein Ende.«

Paola ließ sich fallen. Aller Ärger, alle Anspannung fielen von ihr ab. Etwas Schöneres hätte er nicht sagen können. Sie hatte noch nie mit ihm darüber gesprochen, aber sie träumte davon, eines Tages mit ihm zu leben. Nicht irgendwo, nein, wenn, dann nur auf der Burg, im Castelletto. Sollte er seine Frau doch endlich zum Teufel jagen! Christine liebte ihn sowieso nicht mehr. Ihre Augen waren ohne jede Herzlichkeit. Auch wenn sie ihn ansah. Paola hatte das genau bemerkt.

Und ihr war auch Vasco egal. Er betrog sie schon viel länger als sie ihn, und noch blieb sie nur bei ihm, weil sie dadurch ein Dach über dem Kopf hatte und ihren Verdienst vom Castelletto fast vollständig für sich behalten konnte. Vasco bezahlte allein die Miete ihres schmalen Häuschens, das nur dreiundsechzig Quadratmeter hatte, sich aber über drei Stockwerke erstreckte. Er hatte sie noch nie gefragt, ob sie nicht etwas dazutun könnte, und das rechnete sie ihm hoch an.

Seit es nicht mehr wehtat, dass Vasco ständig mit anderen Frauen um die Häuser zog, weil sie ihren eigenen Liebhaber gefunden hatte, konnte sie Vasco zumindest einigermaßen ertragen.

Jedenfalls an den Tagen, an denen er sie nicht verprügelte.

Wenn Vasco unbedingt mit ihr schlafen wollte, dann ließ sie ihn eben. Ließ es mehr oder weniger über sich ergehen. Es machte ihr nichts aus, aber es bedeutete ihr auch nichts mehr. Vasco hätte auch sagen können: »Hol mal bitte die Zeitungen aus dem Auto.« Das hätte sie genauso getan, und bei dieser profanen kleinen Gefälligkeit war sie gefühlsmäßig genauso involviert wie in den Momenten, in denen Vasco die Bettdecke zurückschlug und sich auf sie rollte. Nur ab und zu hatte sie sich gefragt, ob Vasco in diesen Situationen überhaupt wusste, dass sie es war, Paola, oder ob er glaubte, sie wäre eine andere.

Aber auch das war ihr mittlerweile egal.

Heute hatte sie Vasco gesagt, sie müsse den ganzen Abend arbeiten, weil Christine beschäftigt sei.

Sie hatten also viel Zeit.

Karl liebte Paola, beziehungsweise liebte er es, mit ihr zusammen zu sein, sie zwei- bis dreimal in der Woche in der Hütte zu treffen und mit ihr zu schlafen.

Die Heimlichkeiten, die immer umständlicher werdenden Ausreden, das mühsame Wegschleichen während der Hochsaison und die ewige Angst, dass alles auffliegen könnte, liebte er gar nicht. Im Gegenteil.

Das, was er Paola gesagt hatte, war nur so ein Spruch gewesen. Niemals würde er mit Paola zusammenleben können, sie wäre gar nicht in der Lage, an Christines Stelle zu treten und ihren Platz einzunehmen.

Außerdem war er nicht der Besitzer des Castellettos, und wenn Christine ihn hinauswarf, weil sie von der Affäre erfuhr, dann war er arm wie eine Kirchenmaus. Hatte keinen Job, kein Geld und kein Dach überm Kopf.

Es war ein riskantes Spiel, von dem Paola nicht das Geringste ahnte. Sicher erträumte sie sich, Herrin im Castelletto zu werden, darüber war er sich im Klaren, und er ließ sie bewusst in dem Glauben. Zerstören konnte er ihre Illusionen immer noch, wenn es so weit war. Zu dem jetzigen Zeitpunkt war dies jedenfalls völlig überflüssig.

Er liebte Christine, ja, er liebte sie wirklich. Er wollte mit ihr leben und auf dem Castelletto alt werden. Aber er wollte eben auch ab und zu mit Paola schlafen. Das waren zwei vollkommen verschiedene Dinge, die nichts miteinander zu tun hatten. Und mit halbherzigen Versprechen, wie: *Soll sie doch kommen. Dann hat das Versteckspiel endlich ein Ende,* hielt er sie bei der Stange.

Als sie sich wenig später schweißnass in den Armen lagen, fragte Paola: »Was machst du heute noch, Karl? Musst du zurück ins Castelletto? Ich hab den ganzen Abend Zeit. Wir könnten etwas unternehmen.«

»Was denn?« Karl runzelte die Stirn. Er hatte sich eigentlich darauf eingestellt, den Abend mit Christine zu verbringen und mit ihr gemeinsam zu essen.

»Wir könnten ja mal in ein Restaurant gehen, du und ich. Irgendwo, wo uns keiner kennt. So wie ein ganz normales Paar.« Paola schnurrte wie eine Katze und kraulte ihm den Rücken, weil sie wusste, dass er dann schwach wurde.

»Ich habe keine Zeit, ich muss heute Abend zu einer Versammlung nach Arezzo«, log Karl, denn die Versammlung war erst Ende der Woche.

»Was denn für eine Versammlung?«

»Gegen diese riesige Stromtrasse, dieses *elettrodotto enorme* zwischen Firenze und Roma, hat sich endlich ein Widerstand formiert. Du hast doch bestimmt davon gehört.«

Paola brummte ein völlig desinteressiertes: »Sì«.

»Wenn diese Trasse kommt, sind wir tot, Paola. Das heißt: ruiniert. Sie geht durch unser Tal. Jedenfalls ist es so geplant. Nur dreihundert Meter vom Castelletto entfernt. Mal ganz abgesehen von der gefährlichen Strahlung – glaubst du, wir kriegen noch einen einzigen Feriengast, wenn die Leute den ganzen Tag auf diese beängstigenden, sechzig Meter hohen, futuristischen Strommasten gucken? Ich kann es mir nicht vorstellen. Und außerdem ist das Castelletto dann unverkäuflich.«

Paola zog sich langsam wieder an.

»Und du bist deinen Job los«, fügte Karl noch hinzu. Er wurde langsam wütend über Paolas ignorante Haltung.

»Tja, dann musst du da wohl hingehen«, meinte sie enttäuscht.

»Meinst du nicht, dass man sich gegen so etwas wehren muss? Wenn man dabei ist, durch staatliche Willkür seine gesamte Existenz zu verlieren? Alles, wofür man sein Leben lang gearbeitet hat?«

»Vielleicht«, murmelte Paola und gähnte. »Ich versteh dich ja, du kannst auch ruhig hingehen, aber es nutzt nichts. Die Interessen des Staates gehen nun mal vor in Italien. Die sind immer wichtiger als die Interessen des Einzelnen. Da kannst du dich auf den Kopf stellen. Da kannst du klagen, bis du schon hundert Jahre tot bist, du erreichst nichts. Du bist machtlos. Auch wenn dir die halbe Toskana gehört. Wenn sie auf deinem Grundstück solche Dinger hinstellen wollen, dann stellen sie sie hin. Punkt, aus, basta. Italiener gehen nicht vor Gericht. Weil es sinnlos ist. Und darum gehen sie auch nicht zu solchen komischen Versammlungen. Ich wette, da sitzen heute Abend nur Deutsche und Amerikaner.«

Karl wusste im Grunde seiner Seele, dass sie recht hatte, aber er hatte dennoch Lust, ihr eine runterzuhauen, so sehr ärgerte ihn, was sie gesagt hatte. Vor allem regte ihn auf, dass sie ihn nicht einfach umarmte und sagte: »Oddio, das ist ja schrecklich!«

Ihr Entsetzen und ihr Mitgefühl hätten ihm gutgetan.

Sie hatte einen wunderschönen Körper, aber man konnte sich nicht mit ihr unterhalten. Vielleicht über die Preise im Supermarkt, aber nicht über wirklich wichtige Themen.

Plötzlich wollte er nur noch weg. Weg, nach Hause, ins Castelletto.

Und in diesem Moment bekam er wieder panische Angst, dass Christine von dieser Eskapade etwas erfahren könnte.

Diese ganze Affäre war eine einzige Dummheit.

Ungefähr zweihundert Meter gingen sie schweigend nebeneinander her. Dann kam die Abzweigung, wo sich der Weg gabelte, und Paola blieb stehen. Sie sah traurig aus.

»Wir dürfen nicht streiten«, sagte sie. »Es bringt nichts.«

»Das war doch gar kein Streit!«

»Doch, das war es. Du bist sauer auf mich, ich weiß. Weil du anders denkst. Aber du solltest wirklich nicht wütend sein. Ich hab ja nichts gegen dich gesagt. Ich hab dir nur gesagt, wie wir Italiener denken.«

»Schon gut.« Sie hatte zwar überhaupt keine Ahnung, war schrecklich naiv und hatte wahrscheinlich noch nie in ihrem Leben ein Buch gelesen – aber sie hatte zumindest Herzensbildung. Sie spürte, wenn etwas nicht stimmte.

»Sehen wir uns Montag?«, fragte sie leise.

»Sicher.« Dabei war er sich zum ersten Mal überhaupt nicht sicher, ob er wirklich wollte.

Er küsste sie lediglich auf die Stirn.

Paola ließ sich ihre Enttäuschung nicht anmerken, drehte sich abrupt um und lief den Weg hinunter zum Parkplatz, während Karl weiter die Terrassen entlang bis zum Castelletto ging.

40

Karl schnarchte leise. Normalerweise beruhigte es sie, weil sie wusste, er war da, es konnte nichts geschehen. Heute hinderte es sie daran, wieder einzuschlafen.

Das erste Morgenlicht drang ins Zimmer.

Christine drehte sich von der rechten auf die linke und dann wieder auf die rechte Seite, versuchte es auf dem Bauch und auf dem Rücken, aber es hatte keinen Zweck. Sie fand keine Ruhe mehr, erstellte Einkaufslisten im Kopf, überlegte, wen sie anrufen und wem sie dringend eine Mail schicken musste. Der Wasserhahn im Bad von Appartement zwei war kaputt, das lag daran, dass Cecilia ihn immer mit aller Gewalt zudrehte, bis die Dichtungen im Eimer waren, der musste repariert werden, und das digitale Fernsehbild der deutschen Sender flackerte, sie musste dringend einen Fernsehtechniker bestellen. Und sie musste zur Post und zur Bank und zum Arzt, sich neue Rezepte ausstellen lassen. Ihr Antiallergikum war aufgebraucht.

Es war zu viel. Hier im Bett im Halbschlaf wurden die Listen immer länger und chaotischer, sie musste aufstehen.

Christine warf einen Blick auf die Uhr. Zehn vor sechs. Karl würde noch eine gute Stunde schlafen. Aber sie konnte sich ja schon mal einen Kaffee kochen und sich auf die

Terrasse setzen. Morgens, wenn noch keine Gäste wach waren, war es draußen in der Stille und der Kühle einfach herrlich.

Leise stand sie auf, zog ihre Sandalen und ihren Morgenrock an, öffnete die Schlafzimmertür, ging hinaus und schloss sie wieder. Vor Stellas Zimmertür horchte sie – es war alles still. Auch Stella schlief noch.

Christine schlich die Treppe hinunter und trat hinaus auf den Portico.

Und da durchfuhr sie ein eisiger Schreck.

Auf dem Hof saß ein Mann. Vollkommen unbeweglich. Er hatte ihr den Rücken zugekehrt und sah sie nicht.

Die Angst lähmte sie. Sie konnte weder etwas sagen noch sich bewegen.

Sie wusste nur eines: Das war keiner ihrer Feriengäste.

Wie ein Fieber kroch die Panik durch ihren ganzen Körper. Eine diffuse, unbegreifliche Angst erfasste sie, eine düstere Ahnung, und ihr Herz schlug bis zum Hals. Wer war das? Wer saß da? Sie zitterte so, dass sie sich an der Mauer festhalten musste, aber dann schaffte sie es endlich, sich umzudrehen und die Treppe im Turm so geräuschlos wie möglich hinaufzurennen.

Sie stürzte ins Schlafzimmer und schüttelte Karl.

»Karl«, hauchte sie atemlos, »Karl, komm mal, da draußen auf dem Hof sitzt ein Mann!«

»Na und«, grunzte Karl, »lass ihn doch. Wahrscheinlich kann einer der Gäste nicht schlafen. So wie du.«

»Nein, das ist keiner unserer Gäste. Das weiß ich. Das ist ein Fremder.«

Die Panik und die Angst in ihrer Stimme veranlassten Karl aufzustehen und zum Fenster zu gehen.

Der Mann saß immer noch da.

Karl riss das Fenster auf.

»Buongiorno!«, brüllte er. »Wer sind Sie? Was wollen Sie hier?« Erst jetzt begriff er, dass er deutsch gesprochen hatte, und wiederholte seine Frage auf Italienisch. »Chi è? Che cosa vuole?«

Der Mann rührte sich nicht. Er bewegte sich überhaupt nicht, saß so unheimlich ruhig da, als wäre er tot.

Es war seine Bühne.

Jetzt war er der Hauptdarsteller, und die anderen hatten schon begonnen, ihre Rolle zu spielen.

Sie wussten es nur nicht.

»Was ist das für ein Idiot?«, flüsterte Karl.

Er griff seinen Bademantel, zog ihn über, sowie seine Schuhe und rannte die Treppe hinunter. Christine folgte ihm.

Sie öffneten die Tür zum Portico, liefen die steinerne Treppe hinunter und über den Hof zu dem Fremden.

Langsam hob er den Kopf und sah sie beide an. Verzog lediglich die Mundwinkel zu dem Ansatz eines Lächelns. Aber seine Augen blieben starr.

Karl war verunsichert. Der Fremde kam ihm verdammt bekannt vor.

Und dann sagte der Fremde leise: »Erkennt ihr mich nicht? Mutter? Vater?«

Weder Karl noch Christine waren in der Lage zu reagieren. So geschockt waren sie. Und vollkommen verwirrt.

Quälende Sekunden lang passierte gar nichts.

»Ich weiß, es ist früh«, sagte Raffael in die Stille. »Aber krieg ich vielleicht 'nen Kaffee?«

»Ja, sicher«, stammelte Christine, blieb aber stehen und machte keine Anstalten, in die Küche zu gehen.

Karl hatte sich noch nie in seinem Leben so hilflos gefühlt.

»Raffael«, flüsterte er. »Bist du's wirklich?«

»Ihr habt wohl nicht damit gerechnet, mich noch mal wiederzusehen?« Raffael lächelte. »Tja, nun bin ich hier.«

Christine konnte immer noch nichts sagen.

Jetzt stand Raffael auf und sah sich demonstrativ um.

»Schön habt ihr's hier. Sehr schön. Ich hab mich mal ein bisschen umgesehen. Meine letzte Wohnung war insgesamt nicht so groß wie euer Pool.«

Karl schwieg.

»Wo bist du denn die ganze Zeit gewesen?« Christine konnte kaum sprechen.

»Ich war hier und da und dort. Und hab euch gesucht. Seine Familie sollte man nie aus den Augen verlieren. Ihr habt mir ja noch nicht mal geschrieben.«

»Ja, wohin denn?« Jetzt war Christine den Tränen nahe. »Du warst verschwunden, abgehauen, wir hatten keine Adresse, nichts von dir. Wir wussten ja all die Zeit noch nicht mal, ob du noch lebst!«

Sie fing an zu weinen, und Karl legte den Arm um sie.

Diese drei Menschen, die einmal Mutter, Vater, Sohn gewesen waren, standen sich stocksteif gegenüber. Bewegungslos. Als schämten sie sich.

»Ihr habt mich noch nicht mal gesucht.«

»Natürlich haben wir das!« Karl konnte es kaum noch aushalten. Sein Sohn kam nach Hause, man sah sich nach zehn Jahren zum ersten Mal, und statt einer Begrüßung hagelte es Vorwürfe. »Wir haben wirklich alles versucht, Raffael. Wir haben dich sogar bei der Polizei als vermisst gemeldet.«

Raffael überlegte einen Moment. Jedenfalls sah er so aus, als würde er überlegen. Er hatte den Kopf gesenkt und drehte seine Schuhspitze auf dem Stein hin und her.

Dann sah er auf und zeigte ein strahlendes Lächeln.

»Aber nun ist ja alles gut, nicht? Ich bin wieder zu Hause. Hallo, Mama! Hallo, Papa! Ich bin wieder da!«, rief er und breitete die Arme aus.

Er war der King, er ließ die Puppen tanzen, aber nach zehn Jahren Abwesenheit bereitete ihm sein Volk nicht den gebührenden Empfang.

Es dauerte ihm ein bisschen zu lange, bis Christine kam und ihn umarmte. »Willkommen«, flüsterte sie, »ich bin so froh, dass du gekommen bist.«

Tränen tropften auf seinen Ärmel, aber er rührte sich nicht.

Und daran änderte sich auch nichts, als sein Vater ihn ebenfalls in die Arme schloss.

»Min Jung«, hauchte Karl, und auch ihn übermannte die Rührung, »min Jung, willkommen to Hus.« Er wischte sich übers Gesicht. »Ich zieh mir nur schnell was an.«

Karl ging nach oben in den Turm und Christine in die Küche, um einen Kaffee zu machen.

Als sie nach wenigen Minuten zurück auf die Terrasse kamen, war Raffael verschwunden.

Er lief schnell. Rannte fast. Es rauschte in seinen Ohren, als stünde er im Sturm an einer Mole bei tosender See.

Jahrelang hatte er nicht mehr daran gedacht. Es war alles weg, vorbei, als sei es nie geschehen. Aber als seine Eltern eben vor ihm standen und er in ihre Gesichter sah, war es wieder da.

Es stürmte wieder auf ihn ein, als wäre es gestern gewesen.

Sein Blut pulsierte hinter seiner Stirn, ihm wurde schwindlig, er musste stehen bleiben und sich übergeben. Aber da kamen nur Restalkohol und bittere Galle.

Er ging weiter. Nach San Rocco.

Um die Gedanken loszuwerden, warf er sich auf die Erde, starrte in den Himmel, aber die langsam vorüberziehenden Schäfchenwolken wurden immer schneller, immer schneller, bis sie sich drehten wie der Trichter eines Tornados.

Er schloss die Augen, weil er befürchtete, sein Kopf könnte platzen.

Schwerfällig wie ein alter Mann stand er schließlich auf und ging weiter. Was er jetzt brauchte, war nichts weiter als Alkohol. Ströme von Alkohol, um zu vergessen.

Als er sein Zimmer in San Rocco erreichte, war es erst kurz vor acht. Die Bewohner des Ortes, die um diese Zeit im Dorf unterwegs waren, gingen zum Bäcker, manche saßen schon auf der Piazza und tranken ihren ersten Kaffee.

Er betrat den kleinen Laden. Die Signora hinter dem Tresen lächelte, als er hereinkam.

»Buongiorno«, sagte sie freundlich.

»Buongiorno«, murmelte Raffael geistesabwesend und setzte sich.

»Un caffè?«, fragte sie, und Raffael nickte.

Sein Blick irrte umher, er wusste nicht, was er hier wollte. Auf ein Brötchen oder ein Croissant hatte er keinen Appetit, obwohl er den sauer-bitteren Geschmack des Erbrochenen noch auf der Zunge hatte.

Dann fiel sein Blick auf die Flaschen vor der Spiegelwand, dem Tresen gegenüber.

Er würde das Regal leer trinken. Das war es. Er würde links anfangen und rechts aufhören, wenn alle Flaschen leer waren. So ein Tag war lang. Ein oder zwei Flaschen Wein reichten schon lange nicht mehr zum Vergessen.

»Un panino?«, fragte die Signora.

Raffael schüttelte den Kopf und zeigte auf eine Flasche Amaro ganz links im Sortiment. Ein süßer, schwerer Kräuterlikör, das war jetzt zum Frühstück genau das Richtige.

Die Signora war irritiert. Zu so früher Stunde gab es so einen Wunsch eigentlich nie.

Sie nahm betont langsam, weil sie immer noch glaubte, ihn nicht richtig verstanden zu haben, ein Likörglas aus dem Schrank und die Flasche zur Hand.

»Nein, nein, nein.« Raffael winkte ab. »Alles. Tutto. Quanto costa?«

Jetzt verstand die Signora, aber sie war noch verwirrter als vorher. Die Leute kauften oft Flaschen in der Bar, um sie zu verschenken, aber bei einer angebrochenen Flasche war das unmöglich. Sie überlegte, und ihr Mund wurde ganz schief dabei.

»Venti euro«, sagte sie vorsichtig.

Raffael nickte. In dieser Bar kostete anscheinend alles *venti euro*. Zwanzig Euro die Übernachtung, und jetzt auch der Schnaps.

Er bezahlte, nahm die Flasche und ging hinauf in sein Zimmer.

Als er auf den Balkon trat, fühlte er sich fast wie zu Hause. Es war schon komisch, wie schnell er sich an diese paar Quadratmeter und den Blick zum Castelletto gewöhnt hatte.

Er setzte sich und nahm einen ersten Schluck. Seine Speiseröhre brannte, als würde er sie mit Säure verätzen, doch beim zweiten Schluck ging es besser, und beim dritten wurde ihm warm.

Aber das Fernglas nahm er nicht zur Hand.

Solange er die Bilder nicht loswurde, konnte er nicht.

Die Bilder von damals. Im Internat.

41

1996

Er stand mit seiner Mutter in der großen, Respekt einflößenden Eingangshalle der Schule, und sie warteten. Wussten nicht, ob gleich jemand kam oder ob sie irgendwohin gehen mussten.

Raffael hatte fürchterliche Angst, dass ihn einfach jemand nehmen und wegführen würde, einfach so, und er würde seine Mutter nie wiedersehen.

Aber sie hielt seine Hand, ganz fest, als stünden sie bei Sturmflut auf dem Deich und er könnte weggeweht werden, wenn sie ihn nur eine Sekunde losließ.

Ihre Hand war eiskalt.

Sein Vater rannte im Gebäude umher. Versuchte den Direktor oder den Klassenlehrer zu sprechen, wollte in Erfahrung bringen, wo Raffaels Zimmer war und wo sie erwartet wurden.

Aber offensichtlich erwartete sie niemand, und Raffael hoffte sehnlichst, sie würden einfach wieder ins Auto steigen und wegfahren. Nach Hause. Nach Friesland. Er wünschte sich nichts mehr, als wieder dort zu sein.

Bitte, bitte, bitte nehmt mich wieder mit, ich will hier nicht hin, ich will nicht allein sein, ich will bei euch sein, ich hab doch nur noch euch, Mama und Papa, bitte gebt mich nicht weg, bitte verlasst mich nicht, bitte, bitte, bitte.

Vielleicht hätte es geholfen, wenn er es ihnen gesagt hätte, aber er bekam keinen Ton heraus, sondern flehte nur stumm.

Sein Vater kam wieder. Er war gestresst, schwitzte, und sein Gesicht war gerötet.

»Wir müssen in den zweiten Stock«, keuchte er. »Zimmer 214. Da sitzt der Direktor.«

Raffael fing an zu weinen. Er wollte nicht in den zweiten Stock, er wollte nicht zum Direktor, er wollte nur nach Hause und mit seinen Eltern zusammenbleiben.

Aber sie zerrten ihn mit sich.

Der Direktor hieß Krüger, Dr. Krüger, war sehr mager, und sein freundliches, noch ziemlich junges Gesicht passte so gar nicht zu seinen schlohweißen Haaren.

So war er altersmäßig überhaupt nicht einzuordnen, aber es erhöhte seine Attraktivität. Und dessen war er sich bewusst. Bei jedem Satz, jeder Bewegung, bei allem, was er tat.

Seine Eltern und Dr. Krüger sprachen nun über alle möglichen Dinge. Über die Kosten, über Besuchszeiten, über die Wochenenden, über Taschengeld, über Sport, über Schulaufgabenbetreuung, über gesunde Ernährung, über Freizeit, über die Möglichkeit, nach Hause zu telefonieren, und tausend andere Dinge.

Raffael hörte nicht hin.

Er flehte nur: Bitte, lieber Gott, hol mich hier weg, lass eine Bombe explodieren oder meinetwegen auch etwas nicht so Schlimmes, weil er aus dem Religionsunterricht wusste, dass man sich nichts Böses wünschen durfte, bitte lass ein Wunder geschehen und mach, dass sie mich nicht hierlassen, dass ich wieder nach Hause darf. Warum wollen sie mich nicht, warum muss ich weg, lieber Gott, warum darf ich nicht zu Hause sein wie andere Kinder auch, warum nicht? Bitte, bitte, bitte.

Dr. Krüger nahm seine Brille ab und wandte sich zum ersten Mal an Raffael.

»Ich habe gehört, du hast deine Schwester verloren und bist sehr allein. Freust du dich darauf, mit einem anderen Jungen in einem Zimmer zu wohnen?«

Raffael reagierte nicht.

»Du kannst hier viel Sport machen, wenn du willst. Reiten, Tennis spielen. Oder auch rudern. Meinst du, du hättest Spaß daran?«

Raffael reagierte nicht.

Lasst mich hier nicht allein!, schrie er in Gedanken. Bitte, bitte, bitte nicht!

»Möchtest du erst mal dein Zimmer sehen? Es wird dir bestimmt gefallen. Und mit deinem Zimmergenossen wirst du dich ganz bestimmt gut vertragen.«

Seine Mutter strich ihm übers Haar und sah ihn an, als wollte sie sagen: »Komm, Schatz, es wird alles gut, glaub mir«, aber auch sie sah traurig aus.

Sie verließen das Büro des Direktors. Und er musste folgen. Konnte ja nicht abhauen, denn weit wäre er nicht gekommen.

Als Kind hatte man keine Chance. Man war den Erwachsenen ausgeliefert und vollkommen hilflos.

Das Zimmer, das sie ihm zeigten, war klein. Viel kleiner als sein Zimmer zu Hause. Es gab Bilder an den Wänden und bunte Bettwäsche, aber es erinnerte ihn dennoch an ein Krankenhaus, an die Kinderpsychiatrie in Heide. Vor dem Fenster waren ein Parkplatz und ein verwaistes Volleyballfeld und nicht die Fennen von Bauer Sörensen.

Es war alles so unendlich trostlos.

Auf dem Bett am Fenster saß ein Junge. Genauso alt wie er, aber er war ein wenig dicker, seine Haare waren kürzer, und er trug eine Brille. Er grinste schief vor Verlegenheit.

»Holger, das ist Raffael, dein neuer Bettnachbar«, sagte Direktor Krüger, »ich bin sicher, ihr werdet euch gut verstehen.«

»Hi«, sagte Holger unsicher, und Raffael schwieg.

Offensichtlich war auch für Direktor Dr. Krüger der kleine Raffael kein so ganz einfacher Neuzugang. Er wusste zwar, dass er schon seit längerer Zeit nicht sprach, aber dass er so gar nicht, wirklich auf nichts reagierte, hatte er nicht erwartet.

»Hier an der Wand, das ist dein Bett, in diesem Schrank kannst du deine Sachen unterbringen, hier hast du einen kleinen Schreibtisch, an dem du Briefe nach Hause schreiben oder Schularbeiten machen kannst, und wenn du mehr Platz brauchst, gehst du in die Bibliothek. Da gibt es sehr große Tische, auf denen man auch Landkarten oder so ausrollen kann.«

Er würde abhauen. Ganz klar.

»So, das wäre es fürs Erste«, sagte der Direktor, der offensichtlich keine Lust mehr hatte, auf einen schweigenden Jungen einzureden. »Ich lasse Sie jetzt allein. Sie können in Ruhe die Sachen verstauen, und dann können Sie sich umsehen und Ihrem Sohn helfen, sich zurechtzufinden. Abendbrot gibt es um sieben. Bis dahin würde ich Sie bitten zu gehen.«

Christine und Karl verabschiedeten sich. Sie lächelten sogar, als wären sie dem Direktor dankbar.

Karl holte Raffaels Gepäck aus dem Auto, und Christine packte seine Sachen ordentlich in den Schrank.

Raffael sah zu und glaubte, er müsste sterben.

Holger lag auf seinem Bett, sagte keinen Ton und spielte mit einem Gameboy.

Als Raffaels Eltern fertig waren, wussten sie nicht mehr, was sie sagen sollten.

»Wollen wir noch einen Rundgang machen?«

Raffael reagierte nicht, und sie interpretierten es als Nein.

»Na ja, dann werden wir jetzt mal gehen. Dr. Krüger hat uns gesagt, du kannst dich jederzeit an ihn wenden, wenn es irgendwelche Probleme gibt, ansonsten rufst du uns einfach an. In vier Stunden können wir hier sein. Gar kein Problem. Glaubst du, du wirst dich hier wohlfühlen?«

Raffael schossen unwillkürlich die Tränen in die Augen, aber seine Eltern bemerkten es nicht oder wollten es nicht bemerken.

Karl umarmte Raffael. »Tschüss, min Jung. Lass es dir gut gehen. Wir sind ja nicht aus der Welt. In den Ferien kommst du nach Hause, und wenn es irgendwie möglich ist, besuchen wir dich am Wochenende.«

Christine umarmte ihn auch, stammelte aber nur ein hilfloses »Tschüss«. Mehr brachte sie nicht zustande.

»Bitte, hilf mir, Mama«, flüsterte Raffael und wunderte sich selbst darüber, dass er sprechen konnte.

Seine Mutter weinte, aber sie drehte sich nur wortlos um und folgte seinem Vater, der bereits aus dem Zimmer ging.

Und dann war es passiert. Sie hatten ihn verlassen.

Es geschah zum ersten Mal zwei Monate später.

Raffael erwachte, weil die Tür leise aufging und ebenso lautlos ein Mann hereinkam.

Sein Herz krampfte sich zusammen vor Angst, und er zog die Bettdecke hoch bis über die Nase.

Der Mann kam näher und setzte sich auf Raffaels Bettkante.

Vor dem Internat brannten Laternen, und das schwache, diffuse Licht, das durch die Gardinen drang, genügte Raffael, den Mann, dessen Gesicht jetzt so nahe war, zu erkennen.

Dr. Krüger legte den Zeigefinger vor die Lippen. Raffael sollte still sein.

Holger hatte von alldem nichts mitbekommen. Er lag mit dem Gesicht zur Wand und schlief fest.

Was wollte der Direktor von ihm? Wollte er ihm etwas sagen? Mitten in der Nacht? War etwas Schlimmes passiert?

Aber Dr. Krüger sagte keinen Ton. Er behielt den Finger der linken Hand vor den Lippen und schob die rechte unter Raffaels Bettdecke.

Dabei sah er ihn unverwandt an. Es war ein eigentümlicher, eindringlicher Blick, den Raffael noch nie an ihm gesehen hatte.

Die Hand berührte sein Bein und schob sich langsam, ganz langsam höher. Wanderte über Raffaels Knie, den Oberschenkel hinauf, bekam die Unterhose zu fassen und zog sie runter.

Raffael erstarrte. Er begriff einfach nicht, was da gerade mit ihm passierte, denn er war doch nicht krank! Der Direktor musste ihn nicht untersuchen.

Dann legte der Direktor seine Hand um Raffaels Schwanz und spielte daran herum.

Raffael wusste nicht, was er machen sollte. Er drehte sich weg, aber der Direktor hatte jetzt beide Hände unter der Decke. Mit der einen drehte er ihn zurück und hielt ihn fest, mit der anderen fummelte er weiter.

Es war zum Verzweifeln. Raffael schämte sich unendlich, er wollte nicht, dass der Direktor ihn anfasste, aber er konnte doch hier nicht schreien! Schließlich war es der Direktor und nicht irgendein fremder Mann. Und wenn er dann morgen seine Eltern anrief und ihnen erzählte, wie unmöglich er sich benommen hatte, würde sein Vater ihn niemals mehr zurück nach Hause holen.

Jetzt drehte ihn der Direktor auf den Bauch.

Blitzschnell und von Raffael unbemerkt zog er sich die Hose aus.

Zuerst nahm er nur den Finger, dann vergewaltigte er Raffael.

Raffael schrie auf, als ihn ein brennender Schmerz durchfuhr, so stark, wie er noch niemals einen Schmerz gespürt hatte, aber der Direktor hatte damit gerechnet und unterdrückte den Schrei bereits im Ansatz, indem er Raffaels Gesicht brutal ins Kissen drückte.

Die Tränen schossen Raffael in die Augen. Dr. Krügers Griff lockerte sich, Raffael hob den Kopf, schnappte nach Luft. Bei jedem harten Stoß wurden die Schmerzen schlimmer.

Was hatte er getan, dass der Direktor ihm so wehtun musste?

Und dann war es plötzlich vorbei.

Der Direktor stand auf, zog sich die Hose wieder an und drehte Raffael zurück auf den Rücken.

Raffaels verängstigtes Gesicht war tränenverschmiert.

»Du bist ein tapferer Junge«, flüsterte der Direktor. »Und das muss auch so sein, wenn man hier im Internat und in der Schule Erfolg haben will. Du darfst niemandem erzählen, dass ich zu dir gekommen bin, hörst du? Nur so können wir Freunde bleiben, dann stehst du unter meinem persönlichen Schutz, und dir kann nichts passieren. Hast du das verstanden?«

Raffael nickte. Aber in Wahrheit hatte er nicht verstanden, was der Direktor meinte.

»Du bist etwas ganz Besonderes, Raffael. Und deswegen komme ich zu dir. Aber wenn du etwas erzählst, muss ich sehr, sehr böse werden. Weil dann die anderen Kinder denken, dass ich dich denen vorziehe. Ja?«

Raffael nickte wieder.

»Gut. Dann vertraue ich darauf, dass ich mich auf dich verlassen kann.«

Der Direktor stand auf und flüsterte: »Gute Nacht, Raffael, schlaf schön«, und war so schnell und lautlos wieder verschwunden, wie er gekommen war.

Raffael weinte die ganze Nacht.

Weil er so unendlich allein war und weil er niemanden lieben konnte.

Der Direktor kam zweimal in der Woche zu Raffael, und Raffael schwieg nach wie vor.

Eines Nachts kurz nach Weihnachten ging wieder lautlos die Tür auf, der Direktor schob sich wie ein Schatten ins Zimmer, aber diesmal setzte er sich nicht auf Raffaels Bett, und er stellte sich auch nicht vor ihn hin, damit Raffael ihn mit seinem Mund im Sitzen gut erreichen konnte, was er ab und zu tat. Nein, er ging zu Holger und setzte sich zu ihm.

Raffael stellte sich schlafend, aber er bekam haarklein mit, was geschah.

Es war alles genauso wie bei ihm.

Als der Direktor wieder verschwunden war, weinte Holger, so wie Raffael am Anfang geweint hatte. Und Raffael setzte sich zu ihm und nahm ihn in den Arm.

So saßen sie die ganze Nacht, bis sich Holger gegen Morgen beruhigte und noch anderthalb Stunden, bis zum Wecken, in einen unruhigen Schlaf fiel.

Das war der Beginn ihrer Freundschaft.

Holger kannte einen aus der Zwölften, Emil Zonker, der verkaufte Schnaps an die Kleinen. Und Holger hatte immer Geld, da ihn seine Eltern zwar nicht besuchten, aber regelmäßig Geld schickten. Und genauso regelmäßig kaufte Holger von nun an Schnaps und Likör.

Die beiden Jungs begannen, sich jedes Mal zu betrinken, wenn der Direktor da gewesen war. Und mit Holger redete Raffael. Holger war sein Freund, sein Seelenverwandter, sein Bruder.

Holger erlebte und durchlitt dasselbe wie er.

Manchmal kamen sie schwankend und mit Fahne zum Frühstück und danach in die erste Stunde, aber kein Lehrer sagte etwas. Niemand durchsuchte ihr Zimmer, es war, als wäre nichts geschehen und als wären sie gar nicht da.

Bis heute fragte sich Raffael, wie das möglich war.

Die Hälfte des Kräuterschnapses hatte er bereits getrunken, aber jetzt nahm er doch das Fernglas zur Hand.

Seine Eltern standen zusammen mit seiner kleinen Schwester im Hof und redeten aufgeregt miteinander. Sein Vater machte eine große, ausladende Geste, indem er in die Ferne sah und auf mehrere Punkte in der Landschaft wies. Vielleicht sagte er so etwas wie: »Ich hab ihn jetzt überall gesucht, er ist nicht mehr da. Keine Ahnung, warum er wieder gegangen ist, wir haben ihm doch nichts getan!«

Seine Mutter raufte sich die Haare. Sie sah ziemlich verzweifelt aus.

In diesem Moment kam die Kinderfrau, begrüßte Karl, Christine und die Kleine, sagte ein paar Worte und ging dann zusammen mit seiner Schwester in Richtung Pool.

Richtig. Die wunderschöne Schlampe hatte er ja vollkommen vergessen.

Ein paar Stunden saß er bewegungslos auf seinem Balkon, nahm aber das Fernglas nicht ein einziges Mal zur Hand.

Als die Flasche leer war, verstaute er das Fernglas und seine übrigen Habseligkeiten in seiner Tasche und verließ das Zimmer.

»Es war schön bei Ihnen«, sagte er auf Englisch zu der Signora im Geschäft. »Ich ziehe aus. Aber vielleicht komme ich ja irgendwann noch mal wieder.«

Sie lächelte, so wie sie immer lächelte, er zahlte und verließ den Ort.

42

Sie sah schon an der angespannten Haltung, mit der Vasco vor dem Fernseher saß, dass er schlechte Laune hatte. Er bewegte sich nicht, aber sie spürte, dass ein Gewitter in der Luft lag.

Als sie noch unschlüssig in der Tür stand und überlegte, was passiert sein könnte, drehte er sich langsam um und sah sie mit einem eigentümlichen Blick an, den sie noch nie an ihm gesehen hatte und nicht verstand.

»Ciao, amore«, sagte sie unsicher, aber Vasco antwortete nicht.

»Hast du schon was gegessen?«

Vasco schaltete den Fernseher lauter und drehte sich zu ihr um.

Paola wurde übel vor Angst, denn wenn Vasco ungerührt weiter fernsah, während sie ihn etwas fragte, war er gelassen. Drehte er den Ton weg, war er gnädig gestimmt und bereit, ihr zuzuhören. Schaltete er den Apparat lauter, standen die Zeichen auf Sturm.

Im März hatte er sie schon einmal halb totgeschlagen, und sie war zu ihrer Tante nach Radda geflüchtet und hatte sich geschworen, nie wieder zu ihm zurückzukehren – aber als er dann drei Tage später weinend und um Vergebung bettelnd vor der Tür ihrer Tante stand, war sie schwach geworden und hatte es doch getan.

Sie überlegte, ob sie gleich jetzt aus dem Haus rennen sollte, aber dann kam sie sich albern vor. Hysterisch. Wahrscheinlich waren ihre Nerven einfach nur überreizt, schließlich war nichts passiert, er hatte nur komisch geguckt und noch nicht ein einziges Wort gesagt.

»Soll ich uns was kochen?«, fragte sie erneut und versuchte, so locker und unbelastet wie möglich zu klingen.

»Nein.« Seine Antwort schmerzte wie eine Ohrfeige.

Er stand auf und kam langsam auf sie zu.

Sie wich zurück und hielt bereits ihren Arm schützend vors Gesicht.

»Was ist denn? Was hast du denn?«

»Was ich habe? Ich habe die Schnauze voll. Gestrichen voll.«

Von Paola kam nur ein hilfloses Quieken.

»Ich hab's satt! Mir steht's bis hier!« Er zeigte mit der Hand auf einen Punkt oberhalb seines Scheitels. »Ich mach das nicht mehr mit!«

»Was denn?«, hauchte sie und fragte sich unterdessen, wie er ihre Affäre mit Karl herausbekommen hatte.

»Dass du nie mehr zu Hause bist! Das stinkt mir. Wann sehen wir uns denn noch hier? Wann denn? Ich kann mich nicht erinnern. Immer heißt es nur: ›Ich muss ins Castelletto‹, ›Ich muss heute länger bleiben‹, ›Christine ist krank‹ oder ›Stella ist krank‹ ... Ja, was haben die denn andauernd? Unsereins kann sich nicht leisten, alle naselang krank zu sein. Dann bleibst du länger, mal, weil das Castelletto krachend voll ist, mal, weil die Gäste eine Feier haben, oder du schläfst sogar da, wenn Karl und Christine am Abend weggehen. Wie es mir geht, interessiert dich nicht. Weil du mich gar nicht mehr siehst! Weil wir uns noch nicht mal mehr zu Hause treffen! Und das stinkt mir!«

»Aber das stimmt doch so gar nicht«, protestierte Paola schwach.

»Nein? Das stimmt nicht?« Jetzt wurde Vasco erst recht wütend. »Glaubst du, ich fantasiere? Ich bilde mir das alles nur ein? Dann bilde ich mir also ein, dass ich schon seit Wochen keine warme Mahlzeit mehr gegessen habe, weil du einfach nicht da bist und nichts mehr kochst. Dann bilde ich mir ein, dass du seit Wochen unsere Betten nicht mehr frisch bezogen hast. Dann bilde ich mir ein, dass ich nachts immer öfter allein einschlafen muss, weil du nicht da bist. Dann bilde ich mir das alles nur ein, ja?«

»Nein.« Vasco hatte ja recht. Sie war in letzter Zeit wirklich kaum noch zu Hause gewesen.

»Castelletto, Castelletto, Castelletto und Stella, Stella, Stella!«, schrie er. »Ich kann das alles nicht mehr hören! Damit ist jetzt Schluss, aus, Ende, vorbei. Du wirst da kündigen, und wir hauen hier ab. Gehen zurück nach Sizilien. Da sind die Leute herzlicher, menschlicher, direkter. Da fangen wir noch mal ganz von vorn an. Diese feinen Pinkel hier und diese Deutschen gehen mir auf den Sack!«

Paola wurde schwindlig. Weg vom Castelletto? Weg von Stella? Und am allerschlimmsten: Weg von Karl? Das würde sie nicht aushalten. Nicht jetzt, wo sie schon so nahe dran war. Irgendwann würde Karl sich von Christine trennen, da war sie sich ganz sicher.

»Hast du den Verstand verloren?«, kreischte sie in ihrer Panik. »Wir können doch nicht beide unsere Jobs aufgeben! Glaubst du, die warten auf uns in Sizilien und rollen uns da den roten Teppich aus? Bist du völlig verrückt geworden?«

»Siehst du! Das mein ich. Ich habe schon seit einer Woche keinen Job mehr, aber das hast du gar nicht gemerkt! Weil die Gnädigste in Wirklichkeit und in Gedanken nur noch in ihrem Scheißcastelletto ist, wo sie den Deutschen die Füße küsst und das auch noch toll findet! Aber damit ist Schluss, Paola, das schwör ich dir. Zum Castelletto gehst du nie wieder!«

»Ich denke nicht daran!«, schrie Paola. »Der Job ist toll! Warum willst du mir alles kaputt machen? Kannst du nicht ertragen, dass ich Arbeit habe und du nicht? Wie primitiv bist du eigentlich?«

In diesem Moment schlug Vasco zu.

Paola flog gegen die Wand und hielt sich das flammende Gesicht.

»Du lügst!«, brüllte er. »Du bist eine dreckige Lügnerin! Es geht dir gar nicht um diesen Scheißjob, weil du nämlich eine Hure bist!« Er boxte ihr in den Bauch. »Eine miese Schlampe, die für irgendeinen reichen Knacker die Beine breit macht!« Er begann unkontrolliert auf sie einzuschlagen.

Paola schrie und weinte und wimmerte, lag auf dem Boden und krümmte sich vor Schmerzen. Das Blut schoss ihr aus der Nase.

Vasco riss sie an den Haaren hoch und schlug ihr erneut ins Gesicht. Ihre Lippe platzte auf. Beim nächsten Schlag floss ihr das Blut aus der Augenbraue in die Augen.

»Ich mach dich fertig«, keuchte er, »ich werde dafür sorgen, dass dich mit deiner zertrümmerten Visage kein Freier mehr anguckt. Das schwör ich dir!«

»Vasco, bitte, hör auf!«, jammerte sie mühsam. »Ich habe keinen Freier, ich habe dich nie betrogen, nie! Das bildest du dir nur ein!«

»Schon wieder bilde ich mir was ein, ja? Mehr hast du dazu nicht zu sagen?« Er packte ihren Hals, schüttelte und würgte sie. Erst als sie anfing, in Todesangst zu strampeln, lockerte er den Griff, und sie bekam wieder Luft. »Ich weiß sehr gut, was Sache ist, ich bin ja nicht blöd, Paola, und ich lass mich von dir nicht für dumm verkaufen. Also: Was treibst du im Castelletto?«

»Nichts!«, heulte Paola.

Vasco schlug zu.

»Ich hab dich was gefragt.«

Paola antwortete nicht mehr. Sie rutschte an der Wand, an die Vasco sie gedrängt hatte, herunter und blieb bewegungslos liegen.

»Wasch dein Gesicht und pack deine Sachen«, sagte Vasco kalt. »Du siehst zum Kotzen aus. Morgen früh hauen wir ab. Mit dem Castelletto ist Schluss.«

Dann ging er aus dem Zimmer.

Die ganze Welt verschwamm vor Paolas Augen und in ihren Gedanken. Ihr Körper schmerzte, und in ihrem Mund schmeckte sie Blut. Das rechte Auge konnte sie nicht öffnen, sie spürte, dass es zugeschwollen war, das linke war blutverklebt. Sie hatte Schwierigkeiten zu schlucken, und ihr war übel.

Langsam versuchte sie aufzustehen. Es gab keine Stelle ihres Körpers, die nicht wehtat. Im Magen spürte sie scharfe Stiche, sodass sie nicht aufrecht gehen, sondern sich nur mühsam gebückt fortbewegen konnte.

Sie horchte an der Tür. Wo war Vasco? Und was machte er gerade?

Als sie an der Küchentür vorbeischlich, hörte sie, wie er gerade eine Bierflasche öffnete und dann den kleinen Fernseher anschaltete, der auf dem Kühlschrank stand. Das war gut. Hoffentlich trank er weiter. Dann würde er irgendwann vor dem Fernseher einschlafen.

Und schließlich tat sie genau das, was er wollte.

Sie wusch ihr blutverschmiertes Gesicht und packte ihren Koffer.

Dann versuchte sie ihn zu tragen, um damit das Haus zu verlassen, aber es war unmöglich. Sie hatte so schmerzhafte Stiche im Bauch, dass sie nicht laufen konnte, sondern in der Taille immer wieder zusammenknickte. So konnte sie unmöglich Auto fahren.

In der Küche dröhnte der Fernseher.

Als sie sich auf dem Bett ausstreckte, wurde es etwas besser. Wenn sie jetzt einfach schlief, würde Vasco denken, es sei alles wieder gut und wie immer. Und dann würde er ihr nichts mehr tun.

Paola erwachte, als es draußen bereits hell war. Der Radiowecker zeigte sieben Uhr dreiundzwanzig. Vasco schnarchte zum Gotterbarmen.

Sie schaffte es aufzustehen und ihren Koffer leise aus dem Zimmer zu tragen.

Vasco schlief seinen Rausch aus und wachte nicht auf.

Paola schlich aus dem Haus, stieg in ihr Auto und ließ den Motor an.

Ihr Herz schlug bis zum Hals, da sie damit rechnete, dass jeden Moment ein zornesbebender Vasco aus dem Haus gestürzt kam – aber nichts passierte.

Sie atmete durch und raste los.

43

Und wieder tauchte er wie aus dem Nichts auf.

Aber diesmal erschrak sie nicht, als sie kurz nach sieben auf den Portico trat, sie war nur verwundert. Und auch ein bisschen verärgert. Was sollte dieses merkwürdige Katz-und-Maus-Spiel? Dass er gestern Morgen in aller Herrgottsfrühe schon wieder verschwunden war, bevor sie ein paar Sätze gewechselt und sich einander wieder angenähert hatten, hatte sie irritiert und verletzt. Wenn er gehen wollte, dann sollte er es sagen und sie nicht einfach ratlos zurücklassen.

Er saß wieder nur da und sah übers Land.

Christine blieb einen Moment stehen. Dann ging sie langsam die Treppe hinunter und trat von hinten an ihn heran.

»Na?«, fragte sie. »Wieder aus der Versenkung aufgetaucht?« Sie wusste, dass dies keine besonders freundliche Begrüßung war, aber sie konnte es nicht ändern.

»Wie du siehst«, bemerkte er knapp.

In diesem Moment fragte sie sich, ob sie jemals wieder normal miteinander umgehen würden. Und ob Raffael überhaupt daran interessiert war.

»Bleibst du zum Frühstück?«

»Ja, schon. Warum nicht.«

Die Fahne, die Raffael hatte, entging Christine nicht. Auch nicht, dass sein Gesicht gerötet war und seine Augen flackerten.

In diesem Augenblick kam Karl mit Stella an der Hand aus dem Haus. Als er Raffael sah, stutzte er kurz, dann lächelte er und ging direkt auf ihn zu.

»Hey, Raffael! Warum bist du denn gestern abgehauen?«

Raffael zuckte gelangweilt die Achseln.

»Umso mehr freue ich mich, dass du jetzt wieder da bist. Das ist übrigens deine Schwester Stella. Wir sind unglaublich glücklich, dass wir noch einmal ein kleines Mädchen bekommen haben. Auf den letzten Drücker sozusagen.« Er lachte und beugte sich zu Stella hinunter. »Stella, das ist dein großer Bruder Raffael. Er war lange verreist, darum kennst du ihn noch nicht, aber jetzt ist er hier zu Besuch. Ich bin sicher, ihr werdet euch verstehen.«

»Hallo«, sagte Stella desinteressiert.

»Hallo«, erwiderte Raffael leise.

Damit war die Angelegenheit für Stella beendet, und sie zupfte an der Bluse ihrer Mutter herum.

»Ich hab Durst!«, quengelte sie.

»Gleich. Zehn Minuten wirst du es ja wohl noch aushalten.«

Christine bemerkte, dass ihr Ton auf einmal auch Stella gegenüber gereizt klang.

»Kommt, setzen wir uns.« Karl wirkte regelrecht gelöst.

Sie setzten sich an einen der Tische, gleich neben dem Oleander, etwas entfernt von den Touristen, um ein wenig Ruhe zu haben.

»Und? Wie läuft der Laden?«, fragte Raffael.

»Gut bis sehr gut. Wir können nicht klagen. Das Castelletto entwickelt sich zum Selbstläufer, wir schalten überhaupt keine Anzeigen mehr, aber es scheint sich herumzusprechen. Das ist natürlich fantastisch.«

Karl gab Maria, die heute Frühdienst hatte, sich um das Frühstück der Gäste kümmerte, das Mittagessen vorbereitete, Cecilia beim Putzen unterstützte und das eine oder andere erledigte, einen Wink, und sie schien zu wissen, was er wollte, denn sie deckte sofort den Tisch.

Sie sahen sich an und schwiegen. Wussten nichts zu sagen. Die Sprachlosigkeit tat regelrecht weh.

»Trinkst du zum Frühstück normalen Kaffee oder Cappuccino, Milchkaffee, Espresso ... Was du willst, wir haben alles«, sagte Karl.

»Scheißegal. Normalen Kaffee.«

Stella kicherte. »Scheißegal«, wiederholte sie. »Super. Scheißegal.«

Raffael grinste. Stella grinste auch.

Weder Christine noch Karl sagten etwas dazu.

Maria kam, blieb am Tisch stehen, verschränkte die Hände hinter dem Rücken und sah Christine fragend an.

»Alles wie immer«, sagte Christine schnell. »Das ist übrigens unser großer Sohn Raffael aus Deutschland. Er ist überraschend zu Besuch gekommen.«

Maria versuchte ihn anzulächeln, aber Raffael sah gar nicht hin.

»Für ihn bitte einen Caffè Americano. Am besten eine ganze Kanne.«

Maria nickte und lief in die Küche.

Raffael hatte Appetit auf Kräuterlikör, aber das war jetzt wohl etwas unpassend, deshalb hielt er seinen Mund.

Diese ganze friedliche Familiensituation ging ihm ohnehin gehörig auf die Nerven.

Nachdem Maria Kaffee, Brötchen, Marmelade und Aufschnitt gebracht hatte, fragte Karl: »Kannst du uns erzählen, wie es dir in all den Jahren ergangen ist?«

»Später vielleicht. Nicht heute.«

»Okay. Kein Problem.«

Jeder für sich begann schweigend zu essen.

Stella kaute an einem halben Brötchen mit Honig.

»Wann kommt denn Paola?«, fragte sie.

»Gleich.«

»Was machst du denn so?«, wagte Karl erneut einen Vorstoß. »Ich meine, du hast doch sicher einen Beruf, einen Job, oder?«

»Ich bin technischer Leiter an einem Berliner Theater.«

»Was?« Christine fiel vor Überraschung fast der Löffel aus der Hand. »Das ist ja irre! Fantastisch! Wie hast du denn das geschafft? Denn in deinem Alter schon so weit zu sein und so eine Position zu haben, ist wirklich toll. Alle Achtung!«

»Tja. Mir gefällt's auch.«

»Dann hast du jetzt Urlaub?«

»So ist es.«

»Und bei welchem Theater bist du, wenn man fragen darf?«

»Beim Berliner Ensemble.«

Christine und Karl schwiegen ehrfürchtig. Aus dem Jungen war wirklich etwas geworden. Und das auch ohne ihre Hilfe.

Dennoch verspürte Karl bei der ganzen Geschichte ein Unbehagen. Er glaubte Raffael nicht ganz. Irgendetwas stimmte nicht, denn mit sechsundzwanzig war man nicht technischer Leiter am Berliner Ensemble. Er war ein junger Spund, vielleicht mit einer guten Ausbildung, aber aufgrund seines Alters einfach noch ohne Erfahrung. Da waren andere vor ihm am Drücker.

»Was hast du denn für eine Ausbildung gemacht, um so schnell zu so einem großartigen Job zu kommen?«, fragte Christine harmlos, aber das war schon zu viel.

Raffael flippte aus.

»Später!«, schrie er. »Habt ihr es nicht gehört oder verstanden, ich hab gesagt, ich erzähle euch alles sp-ä-ter! Rede ich chinesisch oder wie? Was soll der verfluchte Scheißdreck? Ich komme euch nach Jahren besuchen, und ihr habt nichts Besseres zu tun, als mich auszufragen und herumzubohren. Das ist ja schlimmer als ein Verhör, verdammte Kacke!«

Er war aufgesprungen, zündete sich eine Zigarette an und rannte im Hof hin und her.

Seinen Kaffee hatte er noch gar nicht probiert.

»Was hat er denn?«, fragte Stella verstört.

Niemand antwortete ihr.

»Vorsichtig«, flüsterte Karl, »wir müssen ganz vorsichtig sein. Jede Winzigkeit bringt ihn auf die Palme und zur Explosion.«

»Aber ich hab doch gar nichts …«, stotterte Christine.

»Sei einfach still und stell ihm keine Fragen mehr«, zischte Karl. »Wenn er von selbst was erzählt, dann ist es gut, wenn nicht, dann eben nicht. Du kannst ihn nicht behandeln wie einen normalen Menschen, sonst haut er noch heute Nacht wieder ab.«

Raffaels Gesicht glühte, als er zum Tisch zurückkam.

Er schob den Teller zur Seite. »Ich kann morgens nichts essen.«

»Ach so, entschuldige, das wussten wir nicht.«

Wenig später brachte Maria vier gekochte Eier und stellte sie auf den Tisch.

Raffael saß mit dem Rücken zur Kapelle und hatte den Torbogen und den mit Kopfsteinen gepflasterten Aufgang zum Hof im Blick.

Daher sah er sie kommen.

Er erschrak so, dass er seinen Kaffee verschüttete.

Paola hatte ihren federnden Gang verloren, stakste wie ein Roboter und sah zum Fürchten aus.

»Wer ist das denn?«, fragte Raffael, obwohl er es ganz genau wusste.

Jetzt sahen auch Christine und Karl ihr zerschlagenes Gesicht.

Karl sprang auf, lief ihr entgegen, legte den Arm um sie und führte sie zum Tisch.

»Du lieber Himmel, Paola, was ist denn passiert?«

»Vasco«, sagte sie nur, als könne sie mit dem zerschundenen Kiefer kaum sprechen. »Wir hatten einen schrecklichen Streit.«

Raffael war entsetzt, er konnte kaum hinsehen. Er hatte noch nie eine so fürchterlich zugerichtete Frau gesehen. Dieser Vasco war ein Tier. Wenn er ihm jemals begegnen sollte, würde er ihm alle Zähne ausschlagen.

»Warum siehst du denn so komisch aus?«, fragte Stella mit ängstlichem Gesichtsausdruck.

Paola lächelte schief. »Ich bin die Treppe runtergefallen und hab mir wehgetan, cara.«

»Möchtest du frühstücken?«, fragte Christine. »Einen Kaffee?«

»Nein danke. Scusate, aber ich möchte nur in ein Bett. Es geht mir schlecht. Ist das möglich?«

»Selbstverständlich. Appartement vier ist im Moment frei. Da kannst du dich erst einmal erholen.«

Christine stand auf und stützte sie, als sie über den Hof zum Appartement gingen.

Die Beziehungsprobleme zwischen Paola und Vasco interessierten Karl nicht sonderlich. Sie hatte ständig Streit mit ihm, und sie war selbst schuld, wenn sie ihn nicht verließ.

Zwischen Vater und Sohn entstand ein unangenehmes Schweigen, da keiner der beiden wusste, was er sagen und wie er ein Gespräch in Gang bringen sollte.

»Wie lange möchtest du bleiben?«, fragte Karl gerade, als Christine wiederkam.

Raffael sah seinen Vater an. »Ich weiß noch nicht. So lange es mir Spaß macht. Lassen wir uns überraschen.«

»Ja gut, aber wie lange hast du denn Urlaub?«

Raffael winkte ab. »Lange. Bis September.«

Karl nickte. »Prima. Aber jetzt bist du erst mal hier, da wollen wir nicht schon wieder an Abreise denken.«

Allmählich erwachte das Castelletto. Immer mehr Gäste kamen aus ihren Appartements zum Frühstück, im Hof waren jetzt fast alle Tische besetzt, und Maria hastete von Tisch zu Tisch.

»Paola ist krank, und was machen wir jetzt?«, fragte Stella.

»Wir fahren nach Arezzo. Heute Nachmittag wird hier eine goldene Hochzeit gefeiert, da muss ich noch ein paar Kleinigkeiten einkaufen.«

Stella nickte befriedigt. Einkaufen war immer gut.

»Möchtest du mitkommen?«, fragte Karl seinen Sohn, der gedankenverloren mit einem Springmesser herumspielte.

»Nee. Ich bin nicht hergekommen, um im Supermarkt rumzurennen und Mayonnaise zu suchen«, sagte er.

Schon wieder ein Vorwurf, dachte Karl, und langsam nervte es ihn.

»Gut. Du musst dich ja auch erst einmal umsehen und einrichten. Komm mit in den Turm, ich zeige dir dein Zimmer.«

44

Zur Feier des Tages war Oma sogar zum Friseur gegangen. Normalerweise schnitt ihr Gabriella alle drei Monate die Haare, aber das wollte Oma diesmal auf gar keinen Fall.

»Ich will bei meiner goldenen Hochzeit ja nicht aussehen wie eine räudige Katze«, schnauzte sie, und Gabriella nahm ihr das übel.

»Ach, dann hast du also die ganzen letzten Jahre, wenn ich dir die Haare geschnitten habe, immer ausgesehen wie eine räudige Katze?« Gabriellas Augen funkelten wütend. Oma war einfach undankbar und ungerecht.

»Manchmal schon«, antwortete Oma gnadenlos, »aber hier im Haus ist es ja egal. Wer sieht mich denn schon? Neri vielleicht, und der schenkt mir so viel Beachtung wie einem hässlichen Sofakissen.«

Gabriella wurde immer saurer. Was Oma sagte, war einfach eine Frechheit. Oma hatte ja keine Vorstellung davon, wie sehr Neri seine Schwiegermutter beachtete. Weil sie ihm nämlich ständig auf den Keks ging: indem sie dummes Zeug redete, ihm beim Abendessen die besten und größten Bissen wegfraß und indem sie immer wieder das leidige Thema Rom ins Spiel und Neri dadurch auf die Palme brachte. Und jetzt musste er auch noch diese eingebildete goldene Hochzeit finanzieren. Von Nichtbeachten konnte wirklich keine Rede sein.

Aber Gabriella sagte nichts dazu, weil sie keine Lawine von Vorwürfen provozieren wollte, sondern zischte nur: »Bitte schön, dann geh doch zum Friseur! Aber vergiss nicht, dass es unser Geld ist, das du da zum Fenster hinauswirfst.«

Oma grinste nur. »Du wirst dich wundern! Wahrscheinlich wirst du mich gar nicht wiedererkennen, wenn ich von Eva zurückkomme.«

»Wahrscheinlich«, bestätigte Gabriella und hätte fast laut gelacht.

Um halb elf verschwand Oma in Evas Frisiersalon, der sich nur drei Häuser weiter befand, und Gabriella hatte ein bisschen Zeit, die letzten Dinge zusammenzusuchen, die sie mit zum Castelletto nehmen musste.

»Na, Gloria! Wie hättest du's denn gern? Es soll ja heute etwas ganz Besonderes werden, da müssen wir uns was einfallen lassen.«

»Moment mal«, sagte Oma und kramte eine herausgerissene Seite aus einer Illustrierten aus ihrer Handtasche. »Hier. So will ich aussehen.«

Eva starrte auf das Foto. Lady Gaga mit wüster lila Mähne und Glitzer im Haar. Aber so leicht war Eva nicht aus der Fassung zu bringen, sie war schwierige Kundinnen gewöhnt.

»Okay. Dann unterhalten wir uns doch zuerst einmal über die Farbe. Jetzt sind deine Haare grau. Wollen wir sie nicht in ein leuchtendes, glänzendes Weiß verwandeln?«

»Nein. Ich will sie lila. Wie auf dem Foto.«

»Es könnte auch ein wenig blau werden, Gloria.«

»Meinetwegen auch blau. Mir egal. Hauptsache, sie schimmern in irgendeiner Farbe. Weiß ist ja keine Farbe.«

»Warte mal«, sagte Eva, »ich hab da noch eine Idee.«

Sie ging zum Tresen, auf dem ihre Kasse stand, zog aus dem Regal darunter eine Kiste hervor, die sie kurz durchwühlte, und fand sehr schnell, was sie suchte.

»Wie findest du das?«, fragte sie Oma und zeigte ihr ein kleines, mit Strasssteinchen und falschen Brillanten besetztes Krönchen. »Was meinst du, wie das in deinen blauen Haaren funkeln würde!«

Oma stieß spitze Jubelschreie aus und wäre Eva am liebsten um den Hals gefallen.

Neri und Gabriella bringen mich um, wenn Oma mit ihrer Krone ankommt, dachte Eva, aber was soll man machen? Hauptsache, Gloria ist glücklich.

Eva begann mit dem Färben von Omas Haaren. »Wie geht's Emilio?«, fragte sie.

Oma sah sie konsterniert an. »Aber meine Liebe, Emilio ist seit neun Jahren tot!« Sie schüttelte so entgeistert den Kopf, dass Eva einen Moment nicht weiterfärben konnte.

»Aber ich dachte …«, stotterte Eva, »weil du doch deine goldene Hochzeit feierst!«

»Warum sollte ich nicht meine goldene Hochzeit feiern?« Oma spitzte den Mund. »Schließlich war ich Emilio auch in den vergangenen Jahren noch treu. Bis heute. Wenn es Emilio noch gäbe, würden wir natürlich zusammen feiern, aber so geht es auch.«

Eva, der eigentlich immer etwas einfiel, war sprachlos.

Neri fiel fast in Ohnmacht, als Oma mit blauen Haaren und ihrem glitzernden Krönchen hocherhobenen Hauptes ins Zimmer marschiert kam. Er musste sich am Fernseher festhalten und starrte sie an, als sähe er ein Gespenst.

»Wie siehst du denn aus?«, stieß er mühsam hervor.

»Traumhaft, ich weiß. Wie es sich für die Hauptperson am heutigen Abend gehört.«

Neri stöhnte, und es war ihm egal, ob Oma es gehört hatte oder nicht.

Dass sie die ganze Familie mit ihrem Goldene-Hochzeit-Spleen lächerlich machte, war eine Sache. Dass sie sich aber auch noch verkleidete wie eine schwachsinnige und alterswahnsinnige Baroness, die den Verstand verloren hatte und jetzt zum Fasching ging, schlug dem Fass den Boden aus.

Diesen Abend und diese Feier würde er niemals überleben. Er hatte nichts dagegen, wenn sich die Erde auftun und ihn auf Nimmerwiedersehen verschlingen würde. Vielleicht hatte der liebe Gott ja ein Einsehen.

Neri trug einen schlichten schwarzen Anzug und hatte sich unter Gabriellas Druck zu einer grün-gelben Krawatte durchgerungen, die sich für ihn wie eine Würgeschlange anfühlte. Für dieses Affentheater fühlte er sich vollkommen overdressed.

»Donato!«, erklang Omas schrille Stimme aus dem ersten Stock, und Neri fuhr herum. Im Licht der Sonne, die durch das Fenster hereinfiel, funkelte ihr Krönchen Furcht einflößend.

»Ja?«, fragte er unwillig.

»Was hast du denn da an?«, kreischte Oma.

»Was soll ich schon anhaben?«, antwortete Neri genervt. »Meinen Schlafanzug.«

»Eben. Und ich bitte dich, zu meinem Jubeltag etwas Anständiges anzuziehen. Schließlich feiert man nicht alle Tage seine goldene Hochzeit. Und wenn mein Schwiegersohn schon ein Carabiniere ist (sie betonte das Wort ›Carabiniere‹, als würde sie ›Schwachkopf‹ sagen), dann ist deine Sonntagsuniform ja wohl das Allermindeste.«

Neri stöhnte laut auf.

»Tu ihr um Himmels willen den Gefallen, amore«, flüsterte Gabriella, die alles mit angehört hatte, »jetzt bitte keinen Streit mehr in den letzten zehn Minuten. Wir haben es schon so weit geschafft.«

Wär schön, wenn es so wäre, dachte Neri, als er widerstandslos und folgsam die Treppe hinaufging, um sich umzuziehen.

45

Um achtzehn Uhr erreichten Neri, Gabriella, ihr Sohn Gianni und Oma das Castelletto Sovrano. Sie wurden bereits von Karl und Christine erwartet. Auch Don Lorenzo war schon eingetroffen. Neri bemerkte, dass auch er ein wenig zurückzuckte, als er Omas Krönchen und die Haarfarbe sah, aber er sagte nichts und begrüßte sie herzlich und zuvorkommend.

»Möchten Sie sich noch einen Moment auf die Terrasse setzen, bis alle Gäste da sind?«, fragte Karl Neri und Gabriella.

Neri schüttelte den Kopf. Er wusste, dass er grimmig aussah, aber er konnte nichts daran ändern.

»Nein, ich denke, wir warten lieber unten an der Kapelle. Dort wird ja vielleicht irgendwo ein Stuhl für meine Schwiegermutter sein?«

»Aber sicher. Neben der Kapelle ist eine Bank.«

»Die brauchen wir nicht«, krähte Oma, »ich stehe lieber. Sonst knittert mein Kleid.«

Oma trug einen dunkelgrünen Rock aus leichtem, gut fallendem Stoff, eine hellgrüne Bluse und darüber wiederum eine dunkelgrüne Jacke, die von glitzernden Fäden durchzogen war. Die grüne Farbe dieser Kombination und das Blau ihrer Haare korrespondierten alles andere als optimal, aber wenn sie in der Sonne stand, funkelte die Jacke wie der Sternenregen eines Feuerwerks.

Wortlos gingen Gabriella, Gianni und Neri mit Oma im Schlepptau zur Kapelle.

»Warum wolltest du nicht oben warten?«, fragte Gabriella leise.

»Weil es mir reicht, wenn die blöden Fragen und Kommentare hinterher kommen. Die muss ich nicht auch schon vorher hören, sonst ärgere ich mich während der gesamten Messe.«

»So ärgerst du dich auch«, parierte Gabriella ungerührt. »Außerdem kann ich dich beruhigen. Niemand wird einen Ton sagen. Schließlich sind die Leute höflich.«

»Ich weiß, was sie denken. Das reicht.«

»Worüber redet ihr?«, wollte Oma wissen. »Gibt es noch ein Problem?«

»Aber nein, Oma, überhaupt nicht. Es ist alles wunderbar.«

»Ich finde, die Kapelle ist viel zu klein«, knurrte Oma, als sie davorstanden und hineinsahen. »Das ist keine Kirche, sondern eine Krankheit. Die reicht gerade mal für einen Einsiedlermönch, der allein sein will und jeden erschlägt, der in seine Nähe kommt. Aber das ist doch nichts für mich! Hier kann man doch kein rauschendes Jubelfest feiern. Was habt ihr euch eigentlich dabei gedacht, mir so eine Hundehütte anzubieten?«

»Versündige dich nicht, Oma.« Gabriella befürchtete, dass sich Oma jetzt in Rage redete und auch nicht aufhörte, wenn Gäste dazukamen. »Ich finde die Kapelle sehr romantisch und stimmungsvoll und für unsere Zwecke vollkommen ausreichend.«

»Du. Aber ich nicht.« Oma war jetzt beleidigt, und wenn sie Pech hatten, würde sie es auch den restlichen Tag über bleiben.

Neri sagte gar nichts, sondern schaute über die sonnenbeschienenen Hügel und versuchte sich vorzustellen, das ganze Theater wäre schon vorbei.

Allmählich trudelten die Gäste ein, denen erst kurzfristig der Ort der Feier bekannt gegeben worden war. Fernando und Ida, Remo und Silvana, Claudio und Rosanna und Fabio und Francesca. Lauter alte Freunde aus Rom, die keine Möglichkeiten hatten, hier im Ort Einzelheiten über die Feier in Ambra herumzutratschen. Dann Neris Cousine Manuela und ihr Mann Dario, die zurückgezogen auf dem Land lebten und mit kaum jemandem Kontakt hatten. Neri hatte sich den Mund fusselig reden müssen, um sie zum Kommen zu überreden, denn sie hatten für Festivitäten – egal welcher Art – rein gar nichts übrig.

Gabriella hatte ihre Freunde Ilva und Arturo aus Trappola eingeladen und ihnen unter Androhung der Todesstrafe eingeschärft, hinterher kein Wort über das Fest zu verlieren, und dann war da noch Silena, Omas Weißweinfreundin, bei der als Einziger zu befürchten war, dass sie in Ambra Omas goldene Hochzeit unter die Leute bringen könnte. Als Neri fragte, ob Silenas Anwesenheit denn wirklich nötig sei, hatte Oma unter Tränen darauf bestanden, sie einzuladen. Silena sei nun mal ihre einzige und allerbeste Freundin, und es wäre ja wohl das Allerletzte, wenn Silena nicht käme. Außerdem würde Silena ihr eine Nichteinladung bis ans Ende ihrer Tage übel nehmen, und es wäre das Ende dieser wunderbaren Freundschaft.

Wieder musste Neri kapitulieren und tröstete sich nur damit, dass Silena viel erzählte, wenn der Tag lang war, und die meisten Leute in Ambra diese wahnwitzige Geschichte wohl sowieso für eine erfundene Räuberpistole halten würden.

So waren sie zusammen mit Don Lorenzo siebzehn Personen.

Gabriella fand, dass die ganze Angelegenheit auch ihre praktische Seite hatte. Auf diesem Wege sahen sie schließlich ihre alten Freunde aus Rom einmal wieder.

Und genau davor grauste es Neri ebenfalls: Neben Omas Irrsinn musste er auch noch den ganzen Abend Geschichten aus Rom ertragen, die ihm das Scheitern seiner Karriere, das er seit Jahren mühsam zu verdrängen suchte, wieder deutlich vor Augen führten, und er wusste, dass Gabriella anschließend mindestens eine Woche unglücklich und unleidlich war, weil sie aus neu erwachtem Heimweh fast verrückt wurde.

Und alles wegen dieser verdammten goldenen Hochzeit.

Die Gäste kamen, geführt von Don Lorenzo, den schmalen Weg herunter, begrüßten Neri und Gabriella mit leisen Worten, was Neri an eine Beerdigung erinnerte, und nahmen in der Kapelle Platz. Es war eng, aber es ging. Für Oma stand in der Mitte, vor dem Altar, ein einzelner Stuhl.

Arturo saß in der letzten Reihe außen, hatte seinen iPod dabei und war bereit, sich während der Zeremonie um die Musik zu kümmern, da er Hunderte CDs, auch Orgelmusik, gespeichert hatte. Oma würde es nicht auffallen, dass es in der Kapelle gar keine Orgel gab.

Als die Musik einsetzte, kam Neris schwerster Moment. Er schritt mit Oma an der Hand, die aussah wie die Froschkönigin, durch die Kapelle und führte sie zum Stuhl. Oma strahlte ihn an und setzte sich, Neri verschwand auf seinem Platz neben Gabriella, ganz außen rechts in der ersten Reihe, und wollte sterben.

Als Don Lorenzo mit der Messe begann, versuchte er zu schlafen, damit die Zeit schneller verging und er nichts mitbekam.

Wach wurde er wieder bei der Predigt, als ihn Gabriella in die Seite boxte.

»Unsere heutige Feier, liebe Freunde, ist ein Fest der Treue. Die Treue ist eine der wichtigsten Tugenden überhaupt, denn was gibt es Wichtigeres zwischen zwei Menschen als Treue? Sie basiert auf gegenseitigem Vertrauen und ist vielleicht die einzige Verlässlichkeit, die wir im Leben erfahren. Nur dadurch kann sich der Mensch geborgen und sicher fühlen und die Kraft schöpfen, die er für sein tägliches Leben braucht. Und nur zwei Menschen, die sich vertrauen, schließen den Bund der Ehe, das heißt, sie ›trauen‹ sich und schwören sich ewige Treue.«

Gabriella sah Neri von der Seite an, aber er tat, als bemerke er den Blick nicht, und starrte weiterhin stur geradeaus. Die Mütze seiner Sonntagsuniform hatte er auf den Knien, und er wirkte paralysiert wie ein Lamm, das dem Wolf ins Auge schaut und darauf wartet, gefressen zu werden, weil es zur Flucht keine Chance mehr hat.

Daraufhin nahm Gabriella Neris Hand und drückte sie sanft, Neris Blick blieb jedoch vollkommen unbeweglich.

Gabriella seufzte leise.

»Diese unerschütterliche Treue haben uns Gloria und Emilio während ihrer langen Ehe in bewundernswerter Weise vorgelebt«, predigte Don Lorenzo weiter, »und diese große Liebe, diese für immer währende Treue wollen wir heute feiern.«

Da Neri das Wort »Treue« allmählich nicht mehr hören konnte, hatte er das große Bedürfnis einzuschlafen, aber es gelang ihm nicht.

»Die Treue gilt bis zum Tod und sogar darüber hinaus, daher kann Gloria heute auch voller Dankbarkeit auf ein halbes Jahrhundert nie enden wollender Treue zu Emilio zurückblicken, die den Tod sogar überdauert hat. Zum Zeichen ihrer Liebe trägt sie immer noch ihren Ehering, den sie, wie sie mir sagte, noch niemals abgelegt hat. Gib mir deine Hand, Gloria, damit ich ihn segnen kann.«

Was für ein raffinierter Hund, dachte Neri amüsiert, er hat es doch wahrhaftig geschafft, mit diesen fürchterlich pathetischen Worten dem ganzen Zirkus so etwas wie einen Sinn zu entlocken und noch einen draufzusetzen. Alle Achtung, Don Lorenzo, du bist cleverer, als ich dachte.

Don Lorenzo segnete Glorias Ring, und Gloria schluchzte leise.

Arturo spielte das »Halleluja« von Händel.

Nach der Messe zogen die Familie und die Gäste mit Gloria und Gabriella an der Spitze zurück zum Castelletto.

Die Tische waren festlich gedeckt, die Vorspeise war bereits serviert und blieb unter silbernen Hauben warm.

Maria ging herum und bot Gläser mit Prosecco oder Orangensaft an.

»Willst du was sagen?«, fragte Gabriella pro forma, aber Neri schloss nur die Augen.

Sie trat einen Schritt vor, und es wurde still. Alle Augen waren auf sie gerichtet.

»Liebe Mama und liebe Gäste«, begann sie, und Neri registrierte, dass er und Gianni in ihrer Anrede gar nicht vorkamen. Aber das war sicher keine Absicht gewesen, und er beschloss, sich darüber nun nicht auch noch aufzuregen.

»Heute ist ein wundervoller Tag, ich bin ganz glücklich, und das liegt daran, dass du, Mama, eine so großartige Idee hattest. Du feierst heute deine goldene Hochzeit, obwohl Papa seit neun Jahren nicht mehr lebt. Das ist sicher nicht üblich, aber ich finde es prima. In Gedanken bist du immer noch seine Frau, und in deinem Herzen gibt es für dich seit fünfzig Jahren bis heute keinen anderen Mann. Ihr hattet einundvierzig Jahre lang eine glückliche Ehe, und wenn das alles zusammen kein Grund zum Feiern ist, dann weiß ich nicht. Ich finde, deine Idee ist auch für andere durchaus nachahmenswert. Und darauf wollen wir trinken: Salute, Mama, bleib gesund, auf dass wir auch deine diamantene Hochzeit noch gemeinsam feiern können.«

Was der Himmel verhüten möge, dachte Neri, stieß aber unter dem allgemeinen Jubel lächelnd mit den anderen Gästen an.

»Lasst es euch schmecken!«, krähte Oma. »Ihr seid alle meine Gäste!«

Selbstverständlich, nur dass ich bezahle, kommentierte Neri in Gedanken, grunzte, setzte sich neben seinen Sohn Gianni und beschloss, heute Abend zumindest im Rotwein zu ertrinken. Er hatte in dieser Nacht keinen Dienst und auch morgen frei, und schließlich konnte Gabriella sie nach Hause fahren. Er war jetzt privat und hatte fest vor, anständig über die Stränge zu schlagen.

Karl, Christine und Raffael aßen an einem Tisch etwas abseits, und die übrigen Gäste des Castellettos waren in einen separaten Teil, auf eine überdachte Terrasse in der Nähe des Pools, umquartiert worden.

Nach dem Dessert bat Neri die Familie Herbrecht an seinen Tisch, um mit ihnen anzustoßen.

Raffael saß durch Zufall Gianni gegenüber. An den Gesprächen, die seine Eltern mit Neri, Gabriella und Don Lorenzo führten, konnte er sich nicht beteiligen, weil er kein Wort verstand. Aber plötzlich fragte Gianni mit leiser Stimme: »Bist du immer hier oder nur in ferie?«

Raffael konnte es gar nicht glauben, dass jemand deutsch mit ihm sprach, und er grinste freudig überrascht.

»Bin nur im Urlaub. Aber meine Eltern wohnen immer hier.«

Gianni nickte und flüsterte: »Ich bin Gianni.«

»Und ich Raffael. Wie kommt es, dass du Deutsch kannst?«

»Ich hatte es ziemlich lange in scuola, und dann hab ich mal einen Deutschen gekannt ...« – er fing deutlich an zu zittern – »mit dem ich hab geredet und viel gelernt.«

Das Zittern wurde immer stärker, und Gianni kippte ein Glas Wein hinunter, aber es dauerte ziemlich lange, bis er sich wieder einigermaßen beruhigte.

Ganz sauber tickt der nicht, dachte Raffael, irgendwo hat er ein Rad ab, aber ich weiß noch nicht, wo. Ist ja auch egal. Vielleicht ist er einfach nur ein bisschen schüchtern oder total verängstigt.

»Wo wohnst du?«, fragte er.

»In Siena.«

»Das muss geil sein.«

Gianni zuckte die Achseln. »Es geht. Wenn man schöne Wohnung hat. Ich hab nicht.«

»Was machst du so?«

»Nichts. Ich bin krank. Mache terapia. Jede Woche zweimal.«

»Oh!« Da hatte er also gar nicht so falsch gelegen. Vielleicht war Gianni ein armer Irrer. Es war jedenfalls ziemlich beknackt, einfach so zuzugeben, dass er zu einem Seelenklempner wanderte. Damit auch wirklich jeder sofort wusste, dass er einen an der Waffel hatte.

Neri beobachtete die beiden schon seit längerer Zeit aus den Augenwinkeln. Es war großartig, dass sein Sohn so gut Deutsch konnte, und das Beste daran war, dass er endlich mal wieder mit einem jungen Menschen sprach. Seit das Schreckliche vor anderthalb Jahren geschehen war, hatte er kaum noch Kontakte, traf sich nicht mehr mit seinen früheren Freunden und kam auch nur selten nach Hause. Er igelte sich in seiner dunklen Kammer in Siena regelrecht ein.

Und jetzt sah Neri mit Freude, dass die beiden sich gut zu verstehen schienen. Das erfüllte ihn mit Hoffnung. Der Sohn der Herbrechts schien ein netter und offener junger Mann zu sein, und er, Neri, würde jedenfalls eine aufkeimende Freundschaft zwischen den beiden mit allen Mitteln unterstützen.

Gegen zehn begann sich Oma zu langweilen und verlangte, nach Hause gebracht zu werden.

Don Lorenzo hatte sich bereits unmittelbar nach dem Abendessen verabschiedet. Neri hatte ihn zum Tor gebracht.

»Das hast du verdammt gut hingekriegt, Don Lorenzo«, lobte er, »du hast dich und uns alle wirklich elegant aus der Affäre gezogen. Ich danke dir!«

Die beiden gaben sich die Hand. »Gern geschehen«, meinte Don Lorenzo, »aber ich erinnere mich an eine Situation im Winter, da habe ich dir zu danken.«

Beide mussten grinsen, Don Lorenzo winkte noch einmal kurz und verschwand in die Nacht.

Dass Oma nun zum Abmarsch blies, ließ sich Neri nicht zweimal sagen und zog Gabriella, die gerade in ein intensives Gespräch mit Claudio und Rosanna vertieft war, vom Stuhl. »Komm, cara, lass uns gehen, bevor Oma es sich noch einmal anders überlegt.«

Er reichte ihr den Autoschlüssel. »Du musst fahren, in meinem Kopf plätschert der Rotwein.«

Gabriella hatte sehr wohl registriert, dass Neri heute Abend das Mineralwasser ignoriert hatte, und sich automatisch beim Wein zurückgehalten.

Sie verabschiedeten sich von ihren Gästen, was Unruhe aufkommen ließ und einen allgemeinen Aufbruch auslöste.

Die meisten übernachteten in Siena, da das Castelletto voll belegt war.

»Kommen Sie irgendwann mal vorbei, dann erledigen wir das mit der Rechnung«, sagte Karl zu Neri, »nicht heute Abend. Um diese Zeit lässt es sich nicht mehr so gut rechnen.«

Neri war einverstanden.

»Treffen wir uns mal wieder?«, fragte Raffael Gianni.

»Forse«, sagte Gianni, »vielleicht.«

Dann drehte er sich um und folgte seinen Eltern und seiner Großmutter zum Auto.

46

Karl konnte nicht schlafen.

Christine hatte, weil sie nach der Hochzeit so aufgekratzt war, eine Schlaftablette genommen und schlief jetzt fest. Sie atmete tief und gleichmäßig.

Karl sah auf die Uhr. Zehn nach zwei.

Er dachte an Paola. Den ganzen Abend hatte er von ihr nichts gehört und nichts gesehen. Neri hatte ihn und Christine an seinen Tisch gebeten, und Karl wollte nicht unhöflich sein und zu Paola gehen, um sich zu erkundigen, wie es ihr ging. Vielleicht hätte Christine diese Fürsorge an einem Abend, an dem sie im Castelletto eine goldene Hochzeit feierten, auch gewundert.

Jedenfalls war er auf seinem Stuhl kleben geblieben, und jetzt tat es ihm leid. Wie musste sich Paola fühlen, wenn sich niemand, noch nicht einmal er, um sie kümmerte?

Noch eine weitere Viertelstunde lang versuchte er, sein schlechtes Gewissen zu beruhigen und einzuschlafen, aber es gelang ihm nicht.

Schließlich stand er auf, zog seinen Bademantel über und schlich leise aus dem Zimmer.

Im Badezimmer ging er auf die Toilette, trank ein Glas mit kaltem Leitungswasser und trat dann auf den Portico.

Der Hof lag dunkel und ruhig da, die Tische waren abgeräumt, nichts erinnerte mehr an das Fest wenige Stunden zuvor. In der Ferne blinkten vereinzelte Lichter – die Straßenbeleuchtung in San Rocco oder Laternen vor den Haustüren einsamer Häuser.

Karl hielt für einen Moment inne. Er liebte diese stillen, warmen Sommernächte, und wenn im Castelletto keine Gäste gewesen wären, hätte er sich seine Matratze auf die Terrasse gelegt und unterm Sternenhimmel geschlafen. Etwas Schöneres konnte er sich nicht vorstellen.

Karl ging die Treppe hinunter und klopfte an Paolas Zimmertür. Einmal – zweimal – dreimal. Er wartete. Und dann hörte er ein leises Rascheln und eine dünne, verängstigte Stimme: »Ja?«

»Ich bin's, Karl!«

Sie öffnete und versuchte mit ihrem zerschundenen Gesicht zu lächeln. »Ich hab schon geschlafen, aber das macht nichts. Komm rein.«

Er betrat das Appartement, schloss die Tür hinter sich ab und nahm sie in den Arm.

»Ich hab dich vermisst«, flüsterte er.

»Ich dich auch.« Paola lächelte und zog ihn aufs Bett. »Die ganze Zeit habe ich gehofft, dass du kommst – und jetzt bist du da. Ich liebe dich.« Sie küsste ihn. »Ich liebe dich mehr als mein Leben.«

Raffael erwachte um Viertel nach vier, weil ein Käuzchen schrie.

Er war es aus Berlin gewohnt, dass Lastwagen durch die Straße bretterten, Autotüren schlugen, laute Stimmen durch die Nacht brüllten, dass Polizei- und Feuerwehrsirenen ertönten, dass Mülltonnen über den Hof schepperten – das alles störte ihn nicht. Aber der Schrei eines Käuzchens ließ ihn hochfahren.

Er brauchte einen Moment, um sich zu orientieren.

Nein, er war nicht mehr in San Rocco, dem Castelletto gegenüber, er war mittendrin. In einem kleinen Turmzimmer des Castellettos, in dem er nach dem Fest noch anderthalb Flaschen Rotwein getrunken hatte.

Er wunderte sich, dass er das noch wusste.

Das Käuzchen schrie immer noch und machte ihm Angst.

Die halbe Flasche Wein, die neben seinem Bett stand, trank er ohne abzusetzen leer. Augenblicklich fühlte er sich besser. Nicht mehr so verschlafen, eher so, als würde der Abend jetzt erst beginnen.

Er bemerkte, dass er seine Sachen noch anhatte. Jeans, T-Shirt, Turnschuhe. Da musste er ja ziemlich fertig gewesen sein, dass er sich komplett angezogen ins Bett geschmissen hatte.

Aber vielleicht war das gar nicht so ungünstig, denn jetzt brauchte er dringend noch etwas zu trinken.

Sein Vater schloss die Magazinräume und den Weinkeller nie ab. So viel hatte er schon mitbekommen, denn kein Gast wagte es, durch die privaten Kellerräume und weitläufigen Katakomben des Castellettos zu stolpern. Dort befanden sich Weinvorräte, die er in seinem ganzen Leben niemals würde austrinken können. Riesige Fässer mit eintausend, zweitausendfünfhundert und fünftausend Litern und Hunderte, vielleicht Tausende Sechserkartons mit bereits abgefüllten und etikettierten Weinen.

Vielleicht sollte er sich einfach mal einen ganzen Karton mit ins Zimmer nehmen, damit er nicht immer mitten in der Nacht im Weinkeller des Castellettos herumsuchen musste.

Aber jetzt hatte er Durst. Er wollte noch ein, zwei Stunden trinken und dann bis Mittag schlafen.

Raffael ging hinunter und stand im Hof. Noch dämmerte es nicht, aber den Eingang zum Keller fand er leicht. Er war links neben den Frühstücksräumen in einer Nische.

Raffael hoffte, dass die Tür nicht quietschte, und er hatte Glück. Das alte, schwere Holzportal ließ sich problemlos öffnen und gab keinen Ton von sich.

Links neben der Tür ertastete er den Lichtschalter, knipste die Lampe an und lief die Treppe hinunter bis in den Raum, in dem auch Weinproben stattfanden, wenn das Wetter es nicht erlaubte, im Hof zu sitzen.

Dort befand sich das Paradies eines jeden Weinliebhabers: viele verschiedene Weinflaschen zum Probieren, außerdem Gläser, Korkenzieher und Preislisten.

Raffael öffnete eine Flasche – Sorte und Jahrgang waren ihm völlig egal –, klemmte sich drei weitere Flaschen unter den Arm, steckte einen Korkenzieher ein und stieg die steinerne, ausgetretene Treppe wieder hinauf.

Dann setzte er sich in den Hof, sah in den Mond und trank langsam, aber stetig, bis die Flasche leer war.

Allmählich spürte er den Alkohol wieder in seinem Kopf. Das war in Ordnung, so würde er gut schlafen können und sich nicht mehr von einem blöden Käuzchen wecken lassen.

Die Nacht war wunderbar warm. Wenn er seine Eltern ausblendete, war es hier durchaus auszuhalten. Das Einzige, was ihm fehlte, war eine Frau.

Dunkel erinnerte er sich daran, dass am Abend zuvor Paola gekommen war. Mit einer völlig ramponierten Fresse.

Er kicherte.

Paola.

Sie schlief wahrhaftig hier im Castelletto. Besser ging es ja gar nicht.

Er glaubte sich auch noch daran zu erinnern, in welchem Appartement seine Mutter Paola untergebracht hatte. Nummer vier. Etwas zurückversetzt, direkt neben dem Weinkeller.

Warum sollte er sie nicht überraschen? Sich zu ihr legen? Es würde ihr bestimmt gefallen. Wenn sie es mit seinem Vater trieb, trieb sie es mit jedem, und er war dreißig Jahre jünger als sein Vater und hatte sicher einiges mehr zu bieten.

Die Idee machte ihn ganz hektisch und euphorisch, und schließlich wagte er es.

Er klopfte nicht und rief auch nicht. Er drückte so leise wie möglich die Klinke hinunter und konnte es nicht fassen: Die Tür ging auf.

Und in diesem Moment dämmerte es ihm, dass das, was er hier tat, ganz und gar nicht normal und auch nicht in Ordnung war, aber er verdrängte den Gedanken und alle Bedenken sofort wieder.

Daher drückte er ihr automatisch den Mund zu, als er sich auf sie legte und sie schreien wollte und augenblicklich zu kämpfen begann.

Sie trug nur ein T-Shirt. Ansonsten war sie nackt.

Aber das, was er jetzt fühlte, war nicht Lust oder Geilheit, sondern pure Aggression. Er tobte, riss an ihren Haaren und ihren Brüsten und wollte in sie hineinstoßen, bis sie das ganze Castelletto zusammenschrie – es war ihm egal.

Aber es ging nicht. Er war zu betrunken.

Seine Wut steigerte sich, vor allem, da er in ihr den Grund für sein Versagen sah und sie sich wehrte wie eine Wildkatze in der Falle, aber sie konnte sich unter ihm nicht befreien.

In ihrer Verzweiflung biss sie ihn in die linke Hand, die ihren Kopf ins Kissen gedrückt hatte. Sie biss mit aller Kraft, obwohl sie sich scheute und ekelte, und als sie spürte, dass ihre Zähne tief in sein Fleisch drangen, hielt sie fest, versuchte den Druck noch zu erhöhen. Es gelang ihr sogar, den Kopf zu schütteln wie ein Hund, der sich in seine Beute verbissen hat.

Raffael jaulte wie verwundetes Wild.

Paolas Widerstand wurde weniger, alle Kraft, zu der sie fähig war, legte sie in ihren Kiefer.

Von Paola unbemerkt tastete Raffael mit der rechten Hand nach seinem Messer, das er immer in der Hosentasche hatte, ließ es blitzschnell vorschnellen und stach zu.

In diesem Moment ließ Paola los.

Ihr Blick zeigte nacktes Entsetzen und Todesangst.

Seine Aggression ebbte nicht ab, im Gegenteil: Paola war schuld, dass seine Männlichkeit versagt hatte, sie hatte ihn gebissen, und so stach er in seiner grenzenlosen Wut immer und immer wieder auf sie ein.

Als sie sich nach zehn oder zwanzig Messerstichen noch immer bewegte, schnitt er ihr die Kehle durch.

Um endlich Frieden zu finden.

47

»Paola!«

Christine klopfte ein paarmal – nichts rührte sich.

Sie klopfte heftiger und rief noch lauter: »Paola? Bis du wach?« Aber im Zimmer blieb alles still.

»Geht's dir nicht gut? Brauchst du Hilfe? Paola!«

Keine Reaktion, kein Laut.

Sie stand einen Moment unschlüssig, dann drückte sie die Klinke hinunter.

Die Tür war nicht abgeschlossen, und Christine rief noch einmal: »Paola, permesso«, während sie öffnete.

Das Bild, das sich Christine in diesem Moment bot, war so unwirklich, dass sie überhaupt nicht begriff, was sie sah. Sie war noch nicht einmal erschrocken, weil sie felsenfest davon überzeugt war, dass ihre Fantasie ihr einen bösen Streich spielte.

So etwas gab es einfach nicht.

So etwas passierte nicht in der Realität. Nicht hier in der Toskana, nicht an einem warmen, sonnigen Sommertag, wenn die Grillen zirpten und der Jasmin duftete.

Paola lag auf dem Rücken. Sie trug nur ein T-Shirt, von der Taille abwärts war sie nackt. Es war nicht mehr zu erkennen, welche Farbe das Hemd ursprünglich gehabt hatte, denn es war blutdurchtränkt. Ebenso wie das Bett, auf dem sie lag.

Ihre Augen waren weit aufgerissen, und in ihnen stand das Entsetzen, das sie in ihren letzten Minuten oder Sekunden verspürt haben musste.

Aber das Schrecklichste war, dass ihre Kehle durchschnitten war. So tief, dass der Kopf fast völlig vom Körper abgetrennt war.

Christine stand bestimmt zwei Minuten lang bewegungslos. Dann drehte sie sich langsam um, verließ das Appartement, zog die Tür hinter sich zu und stieg hinauf in den Turm.

Noch nie hatte Karl seine Frau so leichenblass und so ruhig gesehen. Wie eine wandelnde Tote kam sie in Zeitlupe auf ihn zu.

»Was ist los?«, fragte Karl alarmiert. »Ist was passiert? Ist was mit Stella?«

»Paola«, hauchte Christine, und der Blick, den sie ihm zuwarf, konnte alles bedeuten.

Ihm wurde schlecht vor Angst.

»Was ist mit Paola?«

Als sie nicht reagierte, packte er ihre Schultern und schüttelte sie. »Christine, sag mir, was mit Paola los ist! Wieso bist du so komisch?«

Christine fing an zu zittern und hyperventilierte.

Er wartete nicht weiter, es war deutlich, dass Christine unter Schock stand.

Ohne sie weiter zu beachten, rannte er die Treppe hinunter ins Appartement vier.

Das Messer, das neben Paola auf dem Bett lag, erkannte er sofort. Ein Springmesser. Teuer, mit Elfenbeineinlage und Perlmuttsplittern. Raffael hatte gestern damit herumgespielt.

Solche Messer waren etwas Besonderes. Wahrscheinlich so scharf, dass sie ein Blatt Papier im Flug zerschnitten.

Karl wollte ihn irgendwann einmal danach fragen, an diesem Abend hatte er es nicht getan, weil er befürchtete, dass sich Raffael zu diesem Zeitpunkt durch jede noch so belanglose Frage provoziert fühlen könnte.

Und jetzt lag das Messer neben Paolas Leiche.

Kein Zweifel, es war eindeutig Raffaels Messer.

Wie elektrisiert fuhr er herum, als er einen Luftzug im Nacken spürte, und war erleichtert, dass es Christine war, die schweigend hinter ihm stand.

»Ganz ruhig, ganz ruhig«, murmelte er leise, um sich selbst Mut zu machen, und er versuchte zu begreifen, dass vor ihm eine abgeschlachtete nackte Frau lag, die seit vier Monaten seine Geliebte war und mit der er vor ungefähr sieben Stunden noch geschlafen hatte. »Wir müssen erst mal zu uns kommen, uns beruhigen und überlegen, was jetzt am besten zu tun ist. – Wo ist Stella?«

»Bei Maria«, flüsterte Christine.

Karl wertete es als gutes Zeichen, dass Christine wieder sprechen konnte und offenbar dabei war, ihren Schock zu überwinden.

»Komm. Gehen wir zu ihr, und dann sehen wir weiter.«

Er legte den Arm um Christines Schultern und führte sie hinaus. Das Appartement schloss er ab und steckte den Schlüssel in seine Hosentasche.

Eins war ihm jetzt schon klar: Auf gar keinen Fall durfte er die Carabinieri rufen. Wenn sie die Leiche untersuchten, würden sie sein Sperma finden, und dann war er dran.

Aber das durfte er Christine natürlich nicht sagen.

RAFFAEL

48

Er erwachte, weil er einen so trockenen Mund hatte, dass er anfing zu husten und zu würgen. Nach Luft schnappend, setzte er sich auf und sah sich im Zimmer um, in dem es schon taghell war, ob irgendwo eine Flasche Wasser herumstand.

Da war keine Wasserflasche, und er wollte schon fluchend aufstehen, als er es bemerkte: Sein T-Shirt, seine Unterhose, sein Bettzeug – alles war voller Blut.

Es war wie ein Déjà-vu. Er tastete sich vorsichtig ab, aber er war unversehrt. Hatte keine Schmerzen, keine Wunde, keine Verletzung.

Und in diesem Moment erfasste ihn Panik.

Bitte, nicht schon wieder.

Auch seine nackten Beine und Hände waren blutverschmiert.

Was ist los?, dachte er verzweifelt. Was hab ich getan? Und die Erinnerung an Berlin und an die blutige Kleidung im Ofen stand ihm wieder deutlich vor Augen.

Was, zum Teufel, war letzte Nacht hier geschehen? Hier, wo seine Eltern waren, wo jeder ihn kannte, wo er der Sohn des Padrone war?

Schon wieder so ein Scheißfilmriss.

Ihm wurde schlecht, und er zwang sich nachzudenken.

Aber da kam nichts.

Er hatte nicht die geringste Ahnung, was geschehen war.

Jetzt musste er schnell etwas unternehmen. Jeden Augenblick konnte seine Mutter wegen irgendeiner Kleinigkeit hereinplatzen, und was dann los war, wagte er sich gar nicht auszumalen.

Und da kam ihm ein fürchterlicher Gedanke.

Er stand auf und begann seine Taschen zu durchwühlen. Jede Tasche mehrmals, und er wurde immer hektischer.

Aber er fand es nicht. Es war weg. Sein Messer war schon wieder verschwunden.

Was hatte er getan, und wo war – verdammt noch mal – sein Messer?

Das durfte alles nicht wahr sein.

Er schüttelte sich angewidert, zog sich aus und das verdreckte Bettzeug ab, ging schnell unter die Dusche, und als er fertig war, füllte er die Badewanne mit Wasser und Seife, warf Bettzeug, T-Shirt und Unterhose ins Wasser und ließ es einweichen.

Das kostete Nerven, aber auch wenn seine Mutter einfach hereinkam, hatte sie keine Veranlassung schnurstracks ins Badezimmer zu spazieren. Und wenn, würde ihm schon irgendetwas einfallen, sie davon abzuhalten.

So war die größte Gefahr erst mal gebannt.

Er zog sich ein sauberes T-Shirt und eine frische Unterhose an, füllte ein Zahnputzglas mit kaltem Leitungswasser und trank.

Irgendjemand treibt ein ganz böses Spiel mit mir, überlegte er, das, was ihm andauernd passierte, ging doch nicht mit rechten Dingen zu.

Er legte sich noch einmal kurz auf das unbezogene Bett, nickte eine halbe Stunde ein, ohne etwas zu träumen, stand dann auf, wusch die Wäsche fünf- oder sechsmal, bis er keine rötlichen Verfärbungen und keine Fleckränder mehr sah.

Dann wrang er die Wäsche gut aus und hängte sie zwischen zwei Sessel, die er in die Sonne schob. T-Shirt und Unterhose ließ er im Bad. Das war vollkommen unverfänglich, Unterwäsche wusch man öfter mal kurz durch.

Schließlich legte er sich wieder hin und fiel in tiefen Schlaf.

Stunden später wachte er auf und erinnerte sich sofort an die morgendliche Waschaktion. Die Wäsche war fast trocken. Die restliche Feuchtigkeit störte überhaupt nicht. Die Laken würden auch auf der Matratze endgültig trocknen.

Er bezog das Bett, putzte sich die Zähne, fuhr sich mit einer Bürste durch die Haare und trank aus der Leitung. Sein Durst war unerträglich.

Als sich Karl davon überzeugt hatte, dass Stella zufrieden frühstückte, auf Maria einredete und offensichtlich alles in Ordnung war, nahm er Christine beiseite, ging mit ihr im Turm ins Schlafzimmer und schloss die Tür.

»Hör zu«, flüsterte er, »wir müssen ganz genau überlegen, was wir jetzt tun, denn wir dürfen keinen Fehler machen und auf keinen Fall die Polizei rufen. Verstehst du? Auf gar keinen Fall! Niemand weiß etwas davon, und niemand wird davon etwas erfahren. Es bleibt unter uns. Versprichst du mir das?«

Christine sah ihn verständnislos an. »Wie? Du willst nicht die Polizei rufen? Bist du verrückt? Hier ist ein Mord geschehen, Karl. Wir *müssen* die Polizei rufen!«

»Nein, nein, nein.« Karl brach der Schweiß aus. Seine Gedanken rasten. Wie konnte er ihr bloß klarmachen, dass sie auf jeden Fall die Polizei außen vor lassen mussten?

»Warum willst du Vasco schützen?«, fragte Christine weiter. »Er hat sich nachts zu Paola geschlichen und sie umgebracht. Das ist doch offensichtlich. Karl, wir *müssen auf alle Fälle* die Polizei rufen!«

»Es war nicht Vasco, Christine.«

»Nein? Wer denn?«

»Raffael.«

Christine verschlug es einen Moment die Sprache.

»Wie kommst du denn darauf?«

»Das Messer, das neben ihr lag, gehört Raffael.«

»Das beweist gar nichts.«

»Doch. Gestern hatte er es noch. Am Morgen. Kurz bevor wir nach Arezzo gefahren sind. Er hat damit rumgespielt, und das hab ich mit meinen eigenen Augen gesehen. Wie sollte es in die Hände eines anderen Mörders gelangen?«

»Egal. Karl, ich bitte dich! Wir haben gar keine Wahl. Paola wird vermisst und gesucht werden. Oder willst du die Leiche verschwinden lassen?«

»Ja.«

»Das ist nicht dein Ernst!«

»Doch, Christine. Das ist mein voller Ernst.«

»Wo denn?«

»Das weiß ich noch nicht.«

»Und wenn sie gefunden wird, kommen wir in Teufels Küche. Jetzt können wir noch glaubhaft klarmachen, dass wir mit der ganzen Sache nichts zu tun haben, weil die Spurensicherung unsere DNA nicht finden wird. Später vielleicht nicht mehr, wenn die Polizei herausbekommt, dass wir versucht haben, die Leiche verschwinden zu lassen. Warum sollten wir das tun, wenn wir nicht die Mörder sind? So verrückt ist keiner, der nicht Dreck am Stecken hat. Karl, das ist Wahnsinn! Wir müssen zur Polizei gehen, aber wir brauchen ja nicht zu sagen, dass das Messer Raffael gehört. Oder wir lassen es einfach verschwinden.«

Karl verlor langsam die Nerven. Es ging hier um seine Haut, und alles hing davon ab, dass er Christine jetzt überzeugen konnte und sie keinen Fehler machte.

Denn wenn sie wirklich zur Polizei rannte, hatte er in jeder Hinsicht verloren: Er würde Schwierigkeiten haben, zu beweisen, dass er *nicht* der Mörder war, er würde Christine verlieren und alles, was sie besaßen. Beziehungsweise was Christine besaß.

Es ging um seine Existenz. Um seine Freiheit. Um sein Leben.

»Schatz, begreif doch: Es geht mir um Raffael! Es geht mir darum, ihn zu schützen, nichts weiter. Die Sache mit dem Messer können wir vertuschen, klar, wir können auch alle Fingerabdrücke wegputzen, aber wir können nicht seine DNA verschwinden lassen, die sicher überall zu finden ist. Und warum hat er sie umgebracht? Weil er sie im Suff vergewaltigt hat. Logisch. Also ist mit seinem Sperma auch seine DNA in der Leiche.«

Christine hielt sich die Ohren zu. »Oh, mein Gott!«

»Verstehst du endlich? Wir haben keine andere Chance! Wir müssen die Leiche beseitigen, sonst sitzt Raffael bis an sein Lebensende hier in Italien im Gefängnis. Und das ist nicht gemütlich. Er schafft das jedenfalls nicht. Er geht daran kaputt.«

Christine schwieg und überlegte.

»Es ist fürchterlich, und ich weiß auch noch nicht, wie wir es machen, aber ich tue es nur für Raffael. Nur für ihn. Denn sonst sitzt er im Knast und hat sein Leben verwirkt«, wiederholte er noch einmal. »Und wir können auch dichtmachen. Als Eltern eines Mörders haben wir ausgespielt.

Außerdem will niemand an einem Ort Urlaub machen, wo jemand ermordet worden ist.«

Nach einer langen Pause sagte Christine: »Vielleicht hast du recht.«

»Ganz bestimmt habe ich recht. Bitte, vertrau mir!«

Christine hatte nicht gedacht, dass Karl seinen Sohn so sehr liebte. All die Jahre war er zurückhaltend und kühl gewesen, und oft hatte sie angenommen, er wäre ihm egal. Vor allem, als Raffael verschwunden war und sie keinen Kontakt mehr zu ihm herstellen konnten, schien er dieser Tatsache eher gleichgültig gegenüberzustehen. Jedenfalls hatte sie ihn nie aufgewühlt oder verzweifelt erlebt.

Sein Engagement für Raffael in dieser Situation rührte sie zutiefst, obwohl sie sich immer noch fragte, ob es nicht doch ein anderer gewesen sein könnte.

Aber unabhängig davon mussten sie die Leiche entsorgen, bevor die Carabinieri hier auftauchten und unangenehme Fragen stellten. Und es musste bald geschehen, denn Paola konnte bei dieser unerträglichen Hitze auf keinen Fall lange in der Ferienwohnung liegen bleiben.

»Aber Vasco wird hier aufkreuzen. Oder aber er geht zu den Carabinieri, meldet sie als vermisst und sagt, dass sie nach dem Streit hierhergegangen ist. Und dass sie hier gearbeitet hat.«

»Da müssen wir ihm unbedingt zuvorkommen. Wir müssen ihn anrufen, uns darüber aufregen, dass Paola schon seit zwei Tagen nicht mehr zur Arbeit erschienen ist, und ihm so richtig die Hölle heißmachen. Dann wird er erst mal nicht mehr davon ausgehen, dass Paola nach dem Streit zu uns gegangen ist. Dann sind wir zumindest 'ne Weile aus der Nummer raus.«

»Das ist nicht schlecht.«

»Wir werden ihm sagen, dass sie fliegt, wenn sie nicht innerhalb der nächsten zwei Tage wieder zur Arbeit kommt. Er wird nicht mehr wissen, was er zuerst denken soll, und das ist gut so. Vielleicht geht er auch zur Polizei und meldet sie als vermisst, und das ist auch nicht schlecht, denn dann konzentrieren sich die Carabinieri mit ihren Ermittlungen erst mal auf ihn. Nicht auf uns. Da gewinnen wir Zeit.«

»Du bist echt clever, Karl. Aber weißt du, was wir nicht bedacht haben?«

»Was?«

»Ihr Auto steht noch auf dem Parkplatz.«

Karl wurde ganz blass. »Verflucht noch mal.«

»Normalerweise steckt immer der Schlüssel. Wir müssen es wegfahren. Und zwar so, dass es Maria und Cecilia nicht mitbekommen. Denn die kennen Paolas Wagen ganz genau.«

»Und wenn sie den Wagen gestern schon gesehen haben?«

»Unwahrscheinlich. Cecilia kommt immer mit dem Fahrrad und fährt direkt durch das große Tor, und Maria parkt unten vor der Auffahrt, weil es ihr zu eng ist, auf dem Parkplatz zu wenden.«

Karl hatte eine steile Falte auf der Stirn, weil er scharf nachdachte. »Okay. Das Auto wegzufahren ist jetzt das Erste, was wir erledigen müssen. Die Leiche hat noch Zeit bis heute Nacht, aber das Auto muss weg. Sofort. Gut, dass du daran gedacht hast.« Karl lächelte unglücklich.

»Und was sollen wir heute Nacht mit Paola machen?«, fragte Christine und hoffte, dass Karl längst eine Idee hatte.

»Wart's ab. Solange die Gäste hier rumlaufen, können wir nichts unternehmen. Die Tür ist abgeschlossen, niemand geht hinein. Und heute Nacht lassen wir dann die Leiche verschwinden.«

»Hast du schon eine Idee, wie?«

»Nein, aber ich überleg mir was. Und bis dahin kein Wort zu niemandem. Okay?«

»Ja, klar.«

»Versprichst du mir das?«

»Sicher.«

»Hoch und heilig?«

»Ja, Karl.«

»Gut.« Er küsste sie. »Ich glaube, das, was wir vorhaben, ist richtig. Und ich glaube auch, dass wir leider gar keine andere Möglichkeit haben.«

»Was machen wir jetzt mit dem Auto?«

»Wir treffen uns in zehn Minuten hinterm Haus. Fahr mir mit unserem Auto einfach hinterher.«

Christine nickte, drehte sich wortlos um und wünschte sich nichts sehnlicher, als endlich aus diesem Albtraum zu erwachen.

Nach dem Gespräch mit Christine war Karl noch nachdenklicher. Sie durften jetzt um Gottes willen nichts überstürzen.

Aber Christine hatte ja ganz recht. Wenn sie beim Wegschaffen der Leiche erwischt wurden oder wenn – aus welchen Gründen auch immer – die Leiche gefunden wurde, dann waren sie dran. Beziehungsweise *er* war dran.

Dem musste er vorbeugen und sich für den Ernstfall absichern, denn er hatte etwas Entscheidendes vergessen.

Aus der Küche holte er dünne Latexhandschuhe, einen Fünfliterbeutel zum Einfrieren und ging noch einmal zurück ins Appartement.

Jetzt, beim zweiten Mal, sah Paolas Leiche noch schrecklicher aus. Jedenfalls kam es ihm so vor. Und ihm grauste vor dem, was er noch erledigen musste.

Er zog die Handschuhe an, nahm vorsichtig das Messer und steckte es in den Gefrierbeutel, den er anschließend mit einem Gummiband sorgfältig verschloss.

Nur für den Fall der Fälle war das sein Plan B, denn nur mit diesem Messer konnte er seinen Kopf notfalls aus der Schlinge ziehen. Es war eindeutig die Tatwaffe, was jeder Gerichtsmediziner bestätigen konnte, mit Paolas Blut und Paolas DNA. Und mit den Fingerabdrücken und wahrscheinlich auch der DNA des Mörders. Auf diese Weise würde er beweisen können, dass er die Leiche zwar gefunden, das Messer aber niemals in der Hand gehabt hatte.

Jetzt galt es nur noch ein geeignetes Versteck für die Tatwaffe zu finden.

Ganz in Gedanken öffnete er den Schlafzimmerschrank und erschrak.

Im Schrank war Paolas Koffer.

Es war nicht seine Aufgabe, die Schränke zu kontrollieren, ob ein Gast irgendetwas vergessen hatte, daher war er gar nicht auf die Idee gekommen nachzusehen. Und Christine war von dem Schreck und der ganzen Situation so überfordert, dass sie an alles gedacht hatte, aber nicht an Paolas Gepäck.

Er öffnete den Koffer.

Alle Gegenstände des täglichen Bedarfs waren darin, Paola hatte nichts ausgepackt, denn ansonsten waren die Schränke leer. Was sollte das? Warum hatte sie nicht wenigstens ihre Zahnbürste und ihre Schminke ins Bad gestellt? Hatte sie solche Angst, dass sie zu jeder Zeit in der Lage sein wollte zu flüchten?

Als er dieses Mal mit dem Koffer in der Hand die Tür des Appartements hinter sich verschloss, um das Gepäck in Paolas Auto zu legen, war ihm wesentlich wohler.

Zehn Minuten später rollte Paolas Punto geräuschlos ohne Motor im Leerlauf vom Berg, und Karl war sich ziemlich sicher, von keiner Angestellten beobachtet worden zu sein. Nur zwei Appartements gingen nach hinten raus. Um diese Zeit machte dort niemand sauber.

Erst als er die öffentliche Straße erreichte, startete er den Motor, und Christine folgte in ihrem Wagen.

Karl war mit dem Punto auf dem Weg zu Paolas und Vascos Haus.

49

Da Gabriella bei dem schwülen, heißen Wetter leicht Kopfschmerzen bekam, waren im Haus der Neris die Fenster geöffnet, aber die Fensterläden zugeklappt, sodass nur ein schwacher Luftzug durch die Räume wehte.

Donato, Gabriella und Oma saßen in der Küche beim Mittagessen. Aufgrund der geschlossenen Fensterläden war es dunkel, und die trotz des sonnigen Sommertages eingeschaltete grelle Deckenbeleuchtung schuf eine unwirtliche, kalte Atmosphäre.

Gabriella tat jedem Fischfilet und Rosmarinkartoffeln auf. Dazu gab es Salsa verde, eine grüne Kräutersoße, und gemischten Salat.

»Lasst es euch schmecken«, sagte Gabriella.

Neri sah, dass Oma schon wieder ein säuerliches Gesicht machte. Messer und Gabel ragten aus ihren Fäusten senkrecht in die Höhe.

Das war kein gutes Zeichen. Zumal sie nicht die geringsten Anstalten machte zu essen.

Auch Gabriella ahnte bereits Schreckliches, versuchte es aber durch aufgesetzte Lockerheit und Fröhlichkeit zu überspielen.

»Guten Appetit, Oma«, wiederholte sie daher. »Probier mal, es schmeckt köstlich. Die Salsa verde hab ich nach deinem Rezept gemacht.«

»Mir geht die ewige Fischesserei auf den Geist«, knurrte Oma. »Als ob wir arme Fischer wären, die nichts anderes zu fressen haben. Wir hatten jetzt fünf Tage hintereinander Fisch. Mir reicht es.«

Gabriella seufzte nachdrücklich, und Neri sah, dass sie sich zur Ruhe zwang.

»Oma, gestern hatten wir ein Fünf-Gänge-Menü im Castelletto, vorgestern Zucchini mit Schinken, den Tag davor Pasta mit Brokkoli und Käse, davor Panzanella, und weiter weiß ich jetzt nicht.« Sie überlegte einen Moment. »Doch, jetzt fällt es mir wieder ein: Davor hatten wir eine Minestrone. Von wegen, fünfmal hintereinander Fisch! Wir essen Fisch höchstens einmal in der Woche.«

»Du lügst«, meinte Oma ungerührt. »Ich weiß doch, was ich esse. So verkalkt bin ich noch nicht, dass ich das nicht mitkriege.« Sie schob ihren Teller an die äußerste Ecke des Tisches. »Donato kann meinen Kram mitfressen. Ich bin schon vom Zugucken satt.« Immer wenn Oma von, mit oder über ihren Schwiegersohn sprach, verfiel sie in eine derbe Ausdrucksweise.

Neri störte es nicht, weil er nur selten überhaupt hinhörte, wenn Oma etwas sagte.

»Hilf mir doch, Neri«, bat Gabriella.

»Ach was. Wenn sie nicht essen will, dann isst sie eben nicht. Fertig, aus.« Er war der Meinung, dass es besser war, das Thema zu wechseln oder einfach gar nichts mehr zu sagen. Aber auf dem Fisch weiter »rumzukauen«, brachte gar nichts.

»Es schmeckt übrigens ganz ausgezeichnet, Gabriella«, sagte er und schlug damit zwei Fliegen mit einer Klappe: Gabriella freute und Oma ärgerte sich. »Das könntest du viel häufiger kochen.«

Oma warf vor Wut ihre Serviette auf den gefüllten Teller.

»Ich habe heute Nachmittag frei und werde zum Castelletto fahren, die Rechnung bezahlen«, fuhr Neri ungerührt fort. »Wenn Gianni will, kann er mitkommen. Vielleicht hat er Lust, sich noch mal ein bisschen mit diesem Raffael zu unterhalten. Die beiden können ja wohl ganz gut miteinander.«

»Ja klar, ruf ihn an.«

»Was macht Neri?«, fragte Oma, die mit verschränkten Armen am Tisch saß und nur hin und wieder am Weißwein nippte.

»Er fährt zum Castelletto, dein Fest bezahlen.«

»Was für ein Fest?«

Jetzt fiel Gabriella fast die Gabel aus der Hand. »Na, deine goldene Hochzeit, die wir gestern gefeiert haben.«

»Davon weiß ich nichts. Aber die Idee ist gut. Wir sollten wirklich mal ein Fest feiern.«

»Hör bloß auf, Gabriella! Nie wieder das Wort Fest! Kapiert? Sonst müssen wir den ganzen Irrsinn noch mal wiederholen.«

Gabriella verstummte erschrocken.

Neri stand auf und ging zum Telefon, um Gianni in Siena anzurufen. Jetzt blutete ihm das Herz in doppelter Hinsicht: erstens, weil er für Omas Schwachsinn sicher eine hübsche Summe hinblättern musste, und zweitens, weil sie noch nicht einmal mehr etwas davon wusste.

Es war vollkommen sinnlos, Oma einen Gefallen zu tun und sich dafür auch noch in Unkosten zu stürzen.

Christine sah bunte Blitze vor ihren Augen und hatte die Befürchtung, jeden Moment in Ohnmacht zu fallen, als sie einen Wagen der Carabinieri vorfahren sah, gefolgt von einem alten, schäbigen, roten Fiat, der seine besten Zeiten längst hinter sich hatte.

In Appartement vier lag eine ermordete Frau, und die Carabinieri kamen.

Christine fühlte sich der Situation nicht gewachsen, zumal Karl mit Stella im Dorf war, um Brot und Fleisch zu kaufen. Einige Gäste hatten sich gewünscht, am Abend zu grillen.

Immer wenn sie Karl dringend brauchte, war er nicht da.

Erst als die beiden Männer den Hof betraten, erkannte Christine sie: Es waren Commissario Donato Neri und sein Sohn Gianni. Wahrscheinlich waren sie nur wegen der Rechnung für die goldene Hochzeit hier.

Sie versuchte tief durchzuatmen und bemühte sich, locker und fröhlich zu wirken.

»Ich hatte gar nicht damit gerechnet, Sie so bald wiederzusehen«, begann sie und begrüßte Neri und Gianni. »Buonasera. Möchten Sie einen Kaffee?«

»Gern.«

»Maria, bringst du uns mal bitte drei Kaffee?«, rief Christine über den Hof, und sie wusste, dass Maria dies in der Küche mühelos hören konnte. Zumal im Sommer alle Türen weit offen standen.

»Kommen Sie, setzen wir uns. Wie geht es Ihnen?«

»Gut, danke.« Neri hatte keine große Lust auf Kommunikation, er wollte abrechnen und fertig.

»Hat Ihnen das Fest bei uns gefallen?«

»Sehr. Es war prima. Vorzügliches Essen, wunderschöne Atmosphäre, es hat alles gepasst. Und dann hatten wir auch noch Glück mit dem Wetter.«

»Und Ihre Schwiegermutter? War sie auch zufrieden?«

»Zufrieden ist gar kein Ausdruck. Sie war begeistert und redet seitdem von nichts anderem mehr.« Neri konnte lügen, ohne rot zu werden.

»Das ist ja fein. Da bin ich ganz glücklich.«

Gott sei Dank kam Maria in diesem Moment mit dem Kaffee und deckte den Tisch.

Giannis Blick war in die Ferne gerichtet, er schien zu träumen.

»Kleinen Moment, bitte, ich hole nur kurz die Unterlagen«, sagte Chistine. Sie ging ins Büro, das sie gleich am Eingang in einer kleinen Stube wie eine Art Rezeption eingerichtet hatten, und holte die Rechnung.

Als sie wiederkam, saßen Neri und Gianni unverändert am Tisch und nippten an ihrem Kaffee.

Christine breitete die Rechnung auf dem Tisch aus und erklärte sie.

»Es waren siebzehn Personen, wir hatten für das Fünf-Gänge-Menü einen Festpreis von fünfzig Euro pro Person ausgemacht, macht zusammen achthundertfünfzig Euro, für meine beiden Servicekräfte berechne ich hundertfünfzig, dann sind zwölf Flaschen Wein getrunken worden zu je zwanzig Euro, macht zusammen zweihundertvierzig Euro, zehn Flaschen Wasser macht fünfzig Euro und zwei Bier für insgesamt zehn Euro. Dann waren da noch fünfundzwanzig Grappa, macht hundert Euro.«

Sie rechnete im Kopf noch einmal nach, und Neri dachte, er müsste auf der Stelle ohnmächtig werden.

»Das macht dann zusammen eintausendvierhundert Euro. Mit Mehrwertsteuer eintausendsechshundertachtzig.«

Neri starrte sie entsetzt an. Er schaffte es einfach nicht, gelassen auf diese Summe zu reagieren. Für Omas Schwachsinn musste er also einen Monatsnettolohn hinblättern. Das konnte doch wirklich nicht wahr sein!

»Ich brauche keine Rechnung«, stotterte er. »Die Mehrwertsteuer stecken sich ja doch nur die Verbrecher in Rom in die eigene Tasche. Und so dicke haben wir's nicht.«

»Gut. Dann sind das eintausendvierhundert, Signor Neri.« Christine lächelte besänftigend, denn sie spürte, dass das ein Betrag war, den der Carabiniere nicht so ohne Weiteres übrig hatte. »Wenn wir es ohne IVA machen, bräuchte ich das Geld dann allerdings in bar.«

Neri nickte. Natürlich hatte er das Geld in bar dabei, er bezahlte ja in Italien nicht zum ersten Mal für eine Dienstleistung und konnte sich auch nicht erinnern, wann er mal eine Rechnung bekommen hatte.

Er blätterte die Scheine für Omas Schwachsinn auf den Tisch, und es tat ihm direkt körperlich weh.

»Ist Raffael hier?«, meldete sich Gianni das erste Mal zu Wort. »Ich würde ihn ganz gern begrüßen.«

»Sicher.« Christine sortierte die Scheine in ihre lederne Brieftasche, und ihr Herz klopfte wie wild. Sie wusste nicht, was mit Raffael los war, ob es ihm gut ging, ob er noch schlief oder ob er gar nicht zu Hause war. Sie wusste nichts. »Aber ich nehme an, er schläft noch«, stotterte sie unsicher, »ich hab ihn heute nämlich noch gar nicht gesehen. Soll ich mal gucken, ob er schon wach ist?«

»Das wäre echt nett.«

Christine ging im Turm die Treppe hinauf und wollte gerade an Raffaels Tür klopfen, als er grinsend herauskam.

»Moin Moin«, sagte er fröhlich. »Hab wohl 'n bisschen verpennt. Wie spät ist es denn?«

»Halb drei.«

»Ach, das geht ja noch.«

»Du hast Besuch. Gianni ist unten.«

»Prima.« Er strahlte sie an. »Machst du mir 'nen Kaffee?« Er lief die Treppe hinunter, immer zwei Stufen auf einmal nehmend.

Christine sah ihm fassungslos hinterher.

Raffael traf Gianni, der auf ihn wartete, im Hof.

»Ciao«, sagte er, »was treibt dich denn hierher?«

»Mein Vater musste ja noch das Fest bezahlen. Hast du Lust mitzukommen, nach Siena? Vielleicht gehen wir irgendwo was trinken?«

Raffaels Augen leuchteten auf. »Wann, jetzt?«

»Ja.«

»Okay. Ich trink nur kurz 'nen Kaffee, zieh mir 'ne lange Hose an und hol meine Sachen.«

50

Eine halbe Stunde später saßen sie in Giannis Fiat und fuhren nach Siena.

Gianni hielt in einer dunklen Seitenstraße, denn in die Gasse, in der er hauste, konnte man gar nicht hineinfahren. Sie war schmaler, als ein Auto breit war.

»Geil!«, sagte Raffael, als er in Giannis winziger Bude stand. »Nicht gerade der Hit, aber absolut geil, hier, so mitten im Zentrum von Siena. Ich wäre froh, wenn ich so was hätte.«

»Na ja«, meinte Gianni ein wenig verunsichert, denn ein Kompliment hatte er für seine armselige Unterkunft noch nie bekommen, und es war ihm beinahe ein bisschen unangenehm, »es ist nicht schön, aber ein kleines Stückchen Freigang.«

»Freiheit«, korrigierte Raffael grinsend.

»Ja, natürlich. Freiheit.«

Giannis Wohnung war ein schmaler Schlauch von ungefähr fünfzehn Quadratmetern mit einem einzigen Fenster zu der nur zwei Meter breiten Gasse, in die nie ein Sonnenstrahl gelangte. Im Zimmer war es so dunkel, dass man sogar tagsüber Licht machen musste. Es war mit einem Bett, einem Schrank, einem Tisch und Stuhl spartanisch möbliert, eine Küche fehlte, links neben der Eingangstür gab es lediglich eine Nasszelle mit Toilette, Dusche und Waschbecken. Die Wohnung war heruntergekommen und seit über zwanzig Jahren nicht mehr renoviert worden. Zwischen Bett und Schrank stand ein kleiner Kühlschrank, aus dem Gianni jetzt eine Flasche Weißwein nahm.

»Möchtest du?«, fragte er. »Ist schön kalt.«

Raffael nickte. »Au ja, gern. Da kann ich jetzt drauf.« Er ging zum Fenster und sah in die enge Gasse, in der man den Leuten im Haus gegenüber die Hand schütteln konnte, wenn man sich nur weit genug vorbeugte. »Nun gut, das ist nicht gerade der sensationellste Ausblick, aber was soll's? Hauptsache, du hast deine eigene Bude und deine Ruhe. Und niemand labert dich voll, wenn du mal 'ne Nacht nicht nach Hause kommst.«

Sie tranken jeder ein Glas Weißwein, während Gianni schwieg. Es war ein Fehler, die Flasche aufzumachen, dachte er, wir sollten hier so schnell wie möglich abhauen, es ist schrecklich, in diesem Zimmer kann man keinen Besuch empfangen, es zieht einen nur runter.

Er stand auf und stellte die angebrochene Flasche in den Kühlschrank.

»Komm, wir gehen. Draußen ist schöner.«

Raffael nickte und folgte Gianni hinaus in die brütend heiße Stadt.

»Hast du eigentlich 'ne Freundin?«, fragte Raffael, während sie in Richtung Piazza del Campo schlenderten.

Gianni schüttelte den Kopf. »Nein, hab ich nicht. Leider.«

»Warum nicht?«

»Weiß nicht.« Er zuckte ein paarmal mit den Achseln, und es sah aus wie eine ziemlich bescheuerte gymnastische Übung.

Weil er gestört ist, dachte Raffael, das kriegen die Mädels sofort mit, und innerhalb von fünf Minuten sind sie weg.

»Möchtest du irgendetwas sehen hier in Siena? Ich habe als Fremdenführer gearbeitet, ich kenne mich aus, kann dir alles zeigen.«

»Nee, danke, kein Bedarf, wirklich nicht. Komm mir nicht bei diesem geilen Wetter mit irgendeiner Kirche oder irgendeinem schwachsinnigen Museum. Lass uns lieber 'ne Kneipe suchen, wo man schön draußen sitzen kann.«

»Va bene. So etwas gibt es hier genug.«

Eine Viertelstunde später saßen sie in einer Seitenstraße nahe der Piazza del Campo in einer kleinen Trattoria, die nicht aussah, als würden dort Touristen essen gehen. Die Stühle und Tische vor dem Lokal waren wacklig und verwittert, der Sonnenschirm vom Regen verwaschen, und auf der Speisekarte gab es nur drei Gerichte.

»Ich lad dich ein, Gianni«, sagte Raffael, »ich bin verdammt noch mal nicht so arm dran wie du. Ein bisschen was hab ich gespart.«

»Das geht nicht.«

»Klar geht das. Und jetzt hör auf zu diskutieren und such dir was aus.«

Gianni verstummte sofort, aber er lächelte.

Beide aßen einen Teller Penne arrabiata, Gianni bestellte sich Rotwein und Wasser und Raffael Bier.

Nach einer Weile begann Raffael: »Mal im Ernst, Gianni, du bist doch ein cooler Typ, warum hast du keinen Job, keine Freundin und machst 'ne Therapie?«

»Das kann ich nicht sagen.«

»Nur grob, nicht im Detail. Macht mich ganz verrückt, weil – eigentlich ist doch alles in Ordnung mit dir.«

»Ein Mann hat mich fast getötet. Ein assassino. Nach drei Tagen haben sie mich gefunden. Fast tot. Seitdem ich träume jede Nacht und kann nicht mehr lernen, nicht mehr denken. Ich will zur Uni, aber vorher ist erst die terapia.«

»Verstehe. Aber was genau passiert ist, willst du nicht erzählen?«

»Nein. Bitte nicht.«

»Alles klar. Au Mann, was für eine Scheiße. Glaubt man gar nicht, dass hier so was passiert.«

»Es war ein Deutscher. Ein Verbrecher aus Berlin.«

»Oh!« Raffael zuckte zusammen. »Ich komme auch aus Berlin.«

Gianni grinste. »Ja schon, aber Berlin ist groß, und du bist kein Verbrecher.«

»Nein«, sagte Raffael, »nein, das bin ich nicht.«

Und er meinte es völlig ernst.

»Allora«, sagte Gianni zwei Stunden später, als sie bereits durch etliche Kneipen gezogen waren und jede Menge Alkohol intus hatten, »was machen wir jetzt? Was möchtest du noch sehen?«

»Sehen, sehen ...«, knurrte Raffael. »Ich höre immer sehen. Hatte ich nicht schon mal gesagt, dass mich dieser ganze Scheiß hier nicht die Bohne interessiert?«

Dabei trat er gegen ein Auto, und Gianni verstummte erschrocken.

Raffael sah auf die Uhr. Es war jetzt kurz nach sechs. Wunderbar. Genug Zeit, um es noch so richtig krachen zu lassen. Aber wahrscheinlich war dieser Schlaffsack Gianni schon fertig mit der Welt und wollte zurück zur lieben Mami oder nach Hause in die Heia. Im Grunde konnte man mit Gianni nichts, aber auch gar nichts Vernünftiges anfangen.

Er trat erneut gegen ein Auto, und diesmal gab es eine Beule.

»Was hast du denn?«, zischte Gianni nervös. »Wenn du so weitermachst, kriegen wir Probleme. Oder willst du angezeigt werden? Wegen Sachbeschädigung?«

Wenn Raffael etwas überhaupt nicht ausstehen konnte, dann moralische Zurechtweisungen dieser Art. Seit er sechzehn war, wollte er so etwas nicht mehr hören.

»Halt die Fresse«, tönte er, und Gianni überlegte einen Moment, warum er nicht einfach umdrehte und abhaute. Sollte Raffael doch sehen, wie er nach Hause kam.

Aber in diesem Moment stieß Raffael einen unterdrückten Schrei aus.

»Hey!«, jauchzte er. »Das ist ja geil! Wie seid ihr Italiener denn drauf? Ich werd nicht mehr! So ein hammermäßiges Waffengeschäft hab ich ja noch nie gesehen! Noch nicht mal in Berlin.«

Er blieb vor einem der vier Schaufenster stehen und konnte sich an den ausgestellten Messern nicht sattsehen. Er stierte geradezu auf die ausgestellte Ware, und seine Laune änderte sich schlagartig.

»Gianni!«, jubelte er. »Weißt du, was das Schärfste ist? Ich hab gerade mein Messer verloren. So 'n Taschenmesser. Irre scharf, mit einer mörderharten Klinge. Die bricht nicht ab, da kannst du fünfzigmal zustechen. Ohne Messer in der Tasche fühl ich mich wie nackt. Da bin ich ganz hilflos. Kennst du das?«

»Nein«, hauchte Gianni. »Ich hatte noch nie ein Taschenmesser.«

»Echt nicht?« Raffael lachte. »Und was ist, wenn du dir 'nen Apfel schneiden willst oder ein Paket aufschlitzen musst oder wenn dich jemand angreift? Da brauchst du doch ein Messer!«

»Ich hab noch nie eins gehabt und noch nie eins gebraucht«, flüsterte Gianni und kam sich vor wie ein bescheuertes Landei, das irgendwie nicht von dieser Welt war.

Raffael seufzte, und für Gianni klang es abfällig.

»Egal. Komm, wir gehen rein. Mein Messer ist weg, das nervt mich tierisch, aber jetzt kann ich mir hier ein neues kaufen. Super! Komm!«

Sie gingen in den Laden.

Der Verkäufer war ein gedrungener Mann mit hohen Geheimratsecken und einem überaus herzlichen Lächeln. Er trug eine Nickelbrille und eine karierte Weste über seinem weißen Hemd und sah eher aus wie ein Dorfschullehrer als wie ein Waffenverkäufer.

Er begrüßte sie freundlich.

Raffael nahm ihn kaum wahr, reagierte überhaupt nicht auf die Begrüßung und raunte Gianni zu: »Sag ihm, dass ich ein Springmesser suche.«

Gianni hatte keine Ahnung, was ein Springmesser war, aber er versuchte zu übersetzen.

Der Verkäufer nickte und führte sie zu einer Vitrine, die er aufschloss.

»Prego«, sagte er.

Raffaels Augen leuchteten. Vorsichtig nahm er ein Messer in die Hand. Es war eins der teuersten und dem, das er verloren hatte, ziemlich ähnlich.

»So«, flüsterte er. »So ungefähr war meins. Nicht ganz so, aber doch so ungefähr.«

Gianni beobachtete fassungslos, wie Raffael das Messer in seiner Hand wog, wie er es sanft streichelte, als sei es die Hand einer Geliebten, wie er es auf Knopfdruck aus der Scheide schnellen ließ, es in die Luft warf und wie ein Artist im Zirkus wieder auffing, nachdem es sich in der Luft ein paarmal gedreht hatte. So etwas musste er schon tausendmal geübt haben.

Dann drehte er es zwischen den einzelnen Fingern wie ein Tambourmajor seinen Stock.

Das Testen des Messers war ein einziges Liebesspiel.

Schließlich begann er in der Luft zuzustechen: von oben nach unten, von unten nach oben, von rechts nach links, von links nach rechts, von hinten nach vorn und von vorn nach hinten.

Gianni konnte kaum hinsehen, so schrecklich fand er das, was Raffael tat, und er genierte sich.

Aber Raffael war zufrieden. Das Messer lag gut in der Hand und schien für alles geeignet zu sein.

Dann klappte er es wieder ein, schob es in seine Hosentasche, ging ein paar Schritte, fuhr mit der Hand über die Stelle, wo das Messer saß, und es war fast eine erotische Bewegung. Er atmete, krümmte und streckte sich, um zu prüfen, ob das Messer in der Lage war, mit ihm zu verwachsen und zu verschmelzen.

Es war abartig.

Gianni schämte sich für seinen Begleiter. Vor ein paar Stunden noch hatte er »Freund« gedacht, jetzt dachte er »Begleiter«.

Endlich zog Raffael das Messer wieder aus der Hose und reichte es dem Verkäufer.

Sein Gesicht glühte, und er nickte.

»Ich kaufe es«, sagte er zu Gianni, »sag ihm das. Schnell! Ich will das Messer haben! Und zwar sofort!«

»Es gefällt ihm, und er möchte es kaufen«, übersetzte Gianni schlicht und wunderte sich über die Panik in Raffaels Stimme und Blick. In dem leeren Laden würde ihm niemand das geliebte Messer vor der Nase wegkaufen. Wie er sich aufführte, war absolut idiotisch, und Gianni wagte nicht daran zu denken, was passierte, wenn wirklich jemand versuchen würde, Raffael das Messer wegzunehmen.

Aber noch schlimmer war der Gedanke, dass er sich ohne Probleme vorstellen konnte, dass Raffael jemand war, der keine Sekunde zögerte, sein Messer zu benutzen.

Als Raffael bezahlt und sein Messer eingesteckt hatte, war es Gianni ganz kalt.

»Ich bin so glücklich, dass ich wieder ein Messer habe, Gianni«, sagte Raffael kurz darauf. »Du ahnst nicht, wie ich mich darüber freue! Ich war ja gar kein Mensch mehr, nur weil ich das alte Scheißding irgendwo verloren oder irgendwo liegen gelassen habe. Lass uns einen trinken gehen und den Messerkauf feiern. Dass ihr hier solche geilen Geschäfte habt, macht mir Italien schon wieder sympathisch.«

Gianni verzog das Gesicht. Eigentlich wollte er nicht mehr.

»Guck nicht so blöd, und keine Widerrede«, meinte Raffael, »komm, zeig mir die nächste Kneipe, ich lad dich ein.«

Sie tranken sich noch den ganzen Abend durch die Stadt, das heißt, wenn Raffael drei Gläser Wein in sich hineinschüttete, nippte Gianni an einem halben und war demnach noch einigermaßen bei Verstand, als Raffael gegen Mitternacht auf die Uhr sah. »Mezzanotte, amico, ich kann nicht mehr. Kann ich bei dir schlafen?«

Raffael grauste es zwar, wenn er an Giannis Zimmer dachte, aber er hatte auch keine bessere Idee. Gianni konnte ihn nicht mehr fahren, das war ganz klar.

»Okay«, sagte Gianni. »Gehen wir zu mir. Du musst dich da halt irgendwo auf die Erde hauen.«

Sie gingen schweigend durch die Stadt, die jetzt um Mitternacht noch voller Leben und Menschen war. Streckenweise tastete sich Raffael an den rauen, mittelalterlichen Fassaden entlang, um nicht zu schwanken und umzufallen. Gianni hielt sich erstaunlich gerade.

Plötzlich bog er rechts in eine schmale Seitengasse ein, nach wenigen Metern ging er links und dann wieder rechts. Hier – abseits der großen Straßen – war niemand mehr unterwegs, weit und breit war kein Passant zu sehen.

Was soll das?, dachte Raffael irritiert. In welche Räuberhöhle will er mich bringen?

»Ich kann mich nicht erinnern, dass wir auch auf dem Hinweg hier langgegangen sind«, protestierte Raffael leise. »Bist du sicher, dass wir richtig sind?«

»Absolut. Es ist eine Abkürzung. Du bist doch auch müde, oder?«

Raffael sagte nichts dazu.

Seit Minuten gingen sie jetzt durch dunkle, nur spärlich beleuchtete, verwahrloste Gassen und waren keinem Menschen begegnet.

Durch die geschlossenen Fensterläden drang kaum ein Lichtstrahl, nur ab und zu blökten die plärrende Musik eines zu laut gedrehten Radios oder die Stimme eines Fernsehmoderators durch die Nacht.

Nach zwanzig Minuten, die Raffael wie eine Stunde vorkamen, standen sie vor Giannis Haus, und Gianni schloss die hohe, schwere Holztür auf.

»Va bene, komm!«, sagte er nur.

Erst als Raffael im Zimmer stand, wurde es ihm wieder klar. Giannis Bett war eine schmale Pritsche, eine Katastrophe, wenn es hochkam, neunzig Zentimeter breit. Da konnte er auch mit einer eventuellen Freundin nicht schlafen, und mit ihm schon gar nicht.

Im Grunde war diese Wohnung, diese Bruchbude, eine einzige Superscheiße. Vorhin, im nüchternen Zustand, war ihm das nicht so bewusst gewesen. Da stand ihm ja einiges bevor. So erbärmlich hatte er selbst in seinen übelsten arbeitslosen Zeiten in Berlin, als an ein Zimmer bei Lilo noch gar nicht zu denken war, nicht übernachtet. Er hatte bei allen möglichen Kumpels und Zufallsbekanntschaften gepennt, als er kein eigenes Dach über dem Kopf und auch keinen Job hatte, aber eine Matratze war immer da gewesen. Wenigstens das.

Und hier war der nackte Fußboden. Mehr nicht. Gianni besaß noch nicht mal einen Teppich, und er selbst trug bei dieser Hitze nicht mehr am Körper als eine Jeans und ein T-Shirt.

Ganz kurz überlegte Raffael, ob er Gianni Gianni sein lassen und sich nicht lieber einfach irgendwo ein Hotel suchen sollte. Genug Geld hatte er. Aber nach der ersten Runde hatten sie sich die Zeche immer redlich geteilt, und das war Gianni sicher nicht leichtgefallen. Da konnte er jetzt nicht wie ein Großkotz in einem Hotel verschwinden.

Nein, er musste bleiben. Ganz egal, wie schrecklich die Nacht werden würde.

Und dann traute Raffael seinen Augen nicht. Gianni zauberte doch wahrhaftig eine Wolldecke aus dem untersten Fach seines Kleiderschranks, sodass er wenigstens nicht auf dem nackten Fußboden liegen musste.

»Grazie, Gianni«, murmelte er noch, streckte sich aus und war augenblicklich eingeschlafen.

Gianni lag dagegen noch eine Weile wach. Jetzt in der Dunkelheit der Nacht sah er die Dinge ganz klar. Sein Vater hatte gesagt, der Typ wäre in Ordnung, aber das war überhaupt nicht so.

Mit Raffael stimmte irgendetwas nicht. Bei der kleinsten Kleinigkeit flippte er aus, und dann war er unberechenbar. Wahrscheinlich war er zu allem fähig.

Je länger er darüber nachdachte und je länger die Nacht dauerte, desto mehr Angst bekam Gianni. Er wusste nicht genau warum, aber er roch die Gefahr.

51

An diesem Abend waren Karl und Christine im Hof die Letzten.

Die Nacht war warm, auch um Mitternacht konnte man noch ohne Jacke draußen sitzen, und als um halb eins ein Ehepaar noch einmal aus seinem Appartement kam und verkündete, jetzt noch im Pool schwimmen zu gehen, verzweifelte Christine fast.

Sie wurde immer nervöser.

Normalerweise gingen Karl und sie gegen Mitternacht ins Bett und überließen es den Gästen, noch weiter zu feiern, zu reden und zu trinken, heute mussten sie jedoch warten, bis alle schliefen.

Um zehn nach eins saß niemand mehr im Hof, Christine räumte die Gläser weg, nur das junge Paar badete noch. Am liebsten hätte Christine das Ventil geöffnet und das Wasser im Pool ablaufen lassen – so genervt war sie.

Karl wirkte wesentlich gelassener. Vielleicht war er auch einfach nur völlig auf das konzentriert, was sie in dieser Nacht noch erledigen mussten.

Raffael war nicht nach Hause gekommen, und sie gingen auch nicht davon aus, dass er noch auftauchte. Ein Auto hatte er nicht, und Gianni würde ihn sicher nicht nachts um zwei nach Hause fahren. Zumal sie mit an Sicherheit grenzender Wahrscheinlichkeit Sienas Kneipen unsicher gemacht und ganz bestimmt nicht nur Mineralwasser getrunken hatten.

Dass Raffael nicht plötzlich vor ihnen stehen würde, war zumindest ein Vorteil.

Um halb zwei hatte sich endlich auch das Ehepaar verabschiedet und war in seinem Appartement verschwunden.

Karl und Christine warteten noch eine halbe Stunde, bis in den Zimmern alle Lichter gelöscht waren, dann schlossen sie Paolas Wohnung auf.

Im Zimmer war es stickig, warm und feucht. Wie in einem modrigen Keller, in dem es faulig roch. Die Scheiben waren beschlagen, und der süßlich stechende Geruch machte Christine zu schaffen. Sie drückte ein Taschentuch vors Gesicht und musste sich zusammenreißen, um sich nicht zu übergeben.

Paolas Haut hatte sich leicht grünlich verfärbt. Die Leiche hatte nichts mehr mit der Paola zu tun, die sie einmal gekannt und gemocht hatten.

Siedend heiß wurde Karl klar, dass er bereits einen Fehler gemacht hatte. Er raufte sich die Haare.

Ich hätte sie gleich in ein Laken wickeln sollen, ich Idiot, heute Morgen, als es noch möglich war, dachte er verzweifelt. Denn jetzt hatte die Leichenstarre eingesetzt, Paolas Glieder waren steif wie Stamm und Äste eines Baumes.

»Hol mir einen großen Hammer und ein Seil!«, flüsterte er.

»Wozu?«

»Bitte!« Eine weitere Erklärung gab er nicht, weil er davon ausging, dass Christine dann nicht tun würde, was er wollte.

Christine rannte ins Magazin.

Karl zog sich Handschuhe an, schob Paolas T-Shirt hoch und zählte zehn Messereinstiche.

Hier hatte ein gefühlloser Mörder gewütet, und Karl konnte es nicht begreifen. Was war denn bloß mit dem Jungen los?

Er musste der Tatsache ins Gesicht sehen, dass er ein Monster gezeugt hatte.

Dann versuchte er, Paola in das Laken, auf dem sie lag, einzuwickeln. Das Problem war, dass ein Arm weit ausgestreckt auf dem Bett lag.

Er wartete, bis Christine mit Hammer und Seil wiederkam.

»Dreh dich um und sieh weg«, sagte er knapp.

Dann schlug er zu.

Er brach Paolas Schultergelenk, sodass sich der Arm anwinkeln ließ.

»Sorry«, meinte er, »aber es musste sein.«

Anschließend rollte er sie in ein weiteres, nicht blutiges Laken ein, drückte ihre leicht gespreizten Beine aneinander, schlang das Seil darum und bat Christine zu halten. Dann zog er mit aller Kraft zu und verschnürte sie, sodass sie schließlich wie ein schmales, längliches Paket vor ihnen lag.

»Und nun?«, fragte Christine. »Wo willst du mit ihr hin?«

»In den Weinkeller.«

Christine riss entsetzt die Augen auf, wagte aber nicht zu widersprechen oder weiter zu fragen.

»Ich trage sie«, sagte Karl. »Geh du immer vor und sieh, ob auch wirklich niemand unterwegs ist. Das ist jetzt das Allerwichtigste.«

Beim Tragen der Leiche erwies sich die Leichenstarre als hilfreich. Es war leichter, einen starren als einen schlaffen Menschen zu tragen.

Christine sah sich im Hof um und überprüfte, ob auch wirklich niemand am Fenster stand und in den Mond sah.

Es war alles dunkel. Die Luft war rein.

Sie lief zum Keller, öffnete die Tür weit, stellte zwei Weinkartons davor und winkte Karl.

»Alles okay.«

Karl wuchtete das schwere Paket über den Hof und verschwand im Weinkeller.

Als er sich anschickte, Paola die steinerne Treppe hinunterzutragen, überwand Christine ihren Widerwillen und ihren Ekel und packte an den Füßen mit an.

Jetzt ging es schneller und leichter, und ohne Probleme erreichten sie den hinteren Teil des Weinkellers mit den riesigen Fässern.

»Wir tragen sie die Galerie hoch, legen sie dort ab, ich öffne das Zweitausendfünfhundertliterfass, und dann kippen wir sie von oben hinein. Alles klar?«

»Das ist Wahnsinn, Karl.«

»Vielleicht. Aber hast du eine bessere Idee? Kein Mensch wird sie in diesen Fässern suchen. Keiner. Das schwöre ich dir.«

Christine schwieg.

»Also los.«

Bis zum Fass ging es leicht, aber dann war es schwer, die Leiche die schmale eiserne Treppe hinaufzuwuchten. Oben gab es rund um das Fass an der Wand eine ungefähr fünfzig Zentimeter breite Balustrade, auf die sie Paola legten. Dann öffnete Karl das Fass. Die Öffnung hatte einen Durchmesser von ebenfalls fünfzig Zentimetern. Jetzt, mit gebrochenen Knochen, passte die schmale Paola leicht hindurch.

»Das Fass ist fast voll. Das ist günstig, sie wird vollständig im Wein untertauchen. Hilf mir mal!«

Gemeinsam schoben sie Paola bis zur Fassöffnung.

»So. Stopp. Halt sie fest! Halt sie ganz fest, okay? Dass sie auf keinen Fall runter- oder ins Fass fällt.«

»Was machst du?«

»Ich hole was.«

Karl lief die Treppe hinunter und aus dem Keller, kam aber nach Sekunden mit einem etwa zwanzig Kilo schweren Stein, einem weiteren Seil und einer Tasche wieder. Er hob den Stein in die Tasche, verschloss und verknotete sie mit dem Seil, schleppte die Tasche hoch auf die Balustrade und schlang das Seil um Paolas Hals.

»O mein Gott!«, stöhnte Christine.

»Es sieht brutal aus, aber es muss sein. Und sie ist tot, Christine, bitte vergiss das nicht, sie ist tot! Und ich will nicht, dass die Leiche hochtreibt, wenn vielleicht doch mal irgendjemand das Fass öffnen sollte.«

Anschließend kippte Karl den Leichnam leicht an, warf zuerst den Stein in das Fass und stemmte den Körper dann mit aller Kraft fast in die Senkrechte, bis er endlich ins Fass rutschte.

Man hörte den Wein plätschern und blubbern, als Paola darin versank.

Karl seufzte laut auf vor Erleichterung.

Er wartete eine Weile. Dann schraubte er das Fass wieder zu.

Schweigend kletterten Karl und Christine von der Balustrade.

Christine fiel auf, dass Karl offensichtlich schon vorher ein Schild mit der Aufschrift *Riserva* an das Fass gehängt hatte, und Karl bemerkte ihren Blick.

»Ich werde Emilio sagen, dass er den Wein auf keinen Fall verkaufen soll, weil ich ihn noch ein paar Jahre reifen lassen will.« Er grinste.

Karl war sich absolut sicher, dass sich sein Angestellter, der sich nur um den Wein, den Weinkeller und den Verkauf kümmerte, niemals dieser Anweisung widersetzen und das

Fass in Ruhe lassen würde, ohne die Anordnung zu hinterfragen.

Paolas Leiche war verschwunden, und vorerst hatten sie Ruhe.

Sie gingen wieder nach oben in den Turm.

»Wie lange dauert es, bis sich eine Leiche im Wein vollkommen aufgelöst hat?«

Karl zuckte mit den Schultern. »Ich habe keinen blassen Schimmer.«

»Und wir können ja auch niemanden fragen.«

»Besser nicht. Außerdem – wer hat schon Erfahrung mit so was? Da findest du wahrscheinlich noch nicht mal Informationen im Internet.«

»Wahrscheinlich schmeckt der Wein in ein paar Wochen scheußlich.«

»Davon bin ich überzeugt. Aber was interessiert das? Du musst ihn ja nicht kosten.«

Christine schüttelte sich. »Ich glaube, ich trinke nie wieder einen Schluck Wein.«

»Das ist der größte Blödsinn, den ich je gehört habe. Komm, wir setzen uns noch ein bisschen. Im Moment können wir sowieso nicht schlafen.« Er legte den Arm um sie.

»Karl, ich muss noch das Appartement sauber machen.«

»Das hat Zeit bis morgen. Ich kann mir nicht vorstellen, dass die Carabinieri hier so bald auf der Matte stehen. Nein. Ich kann mir nicht vorstellen, dass sie bei uns überhaupt jemals auf der Matte stehen.«

Christine konnte es nicht verhindern. Sie drehte sich um und erbrach sich ins Spülbecken.

Karl legte die Hand auf ihre Schulter und streichelte sie sanft.

Christine nahm kurz darauf das Glas Wasser, das er ihr reichte, dankbar entgegen. Sie trank langsam, und es dauerte eine Weile, bis sie sich endlich entspannen konnte.

Karl hatte ein riesiges Problem mal wieder wunderbar gelöst. Sie wäre nie auf die Idee gekommen, Paola in den Rotwein zu kippen.

Er war einfach ein toller Mann, und das wusste sie jetzt schon seit fast dreißig Jahren.

52

Um kurz nach neun am nächsten Morgen rief Vasco an.

Karl war am Apparat. Er hatte nur drei Stunden geschlafen, war aber keineswegs müde, sondern klar und hellwach. Fühlte sich beinahe ein bisschen überdreht und in der Lage, nicht nur Bäume, sondern einen ganzen Wald auszureißen.

»Was gibt's, Vasco?«

»Ist Paola bei euch?«

Vasco sprach tiefer und langsamer als sonst, und Karl spürte den unterdrückten Zorn in seiner Stimme.

»Nein. Aber ich wollte dich heute sowieso anrufen. Es geht einfach nicht, dass Paola nicht zur Arbeit erscheint. Dass sie einfach zu Hause bleibt, ohne einen Ton zu sagen. Wir hatten vorgestern eine goldene Hochzeit und alle Hände voll zu tun, und wer nicht kommt, ist Paola! Das passt eigentlich gar nicht zu ihr!«

Karl sprach schnell und gab sich Mühe, wütend und erbost zu klingen.

Vasco war im ersten Moment baff. Damit hatte er nicht gerechnet.

»Zu Hause ist sie auch nicht«, erklärte er schleppend. »Tja, nun, wir hatten vorgestern einen kleinen Streit, aber das ist doch kein Grund, einfach abzuhauen! Jetzt ist sie schon zwei Tage und Nächte weg, und ich dachte, sie ist bei euch.«

»Nein, ist sie nicht. Wenn sie hier wäre, wäre es ja prima.«

»Aber wo kann sie denn sein?« Vasco klang jetzt weinerlich. »Bei ihrer Tante in Radda hab ich schon angerufen. Da fährt sie manchmal hin. Aber da ist sie auch nicht.«

»Dann kann ich dir nicht helfen, Vasco.«

Karl hörte, dass Vasco am anderen Ende der Leitung anfing zu schnaufen. Die Weinerlichkeit war wie weggeblasen.

»Weißt du was? Die Schlampe kann mir gestohlen bleiben. Und ich sag dir eins: Wenn sie nicht innerhalb der nächsten zwei Tage wieder auftaucht und mich auf Knien um Verzeihung bittet, dann kann sie bleiben, wo der Pfeffer wächst. Und zwar für immer! Das lass ich mir von der Hure nicht bieten.«

Karl zuckte zusammen, sagte aber nur: »Mach's gut, Vasco. Wenn sie wiederkommt, schick sie hierher. Sofort! Hörst du? Sofort!«

»Bin ja nicht taub«, knurrte Vasco und legte auf.

So gründlich und sorgfältig hatte Christine in ihrem ganzen Leben noch nicht geputzt. Sie reinigte die Matratze mehrmals mit Teppichschaum, bis alle Flecken verschwunden waren, dann bezog sie das Bett neu. Den Bettvorleger saugte sie, reinigte ihn auch mit Teppichschaum und saugte ihn erneut. Den Fußboden säuberte sie mit Wasser und Putzmittel, dann wachste sie ihn. Alle glatten Flächen, wie Stühle, Tische, Fensterbänke, Spiegel, Türen, Türklinken und Fenster, wischte sie mit warmem Wasser ab und trocknete sie nach. Auch Badewanne, Dusche und Toilette schrubbte sie, als hinge ihr Leben davon ab.

Anschließend war sie sehr zufrieden mit sich, aber völlig erschöpft.

Mit einem Glas eiskaltem Zitronenwasser mit ein paar Blättern Minze, die hinter dem Haus wucherte, setzte sie sich auf die Terrasse, sah zur Kapelle und dachte daran, dass es erst zwei Tage her war, dass Don Lorenzo dort eine Messe gelesen hatte.

Da war ihr Leben noch in Ordnung gewesen. Jetzt war nichts mehr so, wie es war. Die Welt war aus den Fugen.

Sie trank ein paar Schlucke und schloss die Augen.

Eine Viertelstunde später kamen Maria und Stella aus dem Haus und setzten sich zu Christine.

»Ich würde gern Paolas Job übernehmen und immer auf Stella aufpassen«, erklärte Maria ohne große Vorrede und ohne jegliches Fingerspitzengefühl. »Ich glaube, wir verstehen uns gut, oder, Stella?«

Stella zuckte die Achseln. Begeistert sah sie nicht aus.

»Wir wissen ja noch gar nicht, ob Paola nicht doch wiederkommt. Wer weiß, was geschehen ist? Jedenfalls muss es einen Grund haben, dass sie so einfach wegbleibt. Ich finde, du bist da ein bisschen voreilig, Maria.«

»Aber ich meine – bis sie wiederkommt ...« Maria war jetzt verunsichert.

»Sicher. Und genau das machst du ja schon, oder nicht?«

Maria sah betreten zu Boden und schwieg.

»Ich müsste mal auf die Toilette«, nuschelte sie undeutlich.

»Kein Problem, geh nur. Ich bin ja hier.«

Wehmütig dachte Christine daran, dass sie so schnell keine Kinderfrau mehr finden würde, die so ein geschliffenes und deutliches Italienisch sprach wie Paola.

»Wo ist mein Bruder?«, fragte Stella und wippte mit ihren Füßen derart hin und her, dass ihr ganzer Körper in Bewegung war.

»Ich weiß es nicht, Schatz. Er ist gestern mit einem Freund weggegangen, aber noch nicht zurück.«

»Kommt er wieder?«

»Ich hoffe es.«

»Aber das macht man doch nicht, einfach so wegbleiben und nichts sagen, oder?«

»Nein. Das gehört sich eigentlich nicht.«

»Kriegt er Ärger, wenn er wiederkommt?«

»Er ist erwachsen, Stella. Er kann machen, was er will.«

»Kann ich auch machen, was ich will, wenn ich erwachsen bin?«

»Sicher. Aber trotzdem gehört es sich, dass man seinen Eltern oder Freunden sagt, wo man ist.«

»Wann bin ich denn erwachsen?«

»Das dauert noch lange. Noch zwölf Jahre.«

»Wohne ich dann noch hier?«

»Das weiß ich nicht, Spatz. Aber warum fragst du?«

»Weil ich nicht so weit weg von dir sein will wie mein Bruder«, brach es aus Stella heraus, und sie krabbelte auf Christines Schoß und schmiegte sich an sie.

Christine streichelte ihr den Rücken und hätte heulen können.

53

Am Abend gegen zehn saß Raffael auf der Terrasse und war bester Laune, als Christine und Karl in den Hof kamen.

»Wo wart ihr denn?«

»Wir haben einen kleinen Abendspaziergang gemacht, und jetzt wollen wir noch etwas essen. Du auch?«

»Ja, klar. Warum nicht.«

Der Tag mit Gianni hatte Raffael gutgetan. Er war mit lauter Dingen konfrontiert worden, die er überhaupt nicht kannte, und er hatte die unerklärlichen blutigen Klamotten in seinem Bett vollkommen vergessen.

Gianni und er hatten lange geschlafen. Bis kurz vor elf. Dabei hatte er nicht damit gerechnet, in diesem grausigen Zimmer auf der harten Erde – trotz Wolldecke – länger als drei Stunden am Stück schlafen zu können.

Und dann wachten sie am Vormittag fast gleichzeitig auf.

Direkt neben dem Fenster, unterhalb einer verklebten Steckdose, stand eine winzige Espressomaschine, die er am Tag zuvor gar nicht bemerkt hatte, weil sie hinter einem Bücher- und Zeitschriftenberg verschwunden war. Er begriff erst, dass Gianni es wahrhaftig schaffte, in dieser Räuberhöhle Kaffee zu kochen, als ihm der Duft von gemahlenen Bohnen und heißem Kaffee in die Nase stieg und er Gianni am Boden hocken und irgendetwas tun sah.

Raffael sprang in seine Jeans.

»Was fehlt noch?«, fragte er enthusiastisch. »Milch, Marmelade, Brötchen oder Käse?«

»Panini.« Gianni grinste. »Wenn du rauskommst rechts, dann wieder rechts, und dann ist zwei Häuser weiter ein Panificio. Eine Bäckerei.«

Raffael spurtete los.

Zehn Minuten später saßen sie vor dem weit geöffneten Fenster und frühstückten auf dem Fensterbrett.

»Ist das geil«, meinte Raffael. »Und das Faszinierende daran ist: Du hast alles. Mehr braucht der Mensch nicht. Deine Bruchbude hier gefällt mir richtig gut.«

Nach dem Frühstück schlenderten sie noch mal durch die Stadt und saßen lange auf der Piazza del Campo.

Als Gianni Raffael wieder zum Castelletto fuhr und sie sich verabschiedeten, überlegte er, ob Raffael nun wirklich ein Freund war oder werden konnte und ob seine Ängste in der vergangenen Nacht vielleicht unbegründet gewesen waren.

Raffael machte sich solche Gedanken nicht.

Im Moment fühlte sich Raffael wie ein junger Gott. Er hatte am Nachmittag seine Ruhe gehabt und noch ein paar Stunden geschlafen, hatte keinen dicken Kopf, die Zeit mit Gianni hatte ihm gefallen, und wenn er jetzt noch ein vernünftiges Abendessen bekam, war sein Leben im Moment wirklich nicht zu toppen.

Christine deckte gerade den Tisch, als Stella – ziemlich verschlafen – im Nachthemd auf dem Portico erschien.

»Da bist du ja!«, krähte sie, als sie Raffael sah. »Mama hat dich schon vermisst. Sie hat gesagt, das darf man nicht, dass man wegbleibt und nicht anruft.«

»Ich dachte, ihr wisst, wo ich bin.«

»Wussten wir nicht!« Stella sang den Satz. Das kleine Streitgespräch machte ihr Spaß, sie fühlte sich ungeheuer wichtig und wollte auf gar keinen Fall zurück ins Bett.

»Wenn man erwachsen ist, muss man nicht dauernd anrufen.«

»Muss man doch!«

»Muss man nicht!«

»Muss man doch!«

»Muss man nicht!«

»Muss man doch!«

Stella jauchzte, als Raffael sie hochnahm und ihr einen Kuss auf die Nase drückte.

»Der liebe Gott weiß alles, und Stella weiß alles besser!«

»Genau!« Stella lachte und machte Raffael klar, dass sie auf dem Arm bleiben und getragen werden wollte.

Sie schlang ihre dünnen Ärmchen um seinen Hals, schmiegte sich an ihn und legte ihren Kopf auf seine Schulter.

Raffael brachte sie in ihr Zimmer, und nach zehn Minuten kam er zurück, weil Stella eingeschlafen war.

Beim Essen beobachtete Karl seinen Sohn und wurde nicht schlau aus ihm. Je länger er hier war, desto rätselhafter erschien er ihm. Raffael hatte vor noch nicht einmal achtundvierzig Stunden eine Frau umgebracht. Aber er wirkte in keinster Weise nervös oder ängstlich, sondern zum ersten Mal wirklich entspannt und gelöst. Er musste doch wissen, dass er die Leiche in der Ferienwohnung zurückgelassen hatte! Aber er ging nicht hinein, verschwendete offenbar keinen Gedanken daran.

Das konnte Karl überhaupt nicht verstehen.

Oder war Vasco tatsächlich irgendwie an Raffaels Messer gekommen? Und hatte doch Vasco mit Raffaels Messer Paola umgebracht?

»Kennst du eigentlich Vasco?«, fragte Karl völlig unvermittelt, und Raffael sah überrascht auf.

»Nein. Wer ist denn das?«

»Ach, nur ein Gärtner. Ich dachte, ihr seid euch hier schon mal irgendwo begegnet.«

»Nee. Hätte ich ihm begegnen sollen?«

»Nein, nein. Fiel mir nur grade ein. Ist völlig unwichtig.«

»Vasco ... Vasco, der Name kommt mir irgendwie bekannt vor. Ist er nicht der Freund von Paola? Hat sie nicht von ihm erzählt, als sie hier mit dieser zerschlagenen Fresse ankam?«

Karl wunderte sich, dass er das noch wusste. Und er hatte »*ist* er nicht der Freund« und nicht »*war* er nicht der Freund« gesagt.

»Ja, das stimmt. Vasco ist der Freund von Paola.«

»Und der arbeitet hier?«

»Ab und zu. Aushilfsweise.«

Christine hörte mit großen Augen zu. Sie wusste nicht so recht, worauf das alles hinauslaufen sollte und was Karl bezweckte.

»Apropos Paola«, fing Raffael wieder an, »wo ist sie eigentlich? Hat sie nicht hier übernachtet? Oder ist sie reumütig zu ihrem Scheißkerl zurückgekehrt?«

Karl starrte Raffael an und brachte kein Wort mehr heraus.

»Hallo! Ich hab euch gefragt, wo Paola ist!«

Karl beugte sich vor und sah Raffael direkt in die Augen. »*Du* müsstest doch am allerbesten wissen, wo Paola ist und warum sie nicht mehr kommt.« Seine Stimme war gefährlich ruhig.

»Nein. Woher soll ich das wissen? Ich wundere mich nur.«

Er hat wirklich nicht den blassesten Schimmer, dachte Christine entsetzt.

»Nee, aber mal im Ernst. Hat Paola gekündigt? Oder wann kommt sie wieder? Ich hätte sie nämlich gern ein bisschen näher kennengelernt.« Raffael grinste.

»Nein. Sie hat nicht gekündigt. Sie ist verschwunden, Raffael. Einfach weg. Vom Erdboden verschluckt. Auch Vasco weiß nicht, wo sie ist. Sie hat keinem was gesagt. Weder uns noch ihm. Ich nehme an, dass Vasco jetzt zur Polizei gehen wird. Wenn er es nicht schon getan hat.«

»Macht ihr euch Sorgen?«

»Sicher. Hast du mit ihr gesprochen? Hat sie dir irgendwas gesagt?«

»Nein, ich hatte dazu noch gar keine Gelegenheit.«

Christine wurde übel. Er hatte kein schlechtes Gewissen und nicht die geringste Ahnung. So perfekt konnte man nicht schauspielern.

Karls Gedanken überschlugen sich. Er wusste nicht mehr ein noch aus. Vielleicht war es doch besser, wenn *er* zur Polizei ging, Paolas Verschwinden anzeigte und von seiner Angst sprach, dass ihr etwas passiert sein könnte – zumal es zwischen Vasco und ihr einen fürchterlichen Streit gegeben hatte. Dann würden die Carabinieri ihre Ermittlungen und ihren Verdacht erst einmal auf Vasco konzentrieren.

Aber gleich darauf versuchte er noch einmal ganz sachlich nachzudenken und die Leiche auszublenden: Eine Angestellte war seit drei Tagen nicht zur Arbeit erschienen. Punkt. Mehr ist nicht. Als Arbeitgeber ist er sauer, ruft bei ihrem Freund an, und der sagt, sie wäre nach einem Streit abgehauen. Die ganze Sache ist allein Paolas und Vascos Privatangelegenheit. Da vermutet man erst einmal gar nichts, und zur Polizei geht man als Arbeitgeber erst recht nicht.

Nein, das wäre eine völlig überzogene und unsinnige Aktion.

Also war es doch klüger, die Vermisstenanzeige Vasco zu überlassen. Dann würde sich die Polizei automatisch auf das familiäre Umfeld Paolas konzentrieren, und er wäre aus dem Schneider.

Karl schrak aus seinen Gedanken auf, als Raffael plötzlich sagte: »Sagt mal, hat irgendeiner von euch vielleicht mein Messer gesehen? Ich muss es irgendwo verloren haben, denn ich hab schon mein gesamtes Zimmer und meine Klamotten durchsucht – da ist es nicht. Und das macht mich wahnsinnig. Ich hab es immer bei mir, und jetzt ist es plötzlich weg. Also, wenn ihr ein Messer findet, das gehört mir!« Er grinste.

»Ich weiß«, sagte Karl, »ich hab es an deinem ersten Abend hier gesehen. Es ist ein wirklich tolles Messer.«

Es freute Raffael, dass sein Vater das Messer offensichtlich in seinem Wert zu schätzen wusste, daher fügte er noch hinzu: »Und es kostet auch 'ne Kleinigkeit. Aber wenn es mir irgendwo aus der Tasche gefallen ist, dann muss es ja, verdammt noch mal, irgendjemand gefunden haben.«

»Wir werden uns mal umhören.«

Christine hatte die ganze Zeit nichts gesagt.

Das gab es einfach nicht. Wusste er wirklich nichts mehr, oder wollte er diese Vorstellung weiter durchziehen?

Karl ging es ähnlich. Er sah Raffael an und versuchte herauszufinden, was er wirklich dachte, aber es gelang ihm nicht.

Sein eigener Sohn war ihm ein Buch mit sieben Siegeln.

Und während sich Raffael insgeheim noch darüber ärgerte, dass er Paola nun wohl doch nicht irgendwann flachlegen würde, weil sie wie vom Erdboden verschwunden war, kam ihm ein Gedanke. Ein Gedanke, so schmerzhaft wie ein Stich, der den ganzen Körper durchbohrt.

Das Blut.

Was hatte er getan? War da irgendetwas mit Paola passiert?

Von diesem Moment an waren seine Gelassenheit und Fröhlichkeit wie weggeblasen, und er trank schneller, um zu verhindern, dass er nachts stundenlang wach liegen und an Paola denken würde. Und vielleicht eine Ahnung davon bekam, ob er sie umgebracht hatte.

54

Nur wenige Gäste lagen am Pool, die meisten ruhten in ihren kühlen Zimmern. Es war unerträglich heiß und schwül. Kein Windhauch erreichte den Innenhof, die Hitze war beinah sichtbar und machte den Sommertag dumpf und still.

Maria hatte keine Idee, was sie mit Stella anfangen sollte. Sie zermarterte sich das Hirn, aber ihr fiel kein einziges Spiel ein. Und in diesem Moment fand sie, dass es doch einfacher wäre, sich nicht mit dem kleinen Mädchen beschäftigen zu müssen, sondern die Küche aufzuräumen, kalte Getränke zu servieren oder Betten für neue Gäste zu beziehen.

Stella hatte den Kopf auf den Arm gestützt und gähnte sie an.

»Mir ist langweilig.«

»Dann sag doch, was du spielen willst.«

»Mir fällt nichts ein.«

»Wollen wir im Garten zusammen Unkraut zupfen? Darüber freuen sich deine Eltern bestimmt.«

Stella tippte sich an die Stirn. »Das ist anstrengend und langweilig. Das macht man doch nicht, wenn es so heiß ist. Das muss man nur machen, wenn man bestraft wird.«

Sie hat ja recht, dachte Maria, und das Schlimme war, dass ihr beim Zusammensein mit Stella immer wieder klar wurde, wie wenig Fantasie sie selbst hatte. Einem Kind konnte sie einfach nichts bieten. Sie war ja noch nicht einmal in der Lage, eine Geschichte zu erzählen.

Wie ein rettender Engel kam im genau richtigen Moment der Sohn ihrer Arbeitgeber über den Hof. Raffael, der ihr schon einmal kurz vorgestellt worden war. Der große Bruder von Stella, der zwanzig Jahre älter war als seine kleine Schwester.

Er nickte Maria kurz zu und setzte sich an den Tisch.

Stella quiekte vor Begeisterung, sprang auf und gab ihm einen laut schmatzenden Kuss auf die Wange.

Raffael lächelte und zog sie auf seinen Schoß. »Na, meine Große, was macht ihr beiden Hübschen denn grade?«

»Nichts.«

»Das ist ja nicht viel.«

»Nee.«

Maria hatte von der kurzen Unterhaltung kein Wort verstanden, lächelte aber tapfer.

»Hast du Lust, mit mir einen kleinen Spaziergang zu machen?«

»Au ja!« Stellas Augen begannen zu leuchten.

»Du kannst mir hier alles zeigen. Ich kenne von der Gegend ja so gut wie gar nichts.«

»Au ja, au ja, au ja!« Sie wurde immer begeisterter. »Dann gehen wir zum See und dahin, wo Stefano seine Bienen hat. Und zur Quelle, da kann man das Wasser sogar trinken!«

»Wer ist Stefano?«

»Ein ganz alter Mann aus dem Dorf. Die Leute sagen, er ist so alt, weil er so oft gestochen worden ist. Bienenstiche sind wie Medizin.«

»Wo sind denn unsere Eltern?«

»Weiß nicht. Weg.«

Raffael nickte. »Dann sag mal der Maria, dass wir einen kleinen Spaziergang machen und in ein oder zwei Stunden wieder zurück sind.«

Stella übersetzte, und jetzt leuchteten auch Marias Augen. Bei ihrem großen Bruder war Stella in guten Händen, und sie konnte für zwei Stunden nach Hause fahren und sich um ihre kranke Mutter kümmern. Vielleicht war ja Raffael sogar bereit, sich jeden Nachmittag eine Weile mit Stella zu beschäftigen.

»Also dann, bis später.«

Raffael und Stella gingen langsam in Richtung Kapelle, und Maria hastete zu ihrem Auto.

Stella lief nicht, sie tobte neben ihm her, und er wunderte sich, welch unbändige Energie dieses Mädchen hatte. Sie sprang über Stock und Stein, bergauf und bergab, lief eine Strecke vor, rannte wieder zurück, pflückte im Vorübergehen ein paar Blumen, kickte Steine vor sich her, und wenn sie einen hohen Felsvorsprung entdeckte, kletterte sie fünfmal hinauf, um hinunterzuspringen. Die mörderische Hitze schien ihr nicht das Geringste auszumachen, und während sie herumsauste, plapperte sie noch ohne Punkt und Komma.

Sie redete über den Kindergarten, der ja jetzt im Sommer geschlossen war, und darüber, dass sie bald, im September, in die Schule gehen würde. Sie erzählte von Paola, die ganz lieb, aber auch ein bisschen dumm war. Zum Beispiel konnte sie im Turm nicht aus dem Fenster gucken, weil sie Angst hatte, runterzufallen. Und das war ja nun wirklich ziemlich dumm. Denn wie sollte man rausfallen, wenn das Fenster geschlossen war oder wenn man nur einfach so am offenen Fenster stand und nicht auf dem Fensterbrett herumkletterte?

Stella tippte sich an die Stirn und lachte.

Aber dass Paola jetzt nicht mehr kam, war wirklich blöd. Denn die Maria war einfach todsterbenslangweilig. Mit der konnte man überhaupt nichts anfangen. Die vergaß immer alles, wusste keine spannenden oder lustigen Geschichten und sagte ständig, wenn man sie was fragte: »Ich weiß nicht.«Maria war echt öde.

Aber das war ja jetzt alles nicht so schlimm, weil ihr großer Bruder Raffael da war.

»Und du bist echt toll. Richtig nett«, sagte Stella und hängte sich in seinen Arm. »Wenn ich groß bin, heirate ich dich.«

Raffael war gerührt und drückte ihr einen Kuss auf die Stirn.

»Wie weit ist es denn noch bis zu den Bienen?«

»Nicht mehr weit.«

»Komm, dann beeilen wir uns. Wir tun jetzt mal so, als ob wir zwei Wildpferde sind!«

Stella strahlte.

Raffael nahm ihre Hand, und sie galoppierten los.

55

Der See glitzerte in der Sonne, und die Ruhe und Stille, die von diesem Ort ausgingen, waren irgendwie unwirklich und rätselhaft.

Das Wasser war von dichtem Wald umgeben, als hüte es ein Geheimnis, nur an drei Stellen gab es winzige Sandstrände, die nicht mehr als zehn Meter breit und die einzigen Zugänge zum See waren.

Dennoch war dort kein Mensch. Auch jetzt in der Hauptsaison nicht.

Das war das Merkwürdige.

Sie standen eine Weile schweigend am Ufer, bis Stella schließlich sagte: »Mama hat erzählt, hier sind schon viele Menschen ertrunken. Weil es in der Mitte vom See ein großes, tiefes Loch gibt, das bis zum Inneren der Erde geht und die Leute, die da drin schwimmen, einfach nach unten zieht. Viele, viele Tausend Kilometer tief.«

»Das kann nicht sein. Dann würde der See ja leerlaufen.«

»Aber wenn Mama es doch gesagt hat!« Stella schmollte, und Raffael tätschelte entschuldigend ihre Schulter.

»Der See ist wunderschön«, flüsterte er. »So etwas habe ich hier in dieser Gegend gar nicht erwartet.«

Sie setzten sich am Ufer ins Gras, und Stella kuschelte sich an ihn.

»Wollen wir schwimmen gehen?«, fragte Raffael.

»Ich kann nicht schwimmen. Ich geh auch nicht in den Pool.«

Raffael nickte. »Aber du musst schwimmen lernen, Stella. Das ist wichtig. Und im See kann man es viel schneller und leichter lernen. Die Fische können schließlich auch alle schwimmen. Oder hast du schon mal 'nen Fisch gesehen, der nicht schwimmen kann?«

Stella kicherte. »Nee, aber die sind ja sowieso schon alle untergegangen und unter Wasser.«

»Unter Wasser kann man auch schwimmen.«

»Aber nicht die Menschen.«

»Doch, wenn man die Luft anhält, kann man tauchen. Nicht lange natürlich, aber ein oder zwei Minuten schon.«

Stella schien zu überlegen und machte einen spitzen Mund.

»Soll ich es dir beibringen?«

»Vielleicht. Ich hab ein bisschen Angst, weißt du. Ziemlich viel Angst sogar.«

»Aber ich bin doch bei dir, und ich pass auf, dass dir nichts passiert.«

»Das nächste Mal vielleicht.«

»Gut. Dann probieren wir es das nächste Mal.«

»Buonasera, Vasco, hier ist Christine. Come stai?«

»Abbastanza bene, oder besser gesagt: beschissen«, grummelte Vasco.

»Hast du inzwischen was von Paola gehört?«

»Nein. Nichts.« Vascos Stimme klang nicht besorgt, sondern wütend.

Paolas Verhalten brachte ihn auf die Palme. Denn das ließ er sich nicht bieten. Nicht von einer Frau. Wenn überhaupt jemand die Beziehung beenden konnte, dann war er es, aber nicht sie. Erst hurte die Schlampe irgendwo herum, und dann blamierte sie ihn noch, indem sie einfach abhaute. Wenn er sie irgendwann und irgendwo noch einmal wiedersehen sollte, würde er sie grün und blau schlagen.

»Mir reicht es, Vasco«, sagte Christine, und dabei klang sie hart und geschäftsmäßig, »ich habe hier Probleme ohne Ende. Wir sind in der Hauptsaison, das Castelletto ist ausgebucht, es gibt jede Menge Arbeit, und der Kindergarten hat geschlossen.«

»Mir kommen die Tränen«, murmelte Vasco, der keine Lust hatte, sich das Gejammer von Paolas Arbeitgebern anzuhören, denen das Geld wahrscheinlich aus den Ohren kam. Sie sollten sich mal ansehen, wie er jetzt lebte: ohne Job und ohne Paola.

Christine überhörte die Bemerkung, sie war sich sowieso nicht sicher, ob sie den Satz bei Vascos Genuschel überhaupt richtig verstanden hatte.

»Darum wollte ich dir nur Folgendes sagen«, fuhr sie fort. »Wenn Paola nicht innerhalb der nächsten zwei Tage hier wieder aufkreuzt, ist sie den Job los. Okay? Ich suche mir einen Ersatz. Ich kann nicht länger warten.«

»Mach doch, was du willst.«

Eine Pause entstand. Es war, als hinge jeder einen Moment seinen eigenen Gedanken nach.

»Sag mal ehrlich, Vasco, was glaubst du, wo sie ist?«

»Ich weiß nicht.«

»Machst du dir keine Sorgen?«

Vasco schluckte. Und das, was er dann sagte, klang gar nicht mehr aggressiv, eher verzagt.

»Ich mach mir riesige Sorgen. Denn so zu verschwinden und sich überhaupt nicht zu melden, passt nicht zu ihr. Nicht so lange. Irgendwas ist ihr passiert.«

Es klang, als ob er schniefte, aber Christine war sich nicht sicher.

»Hast du mit ihren Eltern in Sizilien gesprochen?«

»Na klar. Da ist sie nicht. Und bei ihrer Tante in Radda ist sie auch nicht. Außerdem hab ich noch zwei Freundinnen von ihr angerufen, aber mehr fällt mir nicht ein.«

»Dann musst du zur Polizei gehen, Vasco. Unbedingt! Erzähle alles, was passiert ist. Auch, dass ihr euch gestritten habt. Ganz egal. Aber gib eine Vermisstenanzeige auf. Damit sie gesucht wird. Ohne Polizei kommst du nicht weiter.«

Es war schon wieder still in der Leitung, weil Vasco nachdachte.

»Vielleicht«, sagte er schließlich. »Vielleicht hast du recht.«

»Nur die Polizei kann dir jetzt noch helfen, Vasco.«

»Scheiße!«, schrie er und legte auf.

»Weißt du, Stella, ich hatte schon mal eine Schwester. Eine Zwillingsschwester, da war ich genauso alt wie du.«

»Echt?«

»Echt.«

»Davon weiß ich nichts.«

»Haben dir Mama und Papa nichts von Svenja erzählt?«

Stella schüttelte trotzig den Kopf, denn sie wusste im Moment nicht, ob sie neugierig, eifersüchtig oder wütend sein sollte.

Sie saßen am Wasser auf einem Baumstamm, und es schien, als wären sie allein auf der Welt.

Stella ließ ihre Füße ins kühle Wasser baumeln.

»Und was ist mit ihr?«

»Sie ist tot. Sie ist gestorben, als wir beide sieben Jahre alt waren.«

»Warum denn?«

»Es war ein Unfall.«

»Auweia. Das ist schlimm.«

»Ja.«

»Darum haben Mama und Papa nichts gesagt. Weil es so schlimm ist.«

»Wahrscheinlich.«

Raffael tat das Herz weh. Er wusste einfach nicht, was er jetzt machen sollte. Sollte er weiterreden oder lieber schweigen? Er war völlig durcheinander.

Stella sagte und fragte nichts mehr, sondern planschte mit ihrem Fuß unentwegt im Wasser.

Raffael wusste noch nicht einmal, ob ihm das auf die Nerven ging oder nicht.

Es waren bestimmt fünf Minuten vergangen, und Raffael fragte sich, wie es ein kleines Mädchen schaffte, so lange so ruhig zu sein. Dann sagte er leise: »Aber die kleine Svenja, weißt du, meine Schwester, die ich ganz, ganz, ganz doll lieb gehabt habe, die hatte andere Haare als du.«

Das war für Stella fast eine Kritik, und sie fragte empört: »Ach ja? Wie denn?«

»Sie war genauso blond wie du, aber die Haare waren viel, viel kürzer.«

»Und das war toll?«

»Ganz toll! Hast du schon mal kurze Haare gehabt?«, fragte er fast flüsternd.

Stella schüttelte den Kopf.

»Warum denn nicht?«

Stella zog die Schultern hoch.

»Soll ich sie dir einfach mal so schneiden, damit du aussiehst wie meine Zwillingsschwester?«

Stella strahlte und nickte heftig.

Raffael zog das Messer aus der Tasche.

Das Gespräch war gut gelaufen.

Christine fühlte sich schmutzig und klebrig und überlegte, kurz zu duschen. Bei dieser extremen Hitze und Trockenheit war man nach einer kurzen Fahrt auf den italienischen Schotterstraßen, den ›strade bianche‹, vollkommen eingestaubt. Allerdings würde sie bald mit Stella spazieren gehen, und dann schwitzte sie wieder. Es war besser, mit dem Duschen noch zu warten.

Stella – sie hatte Stella und Maria bisher noch nirgends gesehen.

Karl hatte sich eine halbe Stunde hingelegt.

Christine griff zum Telefon und wählte Marias Handynummer.

Das Handy war ausgeschaltet, nur die Mailbox sprang an.

Blöde Kuh. Wenn Maria mit Stella unterwegs war, musste sie immer erreichbar sein.

»Du musst ganz stillhalten, sonst schneide ich dir in den Hals«, sagte Raffael leise, und Stella wagte nicht mehr, sich zu bewegen.

»Meine Schwester sah aus wie ich, sie hat gedacht wie ich, sie war ich.«

Stella verstand nicht, was er meinte, aber sie fragte nicht nach, rührte und bewegte sich nicht.

Raffael nahm ein Haarbüschel in die Hand und schnitt es ab. Es waren gut vierzig Zentimeter, und er warf das Haar in den See.

Ein bisschen mulmig wurde Stella schon, als sie ihre Haare auf dem Wasser schwimmen sah, aber dann versuchte sie nicht mehr daran zu denken. Schließlich wollte sie so aussehen wie ihre Schwester, wollte ihr ähnlich werden, wollte, dass Raffael sie genauso gern hatte.

War er am Anfang noch zögerlich gewesen, so schnitt er jetzt in einem rasanten Tempo.

Stella spürte, dass ihre Haare immer kürzer wurden, aber sie versuchte, ihre innere Panik zu unterdrücken. Raffael würde böse werden, wenn sie etwas sagte. Aber auch ihre Eltern würden bestimmt schimpfen.

Sie fürchtete sich. Noch niemals hatte sie kurze Haare gehabt. Ihre Mutter liebte ihre langen, glänzenden, weichen Haare und würde ihr das nie verzeihen.

Es sei denn, sie sähe wirklich aus wie ihre Schwester.

»Warum ist sie tot, unsere andere Schwester?«, fragte Stella zaghaft.

Selbst die kleine Stella erkannte, dass Raffael augenblicklich einen irren Blick bekam.

»Warum, warum, warum?«, schrie er. »Warum willst du das wissen? Reicht es dir nicht zu wissen, dass sie weg ist? Mit ihr ist es aus und vorbei, verstehst du? Feierabend. Schluss, aus, Ende. Sie kommt nicht mehr zurück.«

Er fuchtelte mit dem Messer vor ihrem Gesicht herum und machte Bewegungen, als wolle er ihr die Kehle durchschneiden.

Stella fürchtete sich noch mehr.

»Hör auf!«, schrie sie. »Was soll das? Raffael, hör auf!«

Aber Raffael hörte gar nicht, was Stella rief, und brüllte weiter.

»Sie ist tot, verstehst du! Tot! Tot! Tot!«

Und dann schlug er die Hände vors Gesicht und weinte.

»Nicht weinen, ich bin doch da«, flüsterte sie.

Raffael beruhigte sich, lächelte und sah sie an.

»Du bist schön«, meinte er. »So schön, wie sie war.«

56

Es war kurz vor sieben, als Raffael und Stella ins Castelletto zurückkehrten.

Christine war gerade mit Cecilia in der Küche, sortierte Geschirr und Bestecke und überprüfte die Bestände der Gläser, als die beiden über den Hof geschlendert kamen.

In diesem Moment glaubte Christine, ihr Herz bliebe stehen.

Es war, als sähe sie eine Fata Morgana.

Sie schwankte und stützte sich mit beiden Händen auf einen Stuhl, der vor ihr stand, um nicht umzufallen.

Die Bilder waren verschwunden, seit vielen Jahren, aber jetzt sah sie sie wieder in der Scheune hängen, so hilflos und schlaff, mit abgeknicktem Kopf.

Svenja. Meine kleine Svenja.

Sie kam direkt auf sie zu. An Raffaels Hand.

Christine brachte keinen Ton heraus.

»Ciao, Mama!«, rief Stella. »Stell dir vor, wir waren spazieren, und dann haben wir …«

»Was ist mit deinen Haaren passiert?«, unterbrach Christine sie scharf.

»Raffael hat sie mir geschnitten. Und jetzt seh ich aus wie seine frühere Schwester. Und er hat gesagt, er hat mich ganz, ganz lange gesucht und endlich gefunden. Und ich hab meinen Bruder wieder.« Sie schmiegte sich in seinen Arm.

Raffael grinste.

Obwohl die Hitze auch jetzt gegen Abend im Innenhof noch brütete, begann Christine zu frieren.

Und dann explodierte sie.

»Bist du wahnsinnig geworden?«, schrie sie. »Hast du sie nicht alle? Stella sieht aus wie ein gerupftes Huhn!«

»Findest du?«, meinte Raffael gelangweilt.

»Ja, das finde ich. Womit hat er dir denn die Haare geschnitten?«, wandte sie sich an Stella.

»Mit seinem Messer«, antwortete Stella kleinlaut.

»Wie bitte? Mit seinem Messer? Mit was für einem Messer? Ich denke, du hast deins verloren?«

»Ich hab mir ein neues gekauft.«

»Ja bist du denn völlig verrückt geworden?« Sie sprang vor, packte Raffael an den Oberarmen und schüttelte ihn. »Hast du dir den Verstand jetzt vollständig aus dem Kopf gesoffen? Du kannst doch nicht mit einem Messer auf ihrem Kopf rumschneiden!«, kreischte sie. »Hast du denn gar keine Vorstellung davon, was dabei alles passieren kann? Wenn sie zuckt, schneidest du ihr in den Kopf oder in den Hals oder wie?«

»Nun komm mal langsam wieder runter«, bemerkte Raffael gelassen, was Christine noch wütender machte.

»Ich denke nicht daran, wieder runterzukommen, verstehst du? Du bist so widerlich! Was willst du hier eigentlich?«

Raffael schwieg und hatte sein Dauergrinsen im Gesicht.

»Ich will nicht, dass du jemals wieder mit Stella allein weggehst! Ist das klar? Ohne mich oder Papa läuft hier gar nichts mehr. Du hast kein Verantwortungsbewusstsein! Du hast keine Ahnung von Kindern! Du kennst dich hier nicht aus, du weißt nicht, wo in den Trockenmauern an den Olivenfeldern die Vipern wohnen, deren Biss ein kleines Mädchen in einer halben Stunde töten kann! Du weißt nicht, dass ein aufgescheuchtes Stachelschwein einen Menschen mit seinen Stacheln durchbohren und umbringen kann. Du weißt nicht, wie du reagieren musst, wenn du Wölfen begegnest …«

»Nee. Ich bin ja auch bescheuert.«

»Ja. Und deswegen bist du keine fünf Minuten mehr mit Stella allein! Hast du das kapiert?«

»Aber warum denn nicht, Mama?«, fragte Stella leise. »Ich kenn mich doch aus!«

Christine antwortete nicht.

Christine wollte nur noch weg. Wollte sich in ihren kühlen Turm zurückziehen, sich unter einer Decke verkriechen und versuchen, ihre Gedanken zu sortieren. Wollte begreifen, was in Raffael gefahren war.

Sie war völlig durcheinander, zitterte und wusste, dass sie Angst hatte. Unsagbare Angst, weil dieser fremde Mann da war, den sie nicht verstand und der einmal ihr Sohn gewesen war.

Aber sie kam nicht mehr dazu, sich zu verstecken, weil in diesem Augenblick Karl aus dem Schlafzimmer kam.

»Hallo!«, meinte er betont fröhlich. Dann registrierte er die zentimeterkurzen, vollkommen verschnittenen Haare seiner Tochter.

»Was ist denn mit dir passiert?«, fragte er fassungslos.

»Raffael hat mir die Haare geschnitten. Mit einem großen scharfen Messer. Damit ich so aussehe wie seine Schwester, die tot ist.«

Karl durchlebte drei Schrecksekunden. Dann polterte er los, und es war ihm völlig egal, ob die Gäste mitbekamen, wie er Raffael anschrie.

»Bist du völlig verrückt geworden, du Schwachkopf? Was ist denn in dich gefahren?«

Raffael sagte nichts, sondern grinste nur. Dann ging er in die Küche, holte sich eine Flasche Wein, öffnete sie, kam zurück nach draußen und trank direkt aus der Flasche.

Aber Karl war noch nicht fertig.

»Was hast du dir dabei gedacht, mein schönes Mädchen derartig zu verstümmeln? Erzähl mir nicht, dass es dir um diese alte Geschichte ging, die wir alle jahrelang versucht haben zu verarbeiten und zu vergessen. Das, was du mit Stella gemacht hast, ist nicht Nostalgie, sondern Körperverletzung! Du spinnst doch wohl! Du bist doch nicht mehr ganz dicht! Du solltest dringend mal zum Arzt gehen!«

Raffael lächelte unentwegt, als pralle jeder Vorwurf an ihm ab.

»Gefällt dir meine neue Frisur nicht, Papa?«, fragte Stella zaghaft.

»Nein. Du siehst scheußlich aus. Als wenn Ratten deine Haare abgefressen hätten!«

Stella brach in Tränen aus, und Raffael nahm sie auf den Arm.

»Du bist das schönste Mädchen der Welt«, flüsterte er ihr ins Ohr. »Meine kleine allerliebste Schwester, die ich endlich wiederhabe und die ich nie wieder im Stich lassen werde.«

»Ich möchte, dass du von hier verschwindest.« Karls Ton war scharf. »Morgen früh bist du weg. Und ich habe kein Interesse daran, dass du jemals wiederkommst. Und deine Mutter sicher auch nicht.«

»Nein«, sagte Raffael überaus freundlich. »Den Gefallen werde ich euch nicht tun. Ich bleibe. Weil ich nicht im Traum daran denke, meine Schwester noch einmal zu verlassen.«

Und sie schmiegte sich so fest an ihn, dass sie ihre Eltern nicht ansehen musste.

Karl kochte.

»Dieser Scheißkerl«, zischte er. »Ich will ihn loswerden. Er bringt unser gesamtes Leben durcheinander. Und vergiss nicht, was er getan hat. Ich kann ihn nicht mehr sehen und will, dass er abhaut. Lieber jetzt als in fünf Minuten.«

»Ja«, hauchte Christine, »ja, du hast ja recht. Ich seh das ganz genauso.« Dabei hatte sie bei seiner Ankunft davon geträumt, ihn nie wieder zu verlieren.

»Wo ist eigentlich Maria?«, fragte Karl. »Wieso kümmert sich Raffael um Stella und nicht Maria?«

Christine wurde flammend rot. Richtig. Wo war eigentlich Maria? Stellas Stoppelschnitt hatte sie so durcheinandergebracht, dass sie Marias Abwesenheit gar nicht bemerkt hatte.

Sie zog ihr Handy aus der Tasche und rief Maria an. Diesmal bekam sie Anschluss.

»Wo bist du?«, fragte sie statt einer Begrüßung.

»Bei meiner Mutter. Sie wissen, dass sie sehr krank ist.«

»Das interessiert mich nicht. Du solltest auf Stella aufpassen. Das ist dein Job, nichts anderes.«

»Aber Ihr Sohn kam plötzlich und sagte, er wolle mit Stella spazieren gehen. Und Stella war ganz begeistert. Und da hab ich mir nichts bei gedacht, er ist doch schließlich Ihr Sohn und Stellas großer Bruder! Ich konnte es ihm ja nicht verbieten!«

»Du hättest mich anrufen können.«

»Aber ich dachte doch, es ist alles in Ordnung, wenn Stella mit ihrem großen Bruder …« Maria war den Tränen nahe.

»Wenn sich irgendetwas ändert, möchte ich informiert werden. Ist das klar?«

»Ja, natürlich«, hauchte Maria. »Aber … ich meine … ist irgendetwas passiert?«

»Nein. Kümmere dich jetzt um deine Mutter, und dann sehen wir uns morgen früh um acht.«

»Um acht. Ja. Selbstverständlich. Buonanotte.«

57

Kein Lüftchen regte sich. Die Luft stand über den Hügeln, und jeder Hausbesitzer betete, dass kein Feuer ausbrechen werde, was häufig passierte, wenn Autofahrer gedankenlos die brennende Zigarette aus dem Auto warfen oder Touristen nach einem Picknick Gläser oder Flaschen zurückließen, die wie ein Brennglas funktionierten und den Waldboden entzündeten, wenn die Sonne darauf schien.

Die Welt hatte aufgehört zu atmen, man wartete auf die kühleren Abendstunden und verbrachte den Tag im Schatten oder in abgedunkelten Räumen.

Im Castelletto machte in diesen Mittagsstunden jeder Siesta. Auch Stella schlief in ihrem Zimmer.

Erst als ihre Tür leise geöffnet wurde, wachte sie auf.

Raffael legte den Finger auf die Lippen, kam herein und setzte sich an ihr Bett.

»Na, Schwesterherz, wie geht's?« Er strich ihr zart über die Wange.

»Gut.«

»Willst du weiterschlafen, oder wollen wir was unternehmen?«

»Was denn?«

Raffael nahm sie in den Arm und flüsterte: »Wie wär's, wenn wir ein bisschen zum See gehen? Und mit dem alten

Ruderboot fahren, das wir da gesehen haben? Hast du Lust? Denn hier ist es doch langweilig …«

»Ja, schon«, sagte Stella zögernd, »aber ich darf doch nicht. Mama hat verboten, dass wir beide allein weggehen! Und Maria schläft jetzt auch.«

»Dann merkt es doch keiner! Die schlafen alle, und in 'ner Stunde sind wir wieder hier.«

Stella war hin und her gerissen und wusste nicht, was sie machen sollte. Auf der einen Seite hatte sie riesige Lust, mit Raffael Boot zu fahren, aber auf der anderen Seite hatte sie Angst, dass ihre Eltern wieder wütend wurden.

»Na los! Komm, wir gehen. Sei kein Frosch! Und wenn, dann bekomme ich den Ärger. Ich bin dein großer Bruder, ich hab das zu verantworten. Und das ist alles in Ordnung.«

Stella gab sich einen Ruck und stand auf.

»Gut. Dann haun wir ab.«

Leise und unbemerkt schlichen sich Raffael und Stella davon.

Stella war beim Abendessen ungewöhnlich still und müde, aß kaum etwas und verkrümelte sich bereits um halb neun in ihr Zimmer, obwohl sie in den Ferien länger aufbleiben durfte.

Eine Viertelstunde später ging Christine zu ihr, um Gute Nacht zu sagen.

Sie fühlte, dass irgendetwas passiert war. Stella war nicht so unbekümmert und fröhlich wie sonst, sondern irgendwie nervös.

Im Eiltempo zog sich Stella aus und schlüpfte unter ihr Laken, das im Sommer eine Bettdecke ersetzte.

»Geht es dir gut, mein Schatz?«, fragte Christine.

»Ja, klar.« Stellas Stimme klang dumpf und traurig.

»Dir tut nichts weh?«

»Niente.«

»Aber du wirkst, als ob du Kummer hast.«

»Nö.«

»Ist heute irgendwas passiert?«

»Nö.«

»Du kannst mir alles erzählen, Stella. Ich bin dir nicht böse, ganz egal, was es ist.«

»Hm.«

»Du hast doch was, meine kleine Schnecke.«

»Nö.«

Christine nahm Stella in den Arm und spürte augenblicklich, wie verkrampft sie war. Aber sie drang nicht weiter in sie, sondern wiegte sie sacht hin und her und sah sich währenddessen im Zimmer um.

Es dauerte lange, bis sie ihn sah: den zusammengeknüllten Wäschehaufen unter dem Schrank, in dem Stella ihre Spielsachen aufbewahrte. Das war ungewöhnlich, denn normalerweise warfen Paola oder Maria Stellas schmutzige Wäsche direkt in den Wäschekorb in der Waschküche.

Christine stand auf und zog die Wäsche wortlos unter dem Schrank hervor. Sie war nass.

»Was ist das?«, fragte sie und versuchte, nicht böse zu klingen.

Stella presste die Lippen aufeinander und sagte keinen Ton.

»Das sind doch dein T-Shirt und deine Shorts, oder?«

Stella nickte.

»Warum sind die Sachen denn klatschnass?«

Stella begann zu weinen, und Christine setzte sich wieder zu ihr.

»Erzähl's mir, Schnubbel. Warum sind deine Klamotten nass? Keine Angst, ich schimpfe nicht.«

»Wir waren auf dem See. Raffael und ich«, schluchzte Stella.

»Wann?«

»Heute Mittag. Als alle Siesta gemacht haben. Keiner hat's gemerkt.«

Christine wurde augenblicklich wütend auf Raffael, versuchte aber, sich Stella gegenüber nichts anmerken zu lassen.

»Und dann?«

»Wir sind mit einem alten Ruderboot rausgefahren, das da lag, aber das war kaputt, und dann ist immer mehr Wasser reingelaufen, und dann ist es untergegangen.«

Obwohl sie wusste, dass ihre Tochter lebendig und unversehrt neben ihr saß, wurde Christine schlecht vor Angst.

Stella weinte jetzt heftig. Ihr gesamter kleiner Körper schüttelte sich.

»Ganz ruhig, Spatz. Erzähl weiter.«

»Ich hatte solche Angst, dass ich ertrinke! Bin immer mehr untergegangen, meine Nase war schon fast unter Wasser, aber dann hat mich Raffael ganz fest gepackt und ans Ufer geschleppt.«

Christine war fassungslos.

»Bitte, Mama, du darfst nicht mit ihm schimpfen. Es war nicht seine Schuld. Das Boot ist einfach untergegangen, weil es so alt und kaputt war. Da konnte Raffael gar nichts für!«

»Ja, Stella, ich weiß. Ich werde auch nicht mit ihm schimpfen. Mach dir keine Sorgen.«

»Wirklich nicht?«

»Ganz bestimmt nicht.«

Christine lächelte, obwohl es ihr schwerfiel, und drückte Stella einen Kuss auf die Nase. »Denk einfach nicht mehr daran. Es ist alles in Ordnung.«

Stella schloss die Augen, und Christine zog ihr das Laken bis zum Kinn.

»Schlaf gut, mein großes, schönes Mädchen«, flüsterte sie und dachte daran, was es für ein fürchterliches Gefühl war, durch diese zerrupften Haare zu fahren, die einmal seidig, lang und glänzend gewesen waren.

»Gute Nacht, mein Liebling. Und wenn was ist, dann komm und sag Bescheid. Wir sind da.«

Stella murmelte etwas Unverständliches. Den letzten Satz ihrer Mutter hatte sie bestimmt nicht mehr gehört, denn ein riesiger Stein war von ihrer Seele gefallen, und sie war bereits eingeschlafen.

Nachdem Christine Stella ins Bett gebracht hatte, rannte sie treppauf, treppab durchs Castelletto und suchte Karl, bis sie ihn endlich in der Werkstatt fand, wo er einen alten Stuhl geleimt hatte und gerade im Schraubstock befestigte.

»Ich muss mit dir reden«, stieß sie atemlos hervor. »Sofort.«

Karl sah die Panik in ihren Augen, fragte nicht weiter nach und folgte ihr auf die kleine Terrasse hinter dem Turm. Hier hatten sie ihre Ruhe, waren vollkommen ungestört und abgeschirmt von den Gästen, die auf dem Hof die warme Nacht genossen.

Karl öffnete eine Flasche Rotwein.

»Wo ist Raffael?«, fragte er als Erstes.

»Keine Ahnung. Ich weiß nicht, was er macht, ich hab ihn, seit ich Stella ins Bett gebracht hab, nicht mehr gesehen.«

»Was ist passiert? Warum willst du mit mir reden?«

»Er war mit Stella heute Mittag auf dem See, Karl. Obwohl er weiß, dass sie nicht schwimmen kann. Und das Boot ist untergegangen.« Ihre Stimme zitterte.

Karl war sprachlos, und Christine wusste, dass er konzentriert nachdachte.

»Du weißt, dass ich ihm verboten habe, mit Stella irgendetwas allein und ohne unser Wissen zu unternehmen.«

Karl nickte. »Ja, ja, ich weiß.«

»Aber er tut es trotzdem.«

Karl schwieg.

»Du, ich halte das nicht aus! Er ist ein Monster, ein Teufel! Seit er hier ist, habe ich Angst. Er macht uns alle wahnsinnig, bringt alles durcheinander, und er hat Paola umgebracht. Er ist ein Mörder, er ist gewalttätig und fürchterlich aggressiv. Wer weiß, was noch passiert. Karl, bitte. Unternimm irgendetwas, damit er abhaut. Bitte!« Und nach einer Pause fügte sie hinzu: »Ich kann es kaum aussprechen, aber ich hasse ihn.«

Karl verzog keine Miene, sondern sagte: »Mir geht es wie dir. Ich traue ihm auch überhaupt nicht mehr. Und am liebsten würde ich ihn rund um die Uhr beobachten und bewachen.« Er nahm ihre Hand und drückte sie fest. »Christine, unser Sohn ist krank. Sehr krank. Er ist eine psychische Zeitbombe, die jeden Moment erneut explodieren kann. Denn das, was mit Paola passiert ist, kann man ja auch schon als Explosion bezeichnen. Aber ich habe auch wie du das blöde Gefühl, es kommt noch schlimmer.«

»Oh, mein Gott!«

»Ich will dir nicht noch mehr Angst machen, als du ohnehin schon hast, aber es ist so. Und ich weiß nicht, wie es weitergeht. Ich weiß es wirklich nicht. Das Schlimme ist, dass er macht, was er will. Stella vergöttert ihn, und er wird uns niemals über seine Vorhaben Bescheid geben. Weil er es zum Kotzen findet, mit uns zu reden. Weil er sich dann fühlt wie ein kleiner Junge, der ›Bitte bitte‹ sagen muss. Vergiss es, Christine. Wir müssen einfach aufpassen. Im Grunde rund um die Uhr.«

»Wir sollten also Wache schieben und in der Nacht unentwegt nach Stella sehen?«

»Ja, das sollten wir.« Karl war sehr ernst und trank langsam seinen Rotwein.

»Aber er wird doch hoffentlich seiner kleinen Schwester, die er so sehr liebt, nichts tun?«

»Weißt du das? Er ist unberechenbar. Er ist cholerisch. Er ist überaus leicht reizbar und ständig betrunken. Ich kann dir nicht sagen, wann er durchknallt. Ich kann dir nur sagen, dass ich ihn nicht kenne, dass er mir unheimlich ist und dass ich ihn wie du am liebsten auf den Mond schießen würde.«

»Glaubst du, er tut auch uns etwas an?«

»Ich glaube, dass er zu allem fähig ist.«

»Karl, dir fällt doch sonst immer was ein! Was sollen wir denn machen?«

»Keine Ahnung. Aber du musst aufpassen. Er ist nicht unser Sohn, Christine, er ist unser Feind.«

Christine trank einen Schluck und sackte innerlich zusammen. Sie konnte nichts mehr denken, nichts mehr sagen, nichts mehr fühlen. Und vor allem konnte sie sich nicht erklären, was schiefgelaufen war. Wie sie in die Situation kommen konnte, sich vor ihrem eigenen Sohn zu fürchten.

»Wo gehst du hin?«, fragte sie, als Karl aufsprang und die Treppe hinunterlief.

»Ich gucke nach Stella«, sagte er. »Ob alles in Ordnung ist.«

58

»Buonasera«, sagte Donato Neri und seufzte. Er liebte es gar nicht, wenn er seine Sachen schon zusammengepackt hatte und fünf Minuten vor Dienstschluss noch jemand in seinem Büro erschien, um unwichtige Fragen zu stellen, ihn mit nebensächlichen Dingen vollzulabern und Arbeit zu machen.

Neri zuckte generell immer zusammen, wenn jemand bei ihm anklopfte. Denn da in dieser Gegend noch nicht einmal zu Weihnachten jemand mit einem Präsentkorb erschien, konnte ein Besucher eigentlich nie etwas Gutes bedeuten.

Vor ihm stand ein kräftiger Mann, der seine Jeans und sein T-Shirt sicher schon Tage nicht mehr gewechselt hatte und der einen leicht säuerlichen Geruch verströmte.

»Was gibt's?«, fragte Neri angewidert und desinteressiert.

»Mein Name ist Vasco Boschino«, sagte der Hüne mit einer so schwachen, dünnen Stimme, dass Neri überrascht aufsah. »Ich wohne in der Via Petrelli 79, und ich möchte melden, dass meine Freundin verschwunden ist. Seit vier Tagen.«

Jetzt seufzte Neri deutlich hörbar. Bitte nicht schon wieder. Jeder, der in seiner Beziehung Funkstille hatte, wegen des ausgeschalteten Handys der Angebeteten verzweifelte oder sich nicht erklären konnte, warum sie nicht zu Hause war, kam zu den Carabinieri, in der Hoffnung, dass sie die Gesuchten herbeizaubern, Beziehungen kitten oder mit der ganzen Macht ihrer Staatsgewalt trösten konnten.

»Ich glaube, ich habe dich schon ein paarmal auf dem Markt und in der Bar gesehen. Kann das sein?«

»Sicher. Ich wohne ja hier. Da bin ich auch ab und zu mal auf dem Markt.«

Neri fand die Bemerkung ausgesprochen frech, und das machte ihm Vasco noch unsympathischer.

»Was arbeitest du?«

»Gar nichts im Moment.«

»Das ist ja nicht viel.«

»Nee. Ich war Fahrer bei einer Baustofffirma in Montevarchi, aber die haben Pleite gemacht. Und jetzt suche ich einen Job.«

»Seit wann machen Baustoffhändler Pleite?« Neri zog die Augenbrauen hoch. »Normalerweise verdienen die sich 'ne goldene Nase, und zwar so, dass uns allen die Tränen kommen.«

Allmählich fragte sich Vasco, was das Ganze sollte. Ging es hier um ihn oder um seine verschwundene Freundin?

»Ich habe seit zwei Jahren mit meiner Freundin Paola Piselli zusammengelebt. Sie arbeitet seit drei Jahren bei Deutschen im Castelletto Sovrano. Am Anfang hat sie geputzt und die Gäste bedient, aber seit einem Jahr passt sie nur noch auf die kleine Tochter auf. Der Job hat ihr gut gefallen.«

Jetzt wurde Neri hellhörig. Castelletto Sovrano. So, so. Da hatten sie vor ein paar Tagen Omas Schwachsinn gefeiert, und jetzt war das Kindermädchen verschwunden. Sieh mal an, so klein war die Welt.

»Va bene. Du sagst, deine Freundin Paola ist verschwunden. Erzähl mal genau wie, wo und warum.«

Vasco atmete tief durch. Jetzt musste er eine Menge auf einmal in seinem Kopf sortieren.

»Also: Paola kam nach Hause, das muss am Freitag gewesen sein – ich bin jetzt schon ganz durcheinander mit den Tagen, weil ich gar nicht mehr weiß, wie ich denken soll –, also Freitagabend, und sie hatte wieder ewig gearbeitet. Sie macht dauernd Überstunden im Castelletto, und das geht mir auf die Nerven. Die Familie ist ihr viel wichtiger als ich. Die geht immer vor. Sie ackert, so viel die wollen, muckt nie auf, und das regt mich auf. Jedenfalls kam sie, und wir hatten einen kleinen Streit wegen der ganzen Sache im Castelletto und so, und da hat sie gesagt, dass ich nur sauer bin, weil sie einen Job hat und ich nicht, und da hab ich ihr eine geknallt. Weil das nicht stimmt. Ich wollte mit ihr nach Sizilien, ein neues Leben anfangen, aber davon wollte sie nichts hören. Und da sind bei mir die Sicherungen durchgebrannt.«

Neri nickte wie ein weiser alter Mann und fühlte sich richtig gut dabei.

»Und nach dem Streit ist sie abgehauen?«

»Nein. Sie ist ins Bett gegangen und hat gepennt. Und ich hab mir den Kopf zugeschüttet an dem Abend, und darum hab ich auch nicht mitgekriegt, wie sie morgens abgehauen ist. Jedenfalls bin ich so gegen elf aufgewacht, und da war sie nicht mehr da.«

»Hat sie ein Auto?«

»Ja, klar.«

»Und mit dem ist sie gefahren?«

»Ja.«

»Was denn für ein Auto?«

»Ein blauer Fiat Punto.«

»Kennzeichen?«

»EB – 208 – FG.«

»Okay.« Neri notierte sich die Nummer. »Was glaubst du denn, wo sie hingefahren ist?«

»Ins Castelletto natürlich. Arbeiten. Ihr geliebter Job ging ihr ja über alles. Sie fand es ja toll, auf dieses verzogene Gör aufzupassen.«

»Sie. Aber du nicht?«

»Nee, ich nicht. Ich hasse diese überkandidelten Deutschen, denen das Geld aus den Ohren rauskommt, die sich hier die tollsten Häuser kaufen und sich jede Menge Angestellte leisten können, die ihnen den Arsch abputzen. Ich finde, die haben hier nichts zu suchen. Und wenn ich könnte, würde ich sie alle aus dem Land rausschmeißen.«

Neri schwieg. Gerade die Deutschen vom Castelletto hatte er als äußerst angenehm empfunden, und Gianni hatte sich sogar mit deren Sohn angefreundet. Dieser Vasco war einfach eine primitive Natur, die nicht differenzieren konnte.

»Und seitdem hast du nichts mehr von ihr gehört?«

»Genau.«

»Hast du mal mit den Deutschen im Castelletto gesprochen?«

»Klar. Sie haben gesagt, Paola ist nicht mehr zur Arbeit gekommen. Und sie waren irgendwie sauer. Aber das kann natürlich auch nur Show gewesen sein.«

»Und sonst?«

»Ich hab alle Leute angerufen, die mir eingefallen sind: ihre Eltern, ihre Tante, die sie sehr gern mag, und ihre Freundinnen, soweit ich sie kenne. Nichts. Sie ist nirgends.«

»Tja.« Neri trommelte mit dem Bleistift auf der Tischplatte herum. »Also: Paola ist wie alt?«

»Fünfundzwanzig.«

»Und du?«

»Dreiunddreißig.«

»Va bene. Paola ist also eine erwachsene Frau. Sie kann machen, was sie will, und sie kann gehen, wohin sie will. Sie ist niemandem Rechenschaft schuldig. Sie hat sich über dich geärgert, und sie ist abgehauen. So einfach ist das. Das ist nicht schlimm, und das ist kein Verbrechen. Und solange wir keine Leiche haben, können wir leider gar nichts machen.«

Vasco war einen Moment fassungslos und schnappte nach Luft.

»Aber auch wenn wir keine Leiche haben, kann ihr doch was passiert sein!«

Neri zuckte die Achseln. »Kann – kann auch nicht. Wir haben es hier nicht mit einem Kind, sondern mit einer Erwachsenen zu tun, Vasco. Kapierst du das? Die Frau kann machen, was sie will, sie kann nach China fliegen und nie wiederkommen, und du kannst nichts dagegen tun! Und dafür sind wir Carabinieri nicht zuständig. Im Moment sieht nichts nach einem Verbrechen aus, und vielleicht liegt sie gerade in Costa Rica am Strand, blinzelt in die Sonne und wackelt mit den Zehen. Und du machst hier die ganze Welt verrückt.«

Vasco konnte nicht verstehen, dass ihm der Carabiniere so überhaupt nicht helfen wollte, sondern seine Sorgen einfach wegwischte und abschmetterte.

»Ich möchte eine ganz offizielle Vermisstenanzeige aufgeben«, sagte er mit letzter Kraft. »Ich möchte, dass das alles untersucht wird und seinen offiziellen Dienstweg geht.«

Neri starrte ihn an. Dieser Mann war ja wohl unmöglich.

»Du willst mir also Arbeit machen?«, fragte er verärgert. »Du willst also, dass wir für nichts und wieder nichts Akten eröffnen und vollschreiben, nur weil deine Freundin von dir, von eurem Streit, von deinen Schlägen oder von was weiß ich die Nase voll hatte, was jeder Mensch gut verstehen kann. Das willst du also, ja?«

»Ja, das will ich«, sagte Vasco kalt.

»Gut«, erwiderte Neri ebenso kühl, »dann treffen wir uns morgen früh um neun Uhr hier in meinem Büro und fahren zusammen ins Castelletto. Dort kannst du deine Vorwürfe ja mal formulieren.«

»Va bene«, sagte Vasco und lächelte breit. »Sehr gerne. Um Punkt neun bin ich hier. Tante grazie und einen wunderschönen Abend für Sie, maresciallo.«

Damit rauschte Vasco hinaus.

Neri wartete noch fünf Minuten, dann ging er auch und verschloss sein Büro.

59

Am nächsten Morgen registrierte Neri erleichtert, dass Vasco nicht mehr säuerlich roch. Dafür hatte er feucht glänzende Haare und eine großporige, rote Gesichtshaut, als habe er drei Stunden unter der Dusche gestanden. Auch sein T-Shirt hatte er gewechselt, das frische war rot und hatte orangefarbene Streifen, was Neri allein beim Hinsehen Kopfschmerzen verursachte.

Sie fuhren im Wagen der Carabinieri, und Neri ließ sich Zeit. Es war ein herrlicher, sonniger Morgen, und Neri hatte keine Lust, vor der Mittagspause zurück im Büro zu sein. Also musste er nicht rasen, und wenn er im Castelletto auch noch einen Kaffee bekam, war alles gut und der Tag gerettet.

»Wie war deine Beziehung zu Paola?«, fragte er Vasco eher aus Langeweile als aus Neugier.

»Gut. Wenn Paola frei hatte, sind wir oft spazieren gegangen. Weil sie es mochte. Ich nicht so. Aber ich hab alles gemacht, was sie wollte. Ab und zu sind wir auch ins Kino gegangen. Sie hat so gern Filme geguckt. Ich nicht so, aber gut. Wenn sie es wollte, haben wir es eben gemacht. Ich bin lieber essen gegangen, aber das wollte sie nicht so gern, sie war ja immer auf Diät.«

Na toll, dachte Neri, großartig. Im Grunde passten die beiden zusammen wie Fisch und Katze: nämlich gar nicht.

»Das stell ich mir sehr schwierig vor, mit euren unterschiedlichen Interessen.«

»Nee, gar nicht. Lief alles prima, bis sie dann immer länger und immer mehr im Castelletto arbeitete. Das hat mich aufgeregt.«

»Hast du ein Bild von Paola dabei?«

Vasco schlug sich mit der flachen Hand vor die Stirn. »Wie blöd von mir. Daran hab ich gar nicht gedacht!«

Neri schwieg. Es war immer dasselbe. Wenn die Leute ihren Dackel vermissten, brachten sie gleich zehn Fotos mit, bei ihren Angehörigen hatten sie in den seltensten Fällen eins dabei. Aber er sagte nichts. Bei Vasco waren ohnehin Hopfen und Malz verloren.

»Habt ihr oft gestritten?«

»Eigentlich nicht, nein.«

Neri sah Vasco an, aber bei der ohnehin schon krebsroten Gesichtshaut konnte er nicht feststellen, ob er rot geworden war und gelogen hatte.

»Aber du hast sie ab und zu geschlagen!«

»Ein bisschen. Aber nicht schlimm. Sie ist die schönste Frau im Valdambra. Und sie flirtet mit Händen und Füßen und mit jedem Baum am Straßenrand. Da kann man schon mal verrückt und sauer werden. Verstehen Sie das?«

Neri hütete sich, einen Kommentar abzugeben, aber er hatte sehr wohl verstanden. Vasco hatte Paola also grün und blau geprügelt, wenn sie nur mit den Wimpern geklimpert hatte, weil ihr eine Fliege ins Auge geflogen war.

An Vascos Seite zu leben, war sicher kein Spaß gewesen.

»Wolltet ihr heiraten?«

»Wir haben nie darüber gesprochen.«

»Wollte sie denn keine Kinder?«

»Ich weiß es nicht.«

Sehr merkwürdig, dachte Neri. Da passt eine junge, fünfundzwanzigjährige Frau Tag für Tag auf ein kleines Mädchen auf. Der Job macht ihr Spaß, sie macht ihn gut – und sie will selbst keine Kinder? Das konnte nur an dem Kotzbrocken Vasco liegen. Er fragte sich jetzt allerdings, warum sie so lange bei ihm geblieben war. Ein Zuckerschlecken war das Leben mit ihm sicher nicht gewesen, und Neri konnte gut verstehen, dass ihr jetzt die Hutschnur gerissen war und sie das Weite gesucht hatte.

Es galt also, Vasco zu beruhigen, denn er hatte keine Lust, ganz Italien nach einer lebenslustigen Ragazza abzusuchen, die endlich kapiert hatte, dass der Mann an ihrer Seite ein arbeitsloser und gewalttätiger Volltrottel war.

»Wer bezahlt die Miete für eure Wohnung, wenn du keine Arbeit mehr hast?«, fragte Neri.

»Meine Eltern. Das heißt, ihnen gehört die Wohnung. Aber das hab ich Paola nie gesagt. Sie dachte, die Wohnung ist von mir gemietet.«

»Und warum das Theater?«

»Ich weiß nicht. Jedenfalls war sie dankbar, dass sie umsonst bei mir wohnen durfte und nichts dazuzahlen musste.«

»Mit Speck fängt man Mäuse.«

»Ja, vielleicht.« Langsam wurde Vasco der Carabiniere unangenehm. Er hatte eine Art, ihm Dinge zu entlocken, die Vasco eigentlich gar nicht erzählen wollte. Es passierte so nebenbei, und Vasco fühlte sich ihm gegenüber vollkommen machtlos. Dieser Neri war raffiniert. Er musste auf der Hut sein.

Neri pfiff leise vor sich hin. In der Ferne konnte er bereits das Castelletto sehen.

Vasco hatte Appetit auf ein Bonbon, aber er hatte keines dabei. Heute Morgen hatte er nur ein halbes Glas Wasser getrunken, er war zu aufgeregt, hatte keine Ruhe, sich einen Kaffee zu kochen. Und jetzt war ihm ganz flau im Magen.

»Sind wir angemeldet?«, fragte er, als sie den Weg zum Castelletto hinauffuhren.

»Nein. Als Carabiniere meldet man sich nie an. Es ist immer gut, diejenigen, mit denen man reden will, zu überraschen beziehungsweise auf dem Standbein zu erwischen.«

Er ist auf meiner Seite, dachte Vasco, lieber Gott, ich danke dir.

Wie schön es hier ist!, dachte Neri, als sie vor dem Castelletto standen. Den herrlichen Blick und das liebevoll gepflegte Grundstück hatte er das letzte Mal gar nicht wahrgenommen, weil er nur mit Omas Schwachsinn beschäftigt gewesen war.

Hier zu leben musste ein wahres Geschenk sein, die Deutschen hatten sich wirklich ein kleines Paradies geschaffen.

Er atmete tief durch und stellte sich gerade vor, hier den ganzen Sommertag lang nur mit einem Getränk still sitzen zu können, als der Padrone aus dem Haus kam.

Karl strahlte. »Buongiorno, Signor Neri!«, rief er schon, während er die Treppe hinunterlief, und dankte insgeheim dem Himmel, dass *er* mit dem Carabiniere reden würde. So konnte er wenigstens sicher sein, dass Christine nichts Falsches sagte.

»Buongiorno, Vasco«, ergänzte er wesentlich kühler. »Was kann ich für Sie tun? Möchten Sie etwas trinken? Einen Kaffee? Ein Glas Wasser, einen Wein?«

»Einen Kaffee, gern.«

Auch Vasco nickte dazu stumm.

»Cecilia!«, rief Karl, und Cecilia steckte den Kopf aus der Küchentür, während sie sich die Hände an ihrer Schürze abtrocknete. »Bring uns bitte drei Kaffee und drei Wasser.«

Cecilia nickte.

Karl deutete auf einen Tisch im Schatten.

»Bitte. Nehmen Sie Platz.«

»Sie haben sicher schon gehört, dass Ihre Angestellte Paola, Vascos Freundin, verschwunden ist.«

»Ja. Wir haben mit ihm« – Karl deutete auf Vasco – »telefoniert, weil wir fürchterlich ärgerlich waren, dass Paola einfach nicht kam. Dass sie noch nicht einmal anrief und sagte, warum sie nicht kommen könnte. Das war der Tag, an dem die goldene Hochzeit Ihrer Schwiegermutter gefeiert wurde. Wir sind ganz schön ins Schleudern gekommen, weil wir niemanden hatten, der auf unsere kleine Stella aufpassen konnte.«

»Sie hat also die ganzen Tage nicht angerufen?«

»Nein.«

»Sie haben absolut nichts von ihr gehört?«

»Nein. Aber das hab ich ihm ja schon gesagt.«

»Ist das schon einmal vorgekommen, dass sie einfach so wegblieb?«

»Nein, nie. Sonst hätten wir ihr wahrscheinlich schon längst gekündigt. Unzuverlässige Mitarbeiter können wir nicht gebrauchen.«

»Haben Sie eine Ahnung oder eine Idee, wo Paola sein könnte?«

»Nein. Nicht die geringste. Aber ich kenne ja auch ihre Freunde und Lebensumstände nicht. Ich weiß nur, dass sie einen Streit mit Vasco hatte.«

»Woher wissen Sie das?«

»Er hat es uns selbst am Telefon erzählt.«

Neri versuchte sich nicht anmerken zu lassen, wie bescheuert er solch ein Verhalten fand. Wenn meine Freundin verschwindet, erzähle ich keinem Menschen, dass wir einen Streit hatten, dachte er. Aber Vasco handelte offensichtlich nur intuitiv. Seinen Verstand hatte er komplett ausgeschaltet. Und vielleicht hatte er in seiner Wut Paola auch ganz spontan, ganz intuitiv und ohne viel nachzudenken einfach umgebracht.

Cecilia brachte Kaffee und Wasser und unterbrach dadurch das Gespräch.

Vasco sah sich Karl ganz genau an. Er war ein großer Mann, wahrscheinlich ähnlich groß wie er selbst, und man spürte, dass er Kraft hatte. Und in seinen Weinbergen mit anpackte. Vasco schätzte ihn auf Mitte fünfzig, und seiner Ausstrahlung nach war er in der Blüte seiner Jahre. In den Augen einer Italienerin sicher hochattraktiv, mit seiner gebräunten Haut und dem ergrauten, leicht gewellten Haar.

Außerdem war er der Padrone. Ein reicher Mann, der in einem Castelletto lebte und mit seinem Wein und den Touristen ein Vermögen machte.

Paola war nicht dumm. Das alles hatte sie sicher genauso gesehen. In ihren Augen war er ein Gott gewesen, das Objekt ihrer Begierde. Sie war schön, sie war jung, und sie passte zuverlässig auf seine Tochter auf. Da war die kleine Familie schon fast perfekt. Er hatte oft daran gedacht, es aber nicht wahrhaben wollen.

Jetzt saß er hier auf der sonnigen Terrasse, und allein diesen Mann zu erleben, erklärte alles. Wer dies nicht sah, musste auf beiden Augen blind sein.

Sein Herz krampfte sich zusammen, und er spürte, dass er kurzatmig wurde.

Karl sagte etwas, aber Vasco hörte gar nicht mehr hin. Er nahm nichts mehr wahr, sah nur noch Karls Lächeln im grellen Sonnenlicht.

Lange schon hatte er es vermutet, aber jetzt wusste er, dass sie deswegen in letzter Zeit immer später nach Hause gekommen war. Weil sie es ständig mit ihm getrieben hatte. Hier im Castelletto oder sonst wo. Und seine Frau hatte ganz sicher nicht die leiseste Ahnung.

»Natürlich mögen wir sie alle«, sagte Karl in diesem Moment. »Und meine kleine Tochter liebt sie geradezu. Ich wäre untröstlich, wenn sie nicht mehr wiederkäme. Ehrlich gesagt, weiß ich gar nicht, was ich ohne sie machen soll.«

Für Vasco war es ein Schuldeingeständnis, und in dieser Sekunde sah er rot.

Er bekam nicht mit, dass Christine mit Stella auf dem Portico erschien und fassungslos beobachtete und mit anhörte, was unten auf dem Hof geschah.

Vasco sprang auf und ging mit ausgestrecktem Finger auf Karl los, als wolle er ihn erstechen. »Du Schwein!«, schrie er. »Du mieses, dreckiges Schwein! Du hast sie gevögelt, du hattest ein Verhältnis mit ihr, und du wagst es, hier so zu reden? Du hast sie ausgenutzt, und sie musste sich von dir vergewaltigen lassen, um ihren Job nicht zu verlieren. Wenn du sie gerufen hast, musste sie zur Stelle sein, und wenn du wolltest, musste sie die Beine breit machen. Meinst du, ich kenne dich nicht? Wegen dir war sie fast nie mehr zu Hause! Was bist du doch für ein arroganter Dreckskerl, der es nötig hat, sich die jungen Dinger zu nehmen, die von ihm abhängig sind. Und nach außen hin tust du so toll, du dämlicher, affektierter Deutscher! Geh doch nach Hause, hau ab, hier hast du nichts zu suchen! Und lass unsere Frauen in Ruhe!«

»Es reicht, Vasco! Bist du denn völlig verrückt geworden?« Neri bebte vor Zorn.

Karl selbst war sprachlos und dachte, dass es besser wäre, Vasco toben zu lassen und nicht auch noch aggressiv zu werden. Daher saß er betont lässig auf seinem Stuhl, ließ den Unterarm über die Lehne baumeln und lächelte milde, was Vasco nur noch mehr auf die Palme brachte, und er ließ sich auch durch Neri nicht bremsen.

»Du hast sie umgebracht! Du bist einfach ausgerastet, weil sie dich alten Sack nicht mehr wollte und weil sie dich nicht mehr ertragen konnte. Da hast du die Nerven verloren, weil du es nicht aushältst, wenn mal irgendjemand nicht das tut, was du sagst. Und dann hast du sie irgendwo im Weinberg verscharrt.« Vasco gingen die Worte aus. »Mörder!«, schrie er noch lauter. »Feiger Mörder! Aber ich schwöre dir, wenn ich dich mal allein in die Finger kriege, bringe ich dich um. Du wirst keine Ruhe mehr finden, da kannst du sicher sein!«

Vasco schwitzte. Der Schweiß tropfte auf den hellen Terrakotta-Fußboden und hinterließ dunkle Flecken.

Christine traute sich nicht die Treppe hinunter und blieb mit Stella auf dem Portico stehen.

Karl sagte gar nichts, und auch Neri war gefährlich ruhig.

Dann stand Neri auf und zog sein Handy aus der Tasche. Er entfernte sich einige Schritte und begann erst dann zu sprechen.

»Hör zu, Alfonso«, sagte er, »mit diesem Vasco Boschino stimmt etwas nicht. Er tickt nicht sauber und hat sich hier im Castelletto eine sehr unschöne Szene geleistet. Ich bin drauf und dran, ihn festzunehmen. Aber das erzähle ich dir später genauer. Warum ich dich anrufe: Ich brauche einen Durchsuchungsbefehl für seine Wohnung. Und zwar sofort. Sieh zu, dass die Brüder in Arezzo mitspielen. Es ist wirklich wichtig. Ich bleibe mit ihm zusammen, bis du mich anrufst, va bene? Denn ich will nicht, dass er nach Hause rennt und womöglich Spuren verwischt.«

»Meinst du nicht, dass du schon wieder dabei bist, mit Kanonen auf Spatzen zu schießen?«, fragte Alfonso keineswegs alarmiert, und Neri hätte ihm in diesem Moment am liebsten den Hals umgedreht.

»Nein, das meine ich nicht!«, zischte er wütend. »Du kennst die Situation nicht. Wie wär's, wenn du mir einfach mal vertraust und schnellstens das tust, was jetzt unbedingt nötig ist, verdammt.« Er entfernte sich noch weiter vom Tisch, bis er sicher war, dass auch wirklich keiner mehr ein Wort verstehen konnte. »Denn wenn dieser Paola Piselli irgendetwas zugestoßen ist, Alfonso, dann war es Vasco. Und wenn wir die Wohnung durchsuchen, werden wir auch etwas finden. Sonst fresse ich 'nen Besen.«

»Ich weiß nicht, wie viele Besen du schon hättest fressen müssen«, entgegnete Alfonso trocken. »Aber gut, ich sehe zu, was sich machen lässt, und rufe dich an. Aber die ganze Aktion liegt in deiner Verantwortung.«

»Natürlich!«, schrie Neri und legte auf.

Es war ja nicht nur dieses Käsenest Ambra, wo man jeden Tag in der Bar und auf der Piazza dieselben Nasen traf, es waren auch so unerträgliche und ignorante Kollegen wie Alfonso, die ihm das Leben schwer machten und seine Sehnsucht nach Rom ins Unermessliche steigen ließen. Aber er würde Paola finden und damit allen zeigen, dass er der am meisten unterschätzte Carabiniere der Region war.

Auf jeden Fall war es ein Fehler gewesen, mit Vasco zusammen zum Castelletto zu fahren. Was er sich genau davon versprochen hatte, wusste er inzwischen gar nicht mehr. Allerdings hätte er sonst auch nicht erfahren, dass Vasco vor Eifersucht fast platzte.

»Du hast dich vollkommen disqualifiziert, mein Freund«, sagte Neri, als er zurück zum Tisch kam, »den Rest besprechen wir in meinem Büro.« Und zu Karl sagte er: »Es tut mir leid. Ich hatte ein anderes Gespräch erwartet.«

»Schon in Ordnung.« Karl stand auf. »Lassen Sie mich wissen, wenn es in Bezug auf Paola irgendetwas Neues gibt.«

»Aber selbstverständlich.«

Vasco verabschiedete sich nicht, er sagte keinen Ton mehr und folgte Neri stumm zum Wagen.

»Ist es wahr?«, fragte Christine Karl, nachdem sie Stella in Marias Obhut gegeben hatte. »Hat Vasco recht? Hattest du was mit Paola?«

Karl machte das empörteste Gesicht, zu dem er überhaupt fähig war. »Christine, ich bitte dich! Der Mann ist krank und kommt nicht damit klar, dass Paola weg ist. Glaubst du im Ernst, dass ich mit einer Angestellten etwas anfangen würde? Damit die mich dann in der Hand hat und erpressen kann? Ich könnte ja Paola nie wieder entlassen, wenn ich so etwas Bescheuertes tun würde. Glaubst du das wirklich?«

»Ich weiß nicht, was ich glauben soll, aber vorstellen kann ich es mir schon. Es wäre ja nicht das erste Mal.«

»Jetzt werde ich aber gleich sauer«, sagte Karl scharf, um zum Gegenangriff überzugehen. »Wir haben uns hier ein neues Leben aufgebaut. Und es ist ein tolles Leben. Wir beide haben – nach allem, was passiert ist – noch einmal ganz von vorn angefangen, und das war richtig und gut. Wie blöd müsste ich denn sein, um das alles aufs Spiel zu setzen?«

»Ziemlich blöd.«

»Eben.«

»Aber Vasco klang sehr überzeugend. Und sehr wütend. Und das saugt er sich doch nicht alles aus den Fingern, wenn er nichts weiß!«

»Meine Liebe ...« Jetzt versuchte es Karl auf die väterliche Tour und nahm ihre Hand. »Der gute Vasco ist ausgekreist, weil er mit Paolas Verschwinden nicht klarkommt und davon ausgeht, dass sie irgendwo rumvögelt. Das hab ich schon mal gesagt. Er hat hier einfach seine ganze Verzweiflung rausgelassen, und dazu brauchte er einen Sündenbock. Einen Blitzableiter. Einen, den er anschreien konnte. Und da war ich nun mal in Reichweite. Also hab ich alles abbekommen. Wenn Raffael hier gesessen hätte, hätte Vasco ihm wahrscheinlich die gleichen Vorwürfe gemacht.« Er verstummte einen Moment. »Und bei Raffael wäre es sogar die Wahrheit gewesen. – Nein, Christine, zieh dir und mir und uns den Schuh bloß nicht an, denn Vasco ist im Moment so labil, dass er in jedem Mann eine Bedrohung sieht.«

Christine schwieg. Was Karl gesagt hatte, leuchtete ihr irgendwo ein, aber ein kleiner Zweifel blieb.

Und dann sagte sie etwas, was sie sich wohl besser hätte verkneifen sollen. Aber sie war so aufgewühlt, so verunsichert, und sie wusste, dass sie niemals eine endgültige Antwort auf die Frage, ob Karl etwas mit Paola gehabt hatte, bekommen würde, dass sie die Worte einfach hinausschleuderte. Und schon während sie sie sprach, war ihr klar, dass das ein riesiger Fehler war.

»Kann es nicht sein, dass du die Leiche gar nicht verschwinden lassen wolltest, um Raffaels Haut zu retten, sondern deine? Hast du sie vielleicht sogar mit Raffaels Messer umgebracht? Ich weiß es nicht, ich werde es wahrscheinlich nie wissen, aber ich denke, du hast sie gevögelt. Du hattest eine Affäre mit ihr. Und wenn man dein Sperma gefunden hätte, wärst du dran gewesen. Das wolltest du auf alle Fälle verhindern. Vor allem wolltest du nicht, dass ich durch die Polizei davon erfahre.«

Jetzt war es heraus.

Karl sah sie schweigend an.

»Warum sollte ich?«, fragte er tonlos. »Warum, zum Teufel, sollte ich so etwas tun?«

Er rechtfertigte sich nicht weiter, und in seinem Blick lag so viel Verachtung, dass Christine ganz kalt wurde.

»Entschuldige!«, rief sie und wollte ihn umarmen. »So hab ich das nicht gemeint, es ist mir so rausgerutscht, ich bin einfach nur so durcheinander …«

Aber Karl schüttelte sie von sich ab wie eine lästige Fliege und ging davon.

60

Gabriella war glücklich, dass es zumindest einen festen Tag in der Woche gab, an dem sie Gianni sah, wenn er zum Essen kam. Meist kam er am späten Nachmittag, und dann hatten sie Zeit zum Reden, bis er oft erst gegen Mitternacht wieder nach Hause fuhr.

Gabriella überlegte sich jedes Mal ein spezielles Gericht, mit dem sie Gianni eine Freude machen konnte, und es war ihr egal, ob Oma es mochte oder nicht. Meist ging Oma schon nach der Vorspeise in ihr Zimmer, da sie mit dem »fremden jungen Mann«, wie sie sagte, nichts anfangen konnte und er ihr auf die Nerven ging.

Niemals hätte Gabriella gedacht, dass Giannis Auszug in dieses Rattenloch in Siena auch eine gute Seite haben würde. Denn als er noch zu Hause wohnte, hatte es gemeinsame abendliche Gespräche so gut wie nie gegeben. Gianni war entweder nicht zu Hause, oder er bedröhnte sich in seinem Zimmer schlecht gelaunt mit Musik. Wenn sie ihn überhaupt je zu Gesicht bekam, dann nur, wenn er für ein paar Sekunden in der Küche auftauchte, um sich ein neues Bier aus dem Kühlschrank zu holen.

Jetzt war alles anders, und Gabriella hatte sogar den Eindruck, dass Gianni einmal in der Woche gern nach Hause kam. Und sogar Neri bekam von Mal zu Mal einen besseren Draht zu seinem Sohn.

Heute hatte sie einen Hackfleisch-Spinat-Nudel-Auflauf mit überbackenem Käse vorbereitet, weil sie wusste, dass Gianni Aufläufe liebte. Als Vorspeise eine schaumige Zucchinisuppe und als Nachspeise Mandeltörtchen mit Vanillecreme.

Jedes Mal brachte ihr Gianni eine Kleinigkeit mit. Und wenn es nur eine wilde Rose aus einem Busch am Straßenrand oder zwei Pralinen waren. Gabriella kannte ihren aufmüpfigen und mauligen Sohn von früher nicht wieder – er hatte sich vollkommen verändert.

Nachdem ihn ein Wahnsinniger in eine Falle gelockt, vergewaltigt und fast getötet hatte, hatte er wochenlang im Koma gelegen, aber jetzt war er ein anderer Mensch. Vielleicht würde es sogar funktionieren, wenn er wieder zu Hause wohnte, aber Gabriella wusste, dass eine Rückkehr nie gut war. Sicher lag die veränderte Stimmung im Hause Neri auch daran, dass Gianni seinen Vater viel mehr schätzte und achtete als früher, denn schließlich war es Neri gewesen, der den international gesuchten Mörder, der sich an Gianni vergangen hatte, identifiziert hatte.

Noch heute war Gabriella aufgrund dieser Geschichte stolz auf ihren Mann. Sein Problem war eben, dass er von aller Welt verkannt und unterschätzt wurde, dabei hatte er mehr auf dem Kasten, als alle dachten.

Bereits bei der Vorspeise verzog Oma das Gesicht, als hätte sie eine bittere Tablette im Mund. »Ist da Fisch in der Suppe?«, fragte sie.

Gabriella, der die beinahe tägliche Fischdiskussion zum Hals heraushing, stöhnte auf. »Nein, Oma. Das ist eine reine Zucchinisuppe. Jede Menge Zucchini, Zwiebeln, Gewürze, Wasser und Sahne. Alles gut durchgekocht und püriert. Ende.

Mit Fisch hat die Suppe nichts zu tun. Ich würde es dir schon sagen, wenn es so wäre.«

»Du kannst mir ja viel erzählen, wenn der Tag lang ist«, grummelte Oma, aß aber langsam weiter.

»Gianni, wusstest du, dass das Kindermädchen im Castelletto Sovrano, Paola, die dort seit zwei oder drei Jahren arbeitet, verschwunden ist?«, fragte Neri, um ein Gespräch zu beginnen.

»Nee.« Gianni schlürfte ein bisschen, was Gabriella als Zeichen interpretierte, dass es ihm schmeckte. Und als sein Teller noch nicht ganz leer war, tat sie ihm bereits mehr Suppe auf. Gianni protestierte nicht.

»Hast du Paola eigentlich mal kennengelernt?«

»Nein, nie. War sie denn bei Omas Fest da?«

»Bei was?«, fragte Oma, aber niemand ging darauf ein.

»Nein, da war sie bereits verschwunden. Also hast du sie nie gesehen?«

»Nein. Woher weißt du, dass sie verschwunden ist?«

»Ihr Freund, mit dem sie zusammenlebt, hat eine Vermisstenanzeige aufgegeben, und jetzt muss ich mich darum kümmern. Aber dieser Vasco ist ein widerlicher Kerl, ein richtig brutaler Typ. Ich kann jede Frau verstehen, die vor ihm das Weite sucht.«

»Vasco …« Gianni überlegte. »He, Moment, ich war vor zwei Tagen in Ambra in der Bar, und da saß ein Typ, ziemlich groß, breit und derb. Er redete mit drei Männern, und die nannten ihn Vasco. Ich erinnere mich an ihn, weil er weinte. Unentwegt. Er trauerte um seine verlorene schöne Frau. Ich hab die Sache sofort wieder vergessen, aber wenn das der Vasco ist, den du meinst – nee, der würde seine Frau nicht umbringen. Niemals. Der ist vollkommen am Boden zerstört. So wie der drauf war, kommt der ohne die Frau nie wieder auf die Füße.«

Neri schwieg. Er hatte einen ganz anderen Vasco erlebt, und er war sich nicht sicher, ob sie beide denselben meinten. Aber schließlich gab es nicht viele Vascos. Zumindest in dieser Gegend hatte er diesen Namen zuvor noch nie gehört.

In dem Moment klingelte das Telefon.

»Geh nicht ran«, sagte Gabriella. »Nicht heute Abend. Schließlich hast du frei!«

»Vielleicht ist es etwas Wichtiges«, meinte Neri nur und ging in den Flur, um das Gespräch entgegenzunehmen.

»Gibt es eigentlich auch noch etwas anderes als diese fürchterliche Fischsuppe?«, fragte Oma.

»Sicher. Kleinen Moment. Gianni hat noch nicht aufgegessen. So lange musst du dich schon noch gedulden.«

»Wer ist Gianni?«

Gabriella hatte es aufgegeben, auf diese und ähnliche Fragen von Oma zu antworten, und reagierte gar nicht.

Gianni grinste und aß seine Suppe auf.

»Noch was?«, fragte Gabriella.

»Dann kann ich nichts anderes mehr essen.«

»Va bene.« Gabriella räumte ab und holte den Auflauf aus dem Ofen.

Neri kam zurück. Er wirkte fahrig und aufgeregt.

»Was ist denn passiert?«, fragte Gabriella.

»Die Spurensicherung hat auf meine Anweisung hin Vascos Wohnung untersucht. Sie haben Blut gefunden und eben die Ergebnisse bekommen: Es handelt sich um Paolas Blut. Und nur eine Querstraße weiter steht ihr Wagen. Ihr Koffer war im Kofferraum, aber offensichtlich hat sie es nicht geschafft, wegzufahren. Da war wohl Vasco schneller, hat sie zurück in die Wohnung geholt und fertiggemacht.«

»Dann hab ich mich wohl getäuscht«, meinte Gianni leise und schüttelte den Kopf. »Obwohl ich es kaum glauben kann. Dieser Mann, der so geweint hat, der bringt seine Freundin nicht um. Niemals.«

»Aber es wird jetzt eng für ihn. Ich habe angeordnet, dass er festgenommen wird. Vielleicht rückt er ja in der Untersuchungshaft endlich mit der Sprache heraus und verrät uns, wo Paola ist.«

Nach dem Essen legte sich Oma ein halbes Stündchen hin, und Gabriella räumte die Küche auf.

»Hast du Lust auf einen kleinen Abendspaziergang? Vielleicht in Richtung San Martino und dann hinauf nach I Tribbi?«, fragte Gianni seinen Vater.

Neri dachte mit Schaudern und Entsetzen daran, dass der Weg hinter San Martino fast nur steil bergauf ging, aber er tat freudig überrascht und erwiderte: »Ja klar, warum nicht? Aber … hat das einen besonderen Grund?«

»Nee. Nur so. Will mal ein bisschen raus.«

Wenige Minuten später sagten sie Gabriella Bescheid, die ebenfalls überrascht die Stirn kräuselte, und gingen los.

Sie liefen langsam, und Neri war froh, dass Gianni keinerlei sportlichen Ehrgeiz entwickelte, den Berg in Rekordzeit hinaufzusteigen.

San Martino lag in rötlich warmer Abendsonne, die Geranien in den Terrakottatöpfen vor den Türen schienen zu glühen, und die alten Männer saßen auf der Straße, einen Stock zwischen den Knien. Wenn ein Auto durch den Ort fuhr, mussten sie aufstehen, so eng war die Gasse. Aber das geschah zum Glück nur sehr selten.

Neri wurde von allen freundlich, aber auch respektvoll gegrüßt. Fast jeder kannte Donato Neri, und man schätzte seine unaufgeregte Art, die Dinge eher zu beschwichtigen als zu dramatisieren.

»Die Leute mögen dich hier«, stellte Gianni fest.

Als sie den Ort hinter sich gelassen hatten, begann der Anstieg.

»Weißt du«, sagte Gianni, »es ist wirklich seltsam. Und ich frage mich, woran es liegt ... Ich meine das jetzt überhaupt nicht kritisch, babbo, darum nimm mir die Frage nicht übel, aber wie kommt es, dass wir beide die Menschen so unterschiedlich einschätzen?«

»Was? Wen meinst du denn?«

»Na, zum Beispiel Vasco. Ich bin hundertprozentig davon überzeugt, dass er seiner Freundin nichts angetan hat, du meinst das Gegenteil.«

»Vergiss nicht, dass er sie regelmäßig verprügelt. Also kann er so ein Herzchen wohl nicht sein. Und alles, was wir in seiner Wohnung gefunden haben, spricht gegen ihn.«

»Ich merke schon, du wirst sauer.« Gianni blieb stehen und sah seinen Vater an.

»Aber überhaupt nicht!« Neri hoffte, dass er nicht rot geworden war.

»Vielleicht hast du ja auch recht, aber mein Bauch sagt mir etwas anderes. Und ich weiß nicht, warum mir mein Bauch *immer* etwas völlig anderes sagt. Zum Beispiel bei diesen Deutschen im Castelletto Sovrano.«

»Das sind ganz prima Leute. Sehr freundlich, ehrlich, pünktlich, sie bleiben nie jemandem etwas schuldig – auf die kann man sich vollkommen verlassen.«

»Mag sein. Die beiden, denen das Castelletto gehört, habe ich nicht näher kennengelernt, da kann ich nichts sagen, aber ich meine den Sohn.«

»Ich hatte den Eindruck, er ist ein netter, anständiger Junge.«

»Nein, babbo«, sagte Gianni ruhig, »das ist er nicht.«

»Ach?«

»Ja. Ich war anderthalb Tage und eine Nacht mit ihm zusammen. Wir sind um die Häuser gezogen, und ich sag dir, der tickt nicht richtig. Bei mir sind sämtliche Warnlampen angegangen. So extrem, dass ich wirklich nichts mehr mit ihm zu tun haben will.«

Neri blieb schnaufend stehen. »Aber ich dachte …«

»Ja, ich dachte auch, das ist ein netter Kerl, aber das war ein Irrtum. Er kann sich sehr sympathisch verkaufen, aber wenn du länger mit ihm zusammen bist, merkst du, wie er in Wahrheit ist. Er ist aufbrausend, ohne Grund und aus dem Stand extrem aggressiv, er hat so etwas Irres im Blick, babbo, und ich glaube, er wäre zu allem fähig.«

»Du weißt, was du da sagst?«

»Na klar. Darum wollte ich ja auch nicht, dass jemand unser Gespräch hört. Auch nicht Mama oder Oma. Vielleicht spüre ich, dass etwas nicht stimmt, seit mir das alles in Montebenichi passiert ist. Vielleicht habe ich jetzt feinere Antennen. Jedenfalls hatte ich Angst vor ihm, babbo, richtige Angst.«

Neri ging langsam weiter. Die ganze Sache gab ihm zu denken. Er konnte jetzt nicht aufgrund eines diffusen Gefühls seines sensiblen Sohnes irgendwelche Aktionen starten, aber er hatte Giannis Warnung zumindest im Hinterkopf. Und wenn Gianni diesen Raffael nicht mehr wiedersehen wollte, dann war das auch okay.

Gianni beobachtete seinen Vater von der Seite und grinste. »Wir können umkehren, wenn dir das lieber ist.«

»Ja, das wäre mir lieber«, meinte Neri, »zumal es auch bald dunkel wird.«

Gianni machte auf dem Absatz kehrt und redete weiter. »Weißt du, in Siena hat er sich ein Messer gekauft. Weil er sein altes verloren hat. Du, das war schrecklich. Das war nicht normal, was er mit diesem Messer angestellt hat. Er hat es gestreichelt wie eine Frau, es war wie ein Liebesspiel, absolut pervers. Und dann wurde er aggressiv und begann wie ein Irrer damit in der Luft herumzustechen. Und dann, babbo, hat er einen ganz komischen Satz gesagt, der mir einfach nicht mehr aus dem Kopf geht. Er hat, um deutlich zu machen, wie toll das Messer ist, gesagt: ›Damit kannst du fünfzigmal zustechen, das bricht nicht ab!‹«

Gianni blieb stehen. »Findest du so einen Satz normal, wenn man sich ein Messer kauft?«

Neri schüttelte den Kopf. »Nein, ganz bestimmt nicht, nein.«

Gianni tippte sich an die Stirn. »Ich sag dir, der Typ ist krank! Also, ich hab mir noch nie ein Messer gekauft, aber ich würde sehen, ob es mir gefällt, ob es gut in der Hand liegt, ob es leicht oder schwer ist und ob der Preis stimmt. Mehr nicht. Aber er hat sich aufgeführt wie ein … wie ein …« Er suchte nach dem richtigen Wort.

»Wie ein *was?*«, fragte Neri.

»Wirklich wie einer, der schon mal richtig zugestochen hat.«

»Ich glaube, jetzt übertreibst du.«

»Vielleicht.« Gianni lachte. »Ich will auch nicht mehr daran denken. Ich wollte es dir nur erzählen, und ich hoffe, dass *du* diesmal recht hast und nicht ich.«

61

Neri hatte durchgesetzt, dass er Vasco verhören konnte.

Am nächsten Morgen um neun saßen sich die beiden in einem kargen Raum an einem kleinen Tisch gegenüber, und ein Sicherheitsbeamter stand an der Tür.

Vasco hatte gerötete Augen.

Neri hatte sich vorgenommen, außerordentlich freundlich zu Vasco zu sein, wie der gute Onkel, um ihm so viele Informationen wie möglich zu entlocken – falls es da überhaupt noch etwas zu entlocken gab.

»Hast du etwas dagegen, wenn ich unser Gespräch aufzeichne?«

»Kann ich was dagegen haben?«

»Nein.«

»Also, was soll die Frage?«

Das ging ja gut los, dachte Neri.

»Und bitte duzen Sie mich nicht«, fügte Vasco noch hinzu.

Das reichte. Wenn Vasco unbedingt wollte – er konnte auch anders. Wenn er mit dieser Tour anfing, konnte sich Neri seine Freundlichkeit auch verkneifen.

»Hast du Paola umgebracht? Entschuldigung. Haben *Sie* Paola umgebracht?«

So eine gestelzte Sprache war Neri überhaupt nicht gewohnt, und es machte ihn wütend. In Ambra duzten sich alle.

»Nein. Ich bin unschuldig.«

»Natürlich. Das dachte ich mir.«

»Warum haben Sie mich verhaftet? Ich weiß nicht, warum Paola verschwunden ist.«

»Lieber Freund.« Neri holte tief Luft. »Sie hatten mit Ihrer Freundin einen heftigen Streit, weil sie zu viel arbeitet. Va bene?«

»Ja.«

»Obwohl sie ja mehr verdient, wenn sie mehr arbeitet. Stimmt's?«

»Ja.«

»Aber das war Ihnen egal?«

»Ja.«

»Gut. Sie streiten sich mit ihr, und Sie schlagen sie. Richtig?«

»Ja.«

»Sie besaufen sich hemmungslos, und am nächsten Morgen ist Paola verschwunden. So weit stimmt alles?«

»Ja.«

»Neigen Sie zu Gewalttätigkeiten?«

»Nein.«

»Ach was!« Neri genoss den Spott in seiner Stimme. »Mit Arno Montieri haben Sie sich 2006 derart geprügelt, dass Sie beide ins Krankenhaus kamen. Er hatte zwei Rippenbrüche, und Ihnen fehlten drei Zähne.«

»Er hat angefangen.«

»Natürlich. Als Sie sich über eine Predigt aufregten, haben Sie in der Kirche von Rappale vor Wut mit einem Kerzenständer ein Kirchenfenster zerschlagen, und den Wagen des Bäckers von Ambra haben Sie den Berg runterrollen lassen, wo er fünf Meter tiefer zerschellte, weil in dessen Weißbrot ständig handgroße Löcher waren. Richtig oder falsch?«

»Warum haben Sie diese uralten Kamellen ausgegraben?«

Neri reagierte nicht auf die Frage. »Richtig oder falsch?«

»Richtig.«

»Aha. Also sind Sie nicht wirklich ein Unschuldslamm und lösen Probleme gern schon mal mit der Faust.«

Vasco zuckte die Achseln.

»Ich fasse also zusammen: Sie streiten sich mit Ihrer Freundin, schlagen sie krankenhausreif, sie schleppt sich in ihr Zimmer, packt das Nötigste in einen Koffer, Sie betrinken sich gerade, merken aber dennoch, dass sie versucht abzuhauen. Sie rennen ihr hinterher, können es verhindern, dass sie wegfährt, aber ihren Koffer hat sie schon im Auto. Sie zerren sie zurück ins Haus, prügeln sie grün und blau, sie wehrt sich, beschimpft Sie, und schließlich schlagen Sie sie tot. Oder erstechen sie. Oder was weiß ich. Denn woher kommen sonst Paolas Blutspuren in eure Wohnung? War es so?«

»Nein. Ich hab mich mit ihr gestritten, sie ist ins Bett gegangen, und am nächsten Morgen war sie weg. Mehr weiß ich nicht.«

Mammamia, war das ein sturer Hund. Neri wünschte sich mal ein richtig schönes, wasserdichtes Geständnis, das er raffiniert herausgekitzelt hatte, aber das war bei diesem Kerl nicht zu erwarten. Er wusste nicht, wie er weitermachen sollte, als Vasco fragte: »Und wo und wie hab ich Ihrer Meinung nach die Leiche entsorgt?«

»Das frage ich dich«, sagte Neri und grinste. »Scusami für das Du, aber Männer, die ihre Frauen umbringen, kann ich einfach nicht siezen.«

Vasco brach innerlich zusammen.

62

Stella war ein liebes, aber eigenwilliges Kind. Sie hatte ihren eigenen Kopf, war ab und zu störrisch und protestierte vehement, wenn ihr etwas nicht passte. Hin und wieder war sie auch so beleidigt, dass sie eingeschnappt in ihrem Zimmer verschwand und stundenlang nicht wieder herauskam, bis Christine die Nerven verlor, nach ihr sah und versuchte, sich wieder mit ihr zu vertragen.

Stella gewann immer. Und das wusste sie auch ganz genau.

Aber sie war ein Mädchen, das abends gern ins Bett ging, was Christine und Karl großartig fanden, auch wenn sie es überhaupt nicht verstanden. Für kleine Kinder war das eigentlich ungewöhnlich, fand Karl.

Dabei lag es nur daran, dass Stella einfach gern allein war und ihre Ruhe hatte, wenn sie den ganzen Tag von Christine, Karl, Paola oder wie jetzt von Maria bespielt worden war.

Wenn sie endlich für sich war, sah sie sich ihre Märchenbücher an, hörte Kassetten, malte, spielte mit ihren Puppen und genoss es, noch nicht schlafen zu müssen. Und Christine und Karl fanden es in Ordnung, dass sie erst dann einschlief, wenn sie müde war.

So war es auch an diesem Abend. Maria hatte Stella den ganzen Tag genervt, sie hatte ihr Geschichten vorgelesen, aber sie las holprig, betonte falsch und versprach sich bei jedem zweiten Wort, sodass Stella gar nicht richtig zuhören konnte und die Geschichten langweilig fand.

Allmählich konnte Stella Maria überhaupt nicht mehr leiden.

Insofern war Stella richtig froh, als sie nach dem Abendessen endlich allein in ihr Zimmer gehen durfte, wo sie sich nicht mehr langweilen musste und tun und lassen konnte, was sie wollte.

Ihre Mutter hatte ganz grau ausgesehen, als sie mit ihr nach oben gegangen war, ihre Augen waren sehr klein und halb geschlossen gewesen, und sie hatte sich langsam und vorsichtig bewegt.

»Was hast du denn, Mama?«, fragte Stella. »Ist dir nicht gut?«

»Ich habe fürchterliche Kopfschmerzen«, sagte Christine, und ihre Stimme hörte sich schwach und brüchig an. »Ich gehe jetzt auch gleich ins Bett. Morgen sind die Kopfschmerzen sicher wieder weg. Gute Nacht, mein Spatz.«

Sie küsste Stella auf den Mund und auf die Stirn und verließ das Zimmer.

»Gute Nacht, Mama«, murmelte Stella vergnügt. »Buonanotte, schlaf schön …« Und dann schaltete sie eine ihrer Hörspielkassetten ein.

An diesem Abend hatte die düstere, lilafarbene Wolkenwand, die aus dem Norden immer näher zu kommen schien, die Gäste mehr fasziniert als die Abendsonne, die in westlicher Richtung eher unspektakulär hinter den Hügeln und Bergen verschwand. Aus dem kitschigen, unwirklichen Violett dieser Wand wurde jetzt Schwarz, und Wind kam auf.

Nur wenige Minuten später fielen die ersten schweren Tropfen, und Hektik brach aus. Alle liefen mit ihren Jacken und Taschen, mit ihren Gläsern und den noch nicht leer gegessenen Tellern hastig in den Frühstücksraum, um von dem drohenden Wolkenbruch nicht erwischt zu werden, und als sich die Gäste in Sicherheit gebracht hatten, blitzte und donnerte es wie aufs Stichwort.

»Lass uns nach oben in unsere Küche gehen«, sagte Karl zu Raffael. »Da können wir in Ruhe eine Flasche Wein trinken, und wenn du noch Hunger hast – wir haben auch dort einiges im Kühlschrank.«

Anstelle einer Antwort nahm Raffael sein Glas, die angebrochene Flasche und ein Töpfchen mit Oliven und folgte Karl.

Raffael war müde, er trank bereits innerhalb der letzten drei Stunden seine zweite Flasche Wein, aber davon hatte sein Vater natürlich keine Ahnung.

Dazu kam, dass ihm das Gewitter und die unerträgliche Schwüle auf den Kopf drückten. Er fühlte sich dumpf und schwer und wusste, dass er an diesem Abend weniger vertragen würde. Und wenn er weiter trank, würden die Kopfschmerzen morgen seinen Schädel sprengen. So viel war klar.

Er musste an Stella denken, die nach dem Abendessen an der Hand ihrer Mutter in den Turm gegangen war, sich aber vor der schweren Haustür noch einmal umgedreht, gelacht und ihm zugezwinkert hatte. Und dann hatte sie ganz eigentümlich gewunken, so als würde ihre kleine Hand wie eine gefräßige Muschel schnell auf- und zuklappen.

Ihr Lächeln und ihr Zwinkern gingen ihm nicht aus dem Kopf. Dies hatte eindeutig ihm gegolten, und er hatte Sehnsucht nach ihr.

Raffael ließ sich auf einen Stuhl fallen, spreizte die Beine und legte einen Arm von sich gestreckt, aber angewinkelt über die Lehne. Seine Haltung wirkte provozierend arrogant.

Karl tat, als bemerke er es nicht. Er öffnete eine Flasche Wein, stellte zwei Gläser hin, und obwohl Raffael sein Glas und die halb volle Flasche von unten mitgebracht hatte, fragte er, während er seine Flasche hochhielt: »Möchtest du?«

»Sicher.«

Karl schenkte ein.

Raffael trank einen Schluck. »Dieses Castelletto, dieser Turm, der Hof, eigentlich alles und auch die ganze Gegend hier, das muss einem doch im Winter tierisch auf den Sack gehen, oder? Was macht ihr denn dann hier den ganzen Tag, wenn kein Schwein da ist, das ihr betütteln und bekochen könnt?«

Karl dachte überhaupt nicht daran, auf die Frage zu antworten.

»Hör zu«, sagte er ruhig. »Es hat keinen Zweck, dass du hierbleibst. Es funktioniert nicht, und ich will es nicht. Ich hab es dir schon einmal gesagt, und ich meine es ernst. Morgen früh bringe ich dich zum Bahnhof. Und wenn du kein Geld hast, finanziere ich dir die Fahrt nach Hause.«

Raffael sagte nichts.

»Wo ist dein Zuhause? Du hast mal gesagt, in Berlin?«

Raffael zuckte die Achseln. »Mal hier, mal dort.«

»Dann bist du also kein technischer Leiter am Berliner Ensemble.«

»Nein!«, schrie Raffael. »Nein, bin ich nicht! Bist du nun zufrieden? Das ist es doch, was du die ganze Zeit wissen wolltest, nicht? Dass ich keinen Job, kein Geld und keine Wohnung habe. Dass ich nirgends zu Hause bin und nicht weiß, wohin. Dass ich noch nicht mal von Hartz IV lebe, sondern von dem, was ich mir zusammenschnorre oder zusammenklaue. Und jetzt fühlst du dich noch großartiger als vorher, oder? Jetzt hast du zumindest deine Bestätigung, dass nichts aus einem werden kann, wenn man mit sechzehn aus dem Internat abhaut, in das die Eltern einen abgeschoben haben. Weil man lästig war. Weil man störte. Weil ihr kein Kind gebrauchen konntet, das nicht perfekt war, sondern Svenjas Tod nicht verkraftet hatte. Das ist es doch, was ihr einfach nicht mehr sehen wolltet. Stimmt's? Weg damit! Weg mit dem Jungen! Tschüss, Raffael!« Er machte eine wegwischende Handbewegung und fegte die neu geöffnete Flasche Rotwein vom Tisch.

Der Wein ergoss sich über den Fußboden.

Karl stand schweigend auf, wischte den Rotwein auf und öffnete eine neue Flasche. Dabei sagte er keinen Ton.

»Wir dachten, dass es dir dort besser geht als bei uns. Denn mit uns hast du ja nicht mehr geredet. Du warst völlig vereinsamt und hast dich in dich verkrochen. Wir hofften, dass du im Internat vielleicht Kontakt zu anderen Kindern haben würdest.«

»Dafür musste ich mich dort zweimal in der Woche vom Direktor in den Arsch ficken lassen. War das toll? War das toll?« Raffael sprang auf und lachte schrill. Dann rannte er wie ein Irrer in der Küche hin und her, nahm den Rotwein und trank hastig direkt aus der Flasche. Als er absetzte und seinen Vater ansah, hatte er glasige, rote Augen. »Aber es hat euch nicht interessiert, was mit mir los ist! Stimmt's? Die paar Mal, als ihr gekommen seid, um mich zu besuchen … Das war nur eine leidige Pflichtübung. Habt ihr nicht gemerkt, wie beschissen es mir ging, ihr Arschlöcher?«

»Nein, das haben wir nicht.« Karl versuchte ruhig zu bleiben und wünschte sich, Christine wäre hier. In solchen Situationen fand sie viel eher die richtigen Worte als er.

»Und jetzt?«, brüllte Raffael. »Jetzt störe ich schon wieder, oder wie? Jetzt wollt ihr mich rausschmeißen? Wollt mich schon wieder loswerden! Willst du, dass ich abhaue, damit du weiter in Ruhe mit Paola vögeln kannst?«

»Stopp mal!«, sagte Karl und war in diesem Moment doch froh, dass Christine bei dem Gespräch nicht dabei war. »Ganz ruhig. So können wir uns nicht unterhalten. Was willst du? Was willst du machen? Was willst du mit deinem Leben anfangen? Wo willst du überhaupt leben?«

»Scheiße! Das weiß ich nicht! Ich hab kein Geld, keine Wohnung, keine Idee! Wie oft willst du das noch hören? Scheiße!«

»Bist du gekommen, um hier bei uns zu leben? Um hier den ganzen Tag zu pennen und dich dann abends volllaufen zu lassen? Das kannst du dir abschminken!«

Was sein Vater gesagt hatte, nahm Raffael für den Bruchteil einer Sekunde den Wind aus den Segeln. Dann schnaufte er, trank einen großen Schluck und schleuderte Karl die Worte direkt ins Gesicht. »Und wennschon. Du kannst nichts daran ändern. Ich bin dein Sohn. Ich kann hierbleiben, so lange ich will.«

»Das werden wir ja sehen.«

»Ja, genau. Das werden wir sehen.«

Die beiderseitige Feindseligkeit war offensichtlich.

»Hast du Paola umgebracht, Raffael?«

Das saß. Raffael war verstummt.

»Sag's mir!«

Raffael knabberte hektisch an seinem Daumennagel.

»Wir haben ihre Leiche gefunden.«

Raffael wurde blass.

»Und dein Messer.«

Raffael wirkte jetzt fahrig und unsicher.

»Ja. Wahrscheinlich. Ich weiß nicht mehr. Ich war total besoffen. Ein bisschen mehr als jetzt. Aber auch das weiß ich kaum noch. Verflucht noch mal! Wieso ist das so wichtig?«

»Weil du nicht mehr mein Sohn bist, Raffael! Mit so einem kaputten Monster will ich nichts zu tun haben. Mach eine Therapie, geh in eine Klinik, was weiß ich, dann kannst du wiederkommen, vorher nicht. Stell dich der Polizei und übernimm die Verantwortung! Und dann werde ich sehen, ob ich dich wiedererkenne. So bist du mir einfach nur fremd. Und widerwärtig.«

Raffael stützte sich mit beiden Armen auf den Tisch und stierte seinen Vater an, aber sein Blick ging ins Leere. Er sah ihm nicht in die Augen.

»Was bin ich? Sag das noch mal, du Arsch.«

»Du bist krank, Raffael. Und darum bist du zwangsläufig ein Versager. Ein kranker Versager. Das musst du kapieren, und dann kannst du auch etwas dagegen tun.«

»Willst du mich mit diesen ganzen Psychos in einen Topf werfen, die zu irgendwelchen Seelenklempnern rennen und ihnen was über ihre verkorkste Kindheit vorheulen?«

»Das hast du eben selbst getan.«

»Und? Was sagst du zu dem lieben Dr. Krüger im Internat? Wie findest du den?«

»Was soll *ich* tun? Hinfahren und ihn zusammenschlagen?«

»Zum Beispiel. Das wär doch mal was.«

»Du bist erwachsen, Raffael. Das musst du schon selbst tun.«

»Was glaubst du, wen ich schon alles zusammengeschlagen habe! Du hast ja keine Ahnung!«

»Zeig den Direktor an, Raffael. Roll die ganze Sache auf! Erinnere dich und gib zu Protokoll, was dir passiert ist! Das wäre ein erster Schritt. Und wesentlich wirkungsvoller, als dem Typen die Zähne auszuschlagen. Werde endlich erwachsen, verdammt! Mach eine Entziehungskur und tu, was ein erwachsener Mensch für sich tun muss!«

Die Tränen schossen Raffael in die Augen. »Wenn du wüsstest, wie du mich ankotzt mit deinen Moralpredigten, deiner Selbstgerechtigkeit, deiner ganzen Klugscheißerei!« Er schluchzte und trank eine Viertelflasche Rotwein in einem Zug. »Wenn du wüsstest, wie du mir auf die Nerven gehst! Ihr alle hier. Da kann man ja nur saufen, weil man sonst verrückt wird.«

»Dann hau ab, bring dein Leben in Ordnung und komm wieder, wenn du ein Mann bist!«

»Es geht mir um Stella, verstehst du? Um meine Schwester. Endlich habe ich sie wiedergefunden. Und ich lasse sie nicht noch einmal von euch kaputt machen. Ganz bestimmt nicht. Und darum werdet ihr mich nicht los. Weil Stella mich braucht.«

»Komm zu dir, Junge. Stella hat mit Svenja nichts zu tun!«

Raffael heulte wie ein Schlosshund. Sein Gesicht war rot und geschwollen, und er ruderte mit den Armen in der Luft herum.

»Ich hasse dich!«, schrie er. »Ich hasse dich, weil du nichts, aber auch gar nichts begriffen hast.«

Jetzt war es genug. Das Gespräch hatte keinen Sinn mehr. Morgen würde er sich schon nicht mehr daran erinnern. Karl spürte, dass er dem Ganzen unbedingt ein Ende machen musste. Das war keine Unterhaltung zwischen Vater und Sohn, sondern der Zusammenbruch eines Kranken, der mit Alkohol im Kopf völlig von Sinnen war und die Kontrolle verlor.

»Ich bring dich jetzt in dein Zimmer. Und morgen fährst du zurück nach Berlin.«

Er wollte beruhigend den Arm um ihn legen und ihn aus der Küche führen, aber Raffael machte einen Schritt zurück, stieß mit dem Rücken an eine Ecke des Küchenschrankes, schrie auf vor Schmerz, riss sein Messer aus der Tasche und ließ die Klinge herausschnellen.

»Rühr mich nicht an!«

Karl hob abwehrend die Hände. »Schon gut, schon gut.« Und seltsamerweise hatte er nicht die geringste Angst.

»Kein Mensch kann mir befehlen, was ich zu tun und zu lassen habe! Keiner! Verstehst du? Und du bist der Letzte. Dir hör ich gar nicht mehr zu. Ich bin nicht mehr dein Sohn – gut, dann bist du auch nicht mehr mein Vater. Ich bin jetzt hier. Ich lebe jetzt hier. Ich bin verantwortlich für Stella, und ich werde euch sagen, was zu machen ist. Ich werde mich um sie kümmern, ich werde diesen ganzen Scheißladen hier auf Vordermann bringen, und ich lasse mir von niemandem mehr etwas sagen. Du hast das Recht verwirkt, überhaupt noch mit mir zu reden! Du bist der Abschaum! Der letzte Dreck! Du betrügst Mama nach Strich und Faden, du Schwein. Und du denkst, das weiß keiner. Ich weiß, dass du Paola gevögelt hast, und ich werde dafür sorgen, dass auch Mama das erfährt. Deine weiße Weste ist völlig eingesaut, aber du spielst dich hier auf, als wärst du der Größte. Nee, mein Lieber! Du hast ausgespielt.«

Karl hatte diesem Aufschrei fassungslos und widerspruchslos zugehört.

Daher traf es ihn völlig unvorbereitet.

Raffael stieß ihm das Messer in den Bauch.

Karl brach zusammen.

»Fahr zur Hölle«, sagte Raffael und lief aus der Küche.

63

Christine schlief unruhig.

Plötzlich schreckte sie hoch. Irgendetwas hatte fürchterlich gekracht. Eine Tür? Oder ein Fenster im Wind?

Sie knipste die Nachttischlampe an. Karl war noch nicht im Bett. Vielleicht war er ins Bad gegangen, und die Tür war ihm aus der Hand gefallen. Jetzt im Sommer, wo auch nachts alle Fenster offen blieben, zog es ständig durchs Haus, und oft flogen die Türen schneller zu, als man es verhindern konnte.

Es war sicher alles in Ordnung.

Ihre Kopfschmerzen waren fast verschwunden. Sie drehte sich auf die Seite, schlang das leichte Laken eng um ihren Körper und versuchte wieder einzuschlafen, aber es gelang ihr nicht.

Das hast du nun davon, wenn du so früh ins Bett gehst, jetzt liegst du die halbe Nacht wach, dachte sie. Eigentlich hatte sie gehofft, mal neun oder zehn Stunden richtig tief und fest durchzuschlafen, um endlich einmal wirklich erholt zu sein. Dies war ihr schon seit Wochen nicht mehr gelungen.

Stella. – Und Raffael, der ihr unheimlich war, der ihr Angst einjagte und für den sie vergeblich ihre mütterlichen Gefühle suchte. Der einer jungen Frau die Kehle durchschnitt und hinterher nichts mehr davon wusste. Sie war im Schwebezustand, alles war aus den Fugen, ihre Sicherheit war dahin.

Ihre Gedanken überschlugen sich, drehten sich im Kreis, die Szenarien ihrer Fantasien wurden immer schlimmer.

Schließlich stand sie auf.

Ich muss nach Stella sehen, dachte sie. Wenn ich weiß, dass mit ihr alles in Ordnung ist, bin ich beruhigt und kann sicher wieder einschlafen.

Barfuß ging sie die Treppe hinunter zu Stellas Zimmer. Jetzt im Hochsommer waren die kühlen Steine des alten Gemäuers an den Füßen richtig angenehm.

Sie öffnete die Tür.

Das Licht des Flurs genügte, um das Zimmer schwach zu beleuchten, sie wollte die Deckenlampe nicht anschalten, um Stella nicht zu wecken.

Ihr kleines Mädchen lag friedlich im Bett und schlief.

Ein Seufzer der Erleichterung entfuhr Christine, dann schloss sie leise die Tür und ging wieder hinauf in ihr Schlafzimmer.

Raffael, der sich blitzschnell hinter der offenen Tür verborgen hatte, hatte sie nicht bemerkt.

Als seine Mutter wieder zurück in ihr Zimmer ging, lächelte Raffael und setzte sich zu Stella ans Bett.

64

Aber die Unruhe blieb.

Sosehr sie auch versuchte, sich zu entspannen, sie konnte nicht einschlafen. Irgendetwas stimmte nicht.

Wo war Karl? Warum war er noch nicht im Bett? Sie schaltete erneut die Nachttischlampe ein und sah auf die Uhr. Fast Mitternacht. Eigentlich noch gar nicht so spät. Raffael ging vor drei Uhr morgens nie ins Bett.

Sie stand auf und sah aus dem Fenster. Im Hof war es dunkel und still. Nach dem Gewitter war niemand mehr nach draußen zurückgekehrt.

Jetzt spürte sie auch, dass sich die Luft merklich abgekühlt hatte.

Aber wo war Karl? Saß er im Wohnzimmer und las? Eigentlich war er ein Mensch, der nicht gern las, und wenn er es doch tat, schaffte er nie mehr als drei Seiten, dann schlief er. Der Fernseher war auch aus. Sie hätte ihn auf dem Weg zu Stellas Zimmer hören müssen. Und die Tür zum Bad stand offen. Daran erinnerte sie sich ganz genau. Das Bad war dunkel und leer gewesen.

Karl saß wahrscheinlich noch mit Raffael in der Küche, und dort ertranken die beiden im Rotwein und fanden kein Ende.

Sie hatte den ganzen Abend verpasst, und plötzlich hatte sie Lust, auch noch ein Glas Rotwein und mindestens einen halben Liter Wasser zu trinken. Denn erst jetzt spürte sie, wie durstig sie war. Ihr Hals war trocken, und sie hatte einen schlechten Geschmack im Mund.

Christine zog ihren dünnen, seidigen Morgenmantel an und ging die Treppe hinunter in die Küche.

»Karl?«, sagte sie fragend, als sie die Tür öffnete.

Die Küche lag still und verlassen. Allerdings waren die Lampen über der Arbeitsplatte und dem Esstisch eingeschaltet.

»Karl?«, fragte sie noch einmal.

Statt einer Antwort hörte sie ein schwaches Röcheln.

Instinktiv schaltete sie die Deckenbeleuchtung ein, die sie nicht ausstehen konnte, weil sie ihr viel zu hell war, lief in die Mitte der Küche – und da sah sie ihn zwischen Esstisch und Herd auf dem Boden liegen. Auf der Seite und gekrümmt. Vor seinem Bauch eine Blutlache.

Sie fiel vor ihm auf die Knie und nahm seinen Kopf in beide Hände. »Karl! Hörst du mich? Sag was!«

Vorsichtig drehte sie ihn auf den Rücken und zog sein T-Shirt hoch. Den Einstich sah sie ganz deutlich. Raffael, dachte sie augenblicklich. Er hat versucht, ihn umzubringen.

Sie beugte sich über ihn, versuchte seinen Puls zu fühlen, aber ihre Hände zitterten so stark, dass sie nichts spürte.

»Karl, Liebster, lebst du noch?«, schluchzte sie. Dann legte sie ihr Gesicht nahe an seins, war mit ihrer Nase direkt an seiner, und dabei spürte sie einen ganz schwachen Luftzug.

Er lebt noch, dachte sie, Hilfe, was mach ich jetzt?

Panik erfasste sie, und sie konnte nicht mehr klar denken. Ich darf jetzt keinen Fehler machen, sonst stirbt er, bitte, lieber Gott, rette ihn, lass ihn hier nicht sterben, bitte, bitte nicht! Wo ist das Handy? Wo, um Himmels willen, ist mein Handy?

Sie sah flüchtig über den Küchentisch. Dort standen leere Rotweingläser und eine fast leere Flasche, aber kein Handy. Auf dem Küchenschrank, wo sie normalerweise Handys oder Schlüssel ablegten, wenn sie hereinkamen, lag auch nichts.

Oh Gott, ich brauche ein Handy! Aber Karls Handy war immer irgendwo. Er ließ es überall herumliegen und suchte es ständig, in der Hosentasche hatte er es fast nie. Sie durfte jetzt keine Zeit verlieren. Wahrscheinlich war ihr Handy oben im Turm in der Jeans.

So schnell sie konnte, rannte sie die Treppe hinauf. Oben angekommen, überschlug sich ihr Atem, ihre Lunge fühlte sich an, als würde sie sich in ihrem Brustkorb einmal um sich selbst drehen, aber sie versuchte es zu ignorieren und suchte ihr Handy.

Da, endlich! Es war in der Jeans.

In ihren Schläfen pochte es. 118 dachte sie, das ist die Rettung. Oder 112, die Polizei.

Als Erstes wählte sie 118. »Bitte kommen Sie schnell!«, schrie sie ins Telefon, als sich die gelangweilte Stimme eines Menschen, der sicher nur ungern geweckt worden war, meldete. »Castelletto Sovrano. Nahe San Rocco. Mein Mann ist niedergestochen worden. Er hat viel Blut verloren, er blutet! Bitte kommen Sie schnell, beeilen Sie sich!«

»Atmet er noch?«, fragte die Stimme.

»Ja, schwach. Ich habe Angst, dass er stirbt!« Sie konnte das Handy kaum am Ohr halten, so zitterte sie.

»Castelletto Sovrano?«

»Ja! Mein Gott, wir haben keine Zeit!«

»Wann ist Ihr Mann verletzt worden?«

»Ich weiß es nicht!«, heulte Christine. »Ich habe geschlafen und ihn eben erst gefunden!«

»Wenn es geht, versuchen Sie die Blutung zu stoppen. Legen Sie einen Druckverband an. Wenn die Stiche im Bauch sind, drücken Sie ein sauberes Handtuch in die Wunde. Wir sind unterwegs.« Er legte auf.

Christine zog sich Jeans und T-Shirt an und rannte zurück in die Küche.

Sie betrachtete die Wunde und bildete sich ein, dass kein frisches Blut austrat, aber das konnte natürlich auch bedeuten, dass der Bauchraum vollllief.

»Kannst du mich hören, Liebster? Sag doch was! Bitte, sag was!«

Karl rührte sich nicht. Er röchelte auch nicht mehr.

»Halt durch!«, flüsterte sie. »Die Ambulanza ist unterwegs. Sie müssen gleich hier sein, sie geben dir eine Infusion und bringen dich ins Krankenhaus, und dann ist alles wieder gut.«

Seine Hand war kalt. Sie wärmte sie zwischen ihren Händen und streichelte sie.

»Es wird alles wieder gut. Ganz bestimmt. Du musst nur daran glauben. Verlass mich nicht, Karl, bitte, ich liebe dich doch so sehr.«

Und dann weinte sie, bis die Männer vom Rettungsdienst in den Hof gefahren kamen.

Sie untersuchten Karl in Windeseile. »Sein Puls ist schwach, aber vielleicht schafft er es«, sagte der Sanitäter, während ihm der Notarzt einen Venenzugang legte und ihn an den Tropf hängte.

»Wir bringen ihn nach Siena«, sagte der Arzt. »Kommen Sie mit?«

»Nein. Ich kann meine Tochter nicht allein lassen. Ich komme morgen früh. Bitte rufen Sie mich an, wenn Sie etwas wissen.«

Der Arzt nickte.

Auf einer Trage transportierten sie Karl die Treppe hinunter, schoben ihn in den Wagen der Ambulanz und fuhren ohne Martinshorn, aber mit eingeschaltetem Blinklicht davon.

Er wird es schaffen, dachte Christine. Er ist stark, und er will leben. Und ich schwöre, dass ich mich nie mehr, in diesem ganzen Leben nie, nie, nie mehr mit ihm streiten werde.

Ihr schossen schon wieder die Tränen in die Augen.

Dann ging sie hinauf, um noch einmal nach Stella zu sehen. Vielleicht war sie durch die Unruhe im Haus aufgewacht.

Leise drückte sie die Klinke hinunter und öffnete die Tür.

Wie schon beim ersten Mal erhellte der Lichtschein aus dem Flur das Zimmer notdürftig.

Das Bett war leer.

Stella war nicht mehr da.

65

Raffaels Zimmer lag auf demselben Flur wie Stellas.

Christine riss die Tür auf und schaltete das Licht an.

Auch Raffaels Zimmer war leer, was sie überhaupt nicht verwunderte. Sie hatte es nicht anders erwartet: Raffael war mit Stella unterwegs. Mitten in der Nacht. Unmittelbar nachdem er seinen Vater niedergestochen hatte.

Was hatte er vor?

Sie überlegte fieberhaft, um keine Zeit dadurch zu verlieren, dass sie an den falschen Stellen suchte. Jetzt zählte jede Minute.

Im Castelletto waren sie sicher nicht. Turm und Hof waren leer, und warum sollten sie nachts in den Weinkeller gehen oder sich in Paolas Appartement, dem einzigen, das nicht vermietet war, verstecken? Das machte keinen Sinn.

Aber was machte es überhaupt für einen Sinn, wenn man ein kleines Mädchen nachts aus seinem Bett holte?

Sie brauchte eine Taschenlampe. Die stärkste Taschenlampe, die sie im Haus hatten. Aber Taschenlampen waren ein Problem. Die mit Batterien waren immer schwach, die Solarlampen waren grell, funktionierten aber nur kurze Zeit, die Akkulampen waren immer leer, weil niemand daran dachte, sie aufzuladen.

Aber ihr fiel ein, dass in Karls Auto noch eine nagelneue Stablampe lag, die er im Winter benötigte, wenn die Außenbeleuchtung des Castellettos ausgeschaltet war.

Christine schob ihr Handy in die Hosentasche und rannte hinaus.

In diesem Moment fiel ihr ein, dass Karls Wagen vielleicht gar nicht da war, wenn Raffael damit weggefahren war. Egal. Sie musste nachsehen.

Aber beide Autos standen auf dem Parkplatz hinter dem Castelletto. Raffael war also mit Stella zu Fuß unterwegs.

Mein Gott, was für ein Wahnsinn!

Die große Stablampe fand sie auf Anhieb und fühlte sich damit gleich sicherer.

Christine hielt inne und überlegte. Wo konnten die beiden sein? Wo konnte Raffael Stella hingebracht haben, und warum?

Ihr fiel nichts ein. Absolut gar nichts. Es war alles so absurd.

Er ist verrückt, wahnsinnig und gefährlich, dachte sie. Er hat Karl umbringen wollen, er ist wie im Rausch und wahrscheinlich vollkommen betrunken. Und er wird sich Stella sicher nicht geholt haben, um ihr Märchen vorzulesen.

Sie spürte, dass schon wieder Panik in ihr hochkam. Vielleicht sollte sie die Carabinieri rufen! Ihre Tochter war mitten in der Nacht entführt und ihr Mann fast ermordet worden. Aber vor der Morgendämmerung würden sie nicht anfangen zu suchen. Das war viel zu spät.

Und während sie dies alles überlegte, hatte sie gar nicht gemerkt, dass sie bereits lief. Am Pool vorbei und hinein in die Weinberge. Den Weg, den Karl immer benutzte, wenn er im Weinberg zu tun hatte, und es war auch der Weg, auf dem Raffael schon einmal mit Stella spazieren gegangen war. Jedenfalls hatte Stella das erzählt.

Den kannte er also, und deshalb war es für ihn sicher leicht, sich dort in der Dunkelheit zu orientieren.

Sie lief und lief. Die Angst um Stella gab ihr Kraft, Herz und Lunge brachten Höchstleistungen.

Die Hütte wurde ihr erst bewusst, als sie urplötzlich davorstand. Ganz dunkel erinnerte sie sich. Ja, das war Siros Hütte. Als er noch lebte, hatten sich die Arbeiter während der Weinlese immer hier getroffen. Aber nach Siros Tod war die Hütte verwaist. Sie hatte sich nie dafür interessiert. Karl hatte ein paarmal den Versuch unternommen, die Hütte zu kaufen, aber er war an Siros heillos zerstrittenen Erben gescheitert. Also hatte sie die Hütte einfach vergessen.

Sie leuchtete das kleine Haus ab. Im Inneren war alles dunkel. Natürlich war hier niemand. Wahrscheinlich war das Haus auch völlig verrammelt.

Ohne irgendetwas zu erwarten, drückte sie eher gedankenlos auf die Klinke der Haustür, und die Tür ging auf.

Christines Herz begann höher zu schlagen.

»Hallo, ist da jemand?«, rief sie zaghaft und leuchtete durch den Flur, aber es blieb totenstill. Nur in den verholzten Rosmarinbüschen vor den Fenstern zirpten die Grillen.

Sie drückte auf den Lichtschalter und traute ihren Augen kaum, als wahrhaftig Licht brannte. Irgendwer musste doch den Strom bezahlen? Und wie lange war Siro schon tot? Zwei Jahre? Drei Jahre? Sie erinnerte sich nicht.

Die Stablampe schaltete sie jetzt aus, aber sie hielt sie wie einen Schlagstock in der Hand und ging vorsichtig durchs Haus.

In der Küche standen benutzte Wein- und Wassergläser in der Spüle, im Mülleimer steckten vier leere Flaschen von ihrem Weingut.

Christine wurde flau im Magen. In diesem Haus hatten sich offensichtlich noch vor kurzer Zeit Menschen aufgehalten. Seit Jahren verlassene Häuser sahen anders aus.

Im Bad sah sie in die Toilette. Sie war sauber und nicht gelblich verkalkt. Wenn eine Toilette lange nicht benutzt wurde und das Wasser darin stand, bildeten sich immer dunkle Ränder. Hier nicht. Diese Toilette wurde also regelmäßig benutzt.

Christine schluckte, und dann öffnete sie die nächste Tür. Offensichtlich das Schlafzimmer. Dort gab es eine uralte, tiefschwarze Kommode, einen ebenso alten, verblichenen ovalen Spiegel, der wie auf einem Stativ in der Ecke stand, und ihm gegenüber ein Doppelbett. Und darauf zerwühltes Bettzeug.

Sie kannte es genau. Denn es gehörte ihr.

Christine wurde übel. Sie löschte das Licht und verließ das Haus fluchtartig.

Nein, redete sie sich ein. Es ist nichts. Es ist alles okay. Denn das wäre dreist. So nahe am Haus, so offensichtlich, und dann in unserer Bettwäsche ... Ich hätte jederzeit durch Zufall vorbeikommen können. Nein – hör auf so zu denken, es ist alles gut, alles gar nicht wahr, du hast jetzt andere Sorgen.

Sie schaltete das helle Licht der Stablampe wieder ein und ging weiter. Leuchtete nicht nur den Weg, sondern auch die Umgebung ab, um vielleicht irgendetwas zu entdecken, das auf Raffael und Stella hinweisen könnte.

Und da fiel das Licht auf die Scheune schräg hinter Siros Hütte.

An die hatte sie auch überhaupt nicht mehr gedacht. Ja, stimmt, da war mal etwas gewesen.

Und bei diesem Gedanken hörte sie vor Schreck auf zu atmen und stand einen Moment ganz still.

Irgendetwas war da. Irgendwelche Geräusche. Andere als das laute Zirpen der Grillen. Es kam aus der Scheune.

Das Entsetzen und die Angst überschwemmten sie mit Macht. Es war wie ein Déjà-vu. Die Bilder, die sie schon glaubte, ausradiert zu haben, explodierten in ihrem Kopf: Svenja, wie sie in der Scheune hing, und Raffael zwischen den sterbenden Schafen, auf die er eingestochen hatte.

Und jetzt hier diese Scheune in der Nacht.

Sie stürzte los und wusste nicht, ob sie die Kraft haben würde, das, was sie erwartete, zu ertragen.

66

Die Scheune war voller Schafe. Offensichtlich hatte der Bauer oder Schäfer sie hier vor dem Gewitter in Sicherheit gebracht.

Eine Petroleumlampe brannte und baumelte an der Decke.

Auf einem Schemel saß Raffael, mit dem Rücken zur Tür.

Er musste gehört haben, dass sie die schwere Holztür aufschob, aber er hatte nicht reagiert. Drehte sich nicht um.

Doch sie hörte, dass er leise vor sich hin summte. Eine einfache Melodie, die sie nicht kannte.

Sie konnte sich nicht erinnern, Raffael jemals singen oder summen gehört zu haben.

Die Schafe schliefen, aber sie bewegten sich, grummelten im Schlaf, schoben sich hin und her und rieben sich aneinander. Das waren die Geräusche, die sie gehört hatte.

Und zwischen den Schafen lag Stella. In Embryonalhaltung. Unbeweglich. Wie eine Fehlgeburt. Zugedeckt mit einer alten, zerrissenen Pferdedecke.

Stella war tot. Er hatte sie umgebracht.

Er tötete alles um sich herum.

Er war der Teufel, den sie geboren hatte.

Christine merkte gar nicht, dass sie »Stella« flüsterte, und in diesem Moment drehte sich Raffael um.

Er lächelte. Aber dieses Lächeln war nicht lieb, nicht hilflos und nicht beschwichtigend. Es war böse. Sein Gesichtsausdruck hatte etwas Gemeines, etwas Triumphierendes, und sie interpretierte diesen Blick als: *Ich habe dir das Liebste genommen. Ich habe sie getötet.*

Das war der Moment, wo Christine nicht mehr nachdachte, sondern nur noch reagierte. Instinktiv wie ein Muttertier, das den stärkeren Feind angreift, weil er sein Junges gerissen hat, auch wenn es nicht die geringste Chance hat zu überleben.

Sie holte aus.

Er sah den Schlag kommen, aber wich nicht aus. Bewegte sich nicht.

Mit voller Wucht, mit ihrer ganzen Kraft und Verzweiflung ließ sie die Stablampe auf Raffaels Stirn krachen.

Das Blut schoss ihm aus dem Schädel und floss in Strömen über sein Gesicht und seinen Körper.

Er hatte die Augen geschlossen.

Christine schlug noch einmal zu. Und noch einmal.

Bis Raffaels Kopf völlig zertrümmert war und er hilflos und schlaff vom Schemel rutschte und zwischen die Schafe fiel.

Er ist tot, dachte Christine.

Endlich tot.

In diesem Moment wachte Stella auf.

Sie kroch unter ihrer Decke hervor, streckte sich, brauchte zwei Sekunden, um zu begreifen, wo sie sich befand, dann grinste sie, streichelte das Schaf, das ihr am nächsten war, und sagte verschlafen:

»Hallo, Mama! Bist du sauer, dass wir einen kleinen Nachtspaziergang gemacht haben? Bitte nicht schimpfen, es war ganz, ganz toll.«

Sie rieb sich vor Müdigkeit die Augen.

Christine ging zu ihr und nahm sie weinend in die Arme.

CHRISTINE

67

Florenz, 9. Januar 2012

»Die Schuld kann man kaum ertragen, Doktor. Sie liegt mir wie ein Zementsack auf den Schultern und der Seele. Sie ist da, wenn ich morgens aufwache und wenn ich abends einschlafe. Sie lässt mich nie mehr los. Ich habe mein Leben verwirkt. Man wird mich lebenslang einsperren, ob hier in Italien oder in Deutschland weiß ich nicht, aber das ist mir auch egal. Es ist mir alles egal. Die Zelle reicht mir, sie stört mich nicht, ich vegetiere ohnehin nur noch. Aber die Schuld kann ich nicht mehr tragen. Sie erdrückt mich. Verstehen Sie das?«

»Ich will das, was Sie getan haben, nicht werten«, antwortet Dr. Corsini. »Das ist nicht meine Aufgabe. Aber natürlich kann ich Sie verstehen. Zumal ich jetzt Ihre Geschichte kenne. Ich werde Ihnen helfen. Dazu bin ich da. Aber ein paar Kleinigkeiten haben Sie mir noch nicht erzählt. Was passierte mit Ihrem Mann?«

»Das Messer hatte seinen Darm durchtrennt. Sie operierten ihn fünfmal, er schwebte drei Wochen in Lebensgefahr, aber er schaffte es. Heute ist er wieder gesund und kümmert sich um das Castelletto. Er führt es weiter wie bisher.«

»Und Stella?«

»Sie lebt bei ihrem Vater im Castelletto, geht zur Schule – es ist alles gut.«

»Das können Sie ertragen?«

»Es ist mir egal.«

»Wie steht er dazu, dass Sie Ihren Sohn getötet haben?«

»Er hat nie etwas dazu gesagt. Ich glaube, das ist auch nicht notwendig, denn wir verstehen uns schon lange nicht mehr. Wir wollten es nur nicht wahrhaben und nicht begreifen. Aber ich brauche mich mit ihm nicht mehr auseinanderzusetzen und mich nicht scheiden zu lassen, weil ich hier im Gefängnis sowieso verrotten und verfaulen werde. Ich bin eigentlich schon tot. Oder sterbe jeden Tag ein kleines bisschen mehr, bis ich es nicht mehr spüre.

Ich bin bereit zu sterben, um der Last der Schuld zu entgehen.«

Dr. Corsini nickt. »Gibt es irgendetwas, was Sie mir noch nicht gesagt haben, was Sie mir unbedingt noch erzählen wollen, bevor wir beide anfangen zu arbeiten?«

»Ja.«

Sie weint.

»Ich hatte die schönsten Kinder der Welt, Doktor. Glauben Sie mir. Sie waren einfach perfekt.«

Zum Buch

Hasserfüllt beobachtet er die Autorin Rina Kramer bei ihrer Lesung. Jedes Wort von ihr macht ihn wütend. Sie hat ihn bestohlen, hat seine Ideen und Gedanken geraubt.
Er reist ihr nach, findet sie in ihrem idyllischen Landhaus in der Toskana und mietet sich bei ihr ein. Wie ein harmloser Urlauber, aber besessen davon, sie zu vernichten.
Rina ahnt nicht, was der eigentümliche Gast plant. Als sie endlich die Gefahr erkennt, ist es bereits zu spät.

1

Nur eine fahle Leselampe beleuchtete Gesicht, Lesepult und Buch. Der übrige Raum lag im Stockdunkeln.

Sie sprach langsam und sehr leise ins Mikrofon. Niemand bewegte sich oder gab irgendeinen Laut von sich. Es war, als hätte das Publikum aufgehört zu atmen.

Er stand hinten, direkt neben der Tür, konnte den Saal überblicken und wusste ganz genau, dass sie ihn nicht sehen konnte. Dass sie ihn noch niemals, auch nicht bei den vorangegangenen Lesungen, gesehen hatte. Durch die Lampe geblendet, konnte sie kein einziges Gesicht der Zuhörer erkennen. Der Raum lag vor ihr in undurchdringlichem Schwarz.

Von dem, was sie las, kannte er jede Zeile, jedes Wort, er setzte in Gedanken Kommata und Punkte. Sie las gut, das musste er ihr lassen, besser hätte er es auch nicht gekonnt, sie wusste, was sie sagte. Anscheinend hatte sie sich lange und intensiv mit dem Text beschäftigt.

Er schloss die Augen, ließ die Worte auf sich wirken und spürte ein leises Vibrieren, als würde ihr die Stimme versagen. Sein Puls beschleunigte sich. Die Geschichte ging ihr offenbar selbst an die Nieren.

Es wurde dunkel. Die Sonne versank hinter den Bergen und machte ihr Unglück endgültig. Lisa wusste, dass er jetzt ganz bestimmt nicht mehr kommen würde. Nicht in der Nacht. Dennoch hörte sie nicht auf zu hoffen.

Immerhin war die Nacht warm. Schwüle Luft lag über dem Haus wie eine dicke Decke, unter der man kaum atmen konnte. Ihr Herz krampfte sich zusammen, wenn sie an den Streit am Nachmittag dachte. Sonst wäre Leo vielleicht nie weggelaufen.

Sie war schuld. Und Ben hatte keine Ahnung davon. Er hatte Leo stundenlang gesucht, hatte nach ihm gerufen, hatte geweint und geschrien, und jetzt wagte sie es nicht mehr, ihm auch nur einen Ton von dem Streit zu erzählen. Der wegen einer absoluten Nichtigkeit begonnen hatte.

Zwei Zuhörerinnen putzten sich die Nase. Er lächelte. Das war wunderbar. In seinen Träumen hatte er sich vorgestellt, dass sie weinten. Ein unglaubliches Glücksgefühl breitete sich in ihm aus. Die eigenen persönlichen Probleme der Zuhörer waren ein Klacks gegenüber dieser Geschichte. Sie sollten an nichts anderes mehr denken.

Als er Rina zum ersten Mal begegnete, hatte er sie sich jünger vorgestellt. Vermutlich war das Foto in den Büchern mehr als zehn Jahre alt. Erneut schloss er die Augen. Die Stille im Saal war fast unheimlich. Niemand räusperte sich, niemand hustete, kramte in irgendeiner Tasche herum oder knisterte mit einer Bonbontüte. Man hätte die berühmte Stecknadel fallen hören können. Die Zuhörer hatten die Welt vergessen und waren vollkommen gefangen von dem, was Rina Kramer ihnen vorlas.

Nie würde sie darüber hinwegkommen, dass sie es gewesen war, die »Verschwinde!« und »Geh mir aus den Augen!« gebrüllt hatte.

Diesen entsetzten Ausdruck im Gesicht ihres Kindes würde sie nie mehr vergessen. Danach hatte sich Leo einfach umgedreht und war weggelaufen. Aus dem Haus, aus ihrem Leben und vielleicht in den Tod.

Jetzt horchte sie in die Nacht und betete, wie sie noch nie gebetet hatte, aber da war nur Stille. Unendliche, brutale Stille.

In diesem Moment klingelte ein Handy. Das Geräusch fuhr ihm wie ein Stich ins Herz und erschien ihm so laut und durchdringend wie der Feueralarm in einer Grundschule.

Hör auf!, schrie er innerlich, hör endlich auf!, und presste mit aller Kraft beide Hände auf die Ohren.

Welches verdammte Arschloch hatte bei so einer Lesung sein Handy nicht ausgeschaltet?

Er beobachtete jeden Einzelnen im Publikum. Irgendjemand musste ja nach seinem Handy suchen, um es mit zitternden Händen und beschämt zum Schweigen zu bringen.

Aber nichts passierte.

»Was ist hier los?«, schrie er laut und wunderte sich, wie schrill seine Stimme in dem stillen Saal klang. »Welcher Idiot hat sein verdammtes Handy angelassen und ist jetzt noch nicht mal in der Lage oder zu feige, es auszuschalten?«

Eine Frau zuckte zusammen. Sie trug ein beigefarbenes Chanel-Kostüm, eine geschmackvolle Goldkette, kurze, dauergewellte Haare, sah aus wie eine Gymnasiallehrerin für Latein und Geschichte und knipste nun hektisch ihr Handy aus.

»Entschuldigung«, hauchte sie. »Tut mir wirklich leid.«

Er wurde fast ohnmächtig vor Hass. So viel Kaltschnäuzigkeit brachte ihn um den Verstand.

Was für eine dumme Schlampe. Er konnte es nicht fassen.

Aber Rina Kramer meisterte die Situation. Sie sah ins Dunkel und atmete tief ein. Ihm war klar, dass sie versuchte, ihre Konzentration zurückzugewinnen.

Dann las sie leise weiter.

Mein Leben ist zu Ende, dachte Lisa, ich halte es nicht aus, ohne Leo und mit dieser Schuld bin ich nichts, bin ich zerstört. Ihr Mann würde sie hassen. In ihrem Leben gab es niemanden mehr.

Ben stand auf und zog sich die Jacke an. Er war wahnsinnig, er wollte sogar in der Nacht nach draußen und weitersuchen. Sie konnte es verstehen, aber jetzt hatte sie Angst um beide.

Die Frau mit dem verdammten Handy hatte alles kaputt gemacht. Zauber und Atmosphäre der Geschichte waren dahin. Er konnte seine Wut kaum unterdrücken, schaukelte von einem Bein auf das andere und massierte seine Fingerknöchel. Hörte gar nicht mehr zu. Die Worte plätscherten an ihm vorbei.

Jetzt las sie die gesamte Passage von der Nacht, in der sie auf das Kind warteten, hin- und hergerissen zwischen Hoffnung und Hoffnungslosigkeit. Jedes Wort kannte er auswendig. Es war die stärkste Szene des Buches. Einfach großartig.

Er schloss die Augen und vergaß endlich die Frau mit dem Handy. Ließ sich fallen und hörte nur noch die Geschichte.

Nun kam die Stelle, wo das Käuzchen schrie, Lisa jede Hoffnung aufgab, Leo jemals lebend wiederzusehen, und angstgeschüttelt nur noch darauf wartete, dass ihr Mann irgendwann wiederkam.

»Ich will dich nicht verlieren«, flüsterte sie, »dich nicht auch noch. Auch wenn wir Leo niemals wiederfinden, bleib bei mir, Ben. Bitte, hilf mir. Ich bin so allein.«

Ben stand Stunden später vom Regen völlig durchnässt in der Küche, machte aber keine Anstalten, die Jacke auszuziehen und sich abzutrocknen, reagierte nicht, sagte kein Wort, sondern sah nur stumm aus dem Fenster und starrte in die Nacht.

Sie wusste, dass er nie darüber hinwegkommen und niemals mehr einen Weg zu ihr finden würde.

Rina Kramer blickte auf, atmete tief und deutlich aus, lächelte ein wenig und klappte das Buch zu.

Das war ein Zeichen, das jeder verstand. Die Lesung war beendet.

Niemand rührte sich. Totenstille. Es rückte noch nicht einmal jemand seinen Stuhl zurecht.

Doch nach unendlich langen Sekunden begann jemand zu klatschen. Dann drei, dann zehn, dann fünfzehn Personen, und schließlich gab es donnernden Applaus.

Die Bibliothekarin schaltete das Licht an, und langsam wurde der Saal hell.

Er setzte sich schnell auf den frei gewordenen Stuhl und bemühte sich, hinter dem Rücken seines Vordermannes zu verschwinden.

»Aaaahh!«, sagte Rina. »Danke. Ich danke Ihnen sehr. Das ist wundervoll. Und jetzt sehe ich Sie wenigstens alle und weiß, vor wem ich gelesen habe.« Sie lächelte. »Ich hoffe, meine Lesung hat Ihnen trotz der kurzen Störung gefallen, und ich habe Sie ein bisschen neugierig auf das Buch gemacht. Wenn wir uns jetzt noch etwas unterhalten möchten: herzlich gerne. Ich bin hier, ich habe Zeit, und Sie können mich fragen, was Sie mich immer schon einmal fragen wollten. Und ich verspreche: Ich beantworte alles!«

Niemand rührte sich, denn niemand traute sich, eine Frage zu stellen.

»Nur zu!«, ermunterte Rina die Zuhörer erneut, die zwar immer noch schwiegen, aber auch keine Anstalten machten zu gehen.

»Wir möchten Frau Kramer für diese wunderbare, intensive Lesung herzlich danken«, sagte die Bibliothekarin mit so leiser, zittriger Stimme, dass man sie kaum verstand, obwohl sie in ein Mikrofon sprach.

Was für eine verlogene Tante, dachte er, du hast doch gar nicht richtig zugehört. Ihm wurde schlecht.

Nach einer Pause fragte er mit leiser, aber klarer Stimme: »Woher nehmen Sie eigentlich die Ideen für all Ihre Romane?«

Rina hatte nicht mitbekommen, wer gefragt hatte, aber antwortete sofort. »Es sind eigentlich Kleinigkeiten, die mir auffallen und die zu einer Idee werden. Ein einsames Haus im Wald, ein außergewöhnlicher Charakter oder auch eine Situation. Eine kurze Zeitungsnotiz oder etwas, das man über sieben Ecken von einem Freund erfährt. Wichtig ist, dass mich das Thema tief berührt. Manchmal überlege ich: Wovor hast du Angst? Und dann fallen mir Situationen ein. Und aus der Situation, die mir am wichtigsten ist und die mich am meisten interessiert, versuche ich eine Geschichte zu entwickeln, mit der ich mich dann sehr lange und eigentlich täglich beschäftige.

Man muss über das schreiben, was einem selbst wehtut. Und dass das eigene Kind verschwindet – etwas Schlimmeres kann einem im Leben, glaube ich, nicht zustoßen. Jeden Tag, vierundzwanzig Stunden Angst, Hoffnung und Ungewissheit. Das ist kaum auszuhalten.«

Dreist, dachte er. Sie lügt und weiß es ganz genau. Er rutschte auf seinem Stuhl noch tiefer und begann die Haut auf seinem Handrücken blutig zu kratzen, ohne es zu merken.

»Wie können Sie so etwas schreiben, wenn Sie es nicht selbst erlebt haben?«, fragte eine Frau mit extrem kurzem Haar in der letzten Reihe.

»Ich kann mich gut in jemanden hineinversetzen, der sein Kind verliert. Ich kann mich aber auch gut in einen Mörder hineinversetzen, weil ich davon überzeugt bin, dass jeder von uns in einer extremen Lebenssituation zum Mörder werden könnte.« Rina schien froh zu sein, dass das Gespräch jetzt endlich in Gang kam.

»Dann ist alles das, was Sie so wunderbar und so einmalig beschreiben, reine Fantasie?«, fragte eine alte Dame in der vorletzten Reihe.

»Ja.«

Sie war eine gottverdammte Lügnerin, aber nun gut, wie sollte sie sich bei derartigen Fragen auch anders aus der Affäre ziehen, überlegte er und schluckte seinen Ärger hinunter. Sie konnte ja gar nicht anders reagieren. Ich müsste sie bloßstellen und alles auffliegen lassen.

»Sie schließen sich in Ihrem Zimmer ein und schauen nur in Ihren eigenen Kopf?«

»So ist es.«

Die alte Dame nickte bewundernd.

»Ich meine, geht Ihnen das nicht selbst zu Herzen, wenn Sie so etwas schreiben? Ich kann mir gar nicht vorstellen, wie man sich solche Geschichten ausdenkt.« Die Frau, die jetzt fragte, war die, deren Handy geklingelt hatte.

»Das ist schwer zu erklären, weil ich es leider selbst nicht weiß.«

Natürlich weißt du das nicht, natürlich nicht. Ein eiskalter Schauer lief ihm über den Rücken. Aber bald wirst du es wissen. Ganz bestimmt.

»Ich sitze oft am Computer und weine, während ich schreibe. Das lässt sich wahrscheinlich gar nicht vermeiden. Aber wenn das Buch dann erschienen ist, geht es mir besser. Ich habe sehr viele Ängste, und Bücher zu schreiben hilft mir, damit umzugehen. Vielleicht ist es eine Art Therapie.«

»Das verstehe ich«, sagte die Frau und wirkte sehr zufrieden.

Und dann hagelte es Fragen.

»Wie lange schreiben Sie an einem Buch?«

»Das ist ganz unterschiedlich. Mal ein Jahr, mal drei Jahre.«

»Und da sind Ideenfindung und Recherche schon dabei?«

»Ja.«

»Machen Sie sich ein Konzept?«

»Nein. Ich bin vom Verlauf und Ausgang des Buches genauso überrascht wie der Leser. Und das macht meine Arbeit so spannend.«

Er hielt die Luft an. Auf seiner Stirn bildeten sich kleine Schweißperlen. Jetzt, jetzt würde sie es zugeben, woher ihre Ideen stammten, jetzt würde sie die Wahrheit sagen, endlich.

Ihm wurde immer heißer, und dennoch zitterte er.

Aber sie sagte nichts.

Er biss sich auf die Lippen, um nicht laut zu schreien vor Wut.

»Haben Sie Kinder?«, fragte jemand aus der zweiten Reihe, aber er hörte gar nicht richtig hin.

»Ja. Einen Sohn«, antwortete sie.

»Und Sie sind verheiratet?«

»Ja.«

»Glücklich?« Die Frau, die gefragt hatte, räusperte sich. »Entschuldigen Sie, dass ich so direkt frage, aber ich habe Ihr Buch ›Die Witwe‹ gelesen, und da fragt man sich natürlich, ob es Ihrem Mann noch gut geht.«

»Natürlich. Das verstehe ich. Aber ich kann Sie beruhigen. Es geht ihm sehr gut, und ich habe auch nicht vor, ihn demnächst umzubringen.«

Einige Leute lachten, die Frau grinste und schwieg.

Er wurde wütend über die Lacher. Was waren das bloß alles für Menschen. Sie verstanden nichts. Gar nichts. Hatten nicht die geringste Ahnung davon, wie es war, wenn eine geniale Idee ganz langsam in den Kopf kam, aufquoll und in den Gedanken immer mehr Platz beanspruchte, bis man glaubte zu platzen … Das Schreiben war dann wie eine Entspannung, eine Erlösung.

Aber Rina Kramer konnte dies natürlich nicht erklären.

Jetzt lächelte er in sich hinein, sackte noch tiefer in seinen Sitz, denn der Gedanke, dass sie ihm nicht das Wasser reichen konnte, war wunderbar.

»Wieso spielen eigentlich Ihre letzten Bücher in der Toskana?«, fragte eine Dicke mit Haarausfall.

»Weil ich vor drei Jahren da hingezogen bin und mich dort mittlerweile ganz gut auskenne. Ich weiß, wie es riecht, wenn Oleander, Rosmarin und Jasmin blühen, wenn die Sonne aufgeht und das Land noch feucht ist, wenn das Heu gemäht ist und wenn die Hitze über dem Land liegt. Ich kenne die Geräusche, höre innerlich das Singen der Vögel, das Grunzen der Wildschweine, die Schreie der Fasane und das Heulen der Wölfe. Ich kann in Gedanken auf den Bergen, in den Wäldern, in mittelalterlichen Dörfern und in einsamen, zerfallenen Burgen spazieren gehen. Und ich weiß, wie die Menschen reagieren, wenn irgendetwas passiert. Nur so kann ich Atmosphäre schaffen, und das brauche ich für meine Bücher.«

Ihm brach erneut der Schweiß aus. Sie war also in die Toskana gezogen. Das hatte er bisher immer nur vermutet, aber nicht definitiv gewusst, denn so deutlich hatte sie es noch nie gesagt.

Jetzt schaltete sich wieder die verschüchterte Bibliothekarin ein, die die Diskussion offensichtlich beenden wollte, und säuselte in ihr Mikro, während sie nach vorn zum Pult ging. »Ganz ganz herzlichen Dank, Frau Kramer, für den schönen Abend.« Sie drückte Rina eine Flasche Wein der Region in die Hand und wandte sich ans Publikum. »Frau Kramer ist selbstverständlich bereit, ihre Bücher zu signieren.«

Vor dem Lesepult stand nach kurzer Zeit eine endlos lange Schlange von Personen, und einige trugen einen ganzen Stapel Bücher, die sie alle signiert haben wollten.

Er stellte sich hinten an. In der Hand hielt er sein völlig zerlesenes Exemplar von »Das Lächeln des schwarzen Mannes«, und er hatte Zeit.

Sechsunddreißig Personen waren noch vor ihm.

Er fixierte Rina Kramer. Registrierte, wenn sie ganz automatisch ihren Namen schrieb und das nächste Buch zur Hand nahm oder wenn ein Lächeln sie einen Moment entspannte.

Noch achtzehn Leute. Die Bibliothekarin stellte ihr ein Glas Wein auf den Tisch. Sie bedankte sich, nahm einen Schluck und signierte weiter. Es war überdeutlich, wie müde sie war.

Noch sechs. Jetzt wurde er nervös. Der Schweiß lief ihm den Rücken hinunter, sodass es kitzelte.

Sie schrieb und schrieb. Aber auch wenn sie aufsah und ihrem Leser eine spannende Lektüre wünschte, bemerkte er deutlich, dass sie nicht mehr in der Lage war, die einzelnen

Gesichter zu registrieren. Sie lächelte freundlich und sah durch sie hindurch. Sie war einfach zu erschöpft.

Dann stand er vor ihr. Ganz nah. Nur circa sechzig Zentimeter trennten sie voneinander. Er hatte eine Wollmütze aufgesetzt, trug jetzt eine Sonnenbrille, stand über ihr, sah auf sie hinab und sagte, bevor sie ihn ansprechen konnte: »Guten Abend, Frau Kramer. Bitte schreiben Sie: Danke für alles, Manuel. Und dann Ihre Unterschrift natürlich.«

Er tippte auf die freie Seite direkt neben ihrem Porträt. »Ma-nu-el. Wie man's spricht.«

Rina sah ihn kurz irritiert an. »Warum denn ›danke‹?«

»Weil ich es mir wünsche. Bitte, schreiben Sie.«

Sie zuckte kaum merklich mit den Schultern, und er ging davon aus, dass sich die Leute wahrscheinlich dauernd irgendwelche merkwürdigen Sachen wünschten. Schon schrieb sie, worum er gebeten hatte, und gab ihm das Buch zurück.

»Einen schönen Abend wünsche ich Ihnen noch«, flüsterte er, nickte ihr kurz zu, nahm sein zerlesenes Buch, drückte es an die Brust, drehte sich um und ging. Bahnte sich einen Weg durch die Herumstehenden, die alle ein Glas in der Hand hielten und Käsekräcker aßen.

Lesen Sie weiter:

SABINE THIESLER

UND DRAUSSEN STIRBT EIN VOGEL

ISBN 978-3-453-43887-3
E-Book: ISBN 978-3-641-16441-6